Atlan

BALLADEN DES TODES

Perry Rhodan

Atlan

BALLADEN DES TODES

von

Hanns Kneifel

MOEWIG

Redaktion: Klaus N. Frick
Titelillustration: Rüdiger W. Wick
Druck und Bindung: Ebner Ulm
Printed in Germany 1997
ISBN 3-8118-1509-1

Vorwort

Den heutigen Chronisten der dreizehn großen Kapitel der ANNALEN DER MENSCHHEIT, verfaßt aus der Sicht des arkonidischen Kristallprinzen Atlan, erreichen viele Zuschriften: Kritik, Fragen, Anregungen und Wünsche nach einer anderen Sicht auf jene zehn Jahrtausende des Einsamen der Zeit, die er zwischen den Barbaren von Larsaf III verbringen mußte. Dies gilt auch mehr oder weniger für die Zeitspanne, die unsere Historiker »Renaissance« nannten oder »Wiedergeburt«. Atlan, nach dessen Ausführungen Cyr Aescunnar mit Ricos (und anderer) Hilfe sogar zuverlässige Zeittafeln jener Jahre aufstellen konnte, in denen sich Atlan in die Geschicke der kulturarmen Autochthonen Terras mischte, muß zwangsläufig diese Zeitspanne der irdischen Geschichte aus der Sicht eines gestrandeten Arkoniden definieren; voller Skepsis, tatkräftiger Anteilnahme und Ironie. Für Atlan umfaßt diese Phase, die an einigen Stellen des Planeten das finstere Mittelalter abzulösen begann, die Jahre zwischen 1268 und vorläufig etwa 1523.

Einige seiner Erlebnisse berichtete Lordadmiral Atlan, ohne an Systematik oder chronologisch richtige Einordnung denken zu können, nach schweren Déjà-vu-Schocks, schon zu einer Zeit, in der Terra und Luna sich noch an ihren Plätzen um Sol, die Heimatsonne (oder Larsafs Stern), bewegten. Sitten, Gebräuche, Verhalten und Stil waren im Jahr 1967/68 anders als im Jahr 3561; selbst Atlan korrigiert nun in seinen kathartischen Erzählungen behutsam den Erzählstil, läßt Unwesentliches aus der Schilderung jener Umstände aus, die ihn zwangen, seine Erinnerungen unkontrolliert preiszugeben, und berichtet uns auch von Ereignissen, die er damals verschwiegen hat. Der Chronist, dem die Atlan-Selbstzeugnisse vorliegen, erkennt die Unterschiede zwischen den alten und aktuellen Versionen und ist bemüht, gewissenhaft zwischen beiden zu vermitteln.

Eine bestimmte Ehrfurcht vor dem antiken Text besteht, aber steht diesem Versuch nicht im Weg; viel Überflüssiges, damals wegen besserer Verständlichkeit wichtig, kann heute entfallen – der gewünschten Klarheit und Informationsdichte zuliebe.

Das zehnte ANNALEN-Kapitel ist zusammengefügt aus Taschenbüch 286, *Der Arkonide und der Großkhan,* von 1986; Taschenbuch 95, *Die Spur des Gehetzten,* von 1972; Taschenbuch 291, *Herrscher der Zeiten,* von 1987; Taschenbuch 298, *Das Genie und die Weltentdecker,* von 1987; Taschenbuch 98, *Wettfahrt der Entdecker,* von 1972 sowie verschiedenen Auszügen aus den Taschenbüchern 301, *Masken der Erinnerung,* von 1988, Atlan-Zeitabenteuer 317, *Der Bruder des Roboters,* von 1989 und Taschenbuch 325, *Das Buch der Kriege,* von 1990, und es deckt den Zeitraum zwischen Ende 1268 n. Chr. bis 1523 n. Chr. ab; mit vorläufig offenem Ende der Ereignisse während der *»Wettfahrt der Entdecker«.*

Der ehemalige arkonidische Kolonisationsexperte begleitet den mühsamen Weg der Erdlinge, an dessen Ende das Raumfahrtzeitalter stehen soll; ebensooft, wie er erkennt, daß seine zivilisatorischen Denkanstöße fruchtbar waren, muß er feststellen, daß weiterhin Unglaube, Aberglaube und Ahnungslosigkeit die Menschen beherrschen: Er sieht ein, daß sein Überleben noch lange mit dem Schicksal der Menschheit verbunden sein wird.

Ricos mühsam ermittelte Zeittafeln wären nicht exakt ohne Rainer Castors penible Endkontrolle, und alle Fehler des Chronisten entdeckt und beseitigt Klaus N. Frick; beiden gilt der tiefe Dank des Chronisten.

Hanns Kneifel

Prolog

Erster Tag: Ich erschrak bis in mein Innerstes. Einen Augenblick lang blitzten fremde Bilder vor mir auf. Dann starrte ich schweigend die junge Frau an. Ich musterte jeden Zoll ihres Körpers. Sie lag da wie tot, aber sie schlief in Wirklichkeit tief und reglos. Ich erkannte sie wieder: Die offenen grüngrauen Augen mit den langen Wimpern schlossen sich. Das hellbraune Haar mit den silbern schimmernden Strähnen breitete sich auf der Unterlage aus. Die Haut war makellos und von den Solarstrahlern leicht gebräunt. Einen kurzen Moment schien sie ein Hirngespinst zu sein. Gab es sie wirklich? Oder war alles nur eine List, um mich erneut zu manipulieren? Mühsam artikulierte ich: »Wie lange schlief ich?«

»Neunundsechzig Jahre.«

Der Roboter stand hinter mir. In einem Anflug von Panik merkte ich, daß es für mich zwei Systeme von Erinnerungen gab: verschüttete, blockierte, im Nebel der Vergangenheit verschwunden – und lebendige, klare. Wieder zwang ich mich, mit gefühllosen Lippen zu sprechen.

»Du machst einen Scherz, Rico!«

»Keineswegs. Von dir ausdrücklich so gewünscht.«

»Ohne einen Eingriff von ES?«

»ES hat sich seit langer Zeit nicht gemeldet.«

Ich richtete meine tränenden Augen auf den Roboter.

»Und du? Wen verkörperst du gegenwärtig? Ciro ar Natal? Oder eine andere Gestalt aus Bildern der Schirme?«

»Nur mein Aussehen steht fest. Über alles andere ist nach Belieben zu verfügen.«

Wieder besaß diese lernfähige Hochleistungsmaschine einen menschlichen Körper. Nicht allein täuschend ähnlich – er war für jeden außer mir ein lebendiger Bewohner der Welt Larsaf III. Die Computer hatten sein Gesicht so gestaltet, daß charakteristische Merkmale einiger Menschenstämme sich darin in vollkommener Mischung wiederfanden. Ein Angehöriger der östlichen Völker konnte sich ebenso darin wiedererkennen wie ein Anwohner der mediterranen Welt oder einer aus dem kühlen Norden.

»Noch nicht. Frische mein Gedächtnis auf, Rico. Ich erkenne sie wieder, weiß nur ihren Namen ...«

»Es ist, Atlan de Arcanjuiz, Alexandra ...«

»Mein letzter Name?«

»... richtig. Alexandra von Lancaster. Du brachtest sie, nachrechenbar, im Jahr elfhunderteins von der britannischen Insel mit. Seitdem schläft sie in einem abgelegenen Teil unserer Kuppel.«

»Zuletzt sah ich die Zeit zwölfneunundsechzig.«

»Exakt. Informationen in den Speichern werden von ES blockiert. Mit der Begründung, ES will dich und das Überlebenssystem vor Panik und denkbaren Verzweiflungstaten schützen. Soviel ist sicher: Seit elfhundert befanden wir uns, du allein oder wir beide in unterschiedlichen Masken, mehrmals an der Oberfläche. Zuletzt brachten wir ein beachtenswertes Stück Zivilisation und Kultur der Mauren oder Muslime zu den Menschen im Norden. Wir reisten viel. Über einen längeren Zeitraum hinweg waren wir erfolgreich. Mehr weiß ich nicht. Es ist denkbar, aber nicht wahrscheinlich, daß sich noch weitere Informationen einstellen.«

»Du hast also knapp sieben Jahrzehnte lang Eindrücke gespeichert.«

»Auf Wunsch spiele ich weitere Daten ab.«

»Nein. Ich bin entsetzlich müde. Morgen mehr. Bring mich zurück zu meinem verdammten Reanimationslager.«

Der Robot hob mich behutsam auf und trug mich zu den blinkenden, summenden und klickenden Maschinen der Lebenserhaltungssysteme. Ich schlief übergangslos ein.

Der dreidimensional arbeitende Bildschirm zeigte mir eines der Bilder, mit deren Hilfe ich mich auf das Zusammentreffen mit den Manghol, den Mongolen, vorbereitete. Der einsame Reiter, den Ricos Spionsonde verfolgte, unsichtbar dank eines Deflektorfeldes, schien im Reich des großen Khans eine besondere Aufgabe zu haben; über dem Bild, das im Licht einer fahlen Sonne lag, lag eine gewisse Bedeutung, die mich aufmerksam machte.

Saca, der Bote, stand in den Steigbügeln und überblickte den ersten Teil des Weges. Das Pferd ging in einem gleichmäßigen, schnellen Galopp; es war gepflegt und ausgeruht wie alle Tiere der Kurierstationen. Langsam glitt Saca in den Sattel zurück. Die kalte Luft biß in seine Wangen; er zog die dicke Fellkappe über die Ohren. Jetzt, am frühen Morgen, war die Straße leer. Auf der Brust, an gekreuzten Riemen gehalten, trug Saca ein Kästchen aus Metall. Darin war die Botschaft. Er kannte sie nicht; überdies konnte er nicht lesen und schreiben. Aber er war einer der besten Reiter und ein Mann mit scharfen Augen, dem jede Veränderung auffiel – auch das gehörte zu seinen Aufgaben.

»Lob dem Großkhan«, murmelte er.

Er befand sich im Land Schansi, und bis nach Karakorum war es weit. Er lenkte das Pferd auf den weichen Streifen neben der Straße. Auf dem zusammengepreßten Gras lag dick der Frost. Es roch nach Meerwasser und kaltem Rauch. Die letzten Häuser blieben zurück, die Hufe polterten dumpf auf den Bohlen einer breiten Brücke. Ein Waldstück kam in Sicht. Die Bäume waren blattlos, auch ihre Zweige überzog eine dicke weiße Schicht. Nur wenig Schnee lag auf den Feldern. Die Straße wand sich nach Norden, Waldarbeiter zogen zur Arbeit. Saca überholte einen Händler mit seinem Karren. Nach einer halben Stunde ließ er das Pferd traben und nahm einen Schluck Kumis aus der fellbezogenen Flasche. Süß und kräftigend war sein Kumis, die vergorene Stutenmilch. Der Manghol verschloß die Flasche sorgfältig und schob sie unter den dicken Mantel.

Es war kein wichtiger Auftrag: eben eine Sammlung vieler Nachrichten, die ihm von dem müden Boten übergeben worden war. Aber auch diese Nachrichten wurden mit gewohnter Schnelligkeit befördert. Ein Netz von Kurierstationen war entlang der Straßen über das gesamte Reich des Khans ausgebreitet.

Als die Straße einen Hang hinaufkletterte, ließ er das Pferd noch langsamer laufen. Es trabte bis zum Kamm des Hügels. Dort hielt Saca an und schaute um sich. Er sah die neuen Dämme der Reisfelder, den halb fertiggebauten Stall, die Fundamente der Brücke, die in der wasserarmen Zeit gebaut werden mußten – alles sah gut aus; die Befehle wurden befolgt. Er setzte sich im Sattel zurecht, gab die Zügel frei und schrie anfeuernd. Das Pferd galoppierte den Hügel hinunter.

Bis Mittag, bis die Wintersonne bleich am Himmel stand, ritt Saca so schnell, wie es sinnvoll war: Das Tier durfte nicht zuschanden geritten werden. Dann hielt er an dem niedrigen Haus mit den Wimpeln und Schriftzeichen an.

»Ein frisches Pferd!« rief er. »Und etwas zu trinken!«

»Schon bereit«, sagte der alte Mann. »Hier. Warmer Tee. Wird dir guttun.«

Saca wärmte sich einige Dutzend Atemzüge lang in der Hütte auf und trank zwei Schalen leer. Der Alte, dessen Aufgabe darin bestand, das Haus und die Tiere samt den Sätteln in einwandfreiem Zustand zu halten, sattelte das müde Pferd ab und rieb es sorgfältig trocken.

»Weißt du, wer in der nächsten Jamp-Station wartet?«

»Vorgestern kam Jamuha vorbei«, antwortete der Alte. »Alles richtig, befehlender Herr?«

»Ich bin zufrieden, alter Herr.«

Saca schwang sich in den Sattel des Schecken, riß am Zügel und preschte los.

Im beginnenden Abend sah er schon von weitem die Laternen der nächsten Jamp. Schlaff hingen die Wimpel von den Masten. Aus dem Kamin ringelte sich eine Rauchsäule. Der Kurier führte das Pferd, das ebenso müde war wie er selbst, in den Stall und übergab es dem Knecht. In der Gaststube zog sich Jamuha den Mantel an. Saca schnallte das Kästchen los und erklärte:

»In Belim Sum alles so, wie die Befehle lauten. Ruhig und fleißig arbeiten die Bauern.«

»Auch ich weiß keine Neuigkeiten, die jemanden ärgern können. Wie war der Ritt?«

»Einfacher als deiner jetzt, in der Nacht. Jabonah!«

»Jabonah, Saca.«

Jamuha stellte den Fuß in den Steigbügel. Saca hielt den Zügel und klopfte den Hals des Rappen. Dann ritt Jamuha an, grüßte und verschwand hinter einem dichten Wall von Maulbeerbäumen. Saca lauschte dem Klang der Hufe nach, dann streckte er sich ächzend und ging hinein ins Warme. Der Kurierdienst sorgte dafür, daß die Botschaften nahezu so schnell transportiert wurden wie ein galoppierendes Pferd. Die Stafetten rasten durch das ganze Land; schließlich übergab der letzte Reiter den Schreibern und Verwaltern des Großkhans das Kästchen. Vom Meer bis nach Karakorum dauerte eine Botschaft vier Tage, und eine eilige Depesche war nur drei Tage lang unterwegs.

Saca streckte sich auf der steinernen Ofenbank aus und schloß die Augen. Später aß und trank er, unterhielt sich mit dem Chin und dessen Frau. Als am nächsten Morgen ein Kurier aus der Gegenrichtung kam, schnallte er sich das Kästchen um und ritt zurück nach Belim Sum.

Ich hörte Ricos – Ciron de Roncas – Kommentar und sah in einer Reihe von Zeitraffer-Sequenzen, wie sich die Stafettenreiter dem Lager des großen Khans näherten. Ich begann zu ahnen, daß die Botschaften im Metallkästchen einen Text enthielten, der ungewöhnlich wichtig – oder fremdartig – war. Ich sah zu, wie nach einigen Tagen der letzte Bote das Kästchen einem Schreiber aushändigte; dieser näherte sich fast unterwürfig dem Großkhan.

»Befehlender Herr«, sagte er und verneigte sich mehrmals. »Eine seltsame Botschaft kam aus Schansi, von der Küste des Meeres.«

»Man soll sie vorlesen«, sagte Khubilai Khan. »Liest du Ärger aus den Zeilen?«

»Nein, erfahrener Hirte. Der Stadtverwalter richtet diese Worte an dich: Am Strand fanden wir in einem seltsamen Boot zwei Fremde aus dem Land der Außenseite. Sie sprechen unsere Sprache nicht, auch nicht die Chin-Sprache. Ihr Haar ist rot wie die Flamme. Sie sind wahre Riesen, aber von menschlicher Gestalt. Sie sind zu groß und zu schwer für unsere Pferde. Das Haar haben sie in langen Zöpfen geflochten. Sie tragen seltsame Werkzeuge, die wir ihnen weggenommen haben. Jetzt lernen sie die Sprache der Manghol, Erhabener. Was soll mit ihnen geschehen?«

Der große Khan, Herr über endloses Land, überlegte nur kurz. »Diese Orrosi, die rotbärtigen Fremden, soll man hierherbringen. Wenn sie nicht reiten können, muß man sie mit dem Wagen bringen. Schreibe es!«

»Sofort wird die Botschaft geschrieben und abgeschickt sein, Erhabener.«

Der Schreiber verneigte sich ehrfürchtig und ging hinaus. Der Khan wandte sich wieder den Landkarten und den Kriegern aus Jade, Ton und Elfenbein zu. Er führte Krieg mit den Sung im Süden der Chin, und nur im Winter konnte geplant werden; Sommer und früher Herbst waren die Zeit für den Kampf. Flüchtig dachte er an die Orrosi. Noch nie hatte er von solchen Menschen gehört.

Zweiter Tag: Ricos Analysen waren nahezu perfekt. Über die Bildschirme glitten Landkarten. Aus Lautsprechern kam leise Musik aus barbarischen Zeitaltern, von Musikanten vieler exotischer Plätze. Dazwischen erfolgten Erklärungen. Eigenständige Kulturkreise wurden samt ihren Beziehungen zu den Nachbarn erläutert. Grenzen, Straßen, Verkehrswege über die Meere und entlang den Küsten, Bauwerke, Städte und Schiffe sahen wir, endlose Kamelkarawanen und riesige Pferdeherden. Trotz meiner blockierten Erinnerungen erkannte ich klar: Landschaften und Städte waren überfallen, niedergebrannt, verändert und wieder aufgebaut worden, wechselten Herrscher und Namen mit dem Aussehen. Die Welt war in einem ständigen Wandel, dessen Antrieb *Chaos, Macht* und *Krieg* hießen und der in großer Schnelligkeit ablief. Wir erkannten verstreichende Geschichte an den Veränderungen in den Schnittlinien.

Das flächenmäßig größte Herrschaftsgebiet war das des mongolischen Großkhans Khubilai. Es füllte fast den gesamten Mittelraum des Hauptkontinents aus. Das Reich Chin im Osten und Südosten war von den Manghol, den Mongolen, kontrolliert. Große Flächen waren nach wie vor unbesiedelt. Ich erkannte Länder wieder, in denen ich mich aufgehalten hatte. Der Handel schien an vielen Plätzen ungehindert abzulaufen; ein gutes Zeichen für einen Zustand der Stabilität. Die meisten Straßen waren also sicher. Ich sah Karakorum, die riesenhafte Hauptstadt des Khans der Steppenvölker, die aus Wassergraben, Palisaden und Wall, wenigen Stein-Holz-Gebäuden und einer großen Menge prächtiger Zelte bestand.

Hier siehst du einen der machtvollen Faktoren! meldete sich der Extrasinn. Unzählige Kampfhorden der Mongolen! Sie gehörten einem Nomadenvolk an, das aus vielen Stämmen bestand. Riesige Heere hatten sich gebildet. Mit den Pferden waren die bewaffneten Reiter verwachsen wie die Kentauren der griechischen Sagen. Weitaus kultivierter und weitaus disziplinierter als die hunnischen Schlächter des Attila, schnell und ausdauernd und ebenso genügsam, erschien ihnen kein Ziel zu groß und zu fern. Sie sicherten die Grenzen, hielten Ordnung und sorgten für freie Straßen. In der zurückliegenden Zeit hatten sie weite Vorstöße unternommen und beachtliche Siege errungen.

In den Ländern nördlich des Binnenmeers wurden die Siedlungen größer und stattlicher. Klöster und Kathedralen wurden errichtet, die ihre hellen Spitzbögen und farbenleuchtenden Fenster hoch in den Himmel streckten. Die Ritter kämpften noch immer mit Schild und Lanze, Schwert und Bogen. Dichtung und Musik gehörten inzwischen ebenso zum Leben wie die Macht der Kirche.

Die Jahreswende 1268 zu 1269! Es schien mir, grob überlegt und aus vielen Erkenntnissen zusammengefügt, als sei die Dumpfheit eines Zeitalters im Schwinden, vielleicht endgültig, und es war ferner, als kämen mit den Kaufleuten auch neue Ideen in alte Länder und rissen die Verkrustungen auf. Die Zivilisation des Südens drang indessen mit ihrer besten Produktion unaufhaltsam nach Norden vor.

Dritter Tag: Von Rico beraten, nach langem Überlegen und dem Vergleich vieler Aufnahmen der Spionsonden und archivierten Höhenbildern, hatte ich meinen Entschluß getroffen. Wir brauchten ein Heim, das möglichst viele Vorteile hatte. Die Grundzüge lagen fest; Zeichnungen waren an die Maschinen und Computer übermittelt worden.

»Schalte das Programm ein!« sagte ich zu Rico. »Wenn es reibungslos vor sich geht, finden wir ein gemütliches Zuhause vor, wenn wir dort eintreffen.«

»Du scheinst deinen Optimismus wiedergefunden zu haben«, versetzte er knapp. Wo die Treibsandfelder aufhörten, am östlichen Rand der Thar-Wüste, nur einen Tagesritt von der Brandung des südlichen Meeres entfernt, erhielt der Zentralroboter eines arkonidischen Depots eine Serie eindeutiger Befehle: Die Hochenergieversorgung wurde eingeschaltet. Nach rund neun Jahrtausenden wurde die Schleuse geöffnet. Subroboter begannen zu arbeiten.

Niemand sah und hörte sie; das Gebiet war zu weit abgelegen von dem westlichsten Ausläufer oder Nebenfluß des Indus.

Im Niemandsland, durch das sich vor Jahren ein mongolischer Eroberungszug seinen mörderischen Weg gebahnt hatte, begann eine Reihe schwerer Felsbewegungen anzulaufen. Aus gewachsenem Gestein wurden mit Energiestrahlern Quader in zahlreichen genormten Größen herausgeschnitten. Je mehr Blöcke in Form einer Mauer gestapelt wurden, desto tiefer und länger wuchs der Stichkanal, der sich mit leichtem Gefälle durch die östliche Halbwüste dem Wasser entgegenwand. Im Osten gab es Menschen, dort war der Fluß.

Zwischen kargem Wüstenrand und den riesigen, hitzeflirrenden Sandflächen – sie waren schon den zurückziehenden Truppen Alexanders des Großen zum Verhängnis geworden – entstand eine Mauer. Die unterste Ebene der Quader wurde mit dem Felsboden verschmolzen. An der schönsten Stelle, auf einem dreieckigen großen Felsen, dessen Steilhang wie der Bug eines Schiffes nach Westen wies, entstand stufenförmig ein Fundamentsystem. Breite Treppen, geschwungene Bögen vieler Öffnungen. Rohrschächte und eine Vielzahl von Hohlräumen. Material aus dem Bauch der Felsen, Gestein verschiedener Färbung, wurde zu handlichen Ziegeln zerkleinert. Langsam wuchs eine seltsam erscheinende Anlage aus vielfarbigem Stein in die Breite und in die Höhe. Wieder bauten wir in einer turbulenten Welt ein Zuhause, eine Basis.

Vierter Tag: Mittlerweile konnte ich mich bewegen, kurze Strecken gehen, Zeichnungen anfertigen, verdünnten Wein trinken und Informationen aufnehmen. Alexandra schlief noch; für sie würde der erste Blick in die neue Welt keinen Schock bedeuten. Spionsonden wurden gezielt eingesetzt und lieferten ausgesuchte Informationen. Unaufhörlich wurden optische und akustische Erkenntnisse von den Computern analysiert und zu verwertbarem Wissen aufbereitet. Rico blieb neben meinem mit Notizen, Modellen und Teilen der Ausrüstung bedeckten Schreibtisch stehen und meinte: »Dich interessiert der warme Süden. Das Meer. Eine noch wenig bekannte Umgebung.«

»Fremde Menschen und Sonne. Eine Stelle, an der es nicht schneit.«

»Der Ort ist abgestimmt auf die seltsamen Neuigkeiten, die du erfährst, wenn du kräftig genug bist«, erklärte Rico. »Ich bin wie stets in der Lage, Masken, Verkleidungen, Ausstattungsdetails und Hilfsmittel herstellen zu lassen. Wir werden uns in drei Kulturkreisen bewegen.«

»Viel Arbeit, nicht wahr?«

Er gab mir eine seiner verblüffenden Antworten: »Vom Standpunkt der Eulen ist wahre Wissenschaft natürlich Nachtarbeit. Ich habe einen Informationsblock über die Mongolen zusammengestellt. Noch mehr Wein?«

»Einen winzigen Schluck. Wann wird Alexandra ansprechbar sein?«

»Morgen um dieselbe Zeit.«

»In Ordnung. Von den hergestellten Kleidern könntest du dann das eine oder andere anziehen. Es irritiert mich, dich nackt in Reiterstiefeln zu sehen.«

»Ich folge deinem Befehl.«

Ich schaltete das Programm ein und vertiefte mich in eine Flut von Bildern und Daten. Der Robot wußte, was zu tun war; ich besaß die Fähigkeit, mich schnell zurechtzufinden. Die Macht der mongolischen Reiter fing mit Temudschin an, wahrscheinlich 1167 als Sohn eines Stammeshäuptlings geboren. Weitere Stationen einer aufregenden Entwicklung:

1206: Einigung aller Manghol-Stämme, Unterwerfung benachbarter Stämme, Wahl Temudschins zum »Tschinghis Khan«. 1211: Einfall in das Chin-Reich, Beginn eines 23 Jahre dauernden Kampfes, der erst nach seinem Tod mit der völligen Zerstörung des Chin-Reiches endet. 1215: Die Hauptstadt Bei-ping des Chin-Reiches fällt und wird zerstört. 1227: Tod des Tschinghis Khan. Machtstreitigkeiten. Sein Sohn Ögödei wird von den Brüdern 1229 gewählt und gründet die Hauptstadt Karakorum. 1234: Ende des Chin-Reiches. Herrscher Ngai-tsung begeht Selbstmord. 1237: Winterfeldzug über zugefrorene Flüsse – Nordrußland wird erobert, die Stadt Kiew im Sturm genommen und 1240 dem Erdboden gleichgemacht. 1241: Deutsch-slawisches Heer bei Liegnitz vernichtet. 1241: Großkhan Ögödei stirbt. Batu führt die Heere bis Ende 1243 zurück in die alten Stützpunkte. 1246: Wahl von Güyük zum Großkhan. Christen im Mongolenreich. Verbindung zwischen Mongolen und Frankreich. 1248 stirbt Güyük. 1251: Wahl von Möngke Khan; Angriffe auf turkmuslimisches Herrschaftsgebiet bis zum Kalifat von Delhi. Möngkes Bruder Khubilai verwaltet die militärische und wirtschaftliche Entwicklung südlich der Wüste Gobi. 1259: Tod Möngke Khans, ein Jahr später wird Khubilai zum Großkhan gewählt. Weitere großräumige Eroberungen beginnen; östliche und südöstliche Stoßrichtung. 1267: Beginn eines großangelegten Feldzugs gegen das Reich der Sung-Dynastie im Süden des Chin-Landes. Einzelne Vorstöße durch die Thar-Wüste auf den Indus zu. 1241 wird Lahore zerstört, und die Militärmacht des islamischen Sultanats wird gezwungen, Festungen gegen die Mongolen zu errichten. Balban, ein ehemaliger Sklave aus reichem Haus, hochgebildet und entschlossen, Herrscher der Dynastie in Indien, kann bisher jeden mongolischen Vorstoß abwehren. 1269: Bau eines neuen Kastells an der westlichen Verteidigungslinie des »Sind« genannten Gebiets. Arkonidische Roboter führen die grundlegenden Bauarbeiten aus. Unsere Ankunft steht kurz bevor.

Bilder und Grafiken verschwanden von den Bildschirmen. Ich war beeindruckt: Die Mongolen waren schnell und erbarmungslos; jeder Befehl Khubilai Khans wurde befolgt. Nachrichten verbreiteten sich in rasender Schnelligkeit entlang den Meldereiter-Relaisstrecken. Die Organisation war hervorragend.

»Und unser neues Felsenheim steht am richtigen Punkt. Herrscher Balban wird uns großes Lob aussprechen«, murmelte ich. »Vermutlich können wir mit dem Export von schwarzem Pfeffer steinreich werden.«

Die Bewaffnung, das Vorgehen und die Strategie der Reiterheere waren mir bekannt. An Attila und seine Hunnen erinnerte ich mich; ich war mit ihnen und gegen sie geritten. Aber die wichtigste Nachricht kannte ich noch nicht.

Ich stand auf und schlang in den Gürtel des bodenlangen Mantels einen Knoten. Aus der Tiefe der Überlebenskuppel hörte ich das leise Arbeiten der Maschinen. Sie fertigten nach vorgegebenen Mustern Kleidung, Waffen, Packtaschen und unzähligen anderen Kram an, den wir brauchten. Ich konnte mich darauf verlassen, daß Rico sich um die winzigste Kleinigkeit kümmerte und daß wir weder unbehaglich noch schutzlos leben mußten.

Fünfter Tag: Probeweise trug ich die weichen Reiterstiefel, die bis unters Knie reichten, mit dünnen Arkonstahlstäben gesichert, mit Einschubtaschen für Vibromesser und Dolche versehen. In den Nähten war ebenso wie in denen der weich fallenden Hosen ein Sammelsurium von Geräten und Teilen, die das Überleben im entscheidenden Moment sichern konnten, versteckt.

»Ein mongolischer Reiter wird so allerdings nicht aus mir«, brummte ich. Eine Injektion und die Behandlung der Haarwurzeln ließen meine rötlichen Arkonidenaugen ebenso dunkel werden wie die Brauen. Ob ich das Haar färbte, hatte ich noch nicht entschieden. Ein wenig befremdet wandte ich meinen Blick vom Spiegel.

»Dennoch wird es wichtig sein, bis in die Mitte des Chin-Reiches vorzustoßen.«

»Die versprochene Überraschung?«

»Noch bin ich nicht in der Lage, Endgültiges zu sagen. Vor hundertsiebzig Tagen gab es dort ein mittelschweres Erdbeben.«

Rico rief die entsprechenden Bilder ab. Beben waren in diesem Teil des Planeten nicht selten. Aber es wurde schnell interessanter. Das Beben öffnete in einer wenig belebten Gegend einen Erdspalt. Aus der Tiefe schob sich ein metallischer Gegenstand hervor. Die Robotsonden – spätere und aktuelle Aufnahmen zeigten es mir – sahen nur eine Rundung von dunklem, krustenbedecktem Metall.

Fast gleichzeitig mit diesem Beben flog ein Raumschiff den Planeten an. Ich kontrollierte Messungen und Ortungsergebnisse. Geringe Masse, keine Schutzschirme, die charakteristischen Signale von Unterlicht-Triebwerken. Es war nicht das erste Raumschiff, das auf Larsaf III gelandet war. Dieses Schiff landete nicht – offensichtlich wurde es von einem Geschütz dieser seltsamen Anlage beschossen, vernichtend getroffen und stürzte ab. Es verschwand in einer Reihe kleinerer Explosionen im Meer. Bilder dieser Katastrophe gab es nicht, da so schnell keine Spionsonde an Ort und Stelle sein konnte. Aber die Ortungen waren eindeutig.

»Gibt es irgendwelche Hinweise«, fragte ich, »daß Überlebende das Land erreicht haben?«

»Keine Hinweise. Nur Vermutungen. Sieh die Zeitintervalle an. Falls es geübte Raumfahrer waren, hätten sie Zeit genug gehabt, zu reagieren. Das Wrack detonierte unter Wasser.«

Eine unbekannte Station hat ein Objekt identifiziert, sagte der Logiksektor trokken. *Nach meiner Kenntnis gibt es dort keine verborgene Arkonanlage.* Das Ergebnis der ARK SUMMIA hatte wie gewohnt wieder einmal recht.

»Ich habe nicht herausfinden können, was es mit dieser Station auf sich hat. Ein Abwehrfort? Nicht von Arkoniden errichtet. Ein versunkenes Raumschiff? Denkbar, aber niemals angemessen. Vielleicht etwas, das seit mehr als zehn Jahrtausenden dort liegt und vom Beben freigelegt worden ist. Es gibt riesige Schwemmsandebenen, die ihre Struktur oft verändern.«

»Wir sehen nach. Sollten sich Raumfahrer gerettet haben, fielen sie zwischen den Menschen des Chin-Reiches auf. Also kennen auch die Mongolen diese Fremden – wenn es sie gibt.«

»Das besagt auch die Computeranalyse.«

Rico hatte Wortschatz, Sprechweise und Grammatik der wichtigsten Sprachen gespeichert und aufbereitet. Alexandra lernte sie in Hypnoschulung, während sie erwachte. Ich unterzog mich in den Schlafpausen dieser unbewußten Anstrengung. Ich merkte, daß ich vieles aus diesen Sprachen kannte. Für alle Menschen der ausgesuchten Gebiete würden wir Fremde bleiben. Wir brauchten nicht nur gute Maskierungen, sondern auch eine glaubwürdige Herkunft. *Ritter, Edelleute, Wissensbegierige, Händler aus dem Abendland,* schlug der Extrasinn vor. Oder eine Kombination mit zusätzlichen bizarren Eigenschaften, überlegte ich.

»Seltsame Menschen und eigentümliche Bräuche werden wir erleben«, murmelte ich. »Ist der Container bereit?«

»Noch nicht ganz gefüllt«, antwortete Rico. »Es sind weitere Einzelheiten zu berücksichtigen. Kennst du die letzten Bilder unserer Festung?«

Ich schüttelte den Kopf, dann konnte ich die Bilder der Roboter mit der gegenwärtigen Entwicklung vergleichen. Arkonidische Maschinen leisteten, von Rico über eine Relaiskette gesteuert, unglaubliche Dinge. Der Boden in weitem Umkreis des Felsens war aufgerissen und geglättet worden. Mehrere hundert Löcher waren entstanden. Traktorstrahlen hatten große Bäume mitsamt Wurzeln und Erdreich aus Wäldern herausgerissen und in diese Gruben gesenkt. Grasfelder waren gemäht, die Mahd herantransportiert und in der neu entstandenen Ebene untergepflügt und glattgeeggt worden. Durch den Kanal saugte eine Pumpe Flußwasser an und versprühte es mitsamt fruchtbarem Schwemmschlick und toten Fischen über das Areal. Ich konnte an keinem der Bäume welke Blätter entdekken, aber zum spärlichen Grün war eine große Fläche saftigen Grases und unzähliger Pflanzen hinzugekommen. Abrupt, dicht hinter der glasartig verschmolzenen Mauer durch das Ödland, begann ein fruchtbares Stück des Planeten. Aus Konstruktionsabfall war eine zwei Mannsgrößen breite Straße, feingemahlenes Gestein, vermischt mit reichlichem Sand, in nordöstliche Richtung hergestellt worden. Noch endete sie blind im Nichts, aber schon jetzt lag sie im Schatten der umgesetzten Bäume.

»Vielleicht kommen deine Positronen in fröhlich hüpfende Bewegung«, sagte ich zu Rico, »wenn ich dich lobe. Es gefällt mir, was ich sehe. Hervorragend!«

»Es gefiele auch Alexandra, wenn sie dich bald sähe«, antwortete er. »Essenszeit! Für euch beide zum erstenmal feste Nahrung. Ich habe alles vorbereitet.«

Alexandra von Lancaster wirkte verändert. Rico hatte ihr Haar geschnitten; sie trug eine kompliziert aussehende Hochfrisur. Offensichtlich hatten wir an der Oberfläche der Welt viel Schmuck gesammelt, denn ihr Hals, ihre Handgelenke und ihre Finger waren voller blitzender, funkelnder Kostbarkeiten. Die lebenspendenden Solarlampen hatten ihre Haut ein wenig dunkler getönt. Ihre Kleidung war eine raffinierte Mischung zwischen Chin-Mode, mongolischen Stilelementen, maurischen Zutaten und einem Hauch altbritannischer Strenge. Alexandra stand, erholt und strahlend, hinter der Sessellehne und betrachtete die künstliche Umgebung, detailgetreu und dreidimensional hergestellt durch die Illusionswände. Zwischen den Sesseln breiteten sich auf einem runden Tisch Schalen, Teller, Pokale, geschwungene Flaschen und eine Palette winziger Leckerbissen aus unseren Vorräten aus. Mit der ihm eigenen Stilsicherheit hatte Rico einen Krug voll künstlicher pastellfarbener Blumen ins Zentrum dieses Arrangements gestellt. Ich goß mindestens siebzigjährigen Rotwein in die Pokale und sagte leise:

»Der erste Sonnenuntergang einer Reihe schöner Tage, die auf uns warten, Alexandra.«

Von der Fremdheit, die ich befürchtet hatte, war nichts zu spüren. Wir nahmen einen Schluck des starkriechenden, wohlschmeckenden Weines, und die junge Frau antwortete: »Seltsam, wenn man weiß, daß man sich einhundertsiebzig Jahre kennt und davon nur eine Handvoll Jahre wirklich erlebt hat. Aber wir sind wirklich.«

»Du bist so prunkvoll und schön«, wich ich aus, »daß es fast wieder unwirklich ist. Mir fehlen die Worte.«

»Damals gefielen mir deine Augen besser«, sagte sie nach einer Weile, in der wir schwiegen und einander anstarrten.

»Ich will die Mongolen oder die indischen Bewohner des Kalifats oder die Chin-Leute nicht allzusehr erschrecken«, brummte ich. »Wie du sagtest: Auch ich bin derselbe.«

»Wie lange bleiben wir zusammen?«

»Das kann ich nicht sagen. Einige Jahre, wenn es uns gefällt.«

Wir umarmten und küßten uns lange und atemlos. Ich lernte schnell; auch ich begann zu empfinden, als hätten wir uns erst vor kurzer Zeit getrennt. Der Wein, den Rico nachschenkte, löste die Zunge und erzeugte heitere Stimmung. Wir aßen die ungewohnten Nahrungsmittel, die Rico nach äußerst wichtigen Richtlinien herausgesucht hatte. Ich fing an, mich nicht nur mit dem Gedanken anzufreunden, mit Alexandra zusammenzuleben, sondern freute mich auf diese Zeit. Ich hatte sie weniger selbstsicher und auf andere Art liebenswert in meiner Erinnerung, aber jede Zeit, selbst die in der Sicherheit der Kuppel, hinterließ untilgbare Spuren. Das Abenteuer begann zu locken.

»Ich sehne mich nach Sonne, frischem Wind und warmem Regen«, sagte Alexandra ein wenig undeutlich.

»In vier Tagen können wir alles haben«, erklärte Rico. »Dann sind alle Vorarbeiten beendet.«

Ich deutete auf die Wolken und die fast rote Sonne. »Das Originalwetter am Indus?«

»Ja. Nördliche Winde im ersten Mond des Jahres und ausreichend warme Luft. Der Weg dorthin ist lang; wir können die schönsten Küsten besuchen. Irgendwo ist auf dieser Welt immer Sommer.«

Bald waren wir satt. Schon von wenig Wein wurden wir trunken. Irgendwann, als die schlanken Kerzen aus dem Wachs ägyptischer Bienen heruntergebrannt waren und ihren Honiggeruch verströmten, hob ich die junge Frau auf meine Arme und trug sie in meinen Ruheraum, dessen Wände mit den vielfältigen Erinnerungen aus zahllosen Kulturen und Abenteuern dieser Welt bedeckt waren. Hier leuchtete nur eine einzige Kerze. Als wir uns liebten, war es für uns wie eine Heimkehr nach langer Reise; Heimkehr und ein Neuentdecken des Partners. Ich glaube, wir waren nach langer Zeit wieder einmal glücklich.

Fünfzehnter Tag: Der Container schwebte ferngesteuert zur Wüste Thar. Unser großer Gleiter, wie ein Küstensegler verkleidet, trug unseren wichtigen Besitz. Die Namen, die wir verwendeten, würde in jenen Ländern niemand identifizieren. Alexandra von Lancaster, Antal Peyrefitte of Sherwood und Ciron de Ronca!

Unter uns wirbelten Winterstürme über das Binnenmeer. Die Küste von Africa empfing uns mit Südwind, Feuchtigkeit und Sandsturm. Wärmer und trockener wurde es, als wir nach Südost weiterflogen, um entlang der Küstenlinie bis zum Indus vorzustoßen, in kleinen Etappen. Wir übernachteten in einer namenlosen Wüste, und am Abend des nächsten Tages erreichten wir eine Inselgruppe südlich der Trennlinie zwischen den Hemisphären. Dort fanden wir menschenleere Eilande, bewachsen von Palmen mit riesigen, auffallend geformten Nüssen. Hier landeten wir, schlugen das Zelt auf und befanden uns im Sommer.

In der ersten Nacht gingen wir den Strand entlang und sahen über uns die Sternarchipele und die Bahn der Milchstraße. Kühler Seewind trocknete den Schweiß auf unseren Körpern. Rico briet einen großen Fisch, den ich im letzten Abendlicht vom Gleiterrand aus gespeert hatte.

»Noch vor dem Einschlafen hätte ich fast alles für höllischen Spuk gehalten.« Alexandra deutete auf das beleuchtete Zelt und unser »Boot«.

»Spuk, Wunder und Unbegreifliches – es wird eine Zeit kommen, in der die Menschen mit ihrer Natur in Verständnis leben. Daß es noch ein weiter Weg bis dorthin ist, wissen wir beide.«

»Du hast viel getan, um die Unwissenheit der Leute zu beseitigen.«

»Vermutlich wird mir auch jetzt nichts anderes übrigbleiben.« Ich seufzte und streichelte ihre Hüften. »Wenn ich es nicht unter Zwang tun muß, freut es mich.«

»Wer könnte und wollte dich zwingen, Atlan-Antal?«

»Es gibt immer jemanden – oder etwas: die Umstände.«

»Denke jetzt nicht daran. Lehrst du mich schwimmen und tauchen?«

»Nicht mehr heute«, versprach ich. »Heute lehren wir einander, vieles zu vergessen. Zeitweise wenigstens. Mögliche gestrandete Raumfahrer, Arkon-Flotte, ES und seine Tyrannei, langen Schlaf oder unlösbare Probleme.«

Als ob das schwarze Amulett, der verkleidete Zellschwingungsaktivator, etwas helfen würde! Ich ertappte mich, wie ich meine Finger um den Diskus krampfte.

Wir liefen zu Rico, tranken kalten weißen Wein und aßen gegrillten, von Butter triefenden, mit frischen Kräutern gewürzten Fisch, sprachen leise und lauschten der barbarischen Musik, die vom Bandgerät wiedergegeben wurde. Die Schönheit des Planeten nahm uns gefangen und ließ uns erkennen, daß wir ein Teil davon waren. Von Larsaf III, im Schönen wie im Schrecklichen.

1.

Über der leblosen Wüste; in der Stunde, in der die Sterne erloschen: In der letzten Stunde der Nacht landete Ciron de Ronca den Gleiter auf der Terrasse. Gleißendes Scheinwerferlicht zeigte uns Säulen, Mauern und Treppen. Fledermäuse flatterten zwischen den Bäumen hin und her.

»Ein schöner Platz«, meinte ich schließlich. »Nur noch ein bißchen einsam.«

»In wenigen Tagen ist alles zu ändern«, versicherte der Roboter. »Ich entlade den Gleiter.«

»Ich suche uns die schönsten Räume heraus, Atlan-Antal«, sagte Alexandra. »Gib mir den Scheinwerfer.«

Die Anlage auf und im Felsen war nicht sonderlich groß, aber die Maschinen hatten gute Arbeit geleistet. Wir fanden eine Reihe nebeneinander liegender Räume, die auf eine lange, schmale Terrasse hinausführten, von deren Vorderkante wir weit in die Wüste blicken konnten.

»Es gefällt mir!« stellte ich fest. Während wir den Gleiter leerten und versuchten, die kahlen Räume wohnlicher werden zu lassen, verschwanden die Sterne; im zunehmenden Licht erkannten wir die Umgebung, von der die Tierwelt schon Besitz genommen hatte. Gazellen tranken am flachen Ufer des Kanals, und viele Vögel flatterten umher. Die Sonne kletterte hinter der Kulisse der fernen Uferwälder hoch, die Wärme nahm zu. Ciron öffnete den Container, und schließlich – es war Abend geworden – kannten wir sämtliche Räume, Treppen, Keller und Terrassen des Felsenbauwerks.

»Es ist schwer, hier einzudringen oder heraufzuklettern«, sagte der Robot. »Wenn wir keinen Besuch wollen, sind wir gut geschützt. Aber eine uneinnehmbare Festung wurde nicht daraus.«

»Das war auch nicht beabsichtigt«, versetzte ich. »Zwei wichtige Dinge müssen noch erledigt werden: Pferde und eine Botschaft an den Herrscher.«

»Die Botschaft solltest du abfassen«, sagte Ciron. »Um die Pferde kümmere ich mich.«

Ich setzte mich auf die Brüstung des höchstgelegenen Geländers und betrachtete die neu angelegte Grünlandschaft hinter der Mauer. Es war von hier aus keine Maschine mehr zu sehen; ich wußte, daß sie im Norden arbeiteten. Die turkmenischen Herrscher über einen großen Teil des Hindulands würden erstaunt sein, hier eine Festung vorzufinden, aber gleichermaßen mußte es sie freuen, ein weiteres Bollwerk gegen die Mongolen zu besitzen. Dieser Umstand sollte uns einiges Wohlwollen sichern, sagte ich mir.

Balban, ehemals Sklave, schließlich Marschall, war vor knapp drei Jahren zum Sultan gemacht worden. Er verkörperte die zentrale Gewalt in der Stadt Delhi; er sollte bald erfahren, daß es uns gab. *Vergiß nicht die Suche nach Überlebenden des Raumschiffs,* mahnte der Logiksektor. Ich hatte es nicht vergessen, aber es war fast unmöglich, eine Handvoll Fremder zu finden – wo sollten wir mit der Suche anfangen?

Alexandra setzte sich neben mich. »Müde? Hungrig?« fragte sie leise. »Es ist so schön hier. Und so ruhig.«

»Noch ist es still.« Ich zog sie an mich. »Morgen sehen wir uns in der Umgebung um.«

»Auf der Straße? Sie führt ins Nichts, ins Niemandsland.«

»Auch das wird sich bald geändert haben. Gehen wir in unsere leeren, fürstlichen Gemächer«, antwortete ich lachend. »Dort wird sich etwas zu essen finden.«

»Und ein großes Bett. Ciron hat es aufgestellt.«

Nahezu alles, was wir aus den Speichern der Kuppel mitgebracht hatten, war aufgestellt, an den Wänden befestigt oder ausgebreitet. Die Räume wirkten weitaus anheimelnder. Ich ging in mein Arbeitszimmer, schaltete die Bildschirme ein und kontrollierte die Spionsonden. Über unserer Festung kreiste ein Reiher; ein Robotvogel, der die anderen Vögel nicht erschreckte, wie es ein Falke oder ein anderer Raubvogel getan hätte. Seine robotischen Augen zeigten, daß die Zone menschenleer war. Alexandra brachte Essen und Wein. Wir setzten uns in die fellüberzogenen Sessel und redeten leise miteinander. Noch besaßen wir keinen festen Plan, keine Spur, der wir nachgehen mußten. Wir konnten uns Zeit lassen und unser Leben ungefährdet so einrichten, wie wir wollten. Ciron war mit dem Gleiter unterwegs, um eine Herde Reitpferde zu kaufen und hierherzubringen.

»Wenn es wirklich Überlebende dieses Sternenschiffs gibt«, sagte Alexandra, während sie einige Kerzen anzündete, »dann wirst du ihnen helfen?«

»Wenn es nötig ist«, entgegnete ich, »werde ich sie töten. Nicht alles, was aus dem Weltall kommt, muß gut und vorteilhaft für die Welt sein.«

»Jenes Geschütz, das auf das Schiff gefeuert hat«, schränkte Alexandra ein, »war nicht gerade vorteilhaft.«

»Es kann kein arkonidischer Strahlenprojektor sein«, brummte ich. »Das wird unser erstes Ziel werden.«

Ich führte eine rasche Kontrolle der Geräte durch und fühlte mich sicher, als ich die Kerzen aufhob und in unseren Schlafraum trug.

Von den Bildschirmen kannten wir das Gelände. Aber wieder überraschten uns Formen und Farben der Wirklichkeit. Im Gleiter schwebten wir über dem Nebel nach Nordosten. Die Sonne tauchte mattrot rechts von unserer Flugbahn aus dem Dunst. Wir waren unterwegs zum Hügel der weißen Worte, wie die Chin und die Manghol diesen Küstenabschnitt nannten. Vom äußersten Süden des Subkontinents reisten wir an die Stelle, an der Ciron vor mehr als einem halben Jahr das unbekannte Energiegeschütz entdeckt hatte.

»Ich habe lange darüber nachgedacht«, sagte ich, noch immer verwundert und skeptisch, »und ich habe noch immer keine Vorstellung davon, woher dieses Geschütz stammen könnte.«

»Immerhin hat es trotz allem richtig funktioniert.«

»Und seinen Zweck erfüllt«, pflichtete Ciron Alexandra bei. »An Ort und Stelle finden wir mehr heraus.«

»Vielleicht auch irgendwelche Spuren von Überlebenden. Von Raumfahrern.«

Ich hob ratlos die Schultern und versuchte, durch den Nebel mehr von der Landschaft zu erkennen. Drei Nachtlager in unbewohntem Gebiet lagen hinter uns.

»Wann sind wir am Ziel?« fragte ich den Roboter. Wir suchten das Delta eines Flusses, der Liaohe oder ähnlich hieß, vom Süden ausgehend nach Norden floß, einen Bogen machte und im äußersten Norden einer gewaltigen Bucht ins Meer mündete. Dort befand sich ein angeschwemmtes Plateau, das in einigem Abstand von der Ostküste steil abfiel.

»Vermutlich nicht vor dem frühen Abend«, antwortete Ciron. »Es gibt südlich der Großen Mauer wenige Menschen. Wir werden ungestört unsere Beobachtungen und Untersuchungen machen können.«

Von Stunde zu Stunde lichtete sich der Nebel mehr. Wir schauten auf ein flaches Land, das an vielen Stellen – stets entlang von Straßen, langen Kanälen und Flüssen – den Fleiß seiner Bewohner erkennen ließ. Das Land war von den Manghol erobert worden; ihre Zeichen waren unverkennbar.

Kurz vor Mittag erreichten wir den Nordstrand der Bucht. Schiffe mit dunklen Segeln, breit gebaut und behäbig, durchfurchten das Wasser. Es war schneidend kalt außerhalb des Energieschirms und der transparenten Verkleidung; wir saßen im Warmen. Durch die Linsen schwerer Ferngläser betrachteten wir das Land und versuchten, etwas von dessen wahrem Charakter in uns aufzunehmen. Hier fehlte südliche Heiterkeit. Die Natur strahlte frostklirrende Melancholie aus.

Zwischen Mittag und Abend konnten wir deutlich das große Delta sehen. Es lag unter einer dichten Schneeschicht; viele Wasserläufe waren zugefroren. Ciron suchte einen Kurs, der uns durch fahlen Nebel führte und unsichtbar machte. Er fand ohne Zögern den genauen Standort des rätselhaften Geschützes.

»Dort, am Rand des Seewassers, an der Flutgrenze.« Er landete mit dem Gleiter auf dem Felsplateau eines Hügels, etwa tausend Schritt von der jetzt unsichtbaren Stelle entfernt.

»Wir versuchen es gleich«, sagte ich. Wir setzten dicke Mützen auf, zogen Handschuhe und Mäntel an. Die Kleidung sah aus, als bestünde sie aus wertvollen Fellen, stammte aber aus den kopierenden Anlagen der Kuppel. Waffen, Nachrichtengeräte und ein Satz Detektoren und Prüfgeräte steckten wir ein, dann öffnete sich der Schutzschirm. Ciron führte uns, und ich half Alexandra über vereiste Felsen, durch knisternden Rauhreif und durch dünenartige Schneeverwehungen. Wir stapften den Hang hinunter, rutschten und stolperten; schließlich bewegten wir uns über einen flachen Acker auf den Strand zu. Ein aufgetürmter Wall Schwemmgut bildete die äußerste Begrenzungslinie. Wir folgten Ciron nach links und wanderten ein paar hundert Schritte entlang der Brandung. Schließlich blieb der Robot am Rand eines kraterähnlichen Loches von beträchtlicher Größe stehen.

»Das ist der angemessene Punkt.«

»Alles andere ist aufsehenerregend«, brummte ich und bedeutete Alexandra, zurückzubleiben. Überall, an dem Wall und den Kraterwänden, war gefrorener Sand, durchmischt mit Eis und Schnee. Vorsichtig folgte ich Ciron über die rutschige Fläche. Er hob warnend den Arm und sagte scharf:

»Vorsicht! Die Anlage kann Sicherheitseinrichtungen haben.«

»Schalt den Abwehrschirm ein!«

»Schon geschehen.«

Ciron ging langsam weiter. Vor ihm flimmerte ein konvexes, flimmerndes Energiefeld. Ich setzte meine Stiefel in die Eindrücke, die der Robot hinterlassen hatte. Wieder blickte ich voll Spannung rechts und links an seiner Schulter vorbei. Es wurde deutlich, daß sich im weichen Schwemmland, dessen Oberfläche hart gefroren war, Spalten und Verwerfungen bildeten, sich öffneten und wieder schlossen. Lehm wurde vom Wasser mitgerissen und war nichts anderes als feinster Staub, vom Wind weggewirbelt und an andere Stellen abgelagert. Der Untergrund war alles andere als stabil. *Also ein Zufall, daß dieses »Ding« aufgetaucht ist!* sagte der Logiksektor.

»Eine Welt unergründlicher Geheimnisse«, murmelte ich. Als wir ein ebenes Stück des unregelmäßigen Kraters erreicht hatten, fast am tiefsten Punkt, sahen wir den fremden Gegenstand.

»Außerordentlich merkwürdig.« Ich zuckte mit den Achseln. Wir sahen die Oberfläche einer kugeligen, gleichmäßig gerundeten Form aus Metall. Auf der Fläche hatten sich pockenartige Lebewesen oder gewachsene Kristalle abgelagert. Sie wirkten uralt. Ganz undeutlich schob sich eine Erinnerung in mein Bewußtsein: Einen Gegenstand mit einer ähnlich verkrusteten Oberfläche hatte ich zu einer anderen Zeit, an einem anderen Ort gesehen. Ein starkes Erlebnis mußte damit verbunden gewesen sein, sonst hätte dieser Impuls die Blockade durch ES nicht durchdringen können. Nicht ganz im Zentrum dieser Kuppel befand sich eine Art Schott, ein kreisrunder Deckel, dessen Rand ebenso wie die Kuppel selbst auffallend blank aussah. Der Durchmesser dieses Schottes betrug vier große Schritte.

»Kannst du etwas orten oder anmessen?« fragte ich, streifte den Ärmel des Fellmantels zurück und schaltete meine Prüfgeräte ein.

»Metallteile und gewaltige Energien.« Ciron hob einen Eisbrocken auf und schleuderte ihn mit aller Wucht auf das Zentrum des Schottes. Es gab einen dröhnenden, nachhallenden Schlag. Die Kuppel schien weitestgehend hohl zu sein. Sonst geschah nichts. Nach einer Weile sagte Ciron: »Unter dem Metall finden Bewegungen statt. Wir sollten uns zurückziehen, Antal.«

»Einverstanden.«

Wir kletterten die Böschung hinauf. Ciron zog seine Waffe und gab einen kurzen Schuß auf die Trennlinie zwischen Platte und Rundung ab. Als der kurze, überraschend laute Donner vorbei war, hörten wir im Innern der seltsamen Anlage ein Summen und scharf klickende Laute. Wir duckten uns, behielten die Klappe aber im Auge. Langsam öffnete sie sich und wurde von stählern schimmernden Hydraulikarmen um hundertachtzig Grad aufgeklappt. Ein pilzförmiger Stempel hob sich im Mittelpunkt aus dem Loch, eine Verkleidung öffnete sich, dann sahen wir Linsen, Parabolantennen, stabförmige Teile und halbkugelige Elemente, die sich drehten und umherschwenkten. Deutlich war zu erkennen, daß sie spähten, lauschten und orteten.

Dies ist unzweifelhaft keine arkonidische Technik! sagte der Logiksektor entschieden. Ich mußte ihm recht geben. Summend und klickend spähten die fremden Instrumente umher. Ich ließ meinen Blick zwischen ihnen und meinen Meßgeräten hin- und hergehen. Dann schlossen sich die Teile der Verkleidung, und das Ortungssystem verschwand im Innern des metallenen Behälters. Das Summen wurde lauter, schriller und steigerte sich. Ein wuchtiger Strahlenprojektor schob sich aus der Öffnung, drehte sich hin und her und bewegte sich schließlich in unsere Richtung. Ich sah, daß der Winkel nicht genügend groß war, also würde ein Schuß weit über unsere Köpfe hinweggehen. Dennoch rannten wir auseinander und warfen uns hinter dem Wall zu Boden. Dreimal feuerte das Strahlengeschütz. Der Energiebalken, weißglühend und mit ohrenbetäubendem Dröhnen, brannte einen riesigen Kanal durch den Nebel, erfüllte die Umgebung mit gewaltiger Hitze und riß augenblicklich wieder ab. Drei gewaltige Donnerschläge und Echos fuhren über das Flußdelta dahin und brachen sich an den eisigen Hügelflanken. Andere Geräusche ließen erkennen, daß die Anlage wieder in die Kuppel zurückgefahren wurde. Wir kamen auf die Füße, und Ciron riskierte es, im Schutz seines Energiefelds über den Kraterrand zu spähen. Ich folgte ihm und sah, daß sich an unzähligen Stellen Schnee und Eis aufgelöst und in dampfendes Wasser verwandelt hatten. Die Luke schloß sich; Wasser wurde aus dem Spalt herausgedrückt. Ich brummte kopfschüttelnd:

»Waren wir tatsächlich das Ziel?«

Meine Instrumente hatten bestätigt, was wir gesehen und erlebt hatten.

»Mit Sicherheit. Niemand sonst gebraucht Hochenergie auf diesem Planeten. Aber die Anlage war überfordert. Sie fand den vermeintlichen Gegner nicht.«

Nur langsam kühlte sich die Umgebung ab. Die Wände des Kraters dampften, und das heiße Wasser sammelte sich auf der metallenen Oberfläche der Anlage. Der Boden zitterte; zugleich mit einem kurzen Ruck, mit dem die Kuppel eine Elle tiefer absackte, gurgelte Wasser in einen unterirdischen Hohlraum.

»Sollten wir versuchen, in dieses System einzudringen«, erklärte der Roboter, »würde es sich wehren. Es scheint, daß es sich um eine Abwehrstation gegen Raumschiffe handelt.«

»Das meine ich auch«, sagte ich. »Überdies wissen wir, daß ein Schiff abgeschossen wurde.«

»Von einer Anlage, die nicht aus der arkonidischen Kolonisierung zurückgeblieben ist«, schloß Ciron. »Was hast du vor? Sollen wir diesem Rätsel auf der Spur bleiben?«

Ich hatte mir diese Frage mehrmals gestellt. Ich zögerte nicht, Ciron zu antworten:

»Wir lassen eine Sonde hier und beobachten weiter. Vermutlich versinkt die Anlage wieder im Untergrund. Sollte sie zur Gänze sichtbar werden, finden wir vielleicht einen Eingang, dessen Abwehreinrichtungen uns nicht umbringen.« Ich deutete zum Hügel, zwischen dessen Steintrümmern der warme, gemütliche Gleiter wartete. »Gehen wir. Ich sehe keinen Sinn darin, hier auf eine kaum zu findende Erklärung zu warten. Die Anlage bleibt ein Rätsel. Vielleicht löst es sich – irgendwann.«

Schließlich erwartest du nicht die Landung der Arkon-Flotte, bemerkte grämlich der Extrasinn. Halb erleichtert und halb enttäuscht, kletterten und rutschten wir in unseren eigenen Spuren den Hügel hinauf, zurück zum Gleiter. Der Berg der weißen Worte behielt sein Geheimnis; als wir in der einsetzenden Dunkelheit starteten und nach Süden flogen, sahen wir den spiraligen Schleier des Dampfes, der aus dem Krater hervorkam. Nun wußte ich, daß eine rätselvolle Anlage tatsächlich einen Raumflugkörper über diesem Teil des Planeten abgeschossen hatte. Ob wir die Überlebenden finden würden – ich war skeptisch.

Zehn Stunden lang flogen wir, dann erreichten wir das Ziel, das wir während des Hinflugs ausgesucht hatten. Eine Stadt namens Dagon, nahe am Meer und in einer weitaus wärmeren Zone. Wir schlugen unser Nachtlager im Windschutz einiger Bäume und Büsche inmitten einer riesigen Sandfläche auf. Als ich in den ersten Morgenstunden die Bildschirme einschaltete, die Spionsonden kontrollierte und die Aufzeichnungen ablaufen ließ, sah ich die fremden Raumfahrer.

»Rothaarige Besucher auf Terra!« brummte Cyr Aescunnar. »Zu Zeiten Khubilai Khans! Und ein geheimnisvolles Geschütz, vielleicht aus der lemurischen Vergangenheit, das sich selbst aktivierte.«

Er war direkt bei dem Arkoniden; zwei Stunden nach Mitternacht. Es schien überflüssig, sich um Atlan Sorgen machen zu müssen: Während der langen Pause hatte sich Atlan außerhalb des Überlebenstanks zweimal aufgesetzt, hatte sich umgesehen, als suche er etwas oder wollte sich vergewissern, wo er sich befand. Auch auf dem Lager, im Licht der Solarlampen, hatte er seinen Bericht fortgesetzt. Sämtliche Monitoren, Holoprojektoren und Aufzeichnungsgeräte, im weiten Halbkreis vor Aescunnars Arbeitstisch aufgebaut, arbeiteten, blinkten, summten und dokumentierten; Atlan lag unter der modifizierten SERT-Haube in der Nährflüssigkeit des Glastanks.

19. Dezember 3561; *00 Uhr 07 min 24 sec* zeigten die Ziffern des Chronometers. Seit dreiundzwanzig Stunden war die blasendurchwirbelte Flüssigkeit nicht mehr glasklar, sondern milchig. Die geänderte Zusammensetzung entsprach, sozusagen, dem Grad des ärztlichen Optimismus – das Team der Mediziner war ebenso wie MASTERCONTROL der Auffassung, daß der Prätendent des Neuen Einsteinschen Imperiums endgültig außer Lebensgefahr war. Cyr lauschte den Worten, warf ab und zu einen langen Blick auf die Printplatte und seine anderen Unterlagen: In der Welt zu Zeiten des Großkhans wetteiferten ein Dutzend oder mehr aufstrebende Kulturen miteinander. Plötzlich hörte Atlan zu sprechen auf. Er seufzte tief. Als er weitersprach, war seine Stimme völlig verändert.

»Ich weiß, daß ich Zuhörer habe. Ich weiß, daß ich mir viele meiner Erinnerungen von der Seele geredet habe. Ich weiß, daß ich mehr tot als lebendig war.«

Cyr Aescunnar spürte einen Stich der Angst. Gleichzeitig erkannte er, daß er – und alle, die auf Atlans Genesung warteten! – Grund zum freudigen Erschrecken hatten: *Der Arkonide schien in die unmittelbare Gegenwart zurückgekehrt zu sein!*

»Ich spüre noch die Beben des Planeten Karthago Zwei«, sagte Atlan. »Ich fühle den erschreckenden, bebenverursachenden Zorn des Pyrarchos, ich sehe die Vulkane ausbrechen und die Planetenspalten aufreißen; ich erinnere mich der verunglückten Gleiterflüge und der Geschosse weißglühender Lava, die uns trafen und mich fast tödlich verletzten. Schemenhaft habe ich wahrgenommen, daß mich meine Freunde mit der KHAMSIN nach Point Allegro und zur Provcon-Faust zurückgebracht haben, daß uns Vaku-Lotsen nach Gäa leiteten. Ich bin den Ärzten übergeben worden; mein Verstand arbeitete ununterbrochen weiter, und in einer lebensrettenden Katharsis zwingen mich die ARK SUMMIA und der Extrasinn, die Sedimente über meinen Erinnerungen aufzureißen. Solange ich mit den Berichten, Erzählungen und Schilderungen nicht einen bestimmten Punkt erreicht habe – sagt der Extrasinn! –, kann ich nicht völlig geheilt sein.«

Er holte wieder tief Atem, schien zu überlegen; vielleicht bemerkte er auch auf irgendeine Art die Aufregung um sich herum, die jeden gepackt hatte, der Atlan zuhörte oder die Überwachungsgeräte kontrollierte. Atlan sprach weiter, etwas langsamer und schärfer betont, aber ebenso klar wie zuvor:

»Daß ich der Prätendent des NEI bin und Julian Tifflor mich vertritt, weiß ich genau. Ich weiß, daß mich Doktor Ghoum-Ardebil von Anfang an behandelt hat. Aber ich spüre erstaunt, daß der Augenblick in der Gegenwart endet und mein Verstand wieder in jene Zeit der Erinnerungen zurückschweift, von denen ich einst meinte, sie beherrschen zu können. Vergeblich, umsonst; welch vermessene ... Nun ja: Ich sehe die helle Festung wieder vor mir, auf dem einsamen Felsen am Rand der Thar, unweit des Flottensilos, umgeben von einem fast endlos weiten, grün wuchernden Park, Alexandra und ...«

Atlan unterbrach sich. Eine Pause von fragwürdiger Gefährlichkeit entstand, voller Anspannung. Der junge Assistenzarzt, dessen Abbild der Geschichtswissenschaftler auf dem Holomonitor sah, machte mit beiden Händen beschwichtigende Gesten. Cyr nickte zurück. Drei lange Atemzüge später hörte er wieder Atlans Worte.

Der Arkonide berichtete weiter:

2.

Die Sonde ruhte auf dem miteinander verflochtenen Bündel Zeltstangenenden. Das Linsensystem schaltete auf den Restlichtverstärker, bewegte sich und zeigte ein Bild von großer Schärfe und ebensolcher Eindringlichkeit: Die breite Lagergasse, fast schon eine Prachtstraße aus Zelten, Jurten, Bäumen, Feuern und Fackeln, führte geradeaus zu den Stufen des Palasts. Zwei Bogenschuß entfernt von Säulen, geschmückten Dächern, gespannten Sonnensegeln und den Schalen voller rotglühender Kohlen standen, umgeben von einem Kreis staunender Mongolen, die beiden Fremden.

Subo Etai war ein Riese, ebenso wie seine Gefährtin. Sie nannte sich Jelme Hadamag. Sie sahen verwunderlich aus mit ihrer hellen Haut und dem feuerroten Haar. Jelme hatte sich das Haar von einer Mongolenfrau schulterlang abschneiden und in Wellen legen lassen. Über dem anliegenden, silberfarbenen Gewand trug sie dicke Fellstiefel und einen Fellmantel, der an ihr wie eine Jacke wirkte und vor der Brust nicht richtig schloß.

»Amorchen baino?« rief ein Meldereiter, der an der Gruppe vorbeitrabte. »Fühlst du dich wohl, Subo?«

Die Orrosi, die Fremden, waren das Gespräch von Karakorum und Khanbalik, den Hauptstädten.

»Tinger metne!« rief Subo zurück. »Der Himmel mag's wissen.«

Die Fremden wurden wie Wunderwesen bestaunt und angegafft; sie überragten den größten Manghol um mehr als zwei Köpfe und hatten die Sprache gut sprechen, aber noch nicht schreiben gelernt. Aber sie blieben fremd und unbegreiflich. Der Khan, der stets begierig war, Berichte aus anderen Teilen der Welt zu hören, würde sie bald zu sich befehlen. Obwohl die Fremden zum Teil mongolische Kleidung trugen, auch der Mann seine Zöpfe geopfert und sein Haar nach mongolischer Sitte gekürzt hatte, waren die Fremden unsicher und mutlos. Von den Mongolen wurden sie mit aller Gastfreundschaft behandelt; wie alle Gäste, die sich den Regeln und Gesetzen unterwarfen und den Großkhan um Schutz gebeten hatten. Subo legte seinen Arm um die Schultern der Frau und sagte in der Sprache der Gestrandeten:

»Je mehr ich erlebe, desto weniger Hoffnung bleibt.«

»Wir werden den Weltraum niemals wiedersehen.«

»Ich kann es nicht glauben«, wich er aus. »Ich hoffe, daß sich auf diesem verdammten Planeten etwas finden läßt.«

In der kurzen Zeit, die sie seit dem Absturz des Raumers zwischen den Eingeborenen verbracht hatten, waren ihnen viele Einzelheiten aufgefallen. Der Planet war unendlich schön und reich. Die Schätze an Gegenständen der Kunst und des täglichen Gebrauchs stachen in die Augen. Bestand die Chance, diese Welt irgendwann zu verlassen, gab es einen Handelsposten, der jeden kosmischen Handelsmann reich machen konnte. Dennoch war es schwer, zwischen den unwissenden, kleinen Eingeborenen zu vegetieren. Es war schlimmer als Überlebenstraining; sie mußten allen Ernstes damit rechnen, daß sie diesen Planeten niemals mehr verlassen konnten. Die Eingeborenen wußten nicht einmal, was die wahre Natur eines Planeten ausmachte! Sie begriffen nicht, wovon Subo und Jelme sprachen!

»Ihr Essen vergiftet uns nicht«, sagte der Hüne und zog sich die Kapuze über die Ohren. »Gehen wir essen. Ich bin müde.«

»Vielleicht geben sie uns einen Becher von dem dünnen warmen Wein, der uns leichter einschlafen läßt.« Jelme hob fröstelnd die Schultern. »Vielleicht auch zwei.«

Subo hustete wieder; jedesmal, wenn er in der Nähe qualmender Fackeln oder offener Feuer war, reizte der ätzende Rauch seine Augen ebenso wie seine Rachenschleimhäute: Er war diese Welt noch nicht gewohnt.

»Ciron«, sagte ich halblaut, »deine logischen Berechnungen oder Schätzungen waren erfolgreich. Langsam bekomme ich Angst vor deinen Positronen. Zufällig hat unsere Sonde die Überlebenden entdeckt. In Karakorum, der Residenzstadt des Großkhans Khubilai Khan. Nicht gerade Zufall, aber sehr viel Glück.«

»Das bedeutet, daß es ein Raumschiff gab, das von diesem Geschütz abgeschossen wurde, und daß mindestens zwei Raumfahrer überlebt haben, daß sie bei den Chin waren und von den Mongolen hierhergebracht wurden.«

»Aber nicht zu Pferde.« Ich lachte Alexandra zu. »Zuerst hätten ihre Raumfahrerstiefel zwei Furchen gezogen, dann wären die struppigen Pferdchen zusammengebrochen.«

»Dein Ziel steht fest?« fragte Ciron.

»Jetzt steht es fest. Aber wir haben keine Eile, nach Karakorum zu reisen«, antwortete ich. »Die Fremden haben erkennen lassen, daß sie keine Hyperfunkgeräte besitzen. Also haben sie kein Schiff zur Hilfe rufen können.«

»Und sollte eines zu landen versuchen, wird es wieder von der seltsamen Anlage abgeschossen.«

Ciron lachte sarkastisch. Die Notlage der Fremden glich unserer Situation. Wir waren Gefangene des Planeten, aber uns ging es unvergleichlich besser als den Gestrandeten. Ich glitt vom Bug des Gleiters in den warmen Sand und sagte:

»Zuerst sehen wir uns nahe der Festung um. Gleichzeitig belauschen wir den Großkhan, die Fremden und sehen nach dem Energiegeschütz. Wir sind ohne festen Auftrag hier und ohne zu großen Ehrgeiz, was mich betrifft. Versuchen wir, gut zu leben.«

Wir machten Feuer, tunkten die dünnen Fladenbrote in eine scharf gewürzte Suppe aus Fleischbrocken und Gemüse, tranken das dunkle Bier der Eingeborenen und beobachteten die Sterne. Wir befanden uns nahe der Trennungslinie zwischen den Polhemisphären; der mondlose Sternenhimmel blieb klar und ebenso unerreichbar wie Arkon.

»Ein unbedeutender Zufall«, sagte ich und hob den Becher. »Der Khan von Persien unter der Herrschaft des Kublai oder Khubilai heißt tatsächlich *Arcon der Dritte.*«

»Du hast es in der Flut meiner Informationen entdeckt.« Ciron zog den Kessel von den Flammen weg.

»Woher sonst. Hast du irgendwelche Informationen, Erinnerungen, Speicherinhalte, woher diese Fremden kommen? Sie scheinen so menschlich wie die Bewohner von Larsaf III zu sein oder, sozusagen, wie ich.«

»Es ist nichts vorhanden, Gebieter!« antwortete Ciron mit endgültiger Sicherheit.

Alexandra fragte aufgeregt: »Warum ist das so wichtig? Sie erschrecken nicht einmal die Manghol.«

»Weil der Gedanke, daß Verwandte der Arkoniden notgelandet sind, das gesamte Problem ändert.«

»Das verstehe ich«, schloß Alexandra. »Dann wärest du verpflichtet, ihnen unter allen Umständen zu helfen.«

»Bei Khubilai Khan scheinen sie indessen nicht in Gefahr zu sein«, sagte

Ciron. »Wenigstens nicht, solange ihre Geschichten nicht allzu phantastisch werden.«

Wieder einmal waren wir allein in einem riesigen, leeren Land. Auf diesem Planeten gab es unendlich viele Nischen und Bereiche, in die seine Bewohner noch nicht eingedrungen waren. Immer wieder drängte es Gruppen, ihren Lebensbereich zu verlassen. In diesen Jahren waren es, seit Dschinghis Khan, Mongolen oder Tataren, die Heere von gewaltiger Größe bildeten und die Völker unterwarfen. Zwischen 1215 und 1240 waren Krieger, scheinbar mit den Rücken ihrer schnellen Tiere verwachsen, ausgeschwärmt und hatten jeden Verteidiger niedergekämpft. Heute, unter der Herrschaft Khubilais, waren die Händler aus dem Westen gerngesehene Gäste, die mit ihren Großkhan-Schutzbriefen unbehelligt reisten. Khubilai schien ein kluger und keineswegs grausamer Mann zu sein.

»Aber ich fange zu ahnen an«, sagte ich später, als Alexandra und ich am Strand entlangwanderten, »daß es mit unserer Ruhe nicht weit her sein wird.«

»Befürchtest du Unruhe? Ich weiß, wie sehr du Unruhe liebst. Sie regt die Phantasie an, hast du gesagt.«

»Kampf ist eine üble Art von Unruhe«, erklärte ich. »Der Großkhan zieht nach Süden und Osten. Seine neue Hauptstadt, Khamblau, scheint fertig zu sein. Auch das werden wir nachprüfen.«

Wahrscheinlich würde er enden wie alle Weltherrscher: An einem bestimmten Punkt war das Reich zu groß, konnte weder regiert noch kontrolliert werden, und dann zerfiel es unter dem Ansturm jener Völker, die zuvor besiegt worden waren.

»Ich habe verstanden, daß er die Insel Zipangu erobern will.«

»Bis zum heutigen Tag hat er unendlich viele Reiter, aber keine Schiffe.«

»Das kann sich ändern. Ein Schiff ist rasch gebaut. Oder eine Nation, die Schiffahrt betreibt, ist für Khubilai schnell zu erobern.«

»Überall ist nur die Rede von Kämpfen und Kriegen.«

»Nicht bei uns. In einem Tag sind wir dort«, versprach ich, aber wußte gleichzeitig, daß dieses Versprechen schwer zu halten sein würde. Wir kehrten um und gingen, Arm in Arm, durch die vollkommene Dunkelheit zum Licht des Gleiters zurück, der auf dem Sand lag wie ein gestrandetes Fischerboot.

Für uns bedeuten die folgenden Tage gleichermaßen Erholung und Aufregung. Selbst unwichtig erscheinende Entdeckungen brachten uns das neue Land näher. Wir ritten die Pferde ein und änderten Kleinigkeiten an den Sätteln und Steigbügeln. Ein Dutzend großer, starker Tiere weidete bereits im abgetrennten Teil des Naturparks. Ich organisierte die Beobachtungsapparaturen, half mit, die verschiedenen Räume weiter einzurichten, und versuchte, Teile der Geschichte und der herrschenden Zustände, Verhältnisse und Beziehungen kennenzulernen und mir, sofern die Sonden es leisten konnten, auch ein richtiges Bild der Herrscher selbst zu machen. Aus der Richtung des Flusses bewegte sich ein Zug braunhäutiger Einwohner des Sind. Die Ausstattung schien auf eine von Wachen und Kriegern geschützte Karawane hinzudeuten. Ciron betrachtete die Bilder, nahm die Struktur des Geländes auf und fing an, Kleidungsstücke auszusuchen.

»Ich reite ihnen entgegen. Es sind mit an Sicherheit grenzender Wahrscheinlichkeit Leute des Kalifats.«

»Einverstanden«, sagte ich. »Sei wachsam, aber versuche, ihnen alle unsere Vorzüge zu schildern.«

»Ein kurzes Gespräch klärt alles«, antwortete er. »Seid unbesorgt.«

Und aus nordwestlicher Richtung, vom Bolaan-Paß her, näherte sich in jener selbstverständlichen Entschlossenheit, die geübte Krieger auszeichnete, ein Heerwurm tatarischer Reiter. Es waren Tausende. Sorgfältig legte ich einen Raster über die Bilder und fing zu zählen an. Als Alexandra in das abgedunkelte Arbeitszimmer kam, winkte ich und bat sie in den Sessel neben mich.

»Und schon sind Ruhe und Stille vorbei«, sagte ich. »1258 eroberte Hulagu Khan Baudac oder Bagdad. Jetzt versuchen sie das Land Sind und, weiter nördlich am Indus, das Panjab, zu plündern. Es ist, so seltsam das klingt, ein zahlenmäßig geringes Heer.«

»Es kommt auf uns zu! Hierher!«

Sechstausend oder siebentausend, dazu ein überraschend kleiner Troß. Es waren, soviel wußte ich inzwischen mit unumstößlicher Gewißheit, die besten Kämpfer dieser Welt. Ihre Pferde waren klein, stark und schnell. Jedes der stämmigen, struppigen Tiere sah ausgeruht und gepflegt aus. Mähnen und Schweife waren sorgfältig gekämmt, oft geflochten, vielfach mit kleinen Schmuckstücken dekoriert. Satteldecken, Körperpanzer aus Matten, Leder und Flechtwerk, breite Ledergurte, Satteltaschen und Schnallen – die Reiter, von denen die Tiere mit absoluter Meisterschaft beherrscht wurden, hatten jedes Teil ebenso geputzt wie das Fell.

Behendigkeit, Kraft und ein gewisser Glanz gingen von den Pferden aus. Fast jeder Reiter hatte zwei oder mehr Pferde; die Handpferde trugen kleine Lasten und Waffen. Die Mongolen; ich kannte sie aus zahllosen anderen Bildern. Hier und heute sah ich sie zum erstenmal im geschlossenen Verband. Vermutlich würde ich sie in einem halben Mond oder früher auch kämpfen sehen.

Fellbesetzte Lederstiefel, wenige Sporen, lederne Hosen oder solche aus grobem Stoff, Panzerwesten aus wattiertem Stoff, mit Metall, Holz und Leder verstärkt, gefüllte Köcher und jene kleinen Bögen, deren Schenkel im gespannten Zustand fast waagrecht lagen, leicht gekrümmte Schwerter in ebensolchen Scheiden, Schilde in vielen Formen und Farben, bewimpelte Lanzen und Kampfäxte – über die gewundene Paßstraße wälzte sich funkelnd und zuckend ein vielfarbiger Heerwurm.

»Zwischen hundertfünfzigtausend und zweihunderttausend Männer kämpfen in der Armee des Khans«, murmelte ich. »Hoffentlich entschließt er sich nicht, gegen Sind und das Kalifat des Balban zu kämpfen.«

Schweigend betrachteten wir die Aufnahmen des Spionauges, mehr als zwanzig Tagesritte entfernt postiert. Aber auch diese Berechnung konnte sich als trügerisch erweisen, denn mongolische Meldereiter konnten an einem Tag bis zu dreihundertvierundzwanzig römische Meilen zu je eintausend Doppelschritt zurücklegen.

Alexandra, die fast ebenso gut ritt wie ich, lehnte sich schwer auf meine Schulter. »Welch ein katastrophaler Widersinn!« Sie stöhnte. »Überall garantiert der tatarische Frieden, pax mongolica, Leben und Handel und sogar religiöse Freiheit. In Bei-ping gibt es Kaufleute aus Venezia, Mongolen sind in Bordeaux, Handwerker aus dem Frankenland in Karakorum, islamische Steuerfachleute in Chin-Land, das Recht der Manghol am Nil – und diese Reiter kämpfen womöglich gegen uns? Ich habe oft darüber nachgedacht; so viele Jahre haben der Welt so wenig Vernunft gebracht?«

Ich nickte und erwiderte nicht ohne Bitterkeit:

»Das scheint eines der wenigen Dinge zu sein, auf die man sich zu allen Zeiten verlassen kann.«

Wir hörten, ganz schwach, den Hufschlag des Pferdes, in dessen Sattel Ciron saß und, geschützt durch sein umfangreiches Programm und eine Vielzahl geheimnisvoller Waffen, den Hindukriegern entgegenritt, die von turkmenischen Muslims beherrscht wurden. Ich hob den Weinbecher und versuchte, Alexandra aufzumuntern.

»Kaum sind wir ein paar Tage im Licht der Sonne, fängt das Leben an, sich auf interessante Weise zu überschlagen. Ich glaube, wir sollten uns in den Sattel schwingen und einen Teil des Geländes abreiten.«

Sie packte mich an der Hand und zog mich von den Geräten weg. »Das Beste, das dir heute eingefallen ist.«

»Ich vertraue darauf, daß mir noch bessere Dinge einfallen«, brummte ich und lief mit ihr die breiten Stufen hinunter. Auf einer Schimmelstute ritt Alexandra vor mir. Ich folgte auf dem Rapphengst mit den weißen Zeichnungen an den Läufen und am Kopf. Überall, wo wir das Erdreich flüchtig bearbeitet und Wasser herangeleitet hatten, blühten und wucherten die Pflanzen. Die Tiere hatten schmale Pfade durch die grüne Fläche getreten; wir kamen ihnen in langsamem Galopp hinterher. Wasserläufe, die scheinbar aus dem Nichts kamen, folgten dem Gefälle und den Verwerfungen der ehemaligen Halbwüste. Wo auf diesem Planeten gutes Wasser war, wuchs und gedieh schier alles – und in überaus kurzer Zeit. Wir machten uns gegenseitig auf einzelne Beobachtungen aufmerksam; stets folgte uns in großen Kreisen der robotische Kranich.

Wir zogen an den Zügeln, als die Mauer mit der verglasten Oberfläche endete. Rechts von uns war feuchtes Grün, vor uns erstreckte sich die Sandfläche der Thar, zusammengesetzt aus Dünen, Felsen und schneeweißen Sandflächen. Ich zeigte darauf und rief zu Alexandra hinüber:

»An welcher Stelle die Mongolen es auch versuchen werden – sie müssen durch eine leblose Wüste. Ich weiß, auf welche Weise wir sie abwehren können.«

»Ohne Kampf? Ohne Verwundete und Tote?«

»Nichts geht ohne Kampf. Es sind schließlich Tausende.«

Mehrere Tagesritte weit, bis weit über den sichtbaren Horizont, erstreckte sich die Wüste. Für viele Lebewesen war sie tödlich; für die Tatarenreiter würde sie lediglich gefährlich werden können. Die besten Armeen des Planeten verfügten über kluge und listige Techniken für Männer und Tiere.

»Die Mauer hat wohl nur symbolischen Charakter, nicht wahr?«

»Sie stellt ein Grenzzeichen dar!« rief ich und setzte die Sporen ein. Wir folgten einem Pfad nach Osten, auf eine Gruppe riesiger Bäume zu. Wasser plätscherte, ein Knarren wurde lauter. Vögel flatterten auf. Am Ende eines Kanals, der über weite Strecken hinweg unterirdisch verlief, breitete sich ein flacher See aus. Zwei Steinsäulen standen darin, zwischen ihnen drehte sich ein sechsmal mannshohes Rad mit zahlreichen Schöpfeimern unaufhörlich. Ein unsichtbarer Motor, stark untersetzt, bewegte das Rad. Das Wasser wurde in einen Holztrog entleert und über Rohre aus Kunststoff, die dickem Bambus täuschend ähnlich sahen, in die Umgebung verteilt. Ständig floß Flußwasser aus großer Entfernung nach.

Wir ritten vorbei und beobachteten die scheu äsenden Gazellenrudel. Unaufhörlich drehte sich das Wasserrad. Noch wuchs an wenigen Stellen das Grün im Gelände; eines nicht zu fernen Tages würde es mit der Ufervegetation zusammenwuchern. Wir preschten in weitem Bogen zur Straße und ritten über die erste Brücke.

»Es ist ein herrliches Stück Land geworden!« rief Alexandra lachend. Vor uns lagen die Spuren von Cirons Reittier.

»Es wird verfallen, wenn sich niemand mehr darum kümmert. Es hängt nur von uns ab!«

»Also auch davon, ob die Mongolen durchreiten oder nicht.«

In natürlichen Senken hatten sich Tümpel und kleine Moorstellen gebildet. Der Boden hatte nur auf Feuchtigkeit gewartet. Fische sprangen aus dem trüben Wasser des Indus, das klarer wurde, je länger es durch dieses Gelände lief. Alte Bäume trieben frische Blätter und Ästchen; Samen und Schößlinge, die in der Trockenheit gewartet hatten, gingen allerorten auf. Dreimal sahen wir die Maschinen hinter Hecken und Büschen, wie sie den Boden aufbrachen, umlagerten und glattarbeiteten. Kanäle entstanden und wurden tief in die Ablagerungen früherer Planetenzeitalter hineingebrannt. Als wir die ersten Dünen des Ozeanstrandes sahen, ritten wir auf den höchsten Punkt hinauf und hielten die Pferde an.

»Auch eine plötzliche Sturmflut kann unsere neuen Gärten zerstören«, sagte ich. Weit in der Ferne ahnten wir blaues Wasser und die weißen Gischtkämme der Brandung.

»Wir können nicht den gesamten Planeten umpflügen, Antal«, meinte Alexandra. »Suchen wir Ciron und die fremden Männer?«

Ich schüttelte den Kopf. »Wir sehen ihnen zu. In der Ruhe unseres kleinen Forts. Reiten wir dort hinüber?«

»Ja, gern.«

Wir lernten auf diesen Ritten nicht nur die Tiere und deren Leistung kennen, sondern auch jeden größeren Stein des menschenleeren, aber von Leben aller Art förmlich berstenden Parks. Noch ließ die Landschaft erkennen, daß sie nicht viel älter war als knapp zwei Monde. Aber an vielen Stellen besiegte die Natur unsere Vorbereitungen; ein Umstand, den wir beabsichtigt hatten. Wieder dröhnten die Hufe auf einer Brücke, die sich über einem langgezogenen Teppich aus Seerosen und Lotosblüten spannte. In einem Jahr würde es hier ganz anders aussehen; ich hoffte, daß es Menschen gab, ein Dorf, vielleicht einen kleinen Flußhafen, damit Händler anlegen konnten ...

Zwischen mannshohen Baumschößlingen schob sich der monolithische Block des Felsens hervor. Wir schirrten die Pferde ab, versorgten sie und schlossen, bevor wir die Treppe hinaufstiegen, das metallbeschlagene Portal hinter uns. Die Bilder auf den Beobachtungsschirmen blieben interessant und bedrohlich. Ich verfolgte, wie Ciron mit den Männern des Balban verhandelte und ihnen unser Angebot schmackhaft machte. Alexandra und ich sahen, wie die Truppen des Großkhans näher kamen.

Wir sahen und hörten: In der Stunde des Pferdes, während des höchsten Sonnenstands, stellte sich Arhai Hasar in den Steigbügeln auf und hob den Arm. Sofort hielten alle Reiter seiner Gruppe an. Die Mongolen versammelten sich auf dem letzten Hügel über der hitzekochenden Ebene.

»Man wird nachdenken und richtig handeln müssen«, sagte er schroff. »Vor uns liegt Wüste. Zwei Tagesritte oder mehr kein Wasser, kein Gras, kein guter Lagerplatz.«

Hasar, Anführer dieses Heeres, verantwortlich nur dem Hulagu Khan, spürte den ersten Pfeil der Erregung. Dort voraus, verborgen hinter dem Vorhang flimmernder Luft und der strahlenden Helligkeit über den Wellen der Dünen, wartete die Beute auf die Manghol. Gold und Kostbarkeiten, Wein und Frauen, Wasser und reiche Weiden für die Pferde. Die Krieger sollten nichts erobern, das Land nicht kontrollieren, sondern nur die Herrscher der Braunhäutigen erschrecken und ihre Macht schwächen.

»Wieviel Zeit haben wir?« Der Unterführer kippte hoch über dem Kopf seinen Schild auf und ab, gab den Nachfolgenden Signale.

»Zwei Tage. Man muß Eile zeigen. Sonst verraten uns die Späher des Balban.«

»Man wird deine Befehle schnell ausführen, Jabonah«, sagte der Unterführer, winkte zwei Reitern und ritt scharf an. Arhai löste die Riemen seiner Handpferde und wandte sich an seinen Nachbarn. Daritai hörte mit ausdruckslosem Gesicht zu.

»Wir reiten voraus und suchen einen Weg. Du siehst diesen Baum neben dem weißen Sand?«

»Ich sehe ihn. Zur Stunde des Hahns können wir zurück sein.«

»Oder in der Stunde des Hundes. Du und du ...«

Arhai Hasar zeigte auf einige Reiter. An seinem Handgelenk baumelte an golddurchflochtener Schlaufe der Saschior, der Bambusstock mit dünnen Lederriemen; mehr ein Rangzeichen als eine Reitpeitsche. Die Krieger warfen die Zügel ihrer Saumtiere den Jüngeren zu und folgten dem Anführer. An Arhais rechtem Steigbügel war eine Hülse befestigt, in der das Ende der Lanze steckte. In der heißen Luft schwang der lange Wimpel hin und her, als die sieben Reiter den Hügel hinunterstoben und ins Tiefland hineinritten. Unter den Hufen der Pferde wurde weißer Staub aufgeworfen, den Mittagswind in langen Fahnen zur Seite trieb. Binnen weniger Atemzüge vermischten sich die Umrisse der Reiter mit den Hitzeschlieren der Luft.

Meldereiter sprengten entlang des Heeres und schrien heisere Befehle. Die Disziplin der mongolischen Reiter war für die Männer des Khans eine Selbstverständlichkeit, und jenseits aller Grenzen war sie gefürchtet. Jüngere Krieger sammelten alle Wasserschläuche ein und führten die Pferde zu den Wasserlöchern und an den Bach. Lasten und Ausrüstungen wurden von den Rücken der Tiere gehoben. Es waren nicht nur Futter, Wasser und Nahrungsmittel, sondern Teile, die zu Leitern gehörten, zu Belagerungstürmen und Rammböcken. Die Krieger arbeiteten schnell, riefen sich Scherze zu, sprachen von Beute und Ruhm; sie tauschten untereinander aus, was sie über das Land hinter der Wüste zu wissen glaubten. Am meisten sprachen sie vom Kampf der braunhäutigen Männer; geachteten Kämpfern, deren Mut den Mongolen bekannt war. Aber die vornehmen Riten, die Angriffe und Verweigerungen, das Vorpreschen nach dem Ratschlag der Astronomen und Weisen, Rückzug, wenn bestimmte Regeln vom Feind nicht eingehalten wurden ... das war nicht die Art, in der die Manghol siegten. Sie siegten immer.

Im Schatten lagen hundert Gruppen und schliefen schnarchend. Pferde soffen, als wüßten sie, daß ein scharfer Ritt durch die lodernde Wüste bevorstand und danach ein tödlicher Kampf. Einige Männer aßen, andere putzten die Waffen und schliffen die Pfeilspitzen, und jeder scheute sich, zuviel Kraft auf irgendeine Beschäftigung zu verwenden.

Zwanzigtausend Pferde verwüsteten mit ihren Hufen und dem Versuch, auch den letzten Grashalm und frische Blätter abzuweiden, das Tal. Bäume wurden gefällt und als Feuerholz zerhackt und zersägt. Der Tag verging in lastender Langeweile – scheinbar. In Wirklichkeit zuckte ein riesiger Organismus, regte sich, schärfte seine Sinne und war, als die Späher in der Dunkelheit zurückkamen, auf das Ziel ausgerichtet, wie Ameisen, die einem dumpfen, aber einzig bestimmenden Impuls gehorchten. Arhai Hasar ging durchs Lager. Seine Männer lachten dröhnend, als er und seine Späher erzählten, es habe weit und breit keine Spur der Braunhäutigen gegeben. Keiner der vielen Mongolen sah die faustgroße Kugel, die in der Dunkelheit schwebte und ein großes Insektenauge drehte.

Ein warmer Windstoß trieb die Vorhänge und das Gespinst vom Fensterrahmen in den Raum hinein, jenes Gewebe, in dessen Raster sich die winzigen Mücken verfingen. Ich ließ meinen Blick von Ciron zu Alexandra gehen und desaktivierte den Bildschirm. Er war in die Innenfläche eines Truhendeckels eingearbeitet.

»In drei Tagen sind sie hier. Wahrscheinlich nicht am Fuß unseres Felsens, aber an dieser Linie.«

Ciron sagte in unerschütterlicher Ruhe: »Es wird alles bereit sein. Wenn nicht viel Unvorhergesehenes geschieht, wird kein Mongole in den nächsten Jahren seine Pferde hierherlenken.«

»Genau das ist unsere Absicht. Werden die geneigten Abgesandten des Balban zugegen sein?«

»Sie haben es fest versprochen«, antwortete Ciron. »Und sie versprachen ferner, genügend schnelle Späher einzusetzen. Kamelreiter und solche auf schnellen Pferden.«

»Schnelle Pferde«, meinte Alexandra, die alle Vorbereitungen mitverfolgt und uns geholfen hatte, »werden notwendig sein.«

Am nächsten Morgen saßen wir im Sattel. Jeder zog am langen Zügel ein Packpferd mit schwerer Last hinter sich her. Wir waren mit allem Notwendigen und mit genügend Wasser und Vorräten ausgerüstet; zudem hatten wir die Gleiter-Fernsteuerung bei uns. In gestrecktem Galopp und steigender Aufregung ritten wir in nördliche Richtung, genau an der Linie zwischen den grünen Ausläufern und der Wüste. Wir hielten auf den Punkt zu, den wir ausgesucht hatten. Hier schob sich ein Plateau, von dürren Gräsern und stacheligen Büschen bewachsen, bis zu einer Abbruchkante vor. Darunter erstreckte sich der Sand der Thar. Wir rammten ein Rohr in den Boden und befestigten daran den Sender, eine Parabol-Sendeantenne, Kontrollgeräte und Energiezellen. An den obersten Punkt der Anlage schraubten wir einen Ring, zugleich Trageeinrichtung und Empfangsantenne. Wir überprüften die Funktion und ritten weiter. Stunden vergingen ohne Zwischenfälle. Nur hin und wieder sahen wir am östlichen Horizont einen Reiter oder die Silhouette eines Kamels. Ein Kontakt mit dem künstlichen Reiher bestätigte: Kundschafter des Kalifats.

Die Mongolen würden ohne jeden Zweifel den kürzesten Weg durch die Wüste reiten. Jenem Punkt, der gegenüber den Ausläufern der Paßtäler lag, ritten wir entgegen. Wir hinterließen eine Reihe dieser seltsamen Säulen, die jeweils einen halben Tagesritt auseinanderlagen. Nachts rasteten wir in dem aufgeschlagenen Zelt, im Licht eines großen Feuers. Vielleicht sahen Hasar und seine wilden Krieger diese Feuer und träumten von fetter Beute. Wir träumten davon, diesen Teil der Grenze sicher zu machen und Kultur und Zivilisation vor dem Schock des Überfalls zu retten. Balbans Statthalter würden, solange wir uns in ihrem Bereich befanden, unsere Freunde sein.

Drei Tage lang ritten wir und bauten unsere seltsamen Feldzeichen auf. Am Nachmittag des letzten Tages, während sich die Mongolen bis auf einen knappen Tagesritt genähert hatten, kehrten wir um und riefen den Gleiter. Unsere Spur beschrieb einen Viertelkreis, der in Nord-Süd-Richtung begann und am äußersten Punkt nach Westen deutete. Die Spitze des Heeres von Arhai Hasar näherte sich etwa dem Mittelpunkt dieser Linie.

In dieser Nacht bauten wir das Zelt zwischen den grünen Büschen einer Landzunge auf, die weit in die Wüste deutete. Wir befanden uns weniger als fünfzig Mannslängen hoch über der gewellten Sandfläche. Mitten in der Nacht weckte uns Ciron.

»Ritter Antal Peyrefitte of Sherwood«, sagte er. »Wolltet Ihr Euch gütigst erheben und Eurem Beinamen gerecht zu werden versuchen?«

»Sprich, Kerl, was willst du?« ächzte ich und rollte mich aus dem dicken Mantel. »Geht es los?«

»Der Schrecken der Manghol! Hasars Vorhut reitet auch in der Nacht.«

»Ich kann die Gegenwart nicht verändern«, knurrte ich und nahm den Becher voll heißem Würzwein entgegen. »Dazu brauchen wir später Historiker. Ändern wir also die Voraussetzungen.«

»Ich warte. Laß Alexandra weiterschlafen.«

Langsam trank ich den stark gesüßten Wein. Wüstennächte waren von eisiger Kälte, selbst im Frühling. Auf Böcken und einer Tischplatte standen die getarnten Geräte. Die Flammen des Feuers loderten; Fackeln staken im körnigen Sand.

»Hasar wird Ärger bekommen, falls er Hulagu Khan alles richtig erklären will«, brummte ich, setzte mich in den Feldstuhl und betätigte eine Reihe von sieben Schaltern. Die Rückmeldungen der Geräte kamen zuverlässig. An sieben Stellen bauten die Sender spitze, waagrechte Kegel einer psychoaktiven Strahlung auf, die einander überlagerten und das Gebiet abdeckten, in dem sich der allergrößte Teil der Reiter befand. Ich drehte den Regler und ließ ihn auf einem schwachen Wert stehen.

»Natürlich werden die Muslimin behaupten, Allah habe ihnen geholfen«, sagte Ciron säuerlich.

»Sollen sie. Wir kennen die Wahrheit.«

Als sämtliche Anzeigen den berechneten Wert erreicht hatten, ließ ich das Band anlaufen. Ungefähr siebenmal tausend Mongolen und, in veränderter Form, auch ihre Tiere befanden sich plötzlich unter dem Einfluß der Psychostrahler, begannen eine veränderte Wirklichkeit wahrzunehmen. Da ein jeder in einer Welt von Naturgeistern, Schamanentum, scheinbarer Zeugnisse aus dem Reich der Götter und der Welt aufgewachsen war, sah er in jedem Bild eine Gefahr: Sterne wurden zu furchtbaren Augen, die jeden Mongolen anzustarren schienen.

Licht und Schatten verwandelten sich in Dämonen, Geräusche wurden lauter, schärfer und voller schauerlicher Bedeutungen. Jeder Schritt, das Keuchen der Pferde, das Knarren des Leders, die Huftritte im Sand, das Knirschen der Sandkörner, das Kollern kleiner Steine, der Mond, der über die Sandwälle kletterte, wurde weißer, größer und warf betäubendes, kälteklirrendes Licht auf das Land und bis tief hinein in die Herzen der Krieger. Die Schreie der Anführer trieben sie weiter; einigen gelang es, mit zitternden Fingern und von kaltem Schweiß überströmt, Fackeln anzuzünden. Niemand dachte an die Tiere, die Vorräte, an Wasser und Futter und an das Ziel. Die Furcht vor etwas, das schlimmer war als der Tod im Kampf, packte jeden Mongolen.

Zunächst trugen der Schwung des Rittes und die Gemeinschaft der anderen die Mongolen weiter und geradeaus auf ihrem Weg. Kaum einer der Krieger getraute sich, seinem Freund oder Nachbarn etwas von seiner Angst zu sagen.

In mäßigem Trab ging es weiter, den Spuren und dem Lichtschein der Fackeln hinterher, die vom Vortrupp stammten – dort ritten Anführer und erfahrene Krieger. Dann aber stolperten die Manghol in den bizarren Nischen der Wirklichkeit, die sich unablässig veränderte. Furcht wurde zu Angst. Jeder empfand andere Ängste; nur die wenigsten waren fähig, ihre Ängste zu erkennen. Noch war eine andere Angst größer: die Angst, getötet zu werden, weil dem Befehl nicht gehorcht wurde. Hilfesuchend richteten sich etliche tausend Augenpaare auf die Fackeln, deren Flammen ihre Farbe alle Atemzüge änderten. Sie durchliefen alle Größen und alle Farben. Der weiße Hauch, der aus den Pferdenüstern dampfte und vor den Mündern der Mongolen hing, verwandelte sich in Gestalten von Kindern, starken Söhnen und lieblichen Töchtern, die bei der nächsten Bewegung sich auflösten und starben.

Noch immer trieben Erziehung, Gewohnheit und Notwendigkeit die Mitglieder der Heeresgruppe vorwärts. Sie dachten nicht an den unausweichlichen Gehorsam von kriegerischen Ameisen, aber nicht anders verhielten sie sich. Auch die Tiere wurden unruhiger von einer Düne zur anderen, ließen sich nicht mehr leicht führen, schäumten, wieherten dumpf und begannen in der Kälte zu schwitzen. Gelber Schaum erschien zwischen den Ringen und Haken der Trensen. Als die Mongolen anfingen, im narkotisierenden Mondlicht zu blinzeln, brach die Stunde des Tigers an, die dritte Stunde seit Mitternacht.

Die Geräusche entwickelten sich zum Orkan. Und das Heer brach in viele Gruppen auseinander. Gelb wie das Tigerauge war das Feuer, das durch die Luft herankam und die Männer mit ihren Tieren zu versengen drohte.

Pferde rissen sich los und galoppierten in alle Richtungen davon. Die Stunde des Tigers: Die Masse, die in Fünferreihen, die Handpferde hinter sich, bisher in perfekter Disziplin hintereinander geritten war, wurde in dem unwirklichen Mondlicht zu einem Gebilde, das einem unordentlich geflochtenen Zopf glich. Einige junge Männer konnten sich nicht mehr beherrschen. Sie fingen zu schreien an, verdrehten die Augen und bohrten ihren Pferden die Hacken in die Flanken.

Die Gruppe um Arhai Hasar wurde schneller. Niemand sprach; die Männer stöhnten lauter als die Pferde. Waffen begannen zu klirren, als die Reiter schneller wurden und auf die fernen Feuer zupreschten. Keiner dachte an das Heer, an die Beute, an sich selbst – dumpfe Empfindungen beherrschten die Männer. Die Pferde wurden auch ohne Zügelhilfe oder Hiebe mit dem Daschior schneller; je hastiger sie sich bewegten, desto natürlicher entledigten sie sich der Panik, die nach ihnen griff. Die letzte Nacht vor dem Kampf zerfiel in viele Abschnitte, die reinen Terror bedeuteten. Dadurch, daß sie schneller wurden, entkamen die Unterführer und Hasar der nächsten Welle der Schrecken.

Sattelgurte rissen. Lasten purzelten in den Sand. Pferde keilten aus, stiegen hoch, Reiter wurden aus den Sätteln geschleudert. Wasserschläuche platzten, Waffen klirrten. Schreie der Rasenden trafen auf die Ohren anderer Mongolen. Die Ordnung zerbrach. Eine Flucht nach allen Richtungen setzte ein. Die Tiere, die nicht nur dumpfe Furcht spürten und das Wirken unbegreiflicher Kräfte, gehorchten den Reitern nicht mehr. Gegenseitig rammten sie sich aus den Sätteln. Knochen brachen, Tiere überschlugen sich, und Hufe wirbelten Sand in die Augen fluchender, kreischender Männer. Die Stunde des Tigers dauerte eine Ewigkeit. Die Sterne verschwanden, ohne daß es jemand merkte.

Von mehreren zufälligen Mittelpunkten aus stolperten, hasteten, trabten und galoppierten, krochen und sprangen Tiere und Männer nach allen Richtungen. Überall erwartete sie dasselbe: Sand und Geröll, Durcheinander und Wahnsinn. Einige, die weit genug rannten oder es schafften, im Sattel zu bleiben, wurden plötzlich wieder vernünftig und fingen zu begreifen an, daß sie ins Land des Wahnsinns hineingeritten waren und einem unsichtbaren Feind gegenüberstanden, der sie besiegt hatte, bevor sie ihn gesehen und bekämpft hatten. Sie waren am Rand der Weltscheibe, wo die Götter jeden mit Wahnsinn und Tod schlugen.

Eine Hundertschaft aber ritt außerhalb der Wolke, die den Wahnsinn brachte. Sie merkte im Vorwärtsstürmen nicht, daß sich hinter ihnen das Heer auflöste. Im Osten erschien der erste Streifen Helligkeit. Eine Wolke feinen Sandes und mehlartigen Staubes trennte die Vorhut vom Heer. Arhai Hasar griff nach dem Bogen.

Er war sicher, daß er den ersten Pfeil auf den Gegner abfeuern würde. Diese Geste und der gellende Angriffsschrei des schwarzbärtigen Manghol waren das Signal für Ciron und mich. Wir stellten uns zum Kampf ... nach unseren Regeln.

Als Hasar und seine Leute ein Dutzend Bogenschußweiten vor Ciron und mir auftauchten, hob ich die Hand. Alexandra schaltete die Psychostrahler aus, hob die schwere Lanze – den getarnten Lähmstrahler – auf und nickte uns zu. Ciron und ich setzten die Sporen ein und galoppierten auf den Anführer der Mongolen zu. Jetzt würden wir ihn und seine besten Krieger davon überzeugen, daß sie nicht gegen Götter oder Halbgötter, aber gegen unbesiegbare Männer kämpften. Dieser Umstand war wichtig und Teil unserer Strategie. Unsere Pferde spannten ihre Muskeln und wieherten. Der Hufschlag rief auf dem harten Sand dumpfe Wirbel hervor. In unserem Rücken schob sich die Sonne hoch und blendete die Mongolen. Unsere Waffen und unsere Ausrüstung – wir waren ähnlich den Hindu-Kriegern gekleidet – blitzten in unerträglicher Helligkeit. Ein Abwehrfeld schützte die Tiere und uns. Ciron griff zu seinem Bogen, zog einen Pfeil nach dem anderen aus dem Sattelköcher und feuerte die Geschosse auf die Manghol ab. Die Zügel des Pferdes hatte er an der riesigen Schnalle des Gürtels festgeknotet.

Die Pfeile heulten auf die heranstürmenden Mongolen zu. Von ihren Spitzen zogen sich dicke Rauchfäden durch die Luft und breiteten sich schnell aus. Der Rauch machte Männer und Pferde verrückt; er enthielt Zusätze, von denen die Sinne verwirrt wurden. Die Mongolenkrieger bildeten einige Atemzüge nach dem ersten Angriff eine auseinandergezogene Linie, zwei Glieder tief, saßen wie festgeklebt im Sattel, hielten Waffen in den Händen, und die ersten Pfeile jaulten auf uns zu.

Wir stemmten unsere Stiefel in die breiten Steigbügel. Die Dorne auf den Kopfschilden unserer Pferde vibrierten. Weit vor uns bewegten sich unsere Schatten über den Sand. Rechts und links der mongolischen Angriffsreihen scheuten die ersten Pferde, drehten sich auf der Stelle, stiegen hoch und versuchten, ihre Reiter abzuwerfen. Ciron schoß drei seiner furchtbaren Pfeile ab, steckte den Bogen zurück und griff zu Schwert und Schild.

»Ich nehme den Anführer!« schrie ich.

»Und ich seinen Nebenmann.«

Durch den Prunk ihrer Kampfzeichen waren sie klar zu erkennen. Die Mongolen schrien und fluchten enttäuscht, als sie begriffen, daß nicht ein Pfeil uns getroffen hatte.

In schnellstem Galopp durchbrachen wir an zwei Stellen die Barriere aus schreienden, keuchenden und wild um sich schlagenden Körpern. Mein Schwerthieb zertrümmerte den Schild des Anführers und schlug den Mann aus dem Sattel. Ich fing einen kurzen Speer ab und lenkte ihn mit schräggehaltenem Schild in die Luft ab. Dann rammte ich den nächsten Reiter aus dem Sattel und ließ mein Pferd langsamer werden. Zwei Schüsse aus einer Lähmwaffe dröhnten auf, bevor sich

Ciron aus dem Wirbel aus Waffen und Schilden herauskämpfte und an meine Seite ritt. Er schob sein Schwert hinter den Gürtel und sagte:

»Sie sind schwer zu überraschen. Ausgezeichnete Kämpfer!«

Nebeneinander ritten wir auf die Mongolen-Vorhut zu. Etwa zehn Krieger lagen am Boden, ihre Pferde waren in die Wüste hinausgelaufen und warteten mit hängenden Köpfen. Wir trabten, fielen in Galopp; Ciron stob auf den größten Haufen zu. Ich zielte mit der Spitze des Schwertes auf einen Bogenschützen und traf ihn mit dem Lähmstrahl. Ciron riß sein Pferd herum, als drei Mongolen auf ihn zukamen. Er beugte sich aus dem Sattel, schlug mit der Schildkante blitzschnell zwei heruntersausende Schwerter weg und packte den dritten Mann, einen untersetzten Manghol mit langem Zopf, riß ihn aus dem Sattel, faßte mit dem zweiten Griff den Schenkel des Reiters und hob den Körper hoch über seinen Kopf. Mit einem gellenden Schrei, der die Pferde scheuen ließ, warf er den Manghol auf die herankommenden Krieger.

Er schuf eine Gasse, als er den Körper schleuderte. Die Wucht des Aufpralls riß vier Mongolen aus den Sätteln. Ein Entsetzensschrei gellte auf. Dann war ich heran und handhabte mein Schwert mit weit ausholenden Schlägen. Meist traf ich mit der flachen Klinge und prellte den Kriegern Lanzen und Schwerter aus den Händen. Ihre Waffen prallten am Schutzschirm ab, die Pferde gehorchten den Kämpfern nicht mehr. Im Zickzack ritt ich durch den Pulk der schwarzhaarigen Männer, warf Blicke auf Ciron, der mit seinen unfaßbaren Körperkräften die Angreifer nahezu ohne Waffengebrauch besiegte.

Im Sand schwelten unsere abgebrochenen Pfeile, der Rauch vermischte sich mit dem dichter werdenden Staub und Sand. Ein Pferd keilte aus und traf mit den Hinterhufen einen Manghol. Ich wirbelte meinen Schild herum und fing einen Lanzenstich auf. Ich packte die Lanze, riß den Mongolen aus dem Sattel und gab meinem Pferd die entsprechenden Hilfen. Es drehte sich auf der Stelle und stieg fünfmal hoch. Mein Lähmstrahler donnerte, während Ciron vor mir einen Krieger umritt, über das wild um sich schlagende Pferd hinwegsprang und sein langes Schwert zog.

Vor mir hatte sich eine Gasse gebildet. Ich beruhigte meinen Rappen und galoppierte geduckt aus dem Gewimmel der Kämpfenden hinaus. In meinem Rücken flogen die klirrenden Teile zerbrochener Schwertklingen durch die Luft. Ich hob den Schild über Kopf und Schultern. Ciron kämpfte sich gegen drei Mongolen frei und folgte mir. Wieder trafen wir uns außerhalb der Kampfszene. Von den etwa hundert Mongolen saß nur noch die Hälfte im Sattel. Bisher hatten sie sich gegenseitig behindert – jetzt sammelten sie sich unter den gebrüllten Befehlen von Arhai Hasar.

»Machen wir ein Ende, Antal?« fragte Ciron. Ich nickte und hob das Schwert.

»Wir haben zwar noch nicht geschafft, was wir vorhatten ... berauben wir sie ihrer Anführer.«

»Das wird sie entmutigen.«

Dieser abgesprengte Haufen mongolischer Eroberer kämpfte mit dem Mut von Besessenen. Was aus dem Hauptheer geworden war, konnten sie nicht ahnen. Daß sie gegen uns keinen Sieg erfochten, sondern ungefähr die Hälfte ihrer Leute verloren hatten, lähmte sie nicht einen Herzschlag lang. Hasar zeigte mit der Spitze des Schwertes auf uns. Wir galoppierten auf ihn zu. Die Sonne stand hoch am Himmel; es wurde heißer und unangenehmer. Staub hatte sich auf Pferdekörper, Waffen und Schleimhäute gelegt. Während wir Seite an Seite auf die Anführer zuritten, drückten wir die Auslöser der Schockwaffen. Tiere und Männer wurden von den gefächerten Strahlen getroffen und gelähmt.

Wir kämpften entschlossen und erbarmungslos. Aus den getarnten Waffen donnerten in schneller Folge die lähmenden Strahlen. Ein Mongole nach dem anderen zuckte zusammen, schrie auf und riß die Arme auseinander. Dann wurde er von den Bewegungen des Pferdes, das keinen Herrn mehr spürte, in hohem Bogen aus dem Sattel geschleudert.

Ich rammte zwei Mongolen zur Seite, packte mein Schwert fester und erkannte, daß der Anführer dasselbe empfand wie ich. Noch wartete er. Schild und Schwert in den Händen, den Kopf gesenkt, und sein Pferd bewegte sich nervös tänzelnd und stemmte die Hinterläufe in den Boden. In hartem Galopp kam ich heran, fintierte und schoß schwache Ladungen in die Schultern des Mongolen. Er schrie und fluchte, als ihm die Waffen aus den gefühllosen Fingern fielen.

Ich packte den Zügel des Mongolen und riß, indem ich mit der flachen Klinge auf die Kruppe des gegnerischen Reittiers schlug, das Pferd herum. Es wieherte erschreckt, das Maul voller gelbem Schaum, wurde mitgezerrt und folgte mit hochgeworfenem Kopf und in stolperndem Galopp.

»Jabonah, Hasar!« schrie ich ihm grinsend zu. »Du bist meine Geisel!«

»Wer bist du, Fremder? Ihr kämpft anders ...«

»Ganz anders«, bekräftigte ich und zog das Pferd aus dem Kampfgeschehen heraus. Wild verstreut lagen die Körper der Krieger und der Pferde im Geröll und zwischen den Dünen. Ciron wütete unter den Mongolen und schleppte den Unterführer hinter sich her. Wir ritten in unseren Spuren zum Zelt, zu Alexandra. Der Mongole verlor den Halt, verdrehte die Augen und rutschte aus dem Sattel, fiel mit schlenkernden Armen in den Sand.

»Bolwo, Antal?« fragte Alexandra lächelnd. »Geht's dir gut?«

»Bolna!« sagte ich. »Es ist gutgegangen.«

Ich sprang aus dem Sattel, ließ meine Waffen fallen und schaltete das Abwehrfeld aus. Ciron warf mir die Zügel zu und hob den Arm.

»Ich denke, sie haben genug mit sich selbst zu tun. Dennoch – wir binden sie fest.«

Mit Metallbändern fesselten wir den Mongolen die Fußgelenke und die Arme. Wir trugen die Männer, die erschöpft schwiegen und uns mit Blicken verfolgten, in den Schatten des Zeltvordachs. Wieder schaute Ciron hinaus in die Wüste. Es war außer der Sandwolke, die sich senkte, nichts mehr von einem mongolischen Angriff zu sehen.

»Die Psychostrahler sind noch eingeschaltet?«

»Ja, aber in geringerer Intensität.«

Wir versorgten die Pferde, tranken etwas und kontrollierten die Bilder, die uns der Reiher übermittelte. Einzelne Gruppen hatten es geschafft, aus den Kegeln der Strahlen herauszukommen, erinnerten sich an die Schrecken und flüchteten in die

Richtung des Gebirgspasses. Nichts anderes hatten wir gewollt. Ich nahm den turbangeschmückten Helm aus blauschimmerndem Arkonstahl ab und sagte halblaut zu Alexandra:

»Obwohl sie von Geistern und Gespenstern umzingelt waren, obwohl Ciron sie gruppenweise aus den Sätteln fegte, kämpften die Mongolen mit ungebrochenem Mut. Ich weiß jetzt, wie ihr erster Khan die Weltherrschaft angetreten hat.«

»Was ich sah«, bestätigte sie, »entsprach deiner Schilderung.«

Ciron kam durch den aufgewühlten Sand auf uns zu und fragte: »Wie lange lassen wir die Mongolen im eigenen Saft schmoren?«

»Ein paar Tage«, antwortete ich. »Sie sollen sich erst an den Wundern satt sehen, ehe sie für uns als Botschafter reiten.«

»Dann ist klar, was während der nächsten Tage zu geschehen hat.«

Mit der Fernsteuerung schalteten wir die Psychostrahler. Die Mongolen erlebten in der Hitze des Mittags einen noch schlimmeren Ansturm von Schrecken. Die Krieger, die kein Befehl und keine Angst vor Strafe mehr aufhalten konnte, galoppierten mit verhängten Zügeln davon und achteten nicht darauf, daß sie Ausrüstungsstücke und Waffen verloren. Sie wollten nur aus diesem Land hinaus, dessen Furchtbarkeiten sich ohne jeden wirklichen Kampf in jedem Sandkorn zeigten.

»Heute nacht fliegen wir zurück.« Ich setzte mich und streckte die Beine aus. »Aber nur, wenn sich alle unsere mandeläugigen Freunde im Sattel befinden. Und zwar ...«

»... im Galopp und in westlicher Richtung!« Ciron deutete mit dem Daumen über die Schulter. Die Krieger lagen im Schatten und hatten aufgegeben, an ihren Fesseln zu zerren. Ihre Gesichter ließen nicht erkennen, was sie dachten. Die Späher der Sultanat-Söldnertruppen hatten sich zurückgezogen. Die letzte Doppelstunde vor dem Tageswechsel, also die Stunde der Schlange, brachte Dunkelheit und Cirons fieberhafte Aktivitäten. Der Gleiter schwebte ungesehen heran. Wir verbanden Daritai und Arhai Hasar die Augen und verluden unser Gepäck. Noch immer flüchteten die Mongolen; einige der zurückgelassenen Pferde hatte Ciron zusammengetrieben und trieb sie nach Süden. Der erste Vorstoß dieses Jahrzehnts hatte sich in eine Niederlage verwandelt – für einen Teil des Mongolenheers. Es wurde Zeit, daß ich mit subtileren Methoden ins planetare Geschehen eingriff.

3.

Wasser wurde aus großer Tiefe heraufgepumpt, floß durch einen großen Sandfilter und strömte, vom sonnendurchglühten Stein erwärmt, in das Becken. An dessen Ende sickerte es an zwei Stellen lautlos über Steinbrocken, Kieselaufschüttungen und hinunter über die Flanke des Festungsbergs. Blühende und wuchernde Fauna rankte sich dort hoch; in den Zweigen standen winzige Vögel bewegungslos in der

Luft und schoben ihre langen Schnäbel in die Blüten. Die Terrasse um das Becken lag im Halbschatten der Sonnensegel. Sessel, aus weißen Ruten geflochten, standen am Rand. Lautlos ging Ciron hin und her und servierte Getränke, die Alkohol enthielten, und solche, die aus Fruchtsäften und kaltem Wasser bestanden. Sakhandur und Mechmed von Uch schienen beeindruckt zu sein; sie bewegten sich unruhig in den Fellen der Sessel. Wenn sie Daritai und Hasar ansahen, bekam ihr Blick etwas Unheilvolles.

»Sultan Balban versteht nicht, warum ihr die Mongolen nicht tötet oder zu euren Sklaven macht«, begann der Hindu, der wie Mechmed von Uch vom Sultan zu uns geschickt worden war.

»Kaum ein Mensch ist gut genug«, sagte ich nachdenklich, »einen anderen ohne dessen Zustimmung zu regieren. Ich denke, für unsere beiden Gefangenen läßt sich eine weitaus bessere Aufgabe finden.«

»Du weißt, daß Hulagu Khans Truppen die Stadt Lahore im Panjab zerstört haben?«

»Ihr habt gesehen, wie ein Heer desselben Khans in wilder Flucht über den Paß zurückritt und selbst die Teile der Belagerungsmaschinen in der Thar liegenließ?« gab Alexandra ruhig zurück. »Wir verkennen nicht die Gefahren. Ihr habt die Mauer kennengelernt, unseren Felsen, unsere Art zu kämpfen?«

»Das ist unbestritten, Herrin«, sagte der Muslim-Heerführer. »Der Sultan wird euch Handwerker und Siedler schicken, zugleich mit wehrhaften Kriegern, die sich für niedere Arbeiten nicht zu schade sind.«

»Sie sind so willkommen, wie wir in eurem Land willkommen waren. Unser Gastgeschenk«, ich machte eine Geste, die das Fort und das Land ringsum umfaßte, »war nicht gerade schäbig.«

»Balban ist voll des Lobes.«

Die Mongolen waren bis auf den letzten Mann geflohen. Unsere Psychostrahler waren abgebaut worden; die Herde der Tatarenpferde weidete zusammen mit unseren Pferden. Einige Tage nachdem wir ins Fort zurückgekehrt und unsere Arbeiten aufgenommen hatten, erschien ein Trupp bewaffneter Krieger: Die Späher hatten ihr Wissen an die richtigen Stellen weitergegeben. Unser Grenzfort war zu einem festen Punkt in den Überlegungen des Sultans geworden. Am allermeisten verblüffte der Umstand, daß wir nicht auch noch ein Heer stationiert hatten.

»Daran tut Balban recht«, meinte Ciron. »Aber eure Gesichter zeigen, daß ihr noch viele Fragen habt.«

Mechmed von Uch zeigte auf die Mongolen, die in weniger prächtigen Sesseln mit dem rechten Handgelenk an die Lehnen gefesselt waren. Schweigend nahmen sie in sich auf, was gesprochen wurde. Auch sie verstanden die Welt nicht mehr.

»Was habt ihr mit den Manghol vor?«

»Sie sollen unsere Botschaften zu Khubilai Khan bringen«, antwortete ich. »Botschaften, Grüße, Mahnungen, Khubilai ist weniger ein Eroberer als ein Verwalter.«

»Da hast du wohl recht«, meinte Sakhandur verdrießlich. »Bis auf Zipangu.«

»Jene Insel? Will er sie von Koryö-Kao-li aus erobern?«

»Es ist sein Bestreben. Du weißt, daß der Sultan Handel und Händler fördert?«

»Wir wissen es«, antwortete ich. »Also haben Händler aus Zipangu euch hinterbracht, was der Großkhan plant.«

»Auch aus dem Chin-Reich kommen Nachrichten dieser Art. Er läßt nicht davon ab, Länder zu überfallen. Auch stehen seine Heere unverändert im Kampf gegen das Sung-Reich.«

»Solange am anderen Ende der Welt gekämpft wird«, meinte Alexandra, »ist Ruhe im Land des Sultans, im Kalifat.«

»Das ist ohne Zweifel richtig. Wann wollt ihr die ... Boten freilassen?«

»Wenn sie verstanden haben, was wir wollen. Und wann sollen die Siedler hier sein?«

»In einem halben Mond«, versicherte Sakhandur. »Ich habe den Werbern selbst den Befehl erteilt.«

Beide Männer, Hindu wie Muslim, waren wahrhaft prächtig ausgestattet. Ringe an den Fingern, kostbare Stoffe und goldbesticktes Leder, ein Troß, der selbst Konkubinen in Sänften mit sich schleppte, zahlreiche Pferde, Kamele und Elefanten waren uns schon während des Marsches hierher aufgefallen. Schnell oder gar schlagkräftig schien diese schwer bewegliche Masse Menschen kaum zu sein.

»Und deine Werber bringen Frauen und Männer hierher, die fleißig arbeiten? Die das tun, was wir ihnen sagen? Die auch gegen Mongolen kämpfen, wenn es sein muß?«

Sakhandur verbeugte sich, führte beide Handflächen gegeneinander und versicherte glaubwürdig: »Die Siedler werden nach diesen Merkmalen ausgesucht.«

»Dann werden wir sie willkommen heißen«, versprach Alexandra.

Unser Fort und das wehrhafte Dorf, das wir nahe eines Hafens errichten würden, hatten die offizielle Unterstützung einer Herrschaft, die nach unseren Beobachtungen und Berechnungen stabil war. Die nächsten Jahre schienen sicher für uns zu sein. Hierher würden wir uns also zurückziehen können.

Ich nickte Sakhandur zu und sagte: »Und wie lange haben wir noch das Vergnügen eurer Anwesenheit?«

»Weniger als drei Tage, Antal Peyrefitte. Unser Weg führt uns von einem Wüstenfort zum anderen. Der Sultan hat die Gefahren erkannt; seine Klugkeit ist groß.«

»Davon haben wir gehört«, schloß Ciron. »Gibt es etwas, das ihr in eurem Lager braucht?«

Von den Terrassen aus sahen wir zu den Zelten, Feuern und Tieren der Karawane. Wir unterhielten uns über die Sicherung des Gebiets und die Absicht des Sultans, jeden mongolischen Angriff auf Sind und Panjab vernichtend zurückzuschlagen. Wir geleiteten die Abgesandten zu ihren Leuten und berieten uns: Wo lag unsere nächste Aufgabe?

Ungeduldig scharrten die Mongolenpferde, Ciron und ich lehnten an der Flanke des Gleiters, dessen Kiel im eiskalten Wasser eines Gebirgsbachs ruhte. Er hatte uns und die zwei Mongolen – diese mit verbundenen Augen – hierhergebracht, an die östlichste Grenze zwischen dem Kalifat von Delhi zum Reich des Großkhans. Beide Heerführer hatten länger als einen Mond unter unserem Einfluß verbracht.

»Khubilai Khan wird euch auszeichnen«, sagte Ciron ruhig. »Aber nur, wenn ihm vorgelesen wird, was ihr bei euch habt.«

»Man wird die Botschaft überbringen«, versicherte Arhai Hasar. »Denn in wenigen Tagen, so habt ihr es versprochen, sind wir auf den Straßen des Großkhans.«

»Auf dem Weg nach Khamblau«, unterstrich ich. »Ich bin zu alt, um alles glauben zu können. Aber ich glaube an deine Ehre als Anführer, Hasar.«

Wir hatten die Manghol mit Kleidung, Waffen und Ausrüstung versehen. Sie trugen eine Botschaft an Khubilai.

»Ihr habt uns besiegt«, sagte Hasar. »Ihr seid große Kämpfer. Ihr habt uns gezeigt, wie andere leben. Ich werde mein Versprechen halten.«

Unsere Botschaft enthielt Worte und Karten. Für den Khan waren sie von unschätzbarem Wert. Zwar würden sie nach wenigen Jahren verbleichen, aber ihr eigentlicher Zweck war, dem Großkhan zu zeigen, daß sich Gebirge, Wüsten und Wasserflächen seinen Kriegern entgegenstellten. Wir hatten im Text der Botschaft auch unseren Besuch angekündigt.

»Ich hoffe, euch zu treffen und mit euch zu jagen, wenn wir beim Großkhan zu Gast sind«, sagte Ciron zu ihm. »Euch begleitet, sichtbar und unsichtbar, der magische Vogel. Er schützt und straft euch. Auch mit den wunderbaren Dingen, die ihr bei euch tragt, werdet ihr den Vogel nicht treffen.«

»Es ist unnötig, Krieger Ciron. Ein Soldat des Khans hat nur eine Ehre. Wir bringen die Rolle bis in die Hände des Khubilai!«

»Jabonah!« murmelte ich. »Reitet los!«

Wir packten unsere Handgelenke und schüttelten die Unterarme. Die Mongolen ritten an, drehten sich mehrmals um und winkten, bis sie hinter der Biegung des Tales verschwunden waren. Nach einer Weile meinte Ciron:

»Nun scheinen alle wichtigen Vorbereitungen getroffen zu sein. Wir müssen uns entscheiden, was wir wirklich tun, verändern oder in die Wege leiten wollen.«

»Nicht, daß wir es eilig hätten.« Ich dachte an die rothaarigen Raumfahrer. »Es ist nichts vorgefallen, was uns zu schnellem Eingreifen zwingen würde.«

Wir gingen zum Gleiter und reinigten die Ladefläche, auf der die Mongolenpferde während des Fluges angebunden gewesen waren. Dann machte ich es mir im Sitz des Kopiloten bequem; wir traten den langen Rückflug in der Dunkelheit an.

Neuneinviertel Jahrtausende nach dem Untergang von Port Atlantis und Atlopolis sah ich wieder einmal zu, wie sich ein Reich ausbreitete, wie sich so etwas wie eine Staatsidee entwickelte. Meine innere Anteilnahme blieb gering: Selbst in den wenigen aktiven Jahren zwischen langen Tiefstschlafperioden hatte ich zu viele Reiche entstehen und nach vorübergehender Prachtentfaltung vergehen gesehen. Ich schwankte zwischen dem Bewußtsein, nur wenig ändern, verbessern zu können, und dem – zugegeben starken – Impuls, einzugreifen und bündelweise zivilisatorische Anstöße zu geben ... wem auch immer.

Vorläufig lebten wir in dem wohlausgestatteten Felsenfort in beschaulicher Ruhe, sammelten Informationen aus allen Teilen des Planeten, unternahmen weite Reisen und führten insgesamt ein mäßig hedonistisches Leben. Den Barbaren in Europa war es mittlerweile gelungen, die Stunde (hora) in sechzig *minutes* und jene in jeweils sechzig *secundae* einzuteilen; entsprechend kommentierte Rico diese Invention. Khubilai Khan aber verfiel, wie so viele Herrscher vor ihm, dem Größenwahn. Er entschied, die Grenzen seines Reiches auszudehnen – ausgerechnet nach Zipangu, weit vor der Festlandsküste.

Rico überraschte mich mit undeutlichen Fotografien. Sie waren Beweis dafür, daß sich auf unbekannten Wegen abermals einzelne Besucher auf Larsaf III niedergelassen hatten; sie ähnelten aufrechtgehenden Ziegenböcken, und die abergläubischen Menschen hielten sie für Ausgeburten der Dshehenna oder der Hölle der Christen. Sie nannten die Exoten, von deren tatsächlichem Wirken wir nichts sehen konnten, *Teufel.*

»Dieser verdammte, stinkende Barbarenplanet ist unglaublich reich. Voller Kostbarkeiten. Edelmetalle, Millionen von Statuen, Edelsteine, es ist alles da.«

»Und alles bleibt da, auch wenn wir noch soviel sammeln.« Jelme Hadamag schaute hinaus auf das flache Land. »Wenn es uns nicht gelingt, das Hyperfunkgerät zu reparieren!«

»Womit? Wie? Mit Goldschmiedearbeiten? Mit Bronzeguß? Oder mit einem Diadem aus Perlen und Silber?«

Subo Etai und seine Gefährtin waren zu engen Vertrauten des Großkhans geworden. Sie hatten es leicht gehabt. Seltsame Stoffe und Erzählungen aus anderen Welten (aus Welten, die der Khan für Teile des Planeten hielt, weil er nicht begriff, daß in diesem Universum mehr als ein Planet existierte) zeigten ihm, daß es unendlich viel gab, das ihm fremd bleiben würde. Jene Geräte, die in der Rettungskapsel eingelagert waren und noch immer funktionierten, zeigten dem Khan und seinen Beratern, daß die Fremden aus einer anderen Kultur kamen.

Sie sagten ihm, wie er seine Heere organisieren mußte, arbeiteten einen Organisationsplan aus, der die Nachrichtenübermittlung durch reitende Boten noch schneller machte, Lasten und Kosten den unterworfenen oder verwalteten Dörfern und Städten übertrug. Das Netzwerk wurde dichter, die Mengen der bereitstehenden Pferde wuchsen, selbst frisches Obst wurde in zwei Tagen herbeigeschleppt. Auf normale Art hätten die Lasten elf oder mehr Tage gebraucht. Je weiter diese Stafetten und Poststationen sich in das Reich des Großkhans hinausstreckten, desto leichter war es für Khubilai Khan, an neue Eroberungen nicht nur zu denken, sondern sie auch zu verwirklichen. Subo und Jelme wurden zu seinen Beratern.

Jelme sagte wieder einmal: »Ich kenne nur ein Mittel, wie wir überleben können.«

»Ein Kind. Viele Kinder. Und weiterhin ununterbrochen an diesem Funkgerät herumschrauben. Wenn wir es lange genug versuchen, schaffen wir es an irgendeinem Tag, nicht wahr?«

Noch immer schwankten sie zwischen Resignation und dem Versuch, Hilfe herbeizurufen, zwischen der Hoffnung, daß sie es doch noch schaffen konnten, und einer Einsicht, die aus der Verzweiflung kam. Ihr Haus wurde prächtiger, die kostbaren Geschenke mehrten sich. Auch die nächste Aufgabe für den Khan stand fest: die Eroberung der Insel Zipangu.

Sie planten so genau wie möglich. In einem Nebenraum befanden sich die Modelle. Eine große blaue Fläche, die Umrisse der Insel Zipangu, die Küstenlinien, so, wie sie in den wenigen Aufnahmen der automatischen Kameras zu sehen waren.

Die Linsen und das Band waren Teil der Überlebenskapsel.

»Ein Kind!« Jelme zog ihren Gefährten zu den Tuschkästen und Zirkeln. »In diese gewalttätige Welt ein Kind setzen! Es braucht mehr Mut, als ich habe. Aber es wird wohl so und nicht anders kommen.«

»Wahrscheinlich. Wir warten, was geschieht.«

Es gab wenige nicht sonderlich scharfe Bilder dieses Teiles der Küste. Die Barbaren kannten Landkarten dieser Art überhaupt nicht. Aber der große Khan verstand, daß ein bestimmtes Stück der Welt notwendigerweise aus großer Höhe so und nicht anders aussah. Die Entfernungsangaben waren nicht korrekt, aber so gut, wie es den Galaktischen Händlern möglich war. Sie setzten sich vor das Modell und mischten Farben, um im Relief die Täler grün und die Berggipfel braun und gelb zu färben. Sie hatten sogar einige Straßen im Bereich des Landes Silla-Koryo oder Kao-li genau einzeichnen können.

Sie arbeiteten ohne Zeitdruck, aber Subo verhielt sich – wie stets bisher – unaufmerksam und nervös. Er stand auf, ging zum Arbeitstisch und versuchte, die einzelnen Teile des Hypersenders zu begreifen, dachte darüber nach, wie man ihre Funktion durch andere Materialien ersetzen oder durch eine besondere Schaltung wiederherstellen konnte. Es war ihnen möglich, Drähte und starke Isolierungen herzustellen. Sogar keramische Bauteile konnten geformt und gebrannt werden, in hoher Perfektion.

»Khubilai will seine Hauptstadt wieder an einem anderen Ort aufschlagen!« rief Jelme nach einer Weile.

Ihr Gefährte ließ sich schwer in den Arbeitsstuhl fallen und brummte: »Weg von hier?«

»Ja. Diese Stadt hatte viele Namen. Yenking, Bei-ping, und jetzt wird sie Daidu genannt, von den Manghol.«

»Er hat bisher alle seine Gegner überlebt, der Khan.«

»Seine letzten ebenbürtigen Gegner werden ihm fehlen. Dann wird er alt, und sein Reich fällt auseinander.«

»Spätestens dann sind wir gefährdet, wenn wir es nicht schaffen, weiterhin wichtige Persönlichkeiten zu bleiben.«

»Oder den Sender instand gesetzt haben.«

Jelme seufzte tief; sie wußte nicht, was sie glauben und worauf sie hoffen sollte. Bisher hatten sie es gut getroffen. Sie hätten auch in die Hand von Kannibalen oder Monstren fallen können.

»Nimm endlich den Pinsel und zeichne die Dörfer ein!« sagte sie nach einer

Weile und füllte zwei langgestreckte Inselchen mit grünlichem Braun aus. Subo hatte die Entfernung vom nächstgelegenen Ufer zu den Inseln auf hundertfünfunddreißig Li sowie zwischen dem westlichsten Stück Zipangus und den Inselchen auf hundertvierzig Li festgelegt. Ein Li waren sechshundert große Schritte.

»Was unserem Weiterleben einen Sinn gibt«, sagte der Händler schließlich, »gibt auch dem Tod einen Sinn. Ich kann nicht sagen, daß ich der Zukunft optimistisch entgegensehe.«

»Vielleicht ändert sich deine Meinung. Vielleicht verlierst du deine Melancholie!«

»Vielleicht auch nicht.«

Der nächste Bote brachte Berichte und Zeichnungen von der Küstenlinie Kaolis, von den wenigen Fischern und Händlern, die Zipangu gut zu kennen glaubten und ihr Wissen weitergaben. Vorsichtig wurde jede Einzelheit in die Reliefkarte eingefügt.

Die Wellen kochten grau und grün. Pfeifend fing sich der stoßweise Westwind in den geflochtenen Matten der Segel, heulte über die Bambusleisten und zerrte am Tauwerk. Weißer Gischt flog über das Heck und durchnäßte die Seeleute aus Koryö-Kao-li. Nebelfetzen flogen dicht über den Wellen nach Osten. Hinter den dünnen Wolken bildete die Sonne einen verwaschenen dunkelroten Fleck. Der Kapitän zerrte an seiner Mütze und spie aus. »Ein schlechter Tag für die Mongolen!«

»Sie wollten nicht warten!« rief der Steuermann durch das Heulen und Wimmern des Windes. »Mir macht's nichts aus.«

Das Schiff, dickbäuchig und vierzig große Schritte lang, hob und senkte sich. Mindestens ein Dutzend Mongolen klammerten sich an die geschnitzte Reling und würgten von sich, was sie gegessen hatten. Ihre Gesichter waren grün wie der Ozean. Ständig krachten Brecher auf das Deck, überschwemmten es und gurgelten durch die Speigatten zurück. Alle Flechtwerksegel an den vier Masten waren prall; die SCHÄTZE FERNER INSELN segelte schnell und war auf Kurs. Die Pinne des Mittelruders, mit zwei Tampen gesichert, schlug schwer hin und her. Auf den Deckshäusern rissen die Sampans, die Beiboote, an ihren Spanngurten.

»Der Sturm wird bis abends nicht abnehmen.« Huo federte einen weiteren Stoß ab. Die SCHÄTZE legte sich schwer nach Backbord und richtete sich ächzend wieder auf.

»Khubilai Khan hat es eilig«, bemerkte der Steuermann lakonisch. »Seine Kuriere und Botschafter gehorchen. Soll ich noch mehr den Göttern der See opfern?«

»Man macht dir keinen Vorwurf, Li pa!«

»Soll man nicht, kann man nicht.«

Rund fünfzig Mongolen mit zwanzig Pferden befanden sich an Bord. Nach Zipangu ging die Fahrt; der Großkhan hatte seine besten Männer geschickt. Unterhändler aus Koryö hatten mit den Herrschern von Zipangu gesprochen: Der Khan wollte, daß sie seine Herrschaft anerkannten, daß sie Steuern entrichteten und Krieger für sein Heer stellten. Bis zum heutigen Tag hatten die Inselherrscher die Köpfe geschüttelt und mit dünnem Lächeln widersprochen.

»Wir ziehen es vor, uns selbst zu regieren!« lautete ihre Antwort. Nun machte der Khan seinen letzten gütlichen Versuch. Wenn er so endete, wie die Seefahrt angefangen hatte, lag der Mißerfolg näher als der nächste Sonnenaufgang.

»Seefahrer sind sie nicht!« bemerkte der Steuermann nach einer Weile. Die Matrosen hangelten sich an Tauen über Deck und spannten die Segelleinen nach. Der Sturm hatte einen Vorteil: Sie würden die Ufer Zipangus eher als geplant erreichen. Undeutlich tauchten weit voraus die Inselchen auf, deren Lage die geringste Entfernung zwischen Zipangu und dem Koryö-Festland kennzeichnete. »Aber gute Reiter. Und sie kämpfen wie die Teufel!«

»Jetzt könnte sie ein kleiner Junge mit der flachen Hand umhauen.«

Unter Deck versuchten die Reiter, ihre Pferde zu beruhigen. Die Planken und Verbände gaben ein unheilvolles Knarren und Ächzen von sich. Wie mit riesigen Hämmern schlug das Wasser gegen die Bordwand. Es stank nach toten Ratten, fauligem Wasser und dem Erbrochenen, nach Pferdeurin und Salz. Länger als sechzehn Stunden sollte die Fahrt dauern bis zu dem Anlegepunkt.

»Was denkst du, Li pa?« fragte Huo, nachdem wieder eine Stunde vergangen und die gischtumtobten Felsen des Inselchens deutlich sichtbar geworden waren. »Wird es der Khan schaffen?«

»Ich glaube es nicht, Huo«, erwiderte der Steuermann. »Wir leben in Frieden mit ihnen. Aber ihre Samurai sind ganz andere Krieger als die Mongolen.«

»Sie sind alle wahnsinnig. Ich möchte keinen Streit mit ihnen haben!«

»Wer will das schon?«

Die Händler aus Kao-li oder Koryö kannten diese Männer, die lächelnd in den Tod gingen. Die Shikken, jene Regenten der Insel, hielten sich viele kleine Heere dieser Krieger. Wenn es nötig war, vereinigten sie sich blitzschnell zu einem gewaltigen Heer, das zudem den Vorteil hatte, von einer Insel aus zu kämpfen. Nun herrschten Männer der Familie Joho, und auch sie dachten nicht daran, Furcht vor den Mongolenheeren zu empfinden. Ihr Wissen bezogen sie von den Händlern des unterworfenen Festlandes und von ihren Spionen, die Reisen durch das Land des Großkhans unternahmen und sich alles merkten. Natürlich wußten sie, wie unendlich viele Tausende der Khan gegen sie aufstellen konnte.

»In diesem unschönen Spiel haben wir die besten Steine«, sagte der Kapitän. »Wir verdienen an den Mongolen, am Handel und an den Zipangu-Leuten.«

Inzwischen wisperte man in Koryö und im umzingelten Reich der Sung, daß der Großkhan furchtbare Waffen besaß, die Feuerzungen und Metallfetzen von sich schleuderten und weiter schossen als jeder Bogen und jede Schleuder.

»Und das wird sich nicht ändern!« meinte Li pa.

Kapitän Huo qara Peii, Steuermann Li pa Yapa und eine Handvoll der ältesten Matrosen – seit vielen Jahren segelten sie auf der SCHÄTZE FERNER INSELN zusammen. Meist waren Kaufleute und deren Waren an Bord. Man schätzte die Zuverlässigkeit von Mannschaft und Schiff; daher kamen sie weit herum und wurden klüger und reicher. Die heutige Fahrt allerdings erfolgte auf Befehl des Großkhans, und die Bezahlung deckte gerade die Kosten.

»He, Söhne der Windstille!« schrie der Kapitän übergangslos zu seinen Matrosen vom Achterdeck hinunter. »Wollt ihr unsere Freunde umbringen? Das Bugsegel beiholen!«

»Wir eilen, Herrscher der Planken!«

Die Männer aus Koryö waren in Hosen, Stiefel und Jacken aus ölgetränktem Leder gekleidet. Große Hüte mit schlappenden Nackenklappen waren ums Kinn festgebunden. Es war die Zeit der letzten Sommerstürme. In einem Mond wäre die See viel ruhiger gewesen, aber Khubilai Khan drängte. Huo nickte dem Mann am Ruder zu und stellte sich zwischen zwei Mongolen, die ihn mit tränenden, blutunterlaufenen Augen anstarrten, als sei er für ihren Zustand verantwortlich.

»Ich habe euch alle gewarnt!« sagte er verbindlich. »Ihr seid den Pferderücken gewohnt, nicht diese Wellen.«

»Bei Natigay!« stöhnte der Mann. Er war kostbar gekleidet; auf der Brust trug er auf einer goldenen Platte das Zeichen des Geierfalken. »Wann haben wir festes Land unter den Stiefeln?«

»Morgengrauen!« sagte der Kapitän. »Schlimm?«

»Schlimmer als der Tod.«

»Es vergeht schnell. Ich habe was für euch.«

»Kein Essen!« schrien beide Männer. »Bloß kein Essen!«

»Etwas Besseres. Wartet!«

Sie sahen beklagenswert aus. Stiefel, Pelze und das Leder trugen die Spuren trocknenden Salzwassers. In ihren Herzen hockte die Angst vor dem Ertrinken, vor dem Boden des Ozeans, der in unvorstellbarer Tiefe unter ihnen lag. Sie trauten dem Schiff noch weniger als den Männern, die es führten. Nässe, Kälte, Nebel und das unausgesetzte Heulen und Wimmern des Sturmes; und jetzt kam das dumpfe Dröhnen hinzu, das von den Brechern der Inselklippen ausging, die das Schiff an Steuerbord liegenließ. Eine Grundsee schwoll heran und hob das Schiff knarrend und triefend in die Höhe.

Der Kapitän, ein weißhaariger, gedrungener Mann mit breiten Schultern und einem dünnen grauen Schnurrbart, versorgte die Mongolen mit einem scharfen, stark riechenden Beerenschnaps, der die Gerüche aus dem Innern des Schiffes nicht vertreiben konnte. Aber es half; die ungesunde Farbe in den Gesichtern machte hellem Rot Platz.

Die Schiffslaternen wurden angezündet und an ihre Plätze getragen. Die Mannschaft kauerte sich unter Deck zusammen und aß mit gutem Appetit. Das Schiff stampfte und gierte weiter in die Abenddämmerung hinein und in die sternenlose Nacht. Um Mitternacht ließ der Sturm nach, und die Schaumkronen verschwanden von den Wellen. Das Schiff stieß nicht mehr wie ein bockendes Pferd, sondern schwang weich dahin, von den Wellenbergen in die weiten Täler. Die Entsetzensschreie und das Stöhnen der Mongolen hatten aufgehört. Einige Männer schliefen, zusammengerollt in feuchten Ecken. Auch die Pferde beruhigten sich.

Kapitän und der Steuermann schliefen nicht. Ihre scharfen Augen versuchten, die Finsternis zu durchdringen, suchten nach winzigen Lichtern, die geradeaus auftauchen sollten. Es wären Feuer auf den Burgen und hoch über Häfen Zipangus gewesen. Stunden vergingen, ohne daß die Schiffsbesatzung und die Krieger es richtig merkten. Das Schiff lag gut auf Kurs; es gab keine Schwierigkeiten. Die Nacht ging vorbei, im ersten Licht aus dem Osten zeigte sich die schwarze Silhouette des südlichen Inselendes ab.

»Laß sie schlafen«, sagte der Steuermann blinzelnd. »Sie werden ihre Kraft brauchen.«

»Es sind noch zwei Stunden«, brummte der Kapitän. »Und so, wie ich die Samurai kenne, haben sie uns längst gesehen.«

»Uns werden sie nicht angreifen!«

Die SCHÄTZE FERNER INSELN änderte geringfügig den Kurs. Sie steuerte auf einen mittelgroßen Hafen zu, wie eine Bucht im Südwesten der Küste. Zwei winzige Feuer blinkten durch Dunst und Nebel. Der Kapitän verglich die gezackte Silhouette mit seiner nahezu perfekten Erinnerung, schätzte Strömung und Wind ab und ließ das Ruder nach Steuerbord legen. Der Bug der Lorcha-Dschunke wanderte nach rechts. Der Kapitän ahnte nicht nur, daß es ernsthaften Ärger geben würde – er wußte es.

Als die Sonne weit hinter den felsigen Bergen aus dem Meer stieg, passierte das Schiff zwei weit vorspringende Barrieren aus wuchtigen, zu wilden Formen verwaschenen Felsen. Einen Pfeilschuß weiter beruhigte sich das Meer völlig. Niemand hatte sie geweckt, keiner rief sie, aber nacheinander kamen die Mongolen an Deck. Pferde wieherten unter den Planken. Der Kapitän gab einige Kommandos; ein Segel nach dem anderen wurde gerefft. Kleine Häuser schienen über den Terrassen an den Hängen zu kleben. Die mongolische Gesandtschaft versammelte sich an Deck. Der Kapitän suchte die Signale aus der Kiste und ließ sie am Hauptmast aufziehen. Die alte Landesfahne hing am Bug, darüber die Standarte des Großkhans. Sonnenstrahlen zuckten über die Gipfel und trafen das ruhige Wasser. Die Wolken verschwanden vom Himmel.

»Macht euch bereit!« rief Huo den Mongolen zu. »Wir legen über das Heck an.«

»Ist recht. Gibt es Essen?«

»Heißer Tee wird zubereitet.«

Die Mongolen tranken Tee, brachten ihre Kleidung in Ordnung, überprüften die Waffen, vergewisserten sich, daß sie die Geschenke und die Botschaften nicht verloren hatten; wieder blickten sie zum Ufer. Man erkannte Bäume, tiefgrüne Felder, Gärten und unzählige Stege und Holztreppen. Der Hafen war dürftig: ein langer Holzkai, Herrscherzeichen auf ausgeblichenen Stangen, Rauchsäulen früher Feuer und wenige Ladebäume. Am Strand lagen Fischerboote.

»Klar bei Riemen und Trossen, Männer!«

Sie freuten sich auf Ruhe und Schlaf. Ihre Kleidung war salzverkrustet. Mehr Segel wurden gerefft, langsam schwenkten Bug und Heck der Dschunke herum. Die Riemen tauchten ein, Taue wurden aufgerollt. Einige Fischer in weiten Hosen und Strohsandalen rannten auf den Steg und packten, als die Taue über Bord geschleudert wurden, die mit Steinen gefüllten Lederbeutel. Das Schiff wurde, den Bug zur Buchtausfahrt, am Steg festgemacht. Huo wandte sich an einen älteren Fischer. Der Mann musterte aus halb geschlossenen Augen die farbigen Tuchvierecke, die fremden Krieger; er bemerkte die Unruhe.

»Ich bin der Kapitän«, sagte Huo. »Tu mir einen Gefallen, Fischer! Diese Krieger wollen, in aller Freundschaft, eine Botschaft überbringen. Mit wem reden sie?«

»Mit Toshaga. Er ist der Kuge der Jojo-Shikken.«

»Wo können sie ihn treffen?«

»Seht ihr die geschwungene Treppe unter den drei Steinbrücken? Dorthin sollen sie gehen. Die Nachricht von eurem Kommen ist nicht neu.«

»Danke. Ich sage es ihnen.«

Die Reling, aus den Zapfen gezogen, klapperte. Luken öffneten sich, die Pferde wurden über Planken heraufgetrieben. Sie beruhigten sich nur schwer. Nekur taize, der älteste Manghol, hielt sein zitterndes Pferd am Zügel, klopfte dessen Hals und sagte: »Nun sind wir da. Du hast uns gut übergesetzt. Kannst du mir einen Rat geben?«

Sie waren mutig, aber diese Mission erfüllte sie mit tiefem Mißtrauen. Der Kapitän brauchte nicht lange zu überlegen.

»Drei Matrosen sprechen die Sprache Zipangus besser als ich. Sie werden übersetzen. Bleibe freundlich, sprich nicht von Gewalt. Shikken und Samurai sind von unerträglichem Stolz. Reize sie nicht. Ihnen gilt ein Leben weniger als euch Mongolen.«

»Ich denke daran. Dank dir, Fährmann.«

Der Zug formierte sich. Neben einem Reiter gingen zwei Krieger; sie trugen die Bündel mit den Geschenken Khubilai Khans. Auf den Brücken gab es Bewegung. Samurai in glänzend lackierten Panzern marschierten auf, mit Suumi-Bögen aus Bambus, gekrümmten Schwertern und flachen Helmen, an deren Rändern Klappen befestigt waren. Als er die Rücken der Mongolen sah, griff Huo zu dem Beerenschnapskrug und nahm einen Schluck, der ihm die Tränen in die Augen trieb. Sein unbehagliches Gefühl erreichte einen ersten Höhepunkt. Vier gute Pfeilschüsse weit waren die Treppen und Brücken entfernt. Die Bohlen des Steges krachten und polterten unter den Hufschlägen der Pferde. Der Rudergänger lehnte sich neben Huo an die Reling.

»Ich bin nur ein dummer Seemann«, murmelte er. »Aber ich meine, daß der Khan tun sollte, wovon er etwas versteht.«

»Schlechte Ratgeber hat er. Also wagt er sich aufs Wasser.«

Sie waren Untertanen der Manghol; sie fuhren nicht schlecht dabei. Was die Herrscher von Zipangu über den Großkhan und dessen Anspruch dachten, sollten sie bald erfahren.

Noch war die Sonne riesengroß und rot, als ihre Wärme die Bucht ausfüllte, Felsen, Gewächse, Dächer und die vielen Holzteile nahmen andere, starke Farben an. Die Waffen der Mongolen blitzten und schimmerten nicht geringer als die Ausrüstung der Samurai; viele tauchten hinter Mauern und entlang der Treppen auf. Es näherte sich eine Sänfte, sie wurde abgesetzt und geöffnet, der Oberste Beamte dieses Landesteils kam heraus. Die Zipangu-Leute warfen sich zu Boden, verneigten sich, murmelten Formeln der Ehrfurcht. Der Zug der Mongolen erreichte den Zickzackpfad zum Platz vor der Residenz. In steigendem Unbehagen gingen und ritten sie weiter. Nekur taize sprach leise mit den Seeleuten: Sie versuchten zu erklären, was er noch nicht wußte. Wenige Geräusche waren zu hören; die Menschen schwiegen um so mehr, je geringer die Entfernung zwischen Manghol und Zipangu-Kriegern wurde.

»Du mußt absteigen und dich vor Toshaga zu Boden werfen.«

»Khubilai hat's mir verboten«, flüsterte Nekur. »Ich tu's trotzdem.«

Die Gesichter der Mongolen waren verschlossen, die der Samurai wirkten wie versteinert, wie polierte gelbe Jade. Niemand rührte sich. Die Blicke schienen sich durch die Schilde der Manghol zu bohren. Die zahlenmäßige Übermacht war bizarr; auf einen Krieger vom Festland kamen fünfundzwanzig wohl ausgerüstete Toshaga-Krieger. Die drei Seeleute und Nekur erreichten den rechteckigen Platz, und der Mongole stieg schweigend aus dem Sattel. Er drehte sich herum und gab seinen Leuten Zeichen, ging auf Toshaga zu, schaute in dessen dunkle Augen und ließ sich auf die Knie nieder. Er beugte den Hals, bis seine Stirn den Sand berührte. An den Geräuschen und am unwilligen Murmeln erkannte er, daß seine Leute seinem Beispiel folgten. Schließlich sagte ein Matrose: »Er meint, der Höflichkeit sei Genüge getan.«

Nekur schwor sich, diese Demütigung dem Toshaga heimzuzahlen. Dann holte er tief Luft.

»Sage dem mächtigen Fürsten: Ich, Nekur taize, Gesandter des Khubilai Khan, des Herrschers über unendlich viel Land, kenne die Sitten der Insel nicht. Wenn ich etwas sage oder tue, das ihn stört, geschieht es aus Unwissenheit.«

Der Matrose übersetzte schnell und sicher. Toshaga hörte schweigend, regungslos zu. Dann stieß er in rauher Sprache eine große Anzahl Wörter hervor und unterbrach sich mit hustenden und keuchenden Lauten.

»Toshaga hat von Khubilai gehört. Oft sprechen Kaufleute von Kao-li mit ihm. Er sagt: Der Besuch ehrt ihn vermutlich, aber er kennt den Grund nicht.«

»Es ist nicht Art von uns Reiterkriegern, auf verwegene Weise den Kern des Gesprächs zu zeigen, ehe die Schale entfernt wurde.«

»Er sieht nicht einmal die Schale.«

»Ich zeige sie ihm und seinen Leuten. Der Khan grüßt ihn und sendet Geschenke, die nur deswegen unwürdig sein müssen, weil Khubilai nicht weiß, womit er wahre und tiefe Freude bereiten kann.«

Diesmal dauerte der Wortwechsel länger. Der Matrose zögerte zu übersetzen. Schließlich erklärte er stockend und nach weniger starken Worten suchend:

»Das schönste Geschenk, das überdies nichts kostet, wäre eure sofortige Abfahrt. Und ein noch hochherzigeres Geschenk wäre, wenn niemals wieder einer von euch den Fuß auf die Insel setzen würde. Zipangu braucht den Khan nicht, noch weniger dessen Geschenke.«

Wieder holte der Mongole tief Luft und bezähmte sich. Er drehte sich zu seinen Leuten um. Nicht alle hatten die Worte verstanden. Mit unüberhörbarer Schärfe sagte er:

»Ihr rührt euch nicht! Ich spreche! Hände weg von den Waffen! Wir sind Gesandte. Jeder stirbt, der nicht gehorcht.«

Dann richtete er seinen Blick auf den Beamten. Ihm war, als befände er sich von glatten Quadern umgeben, die im Regen glänzten und eine hohe Mauer bildeten.

»Mein Herrscher, Khubilai Khan, ist ein gerechter Mann, der den Frieden vorzieht und der den Kampf, obwohl er stets siegt, geringachtet. Er will, daß wir miteinander reden. Ohne Rede und Gegenrede kein Verstehen zwischen Völkern, zwischen Männern, zwischen Kriegern. Sieh, welche Geschenke ich bringe.«

Toshaga machte eine lässige Bewegung. Der Mongole winkte. Seine Leute breiteten die Geschenke zwischen ihm und dem Kuge aus: Seidenstoffe mit wunderschönen Mustern und Goldstickerei. Schalen aus Porzellan, Bronzestatuen, juwelengeschmückte Waffen, prächtige Krüge voller Reiswein, Gefäße voll mit Gewürzen, Schmuckketten und zwei Sättel, der Stolz von Handwerkern, die länger als zwei Jahre daran gearbeitet hatten. Ohne sich zu rühren, betrachtete der Beamte die Pracht, die im Sonnenlicht funkelte und blendete. Er tat, als habe ein Fischer einen Sack toter Aale ausgeschüttet.

»Das alles haben wir im Überfluß, und alles ist schöner und besser«, erklärte Toshaga.

»Auf dieser Welt«, versuchte der Mongole einzulenken, »hat noch niemand die Geschenke des Großkhans abgelehnt.«

»Auf dem Land, über das ihr reitet, gibt es auch keine Krieger, die euch besiegen können.«

»Auch das ist wahr.«

»Die Krieger, die euch besiegen, hier sind sie«, sagte Toshaga zornig und deutete nach rechts und links. »Nehmt den Plunder! Geht zurück auf das Schiff! Kommt niemals zurück! Sag deinem Khan, alter Mann, daß er zu klein ist, um diese Insel zu erobern!«

Wut und Verzweiflung hatten Nekur taize gepackt. Noch gelang es ihm, sich zu beherrschen. Er sagte heiser: »Ich kenne Khubilai Khan. Er bekommt immer, was er will. Lasse dir sagen, daß er fünfmal hunderttausend Männer in zwei Monden unter Waffen hat, wenn er befiehlt. Ich weiß es, denn ich ritt für seinen Vorgänger. Er wird, wenn er wütend ist, diese Insel ins Meer stürzen. Das ist die Wahrheit, sage ich dir. Und wenn er hört, was du sagst ... ich schwöre es dir: Sein Zorn wird grenzenlos sein. Ich will dich mit meinem Rat vor schrecklichen Dingen warnen.«

Diesmal war die Pause länger. Der Mongole und sein Gegenüber fochten einen Kampf mit Blicken aus. Nekur selbst kämpfte überdies mit sich selbst, denn er – und damit der Großkhan – war noch niemals so gedemütigt worden.

»Warum lehnst du ab«, fragte er halb erstickt, fast am Ende seiner Beherrschung, »mit den Gesandten des Khans zu sprechen?«

»Ich fürchte, meine Güte erreicht einen heiklen Punkt. Bevor sie zur Dummheit wird, handle ich. Ich spreche für den Herrscher dieser Insel und vieler kleiner Inseln. Wir hören seit sechsmal zehn Jahren, wie ihr Mongolen den anderen die Freiheit nehmt. Unsere werdet ihr nicht nehmen. Es scheint, daß du mir nicht glaubst?«

Der Mongole zögerte, schließlich würgte er heraus: »Ich glaube dir. Abermals rate ich dir, die Geschenke zu nehmen und mit uns zu reden. Ich bin der Überbringer von Botschaften, nicht von Kriegserklärungen.«

»Auch dann ändert es nichts. Auf Zipangu herrscht nur einer. Und sein Name ist nicht Khubilai.«

Ratlos breitete der Mongole die Arme aus und fragte laut: »Wie kann ich dich überzeugen?«

»Du kannst es nicht. Aber vielleicht überzeuge ich dich?«

»Das wird nicht einfach sein.«

»Alle endgültigen Dinge sind einfach. Sieh, alter Mann!«

Noch bevor die Übersetzung beendet war, hob Toshaga den Arm und bellte unverständliche Worte. Lautlos, wie in einem gespenstischen Reigen, spannten ein halbes Hundert Samurai ihre riesigen Bögen. Pfeile heulten von rechts und links durch die Luft.

Der Mongole erstarrte, dann zuckte seine Hand zum Schwert. Aber schon war er von einem Dutzend Samurai umringt, die ihn und die Seeleute mit blitzenden Schwertern in Schach hielten. In fassungslosem Schrecken sah Nekur taize zu, wie seine Männer starben. Er konnte sie nicht zählen, wußte aber, daß sich nur fünfzig Samurai zum Kampf stellten. Ein Teil seiner Reiter war schon tot, als sie aus den Sätteln geschleudert wurden.

Die anderen wehrten sich in tödlicher Entschlossenheit. Die Samurai bewegten sich so schnell, daß seine Augen nur einen Teil der zuckenden und blitzenden Waffen erkannten; ihre Körper schienen sich in seltsame Wesen zu verwandeln. Mit kurzen Schritten waren sie heran, drehten sich, stießen Schreie aus, und ihre Schwerter waren schnell, tödlich, erbarmungslos ... Er senkte den Kopf und ließ die Arme hängen. Er wartete auf den Hieb, der ihn tötete. Durch das nachlassende Klirren der Waffen, Schreie, Stöhnen, Wiehern und Poltern der Pferde hindurch hörte er die Worte des Matrosen:

»So schnell werdet ihr alle sterben, wenn ihr Zipangu erobern wollt. Geh zu deinem alten Khan und sage ihm, was du gesehen hast. Geh schnell und lüge nicht: Nicht die Übermacht hat deine Männer getötet.«

Der Mongole richtete die Augen auf den Boden. Vor ihm und den Matrosen öffnete sich eine Gasse. Die Samurai führten die Pferde weg und gingen mit eigentümlichen Schritten neben ihm her, bis er die Planke der SCHÄTZE FERNER INSELN erreichte. Der Kapitän legte ihm den Arm um die Schultern, brachte ihn unter Deck und flößte ihm, der alles willenlos über sich ergehen ließ, eine gewaltige Menge Schnaps ein.

Nekur erlebte nicht mehr mit, wie ein paar Samurai schweigend herbeikamen und die Geschenke, die in zerrissenen Fischernetzen gebündelt waren, achtlos über die Reling aufs Deck warfen. Der Mongole begriff erst, als die Küste wieder in Sicht kam.

Zum erstenmal in seinem Leben spürte er, daß er Angst hatte; Angst jener Art, der es gleichgültig war, wo und auf welche Weise Nekur starb. Wahrscheinlich erwürgte ihn Khubilai, wenn er zitternd vor ihm stand und ihm berichtete, was auf Zipangu geschehen war.

Wie wir es erlebt haben, so schildere ich es: Am Hof des Khans bemühten sich die zwei Arkonidenähnlichen, das zu tun, was sonst ich versuchte. Sie entwickelten neuartige Technik, entwickelten vergeblich Einzelteile für ihren Hyperraumsender und begannen einzusehen, daß sie Gefangene dieses Planeten waren.

Im Flottendepot unweit des Thar-Forts fanden wir eine Schiffsladung tragbarer Transmitter und verfrachteten sie in die Schutzkuppel. Unsere persönliche Sicherheit wurde durch schnell schaltbare Transmitterverbindungen größer, unsere Reisen unproblematischer. Rico und die Maschinen der Überlebensanlage hatten vor Jahrzehnten damit begonnen, die Baumuster zweier Roboter zu entwickeln, die eines Tages den Standard Ciron/Ricos erreichen sollten; in den Werkstätten boten die Skelette und Körperteile aus Speziallegierung einen befremdlichen Eindruck.

Nachdem wir den mächtigen Bau der Kathedrale von Amiens bestaunt, die Abreise einer venezianischen Handelsgesellschaft zum Thron des Khubilai Khan miterlebt und den Kriegszug – den man auch den siebenten Kreuzzug nannte – des neunten Ludwigs nach Tunis begleitet und nicht nur den Herrscher vor der Seuchengefahr eindringlich gewarnt hatten, kehrten wir, vorläufig ohne Rico, in unser Idyll zwischen Wüste und Fluß zurück.

Die Träume der beiden Notgelandeten von einem Raumschiff begannen mit zaghaften Schritten ...

4.

Tan Yesugay, Hauptmann von dreitausend auserwählten Reitern, Treuer Ritter des Herrschers, fing zu singen an. Es klang wie dunkles Summen, unterbrochen von spitzen Ausrufen. Die Worte in einer Mongolen-Mundart waren für die rothaarigen Händler schwer zu verstehen. Ein Lied von der Welt, die ungeheuer groß war und durch die unzählbare Straßen führten. Jede Straße – der Großkhan kannte sie alle! – im riesigen Reich war von neu gepflanzten Bäumen gesäumt. Ein Lied der blitzenden, scharfen Waffen – Khubilai wußte sie richtig zu führen! –, mit denen die Sung endlich aufgerieben und unter das Joch der Mongolen gezwungen wurden. Und von Zipangu, der goldstarrenden Insel, die der Großkhan erobern würde, um jeden Preis. Plötzlich riß das Lied ab, und Yesugay sagte:

»Subo Etai, mein Freund, du bist wahrlich ein großer Zauberer!«

Nachdenklich schüttelte Subo den Kopf und schaute hinunter auf den Vertrauten des Großkhans. Dann zeigte er auf die Reihe der aufgebauten Waffen und antwortete keineswegs voller Freude: »Alle diese Erfindungen kennen wir von den Chin. Wir haben versucht, sie zu verbessern. Wir können nicht zaubern. Wir wenden nur unsere Kenntnisse an.«

Er nickte einem Handwerker zu. Der Mann führte einen glimmenden Zündstab an das Ende eines mannslangen Rohres, das bläulichgrau schimmerte, mit dem

Vorderteil auf einer hölzernen Gabel ruhte und auf der Schulter eines Kriegers aufgestützt war. Eine kurze Lunte sprühte Funken.

»Dagegen stemmen! Mund auf!« schrie Subo. Der Krieger spannte seine Muskeln. Eine hämmernde Explosion ließ das Feuerrohr zurückschlagen. Aus dem trichterförmigen Ende zuckte eine halb armlange Feuerzunge. Gleichzeitig heulte eine Handvoll Eisen durch die Luft; die Ladung bestand aus gezackten Splittern und kantigem Schrot. Eine blaugraue Wolke hüllte die Waffe und den hustenden, taumelnden Mann ein. Zweihundertfünfzig Schritt entfernt stand eine Gruppe Puppen, in alte Rüstungen gekleidet und mit schartigen Waffen ausgerüstet. Der eiserne Hagel zerfetzte die Schilde, riß die strohgefüllten Köpfe ab, durchschlug die Helme und brach die Lanzenspitzen und die Schwerter. Die Hälfte der Puppen brach zusammen mit den armdicken Pfählen, auf denen sie standen, knirschend zu Boden.

»Damit werden wir die schnellsten Siege erfechten, die es auf dieser Welt gegeben hat!« schrie der Tan begeistert. »Du bist der Meister! Dich wird Khubilai ehren!«

Hunderte Handwerker hatte Subo beschäftigt. Das schwierigste war gewesen, sie zu zwingen, ungewohnte Techniken anzuwenden. Sie arbeiteten ausgezeichnet; innerlich weigerten sie sich allerdings, Feuerrohre in zwei Halbteilen über einem eisernen Kern zu schmieden, das gehämmerte Eisen in Öl oder Blut zu härten, bestimmte Feilen zu verwenden ... die Liste der Änderungen und Verbesserungen ließe sich lange fortführen. Die Abgesandten des Herrschers und der Feuerhaarige gingen auf das nächste Gerät zu.

»Mit diesem herrlichen Feuerrohr zertrümmern wir die Mauerquader zu Staub!« meinte Yesugay voller Begeisterung. »Sorge dich nicht um die Schmiede! Sie tun, was der Khan befiehlt!«

Die Räder mit den überbreiten Felgen lagen neben dem hufeisenförmigen Hügel, die Achse ruhte auf Holzbohlen mit tiefen Kerben. Auf einer zweiten Holzkonstruktion lag ein dickes Rohr, länger als Subos Bein, mit Tragegriffen und Visiereinrichtungen. Zuerst war ein zylindrisches Säckchen aus Leinen in das Rohr eingeführt worden. Es enthielt ein Gemenge aus Holzkohle, gelbem Schwefel und einer Chemikalie, die Subo mangels exakter Namen und in Erinnerung seiner Überlebensausbildung als *Salpeterkali* bezeichnete. Die unterschiedlichen Prozentanteile, zusammengestellt von den »Erfindern« der Chin, hatte Subo durch Versuchsreihen optimiert. Eine stärkere Mischung würde die Rohre aus geschmiedeten Stahlteilen zerreißen und die Schützen zerfetzen.

»Seid ihr fertig?« fragte Subo. Mit einem weichen Stößel hatten die Männer auf das Leinensäckchen eine runde Filzscheibe gelegt und festgerammt. Die Flugkurven der Geschosse waren auf einer Tafel eingezeichnet und entsprachen der Neigung des Geschützrohrs.

»Wir haben getan, wie du es uns gezeigt hast, Meister Subo!« lautete die Antwort. Die Mongolen, die sich als genügend geschickt gezeigt hatten, arbeiteten mit Chin-Handwerkern zusammen und lernten, wie diese Geräte zu bedienen waren. Alles war so entsetzlich primitiv! Trotzdem war die Wirkung zuverlässig! Und sie diente dazu, Dinge zu zerstören und Planetenbewohner zu töten! Alles für den Sieg des Khans und für eine ständig wachsende Flut von Geschenken, die sich, erlesen und unbezahlbar kostbar, in dem palastartigen Haus der Galaktischen Händler stapelten.

»Dann zündet die Kugel!«

Ein kugeliges Geschoß, in kantige Segmente eingeteilt, aus Bronze gegossen, enthielt eine Pulverladung. Öffnungen nahmen die Zündanlage auf. Langsam und polternd verschwand die Kugel im gähnenden Schlund der Kanone.

»Zünden!« kommandierte Subo. »Ohren zuhalten, Mund öffnen, hinter den Schilden verstecken, wenn die Lunte brennt!«

»Wir haben verstanden.«

Sie zogen sich hinter die hölzerne, mit Erde bedeckte Schutzmauer zurück. Die Funken der Lunte verschwanden im Innern des klobigen Endes, das, von Balken abgestützt, zu einem Drittel in festgestampfter Erde ruhte. Dann erschütterte ein gewaltiger Krach die Luft. Stichflamme und Rauch vermengten sich. Das Rohr wurde in die Höhe geworfen und grub sich inmitten splitterndes Holzes tiefer in den Boden. Aus der Rauchwolke heraus flog die Kugel, kleiner werdend und einen dünnen Rauchstreifen hinter sich herziehend, auf das geräumige Lager zu. Dort schlug sie ein, explodierte und sprengte Zelte, Holzkonstruktionen, Mauern und das Wasser eines Tümpels nach allen Seiten. Dumpf rollte die zweite Explosion über das Land. Teile segelten brennend herunter. Viele Mongolen, die aus sicherer Entfernung die Vorführung mit ansahen, warfen sich ins Gras. Pferde rissen sich los und gingen wiehernd durch. Stinkende Explosionsgase ringelten sich aus dem Geschützrohr. Der Tan schüttelte in offener Bewunderung den Kopf.

»Zu Weltherrschern werden wir! Man will es nicht glauben, aber die Augen sehen es!«

»Bolwo?« sagte Subo melancholisch. Er sah für sich und Jelme keinen Sinn darin, dem Großkhan mörderische Instrumente in die Hand zu geben.

»Bolna! Bolna! Es kann nicht besser sein!« Der Mongole schwärmte. Auf einem Hügel sammelte sich eine Gruppe Reiter; Vertraute des Khans und seiner Heeresführer, die zusehen wollten, wie die neuen Waffen wirkten. Subo winkte dem kleinen Mann mit den klugen Augen und ging zu dem Gestell aus nebeneinander und übereinander befestigten Bambusrohren. Jedes Rohr trug an seinem Ende eine Schutzhülle aus Bronzeblech. In den Röhren steckten lange Holzstäbe. An ihrem Ende waren zylindrische, vorn spitz zulaufende Kartuschen angeklammert, aus dünnem Bronzeblech. Mit ölgetränktem Papier umwickelte Zündschnüre ragten aus den Trichtern hervor. An den Seiten der Zylinder befanden sich kurze Flügelchen, deren Enden schräg umgebogen waren. Ein junger Mann in voller Rüstung, der eine lodernde Fackel trug, stand neben der Batterie.

»Bereit?« fragte Subo. Yesugay machte beschwichtigende Handbewegungen und zeigte ehrerbietig auf den Hügel. »Der Großkhan sieht uns zu. Er ist ebenso voll des Staunens und Verwunderns wie wir. Du wirst reich geehrt! Und bald wirst du Männer aus fremden Ländern treffen. Vielleicht kommen sie aus deinem Heimatland?«

»Schwerlich«, murmelte Subo. »Dennoch ist es eine gute Nachricht.«

Auch Jelme würde sich freuen. Ihr Haus war viel zu groß für sie und die Diener. Andere Männer? Aus anderen Kulturkreisen? Subo zuckte mit den Achseln, aber er konnte nicht verhindern, daß ihn freudige Stimmung ergriff. Er sagte zu dem Krieger, dessen Gesicht glühte:

»Lei, lei! Kwai! Komm, schnell!«

Der Junge berührte mit der Flamme die erste Zündschnur. Mit weiten Sätzen brachten sich die Mongolen und der Rothaarige in Sicherheit.

Ein langer Funkenregen, eine Stichflamme, eine riesige Menge hellgrauer Rauch – und dann heulte das Projektil aus dem Führungsrohr. Der Rückstoß der Treibladung erzeugte ein Geräusch, das wenige Ohren je gehört hatten: ein wehklagendes Jaulen, ein Heulen, das im Schädel schmerzte. Nach einigen Mannslängen Flug begann sich das Geschoß zu drehen, beschrieb eine weite, flache Kurve und jagte davon, auf die alten Boote zu, die in der Mitte des Sees schaukelten. Nach einem Flug von einer Strecke, die ein schnell gehender Mann in einer halben Stunde zurücklegte – vier Li etwa –, schlug das Projektil zwischen den Bordwänden ein. Flammen und feurige Trümmer breiteten sich aus; einige Zeit später drang das Dröhnen an die Ohren der Zuschauer.

»Zünde den Rest!« befahl Subo. Der Mongole sprang vor, entflammte sieben funkensprühende Schnüre und flüchtete. Sieben Projektile schleuderten sich in schneller Folge aus den Führungsröhren.

In geringem Abstand kreischten die Geschosse in den Himmel und schlugen, sich immer schneller drehend und dadurch die Zielgenauigkeit verbessernd, ins Wasser ein, in die Reste der Boote; jede einzelne Detonation schleuderte Fontänen aus Wasser und Schlamm in die Höhe und erzeugte eine riesige Wolke aus Dampf und Rauch. Vögel und kleine Tiere, die nach den ersten Schüssen aufgescheucht worden waren, flüchteten abermals aufgeregt. Subo packte ein deichselartiges Gestell, schwenkte die noch nicht leergeschossenen Röhren in eine sorgfältig markierte Position und deutete auf die Fackel.

Ein Dutzend Atemzüge lang wiederholte sich das Schauspiel. Die Projektile schossen blitzschnell mit erschütterndem Lärm davon, beschrieben ihre flachen Flugbahnen und schlugen in die Seite eines Hanges ein. Dort wurden Steine für die neue Stadt gebrochen und zugeschlagen. Der Steinbruch verwandelte sich in einen Bezirk aus Lärm, Flammen, umherfliegenden Steinbrocken, aufgewirbeltem Staub und einer Rauchwolke. Subo Etai nickte; er war zufrieden. Für diese Waffen stand, was die Handwerker und die ausgebildeten Bedienungsmannschaften anging, jeder Schritt fest. Er war, unterstützt von Zeichnungen und Listen, niedergeschrieben worden.

»Er kommt! Er will mit dir sprechen! Glücklicher!« Yesugay nahm die Finger aus den Ohren. »Der Großkhan selbst.«

Aus der Gruppe auf dem Hügel lösten sich drei Reiter. Der vorderste Mongole ritt einen Schimmel von makellosem Weiß. Der Reiter besaß ein auffallend hellhäutiges Gesicht, war von mittelgroßer, ausgewogener Statur und gutem Aussehen. Er zählte etwa vierzig Sommer. Seine Kleidung war nur scheinbar einfach; jedes Stück war von unvergleichlicher Kostbarkeit. Die Tane blieben wenige Schritte hinter ihm. Khubilai Khan hielt sein Pferd vor Subo an, schwang sich mit der Leichtigkeit eines Jünglings aus dem Sattel und hob grüßend beide Arme.

Subo kreuzte die Arme vor der Brust und verbeugte sich tief im Kotau.

»Was ich gesehen habe«, sagte der Großkhan mit dunkler, ruhiger Stimme, »überzeugt mich. Du und deine Gefährtin, ihr habt dem Khan geholfen. Mit diesen Waffen, wenn es genügend davon gibt, werden wir die Sung endlich völlig niederwerfen und Zipangu erobern.«

»Ich habe Erfindungen verbessert«, wich Subo höflich aus, »die deine Männer von den Chin zu mir brachten.«

»Man hat dir zugesehen, Subo. Jeder Schritt war klug überlegt und gut ausgeführt. Meine Handwerker werden jene Waffen in großer Menge herstellen.«

»Ich wäre froh, wenn die Feuerrohre, die Geschütze und die Projektile nicht gegen Menschen eingesetzt werden«, murmelte Subo. »Es wird in deinem Reich viel zuviel getötet, Großkhan.«

»Es ist göttlicher Beschluß, daß die Mongolen die Welt regieren sollen«, sagte der Khan ruhig. »Im Innern herrscht Frieden. Krieg führen wir nur, wenn es unumgänglich ist. Mein Bruder Möngke hat Hulagu Khan und mich, seine Brüder, mit je fünfmal hunderttausend Kriegern beauftragt. Wenn unser Gesetz überall herrscht, wirst du keinen Krieger in Waffen mehr sehen.«

»Selbst wenn es anders wäre, selbst wenn du und ich es noch erleben würden – es spielt keine Rolle. Dein Herrschaftsgebiet wächst ebenso schnell wie Khanbalik oder Khamblau, wie deine Stadt.«

»In der auch dein Haus größer wird«, meinte Khubilai. »Ich werde dich rufen, wenn die Gruppen der Fremden hier sind. Ich schickte ihnen Eskorten entgegen.«

»Wann werden sie hier sein?«

»Es mag einige Monde dauern. Sie sind auf dem Weg.«

»Es wird mich freuen, mit ihnen zu sprechen.«

Der Khan berührte ihn mit der flachen Hand an der Brust. Es war eine Geste größten Vertrauens, eine Auszeichnung, selten genug. Dann lächelte er, zog sich in den Sattel und meinte zum Abschied: »Nichts ist von Dauer. Alles ändert sich. Aus Einsamkeit wird Freude werden.«

»Oder Tod«, flüsterte Subo, aber er erwiderte das Lächeln des Weltherrschers.

»Es wird Zeit, unseren versprochenen Besuch vorzubereiten«, sagte ich. »Die fremden Raumfahrer greifen in die Waffenherstellung ein. Wir konnten sehen, daß sie nicht ungeschickt sind.«

»Sie haben eine gründliche Ausbildung!« meinte Ciron. »Hier sind die ermittelten Informationen und, soweit herstellbar, die machtpolitische Karte des Großkontinents.«

1251 und 1259 hatte Großkhan Möngke zwei Heere ausgeschickt. Seine Brüder führten sie an; jedes zählte eine halbe Million Krieger. 1258 hatte Großkhan Khubilai das Chin-Reich angegriffen und seine Residenz von Karakorum nach Chengtu (1257) und vor mehr als sechs Jahren nach Khanbalik nahe Bei-Ping verlegt. Hier befand sich auch das Haus von Subo und Jelme. Bis heute war es ihnen nicht geglückt, das Hyperfunkgerät instand zu setzen. Es ging ihnen ähnlich wie uns, aber sie besaßen nicht unsere technischen Möglichkeiten.

Regen und schmelzendes Eis hatten den Fluß im Chin-Land anschwellen lassen. Das Wasser des Deltas schwemmte auch den Trichter zu, in dem die seltsame Kuppel mit dem Geschütz langsam im Untergrund verschwand. Hulagu Khan und Bruder Khubilai beherrschten ein Gebiet, das vom Euphrat bis Koryö, vom Indus bis zu den Sung im Südosten der Chin-Landmasse und von Tibet bis in die Tundra des Nordens reichte. Überall herrschte mongolisches Recht, wurde mit mongolischem Papiergeld gezahlt, war der Handel ebenso frei wie die Straßen, arbeitete blitzschnell der Post- und Nachrichtendienst. Vor drei Jahren, 1268, hatte Khubilai Khan angefangen, die letzte Machtstruktur, die ihm ernsthaften Widerstand bot, zu umzingeln, zu isolieren und anzugreifen. Eine halbe Million Mongolen kämpften an den Grenzen des Reiches Sung, weit südlich von Bei-ping, das mittlerweile Daidu genannt wurde. Trotz der Erfindungen von Feuerrohr, Geschütz und Rückstoßprojektilen rechnete Khubilai, daß er ein Jahrzehnt für diesen Kampf brauchen würde. Binnen eines halben Jahrzehnts wollte er Zipangu unterworfen haben.

Alexandra kam herein und setzte sich schwungvoll zwischen Karten, Höhenaufnahmen und allerlei Geräte und Bauteile.

»Ich zweifle«, sagte sie halblaut, »und der Zweifel ist ein Geliebter, mit dem die Wahrheit betrogen werden will. Die Wahrheit ist: Unser Leben im Fort wird langweilig.«

»Wann reiten wir los? Der Großkhan erwartet uns!«

»Und die Raumfahrer glauben, daß wir ihretwegen kämen?«

»Nein. Sie werden uns für Besucher aus einem fernen Land halten. Die Ausrüstung ist längst fertig. In drei Tagen. Ciron wird uns an einer Stelle absetzen, von der aus wir in einigen Tagen Khanbalik erreichen.«

Arhai Hasar hatte die Botschaft übergeben. Wir wußten, was mit den Abgesandten des Khans in Zipangu geschehen war. Wir planten, bevor wir uns in die Unterwasserkuppel zurückzogen, eine Reise nach Alexandras Heimatinsel Britannien.

Ein Dorf war entstanden; zweihundert braunhäutige Menschen siedelten einige tausend Schritt vom Felsen entfernt, am Kanalufer nahe der Straße. Kuriere des Sultans waren stationiert und kümmerten sich um unsere Pferde. Inzwischen besaßen wir eine ausreichende, oftmals viel zu große Menge Informationen; ein Wissen von Hunderten verschiedener Stellen. Es schien uns die beste Zeit zu sein, diesen Platz zu verlassen – die Mongolen waren nicht zurückgekommen. Im Reich des Khans waren Wärme, Sommer und die Sicherheit, die wir als Gäste hatten.

»Khanbalik und die Schätze der Raumfahrer warten.« Alexandra lächelte. »Und der Khan, der versuchen wird, unsere Kenntnisse auszubeuten!«

»Es würde mich verblüffen, wenn er das nicht versuchen würde. Eine Gelegenheit, die er am Schopf ergreifen muß. Unausweichlich!«

Ciron de Ronca hatte unseren Vorstoß ins Herz des Reiches wie stets mit äußerster Perfektion vorbereitet.

Der Gleiter hatte uns in der Dunkelheit abgesetzt und war in einer Bergschlucht im Schutz eines Energieschirms versteckt. Wir ritten auf einer breiten Straße, die klug angelegt und mit einer Doppelreihe dreifach mannshoher Bäume bepflanzt war. Das Land war fruchtbar, von einem Netz aus Kanälen durchzogen; es roch nach erntereifen Pflanzen. In der Morgendämmerung flogen Taubenschwärme und Enten über uns hinweg. Oft sahen wir Lichter und Feuer, weit verteilt, ein Zeichen, daß wir uns in friedlicher Umgebung befanden. Jeder zog zwei Handpferde hinter sich her, die nicht allzu schwer bepackt waren. Mondlicht und der erste Schimmer des Tages ließen uns das Band der Straße gut erkennen.

»Vielleicht denkt ihr daran, daß ich meine selbstgewählte Aufgabe nicht erfülle, sie nur ungenügend betreibe. Selbst gewählt ist sie nicht; sie wurde mir diktiert«, faßte ich, bequem im Sattel hockend, meine Überlegungen zusammen. »Aber ich genieße den Zustand, nicht als Reformator und ohne viel Verantwortung den Planeten zu erleben.«

»Dem Khan seine Vorhaben auszureden überstiege wohl deine Möglichkeiten«, meinte Alexandra. »Technische Hilfsarbeit leisten die gestrandeten Raumfahrer.«

»Wir haben die Wüste kultiviert und sind stilbildend tätig geworden«, korrigierte der Robot. »Und solange unser Aufenthalt dauert, wirst du, ohne es verhindern zu können, weiterhin den Barbaren gute Ratschläge geben.«

Ich mußte lachen, dann sagte ich:

»Bisher meinte ich, daß nur die Festigkeit eines großen Reiches auch technischen Fortschritt sichern kann. Wohl richtig! Ohne eine bestimmte Höhe von Zivilisation und Kultur kein Gedanke an die Eroberung der Sterne. Immerhin verwenden Chin und Manghol bereits zuverlässige Pulvertreibsätze. Die erste Stufe einer Entwicklung.«

»Und natürlich benutzen die Barbaren die Projektile dazu, sich gegenseitig umzubringen.«

»Auch das kann ich nicht verhindern«, antwortete ich Ciron. Der Logiksektor meldete sich: *Nicht, ohne mit deinen technischen Möglichkeiten zum planetaren Diktator zu werden!*

Wir waren fünf oder sechs Tagesritte von Khanbalik entfernt. Bei-ping oder Daidu lagen rechts von uns, eine fast völlig ebene Landschaft breitete sich aus; die Hügel waren bewaldet. Auf einigen standen hohe Türme, die das Zeichen des Mongolenkhans trugen. Hinter uns ertönte schneller Hufschlag. Wir wichen an den rechten Straßenrand aus. Da über uns der Kranich seine Kreise in wachsamer Aufmerksamkeit zog, fühlten wir uns beschützt. Pferd und Reiter kamen näher, Hufschlag und Keuchen des Tieres wurden lauter. Zwischen den dampfenden Feldern befanden sich, von Hecken und Zäunen abgegrenzt, einzelne Weiden voller Pferde der Mongolen. Jurten sahen wir, aus denen die Rauchfäden früher Feuer fast senkrecht in den Himmel stiegen.

»Es läßt sich nicht anders sagen«, meinte Alexandra. »Sie sind ein Volk von Nomaden, denen gemauerte Häuser ein Greuel sind.«

»Wie die Hunnen, einige Jahrhunderte früher«, sagte Ciron. Die Helligkeit nahm zu; als wir uns umdrehten, sahen wir den Kurierreiter. Er schien über dem

Sattel zu schweben und ritt das Pferd schnell, auf schonende Weise. Das Tier sprengte in lockerem Galopp in der Mitte der sandigen Straße heran und hielt fast ohne Zügelhilfen neben uns an.

»Ihr seid die Gäste, die Khubilai erwartet?«

»Wenn Arhai Hasar unsere Botschaften ausgerichtet hat?« fragte ich zurück. »Kurier mit wichtiger Botschaft?«

Seine Schenkel und der Unterleib waren mit breiten Lederstreifen bandagiert. Er schien einen langen Ritt vor sich zu haben. Der Manghol nickte und sagte lächelnd: »Wir Kuriere und Postreiter halten nach euch Ausschau. Ihr müßt wissen, daß Langnasen in unserem Land auffallen.«

»Wir kamen aus den Bergen«, sagte Ciron. »Eure Straßen kennen wir, auf diesem Weg sind wir seit einem Tag.«

»Deswegen haben wir euch verfehlt. Der Khan wartet. Er wird euch eine Eskorte schicken.«

»Wir freuen uns und danken dir!«

Er ließ die Schnüre des Dashior durch die Luft sausen. Das Pferd bewegte sich und hatte nach wenigen Atemzügen wieder in den gelösten Rhythmus des Galopps zurückgefunden.

»Großkhan Khubilai sammelt Ideen, Landkarten und Menschen, so, wie die Raumfahrer Kunstwerke sammeln!«

»Dadurch beweist er, daß er klüger ist als seine Vorgänger«, antwortete ich auf Alexandras Einwurf. »Dazu kommen unbestreitbare andere Vorteile. Religionsfreiheit, mäßige Steuern, hervorragende Verwaltung ...«

»... von der wir eben eine Kostprobe bekamen!«

»... ein einziges Gesetz für alle, offene Grenzen, ins Riesige ausgeweiteter Handel; kurzum, es wäre zu wünschen, daß die Vorteile seiner Herrschaft lange leben sollten.«

Stunden später kam uns ein zweiter Meldereiter entgegen, von seinem Tagesziel nicht weit entfernt; er und das Pferd waren erschöpft. Er rief den »Langnasen« einen müden Gruß zu und sprengte weiter. Die Bilder der Landschaft änderten sich, behielten aber ihren Charakter. Wolken zogen über einen blauen Himmel. Menschen arbeiteten auf den Feldern. Wasserräder und Schöpfbalken bewegten sich; wir sahen, wie sich zwischen den mongolischen Filzzelten einzelne Gruppen ausrüsteten, Pferde sattelten und beluden und ohne Hast davonritten. Sie gehorchten offensichtlich Befehlen und bereiteten sich auf einen Einsatz gegen das Sung-Land vor, entfernten sich also von einzelnen Plätzen in südöstlicher Richtung. Wenn es wirklich eine halbe Million Krieger waren, dann wurden etwa eineinhalb Millionen Pferde bewegt – schwer vorstellbar, wie diese Masse ernährt werden konnte. Dann sahen wir, daß auf den Rücken der Packpferde auch Heubündel und Säcke mit Körnerfutter schaukelten.

»Die Sung haben es bis heute geschafft, den Truppen des Khans zu widerstehen«, sagte ich fast bewundernd. »Er will sein Reich ohne Rücksicht auf Verluste vergrößern.«

»Es schmerzt ihn, daß ein kleines, tapferes Volk sich so erfolgreich wehrt.«

»Dasselbe denkt er auch über Zipangu.« Ich pflichtete dem Robot bei. Je näher wir Khanbalik kamen, desto belebter wurde die Umgebung. Auf den Kanälen fuhren hochbeladene Nachen mit flachen Böden. Die Menge der Krieger und Botenreiter vergrößerte sich ebenso wie die Feldzeichen und Tafeln der fremden Herrscher. Die Reiter riefen uns zu, daß die Eskorte schon auf dem Weg war. Sie sagten uns, in welchen Rasthäusern wir übernachten sollten, da der Großkhan für uns die besten Quartiere bestellt und größte Aufmerksamkeit angeordnet hatte. Jede Einzelheit des sommerlichen Chin-Landes atmete Frieden, Reichtum, Wachstum und eine Ruhe aus, die wir von anderen Teilen des Planeten nicht kannten. Einen halben Tag nach der Rast an einem idyllischen Teich, in dem träge Fischerkähne trieben, meldete sich der Kranich: *Die Eskorte wird euch in wenigen Stunden treffen!*

Im Gästehaus erwarteten uns kalte und heiße Bäder, frischer Tee und eine Palette ausgesuchter Leckerbissen, in einer Vielzahl farbiger Schalen. Unsere »riesigen« Pferde wurden, wie überall, gebührend bestaunt, nicht weniger als wir selbst und viele Teile der Ausrüstung. Wir fühlten uns wie Riesen im Zwergenland. Die Chin und die wenigen Mongolen, die Aufsicht führten, waren von ausgesuchter Freundlichkeit. Als wir am nächsten Morgen nach zahlreichen Bädern und einem ausgiebigen Frühstück zwischen Holzpergolen und Steinen des Ziergartens hinaustraten, warteten nicht weniger als hundertfünfzig Mongolen. Ein Mann kam auf uns zu. Ich erkannte Arhai Hasar, unseren ehemaligen Gefangenen.

»Wir erkennen dich, Botschafter!« Ich grinste zurück. »Hat man dich zum Tan gemacht?«

»Mit allen Ehren. Mit der Ehre, euch nach Khanbalik zu bringen.«

»Das höre ich gern. Warum reitest du nicht mehr gegen das Sultanat von Delhi?«

»Khubilais Bruder sieht ein, daß es für ihn zuviel wäre. Er kann nicht zwei Riesenländer zugleich beherrschen.«

»Ein kluger Entschluß. Gibt es für den Triumphritt zum Palast Regeln, die wir beachten müssen?«

»Ich werde euch alles sagen, alles zeigen ...«

»Wir bitten darum.«

Die Mongolen trugen zwar ihre Waffen, aber sie ließen erkennen, daß es eine Zeremonie war, Bogenköcher und Pfeile mit silbernen Verzierungen zu führen. Reiter warteten am Rand der Straße. Einige halfen uns, die Pferde zu satteln, zu zäumen und zu beladen. Als wir zwischen der Doppelreihe hindurch an die Spitze ritten, schlugen die Mongolen mit Schwertern und Streitkolben gegen ihre Schilde und stießen trillernde Schreie aus. Feldzeichen und Lanzen mit farbenfrohen Wimpeln stachen in die Höhe, der Zug setzte sich geräuschvoll in Bewegung.

Die Stadt schien gigantisch groß. Schier endlos lange Mauern und Wassergräben, umgeben von alten Bäumen und jungen Anpflanzungen, schoben sich in unser Blickfeld. Unaufhörlich erklärte Hasar; mindestens zehntausend große Schritte maß eine der vier Seiten der Mauer, zwölf Tore öffneten sich in der schneeweißen Absperrung. Tortürme und Eckgebäude waren aus großen Quadern gemauert. Auf der gegenüberliegenden Seite des Flusses, verbunden durch eine lange und breite Mauer, befand sich eine ähnliche, kleinere Stadt, halb verlassen. Wir kannten die Anlage durch unsere Sonden, aber die Wirklichkeit war überwältigend.

Tausend Mann, schätzungsweise, befanden sich als Ehrenwache vor dem Tor, durch das wir einritten. Die mittlere Straße lief quer durch die Stadt, so daß wir zum gegenüberliegenden Tor hinaussehen konnten. Es standen nur wenige feste Häuser, Paläste und Tempel in Khanbalik; unzählige Jurten und Zelte waren an Straßen und Wegen aufgereiht, die sich fast immer im rechten Winkel kreuzten. Es herrschte die Ordnung eines Militärlagers, obwohl wir einen riesigen Park voller Wild, ausgedehnte Teiche und Wasserläufe, Handwerker und vielerlei Arbeiter sahen. Der Palast des Großkhans, aufgeführt auf einer mehrere Schritte hohen Plattform, besaß eine Kantenlänge von nicht weniger als einer römischen Meile. Tore und Magazine, Mauern und Säulen mit vergoldeten Kapitellen und kostbarem Zierat, eine riesige Dachanlage, deren Ziegel in vielen metallischen Farben glänzten. Allein der Palast stellte ein unübersichtliches System aus Rampen, Nebengebäuden und Treppen dar, einzigartig in der bekannten Welt.

Wir ritten, von unzähligen Augen angestarrt, auf den Palast zu. In dem riesigen Park, durch Gitter abgesperrt, sahen wir Rotwild, weiße Hirsche, Eichhörnchen und zahlloses andere Kleingetier, Vögel und Moschustiere.

»Wir sehen«, sagte Alexandra höflich, »daß nicht eine Erzählung übertrieben ist. Eine herrliche Stadt!«

Es gab Hügel, künstlich aufgeschüttet und begrünt. Der Großkhan ließ aus allen Teilen des Reiches seltene Bäume herbeischaffen und dort einpflanzen. Weitaus kleinere, nicht weniger prächtige Säulenpaläste sahen zwischen Bäumen und dem Blattwerk grüner Büsche hervor; von ihren Terrassen vermochte man über einen großen Teil Khanbaliks hinwegzuschauen, weit ins Land hinaus.

»Die Stadt zeigt die wahre Bedeutung, die der Großkhan beansprucht«, rief ich Hasar zu. »Und er will mit uns sprechen?«

»Ich soll euch sofort zu ihm bringen«, bestätigte der Tan. Ich vermochte nicht abzuschätzen, wie viele Menschen hier lebten. Mindestens eine Viertelmillion. Buchstäblich an jedem freien Platz standen Ehrenwachen. Es waren, zusammengenommen, einige tausend Krieger. Der Logiksektor fand eine unerwartete Erklärung: *Je mehr fremde Besucher dies sehen, desto beeindruckter sind sie von der Macht des Khans. Eine Art psychologischer Kriegführung!*

Es dauerte mehr als zwei Stunden, bis wir den Großkhan sahen. Unsere Pferde und das Gepäck wurden weggebracht, wir bekamen ein Haus am Palastaußenrand zugeteilt, Dienerinnen und Diener rannten umher, die Krieger schimpften. Ununterbrochen fragte man nach unseren Wünschen. Mädchen überschütteten uns mit Blumen, Wachen zogen auf, Wasser wurde in Kesseln über Kohlenfeuern erhitzt, es gab frischen Tee, alles drehte und wirbelte umher. Arhai Hasar führte uns durch einen verwinkelten Korridor mit prächtigen Wänden in einen Nebensaal des Audienzsaals. Auch er besaß eine unglaubliche Größe, und die Pracht blendete mich fast. Hinter dem Platz, von dem der Khan aufstand, breitete sich an der

Wand die Karte der Welt aus. Ich registrierte ebenso viele grobe Fehler wie richtige Umrisse und andere Landmarken.

Wieder folgte ein zeremonieller Austausch von Höflichkeiten. Wir saßen auf runden Kissen, vor uns stellten die Dienerinnen halbhohe Tische auf. Es wurde Tee gebracht. Khubilai Khans Augen ließen die Qualität seines Verstands erkennen. Nach einer Weile fragte er:

»Ich weiß, daß ihr die Welt kennt. Ihr wißt vielleicht mehr als ich. Sung und Zipangu! Was haltet ihr davon?«

Endlich kam der Kernpunkt des Gesprächs.

»Der Widerstand der Sung gegenüber deinen unzählbaren Kriegern ist sinnlos. Mit Feuerrohren und neuen Waffen werdet ihr sie besiegen.«

»Wie gelingt es ihnen, so lange zu widerstehen?«

»Ihre Krieger sind ebenso tapfer wie deine. Aber sie kennen ihr Land; die Manghol sind dort fremd. Es gibt Millionen Verstecke. Indessen ist es wie bei einer Überschwemmung: Die Menge wird siegen.«

»Ihr kennt die furchtbaren Feuerwaffen?«

»Wir haben viele von ihnen gesehen, als wir deine Krieger trafen, die sich sammelten.«

Die eisernen Rohre waren mit Götzen, Drachenköpfen, Schlangen und Ornamenten verziert, Geschütze und pulvergetriebene Projektile wurden auf Lafetten mit mannshohen Rädern gezogen. Die Weltkarte war versehen mit unzähligen Symbolen: Türmen, Männlein, Fähnchen und Häusern, daneben Schriftzeichen. Ich erkannte, daß sich die nächsten Angriffe auf diese Weltteile konzentrieren würden.

»Wart ihr je in Zipangu?«

Ich antwortete ausweichend: »Nicht lange genug, um dir viel berichten zu können. Aber ich denke, wir sollten dich warnen, Großkhan Khubilai.«

Der Mann vor uns war alt und weise genug, um zu wissen, daß Krieg und Eroberung eine Sache waren, Festhalten und Ausbauen des Besitzes eine andere, schwierigere. Verantwortung und Sorgen hatten sein Gesicht gezeichnet; obwohl er nicht älter als fünfundvierzig sein konnte, war sein Haar weiß, der Bart fast weiß geworden. Verwaltung und Ausgleich der einander widerstrebenden Interessen in zwölf Provinzen und zwischen vier Klassen von Menschen überforderten nicht nur Männer wie ihn.

»Warnen? Vor ihren Kriegskünsten?«

»Du würdest in eine Kriegerwelt eindringen, in eine absurde Philosophie des Tötens, Sterbens und Kämpfens, die dir fremder ist als der Anblick der Sterne.«

»Nenne mir Beispiele!«

Ich schilderte, daß sich jeder Samurai für unverletzbar hielt, daß er in einer Art kontrollierter Trance kämpfte, daß die Suumi-Bogenschützen im Dunkeln trafen, ohne das Ziel sehen zu können, daß nicht eine einzige Erfahrung, die von den Mongolen auf dem Festland gemacht worden war, auf die Krieger von Zipangu zutraf. Lange schwieg der Khan, dann versetzte er:

»Ich hätte gern das Gegenteil gehört. Ich achte euch, weil ihr nicht aus Höflichkeit lügt. Man wird darüber nachdenken.«

»Überdies«, wandte Ciron ein, »bewegen sich Spione von Zipangu zwischen deinen Männern, wie Fische im Wasser. Jeder würde sie für Chin-Bauern halten. Frage die Handelsschiffer von Koryö – sie werden dir bestätigen, was wir berichten konnten.«

»Du rätst ab, Zipangu zu bestrafen für den Tod vieler guter Männer, die ich in ehrlicher Absicht schickte?«

»Wenn dir das Leben deiner Männer lieb ist, vergiß Zipangu.«

Er stand mit einer kraftvollen Bewegung auf, deutete in die Richtung auf unser Haus und sagte halblaut: »Seid meine Gäste! Zögert nicht, jeden Wunsch auszusprechen. Geht zu den feuerhaarigen Fremden und bringt sie zum Lachen. Ihr müßt mir alles erzählen, was ihr wißt. Viele gute Reden werden wir wechseln.«

Wir richteten uns hinter den Lacktischchen auf. Khubilai entließ uns mit weiteren Höflichkeiten. Auch Hasar tauchte auf, lautlos lächelnd; er brachte uns zurück in unsere Unterkunft. Wir baten ihn, uns die Stadt zu zeigen, und nach einem kurzen Essen spazierten wir durch Khanbalik, bis es dunkel wurde und zahlreiche Fackeln, Feuer und Lampen angezündet wurden. Später erklang von einem hohen Turm in der Stadtmitte ein dreifacher Glockenschlag; das Zeichen, daß sich niemand mehr auf den Straßen zeigen durfte, abgesehen von Ärzten und Boten mit dringenden Nachrichten. Im ummauerten Garten, unter einer Brückenkonstruktion aus Stein, Holz und betäubend riechenden Blütenranken, folgten wir einem Diener, der uns zu Subo und Jelme brachte.

Jelme und Subo lebten in einer Umgebung, die aufwendiger und besser war als jede andere, die sie im Lauf ihres Raumfahrerdaseins kennengelernt hatten. Dutzende Diener kümmerten sich um Haus und Garten, um jede Schale und um die vielen Werkstücke, die Subo ständig veränderte, verbesserte, neu herstellen ließ. Die rothaarigen Fremden kamen uns mit gefüllten Bechern entgegen: Wir spielten die Rolle reisender Wissenschaftler aus einem fernen Land im Westen.

»Willkommen, Fremde!« sagte Subo. Er beherrschte die Sprache ebenso gut wie wir. »Endlich können wir mit jemandem sprechen, der uns Nachrichten aus einer anderen Welt bringt.«

Nacheinander packten wir die Handgelenke des anderen und schüttelten die Unterarme. Jelme war ebenso groß wie ich, und ihr Gesicht wirkte, als sei einer ihrer fernen Vorfahren ein Arkonide gewesen.

»Wir sind hier nicht weniger fremd als ihr.« Alexandra nahm den Becher, mit Reiswein gefüllt, dem ein unbekanntes Aroma beigefügt war.

»Gestrandet im Zentrum von Barbaren!« Subo nahm Ciron und mich am Arm, zog uns ins Haus. Wir erkannten es wieder; eine kleine Schiffsladung aus unendlich teuren Gegenständen war hier aufgereiht wie in einer Ausstellung. Die Fremden hatten versucht, sich so bequem wie möglich einzurichten; die Handwerker hatten Möbel hergestellt, die von den traditionellen Formen jener abwichen, die in Chin und im Mongolenreich üblich waren. Wir wurden an einen hohen Tisch gebeten und setzten uns auf Stühle gewohnter Höhe und mit Rückenlehnen.

»Es gibt andere Länder. Viele davon gehören zum Barbarenreich«, erläuterte

Ciron. »Wir kennen nicht alle. Andere wieder sind furchtbar wild und roh. Aber auch andere lassen uns, reden wir davon, die Augen aufleuchten und die Zunge übergehen. Bolwo?«

»Bolna«, stimmte ich zu. »Wir haben gehört, daß ihr dem Großkhan viel von eurer Klugheit überlaßt?«

»Was sollten wir sonst tun? Zuerst versuchten wir, etwas für uns herzustellen. Mit all den abenteuerlichen Werkzeugen und geringer Ahnung von richtigen Materialien und richtiger Technik. Dabei sahen uns die Manghol zu. Sie sagten's weiter, und schon befanden wir uns im Dienst des Großkhans.«

»An anderen Stellen erging's uns nicht besser«, sagte ich. »Auch wir verstehen mehr von Natur und der Kunst, seltsame Geräte herzustellen, als die meisten Barbaren.«

Zunächst sprachen wir über Feuerrohre, Schießpulver und Projektile, von Drähten und Schmiedekunst, von Bewässerung, Schöpfrädern und gebrannten Ziegeln, dann von der Fähigkeit, richtige Karten zu zeichnen und die richtigen Entfernungen zu bestimmen. Schließlich kamen wir auf Zipangu zu sprechen und auf die Expansionsgelüste des Großkhans.

»Ich habe ihm abgeraten«, erklärte Subo. »Zuviel Land, zu viele Menschen. Wenn er stirbt, werden seine vielen Söhne das Erbe zerfallen lassen. Aber er hört nicht auf uns.«

»Machthaber hören selten auf solche Ratschläge«, sagte Ciron. »Wie seid ihr in dieses Land gekommen?«

In einer ratlosen Geste hob Jelme die Schultern. »In einer schlimmen Nacht wurde unser Schiff zerstört. Wir wurden ans Ufer getrieben und hatten nur noch unsere Notausrüstung. Davon ist vieles inzwischen ausgefallen. Wir haben keine Hoffnung mehr, unsere Freunde benachrichtigen zu können. Wir kommen niemals wieder zurück.«

»Aber die Kraft zum Überleben – ihr habt sie!« tröstete Alexandra.

»Was bleibt uns anderes übrig?«

»Wir wollten ein Kind«, sagte Subo düster. »Aber dieses verfluchte Land hat uns verändert. Jelme wird nicht schwanger. Was sollen wir tun?«

»Ich weiß auch keinen Rat«, murmelte ich betroffen. »Armut ist in eurem Haus nicht der Dauergast.«

Ich zeigte auf die Geschenke und Kunstwerke. Es waren Hunderte. Die Raumfahrer, jetzt war es sicher, waren Opfer des Planeten und seiner Zustände, keine Gegner. Harmlose, verzweifelte Gestrandete. Dennoch gab es eine geringe Wahrscheinlichkeit, daß sie gesucht und abgeholt wurden; auch wenn das zweite Schiff nach ihrem Tod landete, würde es den Reichtum des Planeten entdecken. Für mich, den anderen Gestrandeten, waren Jelme und Subo keine Gefahr.

»Der Khan beschenkt uns. Er hat keine andere Möglichkeit, seine Anerkennung zu zeigen. Es geht uns, den Umständen entsprechend, sehr gut. Es fehlt uns nichts.«

»Sollt ihr dem Khan beim Feldzug gegen die südlichen Sung helfen?« erkundigte ich mich.

»Er hat uns noch nicht gefragt.«

Wir sprachen über die Karten, die Khubilai von Fremden geschenkt bekommen hatte. Jelme und Subo hatten Teile davon verwendet, um ihr Relief des Großkhan-Reiches und das seiner Brüder mit größerer Genauigkeit auszuführen. Unzählige »Erfindungen«, die von Chin-Meisterhandwerkern gemacht worden waren, hatten sie verbessern können, darunter große Ferngläser und sogar ein Boot, das sich für kurze Zeit unter Wasser fortbewegen konnte.

»Die Sung werden schließlich ihren Verteidigungskrieg verlieren«, erklärte Subo. »Noch wissen sie nicht, was die neuen Waffen ausrichten können.«

»Es ist eine Frage der Zeit«, bestätigte ich ernst. »Ich glaube festgestellt zu haben, daß sich die dünne Schicht der herrschenden Mongolen den Denkformen und dem Leben der Chin mehr anpaßt als umgekehrt.«

»Auch das trifft zu.«

Diener kamen und gingen auf weichen Sohlen, brachten Essen und Getränke. Das Gespräch wurde leiser; wir waren müde. Resignation beherrschte Denken und Empfinden der gestrandeten Raumfahrer. Ich merkte, daß sie eine lange Tradition des stellaren Handels hinter sich hatten. Sie sprachen davon, weil sie nicht ahnten, daß auch ich den Weltraum kannte. Aber sie verrieten sich nicht mit einem einzigen Spezialbegriff aus dem Arsenal des einschlägigen Wortschatzes. Ich leerte eine Schale, die hellroten Reisschnaps enthielt, und stand auf. »Ich denke, wir werden uns zurückziehen. Etliche Hundertschaften der Khan-Krieger schützen unseren Schlaf.«

»Unsere Ruhe wird ähnlich streng bewacht.« Jelme lächelte melancholisch. »Sehen wir uns morgen?«

»Wir sind Nachbarn«, entgegnete ich. »Laßt euch nicht dazu verführen, für den Khan den Kampf gegen die Sung zu leiten.«

Ich legte meinen Arm um Alexandra, und wir gingen unter dem prächtigen Sternenhimmel des Chin-Sommers zu unserem palastähnlichen Haus.

Zwei volle Monde lang blieben wir in Khanbalik. Wir führten viele Gespräche mit Khubilai Khan. Er war ein kluger Mann, der einen Teil seiner Welt aus eigenem Erleben kannte und verstand. Einen kleineren Teil dieser riesigen Welt kannte er nur aus Erzählungen. Vor zwölf Jahren hatte er sein Regierungsprogramm in der Klassischen Chin-Sprache verkündet. Toleranz bestimmte in seinen Grenzen der Erkenntnis sein Handeln ebenso wie Aufgeschlossenheit gegenüber anderen Religionen und Beratern aus fernen Ländern. Er war nicht geneigt, über die südlichen Sung und Zipangu zu sprechen. Wir versuchten, ihn zu überzeugen – vergeblich.

Als wir erkannten, daß er Ciron und mir die Leitung des jährlichen Angriffs auf die Sung übertragen wollte, benutzten wir die erste Gelegenheit, um ohne Spuren zu verschwinden.

Denk an Alexandra! hatte der Logiksektor gemahnt. *Sie altert an deiner Seite und wird darüber verzweifeln.* Ich wußte es. Wir flogen zurück zu unserem Felsenfort, veränderten unsere Ausrüstung und traten die lange Reise nach Britannien an. Ciron bereitete die logistischen Einzelheiten vor: In großer Höhe schwebte der

Gleiter vom Indus nach Britannien. Wir rasteten ein dutzendmal und merkten nicht ohne Freude, daß in unseren Gedanken das Großreich des Khubilai langsam verblaßte.

5.

Der Gleiter driftete senkrecht durch den Morgennebel. Der Teich, dessen Oberfläche von kleinen Pflanzen bedeckt war, grenzte an überwucherte Ufer. Weiden hängten ihre peitschenartigen Zweige tief ins Wasser. Die Wellen scheuchten Frösche und Geflügel auf; etliche Atemzüge lang gab es riesigen Lärm. Das breite Heck des bootförmigen Fluggeräts schob sich zwischen dem Wurzelwerk zweier Bäume auf das trockene Gras.

»Ich versorge die Pferde«, sagte Ciron knapp und sprang ans Ufer. Wir spannten zwei dicke Trossen und zerrten den Gleiter fest. Die unsichtbare Sonne verbreitete hinter dem Dunst rötliche Grelle. Es gab keine Eile. Die nächste Ansiedlung im Südteil der Insel war einen halben Tagesritt entfernt.

Schließlich waren wir mit sechs Tieren unterwegs. Der Gleiter blieb im Schutz des Energiefelds zurück. Alexandras Aufregung stieg, denn in zwei Stunden gemächlichem Ritt würden wir die Burg erreicht haben, in der sie aufgewachsen war: Lancaster Castle. Waffen und Ausrüstung entsprachen denen fahrender Ritter, wobei fremde Stilelemente dafür sorgten, daß uns ein Waliser nicht für einen Königlichen, ein Anhänger des Ersten Edward nicht für einen Normannen halten konnte. Wir führten die klassischen Waffen: Bogen, Lanze, Schwert, Schild, Dolch und Streitkolben.

»Ich reite voraus!« Ciron richtete die Stoßlanze auf und gab dem Braunscheckkigen die Sporen. Wir folgten auf einem kaum sichtbaren Ackerpfad, der aus zwei ausgefahrenen Räderspuren bestand. Der Nebel lichtete sich, die Wärme der Sonne nahm zu, und das fiebrige Rot des Gestirns wich. Ein erfrischend kühler Endsommertag brach an. Der Hufschlag blieb leise, und als wir uns neugierig umsahen, entdeckten wir kleine Herden Rinder, wenige Schafe und niedrige Hütten, in denen Herdfeuer brannten.

»Die Bauern scheinen nicht gerade reich zu sein«, bemerkte ich. »Vielleicht sehen wir andernorts Besseres.«

Hügel und dunkle Wälder unterbrachen die schmalen Äcker und die kargen Weiden. An vielen Stellen bildeten hohe Hecken und Mauern aus Steinen die Abgrenzungen. Die Steinbrocken waren in jahrzehntelanger Arbeit aus den Furchen der Äcker herausgegraben worden. Raubvögel kreisten über uns. Ein Schwarm Krähen oder Raben flatterte weit voraus über einen Turm aus schwarzen Steinen, der reichlich verwittert war und anstatt kantiger Zinnen mürbe Löcher und Spalten zeigte. Der Hügel, auf dem die Burgruine stand, war von Felsen durchsetzt, und an vielen Stellen erhoben sich stattliche Bäume.

»Leer und verlassen!« sagte Alexandra. »Burg Lancaster ist eine Ruine.«

»Wahrscheinlich ist es so«, versetzte ich leise. »Sehen wir uns erst einmal dort um.«

Ciron de Ronca galoppierte davon. Ringsum zwitscherten Vögel, huschten kleine Tiere umher. Hasen und farbenprächtige Vögel bewegten sich zwischen hohen Halmen. Hügel und Bauwerk wurden deutlicher, als wir hinter einem Wäldchen hervorkamen. Die Zugbrücke war verfallen, rostige Ketten hingen nutzlos herunter. In Mauerfugen wuchsen Büsche und kleine Bäume. Von den Dächern auf den kantigen Bauwerken waren nur noch wenige halbverfaulte Balken zu sehen. Leere Fensterhöhlen gähnten, aber unterhalb der Brückengewölbe hatte jemand ein Feuer angemacht; dünner Rauch ringelte sich in die Höhe. Ein Pferd wieherte, und mein Rappe antwortete. Ciron ritt nach rechts, verschwand hinter einer raschelnden Hecke und tauchte auf dem halb zugewucherten Weg wieder auf. Neben der Brücke hielt er an und senkte seine Lanze.

»Ganz unbewohnt ist deine Burg nicht.« Ich lächelte Alexandra an. »Sei nicht traurig. Oder willst du hier rauschende Feste feiern?«

»Nein. Trotzdem bin ich traurig.«

»Ich kann's verstehen. Aber es ist nicht zu ändern – auch unser Fort wird einst zerfallen und zerstört sein.«

Wir hörten, als wir näher kamen, die halblauten Stimmen Cirons und eines Unbekannten. Der Geruch des Rauches mischte sich in den eines frischen Bratens. Als wir vor dem offenen Brückenbogen anhielten, sahen wir zwischen heruntergebrochenen Trümmern, einem kristallklaren Quellrinnsal und dem Feuer einen einzelnen Mann, einen jungen Ritter, der vor Ciron stand, die Hände in die Seiten gestemmt hatte und breit lachte.

»Willkommen an meinem Feuer!« rief er. »Earl Guye of Llandrindod entbietet Euch seinen Gruß. Dies ist nicht zufällig Eure prächtige Burg?«

»Es ist das Haus meines Vaters«, sagte Alexandra. »Und ich wünschte, ich könnte Euch in prachtvolle Säle und weiche Betten einladen.«

»Ihr seid eine Lancaster?«

»Ja. Dies ist Antal Peyrefitte of Sherwood, jener nennt sich Ciron de Ronca. Wir sind hier, um uns umzusehen.«

»Eure Kleidung, Eure Waffen ... Ihr kommt von weit her? Von den Sarazenen?«

»Noch weiter im Osten liegt das Land. Und Ihr?«

»Vor zwei Jahren starb der Roi Louis. Ich war beim Zug ins Heilige Land dabei. Dann ritt ich mit Händlern aus Venetien. Und als mich der Ruf Edwards erreichte, kam ich wieder zurück, so entkam ich der Seuche, die sein Heer überfiel. Ich bin weit herumgekommen; vieles habe ich gelernt. Ihr habt nicht einen kräftigen Schluck Wein in Eurem überaus reichhaltigen Gepäck?«

»Gegen einen Bissen Braten tauschen wir gern.«

Guye of Llandrindod war seiner Herkunft nach halb Waliser, halb Engländer. Seine Eltern waren längst tot. Er war ein hochgewachsener Mann, rotwangig und mit hellem Haar, nicht ohne Witz, mit Kenntnissen mehrerer Sprachen und, was ich an seinen Waffen sehen konnte, kein schlechter Kämpfer.

»Kommt! Ich bin kein schlechter Wirt.«

»Wollen wir zusammen reiten?« fragte Ciron. »Oder willst du bald wieder deine rostigen Klingen fegen, Edler?«

»Ich bin ein Earl ohne Haus und Geld. Gentry nennen sie's hier. Gebt mir eine Aufgabe, und ich folge Euch. Zu Tisch, edle Dame, edle Herren.«

Während sich Guye und Ciron um das Essen und Sitzgelegenheiten kümmerten, banden wir unsere Pferde fest, legten Schild und Waffen ab und kletterten hinauf zur Burg. Mit dem Energiestrahler-Dolch fällte ich zwei Bäume, die krachend über den ausgetrockneten Burggraben fielen. Wir balancierten Hand in Hand darüber, drangen in den Burghof ein, der mit Trümmern und dem Abfall eines halben Jahrhunderts gefüllt war. Jeder Eindruck war mitleiderregend und abschreckend.

Schließlich standen wir oben auf dem Burgfried und ließen schweigend unsere Augen über das Land schweifen. Wir hatten gleichartige Empfindungen. Die Wälder waren stattlich, und nur wenig Holz wurde gefällt. Felder und Weiden sahen ärmlich aus, und das hieß, daß es dem Land und den Menschen längst nicht so gutging, wie es hätte sein können. Die ehemals Rechtlosen besaßen neue Rechte und Pflichten; Barone kontrollierten die Macht des Königs, aber offensichtlich waren die Steuern zu hoch und viel Wissen abermals verlorengegangen. Alexandra stützte sich auf krümeliges Mauerwerk und sagte:

»Ich will nicht auf Lancaster Castle bleiben. Was soll ich hier? Mit jedem Bauern müßte ich reden, und es brauchte ein Menschenalter, um die Burg wieder aufzubauen und das Land fruchtbar zu machen. Nein. Laßt uns wieder an den Indus zurückreisen.«

Das Lehen würde an die Krone zurückfallen. Irgendwann brach auch dieser Turm zusammen, ebenso wie der Rest des Gemäuers. Ich nahm Alexandras Hand, küßte die Fingerspitzen und sagte beruhigend:

»Ich verstehe dich. Mein Plan ist auch zurückzugehen. Wir sollten warten, was andernorts passiert, ehe wir uns entscheiden. Zunächst aber wollen wir uns in deiner Heimat ein wenig umsehen.«

»Einverstanden. Gehen wir zu diesem rotgesichtigen Waliser.«

Was Llandrindod betraf, hatte ich meine eigenen Pläne. Aber es war noch nicht an der Zeit, laut darüber nachzudenken. Auf einem waagrechten Quader breitete sich ein weißes Tuch aus. Braten, Brot, Becher und alles übrige standen bereit. Ruhig grasten die Pferde neben Guyes müdem Klepper. Während wir tafelten, ließen wir uns von ihm berichten, daß ein gewisser Edward, der Sohn King Henrys, vor sieben Jahren bei Montfort gesiegt und anschließend im Königreich England allerlei Reformen eingeführt hatte. Sie festigten die Macht der Krone, und Edward dachte daran, Wales zu erobern, was das Gebiet des Reiches im Südwesten der Insel vergrößert hätte. Derzeit war es in keltischer Hand, und Edward rief die Ritter zusammen, um die Grenzen bis ans Meer zu verschieben.

»So ist die Lage, Ihr Edlen.« Guye schwang einen Knochen wie ein Schwert durch die Luft. »Wovon soll ich leben, wenn ich nicht für jemanden kämpfe – oder gegen jemanden?«

»Das junge Reh«, meinte Ciron, »hat er mit dem Langbogen in Euren Forsten gewildert, schönste Alexandra.«

»Man wird ihn dafür wohl hängen müssen«, sagte sie munter. »Gibt es ein lohnendes Ziel in der Nähe? Oder übernachten wir in der herrlichen Natur?«

»Warwick ist zwei Tagesritte entfernt«, riet Earl Guye. »Ihr werdet kristallene Paläste und Wasserspiele dort schwerlich finden.«

»Ich ahnte es!« stöhnte ich. »Wir sind von den Sultanen, den Mongolen und den braunhäutigen Fischern des Indus verwöhnt.«

Guye wurde ernst. »Dennoch solltet Ihr mit mir reiten. Ich vermag Euch etliches zu zeigen: die Kathedrale von Salisbury, herrliche Fenster in ebensolchen Kirchen, große Klöster, die voll sind mit Pergamenten und Büchern, Brücken und die Stadt London.«

»Um die Machtfülle der Kirche zu bewundern, sind wir nicht hierhergekommen«, schränkte ich ein. »Sehen wir uns in Warwick um; dann wird man eine Entscheidung treffen.«

Wir brachen auf, und niemand belästigte uns. In den ärmlichen Schänken, in denen wir Quartier bekamen, lauschten die Menschen unseren Erzählungen, als wären es Märchen und Legenden. Was wir sahen und während eines langsamen Rittes erlebten, zeigte uns, daß in diesem Teil der Welt unaufhörliche Machtkämpfe den Fortschritt lähmten. Ich mußte mich vor meinen eigenen Gedanken hüten; während im Heer des Großkhans arabische Techniker die Belagerungsmaschinen bedienten, fehlten hier all jene wirkungsvollen Denkanstöße, die wirklich nötig gewesen wären.

Auf einer Hauptstraße, die ihren Namen nicht verdiente, einem schwachen Abglanz einer mongolischen Landstraße, ritten wir weit genug von Ciron und Alexandra entfernt. Ich wandte mich an Guye und sagte ohne Umschweife: »Ich brauche einen entschlossenen, kämpferischen Stellvertreter. Ich habe dir erzählt, wie es im Felsenfort und in der Umgebung aussieht. Die Sprache und die Sitten, die lernst du schnell.«

»Du meinst – mit euch in ein Land, von dem ich nur deine Berichte kenne?«

»Du kannst kämpfen und in der Sonne liegen, samthäutige Mädchen lieben, tapfere Krieger anwerben und mit ihnen für Edward kämpfen. In dieser Zeit könnten wir uns ein wenig von den Aufregungen erholen.«

Guye zwinkerte, blickte mich prüfend an und versenkte seinen Blick auf die Zeichen, die ich auf dem Schild, der Brust und dem Helm trug. »Wie lange habe ich Zeit für die Entscheidung?«

»Nicht länger als einen Mond.«

»Einverstanden.«

Unser Weg führte uns zu einigen Handvoll Stellen, an denen ich in alten Folianten las, mit Mönchen und Baumeistern diskutierte, ein Land kennenlernte, das reich und fruchtbar hätte sein können, und wir schlugen einen großen Kreis ein, der uns in die Nähe von Lancaster Castle zurückbrachte. Als Ciron den Schutzschirm über dem Gleiter abschaltete, sagte Guye mit erstaunlich großer Sicherheit:

»Ich nehme deinen Vorschlag an, Antal Peyrefitte! Ich komme mit euch in jenes sonnige Land.«

»Dann gib deinem Klepper die Freiheit«, wies ihn Ciron an, »und mach dich darauf gefaßt, ungewöhnliche Jahre zu erleben.«

Seit vielen Tagen waren sie voll tödlicher Entschlossenheit vorgerückt. Hunderte, Tausende kleiner Gruppen, wohlausgerüstet, mit Feuerrohren, Teilen von Belagerungsmaschinen, Geschützen und riesigen Mengen von Pferden, Nahrungsmitteln, Projektilen, Werkzeug und Teilen von Jurten. Ein unübersehbar gewaltiger Heerwurm, aufgeteilt in zahlreiche Schlangen. Sie ritten nach Süden und kamen aus West, Nord und Ost. Vor ihnen lag der riesige Fluß, der die schwer überwindbare Grenzmauer darstellte. Iangtsekiang nannten sie ihn. Im Osten gab es weite Ebenen; längst war Caifeng im Norden des Sung-Reiches gefallen und mongolischer Besitz. Das neue Ziel hieß: Hsiangyang.

Mongolische Patrouillen galoppierten hin und her und suchten die besten Wege. Ab und zu trafen sie auf Vorposten der Sung, die auf ähnliche Weise kämpften. Pfeilhagel heulten durch die Luft. Auf schmalen Gebirgspfaden und entlang schroffer Klüfte wurde erbittert gekämpft. Körper wirbelten schreiend in die Abgründe hinunter. In Abständen donnerten die schweren Feuerrohre. Ihre Geschosse zerfetzten Rüstungen und Brustkörbe der Sung. In den Tälern lösten die Donnerschläge Steinlawinen aus. Hinter den kämpfenden Gruppen kamen Arbeiter mit ihrer Ausrüstung.

Seile wurden geschleudert, aufgefangen und befestigt. In rasender Eile fällte man Bäume und sägte sie in Balken, die der Länge nach gespalten wurden. Eiserne Nägel und Sehnenflechtwerk verbanden Bohlen zu Brücken, die auf den kürzesten Strecken die Schluchten überspannten. Nun kamen die Mongolen in Viererreihen und schleppten alles mit sich, was sie besaßen.

An anderen Stellen, in weiteren Tälern, gingen die Krieger des Khubilai auf andere Weise vor. Auf den Hängen ritten und kletterten die Bewaffneten. Ihnen folgte auf der Talsohle ein Heer mit Wagen, Kanonen und Projektilen. Unaufhörlich wurden Signale gewechselt: Spiegel blinkten, farbige Tafeln zeigten und verdeckten sich, nachts blinkten Lichter und drehten Fackeln ihre bedeutungsvollen Kreise.

Wenn eine Falle entdeckt wurde, ein Nest von Männern, von denen Steinbrokken und Geröllawinen in die Tiefe geschickt werden sollten, hielten die Kletterer an. Signale veranlaßten die anderen im Talgrund, nicht mehr weiterzureiten.

Wütende Kämpfe gab es zwischen Krüppelbäumen, Steinbrocken und den winzigen Resten von Schnee und Eis an den Nordseiten. Wieder entfalteten die Feuerrohre ihre grauenhafte Wirkung. Einmal siegten die Mongolen, dann aber fielen ihre Körper mit zerbrochenen Knochen über die Felswände. Der Donner der Schüsse erfüllte die Täler. In Abständen heulten die Projektile aus dem Tal herauf und schlugen in die Stellungen ein. Unzählige Krieger starben auf beiden Seiten, aber die Sung vermochten den Vormarsch nur zu verlangsamen, nicht aufzuhalten.

Rechts von Subo ritt Arhai Hasar, links saß Tawusen aufrecht im Sattel. Vor ihnen sicherte eine halbmondförmige Phalanx schwergepanzerter Reiter den Weg. Hinter den drei Reitern – der Feuerhaarige ritt eines der Pferde, die von den Besuchern des Großkhans zurückgelassen worden waren – rollten Kanonen, wurden schwerbeladene Wagen von Doppelgespannen gezogen, schwankten die Lasten der Tragtiere. Einige tausend Männer mit all ihrer Ausrüstung bildeten die Pionierabteilung des Hauptheers, das sich auf einer eroberten und kontrollierten Straße bewegte. Subo kannte das Land nicht von seinen Fotografien. Er hatte nur Karten und Aufzeichnungen der Manghol-Spione.

»Der Khan meint, wir hätten in einem Mond den Sieg in unserer Hand!« rief Subo dem Unterführer zu. »Was denkst du?«

»Wenn es so weitergeht, brauchen wir die doppelte Zeit. Die Stadt soll erobert, gehalten und in eine Garnison verwandelt werden.«

Entlang eines breiten Streifens, der sich durch Ebenen, Hochebenen, Täler und Hänge wand, durch Wald und Schluchten und hinunter in flacheres Land, wurde ununterbrochen gekämpft. Tag und Nacht. Frische Kräfte lösten die Ermatteten ab. Die Verwundeten wurden rasch versorgt, die Toten unter Steinhaufen begraben.

»Unsere Aufgabe kommt, wenn wir den Fluß erreichen.«

»Das dauert noch einen Halbmond.« Yesugay war aus dem Pulk der Geschütze nach vorn geritten und bot Subo seinen Wasserschlauch an.

Jenseits einer schroffen Bergbarriere, die von einigen Hundertschaften Mongolen freigekämpft worden war, trafen die Manghol auf konzentrierten Widerstand. Der Grund war schnell entdeckt. Vom Ende der Ebene spannte sich eine breite Brücke aus Holz, auf Steinpfeilern in einem Flußbett errichtet, bis zum gegenüberliegenden Rand einer schwarzen Schlucht. Das Rauschen des weißschäumenden Flusses war bis hierher zu hören. Die Sung hatten quer über das Plateau eine hohe, wuchtig wirkende Mauer aus Steinen geschichtet. Der Anführer der Manghol stand in den Steigbügeln auf, hob den Schild und rief donnernd: »Halt! Boten zu mir!«

Pferde drängten sich zusammen. Dann bildete sich ein lockerer Halbkreis, zum Gegner hin offen. Boten, die an den langen Wimpeln ihrer Lanzen erkannt wurden, sprengten heran.

»Nehmt frische Pferde! Reitet zu den Kämpfenden! Wir brauchen ein, zwei Geschütze. Und viele Bomben, die auf dem Rauch reiten. Gefüllt mit vernichtendem Öl. Bringt sie! Sagt den anderen, wir tragen einzelne Angriffe vor, damit sie nicht zur Ruhe und zum Schlafen kommen.«

»Wir gehorchen!«

Die Kuriere erhielten die frischesten Tiere und machten sich an den gefahrvollen Abstieg. Yok Joganec, der dieses Vorausheer kommandierte, versammelte zwei Dutzend Unterführer um sich und erklärte, was zu tun war. Die Manghol gehorchten wortlos; einige bereiteten sich auf die Angriffe vor.

Die Fläche, von vier Fingerbreit hohem Gras bewachsen, das der kalte Wind ebenso zauste wie die Mähnen der Pferde, war ein auseinandergezogener Kreis. Zwei Li breit, sieben Li lang. Nach fünf Li versperrte die Mauer den Weg zur Brücke. Yok Joganec achtete die Sung als hervorragende Krieger von großer Unerschrockenheit. Sie wußten, wofür sie todesmutig kämpften – und gegen wen. Sie würden den Wall verteidigen, bis der letzte getötet war.

Reiter stiegen aus den Sätteln, entzündeten Feuer und bereiteten Tee. Andere rollten sich in Mäntel und Decken ein und schliefen. Ein Stoßkeil prüfte Bögen und Pfeile. Sorgfältig wurden fünf Feuerrohre geladen. Yok führte den ersten Trupp an; er mußte seinen Männern zeigen, wie die eigenen Verluste klein gehalten werden konnten. In der Stunde des Schafs ritt der erste Stoßkeil an.

Zuerst gingen die Tiere langsam, dann trabten sie, schließlich fielen sie nahezu gleichzeitig in Galopp. Die Mongolen ritten auf den rechten Teil des Walls zu. Mindestens dreihundert Sung erhoben sich über die Steinreihen. Die Mongolen galoppierten heran, und in der richtigen Entfernung schossen sie Pfeil um Pfeil ab. Obwohl die Geschosse gezielt waren, verwandelte sich dieser Beschuß in Schwärme und kleine Wolken von Pfeilen, deren Weg man mit bloßem Auge verfolgen konnte. Sie schlugen entlang der halben Breite der Mauer ein, verletzten und töteten.

Die Sung schossen aus größeren Bögen zurück, auch sie waren hervorragende Schützen. Pferde wurden getroffen, Panzer und Schilde steckten voller abgebrochener Pfeile. Einige Mongolen fielen.

Als ein erneuter Pfeilhagel die Sung in Deckung trieb, schwenkte die gesamte Formation zur Seite, nach links. Jeweils zwei Mongolen griffen in die Zügel der abgerichteten Pferde. Der dritte Reiter in der Mitte richtete sich auf und hob das Feuerrohr. Mit der Rechten führte er glühenden Zunder an die Lunte und beugte sich vor, das Rohr fest an der gepolsterten Schulter. Einige Herzschläge lang breitete sich unnatürliche Ruhe aus.

Viele Sung kletterten schußbereit auf den Wall. Nacheinander feuerten die fünf Rohre ihre Ladung ab. Die Bahnen des gesplitterten Metalls fuhren fast parallel zum Steinwall aus den Rohrtrichtern. In die Donnerschläge mischten sich brüllende Schreie und kreischendes Wimmern; Sung wurden von der Mauerkrone gefegt, fielen blutend und verstümmelt zwischen ihre Kameraden. Die scheuenden Pferde wurden heruntergerissen. Wieder führten die Mongolen eine Schwenkung durch, und während sie zurückgaloppierten, schossen sie nach rückwärts, aus den Sätteln hängend, ihre tödlichen Pfeile ab. Sie sammelten sich nahe der Stelle, an der die Paßstraße auf die Fläche heraufschwang.

»Der Khan wird stolz auf euch sein!« rief Yok. »Ihr Tapferen! Man wird lange von euch reden. Zweiter Angriff! Man hat keine Eile.«

Tote wurden davongetragen, Verletzte verbunden, ihre Wunden zugenäht und mit heißem Pferdeurin ausgewaschen. Tee und Reisschnaps reichte man in Schalen und Ledersäcken herum. Auch die Verletzungen der Tiere wurden mit pechstinkender Salbe und klebenden Stoffpflastern behandelt. Sorgsam luden die Schützen, die ihre geprellten Schultern spürten, die Feuerrohre nach.

»In der Stunde des Affen greifen wir wieder an. Die Brücke erspart uns Tausende Männer und einen Viertelmond Kletterei.«

Den Pferden hängte man nasse Decken und Matten aus Flechtwerk um. Vom anderen Ende kamen die Schreie der Sterbenden. Rauch erhob sich hinter der Mauer und wurde vom Wind zu den Manghol herübergetragen. Diesmal wählte Yok eine andere Taktik. Er nahm dem jüngsten der Feuerrohrschützen die Waffe ab und sah sie noch einmal durch.

»Je mehr sie sich fürchten, desto schlechter wehren sie sich«, versicherte er mit grimmigem Grinsen. Die Männer schwitzten, die Pferde dampften in der dünnen Luft, als sich die Männer des zweiten Angriffs formierten. Diesmal ritt Yok nicht an der Spitze. Leise sprachen seine Männer miteinander, damit sie im entscheidenden Augenblick keinen Fehler machten. Einige Krieger packten doppelt unterarmlange Wurfspeere mit blitzenden Spitzen. In die Sättel! Bereit? Scharfes Murmeln, kurze Befehle, und die Sahiors pfiffen. Zweihundertvierzig Hufe erzeugten einen Wirbel, dann ein Donnern, als die Gruppe über die Ebene galoppierte. Es hagelte und regnete Grasbüschel, Erde und Geröll.

Wieder rauschte klappernd und klirrend ein Pfeilhagel auf die Verteidiger herunter. Nahe genug herangekommen, schleuderten die Mongolen die Wurfspieße. Hinter der Mauer schlug ein ballistisches Geschütz an. Ein Hagel kopfgroßer Steine wurde in hohem Bogen in die Luft geschleudert und ging auf die Mongolen nieder. Im Schutz seiner Männer, die wie rasend schossen, ritt Yok dicht an die Mauer heran und duckte sich, ehe er aus den Steigbügel auf den Sattel kletterte und sich von dort auf ein zwei Fuß breites Stück Mauer schwang. Er führte den Zunderstab an die Lunte, ließ ihn fallen und richtete das Feuerrohr auf die Gruppe, die das Geschütz umstand. Der Schuß löste sich; ehe ihn der Rückschlag von der Mauer warf, sah Yok, daß er ein Dutzend Männer tödlich verwundete. Dann fingen ihn seine Männer auf, und er glitt wie von selbst in den Sattel. Er hatte nicht gemerkt, daß ihn zwei Pfeile in den dicken Lederpanzer seiner Brust getroffen hatten. Diesmal ließen sie tote Männer und verendende Pferde zurück. Den Weg zeichneten breite Blutspuren. Keuchend fielen die Pferde in Schritttempo, als sie die wartenden Gruppen erreichten.

»Sie wollen uns rechts und links von der Mauer in den Abgrund stürzen«, sagte Yok. »Ich habe Pferde hinter der Mauer gesehen. Nachts werden sie durchbrechen.«

»Darauf sollten wir vorbereitet sein!« sagte ein Unterführer.

»Wir werden sie erschrecken und zu Paaren treiben«, versicherte Joganec und verfluchte seine lädierte rechte Schulter. »Der nächste Vorstoß in der Stunde des Hahns, klar?«

»Bolna!«

Die erste Kolonne brachte die schwerverwundeten Krieger von der Hochfläche ins Tal. Für sie war der Feldzug gegen die Sung zu Ende. Ihnen winkte ein ruhiges Leben; nach der Genesung verwendete der Khan sie an Stellen, an denen sie sinnvolle Arbeit leisteten. Ehrensold war ihnen sicher.

Subo Feuerhaar, wie ihn die Mongolen nannten, hing todmüde im Sattel. Immer wieder schlief er ein und wurde jäh geweckt, wenn das Pferd stolperte oder ein Manghol eine Frage an ihn richtete. Der Galaktische Händler dachte über seine Vergangenheit nach; über die Zukunft gab es wenig nachzudenken.

Von den Arkoniden stammten die Händler-Familien ab; irgendwann in grauer Vorzeit hatten sie die Planeten verlassen und zogen in Walzenschiffen durch den Kosmos. Subo war kein Patriarch, nur einer der vielen Söhne. Die Schiffsbesatzung, mehr als drei Dutzend Springer, war ebenso ausgelöscht wie die Existenz des Walzenraumers. Das Funkgerät? *Du kannst es vergessen, Subo. Eine Reparatur ist unmöglich – oder erst dann, wenn die Barbaren über eine entsprechende Technik verfügen.*

»Und das wird Jahrhunderte dauern!« murmelte er gähnend und mit schmerzenden Muskeln. Es war Nacht. Die Mongolen ritten im flackernden Licht der Fackeln und unter einem kalten Vollmond dahin, der die Pferde und Lastesel aufregte und nur die Lastkamele nicht störte.

Arkoniden! Jener Fremde, der sich mit unnachahmlicher Selbstsicherheit bewegte, die Gefährtin Antal Peyrefittes und deren Freund, sie hätten Arkoniden sein können. Aber es fehlte die Ähnlichkeit. *Ein Traum, Subo! Es gibt keine Arkoniden mit blauschwarzem Haar und dunkelbraunen Augen.* Wie sollten Arkoniden auf diesen Barbarenplaneten gekommen sein? Jedenfalls waren es höchst bemerkenswerte Barbaren, die aus einem Land kamen, in dem Kultur und Wissenschaften hoch entwickelt waren.

»Nie werde ich die Heimat wiedersehen, das Rusuma-System«, brummte der Springer. »Sowenig wie Jelme. Wüßte ich nur, was in der Zukunft verborgen ist!«

Mit seinem bisherigen Leben hatte er ebenso wie Jelme abgeschlossen. Es gab für ihn keinen lohnenswerten Ausblick. Er wünschte, er und Jelme besäßen die Sicherheit und die optimistische Lebenshaltung dieses Peyrefitte! Jetzt ritt er als Verantwortlicher für die vielen tödlichen Waffen und die Arbeit der Pioniere.

Durch sein schläfriges Gehirn zuckte eine flüchtige Idee. Warum verließ er nicht den Großkhan, zusammen mit Jelme und allen Geschenken? Warum gingen sie nicht zu Peyrefitte? Dort würden sie nicht allein sein. Sie würden, wo immer sich jenes Felsenfort befand, wenigstens lachen können! Der Einfall verscheuchte einen Teil seiner Melancholie und ließ ihn die nächsten Tage und Viertelmonde besser überstehen.

Männer und Pferde bewegten sich zwischen den Feuern und dem Steinwall. Ab und zu verschwand ein Mongole in der Dunkelheit. Noch eine Stunde hatten sie Zeit, ehe der Mond sein Licht auf die kahle Wüstenei aus Gras und Stein warf. Die Sung waren sicher, daß die Manghol bald angreifen würden.

»Siehst du die Fackeln?« fragte der Unterführer.

»Wo?«

»Die Brücke. Dort.«

»Ich sehe sie. Kein Rückzug. Verwundete«, brummte Yok Joganec.

»Gute Brücke! Wie für uns gemacht!«

»Man hat viel Blut gegeben für den freien Weg. Schaffen wir's heute nacht?«

»Schwer, Yok. Sehr schwer.«

»Von den Boten etwas zu sehen?«

»Eine Gruppe steigt auf. Soll ich Signale geben?«

»Ja. Sofort. Die Kanonen sind wichtig.«

Der Unterführer rannte zum Straßenende. Die Mongolen erwarteten einen Ausfall der Verteidiger. Ihre Sinne waren ebenso geschärft wie die Schwerter. Die

Anzahl der dunklen Körper, die vor dem Steinwall lagen, vergrößerte sich. Zu den toten Manghol und ihren Pferden gesellten sich Lebende. Sie lagen regungslos da und hielten ihre Bögen schußbereit. Hinter der Mauer loderten ein paar Feuer, und auch dort bewegten sich Gestalten. Hin und wieder hörte man das Geräusch von Dingen, die dumpf auf den Boden fielen. Rissen die Sung einzelne Steine aus dem Wall, um eine Öffnung zu schaffen? Lichtsignale wechselten zwischen dem Rand der Hochfläche und den Serpentinen der Straße.

Wieviel Kanonen?

Keine Kanonen.

Warum? Was sonst?

Kanonen im anderen Heer.

Was sonst?

Zweiunddreißig flammenreitende Bomben.

Wann?

Eine Doppelstunde!

Der Posten hastete zu Yok und teilte ihm die Neuigkeit mit. Der Anführer nickte. Er verstand, daß es schwer gewesen wäre, die Geschütze hier heraufzuschleppen. Mit einer Handbewegung gab er der letzten Gruppe mutiger Krieger zu verstehen, daß sie sich fortschleichen und totstellen könnten. Die Erfahrung sagte allen Mongolen, daß die Verteidiger in dieser Nacht einen Ausfall wagen würden.

Die nächtlichen Geräusche wurden deutlicher. Die Pferde schliefen, die Männer gaben vor, zu schlafen. Hundert Männer lagen dort, und jede Aktion war abgesprochen. Wieder erscholl das Klappern von Steinen und das Klirren der Waffen. Der kleine Zug Sung-Verwundeter war längst über die Brücke gewandert und zwischen den Klüften verschwunden. Der Mond hob sich hinter gezackten Berggipfeln und überdeckte alles mit fahlem Licht und pechschwarzen Schatten. Mit unendlicher Geduld warteten die Manghol.

Der Mond stand schließlich über den Köpfen. Eine schlechte Nacht für die Sung. Die Verteidiger setzten sich dem Licht aus; die Dunkelheit hätte ihnen mehr geholfen. Aus einem knapp zwei Schultern breiten Durchlaß, der nicht bis zum Boden reichte, stiegen Sung-Krieger. Auch ihre Augen hatten sich an das schwache Nachtlicht gewöhnt. Einige Männer stutzten: Sie erinnerten sich nicht an eine so große Anzahl von Toten und Pferden, die regungslos dalagen. Nacheinander schlichen sie vor dem Wall nach rechts, kletterten über die abgestufte Kante und tasteten sich, halb im Schatten, auf einem Grat entlang. Ihr Ziel war klar. Drei Dutzend schafften es, fast unbemerkt bis ins letzte Viertel der verteidigten Hochfläche vorzustoßen. Sie sahen die Feuer und die Gestalten der Mongolen. Leise schrie ein Nachtvogel. Die Krieger kletterten über die Kante und schwangen sich auf die Füße. Die Köcher rasselten, als die Pfeile auf die Sehnen gelegt wurden. Dann heulten die Geschosse auf die Mongolen los. Wurfspeere zischten dicht über dem rauhreifbedeckten Boden. Plötzlich kam Bewegung in die Gruppen der Angreifer. Sie sprangen hinter den aufgestellten Schilden hervor. Aus den Feuern wurden Fackeln gezerrt, durch die Luft gewirbelt und in die Richtung der Verteidiger geworfen. Ein Pfeilhagel tötete und verwundete die Hälfte der schattenhaft umherspringenden Gestalten. Dann donnerten die Feuerrohre. Ihre Stichflammen rissen die Bilder des Schreckens für einen kurzen Herzschlag aus dem Dunkel. Männer stürzten, Körper kippten über den Rand des Plateaus, Verwundete warfen sich auf dem Boden hin und her. Der Rest der Sung flüchtete in panischer Hast.

Das Dröhnen der Feuerrohre war ein Signal für die Mongolen gewesen. Sie rannten von allen Seiten auf den Durchgang der Mauer zu. Jede Silhouette, die sich über den Wallrand schob und gegen die Glut der Feuer abzeichnete, war Ziel einiger Bogenschützen. Auch die Sung, die in rasendem Lauf von der Kante der Fläche kamen, starben unter dem Pfeilhagel der scheinbar Toten.

Die Sung, die nun den Eingang mit wütender Raserei verteidigten, standen unter dem Schock des verlustreichen Kampfes. Sie wehrten sich verbissen, schleuderten Steine und Speere, griffen mit Schwertern und Streitkolben an, zogen sich Schritt für Schritt zum Durchbruch zurück, schlugen wild um sich und schafften es, auch den letzten Sung zu retten, der auf eigenen Füßen lief.

Die Mongolen sahen ein, daß ein weiterer Angriff äußerst verlustreich sein würde. Sie rannten zu ihren Leuten zurück, zu den Feuern und den Fackeln. Dort gab es heißen Tee, Wärme und Decken. Im ersten Mondlicht wuchteten die Träger Führungsröhren und Projektile über den letzten Hang der Straße. Die Gestelle wurden aufgestellt, ausgerichtet, und eine halbe Doppelstunde später verwandelte sich der Bereich hinter der Mauer in ein Meer aus Flammen und Tod.

Der Zugang zur Brücke, die Brücke selbst und zwei oder drei Tagesmärsche ohne Gegenwehr waren gesichert. Die Mongolen rückten in großer Anzahl weiter vor, tief in das Reich der Sung hinein.

Ricos Spionsonden hatten viele Szenen des Vormarsches und der Kämpfe aufgefangen; wir betrachteten die Zusammenschnitte und sahen das Gemetzel. Der Großkhan schickte Tausende in den Tod, und noch mehr Sung wurden schwer verletzt, verstümmelt und getötet. Der Sieg war teuer erkauft, aber die Informationen aus seinem Palast und seiner unmittelbaren Umgebung deuteten darauf hin, daß Khubilai Khan nicht einzusehen vermochte, daß sein Reich groß genug war – schon zu groß.

Wir besuchten nicht nur die Plätze, an die mich meine Erinnerung führte, sondern fast alles Sehenswerte in Britannien. Während wir in kleinen Schritten den Rückweg antraten, einige Tage im Überlebenszylinder verbrachten, lernte Earl Guye of Llandrindod einige Sprachen, gewann ein umfangreiches Bild der Welt und begann, nachdem er Bilder des Wüstenforts gesehen hatte, von der kommenden Zeit zu schwärmen.

Zum bestmöglichen Zeitpunkt traten wir den Flug nach Osten an.

Der Schock, oder besser die Verblüffung, dauerte für Earl Guye of Llandrindod nur einen Viertelmond lang. Wir wurden von unseren Vertretern begeistert empfangen, packten die Geschenke des Großkhans aus und die wenigen Erinnerungen aus Britannien, und jeder weitere Blick auf die Landschaft, neue Einzelheiten des

Felsbauwerks, auf Kanal, Dorf, Straße und die blühende Pracht um uns herum veränderte den Waliser.

»Das also ist mein neues Reich! Ich bin der reichste arme Ritter weit und breit!« stellte er mit dröhnendem Lachen fest. Die Dienerinnen aus dem Dorf warfen ihm halb begehrliche, halb belustigte Blicke zu. Sein Lachen steckte an.

»Nicht für die Ewigkeit!« schränkte ich ein. »Nur für etliche Jahre.«

»Jeder Tag ist ein Gewinn!« sagte Guye. Dann wurde er ernst, packte Alexandra und mich an den Armen und flüsterte eindringlich: »Hätte ich geahnt, wie schön es hier ist, ich hätte euch gezwungen, mich mitzunehmen.«

»Und trotzdem macht es deine Aufgabe nicht leichter. Wir werden mit Mechmed von Uch sprechen und mit Sakhandur, dem Wesir des Sultans.«

»Sofort?«

»In einigen Tagen. Zuerst mußt du alles kennenlernen.«

»Nichts tue ich lieber.«

Guye stürzte sich begeistert in das Schwimmbecken, warf seine Kleidung weg und zog neue Gewänder an. Er wurde von uns in die wenigen wirklichen Geheimnisse des Forts eingewiesen, lernte ebenso schnell die Namen unserer Nachbarn wie deren für ihn höchst exotische Getränke und Speisen, vertrug beides mit eisernem Magen und holte sich einen Sonnenbrand auf seiner weißen englischen Haut. Ciron konstatierte humorlos, daß er nur deshalb litt, um sich von den braunhäutigen Mädchen die Haut mit duftenden Ölen bestreichen zu lassen. Später wurde es ernst: Guye begann, die Krieger zu schulen und im rechten Gebrauch von Waffen zu unterweisen. Ciron installierte zusätzliche Beobachtungs- und Abwehreinrichtungen und justierte die Kommunikationskanäle zu den Antennen unserer Insel. Ciron war es auch, der den Verantwortlichen des Sultanats Besuche abstattete. Er verbreitete eine glaubwürdige Geschichte: Wir drei würden für eine Handvoll Jahre in unsere Heimat gerufen.

In irgendeiner Nacht: Wir lagen zurückgelehnt in weichen Sesseln. Die weißen Sterne glitzerten. Wieder umfing uns eine der herrlichen Nächte des Planeten. Für solche langen Momente lohnte es sich zu leben. Leise fragte Alexandra: »Wie lange wollen wir Guye hier allein lassen?«

»Vielleicht für fünf Jahre?« meinte ich. »Oder für ein Jahrzehnt?«

Guye leckte den Saft einer exotischen Frucht von den Fingern und brummte überrascht: »So lange? Es wird einsam ohne euch sein!«

»Unsere Augen, Ohren und Gedanken sind stets bei dir«, versicherte Ciron. »Deine Hauptaufgabe wird sein, nicht zu verweichlichen!«

»Da habe ich keine Sorge. Sakhandur sprach von umherziehenden Räuberbanden. Nicht hier. Mit schnellen Pferden werden wir sie hetzen.«

»Auch gut. Wir lassen dich wirken, so, wie du es für richtig hältst.«

Bald würde der Mausin-Wind vom Land aufs Meer hinauswehen und die Trokkenheit einleiten. Ein halbes Jahr lang mußte der künstlichen Bewässerung nachgeholfen werden; für jedermann in diesem Gebiet eine wichtige Aufgabe. Unser Gepäck war verstaut, es war wenig, denn die meisten Ausrüstungsgegenstände waren und blieben weit verteilt. In den Truhen befanden sich Geschenke – somit Erinnerungen – von unschätzbarem Wert, edelste Erzeugnisse von Handwerkern und Künstlern. Guye wurde mit einigen magischen Waffen ausgerüstet und versprach, sie behutsam anzuwenden.

»Wenn ich die Nachrichten richtig interpretiere«, meinte er leichthin, »dann sitzt die feuerhaarige Jelme traurig in ihrem überladenen Palast, und Subo organisiert im Sung-Reich den Bau von Brücken und Belagerungsmaschinen.«

»Es gefiele ihnen hier sicherlich viel besser. Guye könnte sie zum Lachen bringen«, warf Alexandra ein.

Ich deutete auf Ciron und murmelte: »Erinnere mich bitte bei gegebenem Anlaß an die Gestrandeten.«

»Verstanden und registriert«, sagte Ciron und roch an einem leeren Rotweinpokal. Guye gähnte und verzog sein Gesicht, als er sich bewegte. Der Sonnenbrand!

»Ich darf gehen, Edle Alexandra, Edle Antal und Ciron? Ich fürchte, die Samthäutige mit dem unaussprechlichen Namen und dem langen Zopf wartet bereits voller Ungeduld.«

Ich lachte. »Ein Ritter, der zugleich der Niederen und der Hohen Minne frönt.«

Er verbeugte sich artig und trug sein seidenes Hemd mit vollendeter Eleganz. Ein wenig später hörten wir die zittrigen Klänge seines Polychords und seine Stimme:

»Summer, mache uns aber froh, du zierest anger und loh, mit den Bluomen spielt ich do, mein Herze schwebt in Sonnenhoch!«

Ich stöhnte auf. »Wenigstens ein Mensch auf dieser Welt, der sich über uns freut und darüber, daß wir ihn hierher mitschleppten!«

»Du machst dich bedeutungsloser als nötig.« Alexandra lächelte. »Ich gehöre auch zu dieser kleinen Gruppe.«

»Verzeih!« flüsterte ich und nahm sie in die Arme.

Einige Nächte später schrieb ich eine Nachricht; als wir Guye mit der »Samthäutigen« schäkern und tändeln hörten, stahlen wir uns lautlos davon, zurück in einen tiefen, aber kurzen Schlaf. Während wir uns vorbereiteten, erschien Ciron mit dem Gleiter wie ein guter Geist über einem Sung-Schlachtfeld und nahm den bewußtlosen Subo an Bord des Gleiters. Er lenkte das Fluggerät nach Khanbalik, holte mit einem Traktorstrahl Jelme und die meisten Kostbarkeiten, Werkzeuge und Geräte durch das zertrümmerte Dach und setzte die Feuerhaarigen, noch immer besinnungslos, nach einem rasenden Flug unweit des Felsenforts ab. Den Inhalt der Ladefläche leerte er ins Gras und wartete in sicherer Entfernung, bis eine Gruppe von Früchtesammlern die Fremden entdeckte und zu Guye trug.

Mit einer Art betroffenen Vergnügens sahen wir auf den Bildschirmen der Tiefseekuppel, wie sich Ratlosigkeit ausbreitete; wir hörten die abenteuerlichsten Erklärungsversuche. Aber kurz vor dem Einschlafen vernahmen wir aus den Lautsprechern das Gelächter Jelmes und Subos, für das Guye verantwortlich war.

Unbemerkt vergingen für Alexandra und mich die Jahre. Ciron verfolgte die Entwicklungen an jenen Orten, die wir ausgesucht hatten. Seine Computer stellten Erinnerungsblöcke zusammen, die alles Wichtige schilderten, in Bild, Ton und Farben.

1273: Khubilai Khan setzte in halbjährlichen Angriffen die Eroberung des Sung-Reiches fort. Die Mongolen trieben ihre ausgemergelten Pferde auf die Weiden und setzten sich überall dort fest, wo sie sicher waren. Das ehemals große Reichsgebiet der Widerständler schrumpfte, von allen Seiten eingekesselt und angegriffen. Abermals wurden Straßen gebaut, Bäume gepflanzt, Kurierstationen eingerichtet. Schwer legte sich die Hand Khubilais auf das eroberte Land; die scharfen Krallen waren mongolische Beamte, die mit der Hilfe von Sarazenen, wenigen Mönchen der christlichen Religion sowie venetischen und genuesischen Kaufleuten Land und Leute kontrollierten und Steuern eintrieben.

1274: In dem Jahr, als Nasir ed-din et-Tusi starb (der arabische Universal-Wissenschaftler hatte Hulagu-Khan, Khubilais Bruder, veranlaßt, in Megara eine Sternwarte bauen zu lassen, in der auch riesige Fernrohre, erbeutet von den Chin-Astronomen, standen), rüsteten die Schiffer von Kao-li ihre Handelsdschunken um. Mongolische Krieger mit Pferden und Waffen kamen an Bord. Khubilai wollte die Hinrichtung seiner Abgesandten rächen. Zipangu war das Ziel einer großen Flotte von einigen hundert Schiffen unterschiedlicher Größe. Wieder waren Feuerrohre und Kanonen unter den Waffen.

Gleichzeitig ging der Kampf gegen die Sung weiter, deren rücksichtslos eingetriebene Steuern und Abgaben die Krieger ernährten, Khubilais Reichtum vermehrten und den Feldzug ermöglichten. Von Tag zu Tag vergrößerte sich die Anzahl der Schiffe, die schwer beladen auf das Zeichen zum Ablegen warteten. Die Krieger kämpften ihre Angst vor dem unergründlich tiefen Wasser nieder. Die Armada machte sich auf den Weg; zwei Heerführer waren verantwortlich. Abatay führte die Fußsoldaten, Sanycai die Reiter. Sie landeten nicht auf der Hauptinsel, sondern auf einer der vorgelagerten, kleineren Inseln. Ein Nordsturm drohte die ankernden Schiffe auf die Felsen zu werfen. Das Heer flüchtete auf die Schiffe, die ans Ufer einer anderen Insel dieses Archipels geworfen wurden. Viele Mongolen ertranken, aber dreißig Tausendschaften konnten sich an Land retten.

Von der Hauptinsel Zipangu setzten die Samurai-Heere des Shikken auf diese Insel über. Sie griffen die Mongolen an, die listigerweise auf die Schiffe und Boote der Zipangu-Krieger flohen und damit in jene Bucht segelten, in der die Gesandtschaften zu Tode gekommen waren. Sechs Monde lang belagerten sie erfolglos die Hauptstadt; als sie erkannten, daß eine längere Belagerung ihr Tod sein würde, gaben sie auf, stahlen die Schiffe und segelten zurück. Eine schier unendliche Vielzahl furchtbarer Kämpfe, Entbehrungen, Morde und Wahnsinnstaten füllte die Chronik dieses Unternehmens. Die Anführer wurden in Khanbalik feierlich enthauptet. Zipangu blieb frei; von der Tapferkeit der Samurai berichteten die Überlebenden schaudernd an den Lagerfeuern.

1275: Edward der Erste wurde, seit einem Jahr König von England, zum Mann gemäßigter Reformen. Er organisierte in England die Steuer, erließ Gesetze und stellte für seinen Kampf gegen Wales ein Militär mit einem klaren Konzept auf.

1276: Matteo und Nicolo Polo mit dessen Sohn Marco, Händler einer vornehmen venetianischen Familie, erreichten den Hof des Großkhans. Khubilai schloß sie ebenso ins Herz wie die Feuerhaarigen und die Ritter Antal und Ciron. Es war fast, als wollte er mit Gewalt deren Untreue vergessen, die darin bestand, ohne Spuren zu verschwinden. Khubilai überfiel die Venetier mit Geschenken und Wohltaten; seine Berater meinten, er werde alt und weichherzig. Der junge Marco Polo begann, ein Tagebuch zu führen, denn er war von dem Reichtum und der fremdartigen Schönheit der Länder entlang seines Reisewegs bezaubert.

1279: Das Sung-Reich fiel endgültig. Khubilai Khan gründete die spätere Yüan-Dynastie, nannte sich Shih-Tsu und begann, kaum, daß der letzte Widerstand der Sung zusammengebrochen war, die nächste Schlacht zu planen. Wieder war Zipangu der Punkt, an dem sich seine Gedanken und all sein Haß konzentrierten. Er befahl, tausend große Schiffe bereitzustellen. Zugleich ließ er das ehemalige Bei-ping neu erbauen; natürlich nach dem Muster von Khanbalik. Auch eine Sternwarte wurde errichtet.

Aus dem Osten kam die Erfindung des Papiers nach Italien, nachdem es von den Muslim bereits über Spanien eingeführt worden war. Wie schon so oft verhinderten Kriege und Wirren, Streit und Armut die Ausbreitung einer wertvollen Erfindung. Das erste Schiff islamischer Händler legte eine Tagesreise von jener Stelle am Indus im Hafen an, an der unser bis zur Unkenntlichkeit zugewachsener Kanal abzweigte, der uns selbst in der Trockenzeit Wasser brachte. Guye Llandrindod wurde mit zwei Dutzend Reitern zur Sicherung der Wege abkommandiert. Er erfüllte seine Aufgabe zur allgemeinen Zufriedenheit.

1281: Ciron weckte uns. Wir nahmen wieder Anteil an der Welt der Lebenden, sogen Informationen in uns auf und hörten voller Erstaunen, daß die Computer eine interessante Konstellation errechnet hatten, jedenfalls eine hohe Wahrscheinlichkeit dafür. Begierig studierten wir die Bilder und brachen schließlich auf. Einen halben Mond lang erholten sich unsere Körper in der Sonne, an einsamen Stränden, auf menschenleeren Inselchen. Dann trafen wir im Felsenfort ein.

Einen Bogenschuß weit nach dem Einlaß nahm das Wasser des Kanals eine bernsteinfarbene Tönung an. Weit in der Ferne hörten wir das Pochen der Mörser, in denen Körner zerkleinert wurden. Die Regenzeit war vorbei; überall blühte und grünte es.

»Wir werden nicht nur fröhliche Gesichter antreffen, Antal«, klärte mich Ciron auf. »Bauern und Handwerker werden in dem Herrschaftssystem aus Islam und Hindi bis zur Hälfte ihrer Erträge besteuert.«

»Das ist ungerecht«, brummte ich. Mit untergeschlagenen Beinen saß ich auf dem Vordeck des Gleiter-Bootes, das leise summend den Kanal landeinwärts fuhr. Bald würden wir mit eigenen Augen Dorf und Felsenfort sehen, würden

Guye Llandrindod und die Feuerhaarigen treffen. Vielleicht ahnten sie, daß wir kamen. Vielleicht. »Das sollte, wenigstens in unserem Einflußbereich, geändert werden.«

»Noch herrschen Mechmed und Sakhandur!« sagte Ciron.

»Hier ist es ebenso schön wie an anderen Plätzen«, unterbrach Alexandra unvermittelt. »Nur ganz anders.«

»Diese Feststellung ist ebenso richtig wie trivial.« Ciron grinste. Der Logiksektor wisperte zurechtweisend: *Versuch nicht schon wieder, Arkonide, die gesamte Welt zu verbessern und in deinem Sinn zu verändern. Sie ist komplex, selbst für einen Kristallprinzen!* Ich seufzte. »Wie wahr!«

Das Boot mit eingefahrenem Mast und zusammengefalteten Segeln verließ den Bereich des strömenden, von ausladenden Bäumen bestandenen Kanals, der sich in Krümmungen durch Felder und Äcker wand. Wir sahen die ersten Arbeiter. Hochbuckelige Zugochsen rissen eiserne Pflugscharen und große, mit Steinen beschwerte Eggen durch das feuchte Erdreich. Zartes Grün sprossender Halme war die vorherrschende Farbe. Zwischen den knorrigen Ästen tauchte der Koloß aus vielfarbigem Stein und schlanken Säulen auf, gekrönt von geschwungenen Ziegeldächern. Alexandra und ich winkten zu den Hindi hinüber. Sie blieben stehen, gestikulierten und rannten aufgeregt davon. Ein herzlicher Willkomm schien gesichert.

Als wir unter der zweiten Brücke hindurchfuhren, herrschte offene Aufregung. Guye sprengte auf einem ungesattelten Schimmel heran, zu Fuß folgten Jelme und Subo, von allen Seiten strömten Dutzende Kinder und Erwachsene herbei. Aus einem langgestreckten Gebäude kamen Bewaffnete, entschlossen, die Eindringlinge zurückzuschlagen. Einige von ihnen erkannten uns. Es gab ein fürchterliches Durcheinander. Schließlich schwang das Boot herum und legte mit dem Heck am kleinen steinernen Kai an.

Zahllose Fragen, Gelächter, Umarmungen, Armschütteln, Antworten, das Kindergeschrei, alles schlug über uns zusammen. Subo und Jelme, deren rotes Haar inzwischen von silbrigen Fäden durchzogen war, wirkten völlig verändert. Ciron breitete die Arme aus und rief mit weithin hallender Stimme:

»Wir bleiben lange hier. Laßt uns erst einmal auspacken. Die Reise hat uns müde gemacht.«

Fast jeder drängte sich heran, und eine lange Prozession Hindi trug die Gepäckstücke durch die Anlage hinauf in unsere Räume, die in der zurückliegenden Zeit kaum bewohnt, aber instand gehalten worden waren. Es dauerte lange, bis endlich Ruhe herrschte und wir uns um einen runden Tisch unter einem Raffiasonnensegel neben dem Schwimmbecken trafen. *Denk an die Erklärungen, die du dir für die gestrandeten Raumfahrer zurechtgelegt hast,* mahnte der Extrasinn.

»Meine Freunde«, begann Ciron de Ronca in einem Tonfall, der augenblicklich die Aufmerksamkeit auf ihn konzentrierte, »es gibt in aller Welt unzählige Neuigkeiten, Vorfälle, Anfänge neuer Legenden und Vorgänge von höchster Merkwürdigkeit: Zuerst, unser gemeinsamer Freund – nicht deiner, Earl Guye –, der Großkhan Khubilai, Herr aller Herren, Herrscher von Cathai oder Chin, von Kaoli und vielen anderen Ländern, bricht auf, um Zipangu mit neunhundert Schiffen endgültig zu erobern und zu unterwerfen. Nun wird er Shih-Tsu genannt und beherrscht ein Weltreich. Er hat Kaufleute aus Venetien, einer reichen Handelsstadt weit im Westen, zu seinen Lieblingen gemacht. Marco Polo, der Sohn des einen Kaufmanns, reist in seinem Auftrag durch die Länder und führt Tagebuch, geblendet vom Glanz dessen, was er sieht.«

Ich machte eine umfangreiche Bewegung mit dem Arm und deutete auf die Schmuckstücke, die an Wänden hingen und auf gemauerten Regalen standen. Fast alle gehörten sie Jelme und Subo.

»Derlei wird für ihn alltäglich sein!«

»Eitler Tand«, bemerkte Jelme, »und keine Garantie für Glück oder Fröhlichkeit.«

»Wie recht du hast!« Guye lachte. »Weiter, Freund und Ritter Ciron.«

»Reicher Handel gedeiht zwischen dem Reich Khubilais und allen angrenzenden Ländern. Riesige Mengen Handelsgüter werden auf verlustreiche, zudem extrem arbeitsaufwendige Weise transportiert. Zugleich mit der Ware breiten sich Ideen und Kenntnisse aus. Der Glaube an jene Wunder, die stets – für jeden Menschen – nur in der weiten Ferne, niemals in der Nachbarschaft stattfinden, weicht einer Betrachtungsweise, die der Realität stark angenähert ist. Habt ihr verstanden, was ich meinte?«

Allgemeines Nicken folgte. Natürlich hatten wir auf dem Flug hierher Fässer und Krüge guten und teuren Weines eingehandelt. Dieser tiefrote, schwere Wein wurde von einer der Favoritinnen Guyes in unsere Pokale eingeschenkt. Jeder davon war ein persönliches Geschenk des Großkhans.

»Ich denke, wir konnten dir folgen«, sagte ich. »Sprich aus, was du denkst. Vielleicht ist es unangenehm, in jedem Fall wird's wohl richtig sein.«

»Das will ich meinen«, sagte Ciron. »Darüber hinaus habe ich mir über unsere Freunde etliche Gedanken gemacht. Der mittlerweile nicht mehr ganz so arme Earl Guye will wohl zurück zum Ersten Edward. Ich weiß dies aus einigen Unterhaltungen mit ihm.«

»Wahr gesprochen«, pflichtete der Waliser bei.

»Ihn an die Grenze zwischen Wales und England zu bringen ist eines der am einfachsten lösbaren Probleme dieser Welt«, sagte ich, auf Guye deutend. »Willst du dorthin? Oder gibt es etwas oder jemanden, von dem du hier festgehalten wirst?«

Guye überlegte nicht lange, was uns sagte, daß er über diese Frage nachgedacht hatte. Er antwortete: »Letzten Endes gehöre ich wohl dorthin, wo ich einst geboren ward.«

»Man wird es zu berücksichtigen wissen«, schloß Ciron. »Später, mein Freund, sprechen wir über alles. Unserer Freundin Alexandra ist dazu noch das eine oder andere eingefallen.«

Atemlos und voller Überraschtheit konterte Guye: »Ich weiß, daß ihr Magier der Dinge und der Menschen seid. Trinkt, Freunde! Wir sind auf einer Insel der Glücklichen, weit entfernt von allen Kämpfen und Kriegen dieser Welt.«

Wir hoben die Pokale und tranken. Ciron roch an dem Pokal (denn er behauptete konstant, daß der Geruch aromatisierten Alkohols seinen positronischen

Rezeptoren positive Impulse vermittelte) und stellte ihn mit fürstlicher Geste auf die Tischplatte.

»Vergessen wir vorübergehend die Bedeutung der Welt. Konzentrieren wir uns auf unseren eigenen, wichtigen Lebensbereich. Geht es unseren Schützlingen hier, zwischen Indus und Thar-Wüste, entsprechend gut?«

Guye bestätigte voller Ernst: »Ja! Sie sind gesund und satt. Sie verzweifeln nur daran, daß ihre Arbeit durch die hohe Besteuerung sinnlos wird.«

Ich hob die Hand. »Ich werde mit den Verantwortlichen sprechen. Viel wichtiger für unser Leben ist der Umstand, ob Khubilai die Insel Zipangu erobert oder nicht.«

»Wie erfahren wir das?« fragte Jelme und schob ihr Haar in den Nacken.

»Durch uns. Es gilt abzuwägen zwischen unseren Bedürfnissen und dem Geschehen, das für diese Welt wichtig ist. Aber wollen wir das jetzt in dieser samtenen Nacht bereden?« fragte ich in erzwungener Ruhe.

Fast gleichzeitig antworteten die Feuerhaarigen, Guye und Alexandra: »Nein!«

»Dann widmen wir uns wieder dem Wein«, schlug ich vor. Lange sprachen wir an diesem Tag über Zipangu und Cathai-Chin, das Fort und dessen Umgebung, über Debal, die nächstgelegene Hafenstadt und die Zukunft dieses Ortes, wenn wir uns zurückziehen sollten. Guye Llandrindod bekräftigte seinen Entschluß, dem Ruf Edwards zu folgen. Subo und Jelme wollten, was auch geschah, hierbleiben; sie hatten keine Hoffnung mehr, ihre Heimat wiederzusehen.

In der Abgeschlossenheit und Ruhe meines Arbeitszimmers beobachtete ich, wie die dickbauchigen Schiffe ausliefen und Kurs auf Zipangu nahmen. Natürlich wußten die Shikken durch ihre Spione, daß der Angriff drohte. Neunhundert Schiffe! Die wenigsten dieser riesigen Armada waren kleine Boote; Westwind blähte die unregelmäßigen Bast-Bambuslatten-Segel. Wieder waren die Schiffe mit Kriegsgerät, Kriegern, Pferden und Matrosen vollgepfercht. Eine zwölfstündige Fahrt brach an. Wenige Wolken am Himmel, kräftiger Wind, eine blaue Fläche aus Wellenbergen und Tälern, die keinen Mongolen erschreckten – es versprach eine leichte Überfahrt zu werden. Die Schiffe kamen aus mehr als einem Dutzend Häfen, und jede Gruppe hatte ein besonderes Ziel: Die Kapitäne aus Kao-li wußten, daß einige Schiffe überladen waren, aber es galt der Befehl des Großkhans. Wenn hundertzwanzig Krieger mit ihrer Ausrüstung in je einer der ausladenden Dschunken warteten und sich auf den Kampf vorbereiteten, waren es mehr als hunderttausend entschlossene Krieger. Die Männer, von denen das Sung-Reich erobert worden war, wollten Zipangu nehmen.

Das Meer schien sich mit Schiffen gefüllt zu haben. Die Segel blieben in Signalweite voneinander, Stunde um Stunde verging, während die Reihen der Schiffe, eines im Kielwasser des anderen, sich der langgestreckten Insel näherten, die ein Reich aus mehreren kleineren und einem großen Eiland war.

Am späten Abend begannen die Sterne zu verschwinden. Im Norden zogen Wolken auf. Aber der Westwind blieb und trieb die Schiffe den Ufern entgegen. Schon jetzt sahen die Verteidiger Zipangus die Schiffslaternen; die Mongolen nahmen die Feuer auf den Klippen und in den Fischerdörfern wahr. Blitze und Wetterleuchten kamen näher; eine riesige Wolkenmasse ballte sich in der Nacht zusammen. Noch war ihre Ausdehnung nicht zu erkennen, aber die scharfen Wellen zeigten weiße Schaumkronen. Ein Sturm kam im Norden auf und fegte die lange Chin-Küste entlang, bis hinunter nach Kao-li, und schließlich erreichte er die Meeresenge zwischen dem Festland und der Insel.

Mit furchtbarer Kraft schlug der Nordsturm zu; es heulte und kreischte im Tauwerk. Die Segel wurden in Eile gerefft, aber es war fast zu spät. Überall rissen Taue, brachen Bambuslatten, zerfetzten die Flechtsegel. Die Schiffe legten schwer über, ehe die Steuerleute sie gegen den Wind oder in den Wind steuern konnten. Die Mongolen fingen zu schreien an, die Pferde wurden halb rasend vor Furcht. Schiffe stießen zusammen, Steuer und Masten brachen. In die Schiffsverbände kam Unruhe, als der Sturm seine höchste Kraft entfaltete. Das Meer hatte sich binnen fünfzig Atemzügen in eine weißgraue, kochende Masse verwandelt, in der langgezogene Wellen heranrollten, von denen der heulende Sturm den salzigen Gischt wegriß und nach Süden schleuderte.

Wolken trieben am Halbmond vorbei, verdeckten ihn immer wieder, die Schiffslaternen wurden vom Sturm und Wasser ausgeblasen. Aus dem Heulen des Sturmes war wildes Kreischen geworden, in das sich die Geräusche brechender Masten und Planken mischten. Einige Dschunken trieben mit Hilfsankern nach Süden, in die Schwärze einer Nacht hinein. Andere kämpften mit wütenden Brechern, die Deckshäuser abrissen und Planken splittern ließen. Ein Bug, verziert mit einer grinsenden Maske, rammte die Breitseite eines Schiffes; beide schwerbeladenen Körper lösten sich in große Trümmer auf und sanken. Auf den Decks und in den dicken Bäuchen der Schiffe wurden Männer und Tiere hin und her geschleudert. Unzählige brachen sich Arme und Beine. Durchgehende Pferde zerrissen die Stricke und zerhämmerten mit den Hufen die Brustkörbe von Matrosen und Kriegern. Kanonen rissen sich los und brachen Löcher in die Bordwände. Die Schiffe schwankten, hoben sich und sanken schlagend und donnernd zurück, wurden durch die Wellen gerammt und in allen Verbänden erschüttert und gebrochen. Diejenigen Schiffe, die sich den Inseln von Zipangu am meisten genähert hatten, kamen schlingernd in den Bereich der Klippen. Das erste Schiff wurde von messerscharfen Unterwasserfelsen aufgerissen, und die Wellen warfen die Bruchstücke, an die sich schreiende Männer klammerten, gegen Stein und ins schäumende Wasser.

Neunhundert Schiffe befanden sich im Zentrum des eiskalten, blitzeschleudernden Sturmes. Eines nach dem anderen wurde zum Wrack, zerbrach, zerschellte, wurde umgeworfen und sank. Einige Dschunken erreichten, ohne in der Finsternis die Küste zu sehen, einen schmalen Kanal zwischen Hauptinsel und einer südlichen Insel. Dort, im Windschatten, irrten sie ziellos umher, mit winzigen Notsegeln, voller schreiender und fluchender Männer und aufgeregter Pferde. Ab und zu flammte ein Blitz auf und zeigte den Kapitänen die See, Felswände und flache Ufer.

Unter den weit vorspringenden Dächern der Burgterrassen, unter den Kronen der Bäume, vom Regen durchnäßt, standen Fischer, Bauern, unzählige Samurai in

Rüstung und Waffen, Herrscher und Diener. Sie starrten alle nach Westen, hinaus aufs Meer. Im Mondlicht, das für kurze Zeit durchbrach, und im grellen Schein der Blitze erkannten die Leute an den Ufern von Zipangu den Umfang der Katastrophe.

»Götterwind«, sagten sie, tief im Innersten erschreckt von diesem Zeichen. »Sturm der Götter. *Kamikadse!*«

Der Sturm wütete bis zum nächsten Mittag. Es dauerte einen halben Mond lang, bis das Schreckensbild voll zu erkennen war. Die Hälfte aller Schiffe kehrte nicht mehr in ihre Häfen zurück. Einige Heeresführer töteten sich selbst aus Scham und Verzweiflung. Unter Deck lagen Tote und Verwundete, tote Tiere und eine Masse aus Trümmern, Blut, verdorbenem Proviant und stinkendem Salzwasser. Mit geflickten Segeln und zerbrochenen Steuerrudern schleppten sich Schiffe aus allen Teilen des Meeres zurück nach Kao-li. Die Bewohner Zipangus würden jene Nacht niemals vergessen. *Kamikadse!* Der Großkhan nahm die Botschaften in tiefem Schweigen und mit steinerner Miene entgegen. Niemand erfuhr, was er dachte. Aber Heerführer und Berater waren sicher, daß er sein starrköpfig verfolgtes Ziel nicht mehr weiter verfolgte. Der Göttersturm hatte Zipangu vor den Mongolen gerettet.

Zusammen mit den Bewaffneten waren wir auf dem beschwerlichen Weg zu Sakhandur, dem Wesir von Sultan Balban. Ciron ritt neben mir auf einer Straße, die ihren Namen kaum verdiente. Er fragte in arkonidischer Sprache: »Was wirst du antworten, wenn die Raumfahrer gewisse Fragen stellen? Bisher bist du ihnen ausgewichen.«

»Recht geschickt, immerhin. Ebenso wie sie nicht zu fragen wagten. Ich werde ihnen glauben, daß sie aus einem anderen Teil des Planeten kommen. Es ist wohl sinnlos, mit ihnen über Raumfahrt zu sprechen. Niemand wird sie abholen. Ebensowenig wie uns, Ciron.«

»Selbst wenn ein Schiff irgendwo landen würde, könnten sie es nicht benachrichtigen. Ich kenne die traurigen Reste ihrer Gerätschaften.«

Warum sollten sie sich weiter quälen, nachdem es Guye und der einzigartigen Umgebung gelungen war, ihre Traurigkeit zu verscheuchen?

»Bisher haben sie unsere Tarnung kaum durchschaut. Was den Gleiterflug betrifft, werde ich ihnen weismachen – oder es versuchen –, daß es in unserem ›fernen Land‹ eine besondere Art von Magie gibt. Möglicherweise glauben sie's, und wenn nicht – gibt es Beweise?«

»Einigermaßen kühn, aber es wird wohl ausreichen.«

Die Herrschaft des Sultans war despotisch, aber nicht grausam. Hohe Beamte und verdienstvolle Heerführer wurden mit einem Lehen belohnt, das sie für bestimmte Zeit ausbeuten durften – so wie wir im Felsenfort wegen unserer Siege über die Mongolen. Turkmenen, Hindi, Muslim und selbst Mongolen bildeten die oberste Schicht, arabische und indische Kaufleute lebten in relativem Wohlstand, und die Ärmsten zahlten die höchsten Abgaben. Wir wollten von Sakhandur eine Verbesserung des Zustands erreichen. Guye schloß auf und zügelte sein Pferd.

»Wann werdet ihr mich wegschicken, Antal?« rief er und lachte breit.

»Wir baden uns in den Strahlen deines vortrefflichen Witzes, alter Haudegen«, antwortete ich. »Sag mir, wann du uns schmählich verlassen willst, und ein paar Tage später bist du an der Grenze von Wales.«

»Am Ende dieses Jahres, hohe Herren? Ist's genehm?«

»Einverstanden«, meinte Ciron. »Wenn nicht wieder Hulagu Khans Mongolen einreiten.«

Wir folgten den Schlangenlinien des Pfades und ritten stundenlang durch wüstenartiges Gebiet. Schließlich näherten wir uns einem der halb ausgetrockneten Wasserstreifen, die parallel zum breiteren Teil des Flusses liefen. Je näher wir an Debal herankamen, desto üppiger wurde die Ufervegetation. Die Stadt – wir kannten sie von den Bildern der Sonde – erschöpfte ihre Bedeutung durch einen halb verfallenen Flußhafen, eine Unmenge von Lehmbauten und einer Art Karawanserei, in der Sakhandur zu treffen war. Zwei Schiffe mit Dreieckssegeln und arabischen Schriftzeichen hinter den aufgemalten Augen am Bug lagen längsseits am Kai. Eine Prozession Sklaven oder Arbeiter trug Ballen in ein Lagerhaus. Wir ritten über staubige Straßen, vorbei an kläffenden Kötern und nackten Kindern mit riesigen Augen. Im Innern der Karawanserei gab es Wasser, Schatten und eine angemessen herzliche Begrüßung. Sakhandur hingegen war von überströmender Herzlichkeit. Er bat uns in einen großen, kühlen Raum, dessen Fenster dünnes Gespinst als Insektenvorhänge hatten. Viele große Wassergefäße erzeugten durch Verdunstungskühle ein angenehmes Innenklima. Ich schilderte das Problem der Menschen zwischen Kanal und Felsenfort, rechnete dem Wesir die zu hohen Naturalabgaben vor und sagte schließlich:

»Auch du und dein Sultan sollen zu ihrem Recht kommen. Wie gefiele es dir, von uns Salz zu bekommen? Salz, trocken, in Form von großen oder kleinen Rädern oder Tafeln, Würfeln ... wie auch immer?«

Er sprang auf, klatschte in die Hände und rief: »Ihr würdet es auch hierher bringen?«

»Das ließe sich machen«, antwortete ich. »Bestimme du, wieviel! Aber denk daran, wie kostbar Salz für denjenigen ist, der es braucht!«

Dann überließ ich die Unterhaltung Ciron, der besser und schneller rechnete, als ich es je können würde. Wir feilschten und einigten uns schließlich auf eine Last, wie sie vier Ochsen auf einem Wagen ziehen konnten; viermal jährlich war das Salz abzuliefern.

»Und dafür laßt ihr ihnen alles andere. Wenn sie zuviel haben, verkaufen sie es ohnehin hier auf dem Markt!« Ich schloß den Handel ab.

Das Ergebnis der Unterhaltung wurde aufgezeichnet. Wir erfuhren, daß die arabischen Händler zwei- oder dreimal im Jahr hierherkamen, weil sie fürchteten, den Indus weiter hinaufzufahren und mit der Strömung zu kämpfen. Mich erstaunten der Umfang des Handels und die Größe des Warenangebots.

»Deine Späher und Spione?« fragte ich. »Was wissen sie von den Mongolen? Droht ein weiterer Angriff?«

Sakhandur schüttelte ernst den Kopf. »Nicht hier, tief im Süden. Aber sie gieren nach den Schätzen des Panjab. Im Norden werden Hulagus Krieger wohl wieder einzudringen versuchen. Aber nach eurem Vorbild errichteten wir auch dort Forts und Festungen.«

Ich berichtete ihm, wie groß das Gebiet des Khubilai inzwischen war. Er konnte mit den Angaben nicht sehr viel anfangen, denn er kannte das Land Chin im Osten nur durch Berichte von Dritten und aus allerlei irreführenden Legenden.

»Sag dem Sultan«, schloß ich nach einem weiteren Schluck süßen Tees, »daß euer Gebiet, das Sultanat, von Mongolen umgeben ist. Von West über Nord bis Ost. Bleibt wachsam und auf der Hut. Sie werden es immer wieder versuchen, denn sie sind unruhig und die Khane handeln nach göttlichem Auftrag.«

»Ich rechne damit, daß uns die Späher ebenso warnen, wie ihr es getan habt. Und solltest du etwas sehen, weißt du, mit wem du sprechen mußt, um Antwort auf Fragen zu bekommen.«

»Wir wissen es!« versicherte Ciron. »Und nun wollen wir zu den Arabern gehen und mit ihnen sprechen. Vielleicht gibt es etwas zu tauschen, etwas zu verdienen!«

Wir wurden in aller Herzlichkeit entlassen. Mit der Salzlieferung hatte Sakhandur seiner Überzeugung nach ein gutes Geschäft im Sinn reicher Steuererträge gemacht. Langsam schlenderten wir zum Hafen. Die Händler und Kapitäne wunderten sich, in ihrer Muttersprache angesprochen zu werden, und luden uns auf die Schiffe ein. Dort saßen wir unter einem waagrecht aufgespannten Segel und sprachen bis tief in die Nacht hinein, tauschten Nachrichten aus und erfuhren zu unserem Erstaunen, welche immense Steigerung ein Sack Pfeffer inzwischen dem Pflücken vom Strauch bis zum Markt in Akka erfuhr. Hier am Indus war er nahezu wertlos; an den Küsten des Mittelmeers wurde er mit Gold aufgewogen.

»Wenn ich unter Langeweile leiden sollte«, brummte ich, »werde ich auch ein Kauffahrerschiff ausrüsten!«

Abwehrend hoben die Händler die Arme und lachten verlegen. Am nächsten Tag traten wir den Rückweg an.

Mit einem Ochsenkarren, einem Zelt und allerlei Werkzeug waren wir aufgebrochen. Auf diese Weise dauerte die Fahrt drei Tage, Zeit genug, um den jungen Männern zu erklären, um was es ging, nämlich um ihr eigenes Wohl. Es würde eine Menge Arbeit geben, und wir mußten den Hindi genau erklären, wie die einzelnen Schritte zu erfolgen hatten. Jelme und Alexandra waren im Fort geblieben.

»Das ist eigentlich klar«, meinte Subo. Hinter uns kreischten die Achsen der großen Räder. »Das Wasser verdunstet, und schließlich bleibt Salz übrig.«

»*So* einfach ist es auch wieder nicht«, widersprach Ciron. »Schließlich sollen unsere Freunde dadurch nicht ärmer werden, und zu Tode arbeiten sollen sie sich auch nicht. Zuerst brauchen wir ein Gelände, das folgendes Aussehen haben muß ...«

Wir ritten voraus und suchten den bequemsten Weg für das Gespann. Etwa zwanzig Männer begleiteten uns. Salz war zu allen Zeiten eine kostbare Handelsware, und Sakhandur kannte nur einen Teil unseres Vorhabens. Es gelang uns, zwischen dem Südrand der Vegetationszone einen Weg zu finden, aus dem irgendwann eine befahrbare Straße würde werden können. Schließlich hielten wir die

Pferde vor einem flachen Stück Wüste an. Drei Bogenschüsse weit verlief die oberste Flutmarke, und die weißen Brandungswellen rauschten über Sand und Geröll.

»Ciron?« Ich deutete auf Strand, Wüste, Vertiefungen und Dünen. Dieses Mal dachten wir nicht daran, die Hilfe unserer Maschinen in Anspruch zu nehmen. Die Hindi mußten selbst damit fertig werden. Wir ritten das Gelände ab, und in Cirons Vorstellungen entstand ein genaues Bild der zukünftigen Anlage.

»Sonne haben wir reichlich!« meinte Subo. »Ich helfe euch beim Zelt.«

Wir schlugen ein Zelt auf, spannten ein Schattensegel für die Pferde, breiteten unsere Ausrüstung aus und vergruben die Wasserbehälter im kühlen Sand. Hinter den Sandwällen hörten wir das Gespann und aufgeregte Stimmen. Ciron machte sich an die Arbeit und zog mit einem Speer tiefe, gerade Linien in den Sand. Er lief über ein riesiges Stück Gelände und skizzierte eine aufeinanderfolgende Reihe eckiger Areale. Wir winkten das Gespann herbei. Die Sonne brannte heiß und stechend auf den Strand. Die Ochsen wurden ausgeschirrt, getränkt und in den Schatten gebracht.

»Zuerst brauchen wir einen langen Kanal vom Meer hierher«, sagte Ciron. »Er muß mit Steinen befestigt werden.«

»Salz!« sagten die Hindi. »Wir verstehen nicht ...«

Bald würden sie verstehen. Wir zogen die meiste Kleidung aus und gingen lachend an die Arbeit. Natürlich erbrachte Ciron die größte Leistung. Wir schaufelten eine Rinne, einen Schritt tief und zwei Schritt breit, und das geringe natürliche Gefälle sorgte dafür, daß Seewasser bis ans Ende des Kanals strömte. Wir stützten die Seiten mit Steinen ab, und das war die schwerste Arbeit; wir mußten eine Kette bilden und die Steine aus dem Geröll heraussuchen.

Am späten Mittag waren wir fertig, machten ein Feuer und legten eine lange Essenspause ein. Ich erklärte den Hindi, wie dieses System aus Verdunstung, Verdickung und Abscheidung arbeitete und daß es alles andere als schnell ging.

»Aber du hast gesagt, es gibt viel Salz!«

»Sehr viel Salz. Aber erst, wenn viel Wasser verdunstet ist.«

Nach der Pause bauten wir das erste Becken. Es war rechteckig und groß. Unaufhörlich flogen Sand und Geröll zur Seite und bildeten einen mehr als kniehohen Wall. Wenn erst die ersten Salzkristalle ausgeschieden worden waren, würde sich diese Abgrenzung von selbst abdichten. Schließlich, es war fast Abend, war Ciron zufrieden, und wir legten schwitzend die Schaufeln weg. Aus Brettern konstruierten wir eine simple Schleuse, dann ließen wir das Meerwasser in das erste Becken. Langsam und schäumend lief es voll; einige zehntausend Krüge salziges Wasser.

»Dreieinhalb Hundertteile Salz enthält das Wasser«, dozierte Ciron. »Ihr ahnt, wie lange es dauern wird? Außerdem werden sich in diesem ersten Becken zuerst Gips und Kalk absetzen. Es wird wunderschön und weiß werden, und der Sand wird dicht und läßt kein Wasser mehr durch.«

»Ihr seid wirklich mit den Göttern im Bunde.«

»So scheint es.«

Wir trugen Holz zusammen, von dem langen Wall aus Schwemmgut, der am

Strand trocknete. Dann nahmen wir ein erfrischendes Bad in der Brandung und blieben lange ums Feuer sitzen, tranken Wein, sangen, und einige spielten auf einfachen Instrumenten schwermütige Lieder. Zur Sicherheit stellten wir Wachen auf, aber niemand schien sich in dieses abgeschiedene Stück Strand zu verirren. Einmal sahen wir draußen im Mondlicht ein Segel, das langsam nach Westen vorbeizog und bisweilen hinter den Wellen verschwand.

Wir richteten weitere Becken und beachteten peinlich genau das vorhandene Gefälle. Zuerst würden sich die am wenigsten lösbaren Substanzen absetzen, und am Ende der stufenförmig abfallenden Becken, wo sich schließlich eine Art Salzbrei befinden würde, mußte das hellgraue Gemenge gereinigt werden; eine kalkige Verbindung und ein Metallsalz sollten herausgefiltert werden. Die restlichen Bretter verwendeten wir für die weiteren Schleusen, und wir setzten ein Gitter zusammen und stellten es ins letzte Becken.

»Das war's, Freunde. Wir kommen in zwei, drei Tagen wieder.«

Schon begann das Salz auszukristallieren. Das Wasser war fast kochend heiß. Nur in der Regenzeit würde diese Anlage nicht zu gebrauchen sein. Wir ließen Werkzeuge da, bauten das Zelt ab und fuhren zurück zum Fort. Zusammen mit den Hindi hatten wir uns entschlossen, das Salz zuletzt in Ziegelform aushärten zu lassen. Dazu brauchten wir noch eine Anzahl ausgemessener, zusammensteckbarer Holzgitter, die wir bei unserem nächsten Arbeitsbesuch mitbringen würden.

»Es hat sich ganz gut angelassen«, erklärte Guye. »In England wird mir das alles fehlen. Endlose Strände, die Sonne, das warme Meereswasser und die Fröhlichkeit der Menschen.«

»Das ist es auch, was uns hier hält.« Ich stimmte ihm zu. Subo hob die Hand und zählte an den Fingern ab.

»Wenn die Produktion in vollem Gang ist, können unsere Dörfler mit großen Mengen Salz handeln.«

»Das war meine Absicht«, bestätigte ich. »Sakhandurs Steuereintreiber bekommen, was nötig ist, und vielleicht stellt sich durch den Salzhandel ein bescheidener Reichtum ein.«

»Das ist die beste Garantie für eine dauerhafte Besiedlung dieses Landes«, fügte Ciron hinzu.

Selbst wenn das Salz nicht strahlend weiß und fein gemahlen war, selbst wenn Spuren anderer Elemente darin enthalten blieben, so war es doch eine wertvolle Ware. In weitem Umkreis war diese Anlage die erste und würde es für lange Jahre bleiben.

Reiter und Gespann erreichten Fort und Dorf. Tage später öffneten wir die Schleuse und ließen das eingedickte Gemisch ins nächste Becken einströmen. Im Lauf einiger Drittelmonde hatten wir eine Gruppe der jüngeren Männer ausgebildet. Sie verstanden die Zusammenhänge und begriffen, warum die dünne Salzhaut auf den Becken immer wieder aufgerissen werden mußte, um die Verdunstung nicht anhalten zu lassen. Und im hintersten Becken wurden harte Salzschichten, versteinerte Kristalle, Salzbrei und Wasser miteinander verrührt und in Formen eingefüllt. Kurze Zeit später erstarrte das Salz völlig, wurde herausgebrochen und bildete mehr oder weniger regelmäßige, etwa gleich schwere Ziegel.

Die Männer merkten aber auch, daß die Arbeit in der Hitze, mit salzverkrusteter Haut und im blendenden Weiß der Kristalle außerordentlich anstrengend war.

Alexandra verbrachte fast drei Tage lang damit, sich an Namen und Besitzstände zu erinnern, Zeugen aufzuführen und auf einem großen Blatt Pergament einen umfangreichen Schriftsatz niederzuschreiben. Schließlich siegelte sie das umfangreiche Dokument mit ihrem Ring, den sie damals zusammen mit wenigem Besitz von Lancaster Castle mitgebracht hatte. Sie rollte das Pergament zusammen und verschloß es mit einem zweiten Siegel.

»Ich hoffe, es wird reichen und jeden überzeugen«, sagte sie entschlossen. »Ich wüßte keinen besseren Zweck.«

»Ich bin fast gerührt«, gestand ich. »Sehr viel später werden wir es wohl erfahren.«

Längst war die erste Lieferung an Salzbarren nach Debal abgegangen. Die Einwohnerschaft des Dorfes wuchs langsam, aber unaufhaltsam. Die Zeit des Abschiedes kam näher. Ciron und ich stöberten in unseren Vorräten.

»Ich meine, wir sollten ihn so gut wie möglich ausstatten.« Ciron breitete ein gebrauchtes Kettenhemd aus. »Wenn er mit der Energie richtig umgeht, ist er zwei Jahre lang einigermaßen sicher.«

»Einverstanden. Helm und Schild?«

Guye hatte immer wieder von seinem Wahrzeichen gesprochen. Ciron stellte daraufhin, ohne daß Llandrindod zusah, die farbigen Figuren der Helmzier und des Schildes her. Ein Schwert aus Arkonstahl in einer mäßig aufwendigen Scheide, ein getarnter Lähmstrahlerdolch und andere Kleinigkeiten.

»Ich bleibe hier, und du übernimmst den Transport?« Ich suchte einen geeigneten Gürtel aus.

»Ich komme so schnell wie möglich wieder«, versprach Ciron. »Die Liste ist bereit?«

Ich nickte und klimperte mit den Münzen unseres ansehnlichen Vorrats. »Allzuviel ist es nicht. Du wirst kaum Probleme haben.«

Einige Tage später verabschiedeten wir uns von Earl Guye of Llandrindod, und als ihm Alexandra das Dokument überreichte, in einer Metallhülse sicher verpackt, blickte er sie ratlos an.

»Es ist eine Urkunde«, sagte sie, zog ihren Ring vom Finger und schob ihn nach einigen Versuchen über seinen kleinen Finger, »die dir Lancaster Castle übereignet.«

»Dort, wo wir uns zuerst trafen?«

»Kämpfe für Edward, werde reich dabei, und dann kannst du die Ruine so prächtig ausbauen, wie du willst.«

Er sank auf ein Knie, breitete die Arme aus und wurde abwechselnd flammend rot und bleich. Er sagte leise: »Schönste Herrin! Ich kann es noch nicht fassen!«

»Warte erst, bis du deine Rüstung siehst«, lächelte sie und zog ihn an sich. »Ich glaube, wir werden uns irgendwann wiedersehen.«

»Ihr macht mir den Abschied schwer«, murmelte er und senkte den Kopf. Wir brachten ihn zum Gleiter, der sorgfältig versteckt wartete. Auf der Ladefläche befanden sich Vorräte und seine Ausrüstung. Wir winkten, als der Gleiter hochschwebte und langsam davonflog. Wir ahnten, daß das Leben weniger fröhlich sein würde; sein Gelächter und seine unzerstörbar gute Laune würden uns fehlen. Schweigend gingen wir ins Felsenfort zurück.

Eine Handvoll Tage nach dem Abflug schaltete ich auf ein Signal Cirons hin den Bildschirm ein und justierte die Linsen der Sonde. Unser Earl saß hoch zu Pferde in seinem prächtigen Sattel. Er trug die Rüstung mit sichtlichem Stolz. Auf der Insel war der Morgen angebrochen. Wir befanden uns in meinem von Kerzen erhellten Arbeitszimmer. »Hier! Dein Burgherr!« sagte ich und deutete auf den Bildschirm. »Wahrhaft fürstlich, in jeder Geste.«

Kettenhemd und Rüstung funkelten, die Helmzier vibrierte, die Zeichen auf dem Schild leuchteten in der Sonne. Selbst ein langer Wimpel an der Stoßlanze schien Entschlossenheit und Kampfgeist zu symbolisieren. Weit beugte sich Guye aus dem Sattel und schüttelte Cirons Arm. Er stellte die Lanze in den Sattelschuh, ließ das Pferd hochsteigen und ritt in schnellem Trab davon, sich noch ein dutzendmal umdrehend und winkend. Dann verschwand er zwischen den Stämmen eines dunklen englischen Waldes.

»Ich wünsche ihm, daß alle seine Träume wahr werden«, meinte Alexandra leise. »So, wie meine wahr wurden.«

Ich sah zu, wie Ciron den Gleiter startete, dann steuerte ich die Sonde zu ihm und desaktivierte sie.

»Vorläufig schließt dieses Kapitel.« Ich legte meinen Arm um sie. »Und wir, meine ich, werden auch nicht mehr allzulange die Sonne des Indus genießen. Wie denkst du darüber?«

»Du siehst für dich keine Aufgabe?« fragte sie weich.

»Ausnahmsweise nicht!« sagte ich. »Ich genieße das Nichtstun. Keine Verpflichtung, keine lebensbedrohenden Gefahren. Ich hoffe, daß die Mongolenherrschaft für einen großen Teil der Welt insgesamt einen Fortschritt bedeuten wird.«

»Was denkst du über Jelme und Subo?«

Auch um diese Frage zu beantworten, brauchte ich nicht zu überlegen.

»Sie können hier bis zu ihrem Lebensende bleiben. Sie kennen Land und Leute. Überdies kann Ciron sie aus der Entfernung schützen. Nötigenfalls sogar gegen einen Übergriff der Mongolen.«

»Wir sind einer Meinung.«

Ich schaltete die verschiedenen Geräte ab, stellte die sorgfältige Tarnung wieder her und trug unsere Weinbecher auf die Terrasse. Im Dorf feierte man ein Fest; wir würden später hinuntergehen und mitfeiern. Natürlich gab es auf Larsaf III eine fast nicht zählbare Menge von kleineren und größeren Konflikten, in die ich hätte eingreifen können, auf kraftvolle oder listige Weise. Aber ich wollte nicht. Das seltsame Geschütz, das den Raumer der Feuerhaarigen abgeschossen hatte, war wieder in unergründliche Tiefen abgesunken; sosehr ich meine Erinnerungen absuchte, fand ich keinen Grund für dessen Existenz. Ich war zweifellos ein Hüter dieses Planeten, aber ich war nicht für alles verantwortlich. In zufriedener Betonung sagte der Logiksektor: *So hältst du dich frei von Neurosen. Aber mit großer Sicherheit wartet die nächste gefährliche Herausforderung schon. Du weißt es nur noch nicht!* Und das war gut so.

»Warten wir auf Ciron. Er bringt neuen alten Wein. Ich meine, es wäre für dich und mich ein Erlebnis, wie dieser Venetier Polo von einem Punkt zum anderen zu reisen, fremde Landschaften zu sehen, mit bizarren Sitten konfrontiert zu werden, exotische Musik zu hören und in das wirkliche Leben einzutauchen. Wir haben einen bequemen Segler, der schweben kann, wir können anhalten oder weiterfliegen, und wir würden dann einschlafen im Bewußtsein, diese Welt gut zu kennen.«

»Wie vieles, das du sagst, Liebster, hört sich das alles ganz gut an!«

Ich küßte sie hingebungsvoll und lange. »Niemand lügt schöner als du«, flüsterte ich. »Komm! Holen wir die Feuerhaarigen und gehen wir, viel Reiswein zu trinken und so fort.«

»Nichts wird mich davon abhalten.«

Es waren einfache, liebenswerte Menschen, ohne Neid und froh, in einem Winkel abseits der gewalttätigen Welt zu leben. Ihre Fröhlichkeit brauchte keinen Anlaß, obwohl heute die zweite Fuhre Salz gefeiert wurde und ein reicher Segen von Waren, die sie gegen das überschüssige Salz eingetauscht hatten. Wir waren ihre Freunde und die großen Löser vieler alltäglicher Probleme, aber in ihren Augen umwehte uns etwas Fremdes und Unbegreifliches. Dennoch waren wir Teil ihrer Heiterkeit, ihres langen Festes, das uns im Morgengrauen lachend und trunken entließ. Es war der beste Anfang einer langen Reihe von Tagen, die eigentlich mit Cirons Ankunft begannen.

Wir bereiteten zunächst Jelme und Subo auf den Tag vor, an dem wir das Fort verlassen würden. Für die Gestrandeten war es ein herber Abschied. Sie wußten, daß sie in ihren letzten Jahren (wie lange sie auch leben würden) kaum jemals wieder Freunde dieser Art treffen würden. Sie beschenkten uns, eine Geste zwischen Verzweiflung, einem hilflosen Bestechungsversuch und tiefer Resignation, mit Kostbarkeiten aus der Großkhan-Geschenkefamilie, und wir nahmen die Plastiken, Ringe und Schmuckbänder an. Sie waren massiv, schwer und von barbarischer Pracht, obwohl sie ein französischer Goldschmied, Wilhelm Buchier, für Möngke Khan angefertigt hatte – in Karakorum.

Stunden und Tage tröpfelten dahin. Zeit verging, der Abschied vom Fort kam näher. Eines Tages, um ihnen den Abschied zu ersparen, verschwanden wir in nächtlicher Dunkelheit. Eine lange Reise fing an. Wir segelten und schwebten von der Mündung des Indus nach Westen. Wir sahen die Inseln, zahlreich und schön wie Sterne. Wir sprachen mit kleinen gelbhäutigen und schlanken braunen Menschen, badeten im kristallklaren Wasser, jagten unsere Braten und köpften Kokosnüsse, um deren kühle Milch zu trinken. Wir lasen in moderigen Folianten und sahen, wie Kathedralen gebaut wurden, hielten an, wo wir meinten, daß es sich lohnte. Tiefste, schwärende Armut sahen wir und blendenden Reichtum, der seine Besitzer auch nicht glücklicher machte. Wir aßen Dinge, von denen niemand ahnen konnte, daß es sie gab. Wir lernten viele Teile eines Planeten kennen, der nach all meinen Erinnerungen eine der schönsten und reichsten Welten dieser Milchstraße war. Wann war es endlich soweit, dachte ich einige Male, daß diese hochtalentierten Barbaren den Weg zum Nachbargestirn fanden, zu anderen Planeten, zu den Sternen? Ohne meine Hilfe?

Wir hatten, von Rico bestens überwacht und beschützt, am Hafen von Daibul für eine Handvoll Tage ein Häuschen gemietet, mit Einrichtung und Dienerinnen. Und nun, ohne daß die Spionsonden ihn entdeckt und verfolgt hatten, saß Messer Marco Polo mit Nicolo und Matteo Polo auf unserer Terrasse. Ich hatte ihm eine Frage gestellt.

Marco führte eine ungewisse Geste aus, neigte den Kopf und berichtete mir eine weitere Kuriosität. »In ganz Indien sind alle Tiere anders als in unseren Ländern. Fledermäuse sind so groß wie Geier, und die Geier sind rabenschwarz.«

Ich hob die Teeschale, tat einen guten Schluck gewürzten Reisschnaps hinein und schüttelte den Kopf. Ich lächelte nachsichtig.

»Schwarze Geier gibt's, aber keine Fledermäuse, die jene Größe erreichen. Ihr habt Euch, um in der Tierwelt zu bleiben, einen Bären aufbinden lassen.«

Die Brüder Nicolo und Matteo schwiegen und lächelten. »Ihr seid sicher, Messer Antal? Nicht so groß?« fragte Marco.

»Nein. Auch stimmen viele andere Geschichten, die Euch aufgetischt wurden, nur in vagen Umrissen.«

Die drei Polos befanden sich, so sagten sie, auf der langen Rückreise nach Venetia. Im Hafen von Daibul fielen Ausländer rasch auf; so machten sie meine Bekanntschaft. Wir saßen auf der Dachterrasse des kleinen Hauses.

»Nicht das, was ich selbst gesehen habe!« beharrte Marco Polo.

»Woher wißt Ihr, daß Tische und Dächer in Zipangu aus massivem Gold sind?«

»Man hat es mir berichtet. Leute, die im Palast waren.«

»Die Zipangu-Samurai schlachten auch nicht die Gefangenen und essen sie in der Gesellschaft von Verwandten und Freunden«, sagte ich lachend. »Und ihre Götzen sind weit weniger scheußlich, als man Euch berichtet hat, Messer Polo.«

»Lügen?« Er hob die Schultern.

»Legenden und Phantasien, um den fremden Frager zufriedenzustellen«, sagte ich. »Je weniger Leute die Wahrheit wirklich kennen, desto mehr gibt es, die jedes Gerücht noch verzerren.«

Alexandras Dienerinnen hatten ein Abendessen zubereitet. Hauptbestandteile waren diejenigen Köstlichkeiten der indischen Küche, die wir besonders schätzten. Von meinem Weinvorrat waren die Polos hingerissen; sie hoben immer wieder die Pokale, und Dienerinnen schenkten nach.

»Auch Sondur und Kondur, die Inseln vor dem Flußdelta«, wandte ich ein, »sind bewohnt, aber nicht die eine nur von Pfauen, die andere nur von Greifen. Dort hausen braunhäutige Menschen, nicht viele indes. Ich habe selbst an den Stränden gelebt. Einige Wochen insgesamt.«

Marco fuhr durch sein dunkelbraunes Haar und richtete seine Blicke auf eine der hübschesten Dienerinnen. Mir hatte er anvertraut, daß er sich, je näher die kleine Reisegesellschaft der Heimat kam, freudig auf die lächelnden Schönheiten der Küsten stürzte. Die vielen liebenswerten und heiteren Mädchen und Frauen in diesen Breitengraden – so formulierte ich es – waren ganz anders als die prüden Italienerinnen. Nun – bis Venezia war es noch weit.

»Dann streiche ich auch diesen Bericht aus meinen Erzählungen, aus den Notizen«, murmelte Marco. »Aber der heilige Thomas starb wirklich an einem Pfeilschuß in der Provinz Maabar.«

»Auch daran habe nicht nur ich starke Zweifel«, sagte ich. »Streiten wir uns nicht in Glaubensfragen. Hingegen werden im Königreich Murfili die Diamanten des Flußsands nicht von Adlern aufgepickt und aus deren Horsten geraubt. Nirgendwo auf der Welt ist es leicht, reich zu werden.«

»Ihr seid ein Skeptiker, Messer Antal«, murmelte Matteo. »Aber Euer Wein könnte aus der Toscana sein.«

»Er ist woanders gekeltert worden.« Ich wich aus. »Darf ich nachschenken lassen?«

»Wir bitten darum.«

Marco Polo schien nicht unglücklich über meine Korrekturen seiner Wirklichkeit zu sein. Alexandra, die Herrin des Hauses, kam herein, lächelte und nahm in einem knarrenden Sessel aus Flechtwerk Platz. Sie winkte ihre vielen Dienerinnen herbei.

»Wenn Ihr die Karten gesehen hättet, edle, weitgereiste Herren«, sagte sie weich, »über die Messer Antal verfügt, würdet Ihr staunen. Ihr würdet sehen, daß die Welt wahrhaft größer und seltsamer ist, als jeder von uns ahnt. Aber es ist stets eine Welt der Menschen. Ungeheuer gibt es nur in der Phantasie. Und hier gibt es guten Wein.«

Die Dienerinnen schenkten wieder nach. Die Polos und ich sprachen über die Art, in der jener Großkhan seine Welt verwaltete. Das Zusammentreffen war ein kaum berechenbarer Zufall. Die Sonden hatten uns damals viele Aufnahmen aus der Umgebung der reisenden Venezianer bei Khubilai geliefert, natürlich längst nicht von jeder ihrer tatsächlich weiten und interessanten Reisen.

»Ihr reist selbst, Messer Antal?« fragte Matteo. Ich nickte.

»Viel, oft und weit«, lachte ich. »Und nicht alles, was ich dabei sehe, ist einen Bericht wert.«

»Und vieles, erführe es der Papst in Rom, würde ihn erbleichen lassen.« Nicolo schien verlegen zu sein. »Aber überall bedeutet ein Lächeln dasselbe.«

Die Polos reisten in großer Begleitung. Das Schiff, ein Monsunsegler, hatte nur wenige Tage Aufenthalt. Die GELIEBTE DES NORDWINDS lag auf Reede, und viele Boote waren bei Fackellicht unterwegs, um zu leichtern und Proviant an Bord zu schaffen.

»Wann müßt Ihr an Bord sein?« Sie waren nicht einmal erstaunt darüber, daß ich Italienisch mit dem Akzent ihrer Stadt sprach.

»Ein Bote wird uns holen«, sagte Matteo. »So war es ausgemacht.«

»Wahrscheinlich erst beim ersten Tageslicht«, ergänzte Marco. »Ich meine, daß Ihr einen überaus langen Bericht über Eure vielen Reisen schreiben solltet, Messer Peyrefitte. Auch ich habe geplant, ein Buch zu schreiben, um den Menschen in Europa die Seltsamkeiten und die Schönheiten der Länder zu schildern, die wir durchquerten.«

»Das Bücherschreiben überlasse ich getrost Euch, Marco«, sagte ich und winkte ab.

»Keine Zeit oder keine Lust?«

»Weder noch«, sagte ich. »Mein Bericht würde niemals fertig werden.«

Besonders Marco Polo schien außergewöhnlich geschickt zu sein, Landschaften, Sitten und Unterschiede in Worte kleiden zu können. Ich ermunterte ihn, seine Erlebnisse niederzuschreiben und auf solche Übertreibungen zu verzichten, die ein Mann von Erfahrung durchschauen mußte. Ich sagte: »Die Dämonen und Monstren, von denen man Euch erzählte, sind nirgendwo auf der Welt zu finden – nur in den Herzen furchtsamer oder dummer Menschen.«

Alle drei Venezianer nickten zustimmend.

»Man macht sich lächerlich, wenn man alles glaubt und auch noch dahinschreibt«, sagte Nicolo.

»So ist es.«

Wir unterhielten uns, leichten Wein trinkend, bis der Bote kam und die Reisenden zu den Booten zurückbrachte. Ich versprach, die Polos zu besuchen, wenn eine meiner Reisen mich nach Venezia führte. Ich blies die Öllämpchen aus und blieb müde neben dem Bett sitzen, in dem Alexandra schlief. Sie drehte sich herum, blinzelte und fragte gähnend:

»Unsere Gäste segeln wieder der Lagunenstadt entgegen?«

»Mit günstigen Winden«, sagte ich und lauschte auf das Geräusch der Brandung. »Und voller Anstrengungen für Handelsbeziehungen, guten Schreibstil und das Vermeiden von Übertreibungen.«

Ich streckte mich aus, verschränkte die Arme im Nacken und sah dem Gecko zu, der an der Decke Fliegen und Spinnen jagte. Die Müdigkeit lastete auf meinen Gedanken. Ich murmelte:

»Schlaf weiter, Liebste. Ich bin müde vom vielen Reden und Zuhören.«

»Und vom Wein«, sagte sie lächelnd. »Gute Nacht.«

Wir schliefen; an vielen folgenden Abenden dachten wir an den langen Schlaf, in dessen fragwürdigem Schutz wir versuchten, die Zeit zu besiegen. Die Zukunft eines gestrandeten Arkoniden war weniger gewiß als die jener rothaarigen Raumfahrer – sie alterten und starben wie jedes andere Wesen. Wir hingegen konnten dem Tag entgegenschlafen, an dem es gelang, Larsaf III zu verlassen; auf welche Weise auch immer. Vielleicht weckte uns ES wieder mit einem Auftrag, einer seiner makabren Missionen, wer weiß?

Aber meist vergaß ich die trübseligen Überlegungen, nahm Alexandra an der Hand und zeigte ihr neue, andere Schönheiten dieser Welt; Ciron schützte uns mit computerhafter Zuverlässigkeit, während er an seinen metallenen Homunculi bastelte.

An einem bestimmten Punkt der Übersättigung beschlossen wir, in unsere

Schutzkuppel zurückzukehren. Die Erinnerungen an diese herrliche Reise waren zuviel geworden. Wenn wir aufwachten, würde sich nicht die Welt selbst, aber vieles auf ihrer Oberfläche verändert haben. Niemand von denen, die wir zu kennen glaubten und deren Namen und fragwürdigen Bedeutungen in unseren Köpfen umherschwirrten, würde leben, wenn wir wieder aufwachten – oder geweckt wurden. Rico-Ciron brachte uns hinunter in die Kuppel. Der Einsame der Zeit und seine Gefährtin bereiteten sich auf eine Schlafperiode unbestimmter Länge vor. Wir begutachteten die Bilder, die Khubilai Khan zeigten, den tapferen Guye und andere Gestalten, mit schwindendem Interesse. Dann schliefen wir ein, Hand in Hand; seit unbestimmter Zeit hatte ich glückliche Empfindungen, die mich in den langen Schlaf hineinbegleiteten.

6.

Die Aufregung darüber, daß Atlan, abweichend vom ununterbrochenen Strom seiner Erzählungen, bei vollem Bewußtsein über sich selbst und seine Befindlichkeit gesprochen hatte, hatte sich bis zu Julian Tifflor in die Administration Gäas fortgesetzt; selbst im hageren Gesicht des alten Ara hatten sich stundenlang ein vages Lächeln und der Ausdruck ärztlicher Zufriedenheit gehalten. Atlan hatte seine Erzählungen beendet, die SERT-Haube hatte sich gehoben und war zur Seite geschwenkt, und jetzt schlief der Arkonide außerhalb des Überlebenstanks. Cyr Aescunnar fragte sich, wie lange die Pause dauern würde – der Wissenschaftler litt unter Schlafmangel und Sehstörungen, und er wußte, daß Oemchèn, Scarron Eymundson und selbst Ghoum-Ardebil längst schliefen.

»Khubilai Khan«, murmelte er und speicherte die Jahreszahlen seiner vorläufigen Aufstellung: *1268 (Ende d. Jahres?) bis 1271, danach ... 1281 (?); 69 Jahre Tiefschlaf.* »Und die Sekundärinformationen meiner fleißigen, pflichtbewußten Studentinnen und Magister.«

Auf den Monitoren wechselten Bilder, Landkarten mit Farben, Linien und Feldern unterschiedlicher geschichtlicher Entwicklungen, Zeitskalen, Titel von uralten Publikationen, Verweise, Querverweise, Kodenummern der Kolumnen der ENZYKLOPAEDIA TERRANIA ... Cyr gähnte, wischte Tränen der Müdigkeit aus den Augenwinkeln und schob den Sessel zurück.

Sein Blick fiel auf einen Stapel Ausdrucke. Halb mechanisch las er den Text, begann ihn ein zweites Mal zu lesen; begriff kaum, was er las. Wieder gähnte er, hob den Kopf und sah auf der Holoprojektion, daß das Team der Intensivstation sich auf eine lange Unterbrechung eingerichtet hatte: Der Arkonide war an die Geräte der künstlichen Ernährung angeschlossen und schlief. Sein Gesicht zeigte einen zufriedenen, gelassenen Ausdruck. Cyr griff nach der glänzenden Folie und las ein drittes Mal; nun etwas bewußter.

Dr. xenoph. Angreedh Faidherbe: *Zahlen, Zenturien, Ziele und Zeugnisse – aus der Arbeit des USO-Historischen Korps.* Sonderdruck, Powder City, Mars; 2394 Standardzeit

... ein Datum und ein Anlaß, die keiner von uns vergessen wird, ganz sicherlich nicht Lordadmiral Atlan: 11. Juli 2360 Standard. Planet Nimbarca Delta, Cape Blanc; jenseits der Hundert Täler, am Rand des Pinazee-Gymnospermenwaldes. Nicht nur alle Eingeborenen, sondern auch wir waren wie paralysiert. Die Seuche, die mit dreitägigem Leiden und schnellem, aber von Qualen erfülltem Tod wütete, drohte sich über den Planeten auszubreiten. Bevor wir reagieren konnten, waren siebzehn Eingeborene gestorben. Man begrub sie unter den Sempervirens-Cypressen mit dem dunkelroten Laubwerk.

Lordadmiral Atlan flog den Planeten an, landete und schleuste aus der AMOUSTRELLA einen schweren Allzweck-Amphibiengleiter aus, eine fahrbare und fliegende Schaltzentrale. Zuerst verlangte er, daß wir ihm alles über die Eingeborenen berichteten; ich hielt einen Kurzvortrag, von dem ich hoffte, daß er unser Problem genügend umriß:

»Die Eingeborenen, etwa drei Millionen leben auf dem Planeten, sind humanoid. Ihre Kultur, ihre Zivilisation befindet sich an einem Schnittpunkt. In wenigen Jahrzehnten wären sie reif genug und in der Lage, die Frage zu beantworten, ob sie sich dem Solaren Imperium freiwillig anschließen wollten. Die Leute von Nimbarca sind durchschnittlich zwei Meter groß, mit rötlichweißer Haut, sechs Fingern und Zehen an jeder Extremität, kleinen, spitzen Ohren. Auffallend ist der Reichtum der Behaarung: Mähnen in allen Farben, die sich bis in die Mitte des Rückens fortsetzen. Die Köpfe sind langgestreckt und faszinierend fremdartig.«

Ich schob dem Chef einen Stapel holographischer Aufnahmen hin; er studierte sie, während er zuhörte.

»Große, mandelförmige Augen, scharf ausgeprägte Adlernasen. Die Sprache ist grundsätzlich einfach, aber gehorcht einer heimtückischen Grammatik. Kulturstand: analog zu Terra Hohes Mittelalter. Pantheistische Weltsicht. Unzählige Tabus. Der formalistische Götterglaube scheint in den letzten Zuckungen zu liegen.«

Atlan sah in meine Augen. Ich war bis vor wenigen Stunden die einzige Terranerin auf dieser Welt. Er fragte leise: »Die Siedlungen ...?«

»Liegen fast ausnahmslos in der Nähe von Stränden und Ufern. Nie mehr als hundert Kilometer vom Rand des Binnenmeeres entfernt. Eintausend meist kleine Siedlungen, Sir. Wenn es uns nicht gelingt, die Seuche zu stoppen, starten Sie und ich und lassen mehr als drei Millionen Tote zurück. Und einen verwaisten Planeten.«

»Alle Anzeichen einer klassischen Seuche?« fragte Atlan. Ich nickte.

»Seit sechzehn Tagen. Unser erster Toter ist ein Matrose eines Handelsschiffes. Ich habe den Start verhindert; Flughöhe subNull.«

Atlan dachte nach, studierte die Bilder der ersten Opfer, dann fragte er: »Was tun die Planetarier?«

»Sie fürchten die Ansteckung, verbarrikadieren sich in den Häusern, versammeln sich unter den Totenbäumen; zweimal habe ich flagellantische Aufzüge beobachtet. Bis zum nächsten Totenbaum ist es rund einen Kilometer weit.«

»Wir sehen nach«, sagte Atlan. »Bringen Sie mich hin, Doktor.«

Ich nickte. Wir bestiegen den Gleiter, den Atlan steuerte. Wir landeten und warteten im Schatten zwischen zwei Langhäusern. Dann sahen wir, im Schein unzähliger schwankender Fackeln und unter dem pseudoliturgischen Ächzen und Singsangheulen, vielleicht fünfzig Eingeborene, in lange Gewänder gehüllt; sie trugen schwere Totemhölzer, Maststümpfe, an den Enden zersplittert. Der Klang aus rauhen Kehlen, die ein uraltes Lied sangen, mischte sich in den pfeifenden Atem der Seuchenkranken, in hysterische Schreie und die klatschenden Laute der Geißeln. Atlan sagte:

»Flagellanten. Furcht vor dem Pesttod. Auf des Messers Schneide, am Abgrund der Persönlichkeit, in verzückter Trance, schmerzunempfindlich wegen religiösem Wahnsinn. Richtig? Ich kenne das.« Er zögerte, schloß die Augen und starrte mich dann lange an, schien um Verständnis nachzusuchen. »Es war auf Terra, und wenn sich das Rad der Zeit lange genug zurückgedreht hat, erinnere ich mich auch an das Datum.«

Wir starrten fasziniert auf das Geschehen. Der Zug der Verzweifelten torkelte, stolperte, schwankte vor uns entlang, dem Strand zu; ein gespenstischer Anblick. Wir sahen schweigend, halb vor Schrecken erstarrt, den Geißlern zu, hörten den schauerlichen Gesang, versuchten gemeinsame Erfahrungen zu entdecken, versuchten zu verstehen: Ein Eingeborener starb, und im Tod krümmte sich der Körper in Embryonalstellung zusammen. Sterbende und halb Wahnsinnige stolperten weiter, erreichten das Schnitzwerk in der Rinde des Totenbaumes, begannen einen schaurigen Reigen um den dicken Stamm. Atlan winkelte den Arm an, tippte auf einige Tasten des Minikoms, und kurz darauf schwärmten aus den Gleitern unseres Schiffes blinkende Medorobots, Antigravtragen, Ärzte und Helfer aus, wurden programmiert, kesselten die Eingeborenen ein und starteten ihr rettendes Programm. Atlan schwankte, drehte den Kopf und ächzte:

»Mein Gedächtnis! Bringen Sie mich fort. Nehmen Sie auf, was ich unter Zwang schildere; mich übermannt die Erinnerung.«

Ich brachte ihn in mein Haus an der Klippe. Dort fiel unser Chef – es gibt andere Beispiele für diesen Erzählzwang – in eine Art Fieber, redete ununterbrochen stundenlang bei weit geöffneten Aufnahmegeräten, und so erfuhr ich die folgende Geschichte einer der vielen Seuchen, die unsere fernen Vorfahren auf der Erde überlebt hatten; erst seit diesem Erlebnis beschäftige ich mich ernsthaft mit der historia generale der Heimat meiner Vorfahren. Ich weiß inzwischen, wie viele Jahrtausende Lordadmiral Atlan dort zu verbringen gezwungen war ...

Bevor die empfindlichen Zellen meines Gehirns unrettbar angegriffen oder zerstört wurden, mußten sie beschäftigt werden, selbst wenn der Vorgang des Aufweckens noch in der ersten Phase ablief. Wir beide lagen nebeneinander und waren an die umfangreiche Apparatur angeschlossen; wir sahen auf riesigen Bildschirmen einzelne Sequenzen, deren Bedeutung zumindest ich nicht, *noch nicht,* verstand: Rico frischte meine Erinnerung offensichtlich mit Szenen um die Burg Diarmuid Faighe am Loch Cruachna Calecroe auf, dann mit wechselnden Ansichten – nein, mit Bildern aus verschiedenen Zeiten! – von Lancaster Castle und dem Felsenfort am Rand der Thar-Wüste; zahlreiche Assoziationen krochen wie Schnecken auf ihren Schleimspuren durch die verschlungenen Bahnen des Verstandes, der Erinnerungen, des Auffassungsvermögens. Ich, Atlan, und die Frau, Alexandra of Lancaster, ließen die langwierige Behandlung durch die Maschinen über uns ergehen, bis wir, nach mehr als achtundvierzig Stunden, lallend sprechen konnten. Irgendwie begriff ich: Wir hatten mehr als ein halbes Jahrhundert tiefgeschlafen. Seite an Seite?

Eine vertraute Stimme. Mühsam bahnte sich der Schall einen Weg in mein Bewußtsein. Es war Ricos Stimme, die des Begleiters Ciron de Ronca. Er sagte leise: »Atlan, Gebie..., ihr mußtet aufgeweckt werden. Zwei wichtige Dinge haben sich ereignet.«

An diesem Punkt meiner Erinnerung begann sich ein höchst realistischer Film, eine eindringliche Bilderfolge, in mein Bewußtsein zu wühlen. Ein Zug schwarzgekleideter Menschen bewegte sich, große Kreuze schleppend, mit dumpfem Gesang und sirrenden Peitschenhieben, schwankend und stöhnend, durch die krummen Gassen einer kleinen Stadt. In Winkeln, die Häuserfronten und dreckstarrende Sträßchen bildeten, halb versteckt im Abfall, zuckten sterbende Ratten mit grotesk aufgequollenen Körpern. Ich hob mühsam den Kopf und starrte das Bild voller Entsetzen an. Die Assoziationen waren so mächtig, daß ich unbestimmbare Zeit lang vergaß, wo ich mich befand. Ich merkte nicht einmal, daß Alexandra ihre Finger voller Angst mit meinen verschränkte.

Ich drehte mit einiger Mühe meinen Kopf von den trostlosen Bildern der Holoprojektoren ab, blickte in das Gesicht des arkonidischen Roboters; es sah, ohne Brauen und falsche Augen, wenig menschlich, geradezu klassisch streng aus. »Warum wurde ich geweckt, Rico?«

»Aus zwei Gründen, Gebie... Atlan.« Sein Arm hob sich. Er deutete auf die Bilder der holographischen Galerie. »Vor sieben Tagen landete ein kleines Raumschiff, in geringer Entfernung von unserer Insel. Ich konnte zufällig beobachten, daß eine humanoide Person abgesetzt wurde, dann startete es und entfernte sich in Richtung des vierten Planeten, der gegenwärtig den Namen Mars trägt. Zweitens habe ich dich wegen der Seuche geweckt. Noch wütet sie nicht kontinentweit.«

Ich versuchte krampfhaft, Worte zu formulieren. »Welche Seuche, Rico?«

»Die Bewohner von Larsaf III haben verschiedene Namen dafür. Der Schwarze Tod. Strafe des Himmels. Seuche. Beulenpest; der Erreger wird von Flöhen und Ratten übertragen. Es stellt sich die gleiche Problematik wie im alten Britannien, als du Alexandra kennengelernt hast. Ich überlegte lange, ob ich das Recht habe, dich zu wecken – der Entschluß wurde leichter. Bereite dich vor und hilf den Menschen, Kristallprinz.«

Ich schloß die Augen; noch immer liefen die apokalyptischen Bilder eines

Geißlerzuges in gespenstischer. Holo-Wirklichkeit. Rico hatte die Lautsprecher gedrosselt. Alexandra, die neben mir mit dem Schlaf kämpfte, zitterte vor Entsetzen. Meine Gedanken waren noch immer quälend langsam, ebenso wie die Worte der gefühllosen Zunge und der tauben Lippen. »Wo ist das Schiff gelandet?«

»In der Provinz Granada, in der Nähe der Küste. Ich habe die Karten schon vorbereitet.«

»Und – die Beulenpest?«

»Sie verbreitet sich langsam und unaufhaltsam. Auch heute verhindern dumpfer Aberglaube und krasse Scharlatanerei jeden Heilungsansatz. Von Stadt zu Stadt, von Landstrich zu Landstrich, auf den bekannten Wegen: Straßen und Flüssen. Sie kam, soweit ich es rekonstruieren konnte, aus Konstantinopolis. Wirst du helfen, Atlan?«

»Helfen und das Schiff suchen. Nicht das Schiff, denjenigen, den es ausgesetzt oder abgesetzt hat.« Ich sprach deutlicher, aber meine Kehle brannte wie Feuer. Das Extrahirn wisperte schleppend langsam: *Eine gewaltige Aufgabe, Arkonide.* Manchmal verwünsche ich diesen Extrasinn, das Ergebnis meiner arkonidischen Ausbildung, der mich zwar zahllose Male vor dem sicheren Tod gerettet, aber auch ungefragt unzählige, mitunter wenig sinnvolle Kommentare abgegeben hatte. Er gehörte zu mir wie meine Finger und meine Muskeln.

Ich drehte den Kopf und zwang mich, die dämonische Magie des Bildes zu vergessen, blickte in Alexandras bleiches, verwirrtes Gesicht.

»Die Robotsonde war nicht schnell genug an Ort und Stelle«, sagte Rico einen halben Tag später; es klang wie eine Erklärung, nicht wie eine Entschuldigung. »Als sie erschien, war das Schiff wieder gestartet. Ich konnte die Anzahl der gelandeten Personen feststellen. Auch gibt es keine Aufnahmen von Start und Landung, nur Meßergebnisse der Maschinen.«

Ich versicherte: »Bisher habe ich jedesmal mein Ziel erreicht. Ich werde auch diesmal finden, was ich suche.«

»Wen suchst du, Atlan?« fragte Alexandra. Ihre Stimmbänder gehorchten ihr noch nicht voll.

»Jemanden, der viele Möglichkeiten besitzt.«

»Welche?«

Ich sagte träumerisch: »Er kann mir einen Weg zeigen, auf dem wir diese Welt verlassen und in mein Land fliehen können. Und von dort kommen wir zurück, mit Schiffen und Helfern, um diese Welt zu befrieden und den Menschen zu zeigen, wie sie glücklich werden können.«

»Das ist dein Plan!« sagte Rico. »In vielen Stunden wirst du die Oberfläche von Larsaf III betreten können. Die Zeiten sind wirr, und deine Ausrüstung wird sehr umfangreich werden.«

»Sei's drum!« Ich lehnte mich zurück und begann zu überlegen. Was lag näher als übergroße Skepsis? Ich war oft gescheitert, und ich würde abermals scheitern. Aber ich mußte jede Chance, und sei sie noch so klein, wahrnehmen. Ich würde auch versuchen, jene Person zu finden und die Pest einzudämmen ... auf welche

Weise, darüber machte ich mir im Augenblick noch keine Sorgen. Ich war es müde, mir Gedanken zu machen, mich zu quälen, noch ehe ich mich richtig bewegen konnte.

»Alexandra?« fragte ich und legte die Hand auf meinen Zellaktivator. »Wie fühlst du dich?«

»Sehr verwirrt.« Dann versuchte sie zu lächeln und fügte hinzu: »Aber du wirst mir alles erklären.«

»So ist es!« sagte ich. »Lehne dich zurück und schlafe – bald sind wir handlungsfähig.«

Unablässig arbeiteten die Maschinen der Tiefseekuppel. Während wir uns regenerierten, lernten wir die Sprachen der Gebiete, die wir besuchen würden. Die Sprache der Halbinsel, auf der das Schiff gelandet war, diejenige Frankreichs und auch die Sprache Italiens. Alexandra lernte, ohne es zu merken. In den Pausen betrachtete ich Bilder, die von Spionsonden aufgenommen worden waren. Der Vorsprung der Fremden oder des einzelnen Fremden wurde mit jedem Tag größer; obwohl die Robotaugen die Landestelle absuchten, fanden Rico und ich kaum Anhaltspunkte. Schließlich konnten wir uns frei bewegen, richtige Nahrung zu uns nehmen und uns unterhalten, ohne mitten in einer Diskussion einzuschlafen. Der Tag, an dem wir die Erdoberfläche betreten würden, kam näher.

Rico sagte: »Der Zellaktivator ...«

Ich legte eine Programmanweisung für die Maschinen zur Seite. »Ja? Was ist mit ihm?«

Rico sagte ruhig: »Wir wissen, daß dieser Aktivator ein Wunderwerk ist. Er beschützt dich vor Krankheiten und verhindert, daß du dich ansteckst, läßt Wunden schneller heilen und vieles mehr.«

Ich betrachtete meinen Helfer einigermaßen erstaunt.

»Das alles weiß ich«, sagte ich ungehalten. »Was willst du mir sagen?«

»Wir wissen«, meinte er ungerührt, »daß du manchmal den Aktivator anderen Menschen umlegst, um zu helfen. Der Aktivator zeigt den gewünschten Effekt und heilt Pharaonen wie Bogenschützen. Du fragtest dich, wie dieser Effekt zustande käme.«

»So ist es!« Ich nickte.

»Ich habe eine Unzahl von Messungen durchgeführt und habe nichts feststellen können. In gewisser Weise reagiert dieses Ding auf deine Gehirnströme. Wenn du unbewußt jemandem helfen willst, hilft der Aktivator für dich. Wenn du nicht willst, daß jemandem geholfen wird, tötet der Aktivator jenen Mann. Das solltest du dir merken, Atlan.«

Ich versprach es. Ohnehin besaß ich ein fotografisch genaues Gedächtnis; es ließ mich nichts vergessen. Nicht einmal die unliebsamen Dinge.

Meine Maschinen fertigten Kopien von Kleidungsstücken an, zahlreiche Waffen, getarnte Geräte, Geldmünzen, Steine und Schmuck, Stiefel ... mein Gleiter würde fast überladen werden. Alles wurde doppelt hergestellt: für Alexandra und mich. Diesmal brauchte ich nur einen schwarzen Robothund und drei Falken, einer schöner als der andere. Einer war eine derart genaue Kopie, daß er sogar fressen konnte – die Nahrung verließ seinen Körper durch eine Klappe, wenn eine bestimmte Menge erreicht wurde. Je intelligenter die Barbaren wurden, desto aufwendiger wurde meine Tarnung. Schließlich waren wir fertig.

»Eure ersten Masken, Gebieter, sind die zweier fahrender Scholaren. Ich verspüre gewisse Unruhe, wenn ich rechne, daß sich ein Kristallprinz als lernender Kleriker verkleidet!« sagte Rico. Mit anderen Worten: Er verspürte eine Art maschinenhafter Heiterkeit.

Was wir in Wirklichkeit brauchen würden, waren einige tausend Tonnen rettenden Schimmelpilz beziehungsweise Pulver, das aus seinen Kulturen entwickelt wurde. Aber unsere Möglichkeiten, dieses rettende Pulver herzustellen, waren eingeschränkt; trotzdem nahm ich jene – verbesserten – Maschinen mit, die ich in Britannien eingesetzt hatte. Der Gleiter war bis zum letzten Hohlraum ausgefüllt. Wir benutzten den Transmitter des Flottensilos bei Arcanjuiz, flogen nachts nach Nordosten und landeten in einem leeren Landstrich der Küste von Kastilien. Wieder begann der Irrsinn einer Verfolgungsjagd über diesen Planeten, an deren Ende ebensogut große Enttäuschung wie auch Triumph stehen konnten. Ich war für alles gerüstet. Für alles? Man würde sehen.

Der Gleiter schwebte am Ufer des Rio Andarra entlang; wir kamen von Norden und bewegten uns tastend, vorsichtig, auf Almeria zu. Wir hatten genaueste Karten und Tausende von Bildern und viele Filme gesehen. Die Pest hatte Almeria erreicht – unter Umständen würden wir Schwierigkeiten bekommen. Alexandra – ihr Haar war kürzer geschnitten und lag wie bei einem jungen Mann dicht am Kopf an – warf einen Blick nach draußen. Sie sah das Bett des periodischen Flusses, der sich durch eine Kraterlandschaft aus seltsam geformten Felsen wand.

Alexandras Gesicht wirkte, obwohl sie im dritten Jahrzehnt ihres Lebens stand, jung; mit wenig Mühe konnte man sie für einen Scholaren halten.

»Was suchst du in Almeria?« fragte sie leise.

Die Landschaft war ausgestorben; wir hätten uns auf der Rückseite des Mondes befinden können. Sonnendurchglühte Felsen, mit niedrigem Gesträuch bewachsen, dazwischen die Schleifen des kiesgefüllten Flußbettes. Kein einziger Mensch, keine Herde, kein Hirte, keine Hütte. War der Schwarze Tod durchgezogen?

»Ich suche einen Mann. Oder ein Wesen, das sich in dieser Welt nicht verbergen kann, ohne aufzufallen.«

»Einen einzelnen?« fragte Alexandra.

Ich sah sie erstaunt an. Wir hatten sämtliche Probleme dieses meines Versuches in der Kuppel genau durchdiskutiert und ihre Wahrscheinlichkeit durch Rechnungen belegt.

»Ich weiß selbst nicht, warum ich einen *einzelnen* Mann suche«, sagte ich. »Es ist mehr ein Gefühl.«

Die Summe aller Mutmaßungen, Beobachtungen und Wahrscheinlichkeiten ist mehr als die Addition der Einzelteile. In Wirklichkeit weißt du, daß es eine einzige Person war! sagte mein Extrasinn.

»Warum suchst du gerade hier in der Siedlung, die von der Pest umzingelt ist?«

»Auch ein Gefühl«, sagte ich. »Wir sind gegen jede Art von Ansteckung geschützt. Ich durch meinen Aktivator, du durch Schutzimpfungen.«

»Das ist keine Antwort auf meine Frage«, beharrte sie und schob die schwarze Kapuze in den Nacken.

»In gewisser Hinsicht doch«, sagte ich. »Hör gut zu: Wir können unbeschadet unter Pestkranken umhergehen. Jemand, der mit einem Raumschiff landet, hat die Gegend erkundet und festgestellt, daß das Große Sterben herrscht. Wenn er sich trotzdem hierherwagt, bedeutet das, daß er auch immun ist.«

Sie lächelte mich an, und sekundenlang wünschte ich nichts sehnlicher, als mit ihr irgendwo im Schatten eines Baumes zu liegen, anstatt jemandem nachzujagen, der nicht mehr als eine vage Hoffnung verkörperte; den brennenden Wunsch, diesen Barbarenplaneten verlassen zu können. Dann aber siegten Verantwortungsbewußtsein und die Gedanken an die Notlage von Millionen Menschen.

»Und was ist, wenn wir jenen Fremden finden?« fragte Alexandra.

Ich grinste freudlos. »Dann werde ich ihn zwingen, ein Schiff anzufordern, das uns fortbringt.«

»Wie lange kann diese Jagd dauern? Die Jagd in verschiedenen Masken?«

»Einen Tag oder zwei Jahre. Niemand weiß es.«

Dann tauchte die Brücke aus Holz auf, die sich über das weite Flußbett spannte. Die Türme von Almeria hoben sich aus dem Dunst des Vormittags, der über dem Sandstrand lag. Ich hielt den Gleiter an und ließ ihn zur Seite schweben, bis wir in der Deckung eines Felsens lagen.

»Wir werden hier weder Esel noch Maultiere, noch Pferde kaufen können«, sagte Alexandra.

»Es ist üblich, daß wandernde Scholaren zu Fuß gehen«, sagte ich. »Aber ich werde den Hund einschalten, der dich bewachen soll.«

Wir versteckten den Gleiter, nahmen nachgeprägte Münzen, Waffen und Toilettenartikel zu uns; ich schaltete Zerberus ein, den großen Hund mit dem schwarzen Fell und den bösen roten Augen. Meine Jagdfalken aktivierte ich noch nicht. Wieder überkam mich, als wir neben der Maschine standen, ein sonderbares Gefühl. Wir standen erst am Anfang einer langen Jagd. Der gelandete Fremde mußte sich durch eine Reaktion verraten, die uns zeigte, daß er kein Bewohner dieses Planeten war.

»Gehen wir?« Alexandras Stimme war ein ungewohnter Laut in dieser Landschaft. Die Sonne versprach einen heißen Tag und löste Nebelschwaden und Dunst an der Küste auf. Die verwitterten Mauern der Häuser, die mit Kalk und Erdfarben gestrichen waren, leuchteten auf, ferner Gestank nach Fisch und Salzwasser kam mit der auffrischenden Brise von See her. Ich dachte an die trinkfreudigen Fahrten mit Tore Skallagrimsson – lange vorbei ...

»Noch nicht!« sagte ich.

Unter der Kutte aus dünnem Stoff trugen wir Gürtel mit geheimen Taschen. Ich schaltete die Fernsteuerung des Gleiters ein, aktivierte mein Kontrollgerät und versteckte die Maschine. Noch immer rührte sich nichts. Dann begann eine Glocke ein blechernes Läuten – der Klang kam aus Almeria. War wieder jemand an der Pest gestorben? Ich fühlte nach der Druckluftspritze und meinen Serum-Vorräten; vielleicht konnte ich eine Anzahl Menschen retten.

»Wie lange werden wir gehen müssen?« Alexandra betrachtete den Robothund, der in Kreisen um unser Versteck rannte und nach Spuren suchte.

»Etwa eine Stunde.«

Wir verließen das Versteck, ich half Alexandra die Böschung hinunter, die mit trockenen Ästen, angeschwemmten Knochen und dem Laub vom letzten Jahr bedeckt war. Wir wanderten schweigend in der Mitte des Flußbettes auf die Holzbrücke zu. Je näher wir Almeria kamen, desto mehr verwandelte sich das Bild einer Stadt aus weißen, hellroten und braunen Mauern in eine Szene des Verfalls. Mauerwerk bröckelte, Verputz fiel in großen Flächen ab, Dächer zeigten Lücken und Löcher; die Mauer verwandelte sich in einen Wall, dessen Krone und Basis ausgefressen waren wie von Geschwüren. Die Glocke schickte noch immer ihren dünnen Klang durch die Luft, und ein fernes Echo brach sich an Felswänden. Dann schob sich das Geräusch der Brandung näher heran. Der Gestank nahm zu.

»Es riecht nach Tod!« sagte Alexandra.

Als wir uns der Brücke näherten, die ebenfalls Zeichen des Zerfalls trug, hörte die Glocke auf. Ein Esel mit räudigem Fell zog einen Karren mit riesigen Rädern, die größer als der Esel waren. Auf diesem Wagen lagen vier oder fünf Gestalten, in weiße Leinentücher gewickelt. Ein Priester und wenige Vermummte trotteten mit gesenkten Köpfen hinter dem Wagen einher. Die Eisenreifen der Felgen riefen auf den Bohlen ein mahlendes Geräusch hervor. Von dem Wagen ging ein Geruch nach Fäulnis und Eiter aus.

»Opfer der Pest!« sagte Alexandra leise.

Die Prozession bemerkte uns nicht. Nur der Esel, dessen eines Ohr nach hinten hing, warf uns einen Blick voll stummer Verachtung zu. Die Räder holperten und knarrten weiter, verließen die Brücke und bogen auf einen felsigen Weg ein. Dort hatten die Einwohner eine tiefe Grube ausgehoben, in die sie die Toten warfen und mit Steinen, Erde und Kalk bedeckten.

»Wir versuchen, die Stadt zu betreten und in einer Herberge abzusteigen«, sagte ich. »Vielleicht befindet sich der Gesuchte noch hier.«

»Vielleicht. Trotzdem ... ich beginne, mich zu fürchten.«

Sie legte ihre Hand in meine. Wir umrundeten einen Teil der Stadt und kamen an ein halbverfallenes Stadttor, dessen linker Flügel weit offenstand. Die Bohlen, mit Eisennägeln und Kupferblech verstärkt, hingen windschief in den Angeln. Alles in allem bot Almeria den Anblick einer sterbenden Stadt, obwohl die Pest erst zwei Wochen hier wütete.

Ich ließ Alexandras Hand los – ab jetzt waren wir reisende Scholaren. Wir zogen die Kapuzen tief in die Stirn, hefteten unsere Augen auf den staubigen Boden und näherten uns dem Stadttor.

Die Größe der Siedlung hatte mich zu einer Schätzung veranlaßt: Hier lebten nicht viel mehr als zehntausend Menschen. Die Gasse, in die wir hineinsahen, war leer; unter den gekappten Wipfeln der Platanen wirbelte der Seewind kleine Sandfontänen hoch.

»Zwei fahrende Scholare bitten um Einlaß!« rief ich. Niemand antwortete. Aus der Mauer zu unseren Köpfen löste sich ein handtellergroßes Stück Putz und fiel in den Sand. Wir erschraken.

»Gehen wir weiter, Bruder Atlantreas!« sagte Alexandra laut. »Wir werden eine Herberge finden.«

Mein Robothund sicherte nach allen Seiten und blieb zwanzig Meter jenseits des Tores stehen.

»Eigentlich sollten wir im Kloster übernachten. Aber sie werden Angst vor fremden Wanderern haben, Bruder Alexander«, sagte ich.

Über uns knisterten in der feuchten Hitze die Balken der Torkonstruktion. Ich erinnerte mich an meine Karte, eine Luftaufnahme; wir wandten uns nach links. Nach dreihundert Schritten durch ausgestorbene Gassen, an leise plätschernden Brunnen und an runden Plätzen vorbei, gingen wir eine Treppe hinunter. Wir hatten noch nicht einen einzigen Menschen gesehen. Alle versteckten sich vor dem Schwarzen Tod.

»Dort ist eine Herberge«, sagte ich.

Wir gingen durch glühendheißen Sand, durch die Schatten der Platanen und Palmenwedel, über einen Boden aus zusammengetretenem Mosaik, dessen Steine zerbrochen waren und an vielen Stellen fehlten. Die Klänge einer stümperhaft gespielten Laute klangen wie das Zirpen rätselhafter Insekten, als wir uns der Tür der Herberge näherten. *Keine Gefahren, die dich ernsthaft beschäftigen würden!* sagte mein Extrasinn.

»Weiter!« sagte ich. Links, in einem schmutzigen Haus, öffnete sich knarrend die Tür. Zerberus federte herum, spannte seine robotischen Muskeln und starrte die Tür an. Der Lähmstrahler, hinter der schwarzen Folie seiner Schnauze verborgen, war schußbereit. Zwei Gestalten erschienen und schoben eine dritte über die Schwelle. Es war ein Pesttoter – in ein schmutziges Laken gehüllt und mit Tuchbändern verschnürt. Dann schloß sich die Tür. Wir fühlten, wie sich eisige Schauer entlang des Rückens ausbreiteten.

»Ich habe Hunger, und ich kann ein großes Glas Wein vertragen«, sagte Alexandra plötzlich. »Können wir uns wirklich nicht anstecken?«

»Wir sind völlig sicher«, murmelte ich. »Los, gehen wir in die Schenke.«

Wir machten einige Schritte, schoben die Kordeln, in die Steine, Muscheln und Glasstücke geknotet waren, zur Seite und betraten die dämmerige Stube der Herberge. »Haus zum Edelmann«, *casa gentilhombre,* stand auf einem verwitterten Schild. Ich ließ meinen Blick herumgehen.

Etwa zehn Gäste gab es, eine Magd, einen Wirt und in der Nähe des Fensters einen kleinen Jungen, der unbeholfen an der Laute zupfte. Als wir eintraten, verwandelte sich die Szene innerhalb von Sekunden. Eine füllige Rothaarige riß die Laute aus den Händen des Jungen und begann Akkorde und Wirbel zu spielen. Der Wirt hantierte geschäftig hinter dem Schanktisch; die Gäste würfelten, hoben die hölzernen Becher. Jemand warf einen braunglasierten Teller zu Boden; Nüsse und grüne Oliven rollten über den schmutzigen, sägemehlbestreuten Boden. Wir grüßten.

»Wirt«, sagte ich, »wir sind weder reich noch arm, noch bringen wir die Pest in diese Stadt. Wir brauchen ein bißchen Essen, etwas Wein mit Früchten und zwei saubere Betten.«

Der Wirt kam hinter seinem Tisch heraus, wedelte mit einem schmutzigen Tuch und sagte in kehligem Kastilisch: »Das alles, gelehrte Herren, könnt Ihr haben. Braucht Ihr sonst noch etwas?«

Ich erklärte höflich, daß ich es ihn gegebenenfalls wissen lassen würde. Dann bat ich, uns die oder das Zimmer zu zeigen. In den Blick des gedrungenen Mannes kam etwas Berechnendes, und schließlich sagte er laut, um das Klimpern der rothaarigen Lautenspielerin zu übertönen:

»Ihr seht aus, Herren, als ob Ihr Euch in einem großen Zimmer nicht streiten werdet. Darf es ein Zimmer mit zwei Lagerstätten sein?«

»Es ist uns nicht unlieb«, meinte Bruder Alexander neben mir. Mein Hund kam in die Gaststube, musterte lautlos die Anwesenden und blieb neben meinem Knie unbeweglich stehen. Noch bevor der Wirt etwas einwenden konnte, sagte ich beschwörend:

»Der Hund überträgt auch nicht die Pest. Aber ich werde euch zeigen, später, wie man die Pest aus dem Ort treiben kann!«

Der Wirt entgegnete traurig: »Das werdet auch Ihr samt Eurer Gelehrsamkeit nicht erreichen, Magister, aber es bleibt der gute Wille. Seid bedankt. Wünscht Ihr Wasser zum Waschen?«

»Ja«, sagte Bruder Alexander.

Wir folgten dem Wirt eine kurze Stiege hinauf, an deren Wand Fackeln steckten. Dann kamen wir in einen Korridor, mit Karos aus geflochtenen Binsen ausgelegt. Eine altersgeschwärzte Tür mit hölzernem Riegel öffnete sich. Das Zimmer war sauber und geräumig und enthielt alles, was man von einem Gastzimmer verlangen konnte.

»Ausgezeichnet!« sagte ich, und ein Geldstück wechselte den Besitzer. »Habt Ihr noch andere Gäste?«

Der Wirt zuckte mit den Achseln und lamentierte:

»In diesen Zeiten – wer besucht schon Almeria? Einige Trinker, die nicht sterben können, reiche Menschen, die nicht sterben wollen, und Fremde, die die Pest nicht fürchten. Vor ein paar Tagen kam ein Mann mit dunkler Haut; er kommt und geht unregelmäßig. Ich weiß nicht, ob er wiederkommt. Er hat schon bezahlt.«

Ich nickte. »Bringt uns das Essen herauf, ja? Und einen großen Krug Sangria!«

»Das Madchen wird es bringen, die Herren!«

Die Tür schloß sich, Alexandra trat die Stiefel von den Füßen und setzte sich in einen Stuhl. Wir sahen uns an.

»Es ist alles unglaubwürdig«, sagte sie leise. »Als ob alle Menschen eine Rolle spielen würden. Hast du bemerkt, wie hektisch sie sich bewegten, als wir die Gaststube betraten?«

»Natürlich«, sagte ich. »Die Angst, die sie alle gefesselt hält, bringt seltsame Blüten hervor.«

Seit Sonnenaufgang hatten wir unendlich viel Landschaft gesehen, verbrannte Einödhöfe, kleine Herden struppigen Viehs ... aber kaum Menschen. Wir hatten den Platz gefunden, an dem das Schiff gelandet war, einige verwischte Fußspuren sehen können; jetzt befanden wir uns in einer Kulisse, in der das Stück »Der Schwarze Tod« gespielt wurde. Alle Menschen Almerias waren die Schauspieler.

Alexandra sagte nach einer Weile, in der ich die Vorhänge aufzog und den Ausblick bewunderte: »Was geschieht jetzt, Atlan?«

»Wir essen und trinken. Dann werde ich einen Rundgang machen, der mir die Zustände in Almeria zeigen soll. Vielleicht kann ich jemanden finden, der uns helfen wird, die Pest zu vertreiben – wir können keine Wunder wirken.«

»Und ich? Was soll ich tun?«

Ich deutete auf den Hund, der regungslos zwischen uns lag. »Du wirst versuchen, erstens das Zimmer dieses einzigen Gastes außer uns zu finden, was nicht weiter schwer sein sollte. Dann kannst du dich mit der rothaarigen Spielerin der *al'aut* anfreunden und sie ausfragen. Zweifellos hat man die Landung beobachtet und als göttliches Zeichen gedeutet. Derjenige, der nach der Landung eingetroffen ist, muß unser Fremder sein.«

»Ich werde tun, was ich kann, Bruder Atlantreas!« Alexandra lächelte mich an. Das Mädchen kam. Sie brachte einen Tonkrug voller Rotwein, mit Früchten und Gewürzen gemischt. An der Außenseite perlten Wassertropfen. Ein Laib Brot, trockener Schinken, streng riechende Butter, gelber Käse sowie Messer, kleine Bretter, Becher und Löffel wurden ausgeteilt.

Ich betrachtete das Mädchen genau. Sie war groß und schlank, aber sie hatte einen zu kurzen Hals und zu dicke Beine. Jedenfalls besaß sie die größte Menge roten Haares, die ich seit Jahrtausenden gesehen hatte. Ein Teil des Haares war hochgesteckt, ein anderer Teil fiel auf den Rücken. Das Gesicht war gut geschnitten, aber ein Leberfleck und breite, sinnliche Lippen verwischten den Eindruck. Sie sah mich an, zog die Brauen in die Höhe und lächelte Bruder Alexander strahlend an. Alexander erwiderte das Lächeln.

»Ihr bleibt länger?« fragte die Dienerin. Sie war sicher nicht älter als dreiundzwanzig, aber sie sah aus, als käme sie bald dem dreißigsten Geburtstag nahe. Vermutlich war sie von Mauren mitgebracht worden; das Emirat von Kastilien bestand noch immer, die Provinz Granada hatte eine kulturelle Blüte erlebt; auch in dieser Stadt gab es eine moriskische Garnison.

»Tochter der schillernden Töne«, sagte ich zurückhaltend, »niemand weiß in diesen Zeiten, wie lange er bleiben kann.«

Wir warteten, bis sie das Zimmer verlassen hatte, aßen und tranken und sprachen unser Vorgehen ab. Ich legte eine große Münze auf das Tablett, nickte Alexandra zu und ging in die Gaststube. Dort klimperte der Junge auf der Laute, die Gäste saßen da wie lebende Leichen. Ich sagte dem Wirt, daß ich einen Rundgang durch die Stadt machen würde, und er nickte nur. Ich trat hinaus in das Licht und die Hitze eines wolkenlosen Mittags. Mein Extrahirn faßte die unzählbaren Eindrücke zusammen und kommentierte:

Alles verändert sich – alles ist im Fluß. Zuerst kamen Mauren nach Spanien, dann befreiten die Spanier ihr Land Schritt für Schritt. Nur das Emirat Granada ist noch übrig. Alfons VII. von Kastilien hat die christliche Offensive wiederaufgenommen; Kastilien wird Granada erobern. Die Pest hat alles unterbrochen, auch den Kampf.

Ich ging durch leere Straßen, sah Pestleichen, irgendwo räumte eine Gruppe Menschen die eingewickelten Leichen auf Karren und brachte sie weg. Maurische Bauwerke verfielen ebenso wie die Häuser der Spanier. Die Pest zeichnete die Stadt; im gleichen Maß, wie die Menschen starben. Drei Stunden lang durchwanderte ich Almeria, vom Hafen bis zum breiten Flußbett. Ein Bauer wagte sich in die Stadt; auf seinem Wagen befanden sich Gemüse, totes Wild und lebendes Federvieh. Der Verkauf der Waren ging in gespenstischer Schnelligkeit vor sich. Ich schickte meine Blicke überall hin, aber ich fand niemanden, mit dem ich sprechen konnte. Am verfallenen Hafen setzte ich mich auf einen Poller und drehte mich, so daß ich die Stadt sehen konnte. Vom Wasser, in dem tote Fische, aufgedunsene Tiere und anderer Abfall trieben, stieg unbeschreiblicher Geruch auf.

»Diese Szenen werden uns auf dem gesamten Weg begleiten«, sagte ich laut. Über eine verwinkelte Treppe kam ein Priester oder ein Mönch; ich erkannte es nicht genau. Er hob die Hand, als er mich sah, und ich winkte.

»Seid gegrüßt, Bruder!« rief der Mann mit dem hageren Gesicht und den schwarzen Tränensäcken. »Es sind Zeiten, in denen nicht das Gebet und auch nicht das Flehen nützen.«

Wir vermieden es, uns die Hände zu schütteln.

»Vielleicht«, sagte ich abwartend, »kann eine Medizin, die ich habe, euch nützen. Ich suche Helfer, Mann Gottes.«

Er wiegte den Kopf und zitierte mit hohler Stimme: *»... und da sich das vierte Siegel auftat«*, er unterbrach sich und erklärte: »Das ist aus der Geheimen Offenbarung, Bruder! *Und da sich das vierte Siegel auftat, hörte ich die Stimme sagen: Komm! Und ich sah, und siehe, ein fahles Pferd. Und der darauf saß, des Name hieß Tod, und die Hölle folgte ihm nach.«*

»Wie viele Menschen sind gestorben?« fragte ich.

»Ein Drittel der Stadt ist dahingegangen«, war die Antwort. Dann musterte mich der Schwarzgekleidete wieder und fuhr fort: *»Und ihnen ward Macht gegeben über den vierten Teil der Erde, zu töten mit dem Schwert und Hunger und Tod und durch die wilden Tiere auf Erden!«*

Ich fragte: »Sind noch Mauren in der Stadt?«

»Nein. Sie haben sich zurückgezogen und ließen nur einige Pferde da. Und leere Bauten.«

Vor zwei Jahren hatte bei Crécy, nördlich von Paris, eine Schlacht zwischen Britannien und Frankreich stattgefunden, und seit dieser Zeit zogen plündernde Söldnerhorden durch Frankreich, stießen auch über die Grenze vor. Vielleicht versuchten die Mauren, vor der Pest fliehend, diese Söldner zu bekämpfen.

»Ist vor einigen Tagen ein Fremder in diese Stadt gekommen?« fragte ich.

»Ja. Er kam aus dem Gebirge; ein reisender Gelehrter. Er sah auch so aus. Er schien reich zu sein und keine Furcht vor dem Schwarzen Sterben zu haben.«

»Wißt Ihr, wo sich dieser Mann aufhält?«

»Er tut, glaube ich, das gleiche wie Ihr: Er geht durch die Stadt und betrachtet alles. Ich glaube, er wollte Pferde kaufen.«

»Danke«, sagte ich. »Steht es in Eurer Macht, die Menschen dieser Stadt nacheinander zu mir zu bringen? Ich denke, ich kann ihnen helfen. Ich habe eine Medizin ...«

»Sie werden nicht an Wundermedizinen glauben«, prophezeite der Priester. »Aber ich helfe Euch gern. Kommt zu mir in das Haus neben der Kirche, wenn Ihr einen Plan habt.«

Ich nickte. »Morgen, Vater.«

Wir blieben noch kurze Zeit schweigend nebeneinander stehen, sahen auf den verrotteten Hafen, betrachteten die sterbende Stadt; dann faßte ich den Entschluß, meine technischen Mittel einzusetzen. Das Leben der Menschen hier war wichtiger als die Jagd nach dem Fremden.

Es gibt nicht viele Möglichkeiten, eine Stadt von der Pest zu befreien. Es gelang nur selten, einen Erkrankten zu heilen. Wir mußten es versuchen; Priester, Wirt, Lautenspielerin, einige Männer, die wir sammeln konnten – betrunkene Fischer, die die Chance sahen, durch Arbeit sich von ihrer Angst befreien zu können –, wir bildeten eine Gruppe. Je mehr Häuser wir betraten, desto größer wurde die Gruppe. Wir handelten rücksichtslos. Die Sterbenden konnten wir nicht mehr heilen, aber die Lebenden wollten wir retten. Zuerst hatte ich alle Mitglieder und darüber hinaus alle Verwandten der Gruppe mit dem Serum schutzgeimpft, dann zogen wir uns um.

»Ihr, Mann Gottes, notiert die Häuser, in denen wir schon waren!« befahl ich. »Die Kranken müssen isoliert werden.«

»Ich habe verstanden!« sagte er und murmelte ein Gebet.

Am ersten Tag drangen wir in vierzig Häuser ein. Wir impften die Gesunden, die uns manchmal nur widerstrebend halfen. Die Toten wurden hinausgeschafft und mit dem Wagen in die Grube gekarrt. Dann flogen sämtliche Fenster auf, eine andere Gruppe brachte die Kranken, die ich ebenfalls behandelte, in die Gebäude der maurischen Garnison.

»Ihr müßt Mut fassen! Nur das Handeln kann uns von der Pest heilen!« schrie der Priester. Alexandra und ich gaben detaillierte Anweisungen: Wasser wurde erhitzt, Licht und Sonne sollten in die Häuser hinein, die Stadtgrenzen wurden abgesperrt, überall entzündete man riesige Feuer, in denen Leinentücher, Lumpen und Hausrat verbrannt wurden. Die wenigen Ratten, die wir noch fanden, wurden totgeschlagen und verbrannt. Jemand entkam uns, verbarrikadierte sich im Glokkenturm der christlichen Kirche und zog stundenlang am Seil. Die Stadt verhielt sich binnen weniger Stunden wie ein aufgescheuchter Ameisenhaufen.

»Ihr habt recht, Bruder Atlantreas«, flüsterte der Priester. »Das Handeln, die Versuche allein erfüllen mich mit neuer Hoffnung!«

Ich war damit beschäftigt, apathischen Menschen die Hochdruckspritze anzusetzen. Kinder schrien, Wasser kochte, Frauen säuberten die Wohnräume; ein Chaos von Gerüchen vermischte sich mit dem salzigen Seewind. Überall in der Stadt sah man Rauchsäulen. Wir säuberten Straße um Straße. Die wenigen Bauern, die sich in die Stadt hineintrauten, wurden ergriffen, geimpft und bezahlt. Wir schickten sie zurück und sagten ihnen, sie sollten mehr Gemüse und Nahrung bringen – sie würden mit Gold bezahlt werden. Sie rannten verwirrt und voller Hoffnung weg.

Gesunde trugen Kranke in das Hospital. Dort begannen die Frauen mit der Arbeit. Sie wuschen die Kranken, gaben ihnen Wein und Wasser zu trinken, die ich mit Antibiotika versetzt hatte. Ströme von Wasser ergossen sich über die Böden, die Treppen ...

Wir fanden zwanzig halbverhungerte Pferde, fütterten sie und verwendeten sie als Zugtiere. Ununterbrochen fabrizierten die kleinen Geräte meiner Kuppel Antibiotika und Sulfonamide. Gebüsch, in denen Pestfliegen hausen konnten, wurde abgefackelt. Ein paar Häuser brannten; niemand löschte sie, weil sie abseits standen. Am Ende des ersten Tages waren auf den gesäuberten Plätzen die ersten Weinfässer aufgestellt, und einen zögernden Schritt nach dem anderen belebte sich die kleine Stadt. Gegen Abend kam die Rothaarige zu mir.

»Ihr werdet müde sein Herren! Der Wirt bittet Euch, das Mahl einzunehmen. Alles ist bereit!«

Ich legte »Bruder Alexander« die Hand auf die Schulter und sagte: »Gehen wir. Für heute ist die Arbeit getan – mehr als wir erhoffen konnten.«

Die Rettungsaktion war, abgesehen von der Versorgung an Serum und Antibiotika, ein organisatorisches Problem. Dadurch, daß wir der Bevölkerung den Lebensmut wiedergegeben hatten – oder es wenigstens versuchten! – dadurch, daß wir Hoffnung ausgesät und etwa fünfhundert Menschen gerettet hatten, wuchsen Arbeitsbereitschaft und Widerstandskraft. Aber wir hatten erst angefangen. Vier der verwinkelten Straßen waren gesäubert.

»Viele werden noch sterben«, sagte Alexandra zu der Rothaarigen, als wir durch den Abend gingen, an hohen Feuern vorbei. »Viele Kranke können nicht mehr gerettet werden.«

So war es. Noch hatten wir unsere Tarnung bewahren können. Wo befand sich der dunkelhäutige Fremde? Ich wandte mich an Alexandra.

»Hast du den Fremden gesehen?« fragte ich leise.

»Nein. Aber ich war in seinem Zimmer.«

Wir hatten den ganzen Tag über hart und angestrengt gearbeitet, waren voneinander getrennt gewesen und hatten keine Möglichkeit gehabt, uns zu unterhalten. In der Nacht war ich mit dem Priester zusammengewesen und hatte den Stadtplan studiert und alle Rettungsmöglichkeiten diskutiert.

»Was hast du gefunden?«

»Nichts«, sagte sie und hob die Schultern. »Das Zimmer war leer. Ich fand keine Spuren eines Mannes, der mit einem Schiff von den Sternen kam.«

Wir erreichten die Schänke, nachdem wir uns ausgiebig gereinigt hatten. Der Wirt brachte ein unter den herrschenden Umständen geradezu üppiges Essen; nach einer Stunde trafen aus allen Teilen der Stadt Männer ein, die uns um Rat ersuchten.

Die glühenden Kohlen unter den Rosten, die Windlichter auf den Tischen, Feuer, die inmitten des Platzes brannten, verwandelten diesen Ausschnitt von Almeria in eine lichterfüllte Zone. Die Wedel der Palmen, die von den Mauren gepflanzt worden waren, knatterten in leichtem Wind. Der Himmel war völlig klar; ich erkannte zwischen den Rauchschwaden die fernen Sterne, die Leuchtfeuer meiner drängenden Gedanken.

»Hier, trinkt! Das vertreibt die Müdigkeit!«

Ein Junge drückte mir einen Becher duftender Sangria in die Hand, und ich spähte unablässig, während ich Fragen beantwortete, zwischen den Leuten hindurch. Wie kam es, daß jener Fremde keine Spuren hinterließ? Auch er mußte über getarnte Gegenstände und Waffen für das Überleben verfügen – Alexandra und auf alle Fälle ich würden die Tarnung bemerken, wenn auch sonst niemand.

»Danke!« sagte ich und trank.

Mitten in der Nacht hörte ich Schritte auf dem Korridor. Ich nahm Alexandras Arm von meinen Hüften, richtete mich auf und lauschte. Die Schritte kamen näher, verhielten kurz vor unserem Zimmer, entfernten sich wieder. Schließlich kamen sie zurück, Türen knatterten, dann hörte ich, wie jemand die Treppe nach unten nahm. Einige Zeit später wieherten Pferde, dann vernahm ich die Geräusche von Hufen auf dem Pflaster des Platzes. Ich fiel wieder zurück in den Schlaf und verdrängte vorübergehend, was mich hätte normalerweise stutzig machen müssen. Am nächsten Morgen setzte sich der Wirt, frisch gekleidet und rasiert, an unseren Tisch.

»Herr«, sagte er leise. »Ihr sucht den Señor Concarnedeau?«

»Wenn es der Fremde ist, der vor uns in die Stadt kam – ja, ich suche ihn.«

Der Wirt machte ein schuldbewußtes Gesicht und murmelte: »Ich schlief. Nur der Junge hat mit ihm gesprochen. Der Herr kam spät in der Nacht, zahlte, ging in sein Zimmer und ritt davon. Eines der beiden Pferde war schwer beladen.«

Ich lehnte mich zurück und begann lautlos zu fluchen. Alles fiel mir wieder ein: Die Spur würde schwer zu verfolgen sein. Die Frage des Mannes riß mich aus meinen düsteren Gedanken.

»Wenn Ihr ihm folgt ... wer wird uns dann helfen?«

Deine Entscheidung wird schwer sein! sagte der Extrasinn. Ich sagte resignierend:

»Ich bleibe, bis Almeria von der Pest befreit ist.«

Auf dem Gesicht des Wirtes zeichnete sich grenzenlose Erleichterung ab. Er schlug mit seiner Pranke meine Schulter halb in Stücke, sprang auf und warf einen Stuhl um, stürzte hinaus. Ich hörte durch die Fenster und durch den Vorhang der Gaststube, wie draußen, gegen sechs Uhr morgens, die Stadt zögernd erwachte. Wir setzten fort, was wir gestern angefangen hatten. Eines wurde deutlich: Die Kraft der Pest war gebrochen worden.

»Heute kommen die Menschen freiwillig«, sagte der Priester. Auch er sah lebendiger aus und zitierte nicht mehr aus der Geheimen Offenbarung.

Wir benutzten Abfälle und Kleider der Kranken und Sterbenden, um mächtige Feuer zu schüren. Auf diesen Feuern standen Kessel; ich kochte aus Fett, Salz und alkalischen Substanzen eine primitive Seife. Die Häuser wurden gereinigt. Die Bauern, die heute viel zahlreicher kamen, wurden geimpft und entschädigt; der Zustrom frischer Lebensmittel nahm in den nächsten Tagen schlagartig zu.

Während Zerberus sich spiralenförmig von der Stadt entfernte, um die Spur des Fremden zu finden, jagten wir Ratten, sengten Gestrüpp in den Altwassern des Flusses nieder, impften und behandelten pausenlos Gesunde, Kranke und Angesteckte. Viele starben und wurden aus der Stadt gebracht. Ein paar der Kranken gesundeten – das gab einen neuen Schub von Lebensmut. Ein Gerücht mußte sich mit verblüffender Eile herumgesprochen haben, denn eine maurische Patrouille kam zurück und half uns, nachdem sie sich überzeugt hatte, daß wir nur gegen die Pest kämpften.

Wir kochten in großen Kesseln kräftigende Suppen. Die ersten Boote fuhren aus und kamen mit reicher Beute an Fischen zurück; in den nächsten Tagen gab es gegrillten Fisch mit Olivenöl. Ochsen wurden geschlachtet. Würste, Käseräder und Schinken tauchten aus geheimnisvollen Verstecken auf, desgleichen Weinfässer. Die Andachten in der Kirche fanden mehr und mehr Gläubige. Die Tage vergingen schnell, alle arbeiteten zusammen. Die Furcht war besiegt. Jeder half jedem. Die Handwerker besserten Schäden aus. Reisende kamen, wurden geimpft, halfen mit oder zogen weiter. Wir säuberten den Hafen, und schließlich half uns die Natur. Es war am Abend des vierundzwanzigsten Tages.

Ein ungeheures Gewitter ballte sich vor den nahen Bergen zusammen, zog stundenlang zwischen Küste und Gebirge hin und her und entlud sich schließlich mitten über der Stadt. Blitze zuckten, unaufhörlich krachte Donner. Ein kurzer, aber gewaltiger Sturm fegte die Stadt sauber, ließ Asche auf das Meer regnen, warf Zweige und dürres Laub auf den Strand. Dann stürzten gewaltige Wassermassen nieder und schwemmten alles, dem natürlichen Gefälle der Stadt folgend, in den Hafen. Der Fluß überraschte uns mit einer kurzen, gefährlichen Hochwasserwelle, die in den Hafen einmündete, einige Schiffe versenkte und die Abfälle, fauliges Wasser, Kadaver und ungeheure Mengen Schmutz ins offene Meer schwemmte. Das Gewitter dauerte drei Stunden, dann regnete es bis Sonnenaufgang. Es war wie ein Symbol: Als die Sonne aufging, erstrahlte die Landschaft in saftigem Grün, frischem Glanz und hellen Farben. Eine Art natürlicher Katharsis hatte stattgefunden – eine allgemeine Reinigung vom Schmutz, von der Angst, von der Pest. Gegen Sonnenaufgang starb der letzte Pestkranke dieser Stadt. Almeria war gerettet ...

Ich saß in unserem Zimmer; Alexandra schlief, der Riegel war vorgeschoben, das Fenster weit offen. Frische, duftende Luft kam herein. Ich hatte vor mir den Gürtel mit der Fernsteuerung und den Bildschirm, der mich mit Optik und Speicher von Zerberus verband, eingeschaltet.

»Hast du Spuren gefunden?« fragte ich. Ein bestätigender Impuls war die Antwort. »Ich brauche die Bilder.«

Der Speicher lieferte sie. Ich entdeckte im Verlauf der nächsten Stunden, daß sich der Fremde, der sich Concarnedeau nannte, mit zwei Pferden der Mauren, einem prächtigen Sattel und schwerem Gepäck auf einer schmalen Straße befand. Als ich meine Karten zu Rate zog, sah ich, daß die Richtung eindeutig auf Bordeaux deutete. Der »reisende Gelehrte« hatte offensichtlich gemerkt, daß in Almeria zwei Intelligenzen aufgetaucht waren, die seine Verkleidung durchschauen konnten. Nur ganz kurz tauchte auf dem Schirm ein anderes Bild auf: Zerberus hatte auf einem Felsen gewartet, bis der Fremde unter ihm hindurchgeritten war. Die Optik hatte für einige Sekunden das Gesicht erfaßt. Ich hielt das Bild an und begann, das Gesicht zu studieren:

Schmal, mit mandelförmigen Augen. Die Haut war dunkel, als ob der Fremde sein Leben lang in der Sonne gewesen wäre. Er trug einen nach unten gebogenen Schnurrbart, der in einen Kinnbart überging. Das Gesicht war menschenähnlich, aber die Augenpartie, die Falten entlang der Nasenflügel, die Schläfen ... das war fremd. So fremd, daß mein Logiksektor wisperte: *Er ist nicht von diesem Planeten. Fraglich, ob die Ähnlichkeit nicht künstlich herbeigeführt wurde.* Ich würde das Gesicht niemals vergessen. Ich sagte in das winzige Mikrophon: »Zerberus – verfolge ihn noch zwei Tage lang, dann komm uns auf dem Weg entgegen, den der Fremde genommen hat.«

Wieder ein zustimmender Impuls. Ich hatte genug gesehen. Der Klang meiner Stimme hatte Alexandra geweckt; ich winkte sie heran. Wir betrachteten minutenlang das Gesicht auf dem Bildschirm, dann sagte sie: »Das also ist der Mann, der deine Hoffnung auf Rückkehr zu den Sternen ist?«

»Ja«, sagte ich. »Und wir werden ihm nach Bordeaux in Frankreich folgen. Nach einem Tag der Ruhe.«

Ich versteckte die Ausrüstung, dann schliefen wir einige Stunden. Als wir in die Gaststube kamen, befanden sich nur zwei Personen darin. Der Wirt wartete neben einem prunkvoll gedeckten Tisch; offensichtlich hatten sie Geschirr, Becher, Gläser und einen Teil des Essens in der Stadt gesammelt. Die Lautenspielerin spielte unverdrossen vorwiegend heitere Melodien. Ein Strauß prächtiger Rosen stand zwischen dem Geschirr. Ein seidenes Tuch aus Florenz, der Manufakturstadt für Seide und Wolle, lag auf dem Tisch.

»Der Tod ist aus der Stadt«, sagte der Wirt, »und die Überlebenden danken dir.«

Ich war gerührt; sie hätten tatsächlich an ganz andere Dinge denken können. Ich hatte bewußt darauf verzichtet, meinen Namen zu nennen oder meine Hilfe groß herauszustreichen. Ich wollte nicht als wundersamer Retter in die Stadtchronik eingehen und auf diese Weise späteren Generationen auffallen. Ich beschloß, mit dem Priester zu sprechen.

»Ich danke Euch«, sagte ich. »Vielmehr, wir danken Euch allen. Wir sind in der Tat sehr hungrig. Auch nach Schönheit.«

Nachdem wir gegessen und uns am Klang der Laute erfreut hatten, kam der Priester und brachte sein Geschenk. Es war ein handkopiertes Exemplar des »Buches des guten Lebens« von seinem spanischen Landsmann Juan Ruiz de Hita. Ich dankte ihm herzlich; es war ein Lehrgedicht in Form von 7000 Versen, komponiert in der Gefangenschaft des Erzbischofs von Toledo. Nur Kleriker konnten über ein solches Exemplar verfügen. Der Priester schien meine weltlich orientierte Lebenseinstellung richtig verstanden zu haben.

»Herr«, sagte ich, »auch für mich war es ein Wunder, daß die Medizin wirkte. Ich meine, daß allein der Glaube viel geholfen hat, aber ich lasse in Eurer Verwahrung einen Krug der Medizin zurück. Gebt jedem, der die Stadt betritt, zwei Löffel von diesem Absud; die Pest wird Euch nicht mehr heimsuchen.«

Ich kaufte von den Mauren vier starke, feingliedrige Pferde, zahlte die Rechnung und prügelte mich derentwegen beinahe mit dem Wirt. Die Dienerin mit der Laute wollte mitgenommen werden; wir wiesen sie ab. Am Abend des darauffolgenden Tages befanden wir uns außerhalb der Stadt, trafen in der Nähe des Gleiters ein und stellten unsere Ausrüstung zusammen. Wir verwandelten uns in Edelleute – genauer: einen Edelmann mit seiner Geliebten. Ich ahnte nicht, daß gerade diese Verkleidung (denn auch der Fremde würde sich in einer anderen Gestalt nach Bordeaux begeben) das Verhängnis geradezu heraufbeschwören konnte.

7.

Sieben Jahre nachdem Petrarca in Rom seine Dichterkrönung erlebt hatte, drei Jahre nach dem Bankrott der Florentiner Banken, im Jahr der Geißler, deren Lieder sich schnell im Volk verbreiteten, als Papst Klemens der Sechste in Avignon weilte, ritten wir nach Nordosten, bis wir auf die Küste trafen. Am zwanzigsten Tag des dritten Monats, vor genau drei Jahren, waren drei Planeten in Konjunktion getreten – Mars, Jupiter und Saturn. Das galt im abergläubischen Volk als die Hauptursache für den Ausbruch der Gottesgeißel. Dies und die allgemeine Lockerung der Sitten sollten dieses Gericht heraufbeschworen haben. Wir ritten zügig, aber keineswegs überhastet durch eine Landschaft, die so gut wie unberührt war. Je einsamer die Gegend wurde, desto spärlicher waren die Spuren der Pest.

»Ist es nicht an der Zeit, daß du die fliegenden Maschinen in Form von Jagdvögeln einsetzen solltest?« fragte eines Tages Alexandra, als wir im Schatten eines knorrigen Olivenbaumes rasteten. Ich betrachtete meine staubigen Stiefel.

»Ja, du hast recht«, sagte ich. »Aber ich rechne eigentlich nicht damit, hier auf Angreifer oder Räuberbanden zu stoßen. Auch sie fürchten die Ansteckung.«

Meine Robotsonden hatten es mir gezeigt. Das Land nördlich und nordöstlich des Binnenmeeres lag, von Ausnahmen abgesehen, zu denen nun auch Almeria zählte, unter der Angst vor dem Schwarzen Tod.

»Trotzdem solltest du vorsichtig sein, Liebster!« sagte sie. Ich küßte sie und dachte, daß es weniger mühevoll, aber auch langweiliger gewesen wäre, den Gleiter zu benutzen und den Fremden auf seinem Weg zu überfallen und zu zwingen, Hilfe herbeizurufen. Mein Extrasinn schaltete sich ein: *Er würde reagieren wie du! Er würde jede Verbindung mit seiner Heimat unmöglich machen!*

Es ging also nur auf dem langsamen Weg. Wir mußten versuchen, mit dem Fremden Kontakt zu bekommen, möglichst zufällig, weil sein Mißtrauen stark war. Eine Freundschaft wäre noch besser, dann erst konnte ich die Wahrheit sagen. Ängstlich mußte alles vermieden werden, was ihn mißtrauisch machen konnte.

»Ich bin überzeugt, daß wir den Fremden in Bordeaux treffen und uns mit ihm anfreunden können«, sagte ich.

Wir hatten Vorteile auf unserer Seite. Die Hauptstädte waren weit entfernt und hier auf dem Land bedeutungslos. Grenzwachen waren durch die Pest ebenso dezimiert worden, so daß es kein Problem war, durch halb Spanien zu reiten und die Grenze zu Frankreich zu überschreiten. Einem einsamen Wanderer hatte kein König und kein Papst etwas zu sagen, er konnte seinen Namen wechseln, wann immer es ihm beliebte, er mußte nur für seine eigene Sicherheit verantwortlich sein. Wir ritten Tage um Tage dahin, ließen den Gleiter nachkommen und versteckten ihn. Der Hund schützte unseren Weg auf dem Boden, und ein Jagdfalke, eine raffinierte technische Konstruktion, die ihre Vorgänger übertraf, spähte nach Gegnern aus der Luft aus. Langsam näherten wir uns der spanisch-französischen Grenze und betraten die Provinz Armagnac. Unser Ziel war Bordeaux. Bauern und Arbeiter in den Weinbergen und an den Olivenbäumen hatten uns bestätigt, daß vor einiger Zeit ein Fremder mit zwei Rappen durchgeritten war.

Der Falke kam in rasend schnellem Sturzflug aus dem blauen, wolkenlosen Himmel und schlug seine Krallen in einen tiefhängenden Ast.

»Was gibt es?« fragte ich.

Der metallene Vogel krächzte deutlich: »Ein Trupp Bewaffnete. Sie haben euch nicht gesehen, kommen diesen Weg entlang.«

»Wann treffen wir zusammen?«

»In etwa zwei Stunden«, fauchte der Vogel.

»Wie viele Personen?«

Augenblicklich kam die Antwort. »Fünfundzwanzig Reiter, Packpferde, mit Beutegut beladen. Englische Söldner. Sie scheinen ein festes Ziel zu haben.«

Ich sprang auf, griff in die Satteltasche und zog die Karte hervor. Meine Augen folgten meinem Finger, der über Höhenrücken, über ein Flußtal und die Hänge hinunter ins Tiefland um Bordeaux glitt. Hier waren Siedlungen zu sehen. Lautlos war Alexandra hinter mich getreten, legte ihr Kinn auf meine Schulter und sagte leise:

»Hier ist ein Gutshof. Dorthin können wir uns zurückziehen.«

»Das hatte ich vor«, sagte ich. »Wir weichen aus und verstecken uns. Ich will keinen Kampf, einige Tagesreisen vor Bordeaux.« Ich deutete auf den Falken. »Zurück in die Luft! Beobachte sie! Warne uns, wenn sie nach uns suchen sollten oder uns sehen! Wir sind im Norden, beim Gutshof!«

Der Robotfalke krächzte, breitete seine Schwingen aus und startete durch zurückschnellende Blätter und Ästchen nach oben. Minuten später strebte er in einer auseinandergezogenen Zickzacklinie den Söldnern entgegen. Der Gleiter war im sicheren Versteck. Ich half Alexandra in den Sattel.

»Schnell! Die englischen Söldner oder die genuesischen Mietlinge durchstreifen das Land in den Kampfpausen. Weite Landstriche Frankreichs sind verwüstet worden – sie sind wie die Hunnen und kennen keine Rücksicht. Wenn es zum Kampf kommt, werden sie rücksichtslos sein!«

»Das ist, was ich denke«, sagte Alexandra, griff nach den Zügeln des Packpferdes und galoppierte an. Mit schnellem Blick hatte sie aus der Karte den richtigen Weg herausgefunden. Ich setzte vorsichtig die Sporen ein und folgte ihr. Der Hund lief zweihundert Schritt vor uns auf dem schwer erkennbaren Weg aus vertrockneten Räderspuren, Grasbüscheln, Disteln und Steinen. Kurze Zeit später galoppierten wir nach Norden; auf den Punkt, an dem wir gerastet hatten, ritten aus Nordosten die Söldner zu. Nach der Schlacht von Crécy, in der England gesiegt hatte, brannten englische Söldner die Ernten nieder, stahlen Hausrat, schändeten Frauen und verwüsteten das Land. Ein solcher Trupp würde reisende Edelleute als willkommene Beute ansehen müssen.

Schneller! Sie scheinen euch zu suchen! warnte mein Extrasinn. Der Logiksektor schien Informationen zu verarbeiten, die ich wahrgenommen, aber nicht genügend beachtet hatte. Konnte es sein, daß der falsche Reisende die Söldner auf unsere Spur gesetzt hatte? Vielleicht – es konnte ein weiteres Zeichen seiner Vorsicht und des Mißtrauens sein. Ich gab die Zügel frei und ritt schneller, setzte mich neben Alexandra und rief:

»Ich habe ein ungutes Gefühl! Schneller!«

Die Geschwindigkeit wuchs. Unsere Pferde, ausgeruht, hervorragend gepflegt und aus einer erstklassigen maurischen Zucht, hielten mühelos das Tempo. Die Packpferde waren nicht überladen; der Gutshof kam näher. Wir erreichten bebaute Felder: Oliven, Getreide, Weinreben, kleine Herden Schafe und vereinzelt Gruppen von Rindern, die wiederkäuend in dem Sonnenglast lagen. Wir befanden uns an der Grenze zwischen Felsen und Hängen jenes Gebirgszugs, der Spanien im nördlichen Teil des Landes von Frankreich trennte, auf der Nordostseite. Es war früher Nachmittag, und ich glaubte, über dem Hämmern der Hufe unserer Pferde das Hufgetrappel der Söldner zu hören.

Wir stoben mit verhängten Zügeln dahin. Die Pferde schienen den Weg zu erahnen und wurden schneller. Gelber Schaum flockte um die Gebisse. In der Ferne sahen wir ein dunkles Felsmassiv und davor die Linien von weißen Mauern und Schatten, die Räder einiger Karren und das hölzerne Fachwerk eines Brunnens. Ich dachte an kühles Wasser, an die dämmerige Kühle eines Innenhofes, sehnte mich nach Ruhe, wollte der Hitze und der Aufregung des drohenden Kampfes entfliehen. Ich wollte die Untätigkeit genießen und die Zeit der trickreichen Versuche, mit dem Fremden in Kontakt zu kommen. Nicht mehr, nichts anderes.

»Wir erreichen den Hof, ohne daß sie uns gesehen haben.« Alexandra zügelte ihren Rappen.

»Ich bleibe skeptisch. Außerdem werden uns die Leute des Hofes mit wenig Begeisterung empfangen!« sagte ich. Wir ritten langsamer, als wir die Anlage mit Stallungen, Wohnhäusern, Scheunen und Mauern vor uns sahen, und näherten uns einem Tor, das halb offenstand. Dahinter erkannte ich Mägde und Knechte, die aufgeregt herumliefen. Dann öffnete sich eine breite Tür, und ein schlanker Mann in hohen Stiefeln kam heraus. Ich schwang mich, als wir den Raum zwischen den Torpfosten erreicht hatten, aus dem Sattel und führte die Pferde am Zügel.

»Herr!« rief ich laut und deutlich. »Ihr braucht keine Angst zu haben. Wir bringen weder die Pest mit, noch haben wir vor, Euch auszurauben. Aber wir flüchten vor dreißig englischen Söldnern, die die Gegend unsicher machen.«

Der Mann kam näher, die Hand am Griff eines schweren Degens. »Wer seid Ihr?« fragte er.

Ich lächelte. »Atlan de la Carafa, Herr. Und dies ist meine Freundin, Alexandra Lancaster.«

»Woher kommt Ihr?«

»Aus Almeria an der spanischen Küste. Wir suchen einen Freund, der Euch vielleicht besucht hat.«

»Seit einem halben Jahr sahen wir nur Söldner, Pestflüchtlinge und Hirten. Niemand sonst.«

Ich war erleichtert, aber ein langer Blick in das Gesicht des Mannes belehrte mich eines anderen. Er stand da, als wolle er uns den Eintritt verwehren. In einem weiten Halbkreis hinter ihm, der den Ausblick auf die Gerätschaften und Gebäude verhinderte, sammelten sich etwa fünfundzwanzig Knechte jeden Alters. Ihre Bewaffnung war primitiv – Dreschflegel, Gabeln und Knüppel –, aber wirksam. Der Mann nahm die Hand nicht vom Degengriff, stand breitbeinig da, musterte uns schweigend unter dichten Brauen hervor und fragte: »Was wollt Ihr, Fremde?«

Ich deutete auf Alexandra und sagte sarkastisch: »Die Gastfreundschaft scheint im Jahr der Pest nicht mehr zu sein, was sie einst war. Wir möchten unsere Tiere einstellen und Euch helfen, Herr, falls die Söldner Euren Hof entdecken. Mit Mistgabeln und Knüppeln haben die Leute nur einen schlimmen Tod vor sich, aber keinen Sieg.«

Ich wies auf den Sattel meines Reittieres. Dort steckten Bogen und Köcher, Lanze und die schweren Reiterpistolen, die ich mit gewissen Einrichtungen meiner Maschinen ausgerüstet hatte. Diese Waffe sah viel primitiver aus als die ersten Modelle dieser Art, die ich einzuführen gedachte.

»Das mag sein«, bemerkte der Herr des Gutshofes. »Wer sagt mir, daß Ihr wirklich Edelleute seid?«

»Wollt Ihr Euch mit mir messen, um das herauszufinden?« fragte ich.

Er zuckte mit den Achseln. Dann geschahen nacheinander drei Dinge, die die Situation grundlegend veränderten. In engen Kreisen schoß der Falke aus der Luft, fiel schwer auf meine Schulter und krächzte, nur mir und Alexandra verständlich: »Die Söldner folgen im Galopp euren Spuren!«

»Verstanden! Zurück in die Luft. Hilf mir, wenn es zum Angriff kommt!«

Der Falke stieß sich ab, schlug mit seinen Schwingen in der Nähe des Kopfes meines Gegenübers und schraubte sich in engen Kreisen aufwärts. Er blieb über dem Gelände des Gutshofes. Dann scheuten die Pferde; Zerberus kam herangehetzt, hielt neben mir an und knurrte das vereinbarte Zeichen. Schließlich erklangen stolpernde Hufschläge. Ein Knecht, dessen Schulter blutig war, sprengte im Galopp in den Hof hinein und schrie:

»Englische Söldner! Sie haben zwei Rinder erschlagen!«

»Glaubt Ihr es jetzt?« fragte ich. »Außerdem stecken uns die Söldner vielleicht mit der Pest an!«

Das Mißtrauen schwand mit überraschender Plötzlichkeit. Der Mann lachte kurz auf, breitete die Arme aus und ergriff mich an den Schultern. Wir schüttelten uns die Hände, und er sagte leise, ohne schlechtes Gewissen:

»Entschuldigt, Freund, mein Mißtrauen. Aber in diesen Jahren schlafen wir mit der Gefahr ein und erwachen wieder mit ihr. Wir sind schon zweimal überfallen worden. Ihr werdet uns helfen?«

»So gut ich es kann!« sagte ich ehrlich. Bewegung kam, nach einigem Winken und lauten Anordnungen, in die Menschen, die bisher schweigend gestarrt und gewartet hatten. Knechte nahmen sich der Pferde an, hoben das Gepäck herunter, führten die Tiere in die Ställe. Eine junge, streng aussehende Frau brachte Alexandra ins Innere des großen Wohnhauses; der Besitzer des Hofes sagte:

»Ich bin Atreas Beaulieu. Dreißig Männer, sagtet Ihr?«

Ich ließ meine Blicke über den Hof gehen und versuchte, einen geeigneten Platz zur Verteidigung zu finden. Ich durfte meine »Wunderwaffen« nicht zu nachdrücklich zeigen. Der Hof ließ sich leicht angreifen und schwer verteidigen.

»Etwa dreißig Mann. Wir werden listenreich vorgehen müssen. Ich brauche meine Waffen.«

Ein Befehl; Knechte schlossen das Tor, schoben Wagen an die Mauern, schleppten Kübel voller Wasser herbei, brachten Helme, Schwerter und Lanzen aus verborgenen Winkeln. Die Sonne sank in den Nachmittag, die Schatten wurden länger. Atreas deutete auf das flache Dach des Wohnhauses und sagte drängend:

»Von dort haben wir einen ausgezeichneten Blick über das Land. Kommt, Atlan, sehen wir, was sich tun läßt.«

Während wir ins Haus rannten, schnallte ich meinen Armschutz um und warf den Kompositbogen auf die Schulter. Ich wußte nicht, wie die Söldner bewaffnet waren, aber mit einiger Sicherheit drohten mir kaum Überraschungen. Wir kletterten über knarrende Stiegen aufs Dach und sahen nach Süden. Dort erhob sich, etwa vier Kilometer entfernt, eine Staubwolke. Die Söldner sahen jetzt die Felder und die Anlage des Gutshofes ... Ihr Ziel war: Plünderung, Schändung, Feuer und Mord. Soweit durfte es nicht kommen. »Welche Waffe beherrscht Ihr meisterhaft, Atreas?« fragte ich.

»Ich jage viel. Den Bogen!«

»Gut«, sagte ich. »Dann werden wir den Söldnern eine Falle stellen. Gibt es einen zweiten Eingang in das Gut?«

Er zeigte ihn mir. Ich entwickelte einen Plan und bedeutete ihm, daß seine Knechte das Gut auf konventionelle Weise verteidigen sollten, nämlich *hinter* den Mauern. Die Frauen sollten sich bereit halten, Brände zu löschen, wenn es notwendig war. Wir hasteten hinunter, ließen die Pferde satteln und setzten Helme auf, zogen Handschuhe an und ritten in die Nähe des zweiten Tores. Ich lockerte die Reiterpistolen neben dem Sattel und warf die Lanze in einen Winkel. Die ledernen Verbindungen der Harnische knarrten leise, die Pferde schnaubten unruhig.

Die Söldner, keine regulären Truppen im Dienstverhältnis zu ihren Anführern, verkauften ihr Leben und ihre Waffen gegen Geld. Bezahlte Kriegsmaschinen, die in den Kampfpausen etwas hinzuverdienen wollten.

»Was tun wir?« fragte Atreas unsicher.

Hinter uns beruhigte sich die Aufregung ein wenig. Gespannte Bereitschaft, das Leben und den Hof zu verteidigen, breitete sich aus. Die Männer hatten sich bewaffnet, steckten unter rostigen Helmen, trugen Waffen, luden ihre Steinschleudern und schleppten kurze Wurfspeere heran. Knechte standen auf den Wagen, spähten über die Mauern, lehnten aus Fenstern und warteten auf den Angriff. Die Söldner kannten ihr Ziel und mäßigten ihr Tempo, als sie auf mehr als Bogenschußweite herangekommen waren, verteilten sich und sprengten nach beiden Seiten auseinander. Sie umrundeten den Hof, ritten eine kleine Schafherde brutal zusammen. Ich sah, wie sich das Gesicht des Mannes neben mir vor Wut verzerrte. Der Junge, der an der massiven Bohlentür stand und zitternd den Riegel hielt, machte eine fragende Bewegung.

»Nein, noch nicht!« Ich drehte mich im Sattel herum, drückte den Rufknopf des künstlichen Vogels, sagte ins Mikrophon: »Blende den Anführer!« und ließ den Knopf los.

Die Söldner griffen an. Sie schossen aus langen Holzbogen Brandpfeile, ritten an die Mauern heran und warfen Seile über die Torpfosten. Ein Hagel aus Schleudern und von Speeren antwortete ihnen. Jemand fluchte laut, eine Frau wimmerte, als die Flammen auf ihr Kleid übergriffen.

Der Vogel jagte schräg auf den Anführer der Söldner zu, einen grobschlächtigen Mann in einer auffallenden Kleidung aus Leder und Eisen, der auf einem starkknochigen Schimmel ritt. Der Falke legte die Schwingen an, ließ sich fallen und schoß waagrecht nach vorn. Sein stählerner Schnabel und die Krallen zerfetzten das Gesicht des aufbrüllenden Mannes, der seine Waffe fallen ließ. Ein anderer Söldner ritt heran und schwang einen Streitkolben; ehe er den Vogel treffen konnte, ließ der Falke von seinem Opfer ab und glitt zwischen den Beinen eines Pferdes dicht über den Boden, schwang sich hob, riß Sekunden später einen zweiten Mann aus dem Sattel und schleifte ihn mit sich.

Gleichzeitig traf ein Feldstein, größer als eine Männerfaust, einen dritten Söldner an der Stirn. Der Reiter, an dessen Sattel ein Paar kostbare Lederstiefel baumelten, hatte sich zu weit nach vorn gewagt. Sein Schädel barst, und das Pferd überschlug sich.

»Jetzt!« sagte ich.

Die Tür flog auf, wir duckten uns tief in die Sättel. Jeder von uns hatte einen Pfeil auf der Sehne. Die Pferde wurden in rasenden Galopp gezwungen; ich erinnerte mich an alles, was ich bei den Hunnen gelernt hatte und von jenem Bogenschützen, der mich und Alexandra begleitet hatte. Wir wandten uns nach links, wo zwischen den Söldnern Aufregung ausgebrochen war. Neben mir fluchte Atreas.

Wir schossen im Galopp aus dem Sattel heraus und lenkten die Pferde mit Schenkeldruck. Ein Pfeil nach dem anderen verließ die Sehne und traf einen Söldner. Wir sprengten schräg auf den Haufen zu, während um unsere Köpfe die Kiesel schwirrten, die Speere flogen. Pferde wieherten, Männer schrien. Atreas schoß drei Männer aus dem Sattel, ich traf drei tödlich und verwundete zwei. Wir passierten den Haufen, ritten einen engen Halbkreis und griffen ein zweites Mal an. Ein Hagel Pfeile empfing uns; wir wichen aus. Ich steckte den Bogen ins Futteral, griff nach einer Reiterpistole und zielte.

Eine schmetternde Detonation ertönte, eine Stichflamme zuckte aus dem Lauf, es roch nach Pulver, und ich ritt in die eigene Rauchwolke hinein. Ein Söldner wurde rückwärts aus dem Sattel gerissen. Ein zweiter Schuß, ein dritter. Panik brach aus. Zwei Reiter wandten sich zur Flucht. Ich riß mein Pferd auf den Hinterbeinen herum, feuerte am Hals des scheuenden Tieres vorbei, dann veränderte mein Daumen die Einstellung der Waffe. Ich zielte sorgfältig und feuerte rechts und links der fliehenden Reiter in den Boden. Dort begann das Erdreich zu kochen, schlanke Säulen aus Gestein, Erde und Dreck schlugen hoch; ein Olivenbaum begann zu brennen. Die Söldner peitschten auf ihre Tiere ein, und dröhnend krachte Schuß um Schuß aus der Waffe. Die Flucht verwandelte sich in einen Ritt der Panik. Elf Reiter kamen davon, von den Blitzen aus der Strahlwaffe verfolgt. Sie mußten an ein Wunder glauben.

»Halt!« schrie ich und steckte die heißgeschossene Waffe zurück. Das Tor hatte sich geöffnet, die Knechte rannten heraus und schlugen die Verletzten mit Knüppeln tot. Ich konnte mich vor einen der Sterbenden stellen, kniete mich neben den Mann und hob seinen Kopf an.

»Du ... kommst ... aus ... Almeria?« stammelte der Söldner in spanisch.

»So ist es«, sagte ich. »Warum?«

»Der Alchimist bezahlte ... wir sollten dich töten.«

Dann starb er. Ich richtete mich verwirrt auf und empfing eine neue Botschaft des Extrasinnes.

Er ahnt, daß du ihm gefährlich werden kannst. Das bedeutet, daß sich der Fremde in einer gefährdeten Situation befindet. Er wittert den Feind hinter jedem, der nicht so ist wie der Durchschnitt der Barbaren! Atreas und ich starrten uns an. Nur das grelle Wiehern eines Pferdes durchschnitt die Stille des Nachmittags.

»Das ging schnell vorbei«, sagte er und wischte sich den Schmutz aus dem Gesicht. »Ihr habt neue, überraschende Waffen!«

»Ich zeige sie Euch, sobald wir in Ruhe am Kamin sitzen«, sagte ich. »Die Söldner kommen entweder mit einer größeren Streitmacht zurück – oder nie.«

»Ich hoffe, letzteres ist der Fall«, murmelte der Landedelmann. Wir gingen über das verwüstete Feld zurück, durch das Tor und in den Hof. Dort wurden die Spuren des kurzen, harten Kampfes beseitigt; eine gewisse Fröhlichkeit breitete sich unter den Knechten und Mägden aus. Ihr Leben hatten sie behalten, und, abgesehen von einigen Verwundungen und Brandspuren, war kaum Schaden entstanden. Man begrub die Toten zwischen der Hofmauer und dem Gebäude der Wassermühle. Wir wurden ins Haus gebeten. Man gab uns große schöne Zimmer und ließ uns allein. Ich zog meine Stiefel aus und setzte mich erschöpft in einen hölzernen Sessel.

»Der Kampf ist vorbei«, flüsterte Alexandra und schnallte den Brustharnisch auf, ließ die Teile achtlos zu Boden fallen. »Und unserem Ziel sind wir nicht viel näher gekommen, Liebster.«

»Bordeaux«, murmelte ich. »Der Fremde ist als Alchimist in Bordeaux. Dort werden wir ihn treffen.«

»Er weiß noch immer nicht, wie wir aussehen, was wir wollen«, sagte Alexandra.

»Wir werden ihn treffen«, sagte ich fest. »Aber zuerst kommen ein paar Tage der Erholung.«

Ich wusch mich ausgiebig neben dem Brunnen, trocknete mich ab und zog mich um. Als ich in unsere Zimmer zurückkam, schlief Alexandra. Ich gab dem Hund und dem Falken neue Befehle, lehnte mich, einen Pokal voll Wein in der Hand, im Sessel zurück und schloß die Augen. Ich dachte nach. Eine alte Zeit schien zu Ende gegangen zu sein, und die neue Zeit zeichnete sich erst in der Ferne ab. In diesem Vakuum grassierte die Pest, die wie ein schneller Wanderer durch das Land zwischen Pol, großem Ozean und nordafricanischer Küste zog. Viele meiner kulturellen Anstöße waren aufgenommen, weiterentwickelt und angewandt worden. Überall hatte ich Zeichen gesehen: riesige Kathedralen aus Sandstein, mit spitzen Bögen und hohen Türmen. Stadtmauern, kleine und große Städte, schwindende Leibeigenschaft und Sklaverei. Ich hatte fast den Eindruck, daß die Barbaren es noch innerhalb der nächsten Jahrhunderte schaffen würden, ein Raumschiff zu bauen oder andere, ebenso weitreichende Erfindungen zu machen. Die geistigen Horizonte erweiterten sich wie die der Landschaft. Universitäten wurden gegründet, der Handel wuchs und brachte Kaufleute und Seefahrer dazu, andere Länder und Sitten kennenzulernen. Bildung breitete sich aus, Klöster und weltliche Schulen lehrten die Menschen. Die Zeiten, in denen ich durch einfache Beispiele das Leben der Menschen entscheidend verbessern konnte, schienen vorbei zu sein. Ich schlief über meinen Gedanken ein und erwachte eine Stunde später, als mich eine Magd zum Essen rief.

»Ich habe nicht geglaubt, daß wir so billig davonkommen würden«, sagte Atreas und führte uns zu unseren Plätzen.

»Ich auch nicht«, gestand ich. »Dank für die kühlen Zimmer, Herr Atreas.«

»Es betrübt mich, aber wir haben keine schöneren, Herr Atlan«, sagte er. »Wie kommt es, daß Ihr behauptet, Ihr tragt nicht die Pest mit Euch?«

Während wir aßen und tranken, berichtete ich ihm von der Wundermedizin und von der Stadt Almeria. Die Tischgesellschaft hörte staunend zu; schließlich fragte mich Atreas: »Würdet Ihr diese Medizin ...? Auch wir haben Angst vor der Pest. Wir schützten uns bisher dadurch, daß wir niemanden auf den Hof ließen.«

Ich versprach, alle Menschen dieses Anwesens mit der Medizin zu versorgen, und erkundigte mich nach dem Weg nach Bordeaux. Ich erfuhr, daß es zwei Straßen gab, eine entlang der Meeresküste; eine andere, die besser ausgebaut war und durch viele Orte führte, war der Handelsweg. Aber auch dort waren Überfälle an der Tagesordnung, wenn man den Reisenden glauben durfte.

»Wie viele Tage sind es bis Bordeaux?« fragte Alexandra.

»Rund zehn Tage, zügig geritten. Ihr habt schöne, ausdauernde Tiere.«

»So ist es«, stimmte ich zu. »Aus bester maurischer Zucht. Sie werden uns nach Bordeaux bringen.«

Ich war unzufrieden, meine schlechte Laune nahm zu. Es ging zu langsam, mit zu vielen Störungen. Ich mußte versuchen, schneller zu handeln. Die Verfolgung in verschiedenen Masken mußte in spätestens dreißig Tagen beendet sein. Wir aßen schweigsam, kurz darauf gingen wir zu Bett. *Du wirst in deiner Ungeduld Fehler machen, die sich nicht mehr korrigieren lassen,* sagte der Extrasinn.

Bordeaux bot das typische Bild einer Siedlung dieser Zeit. Eine Mauer umgab die Stadt, entlang schmaler Gassen, in denen Unrat lag und die Schweine herumrannten, richteten sich schmalbrüstige Häuser auf. Die Kathedrale überragte alles, aus Stein gemauert, wie ein Wahrzeichen. Es gab Hunderte kleiner Häuser, in deren unterstem Geschoß Läden untergebracht waren; die Stadt barst förmlich vor Leben. Trotzdem trug sie die Zeichen des Todes. Die Pest hatte die Stadt umzingelt. Wir näherten uns dem Stadttor. Hoch über uns kreiste der Falke, unser Hund begleitete uns. Vor neun Tagen waren wir vom Gutshof des Herrn Atreas fortgeritten. Meine Laune hatte sich nur geringfügig gebessert; Alexandra merkte es, hielt ihr Pferd an, hob die Hand, dann drehte sie sich im Sattel herum und sah mir besorgt in die Augen. »Wie finden wir unseren Fremden?«

Ich sah sie an; die lange Reise von Almeria her hatte ihre Spuren hinterlassen. Alexandra war wie ich schmutzig, das Haar strähnig, das Gesicht trug die Spuren der Anstrengungen, fehlenden Schlafes und knappen Essens.

»Wir müssen versuchen, uns in seine Lage zu versetzen«, sagte ich langsam. »Er wird Schwierigkeiten haben wie wir. Selbst wenn er die Sprachen der betreffenden Länder spricht.«

»Wie wir ...«, meinte Alexandra.

»Er wird vermutlich Edelmetall bei sich haben. Gold oder Silber kann er nicht eintauschen. Er muß zu einem Handelsherrn oder einem Goldschmied gehen und für sein Metall Münzen verlangen. Das ist nach meiner Rechnung der einzige Weg, ihn zu finden.«

Sie nickte; das Verfahren schien plausibel zu sein. »Wird man uns in die Stadt hineinlassen?«

»Man wird«, sagte ich. »Binnen drei Tagen erkrankt man, wenn man sich angesteckt hat, an der Pest. Wenn wir beweisen können, seit mehr als drei Tagen zu reiten, kommen wir als Pestträger nicht in Frage. Außerdem widerstrebt es mir, innerhalb der Stadtmauern zu wohnen. Wir haben genügend Münzen, um uns ein Haus zu mieten.«

»Das sollten wir tun, Liebster«, sagte sie. »Schließlich reisen wir in der Maske von Edelleuten.«

Ich lachte bitter und fragte zurück: »Und was sind wir wirklich?«

Ich bekam keine Antwort.

Wir ritten an das Stadttor heran. Ein Wagen, umgeben von schwarzgekleideten Gestalten, kam uns entgegen. Dumpfer Gesang ertönte; man fuhr Pesttote aus der Stadt in ein Massengrab. Ich spähte in die Gesichter der Torwachen: keine glänzenden Augen, kein pfeifender Atem und keine schwärzlichen Flecken auf der Haut.

Also hatte die Pest noch nicht mit voller Wucht zugeschlagen. Langsam traten uns die Wachen entgegen und hielten die Hellebarden hoch.

»Woher des Weges?« fragte eine müde Stimme. Ich sah in die dunklen Augen des Mannes unter dem Schild der Eisenhaube.

»Aus Spanien. Wir suchen ein Haus, Freund, das wir mieten können. Es muß außerhalb der Stadt liegen.«

Der Posten musterte mich träge und lächelte, als er Alexandra sah. Sein Blick war stumpf, resignierend. »Ihr geht am besten zu Herrn de la Ramée. Seine Familie ist ausgestorben, und er ist in die Stadt gezogen.«

Ich warf ihm ein Goldstück zu und fragte leise: »Wo finde ich ihn?«

»In der zweiten Gasse nach dem Brunnenplatz, im Haus des Goldschmieds. Soll ich Euch hinführen?«

Ich nickte. »Ich bitte darum. Kann ich die Packpferde hierlassen?«

»Ja. Seit wie vielen Tagen seid Ihr unterwegs?«

»Mehr als zehn Tage«, antwortete Alexandra. »Und wir tragen nicht die Pest in uns.«

Der Posten übergab die Zügel der Packpferde und seine Waffe einem anderen Mann, der sich faul aus dem Schatten erhob. Zerberus machte ein paar Sätze und blieb bei den Tieren. Er würde jeden angreifen, der sich an den Satteltaschen zu schaffen machte. Der Mann in der Eisenhaube und der rostenden Rüstung griff nach den Zügeln meines Tieres, führte uns unter dem Tor hindurch und in die Stadt hinein. Gedämpfter Lärm und unaussprechlicher Geruch kamen uns entgegen. Die Hufe der Pferde traten auf Laub, auf Lumpen und in Schlamm. Aufgeregt flatterten Hühner vor uns auf und setzten sich auf die Brüstungen der schmalen Fenster. Unsere Köpfe stießen fast an die Balkone der Häuser. Keifende Frauen, schreiende Kinder, und zwischen ihnen lagen tote Ratten, an denen Hunde fraßen. Nachdem wir gebührend angegafft worden waren, gelangten wir vor das Haus des Goldschmiedes. Ich stieg aus dem Sattel und achtete darauf, nicht mitten in eine Schlammpfütze zu treten. Vom obersten Fenster des Nachbarhauses schüttete jemand einen Topf voller Urin auf die Straße. Alexandra duckte sich.

»Es wäre schön, wenn wir bald wieder die Stadt verlassen könnten«, sagte sie.

»So ist es«, sagte ich. »Ich eile, Herrin.«

Wir lächelten uns zaghaft zu, dann folgte ich dem Posten durch eine schmale Tür in den Laden eines Goldschmiedes. Der Mann saß hinter einer Glaskugel, die Strahlen und Helligkeit wie eine Linse sammelte, und sah auf, als wir eintraten. Der Posten hob die Hand.

»Sei gegrüßt, Gevatter! Wir suchen Herrn de la Ramée.«

Der Goldschmied entblößte ein paar schwarze, schiefe Zähne und murmelte: »Oben. Er schläft. Vielleicht ist er krank. Sein Leben liegt ...«

»... in der Hand des Herrn«, sagte ich. »Ich suche noch jemanden. Einen Mann, der Gold oder Silber in Scheidemünzen umgetauscht hat: groß, schlank, hat einen Bart.«

Ich malte mit dem Finger die Umrisse des Bartes, aber der Goldschmied schüttelte seinen grauen, faltigen Kopf.

»Nicht bei mir, Herr!« sagte er und hustete. Seine Lider waren bleiern und schwer, die Zunge schien geschwollen zu sein. Ich überlegte ... *Keine Wunderheilungen! Du deckst deine Maske auf! Erst wenn du den Fremden gefunden hast!* rief der Extrasinn. Wieder ein Mann, der sich angesteckt hat, ohne es zu wissen.

»Wieviel Goldschmiede gibt es noch hier?« fragte ich; in Wahrheit scheute ich mich, in das Treiben dort draußen zurückzukehren. Ich gab mir einen Ruck, erwiderte den fragenden Blick des Postens und sagte: »Danke, Gevatter Goldschmied. Mit Euch, Posten, muß ich später sprechen. Gehen wir hinauf.«

Der Goldschmied ergriff ein Hämmerchen und begann, auf eine ovale Platte zu schlagen. In seinen gichtigen Fingern befand sich ein zierlicher Meißel oder Stichel. Wir verließen den Raum, befanden uns in einem engen Treppenschacht, der schräg nach oben führte. Die Treppe knarrte verdächtig; wir kamen in einen halbdunklen Raum, in dem ein röchelnder Mann in einem Bett lag, dessen Vorhänge zugezogen waren. Ein Fenster stand halb offen und gab den Blick in einen winzigen Hof frei, in den sich die Sonnenstrahlen nur an einer Stunde des Tages hineinwagten; zur Mittagszeit.

»Herr de la Ramée?« fragte ich. Mit einiger Phantasie konnte man aus dem langgezogenen Stöhnen ein »Ja!« heraushören.

»Gebt acht, Herr«, sagte ich. »Ich möchte Euer Schlößchen mieten, für einen Mond oder deren zwei. Ich zahle mit Gold, und vielleicht kann ich Euch auch in Eurer Krankheit helfen.«

Der Posten ergriff eine Unschlittkerze, schlug Feuer, blies auf den Schwamm und entzündete die Kerze. Dann klirrten Ringe, und eine in der halben Dunkelheit gelb erscheinende Hand schob den Vorhang an der Längsseite des sargähnlichen Bettes zur Seite.

»Ihr wollt ... mein Haus mieten?«

»In der Tat«, sagte ich mit Bestimmtheit. Riesige, fiebrige Augen musterten mich neugierig.

»Aber ... dort sind viele am Schwarzen Tod gestorben«, sagte der Mann. Er war alt und zerbrechlich; in vier oder fünf Tagen würde er nicht mehr leben.

»Ich miete das Haus«, sagte ich starrköpfig. »Mit allem, was sich darum und darinnen befindet. Und Ihr, Herr Ramée, laßt Euch noch heute dorthin tragen – ich werde Euch helfen. Ich bringe gute Nachrichten und gute Medizin aus Spanien mit. Ich brauche auch Mägde und Knechte und einige Diener für meine Dame und für mich.«

»Nehmt das Haus, in Gottes Namen!« sagte der alte Mann mit zitternder Stimme. »Geht! Alles ist verflucht! Euer Leben und meines, das Haus und ...« Seine Stimme brach.

Ich winkte dem Posten und stolperte die vielen Stufen hinunter. Der Gestank in der Gasse erschien mir wie frische Luft. Ich packte den Mann neben mir an der Schulter und fragte: »Du fühlst dich gesund?«

»Ja, Herr.«

»Kannst du deinen Posten am Tor verlassen, ohne Ärger zu bekommen?«

Er starrte mich verwirrt an und zwinkerte überrascht, als ein zweites Goldstück in seine Hand glitt.

»Ja. Ich kann. Was wollt Ihr von mir, Herr?«

»Erstens sollst du uns zum Haus des Herrn de la Ramée führen. Zweitens sollst du für Mägde, Knechte und Diener sorgen. Und drittens sollst du heute abend den Herrn in sein Haus zurückbringen. Kann ich diese Aufgabe und einen Beutel Goldstücke in deine Hände legen?«

Der Posten legte seine Rechte auf die Brust und beteuerte: »Monsieur, ich bin

Mitglied der Schützengilde. Ich bewache diese Stadt, aber ich sehe, daß es nichts nützt. Ich werde tun, was Ihr verlangt.«

»Recht so!« sagte ich. »Dann besorge dir ein Pferd und reite uns voran.«

»So soll es sein!« bestätigte er.

Ich stieg in den Sattel, winkte Alexandra, und wesentlich schneller, als wir hineingeritten waren, verließen wir Bordeaux. Auch diese Stadt würde in den nächsten Wochen sterben, und dieses Mal sah ich mich außerstande, in größerem Maß zu helfen. Die gepeinigten Menschen kehrten sich von der Kirche ab, veranstalteten in ihrer Hysterie, von der Angst geschüttelt, Geißlerumzüge und sangen finstere Lieder, riefen längst vergessene Satanskulte ins Leben, und Juden, denen man vorwarf, die Brunnen vergiftet zu haben, wurden gesteinigt. Man veranstaltete Pogrome, meist nur ein Vorwand, sich das Eigentum dieser Minderheit anzueignen. Wir atmeten auf, als wir das Stadttor erreichten. Zerberus stand regungslos neben den Packpferden, die die Köpfe hängenließen. Aus dem Stall in der Nähe der Wachstube holte unser neuer Freund ein Pferd, schwang sich in den Sattel und rief:

»Folgt mir bitte, Herr! Eine halbe Stunde wird es dauern, wenn die Pferde nicht zu müde sind.«

Hinter uns blieben die Mauern der Stadt zurück, die kleinen Hütten und die Gärten im Vorfeld der Befestigungen, die Mühlen und die vielen senkrecht in den Himmel steigenden Rauchsäulen. Die Stadt, aufgebaut wie ein flacher Hügel aus vielen Kuben, war das beste Beispiel: Die hellen Türme der Kathedrale, die mit hochkünstlerischem Aufwand erbaut worden war, umgeben von den rußigen Rauchsäulen der Essen, sahen aus wie riesige Nadeln, die alle Menschen festgespießt hatten. Mich schauderte; ich drehte mich im Sattel um.

»Dort vorn ist es, Herr!« sagte der Mann mit dem Lederwams und den eisernen Schulterkugeln. Wir folgten einem Bach, der sich entlang eines waldigen Streifens verbreiterte und aufgestaut war. Jenseits eines kleinen Sees, idyllisch von Wasserlilien bewachsen, erhob sich ein massig gemauerter Bau, von Erkern und einem roten Ziegeldach gekrönt. Alexandra zügelte ihr Pferd, und wir bogen in einen verwilderten Garten ein.

»Sehr schön!« lobte ich.

Wir waren in scharfem Trab etwa zwanzig Minuten geritten. Der Druck ahnungsvoller Gedanken begann langsam zu weichen. Hier würden wir Ruhe finden, von hier aus konnte ich meine Suche nach dem Fremden betreiben, ohne aufzufallen.

Wir hielten vor dem Tor am Ende einer Aufschüttung. Hier floß das aufgestaute Wasser über. Um uns war nur das Rauschen riesiger, uralter Bäume. Über den Quadern des Wasserbauwerks erhoben sich verwitterte Wände mit vielen Fenstern. Es sah verfallen aus, aber einige Tage Arbeit würden dieses Haus wieder im alten Glanz erstrahlen lassen. Ich stieg ab und sagte zum Posten:

»Kannst du uns die Knechte bald herbeischaffen? Ich zahle in Gold – und denk an die Medizin aus Spanien.«

Wir öffneten mit Fußtritten die Tür, gingen hinein und stolperten über quiekende Ratten. Staub tanzte unter unseren Schritten. Das Gebäude hatte drei Stockwerke, die Küche befand sich unten, mit einem Fenster dicht über der Wasserfläche. Wir rissen sämtliche Fenster auf, sahen uns um und waren zufrieden.

»Ich bin in zwei Stunden mit vielen Leuten wieder zurück«, versprach der Wachtposten und galoppierte davon. Ich machte mich daran, einen Teil des Stalles zu säubern, versorgte die Pferde und trieb sie in den Garten, wo sie augenblicklich zu grasen begannen. Gegen Mitternacht hatten wir es geschafft:

Sämtliche Räume waren geputzt, gekehrt und mit viel heißem Wasser gesäubert, dem ich reinigende, antibakterielle Substanzen aus dem Flottenvorrat beigegeben hatte. Überall brannten in den Kaminen Feuer. Zerberus tötete große Mengen von Ratten. In der Küche wurde gearbeitet, alle verrotteten Gegenstände, aller Abfall waren im Hof zu einem riesigen Berg zusammengetragen worden, den ich anzündete. Ich stellte mit Alexandra die Liste der notwendigen Gegenstände zusammen, die wir in der Stadt einkaufen mußten. Knechte, Mägde und Diener waren gegen die Pest geimpft worden, auch der Posten; als man den alten, todkranken Mann brachte, wandte ich alles an, was ich hatte, um ihm zu helfen. Ich legte ihm sogar meinen Zellaktivator auf die Brust, und wir hofften, Herrn de la Ramée retten zu können. Wir sanken todmüde in die frisch bezogenen Betten, bliesen die Kerzen aus und umarmten uns.

8.

Am nächsten Tag schwebte der Gleiter, ungesehen im Schutz des Deflektorfeldes, bis in die verwahrloste Scheune. Alexandra und ich entluden ihn, bugsierten ihn in einen Winkel und aktivierten wieder das Energiefeld. Zwölf Dutzend Frauen und Männer arbeiteten am Haus, im Haus, am Weiher und im Garten. Knechte trugen die Gleiterladung in die Räume, die wir bewohnten; Alexandra beaufsichtigte die Arbeiten. Sämtliche Bäume wurden beschnitten, morsche Äste abgesägt, das wuchernde Gras und die Brennesseln gemäht. Ein Falke kreiste in den Gassen und über den Plätzen Bordeaux', zwei Robottiere und der schwarze Zerberus jagten Ratten. Die toten Nagetiere schmorten in den Feuern, mit denen wir den Abfall verbrannten und auf denen wir in jedem verfügbaren Kessel und Bottich Wasser kochten.

»Du wirst in die Stadt reiten und einkaufen, was wir brauchen? Erkundigst du dich bei den Goldschmieden?«

»Der Stadtgarde-Wächter wird mich zu ihnen führen, Alexandra«, sagte ich. »So war es gedacht. Welche Maske hat der Fremde wohl gewählt? In der Stadt kann er sich besser verbergen als an jedem anderen Platz.«

In meinem Zimmer, der Bibliothek des Herrn Ramée, stand der aktivierte Transmitter, aus der Gleiterladung. Ein Subrobot Ricos hatte zwei Großmonitoren gebracht; die Übertragungsstrecke zwischen der Schutzkuppel und meiner neuen Herberge stand. Alle Türen waren gesichert; ich würde keine Zuschauer haben.

Ich trat ans Fenster und sah eine Weile lang zu, wie das Laub des vergangenen Jahres zusammengerecht und verbrannt wurde, wie Knechte und Diener in Holzbottichen, umhüllt vom Dampf, badeten, wie sie sich mit meinen Scheren aus Arkonstahl das Haar schoren und mit ebensolchen Messern die Bärte schabten, wie sie ihre Lumpen verbrannten und sich neu einkleideten. In diesem Haus würde niemand an der Pest sterben.

Aus der Richtung des angebauten Zierturms hörte ich eine Glocke. *Frühes Mittagessen.* Ich winkte im Vorbeigehen dem Robot auf dem Monitor, sicherte die Anlage und ging zu Alexandra. Wir saßen an der Kopfseite eines sieben Schritt langen Tisches in einem großen Alkoven, dessen drei schmale, spitz zulaufende Fenster den Blick auf Garten und Teich erlaubten. Auch wir waren neu eingekleidet, hatten genußvoll gebadet und hatten den tiefen Schlaf in frisch bezogenen Betten genossen.

Alexandra hob einen leicht zerbeulten Pokal und zwinkerte mir über dessen Rand hinweg zu. »Es war Zeit, nachzudenken«, sagte sie leise. »Es ist wieder ganz anders als auf unserem sonnendurchglühten Felsenschloß in der Thar-Wüste. Wir sind zurückgekehrt, so scheint es, in finstere Zeiten.«

Ich nippte am hellroten, prickelnden Wein aus Herrn de la Ramées Gewölben und ließ mir Zeit mit der Antwort. »Dreizehneinhalb Jahrhunderte nach der Zeitenwende, Liebste: Noch immer sind der Glaube und das Verhalten der Barbaren irrational und dumpf. Sie glauben inbrünstig jede Lehre, auch die falschen. Nackt baden ist Sünde, tiefster Aberglaube herrscht; in Wirklichkeit strahlt nur wenig apollinisches Licht in ihre verrußten Häuser und in ihren Verstand, der voll von Spinnweben, Staub und unsinniger Furcht ist.«

»Es ist die Maske dieses Jahrhunderts, Atlan«, sagte sie. »Welche Masken wird unser versteckter Freund gewählt haben?«

»Ähnliche wie wir: Edelmann, Reisender, Wissenschaftler – hoffentlich finde ich ihn bald. Rico hat drei Spionsonden nach Bordeaux eingeschleust.«

»Du wirst ihn finden. Wie damals die Schwarze Burg und so vieles andere.«

»Zuerst werde ich unsere Lage stabilisieren und verbessern. Mit Ricos Hilfe.«

Wir aßen mit den Vorarbeitern, beendeten das lange Essen mit einem fröhlichen Trinkspruch, und ich zahlte die Arbeiter für den ersten Tag aus; mit kleinen, künstlich gealterten Goldmünzen.

»Hunderttausend Menschen starben schon 425 Jahre vor der christlichen Zeitenwende im belagerten Athen«, sagte der Roboter. »Nach meinen wahrscheinlich unvollkommenen Beobachtungen ist es nicht der erste Siegeszug des Schwarzen Todes in Europa. Schon vor 565 nach Christi Geburt, unter Kaiser Justinian, gab es eine verheerende Epidemie, auch im siebenten und achten Jahrhundert. Meist sterben fünfundsiebzig Prozent aller Angesteckten. Und zwar, wie du weißt, innerhalb von fünf Tagen. Die Griechen nannten die Seuche *Loimos.* Ich schicke hochkonzentrierte Medikamente durch den Transmitter, in einigen Stunden.«

»Gut so.« Ein Bildschirm teilte sich in mehrere Felder, die meist dreidimensionale Wiedergabe zeigte Blicke aus den Optiken der Sonden und der Robottiere. »Hast du das Raumschiff orten können?«

»Nein. Nicht der winzigste Impuls aus dem betreffenden Raumsektor oder anderen in dessen Nähe.«

Ich erfuhr von Rico, daß der Schwarze Tod aus der Mitte Asias über die sogenannte Seidenstraße gekommen und von Schiffen in die Mittelmeerhäfen eingeschleppt worden war. Überall dort, wo Ratten und deren Flöhe engen Kontakt miteinander hatten, war die Gefahr am größten. Rico sagte:

»In der nächsten Lieferung sind ebenfalls hochkonzentrierte Flüssigkeiten, die ihr versprühen müßt: Kein Ungeziefer wird überleben.«

»Das ganze Schlößchen stinkt nach meinem Vorrat«, sagte ich. »Ich habe zu tun; Alexandra wird dir sagen, was wir brauchen. Melde die Lieferung über ihr Kommunikationsarmband, Rico.«

»Deine Befehle, Monsieur Atlan.«

Ich schaltete die Sicherungen ein und verließ den Raum. Ich öffnete und schloß ein paar Türen und betrat das Zimmer, in dem ein junges Mädchen den todkranken alten Mann pflegte. Aus Alexandras Wohnraum kamen die Klänge von Musik; sie spielte Aufnahmen aus unserem Vorrat ab, irgendwann von Rico in einem Schloß oder einer Kathedrale aufgenommen.

»Wie geht es ihm, Ludwiga?«

Sie sah auf. Mittagssonne durchflutete den Raum, der nach frischem Wasser und Reinigungsmitteln roch.

»Schon viel besser, Herr. Seine Augen glänzen nicht mehr, der Atem pfeift nicht mehr, seine Stirn ist nicht mehr heiß. Er schläft seit zehn Stunden, seit ich ihm die Brühe eingeflößt habe.«

Ich beugte mich nieder und untersuchte den Mann, nahm den Aktivator von seiner Brust, horchte ihn ab und sah, daß der Körper sorgfältig gewaschen und eingesalbt worden war. Die holzigen Knoten in der Leistengegend, im Hals und in den Achselhöhlen waren weicher und kleiner geworden. Herr de la Ramée war gerettet. Seine Lippen zeigten wieder kräftige Farbe.

»Wenn er aufwacht, gib ihm den Rest der Brühe und schlage ein paar Eier hinein. Und drei Löffel von dieser Medizin.«

Sie stand auf und verbeugte sich. Wir hatten sie aus dem Waisenhaus der Stadt geholt. Das neunzehnjährige Mädchen erwies sich als sehr geschickt. Ich stand auf und sagte:

»Nachdem du ihn gefüttert hast, geh zur Herrin und such dir ein Zimmer und ein Bett. Schlaf dich aus.«

»Jawohl, Herr!«

Ich verließ das Zimmer. Vielleicht war es möglich, unbemerkt und ohne großen Aufwand den Kreis der Personen, die gegen die Pest immun waren, zu vergrößern. Wenn ich mit Wunderheilung aufwartete, würde sich der Zorn der Menge gegen mich kehren, und ich landete wegen Ketzerei im Gefängnis. Abgesehen davon, daß ich mich schnell würde befreien können, hielt ich nichts von dieser Aussicht. Ich hatte ein definiertes Ziel. Eine halbe Stunde später war ich am Stadttor. Man erkannte mich wieder und ließ mich ein. Ich zog den Stadtplan aus der

Tasche, den ich nach einem Foto des Falken angefertigt hatte. Etwa fünfzehn Stellen waren vermerkt, an denen ein Fremder Geld tauschen konnte. Einen Teil der in Frage kommenden Händler und Goldschmiede konnte ich besuchen, ohne aufzufallen, denn ich mußte viele Dinge einkaufen. Mit den Münzen meiner Maschinen würde ich zahlen. Ich hatte genug davon. Ich fing mit Einkäufen an. Meine Liste wurde kürzer; ich bat die Kaufleute, ihre Boten gegen Abend ins Haus des Herrn de la Ramée zu schicken, weil ich sie dort entlohnen würde. Überall spielte sich der gleiche Dialog ab.

»Monsieur«, fragte ich, »vor etwa einem Mond oder einigen Tagen mehr oder weniger kam ein Fremder in diese Stadt, ein Freund. Er muß Edelmetall gegen Geld gewechselt haben, Gold gegen Münzen oder Silber. Hat er bei Euch gewechselt? Hat er bei Euch eingekauft?«

Man fragte mich, wie der Fremde ausgesehen habe, und ich schilderte ihn. Kopfschütteln.

»Fragt Eure Diener, ob sie ihn gesehen haben!«

Diener und Handwerksgehilfen wurden gefragt, auch sie wußten nichts. Nur einmal sagte ein Junge, er habe gehört, daß in Meister Uhrenmachers Turm ein Alchimist hause, aber er wisse nichts Bestimmtes.

»Wir haben niemanden gesehen, Herr!« war die Antwort.

»Ich danke Euch. Bringt die Waren heute abend zu mir, ja?«

»Wir werden pünktlich sein, Herr.«

Die Stadt: Ich wunderte mich über die schroffen Gegensätze. Während ringsum die Menschen starben – der Tod trat durch Herzversagen bei einer heftigen Bewegung ein –, hasteten die Lebenden weiter und taten nicht viel, um sich zu schützen. Oft wurden die Kranken in die städtischen Spitäler gebracht, in denen sie dem Tod entgegenröchelten. Niemand räumte den unbeschreiblichen Dreck von den Straßen, niemand kümmerte sich um die verendenden Ratten, niemand machte sich Gedanken darüber, daß die Schweine, die sich in diesem Dreck wälzten, die von den kranken Ratten gebissen worden waren oder die Ratten auffraßen, wahre Krankheitsverbreiter sein mußten. Ich sah rührende Beispiele, die Entwicklung zu ändern, ebenso bemerkte ich die Hilflosigkeit und das Bestreben, so zu tun, als gehe die Pest nur die Kranken etwas an, nicht die Gesunden. Schließlich befand ich mich im Gewölbe eines Juden. Abraham Gansfort war ein junger Mann mit einem Gesicht, das pergamenten wirkte, mit großen schwarzen Augen.

»Ihr wünscht, Herr?«

Ich las die letzten Posten der Liste vor und sah, daß sich Abraham Notizen machte und jedesmal nickte.

»Ihr könnt alles haben«, sagte er. »Fragt nur bei Chevalier Jagellon an! Gute Ware, niedrige Preise, kein Ausschuß. Wollt Ihr wächserne Kerzen oder die mindere Qualität?«

»Wächserne«, sagte ich, »deren Dochte lang glimmen und die gut riechen, wenn sie ausgeblasen werden. Wer ist Chevalier Jagellon?«

»Ihr kennt nicht den Alchimisten, der im Turm von Meister Uhrenmacher wohnt und mit allen Mönchen spricht?« *Das kann er sein!* sagte mein Extrasinn. *Der Fremde!*

Ich bemühte mich, mein freudiges Erschrecken nicht zu zeigen, sah zu, wie Abraham einem Gehilfen seine Liste gab und zu rechnen begann. Ich lehnte mich gegen einen Ballenstapel, sah mich im dämmerigen Gewölbe um und fragte nach einer Weile: »Wann kam der Chevalier in die Stadt?«

»Vor ungefähr einem Monat. Er kauft regelmäßig bei mir. Ihr wollt ihn kennenlernen, Herr?«

»Vielleicht.«

Ich sah, wie Abraham auf Zettel aus schwarzem Papier schrieb; also hatte sich die Erfindung bereits durchgesetzt. Pergament wurde weniger benutzt, war aber noch in Gebrauch. Besonders bei den fleißigen Mönchen, die Bücher abschrieben und es dabei manchmal nicht sehr genau mit der Werktreue nahmen. Abraham sah auf, nannte die Summe, und ich legte eine Reihe von Geldstücken auf das Zahlbrett. Er prüfte sie sorgfältig, lachte und meinte: »Ich lasse alles ins Haus von de la Ramée bringen. Heute abend, edler Monsieur.«

»Bevor es dunkel wird. Wo ist die Werkstatt des Uhrenmachers?«

»Neben dem südlichen Turm, Herr. Soll ich Euch hinführen lassen?«

»Gebt mir einen Jungen mit, der mich führt«, bat ich. Ich verließ den Laden, ritt langsam hinter dem Jungen her, der den Zügel hielt. Wir durchquerten fast die ganze Stadt, kamen an Bürgerhäusern vorbei, die aus Quadern, Fachwerk und kleinen Fenstern bestanden. Die Reichen konnten sich kleine gläserne Scheiben leisten. Aber noch immer sahen die Fronten aus, als würden sie argwöhnisch und abweisend auf das Leben der Gassen blicken. Die Badehäuser waren geschlossen worden, als die Pest begann.

Der Junge deutete auf ein schmalbrüstiges Haus, das mit der Rückfront an der Stadtmauer und mit der rechten Seite neben einem Wehrgang an einem wuchtigen Turm mit Zinnen und Schießscharten lehnte. Eine halb gemalte, halb geschmiedete Uhr, deren Zeiger sich nicht rührten, befand sich über einer Holztür. Der Vorplatz des Hauses sah überraschend gut gepflegt aus, der Unrat der Straße war entfernt: ein deutliches Zeichen.

Ich warf dem Botenjungen eine Münze zu und rief: »Danke für den Weg! Ich finde allein zurück.«

Dann versuchte ich, Bewegungen hinter den Scheiben wahrzunehmen, aber ich sah nicht mehr als einen Schatten. Warum verhielt sich dieser Mann so, als würde er ununterbrochen von Häschern verfolgt? Warum dieses übergroße Mißtrauen?

Zuerst waren zwei reisende Scholaren einem Gelehrten gefolgt, jetzt ritten Edelleute einem Alchimisten nach. Ein Spiel der Masken, das einen tieferen Sinn hatte, wenigstens für den rätselhaften Fremden.

Langsam verdichtete sich mein Plan. Ich wendete das Pferd, ritt zurück und verließ die Stadt. Wir würden dem Fremden auflauern.

Gegen Abend trafen die Lieferanten ein, trugen Körbe und Fässer, kamen mit Schubkarren und kleinen Wagen, die erbärmlich quietschten. Sie luden die Gegenstände, Eßwaren und Wein ab, und ich überredete sie, an die Wundermedizin aus Spanien zu glauben. Ich impfte allen das Serum gegen die Pest ein, etwa dreißig Menschen waren gerettet. Dann programmierte ich einen Falken und setzte ihn auf unser Ziel an: Chevalier Jagellon. Wir mußten wissen, wann er sein Haus verließ.

Im Haus von de la Ramée stand alles so gut, wie wir es uns wünschen konnten. Die Brutstätten des Pestflohs waren niedergebrannt, die Ratten, die in der Raserei des Todeskampfes um sich bissen und die Pest an Tiere und Menschen weiterreichten, waren verbrannt worden – mehr als tausend hatten wir allein im Bezirk des Hauses am Teich gefangen. Aus dem verwilderten Garten war ein schöner Park geworden, die Pferde weideten auf einer nahen Koppel, sogar der Bachlauf war von Unrat gesäubert worden. Sonne und frischer Wind trockneten das Haus aus und nahmen den dumpfen Geruch mit. Der alte Mann war gesund, aber schwach – die schwammigen Wucherungen im Mund waren verschwunden, und sein rasender Durst schien gestillt zu sein.

Die letzten Boten luden ab, wurden geimpft und entlassen. Vermutlich würden die Gerüchte einsetzen und einen Zustrom von Menschen hervorrufen. In der Nacht betrachteten wir die Bilder, die uns der Falke lieferte, der um den Turm strich, auf den Fensterbrettern saß und dem falschen Alchimisten bei der Arbeit zusah, ebenso wie die Sonden patrouillierten. Alexandra drückte auch meine Gedanken aus, als sie sagte:

»Der Fremde hat fünf Wächter angestellt. Und nichts deutet darauf hin, daß er von den Sternen kommt.«

Nichts, abgesehen davon, daß der Mann mit dem dunklen Bart und den fremden Augen in einem Folianten las, in DE ANIMALIBUS von *Albertus Magnus*. Hin und wieder lachte er sarkastisch.

Unsere Falle schnappte am nächsten Morgen gegen elf Uhr zu. Als Chevalier Jagellon die Tür öffnete, um das Haus zu verlassen, bewies Alexandra, welch hervorragende Reiterin sie war. Ihr Pferd scheute und wieherte, keilte aus und ging in die Höhe; Alexandra schrie, das Tier ging durch und galoppierte auf den Fremden zu. Alexandra schwankte hilflos im Sattel, ich stürzte vor, um ihr zu helfen. Dicht vor dem Fremden kämpfte sie mit den Zügeln, rutschte seitlich aus dem Sattel; der Mann reagierte schnell, riß mit einer Hand den Kopf des Pferdes herunter und fing Alexandra auf, ehe sie auf den Boden fiel. Dann war ich heran, nahm den Zügel und beruhigte das Pferd. Alexandra spielte eine Ohnmacht und lag hilflos in den Armen des Mannes, der schweigend von mir zu Alexandra und zurück blickte. Ich nahm ihm Alexandra ab, schüttelte sie vorsichtig, murmelte etwas, und sie kam wieder zu sich.

»Habt Dank, Chevalier!« sagte ich. »Ihr habt ihr sehr geholfen. Ohne Euch wäre sie jetzt verletzt.«

Alexandra öffnete die Augen und strahlte ihn fasziniert an.

»Schon gut«, sagte der Fremde. »Mit wem habe ich das Vergnügen der Bekanntschaft?«

Ich verbeugte mich. »Atlan de la Carafa, und dies ist Alexandra Lancaster. Wie kann ich Euch danken, Chevalier?«

Er lächelte zurückhaltend, sah sich prüfend um und entdeckte, daß sich eine

Menge Menschen versammelt hatten und schweigend zuschauten. Wir sprachen makelloses Französisch.

»Laßt nur«, sagte er leise. »Der Genuß, Euch, Alexandra, in den Armen zu halten, war Dankes genug.«

»Wie artig!« hauchte Alexandra affektiert.

»Der Dank geziemt Euch«, sagte ich, »wir sind beschämt. Ich gebe heute nacht eine kleines Fest, nur für ausgesuchte Personen. Ich bestehe darauf, daß Ihr uns mit Eurer Person beehrt. Darf ich einen Pokal für Euch putzen lassen?«

Die Aufforderung kam ihm denkbar ungelegen, aber er blieb in seiner Rolle, hob die Hände. »Es ist sicher ungesund, in Pestzeiten das Haus zu verlassen. Wir bringen einander in Gefahr!«

»Seid Ihr pestkrank, so kann ich Euch heilen«, sagte ich. »Ein Priester in Italien gab mir eine Medizin.«

Recht so! Erwähne Spanien möglichst selten! flüsterte der Extrasinn.

»Ihr seid Arzt?« fragte der Fremde.

»Ich bin erfahren in vielen Künsten. Ich kann lesen und schreiben, obwohl ich ein Edelmann bin«, sagte ich laut. »Ich erneuere die Einladung ... Ihr werdet heute abend kommen? Wein und Speisen, Musik und schöne Frauen sind bereit!«

»Ihr seid beleidigt, wenn ich Eurer Einladung nicht folge?« fragte er. Meine Gedanken schienen richtig zu sein: Er fühlte sich offensichtlich verfolgt. Trotzdem wußte ich, daß er mich keinesfalls für einen Mann aus der Ferne der Milchstraße hielt, sondern nur für einen zudringlichen Edelmann.

»Mit Recht bin ich beleidigt! Seht nur, wie verzehrend Alexandra Euch anblickt und bittet!« sagte ich lachend.

Er nickte. »Ich werde kommen. Gestattet Ihr, daß ich meine Freunde mitbringe?«

»Nur zu«, sagte ich. »Auch sie, wer immer sie sein mögen, sind willkommen.«

Wir schüttelten einander die Hände, beide trugen wir Handschuhe. Dann winkte der Fremde. Zwei vierschrötige Gestalten folgten ihm, als er an uns vorbeiging, sich vor Alexandra verneigte und hinter der Biegung der Gasse verschwand. Ich half ihr in den Sattel und flüsterte: »Deine Vorstellung war preiswürdig.« Dann ritten wir aus der Stadt, nicht ohne vorher Boten zu den anderen Gästen geschickt zu haben. Gold öffnet viele Türen. Es hatte auch die Musiker bewogen, zuzusagen, desgleichen die Töchter einiger wohlhabender Bürger. Es würde ein kleines, aber aufschlußreiches Fest werden. Der Nachmittag verging damit, daß wir versuchten, das Fest auszurichten. Viele Menschen kamen und gingen, halfen uns oder blieben mit ihren Instrumenten da. Alle wurden gegen die Pest geimpft. Sogar ein paar geistliche Würdenträger kamen. Alexandra wandte sich in einer freien Minute an mich und fragte leise:

»Wie willst du vorgehen, Atlan? Wenn du ihn fragst, wird er sich wieder verfolgt fühlen und flüchten.«

Die Frage war mehr als berechtigt. Das war ein schwieriges Problem. War dieser Mann ein Flüchtling, war er ausgesetzt worden, oder hatte er sich hier in eine Art Exil zurückgezogen? Wir wußten es nicht.

»Ich werde versuchen, ihn zu einer Äußerung zu provozieren. Vielleicht hilft mir die Überraschung. Gleichzeitig habe ich einige Sicherungen eingeplant, so daß er uns nicht entkommen kann.«

»Viel Glück!« sagte Alexandra.

Es schien, als wären wir kurz vor unserem Ziel. Vor rund fünfzig Tagen waren wir aufgebrochen, um den Fremden zu finden. Jetzt kannte ich ihn. Dieser Erfolg ließ meine Laune besser werden, aber ich ahnte, daß wir noch lange nicht am Ziel waren. Das seltsame Verhalten des Fremden gab mir Rätsel auf.

Wir hatten vier Räume frei gemacht und festlich geschmückt. Drei von ihnen gingen ineinander über, der vierte war über die breite Treppe zu erreichen. Der Hausbesitzer saß, in Decken gehüllt und leicht betrunken, in einem Sessel mit hoher Lehne in der Nähe des Kamins. Die Spielleute waren vollzählig da und fingen an, unbekannte Lieder zu spielen. Portativ und Querpfeifen, ein umfangreiches Schlagwerk in allen Tonhöhen, zwei Lautenspieler, jemand, der die fünfsaitige Fiedel und ein anderer, der die dreisaitige Geige spielte, eine Drehleier und zahlreiche Holzblasinstrumente ... eine stark rhythmische, recht wohltönende Musik erklang.

Viele Kerzen brannten, viele Pokale und Becher standen da, bereit, gefüllt und geleert zu werden. Die ersten Gäste trafen ein, als es dunkel wurde. Ich hatte in einen besonders gewürzten Wein das Serum verrührt und würde die Hochdruckspritze nicht anzuwenden brauchen. Wir begrüßten die Gäste, stellten Fragen und beantworteten noch mehr Fragen, versuchten, die Lebensweise der Menschen zu ergründen. Fast als letzter kam der Chevalier Jagellon mit zweien seiner kräftigen Diener. Eine etwa neunzehnjährige Bürgerstochter mit ausgeschnittenem Mieder und langem Rock begleitete ihn – ich kannte sie nicht. Ich sah nur aus der Reaktion der anderen Gäste, die tuschelnd die Köpfe zusammensteckten, daß das Mädchen nicht ihrem Stand angehörte.

»Ich grüße Euch, Chevalier!« sagte ich. »Ich brenne darauf, mich mit Euch über die Kunst zu unterhalten, über die Suche nach dem Stein der Weisen.«

Er winkte verächtlich und mit einem Augenzwinkern ab.

»Sie ist ähnlich wie die Kunst der Ärzte«, sagte er leise. »Den Meistern wohlbekannt, samt der Grenzen, und ein Schauspiel für jene, die nichts kennen.«

»So sagt man«, meinte ich und begrüßte das Mädchen, das mir unter langen Wimpern einen schnellen, berechnenden Blick zuwarf. Ich lächelte offen zurück und führte sie in die Mitte des Raumes, wo ich die Vorstellung übernahm. Auch hier spürten wir, daß die Pest unsichtbarer Gast war; nur drei Menschen wagten es, in die Nähe anderer zu kommen. Der Fremde, Alexandra und ich. Nervöse Spannung breitete sich zwischen uns aus. Selbst wenn der Fremde es nicht bewußt merkte und analysierte, so spürte er es doch. Ich holte Atem und trat, zwei Pokale in den Händen, vor das Mädchen und den Fremden.

»Dort, woher ich komme«, sagte ich leise, »kennt man die Pest schon lange. Man hat auch Mittel ersonnen, um nicht von dieser Geißel geschlagen zu werden. Ihr braucht keine Angst zu haben, daß Ihr Euch ansteckt.«

Das Mädchen nahm den Pokal und trank, Jagellon zögerte noch.

»Dort, woher ich komme«, sagte er, »kennt man die Pest nicht. Aber wir haben Heilmittel gegen alles.«

»Woher kommt Ihr, Jagellon?« fragte ich leise.

Während die Spielleute die Gäste unterhielten, wurde sehr viel Wein getrunken. Diener gingen umher und boten Platten voller Leckerbissen an; eine Sitte, die man hier nicht kannte. Es gab keinen feierlich gedeckten Tisch, denn eine solche Menge Geschirr hatte ich nicht kaufen wollen.

»Woher kommt *Ihr,* Atlan?« fragte er ebenso leise zurück.

»Vielleicht kennt Ihr das Land«, sagte ich. »Wenn man fliegt, wie der Falke fliegt, erreicht man es in fünf Tagen. Es liegt westlich von Kastilien, gesäumt vom Meer und von der Sonne.«

»Der Name?«

»Arkonien.« Ich glaubte in seinen Augen ein winziges Leuchten des Erinnerns, des Verstehens zu erkennen.

»Ich komme von weit aus dem Osten«, behauptete er. »Dorther, wo die Pest herkam, vor Jahren, mit den Krummbeinigen Reitern.«

»Ich verstehe«, sagte ich. »Also brauchen drei Personen die Krankheit nicht zu fürchten. Schließlich kennen wir alle die Schrift der Pariser Universität, die, auf die Lehren von Albertus und Aristoteles gestützt, Amulette aus Edelsteinen, schnelle Flucht oder saure Speisen und Duftmittel als Heilung empfiehlt!«

Wir lachten höflich, zu höflich, um echtes Interesse zu zeigen; ein wechselseitiges Abtasten. Er versuchte herauszufinden, wer ich wirklich war, und ich wartete auf das Zeichen. Alexandra kam, verwickelte die junge Kurtisane in ein Gespräch und zog sie mit sich zu de la Ramée, der das Mädchen mit gierigen Augen betrachtete. Lautes Gelächter kam aus der Gruppe, wo die Geistlichen mit einigen Bürgersfrauen standen.

»Mir scheint, Meister Albertus ist ein wenig über das Ziel hinausgeschossen«, meinte Jagellon. »Aber was tut Ihr hier, nahe einer Stadt der Pest, Edler?«

Ich warf mein Haar zurück und zuckte mit den Achseln.

»Wir sind Wanderer, Alexandra und ich, sind Träumer; wir suchen das Wunder, daß uns jemand zu den Feuern der ewigen Sterne entführt.«

Ich winkte ab und trank meinen Pokal leer. »Aber dies ist natürlich nur ein Traum, nur ein Märchen, nichts mehr, nichts weiter.« *Vorsicht! Du wagst dich zu weit vor!*

»Sterne?« fragte er mit hochgezogenen Brauen. Er musterte mich scharf, als sähe er mich zum erstenmal. »Was wißt Ihr von den Sternen?«

»Nicht viel«, entgegnete ich leise. »Es sind Feuer am Himmel, und der Zorn der göttlichen Feuer hat uns die Pest gebracht, wie Albertus schon vorhergesagt hat.«

Er nickte. »So wird es sein, Atlan. Ihr habt einen vorzüglichen Geschmack, was Gespielinnen und Wein betrifft.«

»Nun«, murmelte ich, »in einigen Dingen habe ich eine glückliche Hand. Auch die Dame, die Euch begleitet, hat unübersehbare Reize.«

Er wirkte auf einmal zerstreut und abwesend.

»In der Tat ...«, murmelte er. Er nickte mir zu und begann einen Rundgang durch die Räume. Ich folgte ihm leise, unterhielt mich mit einigen Personen und fing einen fragenden Blick Alexandras auf. Ich zwinkerte und sah, daß der Weinkrug, in den ich das Serum gemischt hatte, leer war. Das bedeutete Rettung für die Gäste. In der Nähe des Kamins, neben dem Fenster, blieb Jagellon stehen. Dort saßen meine Falken auf der Stange, die zierlichen Hauben über den Köpfen. Jagellon betrachtete sie mit großem Interesse, und schlagartig durchfuhr mich eine Erkenntnis. Ich trat neben ihn, vor Spannung halb krank, tippte ihm auf die Schulter und fragte leise:

»Ihr interessiert euch für Beizvögel, Jagellon?«

»Ja«, sagte er deutlich. Diesmal war kein Argwohn in seiner Stimme. »Sie sind frei und sehen die Welt unter sich im richtigen Maßstab. Klein und unbedeutend. Und noch kleiner die Menschen, wie Termiten.«

Jetzt war ich überzeugt, daß Jagellon der Fremde aus dem Weltall war: Er hatte Termiten mit Ameisen verwechselt. Termiten waren unsichtbar, sie bauten ihre Gänge im Dunkeln. Ein Fehler dieser Art hätte auch mir passieren können, wäre ich an seiner Stelle gewesen. Ich griff nach vorn, der Falke tastete sich auf meinen Unterarm, und ich nahm die Kappe von seinen Augen. Der fliegende Robot war ein Meisterwerk der Maschinen. Ich hoffte, daß diese Tarnung lange genug anhalten würde.

»Mein Geschenk«, sagte ich. »Für die schnelle Weise, in der Ihr Alexandra geholfen habt. Aber eine Bedingung ist daran geknüpft.«

Er wirkte ehrlich überrascht. Wenn er den Falken annahm, hatte ich einen Spion direkt in seiner Nähe plaziert. Dann würde selbst eine schnelle Flucht uns nicht ratlos zurücklassen. Der Falke starrte Jagellon mit scharfen Linsenaugen an und zuckte mit den Flügeln.

»Er versteht fast jedes Wort«, sagte ich. »Und für jede Art von Jagd ist er trefflich zu gebrauchen.«

»Das ist ein Geschenk, eines Herrschers wert!« staunte er, aber er ließ sich den Falken auf das Handgelenk setzen. Um uns waren die Klänge der Musik und die Laute des fortschreitenden Festes. Die Diener musterten uns wachsam, die junge Kurtisane scherzte mit einem Prior.

»Es ist ein Geschenk für einen Mann, der mein Freund sein könnte«, sagte ich.

»Welche Bedingung, Atlan?«

»Daß Ihr die Einladung erwidert! Ich glaube, wir können uns lange angeregt über Alchimie unterhalten. Und über vieles andere.«

Er nickte schnell. »In zwei Tagen!« sagte er. »Einverstanden? In der Werkstatt, zwischen Uhren und Phiolen?«

»So sei es!« bestätigte ich und stülpte die Haube über den Kopf des Falken, dessen farbiges Gefieder im Licht der herunterbrennenden Kerzen und der Flammen in den Kaminen glänzte. Jagellon sah mich durchbohrend an, als wittere er hinter meiner Einladung eine Falle, und eine zweite, gefährlichere für das Fest, das er geben mußte.

»Aber es wird ein kleineres Fest sein, denn meine Möglichkeiten sind beschränkt«, meinte er, verwundert und etwas stolz den prächtigen Vogel ansehend.

»Es wird uns um so mehr freuen«, entgegnete ich.

Langsam endete das Fest. Ein Teil der Gäste war betrunken und wankte hinaus. Ein anderer Teil sprach leise miteinander; einige Musikanten schliefen. Der Wein wurde nur noch in kleinen Schlucken getrunken, die Platten voller Leckerbissen waren leer. Der Besitzer des Hauses schlief, Alexandra unterhielt sich mit der Kurtisane, die Jagellon begleitet hatte. Knackend flogen Funken aus dem Kamin, und aus dem Winkel, in dem Kaufleute standen, ertönte leises, sattes Gelächter. Wir waren einen großen Schritt weitergekommen.

Trotzdem hatten wir keinen sicheren Kontakt mit dem Außerirdischen herstellen können. Er benahm sich wie ein Gehetzter, hinter dem eine Menge rücksichtsloser Agenten her war. Verhielt es sich so? Und wo befand sich sein Funkgerät? Wir verabschiedeten uns nacheinander von den Gästen; und zwei Stunden nach Mitternacht waren wir endlich allein und saßen uns in schweren, geschnitzten Sesseln gegenüber. Links von uns war der Kamin im obersten Zimmer des Hauses am Teich, rechts stand ein Tischchen mit Pokalen und einem vielarmigen Leuchter, in dem heruntergebrannte Kerzen staken. Leise sagte Alexandra:

»Wir haben jetzt einen Spion, der alles sehen und hören kann, was der Fremde unternimmt. Wird es uns helfen?«

Ich zog die Schultern hoch, starrte in die Flammen, die hin und wieder aus der Glut hochzüngelten.

»Vermutlich erfahren wir mehr über ihn und seine Möglichkeiten, sich mit außerirdischen Intelligenzen zu verständigen.«

Wir sahen uns in die Augen und hatten gleichzeitig denselben Gedanken. *Es ist ein Geheimnis um diesen Fremden,* sagte mein Extrasinn. Alexandra murmelte:

»Ich kenne einen Teil deiner Erzählungen, Atlan, und ich ahne, daß es dieses Mal anders sein wird als in Britannien oder mit Tore Skallagrimsson, dem Walroßbullen.«

»Dieses Gefühl habe ich auch.«

Die Kerzen brannten herunter und erloschen, eine nach der anderen. Im Teich quakten Frösche, und eine Ahnung bemächtigte sich meiner. Ich fürchtete, daß ich einem Trugschluß erlegen war. Sie konnten ebensowenig wie ich ein Raumschiff bauen noch einen Hyperraumsender, mit dessen Hilfe ich meine Heimat erreichen konnte. Als ob Alexandra meine Gedanken erraten habe, sagte sie leise und liebevoll:

»Du überlegst, wie du ihnen helfen kannst, ohne selbst in Gefahr zu geraten?«

»Ja«, sagte ich. Sie lächelte.

»Denk an deine Zauberschirme. Sie zeigten dir nicht nur Italien, Kastilien und Frankreich, sondern viele andere Länder. Den großen Doppelerdteil im Westen, Landschaften im Süden, Tausende großer und kleiner Inseln.«

Ich griff nach ihren Fingern und schloß: »Das sind Dinge, über die wir sprechen, wenn wir das Geheimnis des Gehetzten herausgefunden haben.«

»Finden wir es?«

Ich erwiderte wahrheitsgemäß: »Niemand weiß es. Nicht einmal mein Extrasinn.«

Wir bliesen die letzte Kerze aus und gingen zu Bett. Von fern hörten wir merkwürdigen Lärm. Als ob sich in der Stadt riesige Menschenmassen zusammenrotten würden. Eine Glocke schlug, ein Turmwächter stieß in sein Horn. Wildenten bewegten sich im Schilf und hie und da wohl auch eine Hausratte oder eine Wanderratte.

Im Morgengrauen stand ich auf, schlüpfte in den dicken weißen Bademantel und ging zur großen Truhe hinüber. Ich schob den Wandschirm zur Seite und musterte mein sorgenvolles Gesicht in dem runden Spiegel, der über der Truhe hing; einer der ersten wirklich brauchbaren Glasspiegel Frankreichs. Ich nahm den ledernen Unterarmschutz heraus, auf dem die Beizfalken saßen, und aktivierte die optischen und akustischen Systeme des fliegenden Geschenkes vom Vorabend. Im Park regte sich etwas; der Robothund hob den Kopf und tappte zum verhängten Fenster. Ich flüsterte: »Ruhig! Eine Schnepfe oder ein Hase.«

In dem Raum, in dem der Falke saß, war es ebenso dämmerig wie hier. Auf dem Bildschirm erkannte ich einen großen Arbeitstisch, eine Wand voller stehengebliebener Uhren, Werkzeuge, Tische, Leuchter und Stühle mit hohen Lehnen. Dazu eine lange Reihe Pergamentrollen und kopierten Büchern. Auf dem Arbeitstisch stand ein Leuchter mit fünf Kerzen, von denen vier brannten. Der Fremde saß in einem Stuhl, hatte vor sich Schriftstücke liegen und schrieb. Der Stift, den er in seinen Fingern hielt, schien weder ein Kohlestab noch eine Schreibfeder zu sein. Wieder ein Indiz mehr für seine außerirdische Herkunft. Dann drehte er den Kopf, hob den Arm, und seine Finger schoben sich über den Tisch. Der Falke bewegte unmerklich den Kopf.

Ein Funkgerät! schrie unhörbar der Extrasinn.

Es glänzte nicht einmal im Licht der Kerzenflammen. Zwischen Phiolen und Tiegeln stand ein drei Handbreit großes, eine Handbreit dickes Gerät mit vier ausgezogenen Antennen, die in merkwürdigen Winkeln hochstanden. Das Gerät war auf den Seiten, an denen ich es sehen konnte, mit schwarzem Leder verkleidet. An der mir abgewandten Seite schienen sich Skalen und Schalter zu befinden, denn dort hantierte der Fremde. Ich bewegte mit dem Fingernagel einen winzigen Schalter. Zerberus knurrte und stand auf. Es wurde von Minute zu Minute heller.

»... dauert hier dreihundertfünfundsechzig Tage«, hörte ich die Stimme Jagellons. Er sprach ein Interkosmo, das sich von jener Sprache, die innerhalb meiner Flotte gesprochen worden war, sehr unterschied. Aber die Worte waren noch zu erkennen.

»... halbes Jahr? So lange? Suchen sie mich noch immer?« kam aus dem winzigen Lautsprecher dicht vor meinen Augen. Das Knurren des Hundes verstärkte sich. Er hob den Kopf, machte einen Satz zum Fenster.

»Atlan! Da ist jemand!« sagte Alexandra leise. Ein Zufall, daß ich den Fremden ertappt hatte, während er gerade sendete. Jetzt sah ich ihn deutlicher, gleichzeitig zog ich die schwere, halb als Schlagwaffe ausgebildete Reiterpistole.

»Gut. Ich melde mich in dreißig Tagen wieder – nach der Rechnung dieses Aasplaneten! Ende, Gandalf – bitte, halte unsere Vereinbarung!«

Durch das Rauschen der Statik kam eine schwache Stimme. Die Antwort, entweder aus einem Raumschiff oder von einem weit entfernten Planeten, lautete: »Ich werde alles tun, Eloy!«

Eloy, der gehetzte Fremde, hatte einen winzigen Hörer aus dem Ohr genommen, deshalb hatte ich die Stimme hören können. Ich schaltete die Waffe um und war mit einem Satz am Fenster, öffnete es leise, beugte mich hinaus und sah einen Mann, der unterhalb der Brüstung kauerte und sich an einem Seil festhielt. Ich zielte und erkannte einen der Knechte von Eloy oder Jagellon. Dann feuerte ich. Gleichzeitig bellte der Hund. Der Lähmstrahl traf die Beine des Mannes. Er schrie auf, fiel von dem handbreiten Sims und hielt sich am Seil fest. Während er abwärts glitt, schnitt das Seil in seine Handflächen, und der Mann schlug dumpf am Fuß der Mauer auf. Ich sah, wie er sich auf den Ellbogen fortbewegte und im Gebüsch verschwand.

»Wir werden beobachtet, während wir beobachten?« fragte Alexandra.

»Nicht mehr«, sagte ich. »Er hat nichts verstehen können. Jedenfalls weiß ich nun, wonach ich suchen muß.«

Ich setzte mich neben sie und erzählte, was ich entdeckt hatte. Unsere Hoffnung stieg, gleichzeitig wußte ich, daß es drei Möglichkeiten gab, diesen Versuch der Flucht wahrzunehmen: Ich überfiel Jagellon, bemächtigte mich des Gerätes und rief Arkon. Jagellon war weiterhin mißtrauisch und floh, bevor ich mit ihm Kontakt aufnehmen konnte. Versuchte ich, ihm zu sagen, daß auch ich von den Sternen kam, würde er einen jener Männer in mir vermuten, die ihn verfolgten. Alle drei Möglichkeiten gefielen mir nicht. *Er wartet förmlich darauf, daß ihn jemand ausschaltet!* wisperte der Extrasinn. Alexandra legte den Arm um meine Schultern und sagte tröstend: »Warten wir erst das Fest ab, das Jagellon geben wird. Dann können wir noch immer sehen, was getan werden muß.«

»Es bleibt uns wohl nichts anderes übrig«, meinte ich.

An diesem Tag nahm ich einen großen Vorrat der Medikamente mit, die gegen die Pest wirkten, ritt zum Spital, sprach lange mit den Ärzten und den Helferinnen und sagte ihnen, was zu tun sei. Die Gruppe der – noch – gesunden Helfer gehörte zu jenen Menschen, die sich an jede Hoffnung klammerten und versprachen, zu versuchen, was in ihrer Macht stand. In den Hallen lagen und litten etwa vierhundert Menschen, zum Teil unter Verhältnissen, wie sie nicht einmal in Uruk oder Babylon aufgetreten waren. Die Jahrzehnte und Jahrhunderte, die ich zuletzt miterlebte, schienen ein Triumph barbarischer Gleichgültigkeit zu sein, vermischt mit dunkelstem Aberglauben und, hin und wieder, Erfindungen von höchster Brillanz und Tragweite. Wenn die Pest vorüber war, wenn die vielen Kriege beendet waren, würde man von einer Wiedergeburt sprechen müssen, von Wiedererwekkung und Neugestaltung alter und guter Kulturen. Jedenfalls sollte es mir gelungen sein, einige hundert Menschen zu retten und vielen die Ansteckung erspart zu haben. Der bewußte Abend, den wir mit Spannung erwarteten, kam heran.

Unter anderen Umständen hätte ich den Raum neben dem Turm, in dem der Uhrenmacher gehaust hatte, romantisch gefunden. Heute stand uns der Sinn nach anderen Dingen. Es waren weniger Musiker, weniger Gäste und weniger Essen, trotzdem schien es gemütlich zu werden. Das Mädchen, dessen Ähnlichkeit mit der rothaarigen Lautenspielerin mir auffiel, war die Hausfrau, begrüßte uns und leitete uns in den Raum, der einen aufgeräumten Eindruck machte. Ich suchte mit den Augen den Mann, der versucht hatte, uns zu belauschen, aber er war wohl nicht hier.

»Willkommen!« sagte Jagellon. »Wir sind weniger prächtig eingerichtet, Chevalier Carafa!«

»Es ist die Herzlichkeit, die für alles entschädigt«, sagte Alexandra und ließ sich einen Zinnbecher geben. Jagellon hatte andere Gäste geladen als ich. Wir betrachteten interessiert die Werkzeuge und die schweren, meist geschmiedeten Uhren an den Wänden. Die junge Kurtisane trat, als ich die Glasgefäße und Metalltiegel betrachtete, auf mich zu und fragte:

»Ihr langweilt Euch nicht, Herr?«

»Nein«, sagte ich und lächelte sie an. »Denn wir können den Menschen verzeihen, die uns langweilen, aber niemals denen, die *wir* langweilen. Ich fürchte mich davor, andere zu langweilen. Ihr kamt mit Jagellon hierher?«

Sie schüttelte den Kopf, ihre Haarflut wogte. »Nein, ich lebe hier. Jagellon verliebte sich in mich, als er mich zum erstenmal sah.«

Ich reichte ihr einen Becher von einem Tablett. »Heiraten, das heißt, Nachtigallen zu Hausvögeln zu machen.«

»Ich glaube nicht, daß wir heiraten«, sagte sie und lächelte schelmisch. »Jagellon ist unstet.«

Ich zwinkerte. »Es kommt mir vor, als fühle er sich verfolgt. Er fürchtet nicht die Pest, aber andere Dinge und Mächte. Könnt Ihr ihm nicht helfen, Schönste?«

Sie schüttelte den Kopf. Erst jetzt, ganz aus der Nähe und im Licht vieler Kerzenflammen, sah ich, daß ihre Schönheit vulgär und derb war; aber durch geschicktes Schminken, die Haartracht und die ausgeschnittene Kleidung rief die Frau den Eindruck hervor, begehrenswert zu sein; sie war nicht mehr jung, wie die Falten in den Augenwinkeln bewiesen.

»Ich kann ihm nicht helfen. Er läßt sich nicht helfen, weil er mißtrauisch ist. Und ich fürchte mich vor der Pest.«

»Jeder hat allemal etwas, wovor er sich fürchtet«, sagte ich und fügte mit Bestimmtheit hinzu: »Ihr werdet niemals pestkrank werden, Schönste. Werdet Ihr mit ihm reisen, wenn er Bordeaux verläßt?«

Sie zog die Schultern hoch, trank einen Schluck und antwortete leichthin: »Nein, sicherlich nicht. Er kam unbemerkt und ohne Troß, und so wird er wohl auch wieder gehen. Für mich – das Gold!«

Sie schnippte mit den Fingern, ließ mich stehen und ging zu einer anderen Gruppe. Die Musiker spielten auffallend laut und schnell. Die grobschlächtigen Knechte Jagellons servierten Wein und Braten, die Gäste aßen und tranken und unterhielten sich laut und hektisch. Kerzenflammen flackerten, die Hitze aus dem Kamin nahm zu, und sowohl Alexandra als auch ich begannen, uns unbehaglich zu fühlen. Ich lehnte mich gegen eine Wand, betrachtete die Szene, die aus einer gemalten Miniatur eines Stundenbuches zu stammen schienen. Ich versuchte, mein Mißbehagen zu analysieren. *Es gibt keine Anhaltspunkte,* sagte der Extrasinn.

Ich verfolgte Jagellon mit Blicken. Er wirkte heute besonders unstet und zerstreut. Er war abgesetzt worden und fürchtete sich von diesem Augenblick an. Das konnte bedeuten, daß er ein Machthaber war, der sich eine Zeitlang verbergen mußte. Hatte er zu befürchten, daß ihn politische oder persönliche Gegner töteten? Warum aber versteckte er sich ausgerechnet unter Pestkranken? Ich überlegte, aber kam zu keinem vernünftigen Schluß. Als einer der Knechte an mir vorbeiging, streckte ich die Hand aus und hielt ihn auf.

»Wein, Herr?« fragte er undeutlich.

Seine Augen glänzten gespenstisch, und sein Atem ging pfeifend. Er schien die Zunge nicht richtig bewegen zu können, und während er mich ansah, verfärbten sich seine Lippen und wurden wachsbleich, das Gesicht wurde grün. Ich starrte ihn verblüfft an, holte Atem und wollte etwas sagen, den Zinnbecher in beiden Händen, als der Mann in den Knien zusammensackte. Sein Oberkörper vollführte eine groteske Drehung um einhundertachtzig Grad. Becher und Tablett fielen zu Boden, der Wein spritzte auf die Kleider der Umstehenden. Schlagartig brach die Musik ab. Die Rothaarige neben mir begann hysterisch zu schreien.

»Die Pest! Sie ist unter uns!«

Ich stand sekundenlang erstarrt da, dann handelte ich. Um mich herum brach Chaos aus. Grelle Dissonanzen ertönten, als die Musiker ihre Instrumente an sich rissen und davonstürzten. Die anderen Gäste rannten ihnen nach. Jagellon versuchte im Lärm, in den Schreien und dem Geräusch brechenden Holzes und kollernder Becher, jemanden aufzuhalten, aber er wurde an die Wand gedrückt und zur Seite geschoben. Binnen weniger Augenblicke waren die Gäste verschwunden. Auch die Knechte waren davongelaufen. Ich rief:

»Jagellon, ich helfe Euch! Ich habe ein Serum gegen die Pest, das unter allen Umständen hilft! Keine Angst.«

Er sah mich und Alexandra aus Augen an, in denen die nackte Panik stand. Dann schüttelte er den Kopf und murmelte:

»Sie verfolgen mich ... alle ... kein Ende ...«

Er blickte den zusammengebrochenen Diener an, keuchte einigemal und drehte sich um. Ich sprang die Treppe hinunter, schwang mich in den Sattel meines Pferdes und sprengte davon, durch die gewundenen Gassen, die zur Hälfte im Licht des Vollmondes lagen. Hinaus zum Stadttor, zum Haus de la Ramées, um meine Hochdruckspritze zu holen. Unterwegs überlegte ich es mir anders, denn dieses Instrument würde mich verraten. Jagellon mußte denken, daß ich einer seiner Verfolger sei, und er würde panisch reagieren. Dieser Mann wurde von einer geheimen Furcht beherrscht, die größer war als die Furcht vor Ansteckung.

»Was ich auch tun kann, es erscheint nicht ganz richtig!« sagte ich.

Mein Pferd scheute, und ich mußte es beruhigen. Wir donnerten weiter durch die fahle Dunkelheit. Die Sterne flimmerten über mir. Während die Hufe des Tieres auf dem gekrümmten Weg Wirbel schlugen, fragte ich mich, warum Jagellon selbst uns hatte beobachten lassen – traute er niemandem, der sich nicht hundertprozentig als Mensch dieses Planeten auswies? Nach welchen Kriterien maß der

Fremde? Ich erreichte mein Haus und sah im Fenster von de la Ramée noch einen schwachen Lichtschein; es war nach Mitternacht. Ich stürmte die Treppe hoch, nahm einen kleinen Zinnbehälter voller Serum mit mir, steckte ihn in die Jacke und rannte hinunter.

Ich ritt langsamer zurück. Weit vor mir glaubte ich das rasende Trappeln von acht Pferdehufen zu hören, aber nach einer Weile, als ich anhielt und lauschte, vernahm ich nichts mehr. Nur der Schrei der Raben war in meinen Ohren, die um den Galgenberg strichen, von irgend etwas aufgescheucht. Ich passierte das Stadttor; man erkannte mich und ließ mich ein. Kurze Zeit später stand ich in dem Zimmer, das leer schien. Das Haus wirkte verlassen.

»Alexandra!« schrie ich. Ich riß den Leuchter hoch und schwenkte ihn. Mein Blick ging durch den Raum. Die beiden Frauen lagen auf den Dielenbrettern und rührten sich nicht, sahen mich aus weit aufgerissenen Augen an. Der Falke fehlte. Der Mann am Boden stöhnte und rief: »Durst ... Wasser ... Durst!«

Als ich mich neben Alexandra zu Boden warf, merkte ich, daß sie gelähmt war wie von einem Paralysatorschuß. Ich atmete erleichtert auf – zehn Stunden später würde sie nicht mehr viel davon merken. Das gleiche galt für die junge Kurtisane. Ich ließ sie liegen und kümmerte mich um den Diener, legte ihm sogar den Aktivator auf die Brust, um schneller helfen zu können. Mitten in der Beschäftigung sagte mein Extrasinn: *Der Fremde ist fort! Abermals verschwunden – mit dem Falken.* Ich knurrte:

»Dieses Mal wird die Verfolgung leichter sein; schneller. Dieser Narr ... ich wollte ihm nur helfen.«

Schließlich, nachdem ich die Frau auf ein Bett gelegt und ihr Gesicht mit eiskaltem Wasser abgewaschen hatte, flößte ich dem Diener genügend von dem Serum ein, um ihn vor der Pest zu bewahren. Ich schleppte Alexandra nach unten und band sie im Sattel fest. Ich durchsuchte das Haus gründlich, fand aber das Funkgerät nicht. Als der Morgen graute, setzte ich mich hinter Alexandra in den Sattel, hielt sie mit einem Arm fest und lenkte beide Pferde zurück ins Haus von Herrn de la Ramée.

Ich fand Alexandra eineinhalb Tage nach dem Verschwinden von Jagellon auf der steinernen Bank in der Nähe des Wehrs, über das der Bach fiel und rauschende Wirbel bildete. Als sie mich anschaute, sah ich etwas in ihren Augen, das mich stutzig machte. Ihre Niedergeschlagenheit ging einer Krise entgegen. Ich setzte mich neben sie, zog sie an mich und sagte: »Meine Sorgen sollten nicht deine Sorgen sein.«

Die wenigen schönen Tage waren zu Ende. Auch die Sonne verbarg sich hinter grauen Wolken. Wenn es stimmte, was mir viele Menschen erzählt hatten, dann war das Klima seit drei oder mehr Generationen immer schlechter geworden. Dürre- und Überschwemmungskatastrophen suchten die Menschheit heim und dezimierten sie. Wir würden im Regen auf die Jagd nach dem Außerirdischen gehen müssen.

»Ich liebe dich«, sagte sie in meinen Armen, »und ich möchte mit dir in die

Sonne auf das Inselchen, vielleicht in ... deine Heimat ... wenn wir den Fremden nicht finden ...?«

Ich schüttelte den Kopf. »Wir werden ihn finden. Diesmal werde ich ihn stellen. Ich werde ihn zwingen, uns zu helfen.«

Sie wartete eine Weile mit der nächsten Frage. »Wohin ist er geflohen?«

»Er kann sich nur dort verbergen, wo es größere Menschenmengen gibt. Ich glaube, daß er versuchen wird, nach Paris zu fliehen. Aber das läßt sich mit unserem Wundervogel feststellen.«

Sie fing meinen skeptischen Blick auf. Ihre Augen wurden müde, dann seufzte sie und flüsterte: »Ich kann es nicht verstehen. Wie hast du es ausgehalten, damals, während deiner vielen nutzlosen Versuche?«

Ich lächelte kurz und meinte bitter: »Ich bin ziemlich starrköpfig, wenn ich den Eindruck habe, daß es sich lohnt. Für eine Reise nach Arkon lohnt sich alles.«

»Nur nicht der Tod«, schloß sie.

Die Zeit, die wir im Haus am Teich verbringen würden, ging zu Ende. Ich schaltete meinen Bildschirm ein, sah viele Bilder durch das Auge des Falken und erkannte, daß meine Vermutungen richtig waren. Jagellon befand sich auf dem Handelsweg nach Paris. Er ritt im Schutz einer kleinen, gut ausgerüsteten Soldatengruppe; diesmal schien er in der Maske eines Kuriers zu reiten. Ich kannte indes meine neue Maske; sie würde selbst den Gehetzten überraschen.

Jedesmal, wenn ich den seltsamen Aufzug betrachtete, den wir boten, mußte ich ein sarkastisches Lachen unterdrücken. Nachdem wir uns mit dem Gleiter bis nahe an Paris herangewagt hatten, versteckten wir das Fahrzeug, kauften einen zweirädrigen Wagen und luden alles darauf, was einer neugierigen Prüfung durch Barbaren standhalten konnte. Ich ritt neben dem Zugpferd einher. Alexandra hielt die Zügel des langsamen Gaules, der den knarrenden Karren zog. Im letzten Dorf vor der Stadt, die wie ein gigantisches helles Bauwerk vor uns auftauchte, hatte ich einige wichtige Gegenstände hinzugekauft, und so boten wir das perfekte Bild reisender Handwerker. Ich war ein Waffenschmied – für wie lange?

»Noch zwei Stunden!« sagte ich und schlug der dürren Mähre auf die Kruppe. »Dann sind wir am Ziel.«

Alexandra hatte sich mit weiblicher Raffinesse in die Frau eines Handwerkers verwandelt. Wann hatte sie dies gelernt? Vermutlich kannte sie diese Verstellungsmöglichkeiten ebenso gut wie jede andere Frau dieses Planeten. Auch gut.

»Langsam hasse ich Staub und Steine«, sagte sie zornig.

»Auch ein steiniger Weg führt zum Erfolg«, gab ich zurück. Zerberus war an einem Seil hinten am Wagen angebunden; er trottete hinter uns her. Der Falke zeigte mir, daß wir unsere Masken schnell wechseln konnten. Mehrmals hatten wir den Jagdfalken in Jagellons Besitz angerufen und Informationen erhalten. Fünf Tage hinter uns ritt der Gehetzte.

Wir erreichten den Fluß, kamen über die Brücke, wir sahen im Westen die Burg eines Herrschers, ein vieltürmiges Wunderwerk aus weißen Mauern und vielen Türmchen und Zinnen, gekrönt von schlanken Wetterfahnen. Wir wurden am Tor scharf kontrolliert, denn im Juni war die Pest nach Trient und Toulouse auch über Paris gekommen und hatte die Bevölkerung dezimiert. Schließlich, nach einer Stunde Verhandlung mit den Meistern der Zunft der Feinschmiede, wurde mir die Erlaubnis erteilt, für drei Monate ein leeres Haus mit Werkstatt zu mieten und dort, unter Beachtung strenger Zunftgesetze, mein Gewerbe auszuführen. Als der Abend kam, waren wir endlich unter einem Dach. Dank der Bilder des Falken wußte ich genau, in welchem Haus ich einziehen mußte; von hier hatte ich einen ausgezeichneten Blick auf den Platz hinter dem Stadttor. Hier mußte der Fremde durchkommen!

Wir entzündeten Kerzen, räumten das verwahrloste Haus flüchtig auf, ließen uns von einigen Nachbarn helfen und richteten uns ein. Stunden später waren wir allein und – auf eine merkwürdige Weise zufrieden.

»Meister Atlan Ramos, der Erfinder und Feinschmied, der Waffenschmied aus Toledo, ist in Paris angekommen!« Alexandra lachte vergnügt. »Wie ich diese Städte hasse! Eigentlich sind sie doch viel schöner als die Burg Lancaster. Wie kommt das?«

»Meine Erzählungen und mein stählernes Gefängnis haben dich verwöhnt«, sagte ich. »Du solltest nicht vergessen, daß Meister Atlan auch seine Frau mitgebracht hat.«

Sie blies die Kerze aus und murmelte: »Wenn die Jagd noch lange dauert, dann werden wir alle Berufe dieser Welt gehabt haben.«

»Die Jagd endet in Paris«, sagte ich. *Deine Sicherheit ist nicht ausreichend begründet!* beschwor mich der Extrasinn. Manchmal hoffte ich, ein Schlag auf meinen Hinterkopf würde dieses desillusionierende Organ für immer zum Verstummen bringen. Ich glaubte, nicht einmal Jagellon würde uns wiedererkennen.

Alexandras Haar war kürzer und blond gefärbt. Sie trug andere Kleidung, sogar ihre Gestik und der Gang schienen sich verändert zu haben. Mein Haar war schwarz gefärbt, im Nacken zu einem schweren, kurzen Zopf gebunden. Über den rötlichen Augen trug ich schwarzgraue Haftschalen aus weichem Plastikmaterial; aus dem Zellaktivator war ein schweres, scheinbar eisernes Medaillon geworden. Und ich hatte mir angewöhnt, vornübergebeugt zu gehen. So warteten wir auf das Erscheinen des Fremden.

Ich hätte ihn auch unterwegs überfallen können, aber ich wollte ihn allein vor mir haben und in Ruhe.

Die Nacht verging, der nächste Tag brachte Einkäufe und Arbeiten. Wir richteten nur ein Zimmer ein. Ich räumte die Werkstatt auf, packte aus, was auszupakken war, und besorgte Halbfabrikate, Rohmaterialien und gewisse Substanzen, die ich brauchte. Ich wußte: Nur der Mangel an Handwerkern und an Menschen überhaupt, der jetzt nach dem ärgsten Wüten der Pest herrschte, hatte die Meister der Zunft veranlaßt, uns Asyl zu geben. Ich vergewisserte mich, daß Jagellon noch in die Richtung von Paris ritt, und machte mich langsam an die Arbeit.

Ich hatte, mehr zu meinem eigenen Vergnügen, einen Plan gefaßt. Ich wollte das erste primitive Handfeuerrohr, das in diesem Jahrhundert vereinzelt aufgetaucht war und von dem auch ich ein Muster bei mir trug, verbessern. Vielleicht glückte es mir. Als das Feuer in der Esse brannte, ich auf dem Arbeitstisch meine Werkzeuge ausgebreitet hatte und durch das offene Fenster das Stadttor betrachtete, ließ mich ein Impuls herumfahren.

Zwei zerlumpte Gestalten standen hinter mir.

»Ein Neuer«, sagte der größere Mann, dem ein Ohr fehlte; das rechte.

»Jemand, der uns noch nicht kennt«, murmelte der andere. Er war unglaublich verschmutzt, aber unter der Schicht von Dreck und verschorften Wunden konnte man sehen, daß er ein gutaussehender Mann sein mußte. Ich nahm meine getarnte Waffe in die Hand, gleichzeitig zog der Einohrige das Messer.

»Wer seid ihr?« fragte ich. Der Einohrige stieß den Dreckigen an, kicherte und wippte das Messer zwischen den Fingern.

»Er kennt dich nicht, Armagnac! Er kennt den König der Bettler, Sünder und Galgenvögel nicht! Wer hat das denken können?«

Ich richtete den Lauf auf die Männer, lehnte mich zurück und legte ein Bein über das andere.

»Vielleicht würde ich euch nach dem nächsten Regen erkennen«, sagte ich leichthin. »Dann ist der Dreck heruntergewaschen.«

Der Mann mit nur einem Ohr fluchte und schleuderte das Messer nach meinem Arm. Kurz vor der entscheidenden Bewegung drückte ich ab und ließ mich nach links fallen. Das Messer bohrte sich in die Stuhllehne, der Mann sackte aufschreiend zusammen. Der Lähmstrahler hatte ihn in die Schulter getroffen. Ich stand auf, hielt die Waffe feuerbereit und näherte mich dem König der Galgenvögel.

»Was willst du, Kerl?« fragte ich laut.

Er musterte mich abschätzend und sagte dann: »Wir sind die Überlebenden der Pest. Wir ernähren unsere Familien damit, daß wir, gegen geringe Bezahlung, den Handwerkern versprechen, ihnen nicht die Beutel mit Münzen abzuschneiden und nachts nicht in ihre Häuser zu schleichen.«

Ich deutete auf den anderen, der sich winselnd am Boden krümmte, stieß ihn mit dem Stiefel an und lachte ironisch. Ich sagte:

»Ihr habt weniger Hirn als Mut. Ich bin arm und stark und kenne ein paar Dinge, die euch die Lust am Stehlen nehmen würden. *Zerberus!*«

Auf der hölzernen Stiege ertönten die Geräusche der Tatzen, der Hund raste heran und blieb mit gefletschten Zähnen vor Armagnac stehen.

»Ein Hund? Eine Kleinigkeit für ein schnelles Messer.«

»Versuch's!« ermunterte ich ihn. Dann winkte ich dem Hund, ergriff den Bettler an der Schulter und schob ihn hinaus ins Licht des wolkenverhangenen Himmels. Ich starrte seine Haut an und bemerkte, daß sie praktisch ein einziges Geschwür war. Hunderte kleiner Pusteln, Schmutz, getrocknetes Blut und Schorf bildeten ein ekelerregendes Muster. Ich überwand mich, sah dem Mann in die Augen und fragte leise: »Du willst Gold?«

»Es würde das Los meiner neun Kinder verbessern, Herr«, sagte er trotzig. Er sprach in einer Art, die mich vermuten ließ, daß er vor Jahren ein Student der Pariser Universität gewesen sein mochte. Ich hob die Schultern und fragte eindringlich: »Wie lange hast du diesen Zierat schon?«

»Vier Jahre.« *Hilf ihm!* sagte der Extrasinn. *Du kannst kaum einen besseren*

Verbündeten finden! Ich hatte eigentlich aus Mitleid handeln wollen, jetzt wußte ich, daß zwei Freunde oder Verbündete besser waren als einer. Dieser Mann kannte die Stadt und alles, was in ihr vorging, wie kein zweiter. Wenn ich ihn mir verpflichtete, konnte ich alles mögliche erreichen. Niemand wußte, ob ich Armagnac brauchen würde ... Ich entschloß mich schnell und zog ihn zurück in das Halbdunkel der Werkstatt.

»Ich werde dir nicht ein einziges kleines Goldstück geben, Vater der Beutelschneider«, sagte ich. »Denn ich bin Spanier. Aber ich werde dich in einer Woche von deinem Leiden heilen.«

Er wich langsam zurück, wurde unter seiner Schmutzschicht bleich und würgte hervor: »Das kannst du ... das würdest du tun?«

»Ich kann es, und ich werde es tun. Komm in zwei Stunden wieder und bringe ein Mädchen mit, das dich nach meinen Anweisungen pflegen kann. Wir brauchen dazu nicht länger als eine Woche.«

Er nickte verwirrt und rannte hinaus. Seinen Freund ließ er liegen.

Die nächsten Tage vergingen sehr schnell. Wir räumten eine Kammer aus, badeten Armagnac in einem Riesenzuber, dessen Wasser ich mit medizinischen Zusätzen vermischt hatte. Dann behandelte das Mädchen nach meinen Anweisungen die Haut des Mannes quadratzentimeterweise mit meinen zuverlässigen Medikamenten; wieder verblüffte mich die Wirkung meines Zellaktivators. Ich wollte heilen und helfen, und das wunderbare Gerät schien es zu »spüren«. Nach Ablauf der sechs Tage war Armagnac geheilt. Sein Körper war mit einer rosigen, neuen Haut überzogen, in der sich nur wenige kleine Narben befanden. Massagen mit medizinischem Öl machten, daß er wieder Kleidung tragen konnte. Er wollte vor mir auf den Boden fallen, aber ich wehrte ab.

»Vielleicht brauche ich einen Freund. Vielleicht wirst du oder wird jemand aus deiner Schar von Galgenstricken mir helfen können. Erinnere dich dann an mich, ja?«

Er erklärte feierlich: »Ich werde dies nicht vergessen, solange ich lebe.«

Hoffentlich lebte er lange; ich wünschte es ihm. Als ich ihm nachsah, wie er die Werkstatt verließ und in die Gasse der Feinschmiede hinausging, bemerkte ich zweierlei: eine Menge Menschen allen Alters, in fast allen Stufen der Verwahrlosung. Sie warteten auf Armagnac und begrüßten ihn, als sei er aus der Fremde heimgekehrt. Gleichzeitig ritt der bewaffnete Trupp ein, der den falschen Kurier oder Gesandten beschützt hatte. Der Fremde war in der Stadt. Sein Gesicht sah aus, als wäre es für das schlechte Wetter der letzten Woche verantwortlich. Als ich eine Stunde später versuchte, mit dem Falken zu korrespondieren, bekam ich keinen Kontakt. *Der Mechanismus ist ausgefallen,* sagte der Extrasinn lakonisch.

Überall gab es Bettler, Strauchdiebe, Kandidaten für Henker und Galgen. Ihre Augen und ihre schnellen Finger waren überall. Auch ihre Ohren. Aber selbst die schärfsten Augen konnten nicht hören, wenn Männer miteinander flüsterten. Nach und nach rundete sich das Bild ab, das Armagnac erfuhr – alle Fäden liefen bei ihm zusammen, irgendwo, in dunklen Winkeln von Paris, in dem die Männer des Hauses Valois regierten.

Der Profos des Stadtgerichtes erhielt Besuch; er sei ein Spanier und heiße Jorge Aragon de Cardenas, reise in geheimer Mission, werde verfolgt und habe eine Botschaft an einen Mann, der offiziell auf englischer Seite kämpfte, aber im Bunde mit Frankreich stünde. Was die Ohren der Bettler nicht hörten, was niemand wissen konnte, war: Am drittletzten Tag seiner Reise fütterte Jagellon oder de Cardenas den prächtigen Falken, der wieder versuchte, ihn in den Finger zu beißen. Cardenas lachte und sah zu, wie das Tier die Fleischbrocken kröpfte. Dann, nach der kurzen Pause, ritt der Zug weiter, um den langen Transport der Kaufleute samt ihrer Wagen nicht allein zu lassen. Einen halben Tag später merkte Cardenas, der den Falken fast ständig am Unterarm getragen hatte, daß das Tier einen durchdringenden Geruch nach Aas, nach Verwesung verströmte. Er wußte nicht sehr viel über Jagdfalken, aber er wußte genau, daß ein Tier dieser Art niemals nach Verwesung stinken sollte. Jorge Aragon de Cardenas nahm seinen großen Dolch mit dem edelsteingeschmückten Knauf aus der Scheide und drückte auf einen kleineren Stein. Dann nahm er vorsichtig die Kappe vom Kopf des Falken und blickte hindurch, als er sie umgedreht hatte. Sie war an zwei Stellen, wo die kleinen Spiegel saßen, durchsichtig. Angewidert warf der Fremde die Kappe weg. Die Pupillen des Tieres hatten sich nicht verändert, als das Tageslicht in sie gefallen war. Mitten im Galopp fauchte die Waffe auf und brannte Federn und Haut vom Flügel des Tieres.

Cardenas fluchte unbeherrscht. Dann stieß er dem Pferd die Sporen in die Weichen und zwang es einen steilen Abhang hinunter. Dort schmetterte er den Vogel, der sich nicht wehrte, zu Boden und feuerte drei Schüsse auf ihn ab, hob den rauchenden Rest auf und schleuderte ihn fluchend in das Wasser eines schmutzigen Baches.

Dann sprengte er zurück. Er wußte jetzt, daß seine politischen Gegner versuchten, ihn zu töten oder in den Tod zu treiben. Und dieser Atlan, der ihm den Vogel geschenkt hatte, war einer der Agenten. Er berichtete dem Profos, wer ihn verfolgte ...

Er bat, diesen Mann und dessen Geliebte zu verhaften und im Kerker verhungern zu lassen – es sei ein Dienst an Frankreich ..., zeigte ein Schreiben vor, das ihn auswies, gab dem Profos einen Beutel spanischer Goldstücke, eine beachtliche Summe, die den Mann fast aller Sorgen enthob; der Profos versprach, den falschen Spanier zu suchen und zu finden. Bei der Schilderung, was er mit ihm machen würde, rieb sich der Profos die Hände und grinste.

»Wie lange verweilt Ihr, Herr Cardenas?« fragte er.

»Drei oder vier Tage. Vielleicht eine Woche, nicht länger«, sagte Cardenas. »Habt Ihr ein Mädchen, dessen Gesellschaft angenehm ist?«

»Ihr werdet sehen, daß ich viele Möglichkeiten habe«, schloß der Profos und rieb sich die Hände. Einen Teil dieser Dinge erfuhren die vielen Ohren und Augen des gehäuteten Armagnac.

Ich schob die nachgeahmte Waffe in den Gürtel und dachte an das Handfeuerrohr, das zusätzlich als Keule zu gebrauchen war – es lag fast fertig auf dem Tisch der Werkstatt. Dann ging ich aufs Geratewohl dreihundert Schritte zur Stadtmitte entgegen und traf einen Jungen, der die Fenster eines Bürgerhauses beobachtete.

»Lauf zu Armagnac«, sagte ich leise, »und sage ihm, der, dem er die neue Haut verdankt, möchte ihn sehen. Bald.«

»Ja, Herr! Es soll geschehen!« flüsterte der Knabe zurück und verschwand durch die stinkenden Gassen. Eine halbe Stunde später war Armagnac bei mir und setzte sich an den Tisch, neben die Glut des kleinen Kaminfeuers.

»Freund«, fragte er leise, »was wollt Ihr wissen?«

Ich sagte ihm genau, was er für mich herausfinden sollte. Er schrieb sich verschiedene Dinge auf, und als ich ihn fragte, ob er ehemals Student gewesen sei, bejahte er. Dann stand er auf, lächelte Alexandra unverschämt an und flüsterte heiser: »Ich werfe drei Steinchen an Eure Scheibe, noch heute nacht.«

Er verschwand so lautlos, wie er gekommen war. Wir sahen uns überrascht an, dann lachte Alexandra. Wir hatten es in wenigen Tagen geschafft, nicht ständig unter dem Druck und dem Zwang zu leben, der mit unserem Vorhaben zusammenhing. Im Augenblick allerdings überlegte ich, ob ich mit Hilfe des Hundes versuchen sollte, den Fremden zu stellen. Der Falke hatte versagt – keine Maske ist vollkommen. Und mein zweiter Falke hatte im Gewirr der Gassen den Fremden aus den Augen verloren, nachdem es dunkel geworden war. Ich kannte kein Verfahren, eine einzelne Person durch Sicht im Infrarotbereich klar zu identifizieren.

»Dieser Armagnac ... er und seine Bettler!« sagte Alexandra. »Deine Freunde scheinen stets merkwürdig zu sein. Ich denke an den Priester, der dir diese unmoralische Abschrift geschenkt hat.«

Daran dachte ich nicht, aber ich erwiderte: »Die Maske eines Edelmannes mag mehr Luxus verschaffen, aber ein Bettler und ein Dieb kommen weiter, wenn man Informationen braucht. Warten wir, was Armagnac bringen wird.«

Wir warteten bis kurz nach Mitternacht. Dann klapperten drei Kiesel an unserem Fenster, an der kleinen Glasscheibe. Ich ging hinunter und öffnete, den Hund an meiner Seite, die Waffe in der Hand. Es war Armagnac, ich steckte die Waffe zurück.

»Etwas erfahren?« fragte ich begierig.

Er nickte und grinste. »Ziemlich viel. Jorge Aragon de Cardenas ist hier. Er ist der Fremde, den Ihr sucht. Wir haben viele Männer befragt und haben viele Antworten bekommen. Er verhielt sich töricht auf dem Ritt, denn er tötete einen schönen Falken.«

Entdeckt! schrie der Extrasinn. Jedenfalls waren wir dadurch als Verfolger identifiziert worden. Ich fühlte, wie sich meine Muskeln versteiften, wie meine Wachsamkeit schlagartig zunahm. Ich flüsterte: »Sprich weiter, Freund Armagnac.«

Er berichtete uns, wo sich der Fremde befand. Er galt als Kurier aus Spanien, besaß das Vertrauen des Profoses des Stadtgerichts, er trank mit einer blonden Frau teuren Rotwein in einer noch teureren Herberge, unten am Fluß, nahe der langgezogenen Insel. Der Profos versammelte seine Häscher um sich. Der Fremde würde seine Zimmer nicht länger als eine Woche behalten, dann würde er sich in das Wagnis seiner gefahrvollen Reise stürzen, hatte er dem Wirt gegenüber geäußert, ehe er eine Bestellung für ein opulentes Abendessen aufgegeben hatte.

Jemand konnte mir seine Zimmer zeigen und einen Weg, hineinzugelangen. Ob ich wollte?

»Morgen nacht«, sagte ich. »Was wißt ihr noch, du und deine diebischen Freunde?«

»Das ist alles«, sagte Armagnac. »Aber wir suchen, fragen und lauschen weiter, mein Herr.«

Inzwischen wußte ich, daß er mit einer schwarzhaarigen Witwe zusammenlebte und nicht einmal ein einziges Kind hatte. Ich legte ein großes Goldstück in seine Hand und befahl: »Morgen nacht, eine Stunde nach dem ersten Horn, soll mich ein kräftiger, listiger Führer abholen, Armagnac. Wir werden den Fremden in seinem Bett besuchen oder vor seinem Kamin.«

»Ist das für meine neun Kinder?« fragte er und bedankte sich grinsend.

»Für die Wiege des zehnten, du Lügner!« sagte ich gutgelaunt. »Es wäre mir lieb, wenn *du* mir helfen würdest.«

Er warf das Goldstück hoch, es überschlug sich mehrmals und landete dann genau in der Brusttasche des Hemdes, die er mit dem Zeigefinger geöffnet hatte. Wieder grinste er, und in diesem Augenblick erkannte ich, daß Armagnac wohl über mehr Mut verfügte als viele andere Männer.

»Eine Hand wäscht die andere«, erklärte er. »Und kein guter Hund beißt seinesgleichen.«

»Danke, Freund!« sagte ich und brachte ihn hinunter.

In dieser Nacht schlief ich gut, lange und tief. Am nächsten Morgen spielte ich an dem Handrohr herum, brachte die Feuerlunte an, lud die Waffe und feuerte den ersten Schuß ab. Er traf eine Taube, die auf einem entfernten Dach saß und den ganzen Morgen über gegurrt hatte, als ob sie sich über die Verworfenheit der Welt beklagen würde. Heute nacht war ich an meinem Ziel – ich stellte mir das Funkgerät vor und Teile des Dialoges, den wir mit jenem Gandalf führen würden.

»Du solltest dich lieber auf dein Vorhaben vorbereiten«, sagte Alexandra warnend, als ich mich umzog.

»Mit Armagnacs Hilfe wird es auch ohne lange Vorbereitungen gehen«, erwiderte ich. »Außerdem ist auch das Kennenlernen einer Stadt wie Paris eine Art Vorbereitung.«

»Und ich? Was soll ich tun?«

Ich küßte Alexandra und sagte: »Du kannst alles so einpacken, daß wir schnell fliehen können, ohne allzuviel zurückzulassen.«

»Du rechnest mit Flucht?« fragte sie und sah sich in dem gemütlichen Raum um, der für einige Tage unsere Heimat auf diesem Planeten gewesen war.

»Ich rechne mit allem«, sagte ich hart, zog die engen Hosen an, fuhr in die halbhohen Stiefel und schloß den Gurt. Über das Hemd, das mehr als fremdartig aussah, kam ein leichtes Oberkleid, vorn geknöpft, mit einem tiefhängenden Gürtel, an dem der Dolch und eine leere Tasche hingen – ich kannte zu viele Diebe und zudringliche Bettler. Ich zog Handschuhe an, sattelte mein Pferd und ritt durch die Gassen von Paris. Ich sah die Universität, die Burg und vieles, was ich von den Bildern des Falken nicht kannte. Ich ritt durch eine halb ausgestorbene Stadt, die an einigen Stellen verfiel. Brände, die immer wieder aufflackerten, taten das Ihre, um die Fachwerkhäuser aus Holz zu vernichten. Der Fluß war schmutzig, der Hafen klein und nur schlecht ausgerüstet ... Mich überkam die vage Vermutung, daß die Baukunst, die auf die Kirche Unserer Lieben Frau angewendet worden war, sich nur auf dieses Bauwerk beschränkt hatte.

Deine vielen Kulturimpulse sind untergegangen! sagte der Extrasinn. Diese Feststellung war richtig, aber hier, im Herzen dieses Kontinents, war ich niemals gewesen. Ich dachte flüchtig an andere Teile dieses Planeten, die ich nur von Robotsonden kannte – aber ich durfte mir nicht anmaßen, wie ein Gott, Kultur aussäend, durch die Länder zu reisen. Jedenfalls hatte ich den Triumph, daß das Aztekenreich geblüht hatte. Den Keim zu dieser Kultur hatte ich gelegt.

Ich kundschaftete das Gelände aus, in dessen Mittelpunkt sich die Herberge befand. Mein Falke kreiste schon darüber und über dem Stadthaus, in dem der Profos residierte und Boten empfing. Überall trieben sich die Untertanen Armagnacs herum und grüßten mich verstohlen. Ich hatte, ohne es zu wissen, vermutlich viele hundert stille Helfer.

Gegen Abend war ich wieder bei Alexandra. Unser Gepäck, das wir brauchten, die Waffen, alles lag bereit.

»Ich bin bereit!« sagte sie. Sollte ich den Fremden dazu zwingen können, uns zu helfen, würden wir den Gleiter herbeirufen und die Entwicklung weit außerhalb einer jeden Stadt abwarten. Viel konnten wir zurücklassen, es war kein Verlust. Einige wichtige Gegenstände aber sollten nicht in die Hände der Menschen fallen; sie würden Unheil anrichten können.

»Ich auch«, sagte ich. »Du wartest hier auf mich?«

»Ja, ich werde warten. Und wenn ich gefährdet bin?«

»Dann wende dich an einen unserer Bettlerfreunde«, sagte ich. »Sie werden dir helfen.«

Ich steckte einen Dolch in den Stiefelschacht, verbarg einige meiner geheimen Ausrüstungsgegenstände in Armbändern, im Gürtel, im Schloß des Gürtels. Ich schob einige teuer aussehende Ringe über die Handschuhe an die Finger, tastete nach meinem Zellaktivator und band leichte Kunstfasertaue um meine Hüften. Dann aß und trank ich und wartete.

»Die Nacht war immer mein Freund«, sagte ich. »Diese Nacht wird alles entscheiden. Der Hund bleibt zu deinem Schutz hier, beide Falken sind in der Luft. Alles ist vorbereitet.«

»Ich wünsche uns viel Glück«, sagte sie. Auf dem Tisch lagen die getarnten Reiterpistolen und mein Erzeugnis als Waffenschmied, das Pulverrohr, halb Luntengewehr, halb Keule. Ich glaubte nicht, daß ich etwas vergessen hatte.

Eine halbe Stunde später holte ich Armagnac ab; auch er war dunkel gekleidet. »Werft den Rock weg, Herr Atlan«, sagte er leise. »Er wird nur behindern.«

Während wir das Pferd hinter uns hergehen ließen, zog ich den Überrock aus, rollte ihn zusammen und warf ihn in einen Winkel. Ich hörte den Aufprall, unterdrücktes Lachen, dann prügelten sich zwei Bettler um das Kleidungsstück. Unsere unsichtbaren Freunde waren tatsächlich überall. Langsam gingen wir weiter, in die Richtung der Herberge. Riesige Wolken trieben über den Himmel und gaben das bleiche Licht des Mondes nur selten frei. Eine Nacht, wie geschaffen für einen Überfall. Aber heute war die Stadt nicht still wie sonst nach neun Uhr, nach dem Ruf des Nachtwächters vom Turm oder aus den Straßen. Überall bewegten sich Menschen durch die Finsternis. Metall von Waffen klirrte gegen Stein, unterdrückte Flüche hörte ich, und schließlich fragte ich Armagnac:

»Plündern deine Leute heute nacht Paris?«

Er flüsterte zurück: »Es sind nicht nur meine Leute. Es sind Wachen, Männer von den Gilden und Zünften und die Häscher des Profoses.«

Ich duckte mich unter einem baumelnden Aushängeschild und fragte: »Wen suchen sie?«

»Noch wissen wir es nicht. Aber bald, wenn sie losschlagen, werden wir es erfahren.«

So gingen wir weiter durch das nächtliche, fast gänzlich lichterlose Paris, stolperten über die ungefügen Steine, mit denen einige Gassen gepflastert waren. Unter unseren Schritten scheuchten Katzen die Mäuse und Ratten auf; ununterbrochen herrschte Bewegung, undeutliches Geschrei, Tappen winziger Füße und Rascheln von schmutzstarrender Pflanzen. Wir traten auf schlafende Bettler und wurden beschimpft. Schließlich sahen wir zwischen alten Bäumen, dreihundert Schritte vor uns, Lichter aufschimmern.

»Die Herberge, Herr!« knurrte Armagnac.

»Ich sehe sie. Wir müssen den Fremden allein treffen, ohne daß uns jemand stören kann.«

Wir warteten. Armagnac schnalzte zweimal scharf mit den Fingern; aus der Dunkelheit tauchte jemand auf, murmelte ein Losungswort und führte das Pferd fort. Ich hörte, wie die Hufe auf Gras traten und sich entfernten.

»Das Pferd ist da, wenn Ihr es braucht«, sagte Armagnac.

»Gut. Was jetzt?«

»Warten«, sagte er.

Ich hätte es nicht anders gemacht. Auf Umwegen hatten wir erfahren, welche Zimmer Cardenas bewohnte. Sie waren dunkel, in einigen sah ich kleine Glasscheiben, als sich der Mond wieder hervorwagte. In der Gaststube, um einen mächtigen, offenen Kamin, wurde heftig gezecht und getafelt. Ich erkannte, als wir näher schlichen, den Profos, mehrere junge Dirnen, den Fremden, unbekannte Männer, viele anscheinend reiche Kaufleute der Stadt. Der dicke Wirt eilte geschäftig herum. Ein Hirsch drehte sich am Spieß, riesige Humpen krachten auf die gescheuerten Tische, und neben mir murmelte Armagnac:

»Einmal so gut leben – das habe ich mir als Baccalaureus gewünscht. Und was bin ich geworden?«

»Magister der Bettler ...«, meinte ich.

»Was wir von Cardenas wissen, haben mir die schamlosen Metzen dort berichtet«, warf er ein. »Dieser Mann zittert innerlich vor Angst. Er flieht vor sich selbst, Atlan.«

Ich entgegnete: »Heute abend wird seine Flucht zu Ende sein. Vielleicht wird sich auch dein Leben ändern, Armagnac!«

»Ich bezweifle es!« sagte er und zog mich am Arm mit sich fort. Wir tappten durch Gras, stolperten über Steine, schließlich schlug mir etwas ins Gesicht. Ich prallte zurück. *Keine Gefahr! Ein Seil!* sagte der Extrasinn. Armagnacs Flüstern war noch leiser geworden. Dicht an meinem Ohr sagte er: »Das Seil führt in Cardenas' Zimmer!«

Überall waren die Helfer dieses Mannes. Hoffentlich hatten sie nicht zuviel des Guten getan und den Fremden unsicher werden lassen. In diesem Augenblick kannte er offensichtlich nur eine einzige Reaktion! Schnellste Flucht um jeden Preis.

»Wir warten noch!« sagte ich leise. Wir zogen uns in den Schutz einiger Bäume zurück, deren Äste tief hingen. Wir sahen niemanden, aber offensichtlich befanden sich viele von Armagnacs Leuten um uns. Der erste Gast taumelte betrunken aus der Schenke. Ein Diener leuchtete ihm mit einer Sturmlaterne heim. Bevor die Tür wieder zuknarrte, hörten wir Stimmengewirr, Fetzen der Klänge schlecht gestimmter Instrumente und aufdringliches Frauenlachen. Eine Zeit später, wir warteten schweigend, entfernte sich eine größere Gruppe von Gästen und torkelte hinweg. Wieder knarrte die Tür, wieder zog der Geruch nach Speisen, Rauch und Braten an uns vorbei. Armagnac fragte:

»Wir sollten ihn im Schlaf überraschen, nicht wahr?«

»Oder kurz davor, wenn er ein bißchen betrunken ist«, sagte ich.

»Dann müssen wir noch warten«, meinte er verdrossen. »In dieser Nacht hätte ich auch lieber in einem warmen Bett gewartet.«

»Du bist noch jung«, sagte ich.

»Und ziemlich unerfahren«, sagte er zurück. »Schließlich habe ich zwei Jahre studiert, ehe ich diese vermaledeite Krankheit bekam. Sie muß aus dem Morgenland gekommen sein.«

Ich verzichtete darauf, ihm mitzuteilen, daß auch die Badekultur und der Begriff der Sauberkeit aus dem Morgenland gekommen waren, abgesehen von tausend nützlichen und guten Dingen, Erfindungen und Schriften. Wir warteten weiter, ungeduldig, an den Baumstamm gelehnt, umgeben von Schatten, in denen es zu leben schien. Als auch die letzten Gäste gegangen waren, gab mir Armagnac einen Stoß; gebückt und fast lautlos schlichen wir nach vorn, tasteten um uns und fanden das herunterhängende Seil. An der Spannung merkte ich, daß das Seil aus einem Erker des ersten Stockwerks baumelte. Ich griff zu, zog mich hoch und suchte mit den Sohlen Halt an der rauhen Mauer. Langsam kletterte ich aufwärts und setzte mich auf einen Balkon, der unter dem Fenster verlief. Ein schwacher Lichtschein kam von links; im Zimmer brannten Kerzen. Ich bewegte den Kopf und spähte hinein.

Cardenas stand da, mit nacktem Oberkörper. Er spannte die Arme und dehnte den Brustkorb. Auch jetzt fiel mir auf, daß er irgendwie nichtmenschlich aussah; obwohl die Proportionen stimmten, obwohl er keine doppelten Gelenke oder sechs Finger hatte, vermißte ich die vertrauten Bewegungen menschlicher Gliedmaßen. Ich hielt mich nicht mit müßigen Überlegungen auf, sondern langte nach unten und erkannte im schwachen Licht Armagnacs Gesicht. Er griff nach meiner Hand und zog sich hoch. Nebeneinander saßen wir auf dem Balken.

»Noch nicht!« wisperte ich.

Der Fremde trank aus einem Weinbecher, dann trug er den Leuchter zur Truhe mit der flachen Platte, die neben dem Bett stand. Er bückte sich, klappte die Satteltasche auf und zog den kleinen Sender heraus, betrachtete ihn sekundenlang und schob ihn wieder zurück. Mein Herz arbeitete wie rasend; ich spürte kalten Schweiß auf der Stirn.

Der Vorhang zum anderen Zimmer schob sich zur Seite, und wir sahen das Mädchen. War sie eingeweiht? Ich ersparte mir die Frage. Wir hörten das Murmeln der Unterhaltung, merkten, wie es im Haus leiser wurde, dann nickte der Fremde, nahm den Becher und ging ins andere Zimmer.

»Jetzt!« flüsterte ich. Armagnac zog den kleinen Keil aus dem Fensterrahmen heraus, drückte probeweise gegen den Rahmen und grinste, als das Fenster fast geräuschlos aufschwang. Es war kein Wind, der Vorhang bewegte sich kaum. Ich richtete mich halb auf, bog den Oberkörper in den Raum hinein und sah niemanden.

Aus dem Nebenzimmer kam hastiges Atmen, leises Gelächter, Murmeln ... Ich erkannte die Stimme des Fremden wieder. Dann streckte ich einen Fuß aus, balancierte und trat ins Zimmer. Es war dunkel, nur ein Haufen rote Glut aus dem Kamin erzeugte eine rote Dämmerung. Ich winkte nach hinten und zog den Lähmstrahler aus dem Gürtel. Fast ohne Geräusch kam Armagnac ins Zimmer, sah sich schnell um und riß einen zweiten Vorhang zur Seite.

»Niemand!« hauchte er. »Niemand hier!«

Langsam ging ich auf den Vorhang zu, der die Zimmer trennte. Ich bemühte mich, lautlos aufzutreten, und natürlich war ich angespannt und nervös. Ich hatte es hier mit einer zumindest gleichwertigen Intelligenz zu tun, mit einem Fachmann, was Tarnung betraf. Meine Hand berührte den Vorhang, ich spähte durch die Falten und sah ... Vor der Zimmertür schrie jemand gellend: »Armagnac ...«

Der Schrei wurde erstickt. Vor mir stand der Fremde, das halb ausgezogene Mädchen vor sich. Seine Hand hielt ihr den Mund zu, seine andere Hand hielt eine Reiterpistole, ähnlich wie meine. Alles geschah innerhalb von Sekunden. Ich warf mich zurück, gleichzeitig krachte der Schuß und lähmte mein Bein. Armagnac griff nach mir, als drei Türen aufflogen und die Häscher hereinstürzten. Nicht einmal mein Extrahirn wußte einen Ausweg, als ich auftrat, zusammenknickte und dumpf zu Boden krachte.

»Weg, zu Alexandra!« schrie ich. Ein Messer zischte, sich mehrmals überschlagend, durch die Luft. Es bohrte sich in die Schulter eines der Männer, die mit Fakkeln, Stricken und gezogenen Waffen auf uns eindrangen. Armagnac warf einen Stuhl nach dem Fremden; der Vorhang riß herunter und schlug über Cardenas und dem Mädchen zusammen. Dann packte Armagnac, sich bückend, einen der Männer, warf ihn rückwärts gegen die anderen, drehte sich um und nahm einen kurzen Anlauf.

»Ich helfe dir!« schrie er und hechtete aus dem Fenster. Er rollte sich noch in der Luft zusammen, und noch ehe ich nach meinem Lähmstrahler greifen konnte, warfen sie ein Netz über mich, rissen mich hoch und banden mir die Hände auf dem Rücken zusammen.

»Platz hier!« sagte eine dunkle Stimme. Ich wandte den Kopf, gleichzeitig zuckte der Schmerz den Oberschenkel hoch, und die Männer ließen mich auf den Bettrand fallen. Durch die Tür kam ein Mann, nach Art der neuen Mode mit kürzerem Haar, einem langen Gesicht, in dem die Augen wie Kohlen schimmerten. Er sah sich schweigend um und wartete, bis der Fremde sich aus den Falten des schweren Vorhanges befreit hatte.

Dann fragte er: »Chevalier de Cardenas – ist dies der Verfolger, der Euch seit einiger Zeit nachreitet?«

Cardenas riß einem der Häscher die Fackel aus der Hand und hielt sie mir vors Gesicht. Seine Augen flackerten voller Haß. Er sagte, nur mühsam beherrscht: »Das ist er, auch wenn er sich verkleidet hat.«

Der Profos kam näher, seine Männer machten ihm furchtsam Platz. Er sagte mit seiner knarrenden Stimme: »Ich erhebe Anklage.«

»Weswegen?« fragte ich und versuchte mich aufzurichten. Ein Orkan von Gedanken raste durch meine Überlegungen. Alexandra, unser Besitz, meine Waffen? Mein mißglücktes Vorgehen? Welche Hoffnung hatte ich noch? *Keine vorschnellen Reaktionen. Beherrsche die Situation!* sagte mein Extrasinn.

»Es wird Euch gesagt werden«, erklärte der Profos seelenruhig. Er winkte seinen Männern und befahl: »Schafft ihn fort. In den Kerker – dorthin, wo ich es befohlen habe.«

Ich kam mühsam auf die Beine, beugte mich vor und wollte mich auf den Profos werfen. Hinter mir schlug jemand mit einem Knüppel zu, der Schlag traf mich, und ich wurde bewußtlos. Sie schafften mich fort. Ich erwachte wieder – irgendwann. In das Loch, in dem ich lag, drang kein Licht herein. Sie hatten meine Fesseln gelöst und mich mit dem linken Handgelenk und einem Fußgelenk an Ketten gefesselt, die an Krampen in der Mauer befestigt waren. Ratten huschten durch das faulende Stroh. Es stank, ich hatte Kopfschmerzen, Hunger und Durst.

9.

Ich konzentrierte mich auf das Nächstliegende. Ich stand auf und versuchte ein paar Schritte. Drei der Wände erreichte ich, nur die eisenbeschlagene Bohlentür nicht. Dann tastete ich nach meinem Gürtel. Die Narren hatten mir sogar die Ringe über den Handschuhen gelassen. Ich klappte, mühsam fingernd, einen Ring auf, und für drei Stunden hatte ich eine starke Lichtquelle, die in einem breiten Winkel abstrahlte. Jetzt sah ich erst mein Gefängnis – nasse Quader, faulendes Stroh, es schüttelte mich. *Die Ketten!*

Ich zog das Vibromesser aus dem Stiefelschacht, schaltete es ein und schnitt bereits, während ich noch überlegte, ob es klüger sei, zuerst den Arm zu befreien, den Eisenring am Knöchel durch. Ich schaltete das Messer ab, als ich mich dem Leder des Stiefels näherte; rutschte ich ab, amputierte ich mir den Fuß. Ich lehnte mich an die Mauer, winkelte den Fuß an, hielt das Messer mit beiden Händen und konzentrierte mich. Der Ring war verrostet, wie alles hier. Lautlos arbeitete sich die Schneide durch das Eisen, die hochfrequenten Schwingungen und der Stahl fraßen einen breiten Schnitt durch den Ring. Aber ich konnte ihn nicht aufbiegen.

Ein zweiter Schnitt ... es dauerte fast zu lange. Endlich hatte ich es geschafft, da hörte ich Schritte. Ich schaltete das Messer ab, klappte den Stein über den Fingerring und legte mich so hin, wie ich aufgewacht war. Jemand kam, spuckte aus und hob eine Laterne durch das Holzgitter. Der Mann grunzte etwas, und als das Licht nicht mehr in meine Augen fiel, sah ich zu, wie der Wächter wieder ging. Hinter einer Biegung rief er:

»Er schläft noch! Soll ich ihm einen Eimer Wasser auf den Kopf ...«

Das Echo hallte in dem niedrigen Gewölbe zurück. »Noch nicht. Der Profos schläft!«

Ich wartete, bis sich die zitternden Lichtmuster entfernt hatten, zog meinen Fuß aus der fast zersprungenen Fessel und schnitt die Kette durch, die mein Handgelenk hielt. Dann zwei schnelle Schnitte, und die Befestigung des eisernen Riegels fiel. Ich stieß die Tür auf und huschte, das Messer in der Hand, in den nassen Gang hinaus. Hinter mir quiekten Ratten. Eine unbändige Wut erfüllte mich, aber ich hatte drei Dinge gleichzeitig zu tun, und das war unmöglich. Der Fremde! Wohin immer er fliehen will, die Falken werden es mir melden.

Alexandra Lancaster! Mit größter Wahrscheinlichkeit hatten ihr Armagnac und seine Diebe geholfen.

Der Profos! Was ging mich dieser Mann eigentlich an? Da unser Aufenthalt ohnehin beendet war, interessierte er mich nicht mehr. Also blieben zwei Probleme. Ich tastete mich durch den Gang, rutschte in einer Pfütze aus und sah den Wächter, einen kleinen breitschultrigen Mann, der auf einem hölzernen Stuhl saß und an einem Stück Brot knabberte. Ich drückte mich an die Mauer, überlegte und schob das Vibromesser zurück, tastete nach dem Lähmstrahler. Er war weg. Es gab keine Möglichkeit, den Mann lautlos zu überwältigen.

Ich ging zehn Schritte zurück, verschwand im Schatten und sagte: »Deine Gefangenen sind unruhig!«

Der Wächter zuckte zusammen, ließ das Brot fallen und stand auf. Er nahm die Laterne, die neben ihm stand, hob sie über den Kopf und tappte auf mich zu. Ich wartete, bis er an mir vorbei war, zielte genau und schlug zu. Mit der anderen Hand fing ich die Laterne auf. Ein einfacher Dagorgriff hatte den Mann bewußtlos gemacht. Ich hastete eine gewundene Treppe mit vielen Stufen hoch und kam in den ersten von mehreren Räumen, die ineinander übergingen. An den Wänden steckten Fackeln in eisernen Tüllen. Ich schlich weiter geradeaus.

Hier war niemand; auch sah ich kein Tageslicht. Entweder herrschte wirklich noch oder schon wieder Nacht, oder ich befand mich trotz der Treppe in der Tiefe des Kellergefängnisses. Der Zellaktivator hatte gewirkt; von der Lähmung merkte ich fast nichts mehr, und auch die Kopfschmerzen waren vergangen. Ich klopfte mit dem Eisenring an meinem Handgelenk gegen die Mauer. Nichts rührte sich.

Ich ging weiter, vorsichtig nach verräterischen Schatten auf dem Boden spähend. Ich kam an einem Raum vorbei, in dem drei schlafende Männer auf Pritschen lagen und vor sich hin schnarchten. Mit einem Satz durchquerte ich den Lichtschein und stand vor einer doppelten Tür, die mit drei schweren Riegeln gesichert und mit einem Klappfensterchen versehen war. Langsam schob ich den ersten Riegel zur Seite, den mittleren, dann drehte ich mich um. Ich hatte ein Geräusch gehört. Das Fallen eines Kruges, dann einen Fluch.

Schritte waren zu hören. *Hinaus!* Ich riß den untersten Riegel zur Seite, stieß einen Torflügel auf und schob mich durch einen Spalt. Dann drückte ich die Tür zu; es war später Abend. Also war ich fast vierundzwanzig Stunden bewußtlos gewesen. Ich rannte nach links und orientierte mich. Wenige Menschen auf der Straße, niemand sah sich nach mir um. Ich verschwand im Gewirr enger Gassen, wurde langsamer, um nicht aufzufallen, und dem ersten Bettler, den ich sah, flüsterte ich zu:

»Sag Armagnac, wir treffen uns unter dem Baum neben dem Gasthaus von gestern!«

Die wenigen Geldstücke, die sich in meinen Taschen befunden hatten, waren gestohlen worden. Der Bettler wartete einige Sekunden, aber ich fand kein Geld. Dann grinste er schlechtgelaunt und röchelte:

»Ich fliege, Herr!«

»Mit einem Fußtritt, Schuft, wirst du schneller werden!« versprach ich drohend, und er rannte davon, seine Krücken vergessend. Ich zog mich, ständig im Zickzack gehend, um Verfolger unsicher zu machen, langsam durch ein Viertel der Stadt zurück und kam von Norden auf das Gasthaus zu, umrundete es vorsichtig und blieb unter dem Baum stehen.

Ich streckte meine Hände aus, griff nach oben und schwang mich auf den untersten Ast. Ich kletterte fünf Äste höher, suchte mir eine Astgabelung und lehnte mich gegen den Stamm. So wartete ich, das Vibromesser in der Hand. Etwa eine halbe Stunde, vielleicht mehr – schließlich hörte ich Hufgetrappel, das langsamer wurde, je näher es kam. Und endlich hielt jemand unter dem Baum. Das Tier schnaubte.

»Atlan! Armagnac ist hier!«

Geräuschlos machte ich mich an den Abstieg, hielt inne und fragte leise: »Wo ist Alexandra?«

Armagnacs Lachen war unverkennbar, als er erwiderte: »Auch du hängst am Weib, Freund! Sie ist in Sicherheit und mit ihr euer Gepäck. Auch deine neue Erfindung mit der glimmenden Lunte.«

Ich landete neben ihm im Gras und erkannte ihn. Das Pferd scheute. »Ich bin geflohen.«

»Das tat auch der Fremde. Er ritt, als ob die Pest hinter ihm her sei, nach Süden. Er hat einen großen Vorsprung.«

Ich hielt mich am Zügel des Pferdes fest und fragte leise: »Wo ist Alexandra?«

»Wir haben sie in einem Kloster untergebracht. Einst verlor eine Äbtissin ihre Ehre, und ich stahl sie wieder zurück. Freunde findet man selbst in der Abgeschiedenheit.« Er lachte wild.

Langsam ritten wir im großen Bogen um das Haus, das heißt, ich ritt, und Armagnac lief neben dem Pferd und berichtete. Ununterbrochen hatten die Schergen gesucht, und als meine Identität feststand, schickte man die Männer aus, um die »Waffenschmiedemeistersgattin« festzunehmen. Armagnac hatte seine Truppen ebenfalls losgeschickt. Ein Teil von ihnen hielt die Büttel auf, ein anderer Teil holte Alexandra und brachte sie weg. Als die Häscher kamen, war die Asche im Kamin noch warm, das Haus aber leer.

»Der Hund wich nicht von ihr.«

»Ich hatte es auch nicht erwartet«, sagte ich. Aber er hatte einen der Diebe gebissen. »Bringst du mich zu ihr?«

»Wohin sonst, mein Fürst?« fragte er sarkastisch.

Ich grinste. »Deine Freundschaft ist mehr wert als Gold.«

»Mir würde es reichen, sie wäre Goldes wert«, erwiderte er.

Wir brauchten noch zwanzig Minuten, dann tauchte aus einer Seitengasse jemand auf, der Armagnac ein Pferd brachte. Im gestreckten Galopp ritten wir, noch innerhalb der Stadtgrenzen, durch einen Wald und an eine Nebenpforte des Klosters. Dort stiegen wir ab. Ich legte meine Hand auf die Schulter des Mannes und fragte:

»Armagnac, gehst du mit mir? Dem Fremden nach.«

Nachdenklich murmelte der König der Bettler: »Er geht an die Küste zurück, dorthin, wo er herkam, sagte er zur Torwache und zum Profos. Er ließ viel Gold zurück; er wird einen leichten, schnellen Ritt haben.«

Es waren mehr als tausend Meilen. Eine durchaus theoretische Überlegung: Wenn der Fremde nur die Pferde wechselte und ununterbrochen ritt, würde er zwanzig Tage bis zur Küste des Binnenmeeres brauchen, je nachdem, an welchem Punkt er sie berührte. Zwei Tage etwa hatte er Vorsprung, also würde er kaum weniger als einen Mond brauchen. Morgen früh, bei Tageslicht, konnten mir die Falken seinen Standort verraten. Ich würde den Gleiter steuern.

»Wir haben einen schnelleren Ritt!« sagte ich. »Kommst du mit?«

»Nein«, antwortete er. »Ich gehöre hierher. Die neue Welt draußen würde mich reizen, aber verwirren. Hier kenne ich jeden Stein. Auch meine neun Kinder wachsen hier auf, und ohne Vater ist dies immer ...« Er brach ab.

»Dein Entschluß ist fest?«

»So fest wie die Mauern deines Gefängnisses. Du solltest dich beeilen; der Profos macht vor Klostermauern nicht halt.«

»Ich werde mich beeilen«, sagte ich. »Behalte als Dank und als Geschenk mein Pferd und den Sattel. Laß auch deine Kinder darauf reiten.«

Wir schüttelten uns die Hände. Als er sich in den Sattel schwang, schien er abermals zu zögern, aber dann gab er sich einen Ruck, warf das Pferd herum und ritt schnell fort. Ich griff nach der Glockenschnur und zog daran. Ein dünnes Bimmeln ertönte, und Minuten später stand ich neben Alexandra.

»Wir werden sofort weiterreisen«, sagte ich nach den Minuten des Wiedersehens. Ich zog die Fernsteuerung hervor, zog die Antenne aus und rief den Gleiter. Irgendwo schoben jetzt die schweren Maschinen einen Steinwall mit deckendem Rasen zur Seite, hoben den Gleiter hoch und ließen ihn steigen. Eine halbe Stunde später hatten wir ihn im dunklen Klostergarten beladen. Wir gingen zurück; in einem weiten Raum mit einem riesigen Tisch, vielen harten Stühlen und wertvollen Bildern an den Wänden erwartete uns die Oberin.

»Mein Sohn«, sagte sie, »und meine Tochter, ich verstehe nicht, was ihr tut; ich bin keine Heilige, die Wunder erkennt. Aber wohin immer ihr geht, euer Weg sei gesegnet.«

Ich verbeugte mich und stellte einen kleinen Beutel Gold auf die Ecke des Tisches. »Ich danke dir, Mutter«, sagte ich. »Mit diesem wenigen Gold sollst du die Armen speisen oder etwas für das Kloster kaufen.«

Sie bekreuzigte sich murmelnd.

Wir gingen durch einen schwach beleuchteten Kreuzgang, vorbei an duftenden Büschen, durch eine fast unirdische Ruhe, bis zum Gleiter hinter den Büschen. Wir setzten uns, der Hund sprang zwischen uns, und die Maschine erhob sich lautlos in die Nacht. Wir entwichen der qualvollen Enge der Stadt.

Drei Stunden später, im Mondlicht, versteckte ich die Maschine, und wir aßen von unseren Vorräten. Dann schliefen wir tief, und am nächsten Tag weckten uns Sonne und ein wolkenloser Himmel.

Ununterbrochen hatten die Falken gesucht, hatten bei Regen, in der Nacht und unter tiefhängenden Wolken ihre Kreise gezogen, einmal höher, dann wieder niedriger, hatten den Fremden aus Paris verfolgt, ihn zwei Tage lang gesehen; dann verloren sie ihn aus den Linsen. Natürlich kannten sie das Gesicht des Fremden genau, und einer hatte die Kleidung zweier Masken oder Rollen gespeichert. Aber da diese künstlichen Tiere keine konstruktive Phantasie besaßen, ausgenommen von ein paar Verhaltensregeln, die programmiert worden waren, würden sie den Fremden nicht wiedererkennen, auch nicht nach einer einfachen Verkleidung. Ich erklärte es Alexandra:

»Er braucht nur mit einem Rappen in einen Bauernhof hineinzureiten, sich hinter verschlossenen Läden umzuziehen, das Haar abzuschneiden oder unter einem Hut zu verbergen, und wenn er dann auf einem Schimmel wieder hinausreitet, *müssen* ihn die Falken verwechseln.«

»Es sei denn«, sagte Alexandra und starrte auf den Schirm, auf dem eine staubige stille Straße im nördlichen Orléans vorbeizog, »sie hätten ihm zugesehen, als er sich umzog.«

Ich nickte und schaltete auf den anderen Kanal.

»Er wird sich hüten, noch einmal in die Nähe großer Vögel zu kommen oder größere Vögel in seine Nähe zu lassen. Denk daran, er hat mit Sicherheit den Jagdfalken zerstört.«

»Wohin wollte er? An die Küste?«

»So ist es. Die Falken sind nutzlos geworden, was die Verfolgung betrifft. Aber es gibt noch eine Möglichkeit, ihn zu stellen.«

Ich schaltete die Vögel dergestalt, daß sie sich wieder ausschließlich um unsere Sicherheit kümmerten, verschloß den Bildschirm und steckte den Armschutz zurück in unsere Ausrüstung. Ich holte das kleine Funkgerät hervor; augenblicklich meldete sich Rico aus der Kuppel.

»Was wünschst du?«

Ich hielt Lautsprecher und Mikrophon dicht vor mein Gesicht und sagte: »Sind die Hyperraum-Funkspürgeräte noch eingeschaltet?«

»Sie laufen ununterbrochen. Ich habe zwei Sendungen des Fremden auf Band mitgeschnitten.«

»Gut so«, entgegnete ich. »Versuche, bei der nächsten Sendung eine möglichst genaue Peilung zu machen.«

»Der Fremde ist dir entkommen?«

»Leider ist es so«, sagte ich. »Also: Dauerwache an den Spionsonden und Empfängern, wenn ein Funkspruch gewechselt wird, genaue Peilung. Dann Vergleich mit unserer Karte und sofortiger Anruf über diesen Kanal. Klar?«

»Es wird alles mit bestmöglicher Präzision erfolgen«, schloß der Roboter. »Brauchst du sonst Hilfe?«

»Im Augenblick nicht. Ich werde mich sofort melden. Es ist wichtig, Rico!«

Er zögerte zwei Sekunden lang, dann sagte er: »Ich habe es aus dem Klang deiner Stimme gehört.«

»Wir warten aber nicht in diesem öden Gelände«, sagte ich. »Wir gehen dorthin, wo Sonne und klares Wasser sind.«

»An die Nordküste des Binnenmeeres?« fragte Alexandra aufgeregt.

»Dorthin. Wir sind dann wieder in der Nähe des Fremden.«

»Du gibst nicht auf?« fragte sie atemlos.

»Nicht, wenn Arkon das Ziel ist«, sagte ich. »Und außerdem geht es nicht nur um dich und mich, sondern um diesen barbarischen Planeten.«

Wir flogen in kleinen Etappen von Paris nach Orléans, von Dijon nach Lyon, von Milano nach Venezia. Dort, in Italien, fanden wir, wonach wir, ohne es zu wissen, lange gesucht hatten. Wir betraten die Stadt Venezia.

»Seit Januar, Herr, wütete die Pest«, sagte der Obrist der Torwachen, der uns hereinließ und höflich begrüßte. »Und jetzt, da mehr denn ein Viertel aller Lebenden gestorben ist, suchen wir Helfer und Freunde.«

»Das wird sich einrichten lassen«, sagte ich. »Es stehen viele Häuser leer?«

»Sie sind für ein paar Goldstücke zu kaufen«, sagte er. »Was seid Ihr, Herr?«

»Arzt und Gelehrter«, antwortete ich. Einen halben Tag später befand ich mich in einem Teil der Stadt, den ich noch nie gesehen hatte; wir bewohnten einen kleinen Palazzo an einem der Canali.

Seit den Jahren, da flüchtende Bewohner von Aquileia und der Umgebung diese Stadt im flachen Meer gegründet hatten, war viel geschehen ... aber das würde ich in den nächsten Wochen herausfinden können. Noch am selben Abend saßen Alexandra und ich auf dem flachen Dach des Hauses. Eine schwache Brise vertrieb den Geruch des Wassers und fuhr durch die glühenden Kohlen eines eisernen Beckens neben uns. Wir waren auf das beste untergebracht – unsere Wartezeit, bis der Funkkontakt erfolgte, würde angenehm werden. Hier herrschte nicht die Enge anderer Städte – alles war gelöster, freier, gelockerter. Und sehr angenehm.

Alexandra sagte nachdenklich: »Wir haben mit vielen Menschen gesprochen, Atlan. Die Länder sind in diesen Jahren wie ein riesiger, geschlossener Raum, dessen Grenzen keine Ideen hineinlassen und auch keine hinauslassen. Nur der Handel bewegt sich noch und transportiert Waren wie Ideen.«

»So ist es«, sagte ich. »Wir haben gesehen, wie die Handelswege, die vor Ausbruch der Pest ständig bevölkert waren, langsam veröden.«

Mehr oder weniger waren wir den Handelsstraßen gefolgt.

Wir hatten nach dem Fremden gesucht, ihn aber nicht einmal flüchtig gesehen. Eine Periode der innerlichen Gärung schien sich in diesen Ländern des westlichen Teils des größten Kontinents anzubahnen. Man wandte sich zum Teil wieder der klassischen Antika zu, Namen wie *Petrarca* und *Boccaccio* tauchten immer wieder auf. Aber die furchtbare Pest, die nach Schätzungen der Gelehrten nur drei Viertel allen Lebens übrigließ, war nur ein Mosaikstückchen in einem großen Bild. Sie zog von Süden nach Norden, vielleicht kamen einige Zweitwellen zurück, in späteren Jahren. Aber ständig suchten Schlechtwetterkatastrophen und Dürren, Epidemien und Seuchen, kleine Kriege zwischen einzelnen Fürstentümern und große zwischen Staaten die Menschheit heim. Die hygienischen Verhältnisse und die allgemeine Bildung waren die ungünstigsten, die ich jemals angetroffen hatte – die Masse des Volkes war allein allen Schlägen ausgeliefert, selbst den Überfällen von Banden und Räubern, Söldnern und hungernden Soldaten. Die Lebenserwartung schätzte ich auf durchschnittlich fünfunddreißig Jahre, nicht mehr. Alles verkam, alles lag darnieder; nur wenige Personen besaßen Kraft und Können, sich aus der Masse zu erheben. Ihre Namen würden später berühmt werden; keinen von ihnen kannte ich wirklich. Alexandra reichte mir einen Becher und sprach meine Gedanken aus: »Ein Mann allein, und wäre er ein Halbgott, könnte diesen Zustand nicht ändern.«

»Nein«, erwiderte ich leise, »aber die Flotte mit ausgebildeten Fachleuten könnte es.«

»Wie lange werden wir warten müssen?« fragte Alexandra.

»Ich weiß es nicht«, mußte ich gestehen.

Der Mittag des fünften Tages: Neben dem kleinen Dachgarten, in dem wohlriechende Pflanzen und Bäumchen in Holzkästen wuchsen, befand sich mein Studio. Ein Raum mit weißgetünchten Wänden, an denen gesäuberte Bilder hingen. Auf einer mächtigen Tischplatte, die auf antiken Säulenstücken ruhte, befand sich ein Teil meiner Ausrüstung; jeder konnte die Stücke sehen, denn sie waren von den Maschinen sorgfältig angepaßt worden. Vor dem großen, offenen Fenster hing ein weißer Vorhang. Weiter unten im Haus, in vielen anderen Räumen, kümmerte sich Alexandra mit einigen Dienern um Ordnung und Sauberkeit. Menschen und Arbeitskräfte waren selten in dem Venedig, das sich gerade von den Verwüstungen der Pest zu erholen begann. Einer der Halbwüchsigen, die ich aufgelesen und vor dem Hunger gerettet hatte, klopfte an die Tür.

»Signor Atlan Bracciolini?«

Ich drehte mich halb herum und legte Lineal und Stift aus den Händen; auf dem Papier entstand die Skizze eines fahrbaren Gerüstes für eine Schiffswerft.

»Ja?«

Er kam herein und stolperte über den Rand des Teppichs. »Ein Abgesandter des Zehnerrates ist da. Er will Euch sprechen.«

Der Zehnerrat, eine Art geheime Polizei, versuchte, die Stadt und den Dogen vor Spionen aus Genua zu bewahren, außerdem kümmerte sich der Rat um jeden Fremden.

»Bring ihn herauf, und bring guten Wein und schöne Pokale! Frag die Herrin!«

»Ja, Signor.«

Ich sah mich schnell um. Zerberus lag still unter der Tischkante, ein Falke saß vor dem Vorhang am Fenster. Nichts befand sich hier, was den Mann stutzig machen konnte. Ich lächelte, räumte einen hochlehnigen Sessel ab und wartete. Der Junge brachte den Mann herein und stellte eine Platte mit Wein, Gewürzen und Früchten, zwei Pokalen und einem Mischkrug vorsichtig auf den Tisch. Ich bot dem Fremden den Sessel an, er setzte sich und starrte voller Interesse auf die Zeichnung.

»Was darf ich für Euch tun, Herr?« fragte ich und begann den Wein zu mischen.

»Ihr seid Herr Atlan Bracciolini?«

»So ist es«, sagte ich. »Und ich komme von weit her. Ich bin Gelehrter und auch Arzt, aber ich fürchte, ich kann Euch keine dicken Pergamentdokumente zeigen.«

Er nahm den Pokal. Er trank, setzte den Pokal ab und sagte: »Göttlich! Ihr verzeiht mir – aber ich und meinesgleichen müssen von Natur aus mißtrauisch und neugierig sein. Warum seid Ihr in Venedig?«

Ich grinste ihn an und schlug mit dem Handrücken auf die Zeichnung und die Studien dazu.

»Aus drei oder vier Gründen, Signor. Wollt Ihr mir Euren Namen nicht nennen?«

»Picardo Pisonalla«, sagte er. »Zu Diensten.«

»Mit Verlaub. Zunächst: Ich komme von Spanien, über Almeria, Bordeaux, Paris, Dijon, jetzt bin ich hier, denn Venedig ist die schönste Stadt von allen. Und auch hier brauche ich die Pest nicht mehr zu fürchten. Sie ist schon hindurchgezogen. Ferner habe ich vor, einige meiner Erfindungen zu verkaufen und Kranke zu heilen. Und endlich erwarte ich hier die Nachricht eines Freundes, der mich sucht, den ich suche – auch er ein reisender Gelehrter. Wenn Ihr mich fragt, ob ich in Diensten von Genua stehe: Nein. Ihr werdet es aber auch allein herausfinden können, daß ich ein Freund dieser Stadt hier bin.«

Ich führte den Pokal an die Lippen und sah Pisonalla an.

»Ich möchte Euch glauben«, sagte er, »aber ich muß es nachprüfen. Bitte, seid so gut und bleibt in der Stadt.«

»Ich habe noch lange nicht vor, sie zu verlassen. An wen wende ich mich mit meinen Ideen?«

Der Mann, den Pokal in der Hand, wanderte im Zimmer umher und betrachtete meine Ausrüstung, dann drehte er sich um.

»Geht zum Großen Rat, er entscheidet alles. Der Doge ist krank.«

»Danke für den Ratschlag«, sagte ich. »Ich denke, eine Stadt, die von der Pest verwüstet ist, braucht viele Hände und viele Köpfe. Ich bin einer der Köpfe. Woran leidet der Doge?«

Er zog die Schultern hoch und machte ein Gesicht, das ehrliches Bedauern ausdrückte.

»Niemand weiß es. Es gibt mehr Krankheiten als Ärzte«, sagte er. »Ich werde Euch jetzt verlassen. Ich sehe, Ihr seid ein Mann von Kultur – ich würde mich freuen, bei guter Musik mit Euch und der Dame zu tafeln.«

Ich schüttelte seine Hand, die er schnell zurückzog. Die Angst vor Ansteckung war noch immer vorhanden.

»Ich zweifle nicht daran«, versicherte ich, »daß wir uns ausgezeichnet verstehen werden.«

»Seid gegrüßt, Signor!« sagte er und ging. Ich nahm die Abschrift eines Kopisten, die wir unter dem verlassenen Hausrat gefunden hatten, schlug das Buch auf und las. *Der Tag verging; das Dunkel brach herein und nahm auf Erden den lebendigen Seelen die Last des Tages ab; nur ich allein begann mich für den heißen Kampf zu stählen mit des Erbarmens, mit des Weges Qual; Gedächtnis, das nicht abschweift, soll's erzählen. O Musen, helft mir ...*

Vor siebenundzwanzig oder achtundzwanzig Jahren war Dante gestorben; das Werk war im Exil entstanden; ich liebte inzwischen fast jeden Gesang. Noch waren die beweglichen Lettern nicht erfunden. Sollte ich die Venezianer diese Kunst lehren? Ich schüttelte den Kopf; wozu? Das Volk konnte ohnehin nicht lesen, also war niemandem damit geholfen außer den Herrschern, und diese konnten ihre heillosen Ideen auf andere Weise durchsetzen. Ich schüttelte den Kopf und fuhr fort, das Gerüst zu zeichnen. Ich hatte die großen, zum Teil verwaisten Werften der venezianischen Schnellsegler, der Handels- und Kriegsschiffe besucht und auch dort gesehen, daß es viel zu verbessern gab.

Wir warteten weiter; tagsüber lebten wir ruhig und glücklich in unserem Palazzo, fuhren mit Booten durch die Kanäle. Abends erhielten wir, zuerst zögernd, dann häufiger, Einladungen in andere Häuser. Wir lernten Kaufleute kennen, und wir erfuhren sehr viel über Handel und Handelswege, über Gefahren und Gewinne. Langsam wagte sich die bäuerliche Bevölkerung wieder auf ihre Felder hinaus, und viele der Flüchtlinge der Stadt kamen zurück. Es war, als ob ein bewußtloser Organismus wieder langsam Atem zu holen begänne.

Ich konstruierte eine primitive Kanone und entwickelte eine neue Vorrichtung, schwere Anker hochzuhieven. Ich verkaufte die Erfindungen; andere kamen hinzu. Ich ließ sparsame Informationen einsickern, wenn wir über ferne Länder und Inseln sprachen. Auf den dürftigen Karten zeichnete ich ein, was ich wußte; Fundstellen, Handelsmöglichkeiten, gute Häfen und Strömungen. Ich wurde ein gesuchter Mann, und Alexandra bezauberte die Venezianer und deren Damen durch ihre natürliche Liebenswürdigkeit. Nach einem Fest, spätnachts, fuhren wir mit einem schmalen Boot zu unserem Palazzo zurück.

Alexandra lehnte sich an mich und fragte leise: »Der Falke hat noch immer nichts entdeckt?«

Einer unserer beiden Suchvögel schwebte ständig entlang der Küsten und suchte den Fremden – oder Ereignisse, die auf dessen Anwesenheit hindeuteten.

»Nein. Nichts.«

Aus vielen Fenstern leuchteten Lichter. Mehr und mehr erholte sich die Stadt, aber dieser Fortschritt war vordergründig; nichts brachte die vielen Toten wieder. Aber dadurch, daß unzählige Arme Arbeit fanden, nahm das Proletariat ab. Es war weitaus weniger zahlreich als die Bettlerheere des Armagnac in Paris.

»Und hast du mit Rico gesprochen?«

»Ständig! Nichts. Der Fremde schweigt. Vermutlich haben sie feste Termine vereinbart. Unser schönes Leben hier dauert noch an, Alexandra.«

Als das Boot auf den Anlegeplatz unseres Hauses zuglitt, sahen wir, daß das Nachbarhaus wieder bewohnt war. Ein großer, schlanker Holzbau mit steinerner Umfassungsmauer und vielen Fenstern. Aus dem Kamin kam eine dünne Rauchsäule, in den Fenstern sah man die Lichter von Fackeln und Öllämpchen.

»Wir haben Nachbarn bekommen.«

»Nachbarn mit kleinen Kindern«, sagte ich. »Man hört es. Die stillen Tage sind vorbei.«

Aus dem Nachbarhaus kam das Geschrei eines Säuglings. Während wir die festliche Kleidung ablegten, hörte ich, wie ein größeres Boot an der Treppe zum Wasser anlegte. Ich hörte Stimmen. Alexandra beugte sich aus dem Fenster und sagte:

»Ein Boot mit fünf Männern, die die Kleidung der Diener des Dogen tragen.«

Wir blickten uns überrascht an, als schon an die Tür geklopft wurde. Es klang nicht so, als ob mich Männer des Zehnerrates verhaften wollten. *Vergiß nicht die Krankheit des Dogen!* flüsterte der Extrasinn. Ich rannte die Treppe hinunter, zündete Kerzen an und öffnete die Tür, den silbernen Leuchter hochgehoben.

»Ihr seid Herr Atlan?« fragte ein Mann mit langem, sorgenvollem Gesicht.

»Ja. Was soll diese Störung zu spätester Stunde?« erkundigte ich mich halblaut.

Aus dem Nachbarhaus schrie eine Frau: »Ruhe!«

»Ihr sagtet, Ihr wäret Arzt. Könnt Ihr dem Dogen helfen?«

Ich schluckte; das war es also gewesen. Hier lagen eine gewaltige Chance und auch ein großes Risiko dicht nebeneinander.

»Ich muß ihn vorher sehen, vorher untersuchen können«, sagte ich.

»Könnt Ihr gleich mitkommen, Herr Bracciolini?«

»Wartet hier!« sagte ich, nahm den Leuchter, ging die Treppen hoch und wurde von Alexandra erwartet. Sie hatte fast jedes Wort verstanden.

»Pest?« fragte sie.

»Sicher nicht. Seit der Ansteckung wäre schon eine zu lange Zeit vergangen. Er wäre längst tot, hätte er die Schwarze Pest gehabt.«

»Kannst du ihm wirklich helfen?« fragte Alexandra besorgt.

»Vielleicht! Jedenfalls werde ich es versuchen.«

Ich holte den großen ledernen Beutel aus meiner Werkstatt und zog mir eine Jacke an. Nach einer schnellen, schweigenden Fahrt legten wir am Dogenpalast an; man führte mich durch große, prächtige Hallen, durch Korridore, in denen Wachen standen, über eine Terrasse im Sternenlicht und in das Schlafgemach des Dogen.

Als wir eintraten, war es, als ob mich eine Faust träfe. Das Zimmer war dunkel, stickig, und es roch nach den Ausscheidungen eines Menschen, der wochenlang krank gewesen war. Die großen Fenster waren verhängt, am Boden standen Feuerschalen, in denen ätzendes Harz verbrannte. Selbst ein Gesunder mußte hier krank werden! Ich bewegte mich durch die stickige Luft, ging über tiefe Teppiche, aus denen unter meinen Schritten Staubwolken aufstiegen, und näherte mich einem prunkvollen Bett mit vier Säulen, über denen ein seidener Himmel sich spannte. Je mehr ich mich der abgezehrten Gestalt näherte, die auf schmutzigen Leinen lag, desto mehr stank es. Ein schwarzgekleideter Mann mit dem Gesicht eines Geiers, der auf Beute lauerte, erhob sich und kam auf mich zu, mit den Armen wie mit Schwingen schlagend.

»Helft!« zeterte er. »Er kann nicht mehr atmen! Der Doge stirbt.«

Ich wandte mich an ihn. »Beschreibt, wann die Krankheit begann und wie sie sich darstellte.«

Während er aufgeregt zu reden begann, sagte ich zu den Dienern, die außerhalb des Lichtkreises standen:

»Ich brauche einen kleinen Raum, sehr sauber, ohne viel Stoffe, mit großen Fenstern. Stellt dort ein Bett auf, mit neuen Linnen und neuer Unterlage! Und bringt heißes Wasser!«

Ich hörte zu, näherte mich dem Dogen und zog mein eisernes Amulett, den Zellaktivator, aus dem Hemd. Zunächst einmal legte ich ihn dem alten Mann auf die knöcherne Brust. Das Hemd sah aus, als wäre es noch nie gewaschen worden.

»Und jetzt, seht!« schrie der Leibarzt.

»Ich sah es deutlich, als ich hereinkam.« Ich schüttelte den Kopf. Ich war kein Arzt, aber im Lauf der langen Jahre hatte ich eine Menge Krankheiten kennengelernt und auch gelernt, wie man sie zu behandeln hatte. Das, was ich hier sah, war eine Krankheit, die wegen der Umnebelung des Bewußtseins von den Griechen als *typhos* bezeichnet worden war; eine bakterielle Erkrankung. Ich wandte mich dem schwarzgekleideten Arzt zu, der hier kaum hatte helfen können.

»Er fiebert! Seine Stirn ist heiß und heißer! Seht den blaßroten Ausschlag auf der Bauchhaut!« jammerte er.

»Ich sehe ihn«, sagte ich. »Ihr dort! Bringt den Kranken in das andere Zimmer!«

Sie nahmen den Dogen, der nahezu bewußtlos war, mitsamt dem Laken hoch und trugen ihn in den kleinen Raum. Ich befahl, daß alle entbehrlichen Dinge verbrannt werden sollten. Das galt für das Bett wie für das Geschirr. Viel kochendes Wasser! lauteten meine Befehle. Eine Ansteckungsgefahr dieser Art würde die geschwächte Bevölkerung der Stadt binnen Monden dahinraffen. Was konnte ich tun?

Antibiotische Mittel, zuerst ein kreislaufstützendes Präparat, den Zellaktivator und kräftige Nahrung in flüssiger Form! sagte der Extrasinn.

Darmblutungen waren laut Aussage des Arztes nicht aufgetreten, also konnte ihm das, was ich tat, helfen. Zuerst wuschen wir den Dogen, der vor Schmutz starrte. Dann spritzte ich, ohne daß es jemand merkte, ein kreislaufstärkendes Mittel, anschließend eine hohe Dosis Antibiotikum. Ich gab den Dienern genaue Anweisungen, wie der Kranke gepflegt werden mußte. Die Versicherung, sie wären mitschuldig, wenn er wegen unsachgemäßer Pflege starb, würde sie zur Genauigkeit zwingen. Isolierung war wichtig, Überwachung und große Reinlichkeit. Nur abgekochtes Trinkwasser, dicke, kräftigende Suppen, etwas Wein, mit Ei verrührt und mit Honig – hochwertige Nahrung, kühle Umschläge auf die Stirn, Behandlung der Haut.

»Und sogar frische Luft? Doktor, Ihr seid des Teufels!« sagte der Arzt, der mit Verwunderung sah, wie der Kranke zusehends ruhiger wurde, besser atmete, sich zu erholen begann. Es waren nur winzige Veränderungen zum Positiven; der Zellaktivator hatte mit seiner Arbeit begonnen. Würde er die Fähigkeit, denen zu helfen, denen ich helfen wollte weiter behalten?

»Schon viele Kranke sind durch Frischluft geheilt worden und durch Sauberkeit, Gevatter!«

Ich versprach, morgen früh wiederzukommen, und schärfte ihnen ein, das Amulett nicht anzurühren, weil es sonst seine heilende Wirkung unwiderruflich verlieren würde. Dann ruderten mich die Männer des Dogen zurück in unseren Palazzo. Rico steuerte eine Sonde über das Krankenlager.

Am nächsten Morgen weckte mich Alexandra. Wir hatten die meisten Hilfskräfte ausgezahlt, nachdem der Palazzo wiederhergestellt worden war; jetzt half uns nur noch der halbwüchsige Junge.

»Du mußt in den Palast, Atlan«, sagte sie.

Ich hatte nachts noch ein Mittel gefunden, mit dem ich die Umgebung des Dogen impfen konnte, um eine Epidemie zu vermeiden. Ich richtete mich auf, blinzelte in der Sonne und murmelte: »Das Helfen, Heilen ... all das ist für den Helfenden mit Nachteilen verbunden. Haben wir etwas zu essen im Haus?«

»Ja, natürlich.«

Ich wusch mich und zog mich an. Dann aßen wir auf dem sonnenüberfluteten Dach. Ein herrlicher Morgen über Venedig. Die Glockensignale der Werften schallten bis hier herüber. Der Jagdfalke über dem Haus vertrieb einen Taubenschwarm. Ich stand auf und beugte mich über die Brüstung. Unten warteten die Ruderer des Dogen.

»Ich komme sofort!« rief ich ihnen zu. Sie winkten.

Der Morgen mit seinem kühlen, transparenten Licht lag über der Stadt. Steine und Holz, Marmor, Erdfarben und Kalk schienen von innen heraus zu glühen. Diese Morgenstimmung und die Kühle des Abends entschädigten uns für alles, selbst für das ungewisse Warten auf den Fortgang meiner Suche. Kurze Zeit später war ich im Palast. Ein gewaltiges Bauwerk, ineinander verschachtelt, empfing mich mit der Mischung aus hoher, künstlerischer Architektur und unglaublichem Schmutz in den Winkeln. Wir kamen durch Säle, an deren Decken herrliche Fresken leuchteten, gingen entlang verwaister Zimmerfluchten und über große Treppen bis in das Zimmer, in dem der kranke Doge lag. Er war allein, als ich eintrat. Seine Augen blickten mich durchdringend an.

»Du bist der Mann«, sagte er schwach, aber erstaunlich klar, »der mich geheilt hat. Ich muß besser sagen: Ihr seid jener Herr mit seiner Zauberkraft!«

Er reichte mir eine knöcherne Hand. Ich untersuchte den Dogen, so gut ich es konnte, fragte nach dem Befinden und wußte, daß der Aktivator eine verblüffend schnelle Heilung bewirkt hatte. Noch einen Mond Ruhe, viel Sonne, kräftige Nahrung – dann war dieser Mann gesünder als je zuvor. Ich steckte den Aktivator ein.

»Nein, es ist nicht meine Zauberkraft. Ich bin kein Zauberer. Es sind nur gewisse Medikamente und die Sauberkeit, die Euch geholfen haben, Doge.«

Ich sagte den Dienern, die lautlos eingetreten waren, was in den nächsten Tagen zu geschehen hatte. Sie erstarrten in Ehrfurcht vor mir; ich hatte den Herrscher geheilt, nachdem alle Hoffnung aufgegeben worden war. Die Augen des Genesenden ließen mich nicht los.

»Ich weiß nicht, wie ich Euch danken soll, Herr Atlan«, sagte er. »Was wollt Ihr von mir?«

Ich lächelte. »Ich bin reich genug, ich brauche weder Gold noch Ehrungen. Ich bin froh, wenn ich die Gastfreundschaft Eurer Stadt genießen kann und Hilfe, wenn *ich* sie brauche.«

Der Doge sah betroffen aus, warf mir abermals einen prüfenden Blick zu. Dann sagte er, sich langsam aufrichtend, um eine Schüssel mit wohlriechendem Brei entgegenzunehmen:

»Ihr seht aus, Herr Bracciolini, wie ein weitgereister Mann, der ein schweres Problem hat.«

Ich sah zum Fenster hinaus auf das fast unbewegte Wasser, in dem sich Sonnenstrahlen brachen.

»So ist es«, sagte ich. »Ich suche einen Mann. Nicht unbedingt einen Freund, sondern jemanden, den ich treffen muß. Jemand, der den Weg zurück in meine Heimat kennt und über ein Schiff verfügt.«

Der Doge machte mit seiner Hand eine unbestimmte Bewegung. »Ihr sucht ihn?«

»Ja. Ich warte auf eine Botschaft. Dann werde ich ihn finden.«

Jetzt wirkte er wieder erschöpft, als habe ihn der kurze Dialog zu sehr strapaziert.

»Wenn Ihr es braucht, sollen hundert meiner schnellsten Reiter mit Euch galoppieren! Sagt nur ein Wort; die Männer gehorchen Euch wie mir. Wann werde ich vollständig geheilt sein?«

Ich überlegte und sagte: »In sieben Tagen könnt Ihr wieder aufstehen und diktieren. Und in drei Wochen wird Eure Kraft vollkommen sein.«

»Gut so. Darf ich Euch wieder bemühen, wenn es notwendig wird?«

»Selbstverständlich. Und zum Zeitpunkt Eurer Genesung werdet Ihr ein Fest geben, zu dem ich eingeladen werde.«

Er lächelte schwach und schloß die Augen. Auf meinen Wink zogen die Diener die Vorhänge zusammen. Er schlief ein. Die Schüssel war leer; und die Medikamente in seinem Körper vollendeten langsam die Heilung. Ich hatte einen neuen, mächtigen Freund. Leise gingen wir hinaus, nur ein Diener blieb im Raum und setzte sich neben die Tür in einen Stuhl. Als die Ruderer ihre Riemen hochstellten, sah ich Alexandra, die auf der Terrasse stand und aufgeregt winkte. Ich stob die Treppen hinauf, als hinge davon mein Leben ab.

»Das Funkgerät!« Sie deutete in mein *studio.* Ich rannte hinein, stolperte über den Teppichrand und schaltete das Funkgerät ein, das als kleine Kassette getarnt war. Rico meldete sich sofort.

»Atlan!« sagte er deutlich. »Ein Funkkontakt hat stattgefunden.«

Ich fragte aufgeregt: »Mitgeschnitten? Angepeilt?«

»Jawohl, Gebieter, alles ist geschehen.«

Ich atmete erleichtert aus. Dann setzte ich mich, vergewisserte mich, daß nur Alexandra zuhörte, und begann zu fragen. »Wann?«

»Vor einer Stunde. Ich empfing Signale und habe sofort eine Messung vorgenommen. Die Funksendung erfolgte nur rund siebzig Meilen von dir entfernt in westlicher Richtung. Nach unseren Karten ist dort die Stadt Padova.«

»Richtig«, sagte ich.

»Hier ist das Band der Unterhaltung.« Zuerst gab es statische Geräusche mit vielen Störungen. Dann sagte die Stimme des Fremden: »... verdammt, Gandalf, hol mich sofort ab ... ich scheine krank geworden zu sein, und keines meiner Medikamente hilft wirklich ...«

Die Antwort: »... auf keinen Fall landen. Es ist zu gefährlich. Unsere Anhänger haben noch nicht losschlagen können ... noch warten ...«

»... es nützt nichts! Ich sterbe wahrscheinlich! Hol mich, Gandalf ...!«

Durch interstellares Knattern drangen die Worte: »... auch kein Schiff zur Verfügung ... Wo bist du eigentlich? ... Gefahr?«

»... das auch. Es sieht so aus, als ob man mich ausplündern wollte ... komm bitte, schnell ... ich will nichts anderes als überleben ...«

»... du mußte noch warten! Keinen ...«

»Du hast geschworen, Gandalf ...«

»... nützt der beste Schwur nichts, wenn ich kein Schiff habe ... dieser Sektor ist zu abgelegen ...«

Ein Krachen, eine schnelle Folge von knackenden und pfeifenden Lauten, dann: »Gandalf!«

Schweigen: »Gandalf ... sie kommen!«

Keine Reaktion. »Hilf mir doch, Gandalf ...!«

Dann nur ein Peil- oder Pfeifton. Sonst nichts. Alexandra und ich sahen uns mit fahlen Gesichtern an. Ich drehte den Lautsprecher leiser und fragte ahnungsvoll: »Rico – was hat das zu bedeuten?«

Mit erbarmungsloser Unpersönlichkeit sagte Rico: »Offensichtlich hat der Freund des Fremden keine Antwort mehr gegeben. Es ist anzunehmen, daß der Fremde selbst schwer krank ist und sich in einer anderen Gefahr befindet. Überall, Plünderer, Diebe oder ähnlich. Du solltest nach Padova reiten und dort nach dem Fremden suchen. Er befindet sich in Not und wird sicher auf deine Bitten eingehen.«

Das ist die einzig richtige Handlung! sagte der Extrasinn.

»Gut!« Ich entschloß mich schnell.

Alexandra sagte leise: »Ich bleibe hier und warte; solltest du Erfolg haben, folge ich mit dem Gleiter. Was sagte der Doge, Liebster?«

»Der Doge wollte mir helfen!« sagte ich. »Ich werde seine Hilfe dankbar annehmen. Ich reite sofort nach Padova und suche den Fremden.«

Wir schickten den Jungen zum Dogenpalast. Er sollte ein Dutzend der schnellsten Reiter erbitten und für mich gute, gesattelte Pferde. Ich zog mich um, steckte meine Waffen ein, nahm Bogen und Köcher und wartete ungeduldig. Das Boot des Dogen brachte mich ans Land, wo die Reiter warteten. Sie hatten prächtige Pferde, und der Anführer saß ab und begrüßte mich. Über mir schwebte ein Falke; der Hund war wie immer bei Alexandra.

»Ich bin Antonio Francesco. Zu Euren Diensten, Signor Atlan. Wohin reiten wir?«

Ich schwang mich in den Sattel, nachdem ich seine Hand geschüttelt hatte.

»Wir reiten, so schnell wir können, nach Padova. Dort suchen wir einen Mann. Er sieht so aus ...«

»Ich verstehe. Ein Freund?«

»Er kann ein Freund werden«, sagte ich. Während wir anritten, während sich der Zug formierte, erzählte ich den zwölf Männern, wonach ich suchte, nach welchen Gesichtspunkten wir vorzugehen hatten. Ein Überfall, ein Kranker, jenes Gepäckstück; alles schilderte ich, so gut ich konnte. Es war Mittag, als wir die letzten Siedlungen und bestellten Felder hinter uns ließen und über eine gewundene, staubige Straße galoppierten. Die Leiber der Tiere troffen vom Schweiß, aber die Entfernung zwischen beiden Orten verringerte sich. Kurz nach Mittag gerieten wir in einen Wald, und unser Zug zog sich seitlich auseinander. Die Pferdehufe schlugen dumpf auf den schattigen Waldboden. Ein schmaler Bachlauf tauchte auf.

»Halt!« schrie Antonio. »Tränken, absitzen, Pferdewechsel, eine Pause.«

Mir brannte die Zeit auf den Nägeln, aber ich beherrschte mich und sagte kein Wort. Zuschanden gerittene Pferde nützten uns nichts. Ich kühlte mein Gesicht mit dem kristallklaren Wasser und setzte mich an den Rand des Baches.

»Einen Schluck, Herr Atlan?«

Antonio hielt mir eine Sattelflasche hin. Ich trank gierig einen Schluck gewürzten, kalten Wein. Schlagartig brach mir der Schweiß aus, aber in den nächsten Stunden schwitzte ich weitaus weniger als zuvor. Nach einer halben Stunde etwa – die Pferde hatten sich erholt – ritten wir weiter. Aus dem Trab wurde ein Galopp. Wir standen meist in den Sätteln, beugten uns vor und ritten mit Sporen und verhängten Zügeln. Hinter uns erhob sich in der trockenen Hitze des Nachmittags eine Staubwolke in die Luft und trieb nach Osten. Die Läufe der Tiere bedeckten sich mit Schweiß und Staub. Insekten prallten in unsere Gesichter. Unser Schweiß vermischte sich mit dem Staub der Straße. Endlich wieder ein Wald. Aus dem jagenden, knatternden Getrappel wurden langgezogene Wirbel. Ich fiel zurück, und Antonio setzte sich an meine Seite.

»Wann sind wir in Padova?« fragte ich laut.

»Wenn wir so weiterreiten – in zwei Stunden«, rief er zurück. »Woher wißt Ihr, daß Euer Freund in Gefahr ist?«

»Ich habe es in einem Wachtraum erlebt!« schrie ich. Wir lagen flach über den Hälsen der Pferde. Über uns wippten und federten die Äste; Nadeln und Blätter regneten auf uns herunter. Zu unserer Linken tauchte ein Hain voller Olivenbäume auf. Verwunderte Landarbeiter mit riesigen Strohhüten und weißen Kopftüchern sahen uns nach und winkten. Sie bekamen keine Antwort. Wir ritten wie die Rasenden. Die Männer ließen sich von meiner Hast anstecken.

»Soll ich das glauben?« rief der Anführer.

»Ihr müßt es glauben, Antonio!« Ich sprengte an einem Felsblock vorbei, der die Straße sich gabeln ließ. »Hin und wieder habe ich solche Träume, und es stellte ...«, ich holte Luft und hustete, weil der Staub sich auf die Schleimhäute gelegt hatte, »... sich jedesmal heraus, daß ich recht hatte. Ihr werdet sehen – so ist es auch heute.«

»So oder so – wir hören auf Euren Befehl!« versetzte er entschlossen. Hinter ein paar runden Hügeln tauchte Padova auf. Ich erinnerte mich an die Gegend, die sich zum Teil überhaupt nicht geändert hatte – hier war ich mit den Hunnen unter Attila geritten, hier hatte ich Patricia verloren ... ich dachte an andere Dinge, die jetzt wichtiger waren als melancholische Erinnerungen.

»Dort hinten – die Stadt!«

»Ich sehe sie.«

Nach kurzer Zeit, in der wir den Windungen der Straße nicht folgten, sondern geradeaus ritten und durch Felder und Olivenhaine abkürzten, sahen wir eine Rauchfahne. Antonio brüllte von der anderen Seite der staubigen Straße:

»Ich sehe undeutlich, daß dort ein paar Wagen schwelen! Ist das unser Ziel, Atlan?«

Ich wischte mit dem schmutzigen Reithandschuh über die Augen und rief: »Schon möglich! Ich weiß es nicht, aber es könnte unser Ziel werden.«

Nachdem wir in breiter Reihe über einen Hang heruntergestoben waren, schloß sich die Kavalkade enger zusammen. Antonio pflanzte die Lanze mit dem Fähnlein auf und schrie, den Arm hochstreckend: »Achtung, Freunde – es kann sein, daß wir kämpfen müssen!«

Ein Schrei kam zurück: »Für Venedig und für Atlan!«

Ich sah vor mir, daß wir mit einiger Sicherheit an unserem Ziel waren. Hier hatten Wegelagerer einen Zug von Kaufleuten überfallen, die offensichtlich nach Venedig wollten. Der Hinterhalt war raffiniert angelegt – zu beiden Seiten der Straße breiteten sich Olivenwälder aus, und jenseits des wasserführenden Grabens erhoben sich dicke Mauern aus schilfähnlichem Gras.

Eine Reihe von etwa zwanzig Planwagen stand da. Zum Teil lagen tote Pferde vor den Wagen, zum Teil hatten sich die Tiere in den Zügeln und Seilen verwikkelt. Zwei der geplünderten Wagen, um die das Stückgut verstreut war, brannten – jetzt waren nur noch die schwarzen Gerippe übrig. Tote Männer lagen herum, andere standen in kleinen Gruppen zusammen und wurden von berittenen Banditen bedroht, als wir auftauchten. Ich hob die Reiterpistole und feuerte drei Schüsse ab. Zwei davon waren gezielt und warfen die Banditen aus den Sätteln.

»Auf sie!« schrie Antonio. Wir ritten in einer breiten Front den Hügel hinunter, sprangen über den Graben und griffen an. Ich feuerte einen Schuß nach dem anderen ab, überholte Antonio und schlug mit dem schweren Lauf der Waffe einen der Wegelagerer aus dem Sattel, riß das Pferd herum und rammte einem anderen Reiter den Bogen ins Gesicht, indem ich mich schräg nach vorn bückte.

»Dort hinüber!« rief jemand.

Drei Banditen sprangen in die Sättel, gaben den Pferden die Sporen und flohen. Ich zügelte mein Pferd, und als es vorn hochstieg, feuerte ich rechts und links des Pferdehalses drei tödliche Schüsse ab. Krachend schlugen die Körper der Fliehenden auf den Boden. Ein Pfeil heulte über mich hinweg, ein Trupp der Kaufleute und ihrer Knechte schlugen einen weiteren Banditen mit Knüppeln und Steinen tot.

»Hinterher!« Sechs meiner Reiter nahmen die Verfolgung auf. Wir ritten rechts und links der Karawane entlang, die Reiter schossen mit ihren Langbögen erbarmungslos auf jeden, der mit Beutegut beladen war. Wir säuberten die vierhundert Schritte der Strecke, sprangen über die Toten und hielten an.

»Wo ist Euer Freund, Herr Atlan?« fragte Antonio und betrachtete meine rauchende Reiterpistole.

»Ich weiß es nicht. Lebt der Anführer der Karawane noch?«

»Wer?«

»Ich meine den Anführer des Kaufleutezuges.«

»Dort vorn, im Schatten!« sagte Antonio. Wir ritten dorthin. Die Verfolger kamen zurück und warfen Stoffballen, Goldstücke und Gepäckstücke ins Gras, die sie den Flüchtenden abgenommen hatten. Zwei Männer von rund fünfundzwanzig waren entkommen. Der Soldat aus Padova saß auf einem Sattel, und eine alte Frau bemühte sich um seine Kopfwunde. Sie wischte das Blut aus dem Auge des Mannes; ich fragte ihn:

»Herr, habt Ihr oder Eure Leute oder die Kaufleute einen großen, schlanken Mann mit bräunlicher Haut und mandelförmigen Augen aufgenommen? Er ist in den letzten Tagen erkrankt.«

Der Mann trank einen Schluck Wasser, verzog schmerzhaft das Gesicht und murmelte: »Hieß er Carden?« Ich nickte. »Er war auf einem Wagen, die sie in Brand gesteckt haben. Dort ...«

Er deutete auf die fahlen Rauchsäulen, die sich aus den Trümmern erhoben. Dort lagen qualmende Stoffbündel, aufgeschlagene Fässer, dazwischen auf dem zertrampelten Gras, sah ich Verwundete und Tote. Ich dirigierte das Pferd hinüber und ritt dreimal um die schwelenden Holztrümmer herum. Ich sah jedem der Verwundeten und Toten genau ins Gesicht; schließlich sah ich einen Mann, der mit dem Fremden Ähnlichkeit hatte. Er saß zwischen den Wurzeln eines Baumes dicht am Weg, und unter seinem Schlüsselbein sah ich einen langen, abgebrochenen Pfeil. Rund um die Einschußstelle war der Stoff der Jacke verbrannt. Ein Brandpfeil hatte ihn getroffen.

Ich stieg ab und riß das Verbandszeug aus der Satteltasche. Drei schnelle Schritte brachten mich zu dem Mann.

»Durst ... Wasser ...«, flüsterte er schwach. Ich erkannte die Stimme. Ich handelte schnell, aber wohlüberlegt. Zuerst riß ich den Aktivator aus dem Hemd und hängte ihn um den Hals des Mannes. Dann nahm ich die Weinflasche, entfernte den Verschluß des ledernen Beutels und setzte das Mundstück an die Lippen des Mannes. Er trank in kleinen Schlucken; der rote Wein lief aus den Mundwinkeln und tropfte auf den Pfeilschaft. Die Wunde sah tödlich aus. Ich fragte in interkosmo:

»Du bist Eloy, der Mann von einem anderen Planeten?«

Er öffnete erschrocken die Augen. Sein Gesicht war schmutzig und von Wunden gezeichnet. Die Haut spannte sich straff über den Knochen. Unübersehbar waren die Zeichen des Schwarzen Todes. Der Fremde hatte sich angesteckt und war pestkrank geworden. Ich schätzte die Lebensspanne, die ihm noch blieb, auf einen Tag – nicht mehr.

»Ihr habt mich erwischt!« sagte er mühsam mit geschwollener, schwärzlicher Zunge.

»Ich nicht!« sagte ich. »Ich bin Atlan, der Arkonide, ein Gestrandeter auf dieser Welt, seit Jahrtausenden. Ich habe dich nicht getötet.«

Er überlegte lange und atmete pfeifend. Dann betrachtete er mich, als sähe er mich zum erstenmal.

»Dann hat Gandalf mich auf dem Gewissen. Er impfte mich mit einem Serum, das er entwickelt hatte. Damit konnte ich mich unter den Pestkranken ...« Er hielt erschöpft inne. Nach einer Pause fuhr er fort: »Ich brenne innerlich. Ich verblute, aber in den letzten Minuten ist es besser geworden. Du brauchst ein Raumschiff?«

»Ja. Ich gäbe einen Arm darum.«

Übergangslos sagte er: »Dieser verfluchte Ratgeber! Ich versteckte mich, weil ich meinen Planeten für kurze Zeit verlassen mußte. Ich versteckte mich zwischen Pestkranken, weil meine Gegner mir nicht folgen konnten, ohne zu sterben. Sie hatten das Serum nicht.«

Ich ergänzte leise und von wachsender Unruhe gepackt: »Gandalf, dein Freund, hat dir ein Serum gespritzt, das gegen Pest soviel half wie klares Wasser. Er wollte dich gar nicht mehr abholen, er wollte dich hier sterben lassen. Deine Feinde sind an der Macht. So ist es.«

»Ja. Gandalf hat mich verraten!« keuchte er. Seine Augen verloren für kurze Zeit ihren fiebrigen Glanz. »Er hat mich verraten. Er, der Freund, hat mich in den Tod geschickt!«

»Wo ist das Hyperfunkgerät?« fragte ich besorgt.

»Entweder auf dem Wagen oder irgendwo hier. Sie meinten wohl, es wäre kostbar, weil ich es an mich geklammert hatte.«

Ich fragte: »Hast du ein Versteck, ein geheimes Depot?«

Er schüttelte fast unmerklich den Kopf.

»Nein ... ich sollte nur knapp hundertfünfzig Tage hierbleiben, nicht länger. Alles, was ich mitnahm, trug ich bei mir. Ich habe den Trick mit dem Falken gemerkt. Wir hätten uns treffen sollen.«

Ich zog die Brauen hoch. »Wir haben uns getroffen. Mehrmals, Eloy! Erinnerst du dich nicht?«

»Ich kenne keinen Atlan«, sagte er leise. Er delirierte – lange würde er nicht mehr leben. Ich setzte mich neben ihn. Mein Pferd war hinter mir stehengeblieben und stieß mich mit seiner weichen Schnauze an. Ich tätschelte es abwesend und sah ein, daß ich nicht mehr helfen konnte.

»Woher kommst du?« fragte ich nach einer Weile.

Er tastete nochmals nach der Lederflasche und trank langsam. Er nannte einen Namen, der wie Yasd Maslaghan klang, aber sein Murmeln wurde immer unverständlicher.

Es war, streng betrachtet, eine banale Geschichte: Ein Mann mußte sich vor seinen politischen Gegnern verbergen. Er wählte einen Ausweg, der auf der Hand lag. Ein Gesunder, der sich nicht anstecken konnte, verbarg sich auf einer Welt, die von einer solch grauenhaften Krankheit überzogen war, daß sich keiner der Verfolger hinwagte, um den Fremden zu töten oder zu ergreifen. Die tödliche Ironie lag darin, daß der einzige Freund sich den Gegnern angeschlossen und statt des helfenden Serums ein Placebo gespritzt hatte. Die Folge war für den Fremden, daß er sich ansteckte und umkam. Die Folge für die Gegner war ungleich anders: Für sie war der Mann erledigt, als er seinen Fuß auf diesen Planeten gesetzt hatte. Gandalf hatte *nie* die Absicht gehabt, ein zweites Mal zu landen. Das erklärte auch die schwindende Qualität der Funkverbindung. Ich beschloß, Gandalf mit dem Funkgerät herbeizulocken und stellvertretend Rache zu nehmen. Als ich mit dieser Überlegung fertig war, starb Eloy, der Fremde. Ein Gehetzter hatte endlich Ruhe gefunden. Ich nahm den Aktivator an mich – jetzt mußte ich alle Überlebenden dieses Zuges gegen die Pest impfen.

»Das Funkgerät!« erinnerte ich mich. Ich fand es schon nach drei Minuten angestrengter Suche. Es lag am Fuß eines hohen, schlanken Baumes. Ich hob es hoch am Lederriemen, knöpfte die Verkleidung herunter und erstarrte. *Alles vergeblich!*

Offensichtlich war ein Pferd daraufgetreten, oder ein Wagenrad war darübergerollt. Das Gerät war fast in zwei Teile gebrochen; die metallene Rahmenumhüllung sah aus, als habe man sie mit einem Beil bearbeitet. In den ersten Sekunden reagierte ich noch nicht – ich hatte noch zuviel Hoffnung. Dann sickerte die Erkenntnis in meine Überlegungen ein. Ich war wieder einem Phantom nachgehetzt. In der letzten Sekunde war mir das Schicksal zuvorgekommen und hatte zugeschlagen. Dann hob ich den Kopf.

»Vielleicht können Rico und die Maschinen die beschädigten Teile reparieren und das Gerät wieder funktionstüchtig machen«, sagte ich laut, um mir einen Teil der Hoffnungslosigkeit zu nehmen. Im stillen ahnte ich, daß dieses Vorhaben ebenso scheitern würde wie der Versuch, zusammen mit den Urenkeln der stellaren Gäste. Ich schob das demolierte Hyperfunkgerät in die Satteltasche, packte das Verbandszeug darüber und schloß die lederne Klappe. Dann führte ich mein Pferd zu Antonio zurück, der mit seinen Leuten den Kaufleuten half, die Wagen wieder auf die Straße zu bringen, die Toten zu verscharren und die Verwundeten auf die Wagen zu laden. Padova lag in Sichtweite – der Zug würde wenden und in diese Stadt zurückkehren.

»Dein Freund, Herr Atlan?« fragte der Anführer.

»Er ist tot«, sagte ich leise und starr. Ich versuchte mich bis zum äußersten zu beherrschen und schaffte es auch, aber was half es mir? »Und mit ihm starb das Geheimnis der Rückkehr. Ich werde lange bei euch und dem Dogen in Venedig bleiben.«

Antonio sah mich ernst an. »Wir brauchen mehr solcher Männer wie Euch, Messer Atlan. Kaum jemand weiß es besser als ich.«

»Danke, Freund«, sagte ich. »Wir reiten langsam zurück.«

»In einer Stunde.«

Der Falke, der uns begleitet hatte, flog in größere Höhe. Ich wußte nicht, wie lange ich es noch auf der Oberfläche dieses Planeten in dieser Zeit aushalten würde; das Rad der Zeit drehte sich ohne meine Mithilfe. Wir ritten, als der Abend begann.

Wir ritten den Weg entlang zurück nach Venezia. Der Morgen war hereingebrochen, der Tag hatte begonnen, wieder mit jenem idyllischen Licht. Es war wunderbar kühl. Die Arbeiter kamen aus dem langen Schatten der Olivenbäume hervor und winkten; diesmal winkten wir zurück. Unsere Pferde hatten sich erholt und liefen langsamen Trab. Ziegen stolperten grasend am Weg entlang, ein Hund umsprang die Hufe der Pferde; wir waren einigermaßen ausgeruht und guter Dinge. Antonio und ich ritten an der Spitze des Zuges und unterhielten uns über Venezia und die Probleme dieser Handelsstadt. Ich erkannte, daß es Jahrzehnte dauern konnte, bis die Stadt wieder ihre alte Bedeutung erlangen konnte – es war ein Problem der Fachleute; zu viele Menschen aller Schichten und Berufe waren von der Pest dahingerafft worden.

»Was ist Euer Beruf, Atlan?« fragte Antonio. Ich grinste.

»Ich kann alles und nichts; von jedem etwas. Es ist so: Dort, woher ich komme, herrscht seit vielen Jahrhunderten eine Kultur ohne Kriege und Seuchen. Die Menschen haben daher Zeit übergenug, wissenschaftliche Leistungen zu vollbringen. Sie haben euch überholt. Und ich, der ich aus diesem Land komme, gebe nur wieder, was meine Freunde können. Aber ... es gibt viele Ärzte, die hundertfach das können, was ich kann.«

»Und jene Kräne, die Besegelung der Schiffe, die Pläne für große Häuser und Lagerhallen?« fragte er wißbegierig.

»Wir verwenden andere, bessere Werkzeuge«, erklärte ich. »Mit den Werkzeugen, die ihr in Venezia habt, könnt ihr nicht solche Dinge herstellen wie mein Volk. Aber ich werde tun, was ich kann.«

»Der Doge wird es Euch vergelten«, sagte Antonio. »Ihr habt im Palast nicht einen Feind.«

»Das will ich hoffen!«

Gegen Abend kamen wir an die Stelle, an der wir uns getroffen hatten. Ich stieg aus dem Sattel, räumte die Satteltaschen aus und nahm meine Waffen mit, als ich ins Boot umstieg. Wir beschlossen, in den nächsten Tagen in meinem Palazzo ein kleines Fest zu halten; es war, im Frühherbst, gerade die beste Zeit für abendliche Feste. Dann ruderten die Männer das schlanke Boot durch die Kanäle zurück. Als wir einige Minuten schweigend zurückgelegt hatten, roch ich Brandgeruch ...

schwarze Flocken segelten durch die Luft und berührten das Wasser. Ich wurde unruhig und schaute nach oben. Wo war der Falke? Ich zuckte zusammen, als wir abermals um ein Haus glitten und ich die Rauchfahne sah, die fast senkrecht in den Himmel stieg.

»Brennt es?« fragte ich laut.

»Es brannte!« gab der Steuermann zurück. »Ein hölzernes Haus brannte ab. Vor wenigen Stunden, Herr.«

Ich berührte, unruhig geworden, den Kontakt, der den Falken zurückrief. Er sollte vorausfliegen ... Warum wurde ich unruhig? Ich stand auf, und das Boot schwankte gefährlich.

»Setzt Euch, Signor!« beschwichtigte mich der Steuermann. »Es war nicht Euer Palazzo, der den Flammen zum Raub wurde.«

Der Falke kam nicht. Auch nicht der zweite ... Ich setzte mich unruhig. Ich atmete erleichtert auf, als mein Palazzo auftauchte, von den letzten Sonnenstrahlen angeleuchtet. Neben ihm, aus einem Trümmerhaufen, ringelte sich die Rauchsäule. Das Haus, in dem vor wenigen Tagen eine zurückkehrende Familie mit dem Säugling eingezogen war, existierte nicht mehr. Ein Haufen aus geschwärzten Steinen, halbverkohlten Balken, viel Lehmziegeln und anderen Bruchstücken lag da. Dampf schoß hoch, als die letzten Eimer Wasser in die Trümmer geleert wurden. Viele Menschen standen um die rauchenden Reste herum; eine zweite Gruppe stand abseits und schien sich um jemanden zu kümmern, der auf dem Boden lag.

»Legt an!« sagte ich. Der Kiel des Bootes schob sich knarrend auf die abgeschrägten Steinstufen. Ich warf meinen Köcher und den Bogen an Land, machte einen riesigen Satz, der das Boot zurückstieß und mich stolpernd ans Ufer brachte. Dann drängte ich mich zwischen die Menschen, schob sie zur Seite. Zwischen ihnen lag, leblos und von Kopf bis zu den Füßen naß und schmutzig, voller Ruß, mit Brandwunden an Händen und Armen ...

Alexandra!

Ich blieb stehen, ging in die Knie und glaubte nicht, was ich sah. Alexandra lag regungslos da. Ich tastete nach dem Puls: nichts. Ich zog ihre Lider hoch und prüfte den Lichtreflex. Sie war bereits kalt – tot. Unwiderruflich. Ich stand langsam wieder auf und sah auf die Frau hinunter. Ich war wie erstarrt, ich konnte mich nicht bewegen, nicht sprechen. Jemand packte mich am Oberarm und führte mich weg. Als ich mich umdrehte und ihn anstarrte, sah ich, daß es der Mann vom Zehnerrat war, der mich besucht hatte.

»Was ist geschehen?« murmelte ich undeutlich.

Er führte mich ins Haus. Der Junge hob die Waffen auf und folgte uns schweigend.

»Gegen Mittag begann das Haus zu brennen. Alle konnten fliehen; der Hausherr rettete sich durch einen Sprung in den Kanal. Und dann merkten sie, als die Menge mit einer Eimerkette zu löschen begann ...«

Ich setzte mich auf die Treppe und starrte zu Boden. »Was?«

»Sie merkten, daß der Säugling im Haus war. Signora Alexandra sprang von der Terrasse, lief über die Brüstung und kam in den Raum, in dem die Betten standen. Als die Signora den Flur erreichte, brach das Haus zusammen. Wir zogen den Säugling lebend unter dem toten Körper der Signora hervor. Es war zu spät – wir konnten sie nicht mehr retten.«

»Ich verstehe!« sagte ich dumpf. Das Ende dieses Versuchs, den Planeten zu verlassen, war in drei Etappen gescheitert. Zuerst der Tod des Fremden, dann die Zerstörung des Funkgerätes, und als letzter Schlag der Tod Alexandras. Ich hatte gehofft, daß mir nach den beiden Enttäuschungen ein bißchen persönliches Glück geblieben sei; auch das war endgültig vorbei. Alles, was noch folgte, war die Art von Routine, die ich kannte: versuchen, die Enttäuschungen zu verwinden, ehe ich zurückkehrte in mein kaltes, stählernes Gefängnis.

Versuchen, das Leben der Menschen um mich herum durch meine bescheidenen Künste zu verbessern; sie waren es wert, jene verblendeten Barbaren von Larsaf III. Und dann: eine lange Reise zurück in die Tiefsee.

Wir begruben Alexandra; selbst der Doge war am Grab. Ich blieb lange Monate allein in meinem Palazzo, dann wagte ich mich wieder unter Menschen.

Die beiden Falken hatten ihrer Programmierung gehorcht, hatten sich hinter Alexandra in die Flammen gestürzt und waren, nachdem wichtige Verbindungen geschmolzen waren, verschmort. Niemand konnte die beiden Körper, die bis zur Unkenntlichkeit zusammengeschmolzen waren, erkennen. Nur Zerberus, der schwarze Hund, war übriggeblieben – und der größte Teil meiner Ausrüstung.

Das Getriebe des Lebens nahm mich – langsam nur, und längst nicht in dem intensiven Maß, wie wir es zusammen so geliebt hatten – wieder gefangen. Ich wurde jeden Abend eingeladen und lernte die Palazzi Venezias kennen. Ich wußte, daß auch sie nur kurze Zeit stehen und leben würden, kurze Zeit, von meiner Warte der durchschlafenen Jahrtausende aus betrachtet.

Ich half dem Dogen, die Handelsmacht der Stadt zu vergrößern, »fälschte« einige Seekarten – das hieß: ich korrigierte sie nach der Wirklichkeit und gab genau so viele Informationen ab, daß sie den Venezianern halfen, ohne aber meine Spuren deutlich zu zeigen, baute Schiffe und ging auf kurze Seereisen, um die Seetüchtigkeit der Schiffe auszuprobieren. Meine Arbeit litt unter den starren Ansichten der Zimmerleute. Bis ich eine Neuerung durchsetzen konnte, verging zuviel Zeit. Ich lehrte die Venezianer die Segnungen der Hygiene kennen; auch hier begriffen sie nur zögernd, in den Gedanken ihrer Zeit und ihren beschränkten, nur langsam zu entwickelnden Vorstellungen befangen.

»Wie kommt es, daß du so viel weißt, was wir nicht begreifen?« fragte mich eines Tages der Doge. Wir saßen auf der Terrasse seines Palastes und tranken eisgekühlten Wein.

»Ich weiß nicht so viel mehr als ihr«, sagte ich leise. »Ich sehe nur ein Ding, betrachte es genau von allen Seiten und weiß, wie man es besser machen kann. Das ist alles.«

»Das ist viel!« rief der Doge.

»Das ist viel zuwenig«, murmelte ich verträumt. »Ich möchte ein Schiff bauen, das durch die Wolken segelt und zwischen den Sternen verschwindet.«

Ich las viel in der »Commedia« des Alighieri.

Dantes Zeilen lauteten: »Durch mich gelangt man zu der Stadt der Schmerzen / Durch mich zu wandellosen Bitternissen / Durch mich erreicht man die verlorenen Herzen / Gerechtigkeit hat mich dem Nichts entrissen; mich schuf die Kraft, die sich durch alles breitet / Die erste Liebe und das höchste Wissen.«

Nachdem ich mich vom Dogen verabschiedet hatte und Zerberus' räudiges Fell so gut wie möglich aufgefrischt hatte, nahm ich die Einladung an, drei Monde später auf einem Segler Venezias als Gast nach Africa zu fahren; zuerst kamen die unaufschiebbaren Arbeiten.

Rico erwartete mich im Transmitterraum des Überlebenszylinders. Ich verstaute die wenigen Kostbarkeiten, die mich an Bordeaux, Paris und Venezia erinnerten; meine trüben Gedanken und die abgrundtiefe Trauer blieben. Zunächst versuchten wir etwa dreißig Tage lang, das Funkgerät des Unglücklichen instand zu setzen – vergebens.

Rico hatte die Reparaturen an der Oberfläche seines Körpers beendet und wieder sein »menschliches Aussehen« angenommen, und seine beiden Baumuster – er nannte sie Synonymus Eins und Lilith – befanden sich im Dauertest der Bewegungsmechanismen. Ich stürzte mich in die Arbeit und suchte Betäubung, Vergessen, Ablenkung; es half wenig. In den Arbeitspausen betrachteten wir die Bildersequenzen, die uns Spionsonden aus allen Teilen und sowohl der näheren Vergangenheit als auch der Gegenwart übermittelt hatten. Die Bilder, Laute, Geräusche und Sprachfetzen, die auf mich eindrangen, waren gewohnt oder überraschend, verwirrend: mitunter grauste es mir, Augenzeuge der Greuel sein zu müssen. Timur i Lenks Heer verwüstete große Ländereien. Er war offensichtlich ein Nachfolger des Großkhans Möngke oder dessen Bruders Khubilai Khan.

Ein seltsamer Turm, einer von vielen Siegeszeichen dieser Art, dessen Mauerwerk sich bei genauerer Betrachtung als makabre Schichtung aus Steinbrocken, einer Art Mörtel und Menschenschädeln erwies. Ich stöhnte: Manche Knochen waren noch von Haut und Haaren bedeckt. Die Bauwerke des etwa dreißigjährigen Timur i Lenk oder Tamerlans waren die einzigen entlang der Schneisen der Vernichtung, die seine Heere durch das Land legten. Auch er schien an ein Universalreich zu glauben und hatte begonnen, dessen Fundamente zu legen.

Die Städte, die »der Lahme Timur« erobert hatte, fielen dem Vergessen anheim. Sie waren beraubt und vernichtet, in Schutt und Asche gelegt; die einzigen Bewohner blieben Ratten, Geier, Schakale und Raben. Die Felder waren verbrannt. In den Fruchtbaumgärten hingen an den wenigen Bäumen, die stehengeblieben waren, faulende Leichen. Die schauerlichen Türme schrumpften dem Horizont entgegen; ich fragte mich, wie viele Jahre das Schicksal diesem Herrscher noch gab, aber konnte ich sicher sein, daß ES mich nicht eines Tages zwang, auf den Spuren Tamerlans zu reiten – vieles war denkbar, blieb vorstellbar in einer von ES manipulierten Gegenwart. Aber bisher hatte mich dieser Herrscher der Zeiten verschont.

Der Tod Alexandras hockte wie ein Schwarm Raben auf dem morschen Ast meines Gemüts. Ich beschloß, mich abzulenken. Rico bereitete meinen Aufenthalt auf jener Insel vor, wo ich zu Zeiten Burgunds und Attilas geschwommen und in der Sonne gelegen hatte. Ich nahm, sobald er wiederhergestellt war, Zerberus auf meine Reise mit; während das Schiff seinen Weg nach Fez an der africanischen Nordküste suche, las ich in Dantes »Commedia«. Mein Ziel waren zwei Männer, von denen einer der Dichter Mohammed ibn Djuzzazyy war. Ihn hatte ich flüchtig kennengelernt; mit jenem anderen, der seit seinem einundzwanzigsten Lebensjahr reiste, wollte ich mich lange unterhalten.

Durch Bestechung und Höflichkeit, meine Sprachkenntnisse, Geduld und den Ruf, den ich mir durch Erzählungen schnell beschaffte, gelang es, in des Dichters Haus eingeladen zu werden. Mein Gastgeschenk war ein junger, hochtalentierter Schreibsklave, den ich zusammen mit einer braunhaarigen Sklavin für einen unverschämten Preis erstanden hatte.

Ich verbeugte mich tief, blickte in kluge, alte Augen und begann in meinem schönsten klassischen Arabisch:

»Im Namen des gnädigen Erbarmers, des Allmächtigen. Gott segne den Meister unzähliger Meilen, die ich zurückgelegt habe wie einer, der auf den Spuren eines Gehetzten wandelt: Endlich darf ich mit dir sprechen, Herr der Wüsten und Meere, Abu Abdullah Mohammed Ibn Battuta. Mein unwürdiges Geschenk wurde dir gebracht, wie ich sehe, und so kann ich hoffen, der honigtriefenden Blütenpracht deiner Worte teilhaftig zu werden, o Weitgereister.«

Ibn Battuta hob mich auf. Ich holte tief Luft. Er war geschmeichelt. Beide Schreiber verbeugten sich ebenfalls; sofort herrschte heitere Stimmung wie unter Männern, die den letzten Tee an Lagerfeuern geteilt hatten.

»Ihr, Atlan ben Arcon, kennt auch ein gehörig großes Stück der Welt, konnte man hören«, sagte Mohammed ibn Djuzzazyy.

Ich deutete auf den Boden. Die Sklavin Chasari, tiefverschleiert und teuer geschmückt, nach schier unbezahlbaren Riechstoffen duftend, stellte den Korb ab, zog die versilberte Hülle hervor und reichte sie mir. Dann zog sie sich aus dem hellen, kühlen Schreibzimmer zurück.

»Ich brachte euch dazu ein wenig brauchbares Geschenk«, sagte ich und zog die Rolle aus dem Köcher. Sie war sieben Ellen lang und drei Ellen hoch. Ich zog sie vor den Augen der beiden Männer auseinander und hielt sie ins Sonnenlicht.

Ibn Battuta stöhnte auf, als habe er die Houris und den Propheten Mohammed gleichzeitig erblicken dürfen.

»Dies, Meister der Reisen, ist das Antlitz unserer Welt, wie es der Vogel Rock aus den Wolken sehen mag, ohne zu wissen, was er sieht. Du aber, Weitgereister, wirst darauf ferne Küsten und nahe Wüsten erkennen.«

Es war eine Weltkarte, aus vielen Höhenaufnahmen zusammengesetzt, ohne Wolkenschatten, von Rico und den Geräten überarbeitet und auf eine Folie gedruckt, die nach spätestens einem halben Jahrhundert bröckelig sein würde. Aber bis dahin sollten Kopisten etliche Kopien davon gefertigt haben.

»Ich fand einen Mann, den Allah vor Jahren zu sich rief. Er schenkte mir diese Karte mit der Verpflichtung, sie dir zu geben, wenn es denn möglich sei, dich zu finden, o Ibn Battuta«, sagte ich.

Früchte wurden gereicht und Leckereien. Sklavinnen sprengten Rosenwasser in die Luft. Die Männer verhielten sich wie Kinder. Ich deutete auf die vielen Punkte, die bekannten und unbekannten Siedlungen entsprachen. Mit zitternden Fingern fuhr der Weltreisende die Küstenlinien nach und murmelte von Ajudehen, Chansa und Fakanaur, von Kais und Nakhshab, Qundus und Wabkana.

»Ist das das wahre Bild der Welt?«

»Ich bin sicher, daß sie sich so und nicht anders den Augen darbietet«, sagte ich und dachte an die seltsamen Karten der Idrisi und Masudi, die mehr Fehler hatten als ein Hund Flöhe. »Wenn du die Namen der Städte neben die Punkte schreibst, König unzählbar vieler Schritte, dann wirst du sehen, welchen Weg du zurückgelegt hast.«

»Der Wert deines Geschenks, ben Arcon, übersteigt das Vorstellbare. Mein Haus, eine hinfällige Hütte, mein Garten, ein Viereck welker Strünke, meine Gastfreundschaft, ein ärmlicher Versuch karger Speisung und flöhestarrender Teppiche – es würde mich ehren, wenn du mit deiner wohlriechenden Begleitung meine Diener peitschen würdest.«

Ich verneigte mich abermals, lächelte versonnen und entgegnete, nicht ohne tief Luft geholt zu haben: »Dein Mund ist ein Kap der weisen Worte, o Ibn Battuta. Schon bevor meine Kamele in die Stadt stolperten, hat mir Allah – sein Name sei immerdar laut gepriesen – ein anderes Ziel zugeteilt. Nur einen Tag und eine Nacht kann ich im Schutz deiner kühlen Mauern weilen.«

»So sei es.« Ibn Battuta klatschte in die Hände. Ein Schreiber riß sich vom Anblick der Karte los und huschte hinaus. Wenig später wurde unser Gepäck abgeladen, man führte uns in einen weißen Pavillon im großen, feuchtgrünen Garten. Heiße und kalte Bäder warteten auf uns, weitere Erfrischungen erschienen; ich erfreute mich der Ruhe, die nur von leiser Musik getränkt war.

Chasaris Samthaut duftete, als sie nachts in meinen Armen lag. Die junge Frau versuchte, ohne den Grund meiner Stimmung zu kennen oder von Alexandras Tod zu wissen, mich mit anschmiegsamer Zärtlichkeit und leidenschaftlicher Hingabe zu verwöhnen; ich versuchte, in ihren goldklirrenden Armen ihre schmelzenden Küsse zu genießen. Als sie schlief, schaltete ich den Psychostrahler ein, um sie auf die Zehntage im Palmenschatten des Inselchens vorzubereiten – und auf die Zeit danach.

Professor Cyr Aescunnar nahm die schweren, gepolsterten Kopfhörer ab und schloß die Augen. Einige Sekunden lang schienen in seinen Augen unzählige Strukturen aus Drähten, Schaltungen, Mikrochips und Miniprojektoren hinter den Verkleidungen seiner Geräte nachzuglühen. Der Arkonide schien bewußt eine Pause in seinen Erzählungen eintreten zu lassen; er schwieg, und die SERT-Haube schwenkte zur Seite.

Stille. Bewegungslosigkeit. Hundert Sekundärinformationen in allen alten und neuen Darstellungsformen. Bücher, Karten, Lesespulen, Lesewürfel, Holoprojektionen: die Pest.

»Eine Flucht und ein Eindringen ins Chaos. Jener Fremde und Atlan.« Cyrs

Blick klärte sich, seine eigenen Worte schienen zwischen den Wänden des Arbeitsraumes hallende Echos zu erzeugen. »Es muß eine unglaubliche, nie gekannte Mischung aus Horror, Dreck, Gestank, Leiden, Schmerzensschreien, Unwissenheit, erstaunlich wirren Heilungsversuchen und unnennbarem menschlichen Leid gewesen sein – wer all dies bewußt überlebte, entkam dem Hades, dem Reich der lebendigen Toten. Dantes nie beschriebener achter Kreis der Hölle. Die Pest, das Schlimmste, was Mikroben der Menschheit je antaten.«

Er fing langsam, unkonzentriert an, die Nebeninformationen zu sichten und auszuwählen, was auf die Seiten der ANNALEN DER MENSCHHEIT gehörte:

Der Schwarze Tod vernichtete ganze Zivilisationen. 1348 und 1349 tötete er rund zwanzig Millionen Europäer. Paris: 50.000 Tote, die halbe Bevölkerung, Hamburg und Bremen: 65 Prozent der Bewohner; Alashia-Kypros-Zypern und Grönland: völlig ausgestorben. Ruderlos trieben Pestschiffe über die Meere. Die Pest tötete alle Leprösen und merzte den Aussatz in Europa aus, tötete Hunde, Schafe und Katzen; in Avignon, wo täglich 400 Menschen starben, wurden 7000 verlassene Häuser zugemauert – hatten so viele Maurer überlebt? Flagellanten zogen durch die Siedlungen, auf einer Rheininsel verbrannte man in Basel die gesamte jüdische Gemeinde in einem dafür errichteten Holzhaus. Geschätzte Bevölkerung Europas, Nordafrikas und Teilen des angrenzenden Nahen Ostens: 100 Millionen Menschen. Innerhalb von vier Jahren waren 25 Millionen davon tot. Ein Zeitgenosse schrieb, als die Pest erschöpft und satt starb: »Die Seuche hat vielerorts das Gedränge vermindert.«

Die Studenten der Medizinischen Fakultät der Chmorl-Universität Gäas hatten einen reich bebilderten, historisch fundierten Essay geliefert: Beulenpest, Großes Sterben, Pestilenz, Schwarzer Tod, Geißel Gottes (Bubonenpest), Ausbruch 1346, Ende 1352; selbst in der Agonie verfielen geschwächte Todkranke in Raserei. Symptome: große, schmerzhafte Schwellungen (»Bubonen«) an den Lymphknoten der Achselhöhle, des Halses und der Leiste. Drei Tage nach Auftreten der Beulen entstanden hohes Fieber, Benommenheit, schwarze Flecken auf der Haut (Folge von punktförmigen Blutungen darunter). Die Beulen vergrößerten sich, der Schmerz nahm zu, die Eiterbeulen platzten. Nur wenn die Erreger in die Blutbahn der Erkrankten gerieten, starben die Opfer schnell und schmerzloser: septischer Schock, Haut- und Schleimhautblutungen (= Pestseptikämie). In der Variante der Lungenpest kollabierten die Opfer, spuckten Blut und starben innerhalb weniger Tage.

Erst 1894 (!) entdeckte der französische Bakteriologe Alexandre Yersin das »gramnegative stäbchenförmige Bakterium«, heute *Yersina pestis.* Der indische Ratten- oder Pestfloh beißt eine infizierte Ratte, nimmt das Bakterium auf, das sich in seinem Verdauungstrakt vermehrt. Dadurch bildet sich eine darmverstopfende Masse; das Insekt vermag kein Blut mehr zu verdauen und entwickelt Heißhunger. Der Floh sticht das Wirtstier immer wieder, wandert nach dessen Tod zum nächsten Nager, und wenn die Ratten dezimiert sind, wechselt der Floh zum Warmblüter Mensch oder dessen Haustieren: Die entstehende Epidemie wird ebenso durch Tröpfcheninfektion wie durch Flöhe übertragen. Der Tod sämtlicher Ratten (Primärwirt) unterbricht die Infektionskette.

»Schon die Bibel beschrieb die Pest«, murmelte der Historiker. »Und auch 542 und 543 nach der Zeitwende tobte sie in den Mittelmeerländern. Davon erzählen Rico und Atlan nichts.«

Die Vielfalt des Materials, obwohl es bereits gesichtet und auf das Wichtigste zurückgestrichen worden war, erschütterte Cyr Aescunnar. Ein Holoprojektor erzeugte eine stereskope Kopie eines Gemäldes des flämischen Malers Pieter Brueghel d. Ä. (* 1525/30 bis † 1569): »Der Triumph des Todes«. Der Tod als wanderndes Skelett siegte über ein Reich der Lebenden. In dieser apokalyptischen Vision des einzelnen und kollektiven Sterbens entkam niemand dem Sensenmann.

»Das *Contagium* oder Contagion, der Ansteckungsstoff, wie man glaubte: ein Fabelbegriff.« Vor Cyrs Augen glitten Statistiken vorbei; Städte, Häfen, Handelswege ... fast überall waren die schwarzen Balken halb so hoch wie die grünen. »Vom Bettler bis zum Kardinal, vom Bauern bis zum König starb jeder; das siebente Siegel barst und kreißte: Giftige Seuche, leidige Seich, der große Sterb, die Brandbeulen, von Ärzten mit Schnabelmasken, Glasbrillen und auf hohen Stelzen aus zwölf Metern Entfernung behandelt; die Beulen schnitten sie mit Messern an zwei Meter langen Stielen auf. Welch eine unwissende Welt!«

Aus: Cary Loester/Koesche: *Alle 7 Seuchen Terras* (stark gek.): Nach der Großen Konjunktion der Oberen Planeten Saturn, Jupiter und Mars am 20. März 1345, um 01.00 Uhr mittags unter dem 14. Grad des Aquarius war eine Seuche gottgewollt. Die Gegenmittel waren: Anrufung der Heiligen Rochus und Sebastian. Worte, Zahlen, Buchstaben, die geschrieben und gesprochen, angehängt oder verbrannt wurden, Quecksilber in Haselnüsse vergossen, Arsen und Kampfer; Kräuteressig. Man verbrannte Terpentin, Weihrauch, Kampfer, Schwefel, Myrrhe, Wacholder, Salbei, Raute, Lavendel. Nichts davon half wirklich, und niemand vermochte zu erklären, warum der Bruder starb und die Schwester überlebte. 1721 trat die Pest nach einigen anderen, weniger furchtbaren Zügen durch die Welt, zum letztenmal in Südfrankreich (Europa) auf; seit der Moderne wird sie mit Streptomycin, Tetracycline und Chloramphenicol zuverlässig bekämpft oder, bei lokalen Endemien, mit lebenden, abgeschwächten Bakterienkulturen. Noch 1992 wurden insgesamt 1600 Pest-Infektionen gezählt.

»Zum zweitenmal bewegte sich Atlan durch eine Welt mittelalterlichen Wahnsinns, durch Krankheit, Schmutz und Sterben; jene Grande Ecole Arkons, die Dagor-Philosophie Fartuloons und seine eigene seelische Robustheit – sie haben ihn gerettet.«

Cyr stand auf und ließ einige lange Blicke über die chaotische Oberfläche seines Schreibtisches gleiten. Er hob den Kopf: Der Arkonide schlief in der milchigen Nährflüssigkeit, seine Lippen bewegten sich, und die Haube, die alle seine Worte und einen unbekannt hohen Prozentsatz seiner Gedanken empfing und umzuwandeln in der Lage war, senkte sich.

Unruhig, mit verkrampften Muskeln, ging der Geschichtswissenschaftler vor der Batterie der Kommunikationsgeräte hin und her, setzte die Temperatur der Klimaanlage herunter und entschloß sich, in der halbrobotischen Küche einen doppelt starken Mokka herzustellen. Als die Maschine blinkend und summend einen Becher mit rußschwarzer Flüssigkeit zu füllen und als sich der durchdringende Geruch auszubreiten begann, hörte Cyr die ersten Worte Atlans nach der Pause:

Tiefbraun gebrannt und auf der Haut noch die Spuren der letzten leidenschaftlichen Nacht mit Caratene, trat ich aus dem Transmitter der Schutzkuppel. Alles war vorbereitet. Rico/Ciron, perfekt einem südeuropäischen Edelmann gleichend, hob die Hand und sagte:

»Wieder wirst du lange warten müssen, Atlan, auf einen Zufall jener Art, der ein Raumschiff hier landen läßt, auf eine neue Mission im Zeichen von ES – oder auf den Tag, der mich dazu bringt, dich zu wecken, damit du irgendwo eingreifst.«

Ich starrte den Roboter an, zuckte mit den Achseln und folgte ihm in die gewohnten, wohl eingerichteten, menschenleeren Räume.

»Da ich für diese Barbaren und ihren kriegsgeschüttelten, von Krankheiten heimgesuchten Planeten die Verantwortung übernommen habe – und das auch noch freiwillig! Was bleibt mir sonst anderes übrig?«

»Wohlige Träume von Chasari.«

Bald umgaben mich die einschläfernden Nebel beginnender Müdigkeit. Der Schlaf kam auf leisen Sohlen. Bald – nach Jahren oder Jahrzehnten, die für mich nicht länger waren als eine irdische Nacht – würde ich aufwachen und mich an Träume von Pest, Ritten, sonderbaren Menschen und meinen Gefühlen erinnern. Oder ich würde alles vergessen haben.

Aus: Dr. xenoph. Angreedh Faidherbe: *Zahlen, Zenturien, Ziele und Zeugnisse – aus der Arbeit des USO-Historischen Korps:*

... hatte zwar von dem fatal eindringlichen, ausschließlichen Erinnerungsvermögen von Lordadmiral Atlan gehört, aber nur aus Berichten und Erzählungen. Das Erlebnis der nächtlichen rituellen Selbstpeitschungen hatte, wie ich erst jetzt weiß, Atlans Erinnerung auf seine eigenen Erlebnisse in den Jahren 1348 bis 1351 im pestgepeinigten Europa gelenkt. Während die medizinische Abteilung unseres Planeten Tahun mit Hunderten Medorobots zu sämtlichen Siedlungen Nimbarca Deltas ausgeschwärmt war, um die Seuche mit gewohnter Effizienz zu bekämpfen, sorgte ich zuerst für das leibliche Wohl des Chefs: starker Kaffee, Duschen, frische Kleidung, ein nahrhafter, heißer Imbiß und so weiter. Einige seiner Worte habe ich in der Erinnerung behalten, so zum Beispiel:

»Sie wissen natürlich, daß selbst ein mental stabiler alter Arkonide mit der Erkenntnisfähigkeit der ARK SUMMIA und etlichen Dagor-Fähigkeiten nach solchen deprimierenden Erlebnissen die Ruhe und Einsamkeit, die Freundschaft unverdorbener Menschen, lange Abende, heiße Sonne und alten Wein sucht. Aber auch diese Flucht ist keine wirkliche Flucht, sondern nur der Versuch, unbefriedigend wie zu viele Arbeit oder schweißtreibendes erotisches Tun. Ich jedenfalls hockte am Strand jenes Inselchens wie ein angeschossener Löwe, der seine Wunden leckt. Was ich danach tat? Nun, ich besuchte den klugen alten Dogen von

Venezia, verbrachte lange Tage bei ihm und pflegte meine Neurosen. Die samthäutige Sklavin, mit der ich lange Zeit auf dem Inselchen verbrachte? Sie lernte Italienisch, Spanisch und Französisch und fand, als ich sie und die pestfreie Lagunenstadt verließ, eine Schatulle voller Goldmünzen ...«

10.

Beaumont de Fraconnade: Fünfzig hartgesichtige Männer waren es, zusammen mit ihrem Anführer, die am Tag des Patrons Odilo de Cluny die schweren Gespanne zur Seite lenkten und die Straße verließen. Rogerons Stiefel scharrten die dünne Schneeschicht auseinander. Sein Blick ging über den schütteren Niederwald dahin, der längst den Karrenweg zum Dorf überwuchert hatte. Rogeron starrte in die verschlossenen Gesichter seiner Gespannführer. Er sagte schroff: »Der dritte Tag Anno Domini tausendvierhundert endet bald. In einem Jahr werden unsere Mienen fröhlicher sein.«

Cadenet, einen bodenlangen Fellmantel über dem pechschwarzen Harnisch, versetzte frostig: »Und unsere Hände sind rissig, kraftlos und voller Schwielen.«

»Weiter!« drängte Jeannot. »Es wird dunkel. Machen wir den Weg frei!«

Ein Dutzend Männer sprangen von den Fuhrwerken. Aus den seltsamen Gerätschaften, die unter den Planen verborgen waren, kam dumpfes Brummen. Die Arbeiter drangen in den Wald vor. Zuerst öffneten sie, indem sie nur größere Bäume dicht über dem Erdboden schnitten, einen schmalen Durchgang.

Rogeron klatschte die Zügel auf die breiten Rücken der Norikerpferde. Die Tiere stemmten sich in die Joche. Das erste Gespann verschwand hinter den Gewächsen. Rogeron, dessen Augen überall gleichzeitig zu sein schienen, erkannte in der Kulisse des Waldes die Durchfahrt nicht. Er nickte.

»Gut so! Gleich sind wir am Ziel.«

Zehn hochaufgetürmte Wagen auf überbreiten Felgen knarrten und rumpelten, den harten Fahrspuren des verfallenen Weges folgend, durch die Windungen des Niederholzes. Sie näherten sich dem Dorf; das Plätschern des Allier, einem Nebenflüßchens der Loire, wurde lauter. Totenstille umgab die Eindringlinge, aber niemand hatte etwas anderes erwartet. Nichts ließen Rogeron und Cadenet unbeobachtet: den traurig grauen Schneehimmel, die Kameraden, die hinter dem Konvoi die Spuren verwischten, die hochaufgeschossenen Laubbäume zwischen Pinien, Tannen und anderem Gehölz, die böse krächzenden Raben und die Trostlosigkeit der ehemaligen Felder und Weiden. Eine halbe Stunde brauchte es, bis das letzte Gespann mitten im Dorf anhielt.

Die Straße zwischen Lyon und Nevers lag wieder verlassen da. In Eile wurden die Gespanne in der Mitte des Dorfes aufgereiht. Die dampfenden Pferde ließen sich willig ausschirren. Stechend helle Lampen, die zugleich Glut abstrahlten, erhellten eine kreisförmige Fläche. Das Licht traf zerfallene Häuser und verkohlte

Dachstühle. Einst hatte Beaumont neunundzwanzig Feuerstellen gezählt – heute nisteten Mäuse, Ratten, Krähen und zwei gelbäugige Eulen in Mauern und Gebälk.

»Nehmt Laternen!« Rogerons Stimme hallte durch die traurigen Reste der Siedlung. »Sucht den besten Lagerplatz für uns!«

Schnell kam die Nacht. Der Wind sprang um und gurgelte und pfiff zwischen den Baumstämmen. Rogeron ging zu einem Wagen, schlug die froststarre Plane zur Seite und fluchte, als er den Handrücken aufriß. Er packte eine kleine Truhe, dick von graugenarbtem Leder gepolstert. Er klappte den Deckel hoch, kippte einige Schalter und drehte an einem kleinen Rad, bis mehrere grüne Lichter stetig leuchteten. Halblaut sagte er:

»Wir sind angekommen. Alles ist ausgestorben. Es ist unendlich viel zu tun. Wir brauchen deine Hilfe – dringend.«

Ihm antwortete eine ruhige Stimme, die aus weiter Ferne zu kommen schien und dennoch klar verständlich war. »Sei beruhigt. Heute nacht löse ich mein Versprechen ein. Platz ist reichlich vorhanden. Gibt es noch andere Probleme als die, von denen wir lange sprachen, Rogeron de Vignon?«

»In einem Mond kann ich dir gebührend antworten. Eines bleibt vordringlich.«

»Ihr braucht Ruhe zum Arbeiten.«

»Genau das ist es. Du sorgst dafür?«

»Ich sichere eure Ruhe. Mit der Hilfe des Herrn der Zeit.«

»Gut. Morgen um dieselbe Zeit.«

Nach dem Klicken der Schalter erloschen die grünen Leuchtaugen. Rogeron klappte den Deckel herunter und arretierte das eiserne Schloß. Dann machte er, eine der flammenlosen Fackeln hoch in der Hand, seinen ersten Rundgang durch Beaumont. Was er sah, zerriß ihm fast das Herz. Nach einigen dreißig Schritten stieß Cadenet zu ihm.

»Der Schwarze Tod oder das Große Sterben – sie hielten auch hier reiche Ernte.«

»Fünfzehn Menschen blieben von fünfundzwanzig übrig. Hier wie fast überall«, murmelte Rogeron. »Plünderer und Hunger besorgten den Rest. Wen die Pest verschonte, der wurde bestohlen, verprügelt, geschändet oder totgeschlagen.«

»Alles verfiel, und wo fruchtbare Äcker waren, dringt der Wald wieder vor.«

»Die Felder gaben nichts mehr her. Niemand achtete den Bauern. Man sprach von ihm, als sei er minderer als ein Tier.«

Noch bedeckte gnädig eine dünne Schneeschicht die zerbrochenen Zäune, Ställe ohne Dächer, leere Fensterhöhlen und Reste zersplitterter und verbrannter Trümmer. Das Haupthaus der Mühle schien am wenigsten zerstört zu sein. Dort arbeiteten die Kameraden und deckten halbdurchsichtige Planen auf die Dachbalken. Abfall brannte mit lodernden Flammen und beizendem Qualm im Kamin. Traurig fuhr Cadenet fort:

»Die Überlebenden zogen in die Städte. Dort verkamen sie zum Lumpenproletariat. Und mit den hochfahrenden Städtern zusammen starben sie an den Blattern und der Schwarzen Pest.«

»Wir nehmen ein anderes Ende«, sagte Rogeron mit Bestimmtheit. Er ballte die Fäuste. »Nicht in Beulenpest und Verarmung.«

»Nein. Vielleicht im Kampf, im Hagel der englischen Armbrustbolzen.«

»Dieser Tag liegt weit in der Zukunft.«

Sie standen am eisverkrusteten Rand des schmalen Flüßchens. Die Quader der Brücke lagen im Wasser. Das Bauwerk auf dem nahen Hügel war ein Haufen weißer und schwarzer Steine und abgebrochener Bögen.

»Ich wünschte«, seufzte Cadenet, »daß das erste Jahr vorüber wäre.«

»Mir geht es nicht anders. Dennoch schaffen wir es.«

»Mächtige Helfer haben wir.«

Nebeneinander tappten sie weiter durch die Verwüstung. Zwei Stunden später senkte sich ein riesenhaftes Ding aus dem Himmel und setzte summend und fauchend zwischen der Front der Mühle und den Gespannen auf. Rogeron rief Befehle. Die Vorderwand und beide Seiten des hausgroßen Kastens aus Metall klappten herunter. Ein langes Zelt mit vier Stützstangen wurde errichtet, Heu, Stroh, Hafer und Wasser wurden hineingeschafft, und nachdem die grellen Lampen Helligkeit und Hitze verbreiteten, führten die Männer die Pferde hinein.

Aus würfelförmigen Kästen entnahmen Jeannot und Rogeron doppelt kopfgroße Kugeln, drückten leuchtende Knöpfe in der Rundung hinein und ließen die fünfzehn Kugeln frei, in der Art, wie man eine Brieftaube auf die Reise schickte. Die Kugeln, deren wahre Farbe niemand genau bestimmen konnte, summten davon und verteilten sich in der Nacht.

Es ging auf Mitternacht zu. Im Gemäuer der Mühle standen Klappstühle und auffaltbare Tische. Der Kamin, dessen Ziegel und Quader ächzten und dampften, war von roter Glut gefüllt. In einem Kessel summte heißer Würzwein. Boden und Wände waren sauber; Planen hingen vor den Fenstern und Türen. Es roch nach zwanzig Jahre altem Ruß. Nacheinander kamen die schwitzenden Männer herein, zogen die Pelze aus, die alsbald in der Wärme zu dampfen anfingen. Waffen klirrten, als die Wehrgehänge abgeschnallt wurden. Rogeron zählte seine Männer, und als jeder Essen und Wein in schweren Glaspokalen vor sich stehen hatte, stand er von seinem Platz am Kopfende der größten Tafel auf. Er hob das Glas.

»Freunde!« sagte er. Lärm und Gespräche verstummten. »In einem Jahr sieht es anders aus. In zehn Jahren haben wir erreicht, was wir wollen. Streckt die Beine unter den Tisch, eßt und trinkt! Morgen beginnt die wirklich harte Arbeit!«

Die Männer hoben die Pokale, stießen zustimmende Rufe aus und füllten die Schalen und Teller. Rogeron streckte den Arm aus und berührte eine Verzierung einer Truhe. Der Deckel hob sich, und aus dem Kasten aus rissigem Holz erklangen Melodien. Eine dunkle Stimme sang von der Not der Menschen, der Hoffart der Fürsten, vom wahnsinnigen König und von lächelnden Frauen mit breiten Hüften und offenen Miedern.

Niemand braucht ihnen zu sagen, was zu tun ist, dachte Rogeron stolz. Seine Männer handelten und arbeiteten, als hätten sie niemals etwas anderes getan; meist schweigend und mit seltsamem Lächeln. Sie wußten, daß sie besser und klüger waren. Noch galt dies nicht: Sie waren unbesiegbar. So wie er selbst und im Gegensatz zu allen Söldnern, Franzosen wie Engländern, Fürsten und Bischöfen, die ihr Unwesen mit diesem geschundenen Land trieben.

Fünfhundertfünfzig Tage nachdem die fremden Männer Beaumont betreten hatten, war alles verändert. Neunundzwanzig Häuser, frisch eingedeckt, mit weißen Mauern, großen Fenstern, massiven Türen, glänzenden Schlagläden und massiven Zäunen gruppierten sich um den Dorfplatz. Das unterschlächtige Mühlrad drehte sich. Viele hundert Schritte Rohre waren tief in den Boden versenkt und mündeten in einer abgedeckten Kloake. Wasser und Unrat flossen in natürlichem Gefälle. Der Wald war weit zurückgedrängt worden. Die Weiden, frisch gedüngt, standen hoch. Pferde, Rinder, Schafe und Ziegen weideten friedlich. Brücken, Ufereinfassungen, ein gemauerter Backofen, eine Schmiede, große Ställe, große, verpflanzte Bäume, vor fast jedem Haus ein Brunnen, ein halbes Dutzend Taubenhäuser und Palisadenwände, an denen sich Efeu, allerlei Beeren und Spalierobst zu ranken begannen – rund ums Dorf rissen die dreifachen Pflüge den schweren Boden auf, und die Wintersaat wurde eingeeggt.

Langsam zog ein Gespann zum nahen Hügel. Es war mit dicken, harzigen Balken beladen. Männer mit braungebrannten Oberkörpern arbeiteten am Dach des »Schlößchens«, das je ein Drittel Burg, Wohnhaus und Scheune war. Achtzig Menschen waren es jetzt geworden, denn jeder Strauchritter, Plünderer oder Vagant wurde entdeckt, gefangengenommen und zum Arbeiten gezwungen, nachdem man ihn entlaust und kahlgeschoren hatte. Fünf Männer nahmen Frauen in die Häuser, und mittlerweile übten ein Dutzend Ritter auf eigenen Pferden ihr Können. Zweitausend Ratten hatten die Männer erschlagen müssen; in den Wäldern der Auvergne heulten ein paar Wölfe weniger. Die Sonne leuchtete fröhlich auf jeder Einzelheit des wiedergeborenen Beaumont de Fraconnade.

Rogeron de Vignon kam mit seinen Rittern ins Dorf zurück. Er trug die Lehensurkunde für Beaumont »für ewige Zeiten«. Johann *sans peur,* König ohne Furcht, der stets gierig nach Gold war, verkaufte das Gut an Rogeron und trat es ihm für sein Geschlecht – das entstehen sollte – für immer ab. Sollten andere Herren das Land besetzen, galt diese Urkunde weniger als das Pergament, auf dem sie vom Sekretär geschrieben und gesiegelt worden war. Für diese Jahre bot sie Schutz vor der Habgier der fürstlichen Nachbarn. Die Ritter brachten aus Dijon zwei Dutzend Mädchen und Frauen mit. Der Verkauf von Häuten, Fellen, Handwerker-Geräten aus feinstem Stahl, Schinken und Würsten hatte ein schönes Geld eingebracht. Noch immer war das Dorf, abseits der Straße zwischen Hügeln gelegen, geschützt durch weite Wälder und Einöden, eine blühende Insel inmitten verwüsteten Landes. Die ritterlichen Bauern und die erfindungsreichen Handwerker fuhren fort, ihre Arbeit zu tun, und wenn sie Material brauchten, das sie nicht selbst herstellen konnten oder das es in der Nähe nicht gab, erschien mitten in den Nächten jener hausgroße Metallkasten und entleerte seine Schätze.

Eine uralte Buche, die zwischen der Mühle und dem Haus Rogerons stand, blieb der Treffpunkt der seltsamen Dörfler. Man hatte sie mit einem hölzernen Podest umgeben, das am Mittag voll im Schatten des Baumes lag. Tische und Bänke und eine harzduftende Palisade waren dort zu sehen. Tiefroter Wein und schäumendes Bier gab es, wenn sich die Frauen und Männer trafen, um die Zukunft zu besprechen. Jeder Mond des nächsten Jahres war voll anderer, geheimnisumwitterter Vorgänge.

»Warum tut ihr das alles?« fragte Yolande, Rogerons Favoritin, und betrachtete verwirrt die seltsame Rüstung ihres Liebhabers.

»Wir warten auf den Fürsten der Zeit«, antwortete er knapp. »Wenn er im Herrenhaus wohnt, werden wir viel miteinander lachen.«

»Wann kommt er?«

»Du erfährst es als erste«, Rogeron setzte sein merkwürdiges Lächeln auf, »wenn ich es weiß.«

Nur wenige in Beaumont wußten nicht, noch nicht, daß ihr Dorf eine Insel in einer anderen Zeit war und auf seinen Herrscher wartete.

Ich wußte es so genau, daß es seit langem ein Teil meiner Persönlichkeit geworden war: Ein Erlebnis oder ein Traum, eine Vision oder selbst ein Bild waren in der Lage, meinen Verstand so zu manipulieren, daß er bestimmte Fragmente freigab – solche, die dem Erlebnis ähnelten. Der Vorgang verlief fast zwanghaft und konnte mich, wenn ich mich schutzlos in gefährlicher Umgebung befand, sogar umbringen. Jetzt, als ich langsam aufwachte, mich mühsam zurechtfand, von Rico (wie nannte er sich heute?) mit Musik und Bilderfolgen aus der nahen Vergangenheit und der Gegenwart vor Verstandesschäden bewahrt wurde, war ich in der Sicherheit des Überlebenszylinders. Eine weitere Facette meiner Erinnerungen tauchte aus der Vergangenheit auf.

Der Hohlweg vor Siena: Ein Name: Mariotto Caducci, der Wegelagerer.

Ein seltsamer Bursche. Er kam vor meine Klinge, als wir auf dem Weg nach Sienna waren, Rioncar und ich. Er und seine Spießgesellen fielen von beiden Seiten, von vorn und hinten über uns her. Der Roboter betäubte sie mit wenigen Schüssen, aber Mariotto reizte mich. Mein Rapier blitzte in den Strahlen der Herbstsonne. »Halt!« schrie ich und sprang aus dem Sattel. »Er gehört mir!«

Der junge Mann ließ ein schneeweißes Gebiß sehen, als er sich stellte. Seine Kleidung war gediegen, aber abgerissen und schmutzig. Er pfiff und trällerte ein kleines Liedchen, als er heranlief. Dann meinte er, anscheinend völlig furchtlos:

»Du wirst mich nicht besiegen, reicher Fremder. Mich nicht, den singenden Briganten.«

»Man wird sehen«, sagte ich und fintete. Mitten im Hohlweg trafen wir aufeinander. Die Klingen schienen Funken und Blitze zu sprühen. Er focht meisterlich, aber ich konnte ihn ganz langsam zurücktreiben. Er lachte ständig und rief schließlich: »Wenn ich Euch verschonen sollte, treffen wir uns in der Schenke. Ihr zahlt den Wein.«

»Er würde aus den Löchern in deinem Körper heraussprudeln«, knurrte ich, halb belustigt, halb grimmig. Meine Waffe verletzte den Ärmel und hinterließ einen langen, blutenden Schnitt.

Wir waren vor Mariottos Bande gewarnt worden. Der Roboter hielt die Pferde am Zügel und beobachtete uns schweigend. Wir hatten keine Zuschauer. Ein Stoß traf die Löwenkopfschnalle meines Gürtels; ich wich aus und parierte einen Hieb, der meine Hand abgetrennt hätte.

»Ihr könnt den Krug auch mit der Linken halten!« rief Mariotto. Fünf Jahre nachdem Timur i Lenk oder Tamerlan gestorben war, mußte ich mich mit diesem nicht unsympathischen Gauner herumschlagen. Ich sprang zurück und senkte die Waffe.

»Hör zu, Mariotto!« rief ich. »Gehen wir zuerst trinken. Deine Männer wachen später wieder auf. Du bist zu gut für ein frühes Sterben.«

»Einverstanden, Kostet dich drei Goldstücke.«

»Wie das?«

»Ausgefallene Beute. Wir müssen auch leben, weißt du?«

»Einverstanden«, sagte ich und wartete, bis er die Waffe in die Scheide geschoben hatte. Ich schaute ihn genauer an. Prächtige blauschwarze Locken bis zu den Schultern, Narben von Blattern im Gesicht, dunkle Augen und ein geradezu überströmendes Selbstbewußtsein. Wir gingen aufeinander zu, und mit wenigen Sätzen erklärte er mir, daß er und seine Leute versuchten, auf Kosten derer zu überleben, von denen sie ausgebeutet wurden. Wir ritten weiter, er folgte neben mir zu Fuß bis zu einem Anwesen weit vor den Hügeln Sienas.

»Einen sonderlich guten Ruf hast du nicht«, bemerkte ich, als wir vor der Hausmauer unter braunen, gelben und goldenen Blättern einer Eiche saßen. »Man spricht von vielen Erschlagenen und Ausgeraubten, von Mädchen, die du unglücklich gemacht hast, nennt dich einen Schnapphahn und Saufaus, und überdies sollst du von abstoßendem Äußeren sein.«

»Überzeug dich selbst!«

Wir tranken Wein, aßen weißes Brot, fetten Käse und scharfgewürzten Braten. Mariotto schien sich für einen Helden zu halten. Je länger wir miteinander sprachen, desto schärfer sah ich, daß er auf seine Art selbständig und völlig gewissenlos war.

»Sogar Dichter schreiben schon über mich!« verkündete er triumphierend und stieß ein schallendes Gelächter aus. »Ich habe mit Masuccio Salernitano gesprochen. Er meint, daß ich ein Held seiner Novellini bin.«

»Mann!« sagte ich und schüttelte den Kopf. »Du wirst ein böses Ende nehmen. Eines Tages erschlägt man dich. Oder du wirst gehenkt.«

»Bis dahin hat's noch Zeit«, bekannte er. »Vorher werde ich noch Gianozza heiraten. Fürstentochter. In ein paar Jahren ist sie ausgewachsen. Ein wildes Ding.«

Ich kannte viele solche Bürschlein. Mädchenschreck, Saufaus, Schlagetot und Beutelschreck – die Vorwürfe stimmten. In einer Zeit, in der Gewalt und Roheit an der Tagesordnung waren, keine Besonderheit. Wir leerten die Krüge, und ich stand auf. Ich legte zwei Goldstücke auf den Tisch und meinte knurrend:

»Vielleicht höre ich irgendwann, wie du geendet hast. Ich hoffe, nicht allzu übel. Wir reiten weiter. Ob es uns hilft, den großen Briganten Mariotto gekannt zu haben, bezweifle ich mit Fug.«

Er winkte fröhlich, als wir uns in die Sättel schwangen und davonritten, den fernen Türmen Sienas entgegen.

Ich schüttelte mich und stand leise auf. Ein winziges Licht schien in die schwarzen Höhlen meines Verstandes zu leuchten. Mit klammen Lippen fragte ich, leise und stockend: »Warum erinnere ich mich nicht daran, mit dir zusammen nach Siena geritten zu sein? Sind unsere Erinnerungen gelöscht oder manipuliert?«

»Auch ich – obwohl es positronisch unmöglich ist – erinnere mich nur an das, was wir eben gesehen haben.«

»Du entsinnst dich also an einen Wegelagerer Mariotto, auch Caducci genannt?«

»Natürlich.« Rico schaltete, ohne sich zu bewegen, ein anderes Programm der Illusionsprojektoren. Wieder erhellte sich eine leuchtende holographische Darstellung auf den Monitoren der technischen Kuppellandschaft. »Wir müssen die Kuppel für kurze Zeit verlassen haben; ein unwesentliches Abenteuer vielleicht, das nur deinem Atemholen diente. Es gab ein böses Ende mit Mariotto und Gianozza. Masuccio Salernitano hat eine Novelle darüber geschrieben: Sie strotzt von Gift, Degenkämpfen, Intrigen und abstrusen Zufällen. Die unglücklich Liebenden starben qualvoll. Mehr weiß ich nicht, aber ich kümmere mich um den Fortgang dieser halbwahren Angelegenheit.«

Andere Bilder, andere Musik, vertraute Stimmen:

Lancaster Castle: Die runde Halle, von hölzernen Säulen gestützt, war von einem Kaminfeuer und mehr als hundert Kerzen in einen Raum verwandelt worden, der Gemütlichkeit ebenso ausstrahlte wie die feine Lebensart eines alternden Mannes. Auf einem niedrigen Podium spielten Musiker; ich sah seltsame, wohlklingende Instrumente. Nahe dem lodernden Feuer stand ein langer Tisch, an dem wohl zwanzig Frauen und Männer tafelten, tranken und lachten. Nicht ein einziges Mal klang das Gelächter zu schrill, kein Scherz dröhnte zu deftig. An der Stirnseite, im hochlehnigen Sessel, grauhaarig und weißbärtig, saß ein Mann jenseits seiner besten Jahre. Der Sessel war dick mit Fellen ausgeschlagen. Brot, Hühnerfleisch, vom Mundschenk von den Knochen gelöst, ein Becher Wein und eine dünne Suppe standen vor ihm. Ich erkannte ihn sofort. Meine gefühllosen Lippen formierten Wörter: Guye! Earl Guye of Llandrindod!

Eine neue Welle der Erinnerungen überschwemmte mich. Die Bilder des alten Freundes verschwammen. Ich konnte eine Jahreszahl zwischen den folgenden Ansichten erkennen: 1305 A. D. Ich sah Alexandras Geburtsort: als Ruine, umgeben von Gerüsten, bevölkert von Arbeitern, die einen Teil der verwitterten Bauwerke niederrissen und mit den Quadern die besser erhaltenen Türme und das Haupthaus in einer Weise aufbauten, die Guye von mir gelernt hatte oder von

Rico. Bäume wucherten am Burgberg, eine Brücke entstand, und ich vermochte noch zu erkennen, daß der neue – rechtmäßige – Besitzer bekannt, beliebt und wohl auch reich geworden war. Bevor ich wieder einschlief, dachte ich an unsere wilden Ritte und die Feste unter dem Felsenkastell, zwischen den braunhäutigen Hindi ... eine Ewigkeit schien alles zurückzuliegen.

Ich schlief lange und tief. Eine Batterie tickender Maschinen kümmerte sich um mich. Der Zellschwingungsaktivator lag auf meiner Brust. Ich sah andere Bilder und begriff in kurzen, schmerzhaften Schritten, daß Alexandra von Lancaster tot war, im brennenden, zusammenbrechenden Haus gestorben, als ich auf den Spuren des gehetzten Raumfahrers ritt.

Du bist allein, wisperte der Logiksektor. *Das Schicksal des Einsamen der Zeit.* Nur die Erinnerung an die Tote blieb. Unzählige andere Gedanken wurden dünn wie Fäden und rissen schließlich. Der Roboter schob sich in mein Sichtfeld. Ricos Gesicht war bartlos.

»Warum hast du mich geweckt?«

»Weil es der richtige Zeitpunkt zu sein scheint.«

»Wer bestimmte das?«

»ES und die herrschenden Umstände.«

Unaufhörlich wiederholten sich Bilder auf den Schirmen. Harmonische Musik erfüllte die hellen Räume des Wiederbelebungszentrums. Langsam fing ich an, mich wie ein lebender Organismus zu fühlen. Städte zogen an meinen Blicken vorbei, Leichenzüge, ausgestorbene Dörfer, Rotten aus Pöbel und Dirnen, leere Schiffe, die steuerlos dahintrieben und deren Mannschaften blauschwarz verfärbt auf dem Deck lagen.

»Welches Jahr schreiben wir?«

»Eintausendvierhundertvierzehn.«

»Was soll ich tun? Wozu mißbraucht mich ES schon wieder?«

Immerhin konnte ich klar artikulieren. Ich stemmte mich in sitzende Stellung hoch und fühlte die bräunende Wärme der Solarlampen auf meiner Haut.

»Du siehst Bilder aus den Ländern Europas. Vor rund einem halben Jahrhundert begannen die großen Seuchen. Rom wurde von der Malaria, der bösen Luft, heimgesucht und entvölkert. Dreizehnhundertachtundvierzig und das folgende Jahr starben ein Drittel der Welt, zwanzig Millionen Menschen in Europa. Du kennst die schlimmsten Einzelheiten.«

»Ich kenne sie«, antwortete ich. Noch mehr Abbildungen des Schreckens. Rico sprach weiter.

»Hier siehst du die Züge der Flagellanten. Es gibt Inseln, auf denen niemand mehr lebt.«

Wieder lernte ich alles über den Zustand dieses herrlichen Planeten.

Die Fiebermücken wurden zahlreicher, weil sumpfige Flußdelten nicht mehr trockengelegt werden konnten; die Menschen fehlten. Die Preise stiegen, für alles und jedes; nur wenige konnten sich Nahrungsmittel leisten. Überlebende Bauern wanderten in die Städte ab, weil ihre Felder verödeten – die Böden wurden ausgelaugt. Jedermann sprach von einem Gottesgericht. Hysterie und Aberglauben breiteten sich aus. Irrationaler Rassenhaß schlug zu und tötete wahllos Hunderte,

Tausende ... dazu kamen verwirrende Einzelheiten wie die Abnahme von Hafer und Weizen zugunsten Gerste und Hülsenfrüchten. Zwischen den Inseln des Nordens, dem Westlichen Meer und der Küste Africas bis weit in den Osten herrschten überall die gleichen Zustände. Ich begriff langsam, aber gründlich.

Ich stellte wieder Fragen, die meine Lage deutlicher machen sollten.

»Dieses Dorf, Rico, scheint eine auffallende Ausnahme zu sein. Berichte!«

»Graf Antal de Beaumont«, antwortete der Roboter ohne Zögern, »ich habe, als ES seine Botschaft schickte, alles errechnet, vorbereitet, getestet und eine Planung für längere Zeit angefangen. Zuerst wählte ich ein verlassenes Dorf aus, halb versteckt und dennoch nicht allzu abgelegen. Ich beobachtete Männer, gründlich und lange. Ich paralysierte sie, brachte sie an eine einsame Stelle und unterzog sie, die ohnehin große Fähigkeiten zeigten, einer Hypnoschulung. Aus dem Arkon-Magazin von Arcanjuiz zog ich Ausrüstungen ab und ließ alles herstellen, was sie brauchten.«

Ich hörte schweigend zu. Ich kannte die gewaltige Kapazität der Computer und Maschinen. Sie besaßen in den Speichern die gesammelte Erfahrung von Jahrtausenden. Es war kaum anzunehmen, daß sie ernsthafte Fehler machten; echte Kreativität war ihnen jedoch ebenso fremd.

»Was meinte ES?«

»ES kennt deine Trauer um Alexandra von Lancaster. ES trug mir auf, dafür zu sorgen, daß du eine Abenteuerreise durch die Welt machen kannst, um das wirkliche Leben nicht zu vergessen. Überdies gibt es einen schwerwiegenden Grund.«

»Später! Berichte, was unternommen wurde.«

Die Dokumentation war lückenlos. Die riesigen Kaltblutpferde aus Noricum sah ich, die Wagen, die Ausrüstung, die schwebenden Sicherungsmaschinen, die Waffen und Rüstungen und bezeichnende Ausschnitte der beachtlichen Arbeiten in Beaumont de Fraconnade. Vierzehn Jahre arbeiteten sie und warteten auf mich, sarkastisch angekündigt als König der Zeit.

»Ausgerechnet ein Siechling wie ich«, murmelte ich und hüllte mich enger in den weichen Mantel. »Herr der Zeit!«

Rico ging nicht darauf ein und sprach aus, was er und die Computer als vermeintliche Analyse hervorgebracht hatten.

»Eine neue Zeit bricht an. Du wirst überrascht sein, wenn du Zivilisation, Wissenschaft und Kultur kennenlernst. Die Barbaren in Europa holen auf, trotz aller kleinlicher Streitigkeiten.«

»Ich werd's erleben.«

»Zweifellos, unter meinem Schutz.«

»Wohin soll es gehen? Natürlich nach Beaumont?«

»Selbstverständlich.«

»Der auslösende Grund?«

»Der dritte Eduard von England landete mit tausend Schiffen, viertausend Rittern und zehntausend Bogenschützen in der Normandie. Das geschah vor achtundsechzig Jahren. Seit drei Jahren herrscht, abgesehen von der englischen Besatzung, Bürgerkrieg. Die Krise des Staates ist offenkundig. Burgund will sich mit den Engländern zusammentun. Entweder setzt sich die englische oder die französische Sprache durch; es geht um riesige Gebiete Europas und um die Macht.«

Worum sonst, flüsterte das Extrahirn. Ich ließ mir von Rico erklären, was ich noch lernen mußte. Sprachen und Dialekte frischte ein Hypnokurs auf. Mittlerweile besaß ich genügend Übung, die letzten Tage meines Aufwachens und die ersten des Aufenthalts auf der alten, ständig neuen Planetenkruste ohne Nervosität zu verbringen. Wir landeten den Gleiter voller Ausrüstung an der africanischen Küste, dort schwamm ich, ließ mich von der Sonne bräunen, gewann die Freundschaft eines Barbaresken-Stammesfürsten und ritt mit ihm die Pferde zu, die wir nach Frankreich mitnahmen. Schließlich, Mitte des Jahres, verschwanden wir und landeten um Mitternacht in Beaumont de Fraconnade. Rogeron, von Ciron benachrichtigt, erwartete uns unter den ausladenden Ästen der Buche. Ciron hielt das Pferd an und sagte:

»Mich kennst du seit langem, Rogeron de Vignon. Und hier ist der Herr der Zeit, der Graf Antal de Beaumont.«

Wir stiegen aus den Sätteln. Inzwischen schwebte der Gleiter ferngesteuert zu dem Hügelwäldchen der kleinen Burg. Lichter wurden gebracht, Fackeln flackerten mit rußenden Flammen.

»Willkommen, Graf Antal«, sagte Rogeron. »Jetzt also bricht die gute Zeit heran.«

»Darauf wollen wir trinken«, entgegnete ich. Ich hatte das Dorf schon so oft gesehen, daß ich mich wie in einer neuen Heimat fühlte. Dank der erstklassigen Versorgung aus den arkonidischen Magazinen erkannte ich viele Dinge der gewohnten Umgebung. Männer brachten die Pferde weg, und bald traf sich fast die gesamte Einwohnerschaft Beaumonts unter der Buche. Es gab zu wenige Frauen und, daraus folgernd, wenige Kinder. War es sinnvoll, sie in die gefährlichen Wirren dieser Zeit hineinzusetzen? Wein und Bier wurde gebracht, und ich berichtete den atemlosen Zuhörenden, was wir entlang der Straßen erlebt hatten und wie es in der Welt aussah.

Am frühen Morgen gingen Ciron und ich hinauf zum Schlößchen. Die Bäume waren voller Singvögel. Die Gerüche des Sommers begleiteten uns und wechselten. Ein Taubenschwarm kreiste über den Feldern und führte seine unglaublichen Flugänderungen durch; alle Tiere änderten ihren Flug gleichzeitig. Es herrschten peinliche Ordnung und die ersten Zeichen einer gediegenen Ausstattung. Leise unterhielten wir uns, und ich ahnte nicht, welche Berechnungen der Robot durchführte, ohne daß ich sie hörte oder begriff.

»Daß es eine gefährliche Welt ist, wissen wir«, meinte Ciron. »Bald werden wir ein Bollwerk der Sicherheit haben.«

Ich dachte an den Container, der abrufbereit unter Wasser schwebte.

»Wieder einmal. Ich verstreue wohlgebaute Stützpunkte über den gesamten Planeten.«

»Es ist nicht einzusehen, daß der Hüter dieser Welt auf Stroh schlafen und Fallobst essen muß.«

»Richtig. Ich wünschte, Alexandra wäre hier«, flüsterte ich.

Ciron antwortete: »Du wirst viele schöne Mädchen und Frauen treffen. Sie wissen nichts von der Tiefseekuppel und von einer anderen Welt. In deiner prunkvollen Rüstung, mit deinen falschen blauen Augen werden sie sich dir scharenweise an den Hals werfen.«

»Sie können Alexandra nicht ersetzen.«

»Vorübergehend. Denk an die Millionen Toten. Vergänglich ist alles; auch Trauer und Schmerz.«

Wir traten durch das zierlich gemeißelte Tor und nahmen das Schlößchen in Besitz.

Die Farben blichen langsam aus, und aus dem Ölfarbenbild im wuchtigen Holzrahmen wurde ein Bildschirm. Er stellte dar, was eine der Spionkugeln entdeckt hatte. Ich zeigte auf eine Reiterschar, deren Fahnen, Wimpel und Kleidung von auffallendem Violett waren.

»Könnt ihr mir sagen, welche Marodeure sich unserem friedlichen Dörfchen nähern?«

»Das sind die ›Armagnacs‹ des Charles von Orléans. Sie kämpfen offiziell gegen die ›Bourguignons‹. Daß im Land Bürgerkrieg herrscht, wißt ihr seit langem«, erklärte Rogeron beunruhigt. »Schamlos wird das Land ausgebeutet. Die Mächtigen bereichern sich hemmungslos.«

»Nicht im Umkreis von Beaumont!« sagte Ciron. »Sie brauchen drei Tage, bis sie Beaumont erreichen.«

»Wir werden diese Zeit sinnvoll nutzen«, versicherte ich.

Das Schlößchen war voll eingerichtet. Es war mit der Hilfe aller Beaumonter ziemlich einfach gewesen; Vorbereitungen und Vorräte ergänzten einander trefflich. Viele versteckte Einrichtungen verschwanden in den Mauern: Kabel, Verbindungen, Schaltungen. Im Hof setzten meine neuen Freunde gerade den Zwanzigpfünder zusammen. Bis zum heutigen Tag hatte das Dorf alle Wirrnisse heil überstanden. Mir war klar, daß es nicht endlos so weitergehen würde. Eine Stätte der Ordnung, des Friedens und des Reichtums zog Plünderer und Räuber ebenso an wie Arme und Eiferer des Irrglaubens.

Ciron hatte gezählt und meldete: »Vierzig Reiter, eine Handvoll Fußknechte.«

»Wir brauchen Waldarbeiter. Die Straße ist nicht fertig. Der Steinbruch könnte auch ein paar harte Arbeiter vertragen«, zählte Rogeron an den Fingern ab.

»Wenn die Armagnacs vorbeireiten«, sagte ich, »lassen wir sie unbehelligt. Greifen sie an, schlagen wir hart zurück.«

»So haben wir es bisher mit Gewinn gehalten, Graf!« antwortete Rogeron. Er nickte und fuhr entschlossen fort: »Ich rufe die anderen zusammen.«

»Laß dir Zeit.«

Die Maschinen der Tiefseekuppel hatten hervorragende Kopien geliefert. Waffen und Rüstungen waren von den Originalen nicht zu unterscheiden. Die Panzer und Helme bestanden aus leichtem, hochbelastbarem Fasergewebe, und nur die Oberflächen waren dünner, molekular hochverdichteter Arkonstahl, von Pfeilen, Armbrustbolzen und Schwertern kaum zu beeindrucken. Die leichte Kanone mit Lafette und fünf Dutzend Geschossen würde jene Männer, die aus Bronzeguß und

Schmiedeeisen ihre kolossal gewichtigen Feuerwaffen herstellten, sprachlos machen. Gerade wurden die Räder an die Achsen gesetzt und das Zaumzeug geprüft. Daß wir das Schlößchen als letzte Zuflucht durch Energieschirme schützen konnten, verstand sich. Die Armagnacs, nach einer Frau, Bonne von Armagnac, genannt, stammten aus dem südlichsten Ende des Landes. Diese Gruppe ließ die Machtkämpfe deutlich werden, die zwischen den Herzögen von Burgund und Orléans tobten.

Es handelte sich um Söldner, deren Roheit nur von der hoffnungslosen Lage der unbewaffneten Bevölkerung übertroffen wurde. Ciron hatte mir eine Reihe von Bildern gezeigt, die mich in der Absicht bestärkten, keinen Kompromiß einzugehen. Beaumont oder die anderen – so lautete unser Ruf. Rogeron, wie alle seine Kameraden dank der Hypnoschulung auf ein bestimmtes Verhalten eingeschworen, sah sich in der kleinen Halle um.

»Es ist schön«, sagte er. »Und so ganz anders, obwohl jeder Gegenstand unseren Augen vertraut erscheint.«

»Jede Münze hat zwei Seiten«, entgegnete ich. »Kein einziger Gedanke ist ohne eine andere Bedeutung darinnen. Vieles um uns herum ist echt und dennoch ein wenig besser. Wir überleben dank dieser inneren, nur scheinbar fremden Besonderheiten.«

»Mehr und mehr erkenne ich es!«

Die Möbel waren in Mustern und Verzierungen zeitgemäß. Die Größe und die handwerkliche Ausarbeitung ließen sie fremd erscheinen. Wandteppiche, Vorhänge und der Fell-Bodenbelag waren perfekte Kopien. Die technischen Tricks waren so gut wie möglich unsichtbar gemacht. Echter Glaube, Aberglaube und eine geistige Haltung, die Geister, Wunder und übernatürliche Vorkommnisse zu realen Bestandteilen des Lebens machte, gab es im Übermaß. Wir wollten die Menge sichtbarer Wunder und Gottesbeweise nicht noch vermehren und auf uns aufmerksam machen. Jeder Raum des Schlößchens strahlte kühle Eleganz aus; alles funktionierte reibungslos, auch die Küche und die Kühleinrichtung der Vorratskammer.

»Ruf deine besten Männer zusammen!« sagte ich zu de Vignon. »Haltet alles bereit! Das Signal gebe ich.«

Auf seinem *jessaran,* einem leichten Panzerhemd, befand sich blausilbern das Wappen Beaumonts: Sonne, Sterne, ein Schwert und ein Beil. Alle unsere Rüstungen trugen jene Farben. Rogeron grinste, grüßte und schloß die schwere Tür hinter sich. Überflüssig zu sagen, daß Türangeln, Verstrebungen und das doppelt handgroße Schloß ebenfalls »arkonidische« Erzeugnisse waren, für die meisten zeitgenössischen Werkzeuge nicht zu zerstören.

»Seltsam«, sagte ich zu Ciron. »In unserem kleinen Gemeinwesen herrscht Eintracht. Wir versorgen uns selbst, und jeder ist gesund. Und der halbe Kontinent, wenigstens dort, wo er besiedelt ist, prügelt hemmungslos auf sich selbst ein. Und dennoch entstehen überall Meisterwerke: Malerei, Erfindungen, Steinmetzkunst ...«

»Bisher hast du der Versuchung, der starke Mann der Welt zu sein, nicht nachgegeben«, bemerkte Ciron. Ich winkte angewidert ab.

»Die Barbaren erschlagen sich gegenseitig schneller, als ich es könnte. Anstatt froh zu sein, daß sie von der Pest erlöst worden sind, verzetteln sie sich in Unwichtigkeiten. Ein Land, zur Hälfte von einem anderen Staat besetzt – warum treiben nicht alle Franzosen die Engländer ins Meer? Jeder will nur seinen eigenen Vorteil, und niemand lebt länger als sechzig lausige Jahre. Ich verstehe es nicht, und ich will auch nicht Caesar von Europa werden.«

»Obwohl es dann wohl friedlicher zugehen würde.«

»Nach einigen fürchterlichen Kriegen«, gab ich zu. »Lassen wir dieses unersprießliche Thema. Solange es die Barbaren nicht selbst schaffen, ein Lebensmodell für alle zu entwickeln, bleibt jeder Versuch des selbsternannten Hüters der Welt nur Stückwerk.«

Der Logiksektor wandte ein: *Dennoch wirst du dir untreu werden. Einzelne Barbaren werden dein Wohlwollen gewinnen, deine Freundschaft; du wirst helfen und dadurch deine Objektivität verlieren!* Das mußte ich in Kauf nehmen.

In den wild wuchernden Wäldern hatten wir tiefe Gräben ausgehoben und dahinter hohe Palisaden aufgestellt. Signaleinrichtungen würden uns an diesen Stellen vor einem Überfall warnen. Der Weg, der von der Handelsstraße nach Beaumont führte, war befestigt und von mehreren Stellen aus leicht zu verteidigen. Wir erweiterten Felder und hauptsächlich Weiden in die Richtung des verlassenen, benachbarten Weilers, denn das Vieh vermehrte sich und die Menge unserer Kriegsrösser nahm zu.

Vier Zugpferde stemmten sich gegen die Zügel, als das Geschütz auf der Lafette den Hof vor der Schlößchen-Scheune verließ und die Serpentinen des Weges abwärts rumpelte. In den Ställen wurden die Pferde gestriegelt. Die »Büchse«, das »Stück«, der »Zwanzigpfünder« – alles unterschiedliche Bezeichnungen für den langrohrigen Hinterlader wurde in die Mitte des Dorfplatzes gefahren. Schwer wiegte sich die Waffe in den Blattfedern. Die Männer liefen zusammen und bewunderten das Gerät.

»Ciron de Ronca ist der Artillerist!« rief ich. »Haltet alles bereit! In zwei Stunden, wenn die Armagnacs tatsächlich kommen, müssen wir kampfbereit in den Sätteln sein.«

Jeder Ritter hatte Waffen und Rüstung in Griffweite, wurde mir versichert. An allen anderen Stellen ging die tägliche Arbeit weiter. Bis auf weniges waren wir selbständig: Gewürze, Bier und Stoffe kauften wir oder tauschten sie gegen Naturalien ein. Man brachte Pferde. Ciron und ich schwangen uns in die Sättel.

»Wir sehen hinüber zum Weiler!« rief Ciron. »Gute Arbeit.«

In der Zeit, da die Pest die Bevölkerung ganzer Grafschaften ausrottete, waren die Wälder vorgedrungen. Wild gab es reichlich. Die Hälfte dieses Jahres war vorbei, und zum erstenmal spürte ich, daß unser kleines Reich ernsthaft gefährdet war. Wir ritten schweigend vorbei an den Holzfällern – sie verwerteten den gefällten Baum bis hinunter zu Rindenbrocken –, an den Vierergespannen der Noriker, die mächtige Wurzelstücke aus dem Boden rissen, zu den Palisadenbauern.

»Wie steht's?«

In unserem Rücken war eine große Fläche umgebrochen, eingesät und bewässert worden. Hellgrünes Gras und unzählige Feldblumen wuchsen zwei Handbreit hoch. Die Landstreicher, die sich hierher verirrt hatten, arbeiteten; sie waren wohlgenährt und sonnengebräunt. Ich hatte ihre Wunden und Krankheiten behandelt. Manche winkten, andere schufteten mürrisch weiter. In kurzem Galopp ging es zum aufgestauten Bach und zu den breiten Streifen, die von schweren Gespannen beackert wurden. Der Boden war nach so vielen Jahren Mißwirtschaft wieder jungfräulich geworden. Überall lagen Bretter und gezimmerte Teile der Bewässerungsanlage. Wir hielten bei den Aufsehern und den Gespannführern.

»Haltet euch bereit!« sagte ich. »Vielleicht bekommen wir gleich ungebetenen Besuch.«

»Diese Bastarde? Die Armagnacs?«

»Sie kommen aus Südwest und reiten quer durchs Land«, klärte Ciron auf. »Im Dorf wissen sie's schon.«

»Wir sind bereit.«

Eine der ersten bösen Erfahrungen dieser Jahre hatte uns gezeigt, daß die Landbevölkerung unter jeder Art von Willkür mehr litt als unter Kindersterblichkeit, Schmutz und Armut. Nur dort, wo sie sich ebenso erbarmungslos wehrte, wie sie angegriffen wurde, überlebte sie. In Beaumont kamen meine Erkenntnisse hinzu: Sauberkeit, richtige Ernährung, Ausbildung und straffe Führung.

»Die Wildschweine kommen wieder in die Felder, Graf Antal!«

»Ich spreche mit dem Fleischhauer. Wir jagen so viele, wie er verarbeiten kann.«

Schon heute machten wir uns Sorgen um unser Überleben im Winter. Langsam füllten sich Kammern und Speicher. Das Salz ging zur Neige; die Schmiede arbeiteten unter Cirons Vorgaben an einem Gerät, das aus Seewasser körniges Salz machen konnte.

»Siehst du die Häuser, Graf?«

Eine mühsam freigelegte Sandpiste führte durch den Wald. Rechts und links davon fielen die Bäume. Durch die Stämme starrten geborstene Mauern, verkohltes Dachgebälk und die traurigen Reste des Kirchleins und der Pfarre. Auch dafür mußten wir sorgen, ehe der erste Schnee fiel.

»Macht die Straße frei bis dorthin. Und sorgt euch um die Befestigung von Villeneuf de Beaumont!« ordnete ich an. »Wenn die Armagnacs weitergezogen sind, helfen wir euch mit eigenen Händen.«

»Wohl, wohl!« wurde uns geantwortet. Ciron und ich ritten die vorläufigen Grenzen des versteckten Besitzes ab; wir erkannten viele Möglichkeiten der Erweiterung und ebenso viele Schwachstellen. Wir wurden uns rasch darüber einig, daß vieles fehlte: Frauen, Kinder, ein Priester und eine kräftige Handvoll Wissenschaften.

In dem Augenblick, als der Meldereiter den violett gekleideten Haufen erreichte, der Anführer in unsere Richtung zeigte und sein Pferd spornte, rief auch ich: »Sie kommen! Keiner darf wegrennen! Wartet darauf, was Ciron und ich unternehmen.«

Die Kanone richtete ihr Rohr steil in den Sommerhimmel. Sie war von der Lafette heruntergehoben worden. Die Führungsdeichsel ruhte auf dem Boden. Ciron klappte die Kammer auf, lud ein armlanges Geschoß mit stumpfer Spitze und gelb-schwarzer Markierung. Er legte den schweren Hebel um, spannte den Zünddorn-Schnapper und nickte.

»Wenn ihr angreift«, sagte er mit sonorer Stimme, »haltet euch fern von der Nebelwolke! Verstanden?«

Fünfundvierzig Männer saßen in den Sätteln der vor Kraft zitternden Pferde. Wir trugen die blauen und silbernen Farben. Die Visiere der Helme waren offen, Schweiß glänzte auf braunen Gesichtern. Ich winkte Rogeron und Jeannot Cadenet zu mir und ritt los. Rogeron trug die Lanze mit unserer Fahne.

»Wir umzingeln sie«, sagte ich, »und wenn es geht, treiben wir sie zum Dorf.«

»Wir haben's geübt.«

Uns folgten im Trab fünfundvierzig Berittene. Die Palisaden, die begrünten Hügel und das Tor waren besetzt. Es herrschte Verteidigungszustand. Die Hufe der Pferde verursachten auf dem Waldboden nur geringes Geräusch. Die Schlange der Reiter wand sich durch das Wäldchen; vor uns war der festgestampfte Sand ohne Spuren. Wenn es nach mir ging, würden die Armagnacs spurlos verschwinden, und der darauf folgenden Risiken war ich mir völlig bewußt. Schließlich befand sich Beaumont de Fraconnade nicht als Oase in einer Wüste. Das Panzerarmband an meinem Handgelenk gab ein scharfes Summen von sich. Ich hob den linken Arm und rief: »Angriff! Wie abgesprochen!«

Zaumzeug klirrte, die Pferde wieherten, die Sättel knarrten, und Metall schlug gegeneinander, als wir die Sporen einsetzten und aus dem Wald auf die freie Fläche hinausgaloppierten. Hinter uns dröhnte der dumpfe Krach, mit dem das schlanke Rohr sein Geschoß ausspie. Aus der Luft kam ein hohles Pfeifen. Ich ritt nach rechts, der folgende Reiter nach links, Rogeron wuchtete sein Pferd über einen Felsen und sprengte hinter mir her. Fünf Bogenschuß weit vor uns formierten sich die Armagnacs; ein wilder, entschlossener Haufen mit zerhauenen Schilden und schmutzstarrenden Gewändern. Ihre Pferde troffen vor Schweiß.

Links, rechts, links ... wir ritten auseinander und bildeten einen weiten Kreis um die Rotte. Einige Armbrustbolzen heulten durch die Luft. Das Geschoß war detoniert und sank an einem kleinen Fallschirm über der fremden Truppe herunter. Es verströmte einen weißen Nebel.

»Weiter!« schrie ich und beugte mich vor. Zuerst starrten die fremden Angreifer verwirrt auf die Flagge und die Wappen. Dann konnten sie sich einige Atemzüge lang nicht entscheiden, wen sie angreifen sollten. Der Anführer entschloß sich, fing zu brüllen an und ritt auf die Stelle zu, an der sich Ciron zeigte.

Die Nebelwolke senkte sich und hüllte mit ersten Ausläufern die Armagnacs ein. Die Fußknechte rannten auf Ciron zu, der sie im Sattel des Rappen ungerührt erwartete, einen Arm in die Seite gestemmt, die andere Hand am Zügel. Als wir den Haufen umrundet hatten und vor mir Jeannot Cadenet auf seinem Schecken heranritt, rissen wir die Tiere herum und stießen aus allen Richtungen auf den Mittelpunkt des Kreises vor. Mit geschwungenen Waffen und auf keuchenden Pferden versuchten die Armagnacs, dem Nebel zu entkommen. Zwei Männer lösten sich aus der Gruppe, ritten mit gefällten Lanzen auf einige unserer Reiter zu und wurden nach kurzer Gegenwehr aus den Sätteln gehauen. Ein Pferd, das den Lähmenden Geruch eingeatmet hatte, trat in einen Schild, überschlug sich und schleuderte seinen Reiter weit durch die Luft.

Die ersten Nebelfinger berührten den Boden. Armagnacs und Beaumonter krachten zusammen. Wir kamen von allen Seiten und waren ausgeruht und wie die Furien, weil es um unseren Besitz ging. Ich hatte mich nur durch einen schwachen Abwehrschirm geschützt. Mein langes Schwert pfiff nach rechts, spaltete einen Schild, wieder zurück und zerschmetterte halb einen Helm. Die Pferde stiegen wiehernd auf die Hinterläufe, wirbelten mit den Hufen durch die Luft, hatten bald Schaum auf den Nüstern. Als ich den ersten Ausläufer des überstarken Heugeruchs in die Nase bekam, zog ich mich mit ein paar Galoppsprüngen vom Kampf zurück und ritt einem flüchtenden Reiter hinterher, der im Sattel schwankte. Ich überholte ihn und stieß ihn mit dem Ende der Lanze zu Boden.

Der Kampf hatte sich auf zwei Plätze auseinandergezogen. Eine kleine Gruppe raste in halsbrecherischem Galopp auf Ciron zu, um den sich wiederum unsere Männer scharten. Wie eine Welle am Felsen brach sich der Angriff an Ciron und den anderen. Geschrei, Flüche, klirrende Schwerter, die Laute der überforderten Pferde, dumpfes Dröhnen, Hufschläge und qualvolles Keuchen, das Brechen von Lanzen und die Schmerzensschreie, hier ein schwerer Fall, dort undefinierbare Laute – es war ein Chaos aus prasselnden Hieben, brechenden Schwertern und lebenden Körpern. Ein Armagnac nach dem anderen sank zu Boden, rutschte aus dem hochlehnigen Sattel, wurde abgeworfen oder von den Dämpfen bewußtlos gemacht. Jeder aus meiner Kampfschar, der den Heugeruch spürte, wich aus, zog sich zurück. Einige Reiter aus Beaumont versuchten, die Pferde einzufangen, die in wilder Panik davonstoben.

Die Wolke löste sich auf; ich ritt zwischen halbmannshohen Tannen auf Ciron zu. Vor uns breitete sich ein Schlachtfeld aus, das reichlich seltsam aussah. Es gab, wie wir es beabsichtigt hatten, kaum Blut. Unsere Männer sprangen aus den Sätteln, entwaffneten und fesselten die taumelnden oder bewußtlosen Armagnacs.

»Bringt sie ins Dorf, zieht sie aus!« sagte ich. »Sammelt alles ein, was uns verraten kann!«

Wir sahen in einiger Entfernung die Straße. Ich ritt ins Gelände hinaus und sammelte Trümmer von Lanzen, Schilden und Schwertern ein, Tuchfetzen, zerbeulte Helme und leere Packtaschen und Wasserschläuche. Mit bemerkenswerter Schnelligkeit wurden die Angreifer hinter den Sichtschutz der Bäume gebracht, die Pferde weggeführt; alle Männer husteten und schwitzten.

»Schneller!« schrie Ciron. Wir trieben, führten und schleppten eine traurige Karawane von Verlierern nach Beaumont. Die Pferde wurden ausgeschirrt, die Sättel warfen wir auf einen Haufen. Alles ging schnell, mit schweigendem Grimm vor sich. Mit trüben Augen sahen die wenigen Armagnacs, die noch dazu in der Lage waren, uns zu. Sie hatten noch nicht begriffen, was sie mit ihrem Angriff ausgelöst hatten. Waffen und Kleider wurden ihnen weggerissen. Ihre Köpfe tauchte man in Bottiche heißen Wassers und schor sie kahl. Einige wachten auf und zerrten wütend an den Lederriemen. Achtundfünfzig Männer, zwischen siebzehn und vierzig Jahren.

Schließlich standen sie nackt in der Sonne, vor dem Podest unter der Buche. Sie waren zu sich gekommen. Unsere Ritter bildeten einen Halbkreis; ich saß auf dem Bohlengeländer und versuchte, in den Gesichtern der Männer etwas zu erkennen ... es war nicht schwer. Auch sie waren Kinder dieser schauerlichen Jahre, Opfer der Zeit; keiner hatte je eine wirkliche Chance gehabt, etwas anderes zu lernen als das Geschäft von Totschlagen und Geprügeltwerden. Ich wandte mich an den Anführer und fragte: »Ihr habt uns angegriffen. Was sucht ihr Söldner in einem wehrlosen Dorf? Warum kämpft ihr nicht dort, wo Karl von Orléans euch haben will?«

Er antwortete aggressiv und verstockt: »Wer bist du?«

»Ich bin der Mann, der dir den Kopf zwischen die Füße legen wird, wenn du nicht auf meine Fragen antwortest. Warum wolltet ihr uns angreifen?«

»Wir brauchen Essen, Wein, Weiber, Futter für die Pferde.«

»Hier findet ihr alles, außer Frauen für euch«, sagte ich langsam. »Seht euch um! Ihr steht hier, nackt und geschoren. Ihr habt nichts mehr, nur euer Leben. Ihr werdet arbeiten, schwitzen, schuften, werdet nicht hungern. Ihr werdet dieses Dorf nicht verlassen können. Wenn im Frühjahr der Schnee geschmolzen ist, sehen wir weiter. Noch Fragen?«

»Was habt ihr vor?«

»Nichts. Ihr arbeitet, bekommt Essen, ein paar Kleider, und wenn ihr krank seid, werde ich euch zu heilen versuchen. Flucht ... denkt nicht daran. Ihr habt gespielt und verloren. Wir schließen euch jede Nacht in Eisen.«

»Arbeiten?«

»Reichlich«, sagte Rogeron zufrieden. »Auf den Feldern, im Wald, überall – es gibt genug zu tun. Euer bisheriges Leben könnt ihr vergessen. Die Jungen bleiben im Dorf – bringt die Männer zu den Baumstämmen nach Villeneuf. Schnell!«

Der eisige Schrecken der Unsicherheit hatte die Männer gepackt. Sie waren willenlos und taumelten davon. Es würde von ihnen abhängen, wie ihre nahe Zukunft aussah. Uns allerdings würde ein zweiter Angriff in größere Schwierigkeiten bringen als die Angreifer. Sie würden ihre künftigen Behausungen selbst bauen müssen, Stück für Stück.

In ein paar Stunden hatte sich das Dorf wieder beruhigt. Die Arbeit ging ruhig weiter. Nach und nach kamen die wenigen Männer wieder zu uns. Wir saßen unter den raschelnden Blättern der Buche und tranken Quellwasser.

»An Arbeitern gebricht es uns nicht«, murmelte Rogeron, »nur, wenn ich an die nächsten Monde denke, wird mir schwindlig. Wie lange geht es gut, Antal?«

»Wenn ich's wüßte«, antwortete ich. »Wir brauchen den Schutz eines Mächtigen. Da sich die Machtverhältnisse in diesem Land so schnell ändern, ist es denkbar, daß sich bald einer einstellt.«

Ciron schlenderte heran, machte ein ausdrucksloses Gesicht und unterbrach unsere Unterhaltung.

»Die Engländer«, sagte er. »Listige, schnelle Boten berichten mir, daß sie an den südlichen Ufern ein Heer versammeln. König Heinrich von Lancaster wird wohl in Kürze in unser schönes Land eindringen und das heillose Durcheinander noch vergrößern.«

Ich stellte mir die Landkarte vor, schätzte die Entfernungen und sagte: »Bis nach Beaumont stoßen sie sicher nicht vor.«

»Aber es werden sich andere Kämpfe ergeben. Sie treiben einander hin und her, in alle Winkel des Landes.« Jeannot fluchte.

»Was soll das? Warum schon wieder die Engländer?« fragte ich. »Wollen sie Frankreich ihrer Inselherrschaft einverleiben?«

»Genau das ist es. Frankreich ist heillos zerstritten, scheint eine leichte Beute zu sein.«

»Schwer zu glauben.« Ich staunte. »Die Franzosen werden sich wehren?«

»Natürlich«, antwortete Rogeron. »Aber bei den herrschenden Zuständen – niemand sollte die englischen Langbogenschützen vergessen. Ich glaube nicht, daß unser Heer kaltblütig kämpfen kann. Einen Vorgeschmack habt ihr vor ein paar Stunden gehabt. Mit dem Geschütz könnten wir die Engländer zu Paaren treiben.«

»Ich kämpfe nicht für Johann Ohnefurcht!« beharrte ich. »Ich kümmere mich darum, daß Beaumont de Fraconnade reich und gesund bleibt und daß, vielleicht, sich noch mehr Menschen so wohl fühlen wie wir heute.«

»Verteidigung und kein Angriff?« wollte Cadenet wissen. Ich nickte.

»Nur wenn wir stark sind, können wir uns wehren. Kein Angriff. Überdies wollen wir eine schwer beladene Handelskarawane ausrüsten und begleiten.«

Rogeron und Jeannot senkten die Köpfe. Yolande brachte einen Imbiß und Becher voller Bier. Rogeron knurrte: »Das ist viel wichtiger als jeder verdammte Kampf.«

Im siebenten Mond Anno Domini 1415 landeten die Engländer mit einem riesigen Heer in der Normandie. Eine Stadt namens Harfleur nahe Rouen wurde erobert, aber der Vormarsch stockte mehrmals. Es gab zu wenig Nachschub; große Teile des Heeres wurden krank. Schließlich bot König Heinrich einen Waffenstillstand an, den die Franzosen ablehnten. Wir beobachteten alles aus sicherer Entfernung.

Sechzig Tage nach der Landung standen die Heere bei Azincourt bereit zur Entscheidungsschlacht. Azincourt lag nördlich von Calais, in der Grafschaft Saint Pol, und das Heer der Franzosen war fünfmal so stark wie das der Eindringlinge. Die Engländer hatten sich taktisch hervorragend im Gelände verteilt. Bogenschützen mit Langbögen aus Esche verbargen sich und richteten im dreißig Mann tiefen französischen Heerteil eine schnelle Schlächterei an. Tote und Verwundete lagen in zuckenden Haufen übereinander. Für die Verstärkungen war es in den Wolken hervorragend gezielter Pfeile unmöglich, durchzustoßen.

Ich hob meinen Blick von den Bildschirmen und sagte zu Ciron: »Wenn ich wüßte, für welche Partei man kämpfen sollte.«

»Es ist für mich unmöglich, eine Wahrscheinlichkeitsrechnung durchzuführen, die statistische Mehrheit ergibt«, antwortete er. »Frankreich, Burgund, England – warum sollte dieser Staat herrschen, der andere nicht? Es gibt Gerechte und Schurken in gleich großer Anzahl überall.«

Sie kämpften am Tag des heiligen Crispinus schon mehrere Stunden lang. Die Sonne des frühen Nachmittags brannte gnadenlos auf das Schlachtfeld. Englische Reiter drangen vor. Fußvolk rannte zwischen ihnen her. Die zweite französische Schlachtreihe wurde überrannt, entwaffnet und gefangengenommen. Plötzlich schien der oberste Engländer, King Henry, einen Wahnsinnsanfall zu bekommen. Er gab Befehl, die gefangenen Franzosen zu töten, von denen sich viele ergeben hatten, in der Hoffnung, gegen Lösegeld freizukommen. Schließlich wandte sich das englische Heer in die Richtung auf Calais. Es blieben schätzungsweise zehntausend Tote zurück, darunter viele französische Fürsten und Herzöge.

»Bernhard von Armagnac wird wohl zum Connetable gemacht werden«, analysierte Ciron. »Das bedeutet, daß Johann Ohnefurcht ohne die Engländer nichts erreichen kann. Er wird sich mit ihnen verbünden – Wirrwarr und Chaos bleiben.«

»Was kann ich tun?« fragte ich. Ich bedauerte das Schicksal der unzähligen Bauern und Bürger, der Arbeiter und Städter.

»Darauf warten, bis sich irgendwo ein wirklicher Führer zeigt. Diesen solltest du unterstützen.«

»Das kann verdammt lange dauern«, brummte ich verdrossen.

»Du bist der Herrscher der Zeit. Du kannst beliebig lange warten.«

»Auch wahr.«

Ich desaktivierte die Bildschirme; aus den Flächen wurden wieder Kopien berühmter Gemälde aus allen Teilen Europas. Von tausend Menschen konnten nicht mehr als zehn lesen und schreiben. Es wurde Zeit, daß wieder Schulen gebaut, Lehrer angeworben und ein System gefunden wurde, mit dessen Hilfe schnell und unmißverständlich Informationen und Wissen unter das Volk gebracht wurden.

Wir hatten Les Moulins hinter uns gelassen; auf der leidlich guten Straße bewegte sich unsere Karawane die Loire abwärts weiter, auf das ferne Orléans zu. Die hochaufgetürmte Ladung bestand aus unseren Überschüssen: Felle, Saatgut, Schmiedearbeiten und andere Waren. Ciron, Rogeron und ich besaßen prall gefüllte Börsen und eine Kassette voller Münz-Nachprägungen in den Werten und Größen der Zeit. Dreißig gut ausgerüstete Berittene eskortierten die Wagen; nur Verrückte und Selbstmordkandidaten würden einen Überfall wagen. Wir ließen uns Zeit, und in den Pausen beobachteten wir, was die Spionsonden von Orléans zeigten. Rogeron ritt zu mir heran und sah zwei Falken zu, die im Herbstblau des Himmels jagten.

»Graf Antal, Herr der Jahre – wie lange bleibst du in Beaumont?«

Ohne Zögern antwortete ich: »Ein Jahr, denke ich. Und ich plane, in einem Dutzend Jahren wiederzukommen.«

»Viel kann in dieser Zeit ohne dich passieren.«

»Ihr wart dreizehneinhalb Jahre allein. Ohne mich. Ebenso wird es weitergehen. Zwinge mich noch nicht zu einer klaren Antwort. Vielleicht finden Beaumont de Fraconnade, Villeneuf und Le Sagittaire einen anderen, machtvollen Herrn.«

»Ich bin nicht beruhigt. In fünfzehn Jahren bin ich alt.«

»Und dein Sohn, wie viele andere, in den besten Jahren. Beaumont ist stark und unabhängig. Einige Fragen stelle mir erst«, fuhr ich fort, »wenn wir aus Orléans zurück sind.«

»Das ist nicht mehr als vernünftig.«

Die Straße folgte mehr oder weniger dem Lauf der Loire. Viele andere Gruppen begegneten uns. Zerlumpte Bauern und Aussätzige, grämlich blickende Kaufleute und kleine Züge Bewaffneter. Für jeden Stadtschreiber waren wir Schützlinge von Johann Ohnefurcht und dem Burgunderherzog Bernhard de Armagnac. Niemand belästigte uns ernsthaft, und so zogen wir über verfallende Brücken, vorbei an ausgestorbenen Siedlungen, leeren Burgen und Schlößchen über Nevers, Cosne und unsichtbare Grenzen nach Gien. Ciron und ich stellten einen Plan für die nächsten Jahrzehnte auf, waren aber sicher, daß nur Teile davon zur Wirklichkeit werden würden. Die gute Straße endete in Gien. Wir zogen es vor, weiter dem Fluß zu folgen anstatt den Umweg über Paris zu nehmen.

Die Pferde waren langsam, aber ungeheuer stark. Unbeirrbar, oft in Sechsergespannen, schleppten sie die Wagen über zugewucherte Fahrspuren, einige gute Straßenabschnitte entlang, durch verbrannte Felder, wildwuchsverdorbene Weiden, unter herrlichen Alleen hindurch. Wir hinterließen eine benutzbare, breite Spur aus dem Süden nach Orléans.

In den Nächten schlugen wir meist in menschenleerem Gebiet – das oft Spuren von Überfällen und Brand zeigte – unsere Zelte auf, lagerten unter dem herrlichen Sternenhimmel. Der Anblick versöhnte mich mit vielen Widrigkeiten. Einige Erinnerungen strahlten hell und kurz wie Sternschnuppen durch meinen Kopf: die feuerhaarigen Fremden, das längst wieder versunkene Geschütz aus unheimlicher Tiefe, das Felsenfort am Indus ... winzige Splitter, die ES nicht blockiert oder übersehen hatte. Zwei oder drei Tagesmärsche vor Orléans endete unsere Reise am Steilufer eines Baches. Wir hatten dieses Hindernis gesehen und waren vorbereitet.

Bäume gab es genug; wieder einmal legten unsere Ritter Waffen und Rüstungen ab und fällten Bäume. Wir rammten Stämme in den Boden, legten Bohlen darüber, schnitten Fugen und Zapfen und bauten eine einfache, wuchtige Brücke. Den letzten Teil richteten wir an unserem Ufer ein, kippten ihn in die Senkrechte und ließen ihm zum gegenüberliegenden Ufer herunterklappen. Einige hundert Steine, Sand und Kies, etliche Aufschüttungen – am nächsten Morgen passierten wir ohne Schwierigkeiten die knarrende Konstruktion, auf der Balken ächzten und Hufe dröhnten.

Weit und breit war Orléans die größte Stadt. Etwa dreißigtausend Menschen lebten innerhalb und, zum geringen Teil, außerhalb der Mauern. Wir näherten uns, von Chécy kommend, dem Zollhaus von La Loup, ließen uns eintragen und zahlten Wegemaut; links von uns blieb die Insel de Loup zurück. Das aufgeregte Treiben einer engen, schmutzigen Stadt empfing uns, gleichzeitig waren wir der Mittelpunkt vieler Neugieriger. Wir verteilten uns in verschiedene Quartiere, versorgten und bewachten die Waren sowie die wertvollen Pferde, fingen zu handeln an. In kleinen Gruppen, eine Hand an der Börse, die andere am Dolch, streiften wir durch die Stadt und sprachen mit den Müßiggängern auf der dreihundert Schritt langen, aus neunzehn steinernen Bögen bestehenden Brücke über die Loire.

Münzen wechselten den Besitzer. Wir redeten mit Studenten und Handwerkern, stellten Fragen und bekamen Antworten. Unser Reichtum bewegte die Menschen. Wir boten Sicherheit: Viele suchten ein risikoloses Leben. Bald hatten wir Handwerker, zwei Lehrer und einen Schreiber verpflichtet. Wir kauften Stoffe ein, tauschten Säcke voll Salz gegen Tonwaren und jene vielen Gegenstände und Waren, die wir brauchten. Knöpfe, Garne, Nadeln und derlei Zeug – tausend Dinge des täglichen Lebens. Die Honigtöpfe verschwanden, die Schinken und das Gepökelte, alle unsere gegerbten Felle, die mit Honig eingekochten Früchte. Wein und Bier kamen auf die Wagen: Wir planten für einen langen, regnerischen Winter. Pergamente und Papier, Federn und Tinte, wenige und übermäßig teure Gewürze tauschten wir gegen Hirschgehörn, getrocknete Pilze, gesalzenen Fisch und Halbedelsteine, die wir im Steinbruch gefunden hatten. Ebenso leicht war es, zwei Dutzend junge Pferde zu verkaufen. Zu bewundern gab es Kirchen, Mauern, Befestigungswerke, eine Manufaktur, die erste Zeichen fabrikartig betriebener Herstellung erkennen ließ, eine Unmenge verwahrloster, kranker und hoffnungslos armer Menschen.

Die Stadt, eine chaotische Masse von Gebäuden, Gäßchen und angefüllt mit Krankheitskeimen, entsprach dem Durchschnitt aller Städte in Europa. Aber sie war ein Machtfaktor durch Handel, Konzentration herrscherlicher Gewalt – die rücksichtslos ausgeübt wurde –, die Kreuzung wichtiger Straßen, ein Punkt, an dem Nachrichten ausgetauscht wurden, der Keim zu etwas anderem – zu einer menschenwürdigen Siedlung? Ich fühlte mich wie in einem Dschungel voll hungriger Tiere. Ciron ließ mich nicht einen Herzschlag lang aus den Augen.

In der Schänke trafen wir unsere Freunde aus Beaumont und beschlossen, in drei Tagen zurückzureisen. Keiner von uns begriff, wie so viele Menschen in so wenigen Räumen hausen konnten. Die meisten unserer Berittenen waren unverheiratet oder genauer: ohne Frauen. Sie hielten Umschau unter den Schönen der Stadt; auch sie erfuhren, daß Arme und Chancenlose nach jedem dickeren Strohhalm griffen.

Sei ehrlich, überraschte mich der Logiksektor. *Dir ergeht es nicht viel anders.* Ich streifte ruhelos durch die Gassen und entlang der Marktstände. Ich hoffte auf einen Zufall, der, wie ich genau wußte, diesen Planeten regierte. Einen Schritt hinter mir bewegte sich Ciron wie ein breitschultriger Schatten. Die Stadt stank aus jeder Fuge aller Quadern, und bei jedem zweiten Schritt trat ich auf Ratten oder räudige Köter. Über eine breite Treppe kamen einige gerüstete Bewaffnete. Sie trugen lange *arcu ballisti,* schwere Armbrüste, die mit einer Spannvorrichtung aufgezogen wurden.

Hinter uns wurden Pferde durch das Marktgewimmel geführt. Tore öffneten sich knarrend, eine Gruppe Männer und Frauen kam aus einem schmalbrüstigen Haus mit winzigen Fenstern. Darunter waren drei jüngere Frauen in sauberer Kleidung und weiten Mänteln. Ich lehnte mich neben Ciron gegen einen Tragebalken und sah zu, wie sich eine Reisegruppe fertigmachte. Ciron und ich bemühten uns, zu verstehen, wovon sie sprachen. Schilde und Waffen wurden aus dem Haus gebracht.

»... Reise nach Clermont. Gefährlich. Niemals in der Nacht ...«

Zweimal trafen mich unsichere Blicke aus dunkelbraunen Augen. Unter der Kapuze sah ich schwarzes Haar, dicht an einen schmalen Kopf gezogen. Die anderen Frauen sprachen mit derjenigen, die schwere Packtaschen an den Sattel schnallte, wie mit einem schlechtbezahlten Diener.

»Sie heißt Agnes«, flüsterte Ciron. »Sie wollen nach Clermont reiten. Du kennst die Karte?«

»Sicher. Aber sie kennen unsere neue Straße nicht.« Ich grinste und nahm die Kappe ab, näherte mich einem gepanzerten Mann mit weißem Schnurrbart.

»Erlaubt«, sagte ich, »daß ich mich vorstelle und Euch eine Neuigkeit überbringe. Ihr wollt, hörte ich deutlich, nach Clermont?«

Ein Kaufmann, zwei Baumeister, deren Frauen und Töchter, etliche Diener, sie wollten sich einem Handelskonvoi anschließen, der über Paris nach Clermont zog – die Siedlung mit der hochaufragenden Königskathedrale lag unweit unseres Verstecks. Ich machte ihnen das Angebot, mit uns auf kürzestem Weg zu reisen. »Aber ... es führt keine Straße nach Gien und weiter nach Cosne!«

»Außer der, auf der wir hierhergekommen sind«, versetzte Ciron. »Wir haben eine Brücke gebaut. Es gibt bessere Straßen, aber wir haben sie mit schweren Gespannen bezwungen. Wartet zwei Tage, und ihr seid unter unserem Schutz; überdies spart ihr einen Mond des Wanderns.«

Wir sprachen lange vor den Stufen des Gasthauses, dann wurden Ciron und ich eingeladen, mit ihnen zu essen. Ich bat, Rogeron de Vignon mitbringen zu dürfen. Agnes blickte mich mit schwer deutbarem Ausdruck an. Wir brachten unseren Handel zu Ende, packten und sicherten unsere Ladung und brachen bei Morgengrauen auf, weitere zwanzig Personen und Pferde in unserer Begleitung. Der Herbst zog zugleich mit uns über das Land und färbte die Blätter und Gräser in lodernde und goldene Farben. Nach eineinhalb Tagesritten wußte ich alles über Agnes Brotann. Sie war die einzige Überlebende eines Grafengeschlechts, das der Schwarze Tod ausgerottet hatte.

Le Sagittaire: Je näher der Winter kam, desto mehr schien die Arbeit zu werden. Kinder und Jugendliche lernten in der Schule, einem langgestreckten Bauwerk, in dem sie sich nötigenfalls verschanzen konnten und das auch die Wohnungen der Lehrer aufnahm. Wir hatten das Schlößchen ausgebaut, und es trug den neuen Namen. Der Ledernäher besserte Zaumzeug und Sättel aus, Gruben, Gräben, Rohrverbindungen und Fundamente wuchsen in die Länge und Breite, und tief unter dem Schlößchen entstand ein Gewölbe, in das niemand eindringen konnte. Agnes hatte sich entschlossen, ihre Verwandten sogleich zu verlassen. Sie versuchte, sich in der ungewohnten Umgebung bald zurechtzufinden; wir mußten alles tun, um ihren Lernprozeß nicht allzu schmerzlich werden zu lassen.

»Schritt um Schritt«, sagte ich an einem der vielen Abende, an denen wir uns von den anstrengenden Arbeiten erholten, »wird aus einem Kampf der wenigen Mächtigen ein nationaler Krieg.«

»Dennoch sind bestimmte Entwicklungen errechenbar«, setzte Ciron hinzu, »die auf Versuche hindeuten, ein einziges großes Reich zu schaffen.«

»Welches? Von wem?« fragte Rogeron de Vignon. Ciron konnte nur eine ratlose Bewegung machen. Durch gemauerte Röhren unter dem Boden zog heiße Luft und erfüllte alle Räume mit gemütlicher Wärme.

Ich hob den Becher und meinte: »Wenden wir uns näherliegenden Fragen zu. Wie gut haben sich die Fremden eingewöhnt?«

»Die jungen Männer ... keine Schwierigkeiten. Sie verstanden, daß sie in Beaumont das bessere Leben haben.«

»Sie lernen? Sie wollen nicht fliehen?«

»Sie fanden zum erstenmal eine Familie. Gesundheit, reichlich Essen und Wärme. Ich denke, sie bleiben hier, wenigstens die nächsten Jahre. Sie sind tüchtig.«

»Die Älteren?«

Fünf hatten versucht zu fliehen. Ricos/Cirons Spionsonden entdeckten und lähmten sie. Man brachte sie zurück und versuchte ihnen zu erklären, warum ihr Versuch für ein paar hundert Menschen tödliche Gefährdung bedeutete. Je länger sie beim Entstehen der neuen Gemeinschaft mithalfen, desto besser verstanden sie. Der Sieger, so lautete das Sprichwort, schrieb die Geschichte – aber war es sicher, daß wir im Kampf um Beaumont siegten? Jeannot hatte in Orléans eine blonde Catherine kennengelernt, und sie hatte dieselben Probleme, sich zurechtzufinden.

»Also geht von den ehemaligen Armagnacs keine Gefahr mehr aus?«

»Nur wenn ein Trupp neuer Armagnac-Söldner hier einreitet, die Humpen schwingt und Kriegsgeschrei ausstößt. Die Alten lehren die Jungen sogar das Waffenhandwerk.«

»Ich hoffe, nicht mit jenen Waffen, die nur wir vom inneren Zirkel kennen!« rief ich. Alle Maschinen und Geräte, die nicht in die Zeit paßten, durften nicht in falschen Händen sein.

»Nein. Davon hat niemand erfahren.«

»Aber es gibt keine Sicherheit dafür, daß nur wir die Wirkung der Geräte kennen.«

»Unwichtig. Reicht das Land für alle?«

»Nein.«

»Also werden wir die Weinberge und die Äcker von jenseits des Hügels in Besitz nehmen«, beschloß ich. »Einverstanden?«

»Im Frühjahr.«

Bevor wir an den nächsten Tagen in den Wäldern jagten, stellten wir fest, welche Flächen wir benutzen konnten, steckten sie ab und unternahmen weite Ritte in die Umgebung. Noch war das Land leer; nur über die Straße zogen Händler und frierende Wanderer nach Süden und Norden.

So große und derart glatte Gläser in den Holzrahmen der Fenster gab es nirgendwo auf diesem Planeten. Nur in Le Sagittaire, und weder das Glas noch das Holz entsprach seinem Aussehen. Im Kamin zerfiel Wurzelholz zur roten Glut. Die Läden waren geschlossen, nur das schräge Dachfenster zwischen den Balken ließ das Licht der Mondsichel und der Sterne erkennen. Ich saß vor dem Tisch, sah den Kerzenflammen zu und war ratlos; nirgendwo entdeckte ich eine wirklich große Aufgabe für mich. Das bedeutete, daß Ciron und ich in die Kuppel zurückgingen. Und ... Agnes?

Ich blickte zum Bett. Agnes lehnte am Kopfteil und las. An den weißen Wänden leuchteten die Farben der echten Bilder und jene der verkappten Bildschirme.

»Worüber denkst du nach?« fragte sie.

»Über die Zeit, über dich und mich.«

»Wir sind zusammen«, sagte sie mit ihrer hellen, leisen Stimme. »Was gibt es darüber nachzudenken?«

»Ciron und ich werden von unserem Herrn zu anderen Aufgaben gerufen; bald. Willst du mit uns kommen?«

»Wohin?«

»In eine Höhle, in der wir warten, bis wir wieder gebraucht werden.«

»Und ich?«

»Du würdest an meiner Seite schlafen«, sagte ich halblaut. Ich wußte, daß Ciron wie jede Nacht außerhalb und innerhalb der Mauern alles kontrollierte.

»Wie lange?«

»Sehr lange, denke ich.« Ich wich aus. »Und ich weiß nicht, ob ich dich bitten kann, dorthin mitzukommen.«

Sie klappte das schwere Buch zu und lächelte. Vor mir auf der Platte lagen die kleinen Würfel aus Blei, unterschiedlich breit, und auf jedem befand sich die Kontur eines spiegelverkehrten Buchstabens. Meine Finger spielten damit und bildeten kurze Reihen: Sinnlose Wörter entstanden.

»Frag mich später, wenn ich mehr weiß«, bat Agnes. »Ich werde dir ehrlich antworten.«

Meine Finger berührten den Zellschwingungsaktivator, den »Schaugroschen«, wie die Beaumonter das Medaillon nannten. Einer der gefangenen Armagnacs hatte mich vor einem Mond gefragt, ob ich ein Ritter des Ordens vom Goldenen Herzen sei; offensichtlich ähnelten sich die großen Schmuckstücke.

»Es wird wohl im Winter sein, Agnes«, sagte ich zurückhaltend. »Schon liegt Schneegeruch in der Luft.«

»Ich verstehe nicht. Was wollt ihr tun, wenn ihr lebend zurückgekommen seid?«

Ich hob die Schultern. Nicht einmal mir selbst konnte ich eine zufriedenstellende Antwort geben.

»Weiterkämpfen. Und zusehen, daß es Le Sagittaire und Beaumont gutgeht. Und ein großes Fest feiern.«

Wenn wir zehn oder fünfzehn Jahre wegblieben, würden die Männer der ersten Gruppe etwa sechzig Jahre alt geworden sein. Also mußten deren Söhne die Siedlung verteidigen. Die Fremdlinge hatten sich bisher an vieles in diesem seltsamen Dorf gewöhnen müssen. Vielleicht halfen die ehemaligen Söldner den Jungen, das Schwert, die Armbrust und die Lanze richtig zu führen.

»Es ist schwer, das Leben zu verstehen, das ihr führt. Ich denke, es ist voller Wunder und Seltsamkeiten.«

»Was hierzulande als Wunder gilt« versuchte ich abzuschwächen, »ist dort, woher wir kommen, nichts Besonderes, alltäglich wie ein Becher Cidre aus der Normandie.«

»Alle Sitten sind anders! Ihr badet oft und in heißem Wasser. Ihr glaubt nicht an Hölle und Teufel. Und vielleicht fürchtet ihr euch wirklich nicht davor!« Agnes schüttelte verwirrt den schmalen Kopf.

»Vor all diesen Versprechungen fürchten wir uns wirklich nicht«, bestätigte ich lachend. »Und nicht nur du hast dich über die Segnungen von warmen Bädern, duftenden Kräuterabsuden darin, über Öl für die weiche Haut der Arme und Schenkel, über den Verlust von Läusen und Wanzenbissen und Kleidern hinweggetröstet, die nicht nach Schweiß und Schmutz stinken.«

Die täglichen Probleme und ihre Lösungen, die Arbeit, die fürs Überlegen geleistet werden mußte, lenkten diejenigen ab, die sich nicht sicher fühlten. Fast jeder hatte begriffen, meist aus leidvollem Erleben, daß es jedem Bewohner von Beaumont weitaus besser ging als neunzig von hundert Bürgern dieses Landes. Aber noch war der feste Wille nicht recht zu erkennen, diesen Standard zu halten und zu verteidigen. Die Menschen glaubten an ein besseres Leben nach dem Tode und nahmen klaglos all das hin, das in eigenartiger religiöser Phantasie als »irdisches Jammertal« bezeichnet wurde und unausweichbar als persönliches Schicksal galt.

»Aber ich habe Angst vor einem Leben, das mich jede Stunde sechsmal in tiefste Verwirrung stürzt.«

Ich versuchte sie zu verstehen. Sie war zweiundzwanzig Jahre und eine Handvoll Tage jung. Der Wechsel zwischen allzu Bekanntem und angeblich Wunderbarem verwirrte sie noch immer. In den Nächten war sie eine anschmiegsame Geliebte, am Tag erschrak sie selbst vor lächerlichen Einzelheiten. Ich goß schweren Rotwein in einen Pokal und blies ein paar Kerzen aus, setzte mich auf die seidigen Felle und hielt Agnes den Pokal entgegen. Sie nahm einen tiefen Schluck, versenkte den Blick in meine Augen und flüsterte: »In eine Welt, in der ich mich fürchten muß, soll ich dir folgen?«

»Nur wenn du willst. Ich werde dich nicht zwingen«, antwortete ich.

»Die Entscheidung ist noch schwerer als die Gedanken an jene andere Welt!«

Sie legte ihren Kopf an meine Schulter und wurde immer schwerer in meinen Armen.

Am nächsten Morgen traf ich mich mit Ciron in den neuen Gewölben von Le Sagittaire. Der Gleiter ruhte im Licht der Tiefstrahler auf dem Steinboden. Einige

Ausrüstungsteile, die wir nicht mehr brauchten, waren zusammen mit wenigen ausgesuchten Erzeugnissen der Kultur bereits verpackt und verladen.

»Weil die beiden Onkel eines Unmündigen sich nicht einigen können, diese Machtgierigen, werden wir eine mögliche Einwirkung verschieben, Ciron de Ronca!« sagte ich. Ich spielte auf Philipp von Burgund und Karl von Orléans an, die ihren Zwist zum Bürgerkrieg hatten reifen lassen.

»Ich ahnte es«, versetzte der beste Roboter dieses Sonnensystems. »Aus diesem Grund habe ich überall verbreitet, daß wir ein Herbstfest feiern.«

»Fein gerechnet!« stimmte ich zu. »Hervorragend kalkuliert. Und wenn alle betrunken sind, schweben wir davon!«

»Nicht ohne vorher Rogeron und Cadenet auf ihre Verantwortung und unsere Wiederkehr hingewiesen zu haben.«

»Die logische Summe deiner Berechnungen!« schloß ich. Zwischen den vielen Häusern, unter weit vorspringenden Dächern, auf Rosten, entlang der Häuser, in der offenen Schmiede, unter den Bahnen eines Zeltes standen Roste und Glutbekken. Fett spritzte zischend aus prallen Würsten. Wein, Cidre, Bier, Wasser und gesüßte Säfte standen in Bottichen, Fässern und Krügen auf den Tischen. Obwohl Nebel und Kälte des Herbstes versuchten, die letzten Blätter von den Bäumen abzufrieren, war es überall auf dem Dorfplatz warm. Mit dem Rauch von Fett und Feuern wogte Wärme unter den Dächern hervor und entwich in den purpurnen Himmel. Wie eine Barke schwebte die Mondsichel über uns; Sommersonnenwende war längst vorbei. Halbierte, getrocknete Pfirsiche lagen zwischen Walnüssen und Haselnüssen in großen Schalen, Brot und Formgebäck kamen frisch aus dem Ofen und schmolzen die salzige Butter und die fetten Käse. Jeder der rund zweieinhalbhundert kleinen Kinder, Mädchen, Frauen und Männer trug seine schönste Kleidung. Bänke und Stühle standen herum. Im Schlößchen schleppte Ciron die letzten Ballen und Truhen in den Keller. Sämtliche technischen Einrichtungen waren derartig verändert, daß sie in der Hand von Unberechtigten funktionslos wurden. Eine Handvoll Männer und ebenso wenige Frauen kannten die wichtigsten Schalter, und nur Rogeron und Cadenet besaßen Notruf-Funkgeräte in Form von unauffälligen Ringen.

Agnes blieb unter der Buche stehen. Zwischen den Ästen spannten sich Reste des großen Zeltes. Ringe aus getrockneten Äpfeln, Kirschen im klaren Branntwein, den wir selbst aus Obst herstellten, gedörrte und eingeweichte Pflaumen standen in Krügen da, mit Holzspänen darin, damit jeder etwas herauspicken konnte. Ich ging durch die Menge, einen Becher mit jenem Destillat aus der Normandie in der Hand, das, glaubte ich, aus vergorenem Cidre gebrannt und lange in Holzfässern gelagert wurde. Es schmeckte hervorragend und war teuflisch stark. Im Eingang der Schmiede standen Rogeron und Yolande. Sie winkten mich heran. Über der Esse drehte sich ein Ochsenviertel und verströmte herrlichen Geruch.

»Ich glaube dich zu kennen, Antal«, begann Rogeron. Er war schwerer und bedächtiger geworden. Trotz der beiden Kinder blieb seine Frau schlank und grazil.

Ich grinste und unterbrach: »Ich kenne mich selbst kaum, mein Freund. Ist das alles nach deinem Geschmack?«

»Lenk nicht ab, Connetabel. Das Fest hast du befohlen. Euer Abschied, denke ich.«

Wenn er dich Connetabel nennt, wisperte der Logiksektor, *hat er dich durchschaut. Vertrau ihm!*

»Ja. Wenn alle tanzen und fröhlich sind, verschwinden wir. Ruf uns, wenn Beaumont de Fraconnade in Gefahr ist. Und bilde die Jungen gut aus.«

Er trank Bier und winkte zu seinem Haus hinüber. Jene Truhe, aus der stundenlang gespeicherte Melodien drangen, wurde eingeschaltet. Schlagartig nahm die Fröhlichkeit um eine Stufe zu. Agnes probierte Beeren in Rotwein und aß ein Stück Käse.

»Du kannst dich darauf verlassen. Nur wenn's ein Heer ist, das uns überfällt ...«

»Dann hilft euch Ciron so gut und entschlossen wie in den ersten zehn Jahren!« versprach ich. »Wo ist Cadenet?«

»Er wollte zu Ciron hinaufgehen.«

»Ich suche ihn«, meinte ich und umarmte Agnes. »Es gefällt dir?«

Sie strahlte. Ihr Gesicht war von Hitze und Wein gerötet. Sie bewegte sich mit natürlicher Leichtigkeit und Eleganz. Trotz ihrer wertvolleren Kleidung, Teil ihrer winzigen Erbschaft, wirkte sie zwischen den Bauern, Waldarbeitern und Handwerkern nicht im mindesten fremd, nicht fremder als die ehemaligen Söldner, die in Teile ihrer alten Kleidung gehüllt waren.

»Es ist herrlich!« rief sie. »Warm! Hell! Lauter freundliche Menschen! Und so viel zu essen!«

»Ich komme gleich zurück«, sagte ich und deutete auf die hellen Fenster des Schlößchens. »Warte hier. Es sind alles Freunde.«

Mit weiten Schritten, den Mantel dichter um die Schultern gezogen, ging ich zum Portal. Ciron und Cadenet standen auf der breiten Treppe, die von der Halle aus Stein in die Zimmer hinaufführte. Sie kamen mir entgegen; Cadenet sagte mit gesenktem Kopf:

»Ich weiß alles. Heute nacht?«

»So ist es«, bestätigte ich. »Der Herr der Zeit wird Beaumont beobachten.«

Er nickte, dann fragte er: »Kommt Agnes mit euch?«

»Noch habe ich sie nicht gefragt«, antwortete ich und begann die nahe Zukunft zu ahnen. »Sie ist mitten im Fest und fühlt sich wohl.«

»Und dorthin sollten wir auch gehen«, meinte Cadenet und faßte mich am Arm. Stundenlang wanderten wir hin und her, aßen und tranken, wagten ein paar Tanzschritte, lauschten den Melodien, diskutierten mit den Lehrern über Fähigkeiten und Benehmen der Kinder; schließlich lehnten Agnes, Ciron und ich am geschmückten Stamm der Buche.

Ich erkundigte mich leise: »Wie lautet deine Antwort, Agnes?«

Sie war hilflos und schwankte in ihrer Entscheidung, aber sie sagte: »Ich gehöre in diese Welt, Antal. Ich versuche, auf dich zu warten. Ich kann nichts versprechen.«

Ich küßte ihre Handfläche und nickte schweigend. Ich zeigte auf Le Sagittaire, und ihr Blick folgte in diese Richtung. Sie lächelte und stürzte den Inhalt des Bechers hinunter.

»Du bist und bleibst die Herrin des Schlößchens«, murmelte ich und wandte mich ab. »Du mußt nicht auf mich warten. Diese Welt, deine Welt, ist voller Männer.«

Beim Gehen nahm ich einen großen, mit Wachs gesiegelten Krug mit goldfarbenem Apfelweinbrand mit. Als ich mich am Rand des Dorfplatzes umblickte, stand Agnes schmal und verloren zwischen den angetrunkenen Tänzern und starrte uns nach. Es war, versuchte ich mich zu trösten, einer von vielen Abschieden, an die ich mich erinnern würde. An wie viele erinnerte ich mich nicht?

Während ich schlief, würde Ciron über Agnes und Beaumont wachen. Während der Roboter den Gleiter steuerte, öffnete ich den Krug und goß einiges vom Inhalt in den Becher aus Kunststoff. Meine gewohnte Umgebung hatte mich zurück. In größerer Höhe flogen wir durch dichte Schneeschauer.

11.

Anno Domini 1419 ermordeten Männer aus Orléans den Herzog Johann Ohnefurcht. Burgund trat an die Seite der Engländer. Der sechste Karl erklärte im Vertrag von Troyes seinen Sohn für enterbt. Zwei Jahre danach wurde eben jener siebte Karl gegen die Ansprüche des Engländers Heinrich VI. zum König von Frankreich proklamiert. Eigentlich hätte des Engländers Vorgänger, der fünfte Heinrich, neuer König Frankreichs werden sollen. Aber sowohl der fünfte Heinrich als auch der sechste Karl – der erklärtermaßen vom Wahnsinn befallen war – starben im Abstand von rund neunzig Tagen.

Engländer und Burgunder eroberten in den folgenden Jahren Frankreich bis an die nördlichen Ufer der Loire. Die Zahl und die Art der Verbrechen, die Soldaten und Kriegshandlungen über das arme Land brachten, war Legion; selbst den gnadenlosen Schlächtern der Söldnerführer machte es bisweilen Mühe, unbeeindruckt zu bleiben. Karl VII., genannt der »Dauphin«, von seiner Mutter, der Königin Isabeau, als »Bastard«, also unehelicher Sohn, bezeichnet, unansehnlich, etwa sechsundzwanzig Jahre alt (und mit einiger Wahrscheinlichkeit wirklich nicht von seinem wahnsinnigen Vater, dem sechsten Karl, gezeugt), hockte in Chinon und hielt hof. Seine Hofhaltung war teuer, und um die meuternden Truppen bezahlen zu können, verkaufte er Burgen, Städte und Ländereien. Die rechtmäßige Krönung eines ebensolchen Königs hatte nicht stattgefunden, die Söldner kämpften nur für Geld – das reichlich knapp war –, und es gab für das Volk, das sich vielleicht hätte wehren wollen, nichts, woran es glauben konnte ... außer an die Verrohung, die neuerlich einen makabren Tiefstand erreicht hatte. Burgunder, Lothringer, Engländer und Armagnacs zogen kämpfend hin und her. Der Winter 1428/1429 war ein weiterer Tiefpunkt.

Le Sagittaire, Beaumont de Fraconnade und Villeneuf de Beaumont überlebten. Als der Frühling das bergige Land und die Täler in das Grün österlicher Hoffnung tauchte, stand ich vor Cirons schematischen Stammbäumen, studierte Bilder und dazugehörige Texte und versuchte, diesen hoffnungslosen Wirrwarr von Eltern, Töchtern, Söhnen, Heiraten, Morden und Mächtigen zu entziffern, die angeblich alle ihr Amt von Gottes Gnaden empfangen hatten. Nicht anders verhielten sie sich, ob nun Lebensart und Verstand reichten oder nicht. Meist galt die negative Alternative.

»Immerhin gibt es selbst bei kritischer Betrachtung einen Lichtblick«, resümierte Ciron de Ronca. »Die Lage ist hoffnungslos wie zumeist. Aber die Stimme des Volkes flüstert lauter und durchdringender.«

»Was sagt sie über Frankreich?« fragte ich.

»Es gibt ein etwa achtzehnjähriges Mädchen von herber Ausstrahlung«, klärte mich Ciron auf. »Sie kommt aus einem Weiler nahe der östlichen Grenze des Landes. Hier siehst du Domremy, den Ort, an dem sie aufwuchs. Sie hat es sich in den Kopf gesetzt, die Engländer für den Dauphin aus dem Land zu jagen und den siebenten Karl offiziell zu krönen. Sie reitet in Männerkleidung durch das Land und spricht von göttlichen Stimmen, die ihr jede Aktion befehlen.

»Es scheint tatsächlich so zu sein«, murmelte ich voller Verblüffung. Eine achtzehnjährige Heerführerin? Das ging nicht mit rechten Dingen zu. Warnend wisperte der Extrasinn: *Angeblich bist du von nichts mehr zu überraschen! Schau an, die Barbaren – sie belehren dich eines Besseren!*

Ich ließ mir den letzten Rest dieses Cidre-Branntweins bringen und studierte intensiv die Auswahl von Bildern, die Ciron eingefangen hatte. Das Mädchen mit den mittelbraunen Haaren im Schnitt eines jungen Pagen, also nackenlang, war weder dick noch schlank; ein wenig breitschultrig, gut entwickelt und von kräftiger Statur. Ihr Gesicht war frisch und von gesunder Farbe. Daß sie anspruchslose Männerkleidung trug, konnte ich verstehen. In diesen Zeiten war es sicherer; und ich würde es einem Mädchen oder einer Frau raten. Zunächst saß sie noch ungeschickt im Sattel. Die letzten Aufnahmen bewiesen, daß sie rasch lernte, geschickt und kräftig war.

Auf mich machte das junge Mädchen einen schwer zu durchschaubaren Eindruck. Sie sah durchaus weiblich aus, wirkte aber überhaupt nicht fraulich-anziehend. Nicht wegen der Kleidung: Es gab etliche Frauen, die in Männerkleidung aufreizend wirkten. Nicht Jeanne d'Arc, wie sie sich nannte. Sie wirkte abweisend und – abwesend.

»Bis jetzt litt die Bevölkerung nur unter dem langen Krieg«, gab Ciron die Zusammenfassung der Computer. »Aber ausgerechnet ein junges Mädchen, das sich persönlich einsetzt, reißt das Volk mit. Es bestehen reale Chancen, daß sich eines Tages ganz Frankreich erhebt und die Briten auf ihre regnerische Insel zurücktreibt!«

Ein Mädchen aus einer bäuerlichen Familie. Eine junge Hausfrau, offensichtlich tiefst gläubig, die hin und wieder Schafe oder Rinder hütete, aus einer bürgerlich-mittelständischen Familie, mit Eltern und etlichen Brüdern. Also im ernsthaften Sinn ein Kind aus dem Volk.

»Weißt du, warum sie sich dieser höllischen Gefährdung aussetzt und in dieser Welt – logischerweise – wird scheitern müssen?« fragte ich. Ich war genötigt, für mich selbst und eine Handvoll Menschen, die mir vertrauten, ein Urteil abzugeben. Um dieses Urteil vor mir vertreten zu können, mußte ich es leidenschaftslos und kalt aussprechen; alle Informationen dienten nur diesem einen Zweck.

»Sie hört Stimmen, sagte sie. Ich habe nicht viele Texte auffangen können«, antwortete Ciron. »Drei heilige Namen werden erwähnt. Die Heiligen diktieren die Schritte des Vorgehens.«

Ich zuckte innerlich zusammen. Natürlich kannte ich die Züge der Flagellanten, die blutenden Selbstgeißler, die durch die Länder zogen und ihre inbrünstigen Gesänge hinausheulten. Massensuggestion, Stimmen und Visionen, Gestalten und Verhaltensweisen; sie kamen ausnahmslos aus den verborgenen, unausforschbaren Tiefen des Barbarenverstands. Menschen – und Arkoniden! –, die von Halluzinationen befallen wurden, konnten durchaus völlig klar und rational handeln; es waren Wahrnehmungen ohne Objekte. Überdies war im fünfzehnten Jahrhundert nach Christi Geburt der reine Aberglaube etwas völlig Selbstverständliches. Autosuggestive Begabung konnte weit ins Geniale hineinreichen – dies war die Chance des Mädchens, das von sich als *la pucelle* sprach, als Hausjungfer oder unberührte Jungfrau! Ich sagte in abwägendem Sarkasmus:

»Der Herr der Zeit an der Seite eines jungen Mädchens, das nicht lesen und schreiben kann, im Verbund mit Stimmen, für Frankreich und den Dauphin. Das wird sicherlich ein bemerkenswertes Abenteuer. Und was tat sich inzwischen in Beaumont und dem Rest der Welt?«

Der König von Lusitanien, im Volksmund Heinrich der Seefahrer (obwohl er keine Ahnung hatte, wie ein Schiff zu führen war), ließ Kapitäne ausbilden, um das sagenhafte Reich eines Erzpriesters Johannes zu finden. Wieder zog eine Epidemie der Tanz-Raserei durch alle Länder »unseres« Halbkontinents. Ciron hatte eine astronomische Kunstuhr entdeckt, die Datum, Mondphasen, Planetenstände, Orts- und Sternzeiten, ein Glockenspiel und viele lustig bemalte Figürlein zeigte, die sich umeinander bewegten und allerlei possierliche Bewegungen ausführten. Schießpulver und Geschützgießerei, die Herstellung von Arkebusen und Hakenbüchsen, die Weberei, Malerei, Schmuckkunst und die Baukunst erlebten trotz aller Kriege eine Blüte. Die Musik klang melodischer, und unweit der französischen Grenze heizte man mit schwarzer, aus der Tiefe geschürfter Kohle.

Beaumont hatte sich kaum verändert. Das Kirchlein und ein geräumiges Haus für zwei Mönche oder Priester waren hinzugekommen. Sämtliche Äcker und Felder standen im ersten Grün.

»Sie sind nicht überfallen worden?«

»Es kamen Arme und Flüchtende. Sie wurden aufgenommen oder zogen weiter. Es gab kleine Gruppen Marodeure. Man schlug sie zurück.«

Alles in allem: Es würde keine Fremdheit herrschen zwischen den Bewohnern dieser Insel in der Zeit und uns. Doch, etwas Neues gab es – nahe der Kirche sahen wir Gräber und kleine Säulen, auf denen die Namen standen. *Agnes?*

»Agnes starb vor drei Monden im Kindbett«, informierte mich leidenschaftslos der Roboter.

Während wir die letzten Vorbereitungen für den Aufstieg und für unsere Tarnung trafen, kontrollierte ich die Aufzeichnungen, die Ciron in den zurückliegenden knapp zwölfeinhalb Jahren vom »Dauphin« Karl gesammelt hatte. Ich bekam, mich wunderte es nicht, eine aufschlußreiche Folge von Erkenntnissen:

Das elfte Kind der Isabeau war ein stumpfäugiger Sechsundzwanzigjähriger mit langer, herabhängender Nase und dünnen X-Beinen. Seine Manieren schienen nicht unangenehm zu sein, indessen litt er unter einer Anzahl schlimmer Phobien: Er scheute die Menge, ging oder ritt ungern über Brücken und ängstigte sich vor Holzfußböden, wenn sich darunter Räume befanden, in die man stürzen konnte. Er ertrug es nicht, wenn man ihn anstarrte oder ihm längere Zeit in die Augen schaute. Mußte er, dem Brauch folgend, in der Öffentlichkeit essen, begann er nach kurzer Zeit zu würgen und rannte angstvoll davon. Ständig fürchtete er um sein Leben und witterte überall Mordanschläge.

»Ein schönes Paar«, bemerkte ich. »Karl ist durch seine Eltern, sein bisheriges Leben und die Verantwortung, die zuviel für ihn ist, stark geschädigt. Er und Jeanne d'Arc schicken sich gemeinsam an, die kampferfahrenen Engländer aus dem Land zu treiben.«

Unterschätze die Barbaren nicht! mahnte der Extrasinn. *Sie schaffen das Unerwartete besser als das, was nach Regeln und Logik von dir erwartet wird!* Ich grinste grimmig in mich hinein und vertiefte mich in die Luftaufnahmen von Orléans.

Im Oktober des vergangenen Jahres fing die Belagerung der Stadt an. Die Loire, an deren nördlichem Ufer Orléans lag, bildete sozusagen die Grenze zwischen dem nördlichen und südlichen Teil des Landes. Der angeblich fähigste Mann der Engländer, Thomas Montacute, Earl of Salisbury, verfügte über rund viertausend Soldaten, zu denen noch etwa eineinhalbtausend Leute aus Burgund kamen. Salisbury wollte die Stadt erstürmen, aber ihn tötete eine Kanonenkugel. Den Engländern war es aber geglückt, die doppeltürmige Befestigung einzunehmen und zu besetzen, die am Südufer die neunzehnbögige Brücke bewachte und Les Tourelles genannt wurde. Aufschüttungen und Palisaden, Mauern und einzelne Häuser in der Umgebung des südlichen Brückenendes waren von den Engländern besetzt. Ihre Truppen bildeten einen Zweidrittelring um die Stadt, aber die Belagerung wurde seltsam lasch durchgeführt. Einen Brückenbogen vor dem Zwillingswehrturm hatten die Bürger der Stadt eingerissen und die Engländer zwei weitere; unter dem neuen Anführer William de la Pole, Earl von Suffolk, wurde der Ring aus Forts und Bastillen um die Stadt verstärkt, dennoch konnte die Stadt betreten und verlassen werden.

»Ein einziger starker Vorstoß, richtig vorbereitet und verwirklicht«, sagte ich, »würde sowohl den Belagerern wie auch den Leuten aus Orléans den Sieg bringen.«

Sechzig Meilen nördlich lag Paris; von dort aus konnten die Belagerer versorgt werden. Orléans beherrschte das Gebiet der Loire und somit einen langen Teil der seltsamen Grenze.

»Es liegt an dir, die richtige Seite zu unterstützen!« Ciron hantierte lautlos weiter an seinen Pulten.

Am 28. April, dem Tag Hugos von Cluny, erreichte Jeanne d'Arc das Ufer der Loire. Rund zehn Tausendschaften bewegten sich mit ihr und auf anderen Straßen nach Orléans. Zwei volle Tage war man von Blois aus marschiert und hatte in der freien Natur übernachtet. Zur gleichen Zeit näherten sich sechsunddreißig Reiter aus Florenz, von acht Dienern begleitet, von Südosten der Loire. Antal di Belmonte und Ciron d'Roncaro waren die Anführer. Sie besaßen Empfehlungen und Geleitbriefe von Gonfaloniere Giovanni di Bicci de Medici, der ihre Kraft, Gewandtheit und ihre unbesiegbaren Waffen dem sechsten Karl andiente.

»Die offene Freude, mit der wir empfangen wurden, hat mir Mut gemacht«, sagte ich zu Ciron. In der Mitte des Zuges zogen vier Pferde die Kanone und die Lafette mit den Geschossen. Zur Tarnung hatten wir eine Plane um das Rohr gezurrt und alle unsere Zeltstangen und Reservelanzen dazugebunden. »Du kennst mein gespaltenes Verhältnis zu den Barbaren.«

»Es war ein Ereignis«, stimmte Ciron zu. »Ihre Gesichter, als sie nach und nach zu uns hinaufkamen und das Licht sahen ... sie haben in einem Dutzend Jahren das Vertrauen und das Selbstbewußtsein nicht verlernt.«

Hinter uns ritten Rogeron und Cadenet. Sie waren alt, aber nicht schwach geworden. Von ihnen ging eine Sicherheit und Ruhe aus, die ihresgleichen suchte. Als Älteste hatten sie die Siedlung durch alle Gefahren gesteuert. Vier der damaligen Armagnac-Söldner ritten mit uns. Sie freuten sich auf den Kampf.

»Wir werden nicht direkt angreifen – wenn es sich vermeiden läßt«, sagte ich. »Trotzdem möchte ich Jehanne oder Jeanne, kurz Johanna, treffen und mit ihr sprechen.«

»Sie wird dich sicherlich zu schätzen lernen«, scherzte Ciron, »wenn du nicht gerade versuchst, ihr die Stimmen auszureden. Und du mußt auch schön fromm sein, Antal.«

»Sicherlich«, antwortete ich trocken. Ciron hatte eine Spionsonde über Orléans postiert, und eine zweite sicherte unseren Weg. Wir ritten auf Olivet zu, einen Gebäudekomplex südlich der Stadt, in der Verlängerung der Brücke über den Fluß. Erste Spannung hatte uns gepackt. In den Siedlungen sprachen die Menschen geradezu ehrfurchtsvoll und in kaum begründeter Hoffnung von der »Jungfrau von Domremy«.

»Vermutlich werden wir uns trennen«, sagte ich nach einer Weile. »Ich reite nach Orléans hinein.«

Wir waren zwei, drei Tagesritte von der Stadt entfernt. Inzwischen passierten Seltsamkeiten, die ein völliges Fehlen von Organisation erkennen ließen. Dunois, der »Bastard von Orléans«, ritt mit einer riesigen Schar Bewaffneter der Jungfrau entgegen – auf dem falschen Ufer des Flusses. Sie trafen sich auf der Südseite, also dort, wo die Engländer den Brückenkopf hielten. Die Boote blieben nahe der Stadt, die Loire hatte Niedrigwasser, schließlich stieg dank eines umspringenden Windes das Wasser, und man brachte das Heer und einen Teil des riesigen Proviants zum Burgundertor der Stadt. Ein Teil der Soldaten wurde nach Blois zurückgeschickt, um den zweiten Transport von Schlachtvieh und Tragetieren zu eskortieren. Schließlich, in einem schweren Gewitter, ritt Jeanne auf einem Schimmel abends in der Stadt ein.

»Ich glaube, sie brauchen wirklich einen klugen Feldherrn«, bemerkte Rogeron, dem wir die Bilder zeigten. »Ist das keine Aufgabe für dich, Antal?«

»Ich will mich weder mit La Hire noch mit Dunois um den Befehl prügeln«, versicherte ich. »Ich halte mich zurück.«

Die Belagerung mußte für beide Teile ein unverhältnismäßig teures Unternehmen sein. Eigentlich hatte ich erwartet, daß der Dauphin an der Spitze eines riesigen Heeres gegen die Engländer vorging, zusammen mit den unförmigen Geschützen, aber er zog es vor, sich von Boten berichten zu lassen.

Die erste Nacht, in der sich das junge Mädchen in der Stadt befand, verging. Wir lagerten abseits der Straße in verlassenen, halb zerstörten Häusern. Unsere Vorräte und die reichhaltige Ausrüstung – Ciron konnte Truhen und Ballen mit dem ferngesteuerten Gleiter absetzen lassen – machten uns völlig unabhängig. Das Gebiet schien leergefegt zu sein, wir hörten nach Anbruch der Dunkelheit nur Käuzchengeschrei und Wolfsgeheul. Drei Lagerfeuer loderten; unsere jungen Leute gingen Wache. Für Ciron und mich war ein Zelt mit wenigen Handgriffen aufgeschlagen worden.

Nebel zog von der Loire her. Noch funkelten die Sterne über uns. Das fruchtbare, verlassene Land roch nach neuem Leben sowie nach den Spuren der Verwahrlosung. Steil flackerten die Flammen. Bis auf die Wachen versammelten wir uns um die Feuer, tranken heißen Tee, verdünnten Wein und Wasser.

»Hört zu, Freunde«, sagte ich. »Wir wollen lebend und wenn möglich ohne Verwundungen zurückkommen aus diesem Ausflug in die Welt des Kämpfens und Sterbens. Wir schulden weder den Engländern noch dem Dauphin etwas – schlagt zurück, wenn ihr angegriffen werdet, aber versucht keine tollkühnen Heldentaten. Es tanzt sich schlecht mit abgeschlagenen Beinen, und auch ein heiler Kopf mag besser als ein blessierter sein.«

»Eine petite différence«, stimmte Cadenet zu. »Dennoch, Graf Antal, mag es ein guter Anfang für Frankreich sein. Ein paar tausend von uns, und kein Engländer würde sich mehr hierherwagen.«

»Wir sind aber nur drei Dutzend«, sagte ich. »Mit dieser Kanone richten wir aber mehr Verwirrung, Angst und Schaden an als fünfhundert Panzerritter!«

»Wohl wahr!«

Die jungen Leute saßen mit leuchtenden Augen da und hörten zu, als die Älteren und Alten von ihren Abenteuern erzählten. Ich ließ mir ein dunkles Bier reichen; es machte mich angenehm müde. Noch während ich mir den Schaum von meinem weißen, hochgezwirbelten Schnurrbart wischte, hörte ich den aufgeregten Ruf eines Postens.

»Ciron«, bat ich, »seht nach, Ritter, was es gibt. Ihr habt die schärferen Augen und Ohren.«

»Ich eile, Fürst der Stunden!« rief er im Laufen zurück, entzündete eine Fackel und rannte auf den Posten zu. Ich stand von dem knarzenden Klapphocker auf und dachte an Überfälle, Wölfe oder anderes. Mit wenigen Handbewegungen wies ich, langsam vom Licht der Feuer weggehend, meine Männer an. Sie trugen noch Harnische und Teile der Rüstungen; bald sah ich in jeder Faust eine Waffe.

»Beruhigt euch!« rief Ciron aus der Dunkelheit. »Keine Gefahr. Ich brauche warmes Wasser.«

»Kessel aufs Feuer!« schnarrte Cadenet. Die Diener und Pagen sprangen zur Quelle und schleppten den Kessel. Ich ging auf die Geräusche zu und sah nach zwanzig Schritten Ciron, der mit einer Gestalt in den Armen auf mich zukam.

»Castor hat eine Frau gefunden, mehr tot als lebendig«, sagte er ruhig. Er ging an mir vorbei, ich warf einen Blick auf die armselige Gestalt, in schmutzige Lumpen gekleidet und voll getrocknetem Blut. Ich sah noch einen Sturzbach langer, roter Haare, dann verschwand Ciron in unserem Zelt und bettete die Frau auf mein Lager. Ich packte Castor an der Schulter.

»Was ist passiert? Woher kommt die Frau?«

»Ich bin entlang des Pfades gegangen. Dort ist noch eine Ruine, daneben ein Schlammtümpel. Die Spuren von Feuern. Man muß sie geschlagen und in den Dreck geworfen haben. Sie kroch auf den Pfad, als sie meine Schritte gehört hat. Sie wimmert und stöhnt.«

»Gut gemacht, junger Ritter«, sagte ich, lief zu meinem Gepäck und riß die Satteltaschen an mich. Inzwischen hing der rußgeschwärzte Kessel über der Glut. Ciron entfernte die Lumpen von dem Körper der Frau. Ich hob die Lider der Stöhnenden, tastete über ihren Kopf und lud die Druckluftspritze mit einem betäubenden und aufbauenden Mittel. Ich setzte die Düse an und injizierte ihr das Medikament.

»Es scheint nichts gebrochen zu sein«, sagte Ciron. Ich nestelte den »Schaugroschen« von meinem Hals und zog ihn unter dem Brustpanzer hervor, legte ihn der Frau auf die Brust. Dann säuberte ich ihr Gesicht mit einem bakterientötenden Reinigungsmittel und weichem Stoff. Ein schmales, gut geformtes Gesicht kam zum Vorschein. Die Haut war übersät von Flohbissen, die sich entzündet hatten, von Schorf und blutunterlaufenen Stellen. Langsam ließ ihr Stöhnen nach.

»Eines der Opfer durchziehender Soldaten«, meinte Cadenet. Er brachte Tücher und einen Metallkrug heißes Wasser. Er goß ihn in eine Schale und rückte den Klapptisch ins Licht der falschen Kerzen. Ciron hatte die Frau entkleidet, raffte die Lumpen zusammen und trug sie mit spitzen Fingern zum Feuer, nicht ohne sie vorher zu untersuchen. Dort verbrannten sie stinkend; ich zog eine Decke über den Körper und schüttelte den Kopf.

»Fünfundzwanzig Jahre«, brummte Cadenet. »Ein schönes Weib, parbleu!«

»Ein verprügeltes Weib«, verbesserte ich und fing an, sie mit dem warmen Wasser zu säubern. Gleichzeitig tastete ich die Knochen ab. Die Schmerzlaute wurden nicht deutlicher, sondern leiser, und noch während wir Salbe auf Schnittwunden auftrugen, Platzwunden reinigten und Bioplast daraufsprühten, schlief die Namenlose ein.

»Das Haar!« sagte der alte Beaumonter. »Es lebt förmlich.«

Er meinte nicht die Farbe, sondern die unappetitlichen Tierchen darin. Ich winkte ab. Wir untersuchten und versorgten sie vom Kopf bis zu den Zehen, dann drehten wir sie und fuhren fort, mit Binden und Pflastern und weißer Salbe hantierend.

»Falsch ernährt, geprügelt, vielleicht vergewaltigt, halb erfroren, fiebernd und gerade deshalb voller Lebenswillen«, sagte ich schließlich. »Ein Zufall, daß Castor sie fand. Morgen wäre sie vielleicht an Erschöpfung gestorben.«

»Sie ist in guten Händen, sehe ich«, bemerkte Jeannot Cadenet und trug die schmutzigen Tücher und das Wasser hinaus. Ciron und ich verständigten uns mit einem langen Blick. Dann hob er den Kopf der Schlafenden an. Ich versuchte, das verfilzte Haar zu kämmen, und zog schließlich das Vibromesser aus dem Stiefelschaft. Das Haar war fast hüftlang; ich kürzte es, so gut ich es verstand, dann mischten wir eine gelbgraue Brühe zusammen und legten, nachdem wir das Haar damit eingepinselt hatten, eine Mütze um den Kopf. Ich maß Temperatur und Puls und grinste zufrieden.

»Die robuste Natur der Barbaren im Verein mit unserer Kunst und arkonidischer Medizin – morgen früh wird sie wie ein Reh herumspringen.«

Ciron machte eine unanständige Geste, die er von den Armagnacs gelernt hatte, und sagte: »Du wirst übermütig, Antal. Sei froh, wenn sie in fünf Stunden aufwacht und weiterlebt. Sie hat Schlimmes hinter sich. Noch ist sie mehr tot als lebendig.«

Ich zog Handschuhe an, als ich das abgeschnittene Haar zum Feuer trug und in die Glut warf. Dann verwendete ich den Inhalt von drei verschiedenen Kapseln dazu, einen einigermaßen wohlschmeckenden Aufbautrank zusammenzustellen und mit heißem Wasser zu einer Suppe aufzugießen. Angeblich weckte er Tote auf; mit Sicherheit führte er einem erschöpften Organismus eine Vielzahl von Aufbaustoffen zu. Ich benutzte die Mischung selbst – in der Kuppel, als Aufbaunahrung. Im Zelt setzte ich mich in den Feldstuhl, hielt die Suppe im Glutbecken warm und schlief. Einige Stunden später weckten mich ein leises Wimmern und aufgeregtes Atmen. Ich murmelte:

»Ganz ruhig. Du bist in besten Händen. Hunger? Durst? Du hast tief geschlafen.«

Langsam kam die junge Frau zu sich. Sie nickte, als ich ihr eine Schale an die Lippen setzte. Sie trank mehr als einen Krug der heißen, wohlschmeckenden Flüssigkeit und richtete sich stöhnend auf. Langsam bewegte sie die Hand und zog mit langen Fingern den Zellaktivator unter der Decke hervor.

»Gehört nicht mir«, sagte sie undeutlich. Ihre Augen irrten umher. Sie hatte Mühe, sie auf einen festen Punkt zu heften. Ich nahm ihr den Schaugroschen aus der Hand und legte ihn zurück zwischen ihre Brüste.

»Gehört mir«, antwortete ich. »Verstehst du? Du bist in Sicherheit. Bei Antal und seinen Leuten. Wir haben dich gefunden.«

»Ich bin Monique«, sagte sie undeutlich. Ich ließ sie wieder auf das harte Kissen zurücksinken. »Danke.«

Sie schlief wieder ein, und bis zum Morgengrauen ließ ich den Aktivator auf ihrer Brust. Ich hoffte, daß dieses Gerät ihr so half, wie ich es beabsichtigte. Ich warf mich auf Cirons Lager, schlief ein paar Stunden und suchte aus unseren Vorräten verschiedene Kleidungsstücke heraus. Natürlich Männerkleidung, aber was für Jeanne d'Arc galt, war notgedrungen auch hier angebracht.

In unserem kleinen Lager herrschte die wortkarge Geschäftigkeit eines klammen Morgens, als ich die Leinwand des Zelteingangs zurückschlug. Gerade wurden die Pferde vor die Kanone geschirrt.

»Cadenet! Rogeron! Die Diener sollen zwischen Rohr und dem ersten Wagen meine Hängematte befestigen. Ich glaube kaum, daß Monique reiten oder gar gehen kann.«

»Verständlich. Wir haben die Stelle noch mal mit Fackeln abgesucht. Es können Engländer gewesen sein. Aber wir sind nicht sicher. Zwei Tote lagen im Busch.«

»Ich hab's vernommen. Und jetzt: ein Frühstück für tatendurstige Männer«, forderte ich sie auf. Es gab heißen Tee, Brot, Speck und Eier und Apfelringe in Zimt, Honig und Rotwein, was die Truppe munter machte, sie ihr Frösteln vergessen ließ und gute Laune in alle Mienen zauberte. Monique wachte auf und aß mit bemerkenswertem Appetit. *Ein gutes Zeichen,* wie der Logiksektor bemerkte. Kurz bevor wir aufbrachen, ging ich ins Zelt. Sie war völlig wach. Ihre blauen Augen strahlten, aber ihr Gesicht war eine einzige Maske der Abwehr und des Mißtrauens.

»Guten Morgen«, sagte ich. »Die Sonne wird auch auf die Kerle scheinen, die dich mißhandelt haben.«

Zunächst schwieg sie. Sie musterte mich durchdringend vom Helm bis zu den Sporen.

»Eine Frau«, sagte sie in gutem Französisch und mit resignierter Stimme, rauh vom Schlaf, »gilt weniger als ein Hund. Was willst du von mir? Ich habe nichts mehr. Meinen Körper? Kannst du haben. Schlag mich nachher wenigstens richtig tot.«

Ich lachte sie an und entgegnete in falscher Fröhlichkeit: »Die ganze Nacht habe ich mir Mühe gegeben, deinen Körper zu heilen. Hundert Pflaster und Binden. Ich hätte es einfacher haben können, Jungfer Monique. Es wird Zeit, daß du die Kappe vom Kopf nimmst und die toten Läuse aus deinem herrlichen Haar kämmst. Kannst du gehen?«

Ich zeigte auf die Kleidung. Sie blickte verwirrt im Zelt umher. Sie glaubte nicht, was sie sah, und aus Unsicherheit wuchs noch größeres Mißtrauen. Ich versuchte ihr zu helfen.

»Wir sind aus dem Süden. Wir werden für Orléans kämpfen. Wir sind keine Engländer, keine Armagnacs, keine Bourgogner. Wir sind die einzigen liebenswerten Italiener in diesem Land. Wir fanden dich, halfen dir, und wir wollen nichts dafür. Glaub's oder nicht. Mit unseren *ecus* und *livres* können wir die teuersten Soldatendirnen kaufen, die es zwischen Calais und Clermont gibt. Du scheinst viel Unglück kennengelernt zu haben. Jetzt hast du Glück gehabt. Wart's ab. Niemand rührt dich an. Ich frage noch mal: Kannst du gehen?«

»Ich versuch's. Dein Name?«

»Antal di Belmonte, Herr der Zeit, Graf von Beaumont – ich habe eine Handvoll schlechter Namen und ein gutes Herz.«

Sie schüttelte sich und sagte »Männer« in einem Tonfall, daß ein anderer als ich in den Boden hätte versinken müssen. Sie blickte an ihrem Körper hinunter und sah die unzähligen Pflaster. Ich half ihr zuerst, und als ich sah, daß sie sich – zwar ächzend und stöhnend – selbst anziehen konnte, verließ ich das Zelt und bereitete unter den Augen der ungeduldigen Männer das Waschwasser für ihre Haare vor, Tücher und alles andere. Kaum war sie aus dem Zelt gekommen, riefen ihr die Männer fröhliche Scherze zu. Das Zelt wurde abgebrochen und verladen. Jetzt erst bemerkte sie, daß ihr Haar geschnitten worden war. Die Reiterstiefel und die weiten Hosen, Hemd, Wams und Mantel, paßten ihr nicht übel. Sie wusch das stinkende Zeug aus dem Haar, trocknete es, und Ciron brachte ihr eine Mütze aus Lammfell. Er sprach leise auf sie ein, hob sie hoch und trug sie zur Hängematte. Dann nahm er den kleinen Krug aus seiner Satteltasche, ließ sie vier tiefe Schlucke nehmen und erklärte:

»Wenn dieser Ritter Antal sich schlecht benimmt, sag es mir. Ich bin sein Freund und werde ihm dann ernsthafte Vorhaltungen machen.«

Er verwirrte sie abermals, aber der Trunk wirkte. Sie schlief ein, als wir kaum drei Bogenschuß weit vom Lagerplatz entfernt waren. Die Felgen der Räder mahlten leise auf dem Gras, das in den Fahrspuren des Weges wuchs und wucherte. Weit vor uns sahen wir den Rauch eines einzelnen Feuers. Wir erreichten schließlich das Weichbild der Stadt. Ich suchte einen bewaldeten Hügel aus, ließ das Lager aufschlagen und die Kanone auf die verschiedenen Ziele schwenken. Zu Rogeron sagte ich:

»Ciron ordnet an, was zu tun ist. Wir stehen in Verbindung. Ich reite nach Orléans und sehe mir alles aus der Nähe an. In sechs Tagen bin ich wieder hier; ein paar Stunden später schon, wenn es sein muß. Bereitet euch darauf vor, die eine oder andere Bastille der Engländer zu treffen.«

Cadenet sagte in störrischem Tonfall: »Ich gehe mit dir! Und Christopher ebenfalls.«

Letzterer war einer der ältesten »Armagnacs«. Er wollte wohl noch einmal das Sirren der Armbrustbolzen hören. Ich nickte überstimmt.

»Einverstanden! Los! Reiten wir zur Jungfrau.«

Ich wandte mich an Monique und schaute sie ohne Lächeln an. Sie war noch geschwächt, und der Schock wirbelte sie zwischen ungläubiger Ablehnung und hoffnungsvoller Verwunderung hin und her.

»Lauf nicht weg, Mädchen!« sagte ich leise. »Ich bin bald zurück, und dann wickeln wir gemeinsam die Binden von deinem Körper!«

Mit drei Streitrössern und zwei Packpferden, gefolgt von Castor, unserem Pagen, galoppierten wir hinunter, auf die zehn Loire-Inselchen und die Stadtmauern zu. Wir befanden uns auf der Südseite, also im Gebiet der Belagerer. Wir stoben nach rechts davon, hielten uns außer Sichtweite der Engländer und schafften es, nahe Chécy, drei Stunden vor dem ersten englischen Fort, eine Furt zu finden und uns einem Grüppchen von dreißig Lanzenreitern anzuschließen. So kamen wir in die Stadt hinein; wir wunderten uns mehr und mehr über diese seltsame Art der Belagerung. Immerhin. Die Bewohner der Stadt gaben den Soldaten Essen und Quartier und öffneten willig Ställe und Schenken. Am frühen Abend gingen wir durch die Gassen und fragten uns zum Haus des Jacques Boucher durch, des Schatzmeisters des Herzogs von Orléans. Es lag unweit der Porte Regnard. Dort wohnte Jeanne; von einem Alkoven des Nachbarhauses konnten wir den Belagerungsring gut einsehen. Am Morgen des vierten Mai verbreiteten sich Aufregung, Lärm, Geschrei und Waffengeklirr abermals in der Stadt, die vor Spannung ohnehin schier barst.

»Dunois! Der Konvoi aus Blois! Sie kommen! Zu den Waffen. Die Engländer werden angreifen!«

Cadenet, Christopher, Castor und ich teilten uns ein Zimmer im Dachgeschoß eines schmalbrüstigen Hauses. Wir brauchten nicht lange, um uns gegenseitig in die Rüstungen zu helfen. Castor polterte die Treppe aus rissigen Bohlen hinunter, um die Pferde zu satteln und ihnen die Teile der Panzerung anzulegen. Unsere gesamte Ausrüstung, eine abenteuerlich geschickte Mischung zwischen Arkon-Technik und zeitgenössischen Formen, weitaus weniger schwierig zu handhaben und, was niemand merken konnte, sehr viel leichter und um den Faktor fünf besser, war stets Mittelpunkt des Interesses. Mein neuer »Freund«, La Hire, konnte sich nicht satt sehen daran. Das war ein Mann nach meinem Geschmack – ein Saufaus und Polterer, unter dessen Händedruck die Knochen splitterten und der, wenn er auf den Tisch schlug, die Kanten abbrach, grob gesprochen. Wir trafen auf ihn, als wir inmitten einer schreienden, auskeilenden, schwitzenden und rasselnden Menge von Bewaffneten versuchten, ohne blaue Flecken das Tor zu erreichen.

»He, Antal! Paß auf, daß du die Pfaffen nicht umreitest!« dröhnte er und riß am Zügel. Sein Pferd bäumte sich auf und verschaffte ihm mit wirbelnden Hufen Platz. »Es sind unsere!«

»Die Hölle vergebe dir deine ruchlose Rede!« schrie ich zurück. »Die Ritter mit den Eutern und Hörnern, die du angreifst, sind Kühe, keine Engländer.«

Rinder, Schweine und Schafe, Fleisch also, das »auf dem Huf« transportiert wurde, bildeten den Hauptbestandteil der Marschkolonne. Sie näherte sich flußaufwärts auf dem Nordufer von Westen und benützte die Straße, die zwischen den englischen Lagerteilen La Croix Boisée und dem südlich davon gelegenen Hauptlager entlangführte. Herausfordernd leichtsinnig! Wäre ich Engländer, würde ich fette Beute machen und das kleine Heer in die Loire treiben. Hunderte Berittene quollen aus dem westlichen Tor. Die Engländer rüsteten sich und bauten zwei lückenhafte Linien auf. Uns näherte sich eine Kolonne, die selbst die Phantasie eines Betrunkenen nicht exotischer hätte ersinnen können. Ich hatte mit unzähligen geredet und wußte, wie die Dinge standen; trotzdem sträubten sich die Enden meines Bartes.

Soldaten zu Fuß und zu Pferde. Kühe, Ochsen und blökende Kälber, Schweine in großer Anzahl, hinkend und qiekend, weil sich Schnüre von ihren Hinterbeinen spannten, Schafe, in Wolle und geschoren, dumpf auf zierlichen Hufen dahintrottend, dazwischen Priester mit hochgereckten Fahnen. Nicht nur die Priester, auch die Soldaten sangen kirchliche Lieder. Zwischen diesem Wirrwarr schwer gepanzerte Ritter mit aufgereckten Lanzen. Ich stieß ein Lachen aus, sah mich nach meinen Freunden und La Hire um und winkelte den Arm an.

»Ciron! Zwei fabelhafte Schüsse ins Hauptlager und nach La Croix. Lade die Geschosse, auf denen ›Verwirrung‹ steht.«

»Verstanden, chef de guerre«, gab er zurück. »Sonst alles in Ordnung?«

»Die Franzosen müssen gewinnen«, murmelte ich eindringlich, »weil sich die von der feuchten Insel totlachen.«

Wir preschten in zwei langen, doppelten Reihen abseits der Straße auf die Spitze des Zuges zu und schoben uns zwischen die Engländer und diesen erstaunlichen Konvoi. Irgendwo hinter uns, die Flagge voller heiliger Symbole in der Hand, galoppierte Jeanne d'Arc. Als wir das erste Drittel des Zuges erreicht hatten, sah ich die Detonation rechts von uns, und etliche Herzschläge später drang der schmetternde Krach des ersten Abschusses an meine Ohren.

Schafe, Söldner, Ochsen, Priester, Schweine, Panzerritter, knarrende Wagen, Banner, eine Wolke aus infernalischem Gestank und eine durchaus sichtbare Wolke aus Staub und Schweiß von Mensch und Tier bildeten die Zone, in die wir einritten. Selbst die Schlachtrösser scheuten und bissen schäumend auf die Kandare.

Das Geschoß streute kleine Kugeln aus federndem Kunststoff, betäubende und übelriechende Gerüche aus. Die Engländer, die bisher verblüfft auf dieses seltsame Heer gestarrt hatten, gerieten in Aufregung. Pferde gingen durch und warfen die Reiter ab. Im Tempo der langsamsten Teilnehmer, also der Schafe, wälzte sich der Konvoi auf die Stadtmauern zu, die mit Frauen und Männern übervölkert waren. Sie alle schrien und schwenkten Tücher und Fahnen.

Die zweite Explosionsladung brachte ein chaotisches Durcheinander und eine Orgie lautstarker Verwirrung in das ummauerte und von Palisaden umstandene Lager der Engländer. Unsere Soldaten brauchten nicht einzugreifen und fluchten vor Enttäuschung. In ihre schauerlichen Flüche mischte sich die scharfe Stimme der Jungfrau, die ihrerseits die Soldaten beschimpfte: Die Flüche waren weder gottesfürchtig noch hörenswert für die Ohren der Anführerin. Die Soldaten gehorchten und schwiegen, und Jeanne preschte an mir vorbei, auf einen Mann zu, den sie »Pasquerel« gerufen hatte.

Die Worte, die Jeanne gebrauchte, waren von unüberhörbarer Schärfe und, wahrlich, von volkstümlicher Direktheit. So redete man mit Bauernknechten. Jeder Satz, den sie aussprach, wirkte auf die rauhen Männer wie ein Knüppelhieb. Sie duckten sich und machten gehorsame Gesichter; kein Murren und keine Widerrede. Sie glaubte an sich, und damit überzeugte sie nahezu alle anderen.

Nicht allzu lange Zeit später schloß sich hinter den letzten Nachzüglern das krachende Balkenwerk der Tore. Blaß, fröstelnd und von der eigenen Reaktion überwältigt, blickten die Engländer hinüber zu den Mauern, Türmen und dem Rauch, der von jenen Rosten aufstieg, auf denen Fleisch gebraten werden sollte.

Im vagen Schatten der Kathedrale trafen wir uns wieder. La Hire zerrte sich den Helm vom Kopf und spuckte auf das schmutzige Stück Pflaster neben dem Korb einer Wäscherin.

»Kommst du heute zu mir, Antal? Ich saufe gern mit Italienern. Sie haben guten Wein, aber keine Kultur.«

Ich klappte das Visier hoch, grinste ihn heiter an und entgegnete laut: »Wenn dein Wein so gut ist wie die lose Rede, die du und deine Freunde pflegen, wenn die Mieder der Bürgerstöchter so gut gefüllt sind wie deine Becher und dein Quartier so gemütlich wie der Kampf gegen die Engländer ...«

Er saß vornübergebeugt im Sattel und lachte, bis ihm die Tränen über die unrasierten Wangen rollten. Unruhig bewegte sich sein Pferd.

»... dann komme ich gern mit meinen Freunden!« sagte ich. »Um die achte Stunde?«

»Vielleicht ist die Pucelle bei uns. Dann müssen wir anständig sein!« sagte er weitaus leiser. »Besonders tödlich war der Waffengang eben nicht gerade, wie?«

»Ich sagte es schon«, gab ich zurück. »Ihr Franzosen habt's leicht. Die Engländer lachen sich tot. Das erspart den Schwertfegern und Feldschern viel Arbeit.«

Er wischte sich die Lachtränen aus dem Bart und rief: »Ihr seid doch die Lustigsten in der Stadt.«

Er riß sein Pferd herum und galoppierte rücksichtslos durch die Menge davon. Ich trabte weitaus behutsamer in die Richtung unseres Quartiers und stieg gerade aus dem Sattel, als ich auf den Stufen, über den Köpfen einer begeisterten Menge von Stadtbürgern, die Jeanne sah. Sie trug eine kleine, aber schwere Männerrüstung, und ihre Fahne lehnte mit zusammengerolltem Tuch neben der offenen Tür. Sie blickte mich, wie schon vorher einige Male, mit hellen Augen an. Dann winkte sie und zog sich langsam die Kettenhandschuhe aus.

»Du kommst von weit her, nicht wahr? Gott hat dich geschickt, um Frankreich zu helfen!«

Sie sagte es so, als ob sie keinen Zweifel daran hätte. Ich nickte und antwortete nicht. Sie deutete auf mich und sagte prophetisch: »Die Stimmen sagen es mir. Du sollst die Messe miterleben, und dann bist auch du unverwundbar. Ich bin sicher, daß die Belagerung bald aufgehoben wird.«

»Wenn wir mutig kämpfen, uns nicht verzetteln und vor dem Kampf ebenso klug handeln wie in der Schlacht«, versetzte ich, höchst seltsam berührt, »siegen wir. Das ist unumstößlich.«

Ich lächelte ihr kühl zu und ging durch die Tür, die Cadenet mir weit offenhielt. Halbverrückt oder nicht, in religiösem Wahnsinn verfangen oder von der Welle der Begeisterung, Anbetung und Hysterie in sich selbst gesteigert und maßlos selbstüberzeugt – dieses Mädchen besaß eine Ausstrahlung, die selbst mein skeptischer, sarkastischer Verstand nicht wegwischen konnte. Sie zog Menschen in ihren Bann. Nicht alle, hoffte ich und kletterte die halsbrecherische Stiege hinauf. Cadenet und Rogeron blickten mich schweigend an. Sie waren ebenso verblüfft wie ich.

»Wahnsinn regiert die Welt!« Rogeron stöhnte und schnallte sich die Beinschienen ab. Ich ließ, um eine treffende Antwort ringend, das Schwertgehänge klirrend fallen und hängte den Helm auf einen hölzernen Zapfen an der Wand.

»Sie wird ein böses Ende nehmen!« sagte ich schließlich. »Denkt an die aufflammenden Lichter am Nachthimmel. Winzig klein, dann riesenhaft und gleißend und schließlich ausgeglühte Asche.«

»Das Volk verehrt sie. Deshalb ist sie wichtig. Das Volk wird sich erheben, und vielleicht berührt der Dauphin dann auch den Griff seines Schwertes.«

Hatten sie den Zynismus etwa von mir gelernt? La Hire sicher nicht, sagte ich mir, und wenn ich an den kommenden Abend dachte, schwankte ich zwischen echter Freude und erheblicher Unsicherheit.

La Hire, so nannten ihn alle, stets mit Ehrfurcht. Ein riesenhafter, breitschultriger Mann, ein Gascogner aus Bigorre, mit einer beschädigten Hüfte. Die Trümmer eines heißen Kamins waren auf ihn gefallen, als er, trunken und schnarchend, schlief. Er hinkte; sein Fuß setzte sich dröhnend und hart auf wie jener Holzstempel, mit dem Pflastersteine in den Grund gerammt wurden. Seine Feinde wurden bleich, wenn sie hörten, daß er gegen sie anritt. Man nannte ihn auch den erbarmungslosen Hauptmann aller Armagnac-Schweine. Er war eine Erscheinung von furchterregender Unübersehbarkeit. Er kämpfte fast nur vom Sattel aus, dies aber tat er mit Ingrimm und wahrer Raserei. Es war unkompliziert und schwer, sein Freund zu sein. Man mußte nur so sein wie er oder sehr ähnlich. Natürlich litt er unter seinem Defekt, und das machte ihn um so gefährlicher. Kirchen betrat er nur, um den Matronen in die Mieder zu spähen, und seine Flüche beschränkten sich, obschon von obszönem Erfindungsreichtum, auf wenige Teile des Körpers und die Ausrufung bizarrer und schwer möglicher verwandtschaftlicher Beziehungen. Betrat Jeanne d'Arc den Raum, wurde er sanft wie ein frierendes Lämmlein. Ich schätzte ihn, weil er offen und direkt war und unter seinesgleichen jeden Spaß verstand, aber für mich blieb er eine Gestalt, die auf direktem Weg aus phantastischen Legenden der Urzeit herausgetreten war. Seine Zunge war nicht nur pöbelnd, sondern auch ein überfeines Instrument, wenn es um Cidre und Wein ging. Er hob seinen Pokal – »die knabenliebenden Earls haben gute Silberschmiede, wohl?!« – und sagte halblaut: »Kämpft ihr etwa anders als wir, Grenzjäger?«

Christopher hob die Schultern und sagte geschäftsmäßig: »Ja und nein, Signore, Feldherr. Wir kämpfen höchst ungern. Lieber sitzen wir beim Wein oder liegen bei unseren feurigen Mägden. Wenn wir kämpfen müssen, lassen wir uns in Zorn bringen, und dann hören wir nicht eher auf, als bis der Gegner oder wir in Fetzen gehauen sind. Behagt Euch die Antwort, *commendatore?*«

Wir saßen neben einem kräftig lodernden Kamin in seinem Haus. Ein Tisch von monströsen Ausmaßen war mit Bechern, Krügen, Speisen und Abfällen übersät. Die Frauen, die um uns scharwenzelten, wirkten nicht so, als würden sie unter den eindeutigen Blicken der Söldner schüchtern werden.

»Ein Mann meiner Art«, sagte er und rülpste sehr laut. »Ihr müßt wissen, daß ich aus Verzweiflung kämpfe, saufe und ...«

»Schon verstanden«, sagte ich und duldete nicht ungern, als sich eine Braunhaarige auf meine Knie setzte. »Verzweifelt? Warum?«

Plötzlich wurde er ernst. Wir saßen und redeten schon zwei oder drei Stunden. Draußen versuchten die Bürger der Stadt, zusammen mit Dunois und Jeanne, ein Außenfort der Engländer zu stürmen. Für eine solche Bagatelle, schrie La Hire, der Rammbock, gäbe er sich nicht her. Er brauchte Gegner, keine Opfer. Er fuhr leiser und mit völlig verändertem Gesichtsausdruck fort. Er sah uralt aus; sein Gesicht verfiel, während er tief in seinen Erinnerungen grub und seine innersten

Empfindungen auszusprechen versuchte. Die Stunde war richtig. Er vertraute uns, weil er uns als seinesgleichen erkannte – was in diesem Augenblick mehr als ein Kompliment war.

»Warum? Warum verzweifelt? Ich sage es euch, ihr hirnlosen Ausländer. Ich kenne dieses Land besser als jeder andere. Ich habe hinter jedem verdammten Baum mein Wasser abgeschlagen, der zwischen den Grenzen steht. Ich habe in jedem dritten Weiler gekämpft. Ich habe ungezählte in den Tod geschickt. Ein reiches, wunderbares, herrliches Land. Und was seht ihr? Es ist verdorrt. Verwüstet. Leer. Arm. Jeder, der ein Schwert halten kann, bereichert sich. Wir haben zweihundert Throne und keinen, der Manns genug ist, laut zu sagen: Das ist mein Land, ich habe die Macht! Alle gehorchen mir! Jeder, der nicht für ein großes, fruchtbares und einiges Frankreich ist, in dem man einem gehorcht, ein Lied singt, eine Sprache spricht, der ist gegen uns, und den vernichten wir. Alles gibt es, von golddurchwirkten Stoffen bis zum stinkenden Fisch an den Küsten. Hundert blöde Bastarde, die Angst vor ihren eigenen Darmwinden haben, wollen herrschen. Jeder macht Pakte mit jedem, und kaum ist die Tinte trocken, werden sie gebrochen.«

Er richtete einen Blick von abgründiger Trauer auf mich und ächzte: »Was soll man tun? Sich selbst entleiben des Elends wegen? So alt bin ich nicht. Also versuche ich, so gut ich es kann, einem einzigen Mächtigen zu dienen. Denn ... selbst ein Kretin, der über ein einziges, gutes Land gebietet, ist besser als ein Dutzend feiner und edler Kreaturen, die sich um dieses Land streiten.«

Eine Philosophie wie eine Lawine, bemerkte anerkennend der Logiksektor. *Einleuchtend, knapp und klar. Noch ein paar von dieser Art, und das Land ist gerettet.*

In dieser kurzen Zeit faßte ich den Entschluß, mehr als nur ein kühler Beobachter zu sein. Ich packte meinen Pokal, hob ihn und blickte in die gelben Augen des Gascogners.

»Das war ein gutes Wort, Etienne de Vignolles. Du bist ein guter Mann. Ich bin es auch, meine Freunde nicht weniger. Du hast ausgesprochen, was wir denken.«

»Meinst du das im Ernst, Kerl?« keuchte er drohend. Ich nickte völlig ernst und überzeugt.

»Was kannst du von mir mehr verlangen als Ehrlichkeit, du Schlächter mit dem zarten Gemüt?«

Er spuckte ins Feuer. »Hol das braune Zeug aus der Normandie. Jetzt fängt der Abend erst richtig an, Freunde. Morgen oder übermorgen legen wir die Tourelles um, wie?«

»An uns soll's nicht liegen, Grobian«, sagte Cadenet ruhig. »Und wenn du meinen Freund noch einmal ›Kerl‹ nennst, trete ich dir in die andere Hüfte.«

La Hire sprang auf, umrundete den Tisch und umarmte feierlich, mit der Kraft eines Zyklopen, nacheinander einen jeden von uns. Er war tief gerührt und zerdrückte die eine oder andere Träne. Natürlich hatte er völlig recht, aber auch er konnte nichts ändern. Er sah ein, auf seine seltsame Art, daß Jeanne ein Werkzeug sein konnte oder tatsächlich war, ein Hebel, der das Weltbild kippte und eine starke Zentralgewalt schuf, von der das Land in nicht allzu ferner Zukunft zu einem starken Staat geformt werden konnte. Mir tat er ebenso leid wie Millionen anderer Menschen. Ich leerte meinen Pokal und sagte:

»Man wird sehen, Etienne. Vielleicht ist Orléans ein Signal. Jedenfalls werden wir in einer Handvoll Tagen die Engländer vertrieben haben.«

Er trank einen gewaltigen Schluck des Branntweins, bekreuzigte sich und stöhnte: »Mit Jehannes Hilfe!«

Während außerhalb des Burgundertors die hundertfünfzigköpfige Besatzung des Forts Saint-Loup niedergehauen oder gefangengenommen wurde, während das Fort fiel, am Vorabend des Feiertages Christi Himmelfahrt, zechten wir und schäkerten mit den Frauen. Im Morgengrauen wankten wir in unser Quartier und brauchten unendlich lange, die Treppen hinaufzukommen. Ich glaubte, die Barbaren verstehen zu können. Diese Nacht bewies mir wieder, daß dies schwer, wenn nicht unmöglich war. Ich verstand mich selbst manchmal nicht.

Einige nahmen ihr übel, daß sie Männerkleidung trug, andere wollten nicht gehorchen, weil sie weder ein Mann noch von adeliger Geburt war, aber die Mehrzahl des Volkes glaubte ihr. Sie hob die Herrschaft des Königs auf ihr Banner, ebenso wie die Gottes, und die Bauern und Städter wollten nichts anderes. Jeanne d'Arc selbst versuchte sich mit den kriegerischen Rittern zu identifizieren. Ich war überzeugt, daß sie nicht einen Herzschlag lang simulierte. Sie meinte es absolut ehrlich; sie war gar nicht in der Lage zu heucheln. Das paßte ins Bild, das wir von ihr hatten. Am sechsten Mai, dem Tag der heiligen Gundula und des heiligen Markwart, öffneten sich für rund dreitausend Mann die Tore. Wir attackierten die Bastille Saint-Jean-de-Blanc. Die Befestigung am südlichen Ufer war nur über eine der vielen Inseln anzugreifen. Wir hatten zwei wuchtige Boote mit Balken und Brettern verbunden und so eine schwimmende Brücke geschaffen.

»Reichlich spät!« knurrte La Hire. »Wir knacken mit einem großen Hammer eine kleine Nuß!«

»Erspart uns viele Tote!« rief Gilles de Rais, einer der vielen seltsamen Männer in diesem Haufen. Johanna ritt in unserer Mitte, vollständig gerüstet, ihr Banner in der Hand. Weißer Stoff, bemalt mit Engeln, einem Regenbogen, mehreren Gestalten, den Namen Jhesus und Maria, einer weißen Taube und einem weiteren Spruch – *de par le Roy du Ciel,* im Namen des Himmelskönigs – flatterte halbdurchsichtig im kühlen Morgenwind. Cadenet und ich ritten neben Florent d'Illiers, einem weiteren Truppführer. Wir trabten auf der Straße nach Chécy, während die Fußsoldaten die Brücke in Stellung brachten.

Jeanne rief mir zu: »Heute werden wir wieder siegen! Für Gott und den zukünftigen König!«

»Wir sind in gewaltiger Übermacht«, gab ich zurück. Als die Planken von den Bootsrändern aufs Ufer krachten, rannten schwerbewaffnete Soldaten hinüber, und in der Masse der nachströmenden Söldner entstand eine schmale Gasse.

Halbkreisförmig drangen die Soldaten unter anfeuernden Trommelschlägen vom Ende des Pontons aus vor. Die Befestigung war nur klein. Mehr als zweihundert Männer konnten sich dort schwerlich aufhalten. Aber jetzt bekam der Angriff wieder eine Eigengesetzlichkeit, die nichts mehr mit Organisation zu tun hatte. Die Jungfrau setzte die Sporen ein, galoppierte halsbrecherisch den Hang abwärts und durch die Mitte der Truppen. Wildes Geschrei begleitete ihren mutigen, aber sinnlosen Vorstoß. La Hire grollte:

»Hinterher! Sie gefährdet sich selbst.«

Wir folgten: Christopher, Cadenet und ich. Die Pferde zögerten, als ihre eisenbeschlagenen Hufe die Planken berührten, aber die dichte Menschenmauer an beiden Seiten, ein lebendes Geländer, vermochte sie zu beruhigen. Als wir einzeln das Ufer der Insel erreicht hatten und auseinanderritten, befahl ich halblaut in das Mikrophon des Armbands:

»Jetzt, Ciron!«

Wir hatten uns genau abgesprochen. Zwischen dem gegenüberliegenden Ufer des Flusses und der Insel existierte eine Furt, für die man keine Planken benötigte. Hinter uns gab es ein furchtbares Gedränge, als weitere Hundertschaften die schwankende Brücke betraten und die vorderen nicht schnell genug die kleine Insel überqueren konnten. Ein Wald von Lanzen starrte nach allen Seiten in die Luft. In der nebligen Frühe ertönte ein hohles Kreischen, und eine gewaltige Explosion sprengte Teile der Befestigung auseinander, warf Flammen und eine Rauchsäule hoch, verwandelte einige Erdwälle in einen dunklen Regen aus Geröll und Schlamm, der wie ein Pilz in die Höhe wuchs und auf uns herabrauschte. Steine prasselten auf Schildern und Panzern, als wir weitergaloppierten, die Tiere wieder unter Kontrolle brachten und auf das brennende Dach des Forts losstoben. Die ersten Engländer flüchteten. Pfeile und Armbrustbolzen kamen aus den Verschanzungen herausgeheult. Keiner traf Jeanne, die einige Schritte vor uns ritt und völlig schutzlos war. Noch trug sie die knatternde Fahne und hatte ihr Schwert nicht gezogen.

Noch mehr Engländer, die den Angriff wohl erwartet hatten, rannten aus den Toren und zwischen den Gräben hervor. Sie flüchteten in die Bastille des Augustins, die eines der Schanzwerke am südlichen Ende der langen Brücke war, unterhalb der Tourelles. In meinem Rücken dröhnten die Abschüsse von schweren Hakenbüchsen. Mauerbrocken und Mörtel wurden herausgerissen, sterbende und tote Engländer fielen zwischen den Zinnen hervor. Eine starke Gruppe zog sich zurück, als wir vor den ersten Palisaden auftauchten und über die Gräben und Wälle setzten. Die Hufe der Pferde schleuderten schwere, nasse Brocken auf die Köpfe und Schultern der Nachstürmenden. Die zurückflutenden Engländer verteidigten sich tapfer, und der Pfeilhagel ließ nicht zu, daß wir näher kamen. Aber Johanna spornte das Pferd, galoppierte weit voraus und erreichte den höchsten Punkt der Wälle. Dort brachte sie das Tier zum Stehen und rammte das Ende der Fahnenstange in den Boden. Die Franzosen stimmten ein gewaltiges Siegesgeschrei an, als sie endlich heran waren und die Bastille völlig verlassen fanden – wir sahen nur tote, aber keine verwundeten Engländer.

Kommandos wurden geschrien. Die schweren Trommelschläge kamen aus dem Takt. Einige Trompeten tönten blechern, aber bliesen unüberhörbare Signale. Das französische Heer war noch geteilt, und La Hire, der zwischen mir und Johanna sein Pferd zügelte, befahl seinen Boten:

»Aufrücken und warten! Die Augustins sind zu stark für uns wenige.«

Noch immer befanden sich Berittene und Fußsoldaten auf der Insel und selbst auf dem Orléans-Ufer. Von der Stadt her kam der Donner eines losgehenden Geschützes. Eine riesige Steinkugel flog, mit dem bloßen Auge zu verfolgen, halbwegs über den Fluß und schlug unschädlich zwischen uns und dem Ende der Brücke in den Ufergrund.

»Richtig!« bemerkte ich. »Aber die Engländer werden nicht immer nur fliehen wollen.«

»Sie sammeln sich.«

Jetzt schien sich auf dem festen Boden des Südufers der Kampf zu organisieren. Teile des Heeres hinter uns und an unseren Seiten bildeten Blöcke, die von den Hauptleuten angeführt wurden. Le Blanc, in unserer Hand, stand an einer Straßengabelung. Ein Weg entlang der Loire und einer, der nach Südost führte, dorthin, wo sich Ciron mit dem Geschütz versteckt hielt, waren jetzt wieder frei. Die Engländer aber schienen diese Bastion nicht kampflos erobern lassen zu wollen. Mit gewaltigem Geschrei, gespannten Armbrüsten, einigen Reihen der gefürchteten Bogenschützen und etlichen Reitern kamen sie uns entgegen.

Die Franzosen rannten zurück, als sich die Engländer bis auf zwei Bogenschußweiten genähert hatten. La Hire und Johanna waren mittlerweile auf der Insel, wo sie versuchten, den Rückzug aufzuhalten. Ich winkte meinen Freunden und rief:

»Zurück! Langsam! Wir wären die einzigen Verteidiger. Sinnlos!«

Die vorrückenden Engländer konnten sehen, wie Johanna und La Hire die Lanzen einlegten und durch die Menge der Flüchtenden in unsere Richtung ritten. Wir konnten es deutlich hören: Die Männer schrien der Jungfrau jede nur denkbare Beleidigung entgegen. »Armagnac-Dirne« war noch die harmloseste Wortwahl; eine nicht abreißende Kette wüster Flüche in holprigem Französisch und obzönem Englisch erscholl über den Fluß. Durch das Geschrei hindurch vernahm ich Johannas helle Stimme:

»Im Namen Gottes! Kühn drauflos!«

La Hire und Johanna erreichten uns. Wir hatten unsere Pferde schon herumgedreht und senkten die Lanzen. Keuchend und stolpernd folgten viele Franzosen. Ich konnte nur den Kopf schütteln; von den Barbaren war ich mehr Mut und Raserei gewohnt. Römische Legionen! Sie hätten jetzt schon die ersten Sklaven weggetrieben! Der Logiksektor schaltete sich warnend ein: *Denk nicht in den Kategorien arkonidischer Kadettenausbildung! Das ist keine taktische Raumschlacht!*

Das Beispiel riß die Söldner mit. Rund ein halbes Dutzend Reiter, neben sich Fußvolk, näherten sich schnell den Engländern. Ihre Flut von Beleidigungen und Flüchen hörte abrupt auf. Wieder verdunkelten Wolken aus Pulverrauch aus den klobigen Büchsen die Luft. Bösartig wie Hornissen summten die Bolzen der schweren Armbrüste durch die Luft. Die Entfernung bis zum ersten Wall der Engländer betrug etwa siebenhundertfünfzig Schritt. Wir rückten vor, und plötzlich, in unmittelbarer Nähe des ersten Grabens, lösten sich Johanna und Gilles de Rais aus der Truppe, ritten voraus, und Johanna sprang aus dem Sattel. Sie wollte ihre Fahne einrammen und schrie plötzlich auf. Sie war in einen Ball aus eisernen Stacheln getreten, von denen die Flächen zwischen den Verschanzungen starrten.

Zwei Männer schienen sich zu streiten; Anführer oder Schreihälse aus der Nachhut. Sie rannten plötzlich los, wateten durch die Loire, rissen Teile der Zögernden mit sich, überholten uns und stürzten sich, im Zickzack rennend, mit geschwungenen Schwertern und Kampfbeilen auf die Engländer. Wir stellten uns zum Kampf gegen Berittene, die aus dem südlichen Teil der Verschanzung hervorgesprengt kamen. Rundherum herrschte abgrundtiefe Verwirrung. Geschrei, Trommeln, das Klirren der Waffen, Befehle – nicht ein einziger schien zu wissen, was wirklich vorging. Franzosen und Engländer fielen, wurden verwundet. Staub und Wolken aus Schweiß stiegen auf. Ich galoppierte auf einen Engländer zu und rammte ihn aus dem Sattel, wendete scharf und schlug ihm den Lanzenschaft auf den Helm, als er sich hochstemmte und ein Kampfbeil gegen mein Pferd schwang. Christopher bohrte seine Lanze in den Hals eines Anführers. Cadenet drosch mit dem Streitkolben auf den Schild eines dritten Reiters. Ich hielt an, um mich zu orientieren – das Pferd des Engländers wurde von zweien unserer Söldner weggezerrt.

Ein hünenhafter Gepanzerter stand innerhalb der Palisaden und verteidigte mit rasenden Schlägen einen engen Durchgang. Vor ihm lag ein Haufen toter und verwundeter Franzosen. Der Mann kämpfte wie ein Berserker. Eine Muskete dröhnte auf, das schwere Geschoß traf den Mann zwischen Kinn und Brust, stanzte ein handtellergroßes Loch in den Panzer und schleuderte ihn fünf Schritte zurück. Sofort drangen zwei Edelleute ein, und Fußvolk kam hinter ihnen her. Ein zähes Ringen um jeden Schritt innerhalb der Befestigung fing an.

Christopher und Cadenet ritten hin und her und hielten ausbrechende Engländer in Schach. Eine Gruppe Männer bemühte sich aufgeregt um Johanna. Die Fahne stand noch immer. Todesschreie, das Schreien der schwer Verwundeten, grelles Wiehern der Pferde und eine Unmenge einander widersprechender Befehle machten den Platz im Sichtschatten der Tourelles und des Straßendamms zu einer großen Fläche, in der es unablässig durcheinanderquirlte. Stundenlang wogte der Kampf hin und her. Verwundete wurden nach hinten geschleppt. Von den Mauern der Stadt wurden die Kämpfe beobachtet. Wieder hatte man eines der gigantischen Bronze-Eisen-Geräte in Stellung gewuchtet, mit vielen Pfund Pulver und einer Steinkugel gefüllt und brachte es zur Explosion. Feuerzungen, eine Rauchwolke, und in einem flachen Bogen flog die Kugel auf die Tourelles zu, legte fünfundzwanzig Schritt Palisaden um und verschüttete Engländer in einem Faschinengraben.

Endlich ertönte eine Trompete. Es war später Nachmittag. Die letzte Gegenwehr in der Bastion war niedergeschlagen worden. Ich hatte zu kämpfen aufgehört – es gab keine Gegner mehr.

Langsam ritt ich auf die Bastille zu. Die ersten befreiten Gefangenen kamen ins Sonnenlicht. Söldner, mit Beute beladen, rannten davon. Plünderer erbeuteten Nahrungsmittel und Waffen. Verwundete Engländer schleppten ihre Toten ins Freie. An einigen Stellen schwelten und loderten kleine Brände. Es schien reiche

Beute zu geben, denn als Christopher und Cadenet zu mir zurückkamen, riefen sie: »Die Franzosen gehorchen ihren Anführern nicht mehr!«

»Ich wundere mich«, sagte ich, »daß die Männer in den Tourelles nicht eingreifen.«

»Von dieser Art zu kämpfen verstehe ich nichts«, erklärte Cadenet. »Jeder Hauptmann hat andere Befehle.«

Johanna hatte befohlen, die Bastille in Brand zu setzen. Sie war vollkommen erschöpft vom Kampf in der schweren Rüstung. Man hob sie auf ein Pferd und schickte sie eskortiert zurück nach Orléans.

Der Tag endete, wie er angefangen hatte – im Chaos. Den Soldaten waren bewaffnete Städter gefolgt. Sie beschlossen, über Nacht in unmittelbarer Nähe der Brückenfestung zu bleiben. Die brennende Bastille erleuchtete weithin die Gegend. Langsam ritten wir zurück, und ich versorgte eine Stirnwunde und einen Stich in den Oberschenkel, beides Verwundungen, die der ehemalige Armagnac sich zugezogen hatte. Das Heer zog sich in den Schutz der Mauern zurück, während die Bürger hinausgingen, den Fluß überquerten und den Wachen, auch einzelnen Söldnern, Essen brachten.

Spät in der Nacht, gänzlich unerwartet, bliesen die Hörner. Die Ausrufer in den Gassen brüllten etwas von Engländern, Rückzug und Brand. Ich sprang ans Fenster zu meinen Freunden. Wir sahen, daß die Bastille Saint Privé lichterloh brannte. Sie war nicht angegriffen worden. Die Engländer hatten sich, wie ich erfuhr, zum westlichen Belagerungsring zurückgezogen – über die Loire nach Norden – und das Fort aufgegeben. Man sagte uns, daß sie im Hauptlager Aufnahme gefunden hätten.

Als wir im Morgengrauen wieder denselben Weg ritten wie am Vortag, sagte Johanna zu La Hire: »Antal hat tapferer gekämpft als viele von uns. Ich sah ihn kein einziges Mal zurückgehen.«

»Es gab keinen Grund dazu«, sagte ich. La Hire grinste breit. »Wollt ihr heute die Tourelles einnehmen?«

»Die Godons haben sicherlich einen schlimmen Tag vor sich«, dröhnte der Gascogner. *God dam me,* Gott verdamme mich, fluchten die Engländer. Die Franzosen hatten diesen Fluch zu einem Schimpfnamen gekürzt. Eine unübersehbar große Schar Soldaten und bewaffneter Bürger folgte uns. Das Boot mit den Abfällen war nachts ebenso vorbereitet worden wie die breiten Planken, die über die Stellen geschoben werden sollten, an denen die Brückenbögen eingerissen worden waren. Nachts hatte man auch mühevoll Feldschlangen und Kanonen über den Fluß gebracht. Es war eine unglaublich schwere Arbeit, da eine einwandfreie Führung ebenso fehlte wie das nötige Rüstzeug. Aber heute würde die Masse der Entschlossenen ein wichtiger Faktor sein, das war zu spüren. Johannas geradezu herausfordernde Zuversicht hatte jeden angesteckt.

Als es hell wurde, trafen wir alle vor den Tourelles ein. Wuchtige Erdwälle schützten die Anlage, von den Engländern nach ihrer ersten Besetzung wieder aufgebaut. Wir sammelten uns, und in der siebenten Stunde begann der Angriff, eingeleitet durch die kreischenden Signale der Trompeter. Sturmleitern wurden herangeschleppt. Die Engländer wehrten sich mit eisiger Verbissenheit. Kanonen feuerten auf die Befestigungen, aus den Schießscharten antworteten englische Feldgeschütze. Bleigeschosse zertrümmerten Knochen und Schädel. Musketen und Hakenbüchsen krachten und rissen grauenvolle Wunden. Lanzen stachen zu, Beile wurden eingesetzt und hackten den kletternden Stürmern die Hände ab. Schwerter und Streitäxte schlugen die Schilde in Trümmer und krachten auf Helme und Panzer. Mehrere Angriffswellen, die große Verluste forderten, brandeten bis Mittag gegen die Verschanzungen.

Dreimal feuerte unsere Kanone, meist gleichzeitig mit den schweren französischen Vorderlader-Rohren. Der ausgestoßene Nebel breitete sich aus, und die Luft schien zu brennen. Die Franzosen vermochten die Bollwerke nicht zu erobern, aber die Anzahl der Opfer schien auf beiden Seiten gleich hoch zu sein.

Die Angriffe wurden unterbrochen. Die Soldaten versammelten sich um die Kessel. Essen wurden ausgeteilt. Ich unterdrückte zynische Kommentare und unterhielt mich leise mit Ciron. Wir stimmten den weiteren Einsatz der Kanone ab, und ich merkte mir eine Liste von Einkäufen, die nur in Orléans zu tätigen waren.

Cadenet, Christopher und ich, Castor hinter mir im Sattel, trafen mit La Hire und den anderen Anführern zusammen. Sie saßen auf einer roh gezimmerten Bank und aßen. Jeanne stand ungeduldig daneben und trank nur Wasser.

»Wir greifen an!« drängte sie. »Macht schneller! Heute ist der Sieg unser.«

»Er wird es auch sein, wenn wir nicht vor Entkräftung zusammenbrechen«, bemerkte ein Hauptmann und erntete einen bösen Blick. Wir schwangen uns aus den Sätteln. Castor reichte uns Becher voll Wein. Das Stadttor auf dem anderen Ende der Brücke stand weit offen. Langsam schoben sich die Handwerker und die Bewaffneten über die leere Fahrbahn auf die Tourelles zu. Von hier aus war wenig zu erkennen. Gelegentlich feuerten die Engländer mit Musketen auf die Schuftenden. Hochgestellte Bretterwände fingen die Geschosse auf.

»Heute abend erobern wir die Türme!« rief Johanna. »Du sollst neben mir kämpfen.«

Sie zeigte befehlend auf mich und meine Freunde. Ich nickte bedächtig; wenn ich kämpfte, dann um das Symbol des französischen Angriffs zu schützen.

»Blast die Signale, Trompeter!« hieß es ein wenig später. Von allen Seiten drangen Franzosen vor. Ich aktivierte mein körpernahes Schutzfeld und zog das Schwert. Neben Jeanne gingen wir auf eine Stelle zu, an der sie schon vor der Pause gekämpft hatte. Sie führte die Leute an, und wir packten eine schwere Sturmleiter, lehnten sie an die Palisaden, und ich stemmte sie hoch, um die Widerhaken einrasten zu lassen. Neben mir hörte ich einen Aufschrei, wirbelte herum und sah den Armbrustbolzen, der zwischen den Ringen der Rüstung Johannas Hals getroffen hatte und in der Schulter zu stecken schien.

»Schilde!« schrie ich und sprang zwischen die Wälle und die Frau. Ich zog sie vom Fuß der Leiter weg. Männer mit Schilden sprangen hinzu und hoben sie hoch, während Kugeln, Steine und Pfeile auf die Schilde prasselten und abgelenkt wurden. In sicherer Entfernung löste ich die Halsringe und sah, daß die Wunde schlimm blutete, aber nicht lebensgefährlich war. Die junge Frau war völlig erschöpft, aber ihr Wille war keineswegs gebrochen. Als ich den Zellaktivator hervorgeholt hatte und ihn, die Männer mit Binden, Olivenöl und Schweinefett abwehrend, auf die Wunde legen wollte, fuhr mich Johanna an.

»Ich will nichts zu tun haben mit den Zeichen des Aberglaubens«, sagte sie fast angsterfüllt. Es war wohl klüger, auf diese Hilfe zu verzichten. »Ich will lieber sterben, als daß ich gegen Gottes Gesetze sündige!«

Ich hob die Schultern, steckte den funkelnden Schaugroschen zurück und half, einigermaßen sauber die Wunde zu versorgen. Wir wickelten ein weißes Tuch darum und schlangen einen weichen Knoten.

Bis zum Abend wurden die Wälle und Palisaden, Mauern und Holzgitter umkämpft. Mehrmals drangen wir vor, wurden aber immer zurückgeworfen. Cirons Geschosse rissen riesige Löcher in die oberen Teile der Anlage, aber auch dieser präzise Beschuß änderte nichts. Schließlich kletterte Jeanne in den Sattel, ritt zu einem Weinberg und kniete sich betend auf eine Steinplatte. Als sie zurückkam, bliesen die Trompeter die Rückzugssignale.

Ein Baske und ein Fahnenträger stritten sich um die Ehre, Johannas Fahne tragen zu dürfen. Als sie verwundet war, hatte ein junger Mann das flatternde Tuch übernommen. Ich hielt, ein wenig ratlos, einen ihrer Kettenhandschuhe in den Fingern. Schließlich steckte ich ihn hinter meinen Gürtel. Jeanne d'Arc galoppierte heran, griff nach der Fahne und ritt weiter auf eine besonders hart umkämpfte Stelle zu.

»Hierher! Mein Gott!« hörte ich. Wieder mißverstanden die Truppen alle Signale und folgten ihr. Mit lauten Schreien, sich gegenseitig aufputschend, stürmten die Franzosen die Erdwälle und warfen die Verteidiger an mehreren Stellen zurück.

Auf der Brücke und vom Stadttor aus sah man, daß der Angriff fortgesetzt wurde. Daraufhin drangen Söldner und Bürger vor, verbanden zwei Brückenpfeiler durch Holzstege und gelangten so auf die unzerstörte Brückenoberfläche. Sie gingen gegen die Tourelles vor, und gleichzeitig wurde das alte Boot, voller alter Fackeln, Pferdeknochen, Tüchern, Fischköpfen und Schwefel, alten Schuhen und allem anderen stinkenden Zeug, das man hatte finden können, angezündet. Lange Seile verbanden es mit der Mannschaft, die es genau unter die Brückenpfeiler treiben ließ. Dort entfaltete sich eine sehr große Wolke, die wie Pestilenz und Tod stank und die Verteidiger einhüllte. In diesem ätzenden und erstickenden Qualm vermochten weder Freund noch Feind etwas zu sehen, geschweige denn zu kämpfen.

Die Franzosen auf den Erdbefestigungen, durch deren Gänge und Unterstände dieses graugelbe Inferno zog, husteten, würgten, warfen die Waffen weg und flüchteten sich mit tränenden Augen, halbblind und von Übelkeit geplagt, in die Sicherheit der wuchtigen Mauern. Im selben Moment erschütterte ein weiterer Treffer Cirons das Gebäude schwer.

Sieg! Endlich! Hinter Jeanne d'Arc stürmten die Franzosen die Erdbefestigung. Glasdale, ein englischer Hauptmann, verteidigte den Rückzug auf der Zugbrücke vor den Maueröffnungen. Als die letzten Engländer, wütend bedrängt von hustenden und keuchenden Franzosen, sich über die hölzerne Brücke flüchteten und sich gegenseitig behinderten, hatten die lodernden Flammen des verrotteten Fischerboots ihr Werk fast beendet. Die schweren Balken brachen. Funken schwirrten durch den kochenden Qualm. Die Bretter stürzten zusammen, und ein Schrei mischte sich in das Krachen berstenden Holzes, klirrender Zugketten, herausschnellender Bolzen und die Befehle, von denen die Franzosen zurückgetrieben wurden. Die Brücke brach zusammen, und rund drei Dutzend der besten englischen Verteidiger stürzten zusammen mit den brennenden Trümmern in das kalte Wasser der Loire. Mit den schweren Rüstungen am Leib hatten sie keine Möglichkeit, sich schwimmend retten zu können. Sie ertranken alle.

Schaudernd schüttelte sich La Hire neben mir. Wir standen nur fünfzehn Schritt von der Kante entfernt. Er nahm den Helm ab und murmelte: »Sie hat es vorausgesehen. Er stirbt ohne Absolution!«

»Ich möchte dazu nicht viel sagen«, versetzte ich. »Aber ich schätze, im gegenwärtigen Zustand ist es ihm verhältnismäßig gleichgültig.«

Zweihundert englische Gefangene, vierhundert Tote, hundert französische Verwundete und fünfzehn unserer Toten. Die feindlichen Anführer hätten, wären sie lebend in die Hände der Franzosen gefallen, hohe Lösegeldsummen erbracht – umgekehrt verfuhr man nicht anders. Die Truppen zogen sich ohne Hast in der einsetzenden Dunkelheit in die Stadt zurück. Wir folgten und sprachen über die seltsamen Kämpfe und den Sieg, der dem Zufall und Mißverständnis zu verdanken war.

»Jeder Sieg«, gab Cadenet zu bedenken, »festigt den Ruf der Pucelle.«

»Stimmt. Sie ist das Symbol. Sie reißt alle mit.«

»Und jeder weitere Sieg wird einen zweiten und dritten mit sich bringen. Auch die Engländer glauben daran, daß die Jungfrau die Franzosen angeführt und zu rasenden Kämpfern gemacht hat.«

»Es ist mehr als erstaunlich«, sagte ich. »Wenn ich es nicht selbst miterlebt hätte! Aber nun schlagen sicherlich die Engländer auf der anderen Loireseite zurück.«

»Und zwar schon morgen.«

In Orléans herrschten uneingeschränkt Jubel, Freude und Dankbarkeit. Lautstarke Begeisterung hatte die Einwohner, die Fremden und alle französischen Söldner ergriffen. Die französischen Fahnen wehten von den schartigen, rußgeschwärzten Mauern der Tourelles. Die gesamte Nacht lang hörten wir das Sägen und Hämmern, das Geschrei der Handwerker und Helfer, die versuchten, die fehlenden Teile der Brücke zu ersetzen. Holzwerk statt Steinquadern – es würde viel Arbeit kosten, die weiten Bögen wieder zu errichten. Alle in der Stadt und auch die Boten, die sich in alle Richtungen entfernten, waren sicher: Man verdankte Jeanne d'Arc den Sieg über die Engländer.

Aber noch standen sie in einem Viertelkreis im nordwestlichen Quadranten um Orléans. Es waren kaum weniger als viertausend Mann.

12.

Vereinfacht gesehen, bildeten die Stadt, die Brücke und das gesamte von der Belagerung betroffene Umfeld einen Kreis von nicht mehr als knapp drei Meilen zu je fünfzehnhundert Schritt Durchmesser. Häuser, Bauernhöfe und Zollgebäude, Türme und Brückenwerke außerhalb der wuchtigen Stadtmauern waren verwüstet und halb zerstört, konnten wieder aufgebaut werden. Innerhalb dieser geschilderten Fläche tummelten sich weniger als fünfzigtausend Menschen. Warum gestern die Belagerer ihr Hauptlager im Westen von Orléans nicht verlassen hatten, um den eigenen Leuten zu helfen, verstand kaum jemand – ich am wenigsten. Mit Cadenet und La Hire stand ich auf dem rechten Turm der westlichen Torbefestigung und spähte in die Richtung auf Blois zu. Der Gascogner trug einen Mantel, an dessen Säumen winzige Glocken angeheftet waren, mindestens vier Dutzend. Bei jeder Bewegung klingelten sie. Viele beneideten ihn um dieses extravagante Stück.

»Wir haben gezählt und geschätzt, gerechnet und zusammengezählt«, erklärte La Hire. »Mehr als vier Tausendschaften sind's.«

»Eine schöne Streitmacht!« gab Cadenet zu. Wir blickten auf das englische Lager und die kleinen Bastionen. Dort schlugen Trommeln, schmetterten Trompeten.

»Nicht genug, um uns zu belagern und in Schwierigkeiten zu bringen.«

»Wohl kaum. Wie geht es der Pucelle?« fragte ich und dachte an den Kettenhandschuh, der noch in unserem Quartier lag. In der vergangenen Nacht hatten wir gekauft, was nötig war. Für die rothaarige Monique hatte ich Kleidung und weiche Stiefel erstanden und einige Änderungen in Auftrag gegeben.

»Hast du nicht die Glocken gehört?« brummte der Gascogner.

»Sie hielten mich die ganze Nacht vom Schlaf ab.«

»Jene dort auch. Deswegen sind sie so unruhig.« Cadenet lachte.

Es war Sonntag. Ein Teil des französischen Heeres lagerte wachsam rund um die Tourelles. Man wollte den Belagerern keine Möglichkeit geben, die Zwillingstürme wieder einzunehmen.

»Warum bist du in Rüstung?« wollte ich wissen. La Hire stemmte die Arme in die Seiten und wiegte seinen kantigen Schädel.

»Man kann nie wissen. Wir kämpfen, wenn sie angreifen. Diese Godons! Man wird schlecht auf sie zu sprechen sein.«

Er besaß Talent zur Untertreibung. Ich war noch immer nicht sicher, wem meine Sympathien gehörten. Der Jeanne d'Arc auf keinen Fall. Für mich blieb sie ein Werkzeug, das man fallenlassen würde, wenn es nicht mehr gebraucht wurde. Wir blickten genauer hin, und schließlich sah ich durch mein Teleskop, daß sich die Engländer formierten. Die ersten Sonnenstrahlen zuckten über die Mauern auf die verwüsteten Äcker und die verheerten Weiden hinunter.

Die Engländer hatten endlich ihren Aufmarsch beendet. Es war unschwer zu sehen, daß sie alles bei sich hatten, was sie zu tragen vermochten. La Hire zeigte mir, seine Verwunderung über das Teleskop laut äußernd, daß sich auch besonders wertvolle Gefangene zwischen den Bewaffneten befanden, nämlich jene, von denen man ein hohes Lösegeld erwartete. Die Bastillen und das Hauptlager waren menschenleer, aber voller Kanonen und Ausrüstung. Selbst Schlachttiere sahen wir. Hinter den Straßenkreuzungen nach Blois stellte sich das Heer auf.

»Keine Karren, kaum Pferde«, sagte Cadenet. »Sie haben auch die Verwundeten in den Zelten und Mauern gelassen.«

»Und was sagt die Schlachtenführerin, Feldherrin Johanna?« wollte ich wissen.

»Es ist Sonntag. Heute wird nicht gekämpft, es sei denn, wir werden angegriffen, sagt sie!«

»Das ist ein Grund, den jedermann einsieht«, bestätigte ich ironisch. Es blieb dabei. Bis auf La Hire begleiteten sie fast alle Hauptleute und Ritter, als die Pucelle Orléans verließ. Einige Priester sangen, unterstützt von Soldaten, Responsorien, Kyrie und Hymnen. An tragbaren Altären wurde die Messe gelesen. Die Engländer standen starr da; selbst nach genügend langer Wartezeit machten sie keine Anstalten, anzugreifen. Neben mir knurrte der Gascogner:

»Vielleicht sollte ich den Godons ihren wankenden Entschluß ein wenig leichter machen.« Er betrachtete die Aufstellung und die Geländemerkmale noch einmal lange durch das seltsame Instrument, dann schlug er mir auf die Schultern und sagte: »Dank! Was auch passiert – heute nacht seid ihr meine Gäste. Einen mitreißenden Tag wünsche ich uns, Ritter Antal.«

»Auch Euch, Chevalier!«

Während die Priester und die Soldaten sangen und beteten, in ihrer Mitte Jeanne d'Arc, zogen die Engländer ab. Rund hundert Berittene und Lanzenträger unter der Führung von La Hire verfolgten die Nachhut. Drei oder vier Meilen weit, in die Richtung auf Meung-sur-Loire zu, bedrängte La Hire die ehemaligen Belagerer, erbeutete dort Kanonen und Belagerungsgeräte. Die Bevölkerung strömte hinaus und plünderte die Bastillen und das Lager. Während die Bastionen zu brennen anfingen, zog Jeanne d'Arc im Triumph nach Orléans. Stunden später brach Florent d'Illiers mit seinen Truppen auf, um Châteaudun zu schützen.

Unsere Pferde waren schwer beladen, daher waren wir langsam geritten. Wir stiegen aus den Sätteln und ließen uns von den Freunden helfen. Augenblicklich waren wir umringt und mußten erzählen. Ciron, der mehrmals jeden Tag mit mir gesprochen hatte, wußte natürlich genau, wann wir kamen. Als wir, Tonschalen voller heißer Suppe in den Händen, an Tischen aus rissigen Brettern saßen und die Löffel klapperten – in dieser Zeit ein ungewöhnliches Eßgerät! –, fragte ich unseren Pagen, den Kriegsknaben Castor: »Und, nach allem, was hast du aus dieser Handvoll Tagen gelernt, junger Ritter?«

Er war mit uns losgeritten, voller Tatendrang und begierig, die fremde Lebensart kennenzulernen. Er sah verdreckte Ställe, verräucherte Schenken, Verwundete mit faulenden und brandigen Gliedern. Er hörte Stöhnen, Flüche, all jene Laute und Geräusche, die eine stinkende Stadt und ein Heerlager absonderten, sah und empfand das Elend, die dumpfe Verzweiflung und die Vielfalt des Versagens, der Leidenschaften und der Not in ihren tausend Formen. Castor suchte nach Worten und sprach langsam, aber recht überlegt.

»In Beaumont gefällt es mir besser«, sagte er. Alle schauten in sein junges, offenes Gesicht. »Zu viele Tote, Verwundete, und jeder schien jeden anderen zu hassen. Alles war so ... falsch. Dort beteten sie und lasen Messen, daneben starben die Söldner. Blut, Schmutz, diese Enge, nasse Mauern, es war alles ganz anders. Ich habe nicht davon geträumt. Davon nicht. Und nicht so. Und wenn schon Kampf und Krieg ...«

Cadenet legte ihm die Hand auf die Schulter. Christopher blickte traurig in seinen leeren Becher.

»Und wenn schon, dann schnell und ohne Erbarmen, mit aller Kraft, tödlich und ohne Zögern. In zwei Tagen hätten die Orléaner die Engländer niedermachen können. So entschlossen, wie wir in Beaumont einen Wald roden oder einen Graben schaufeln.«

»Ein Wort nach meinem Geschmack!« knurrte Rogeron. »Und jetzt? Zurück in unsere Siedlung? Nach Le Sagittaire?«

»Habt ihr ein anderes Ziel?«

Keiner hatte ein besseres Ziel, einen anderen Vorschlag. Die Reise durch das Land und die Erlebnisse rund um Orléans schienen unseren Freunden genügt zu haben als negatives Beispiel. Die Zeltleinwand flog auf, und Monique, die ihre neuen Kleider angezogen hatte, kam auf uns zu. Ihr Lächeln war noch immer unsicher. Ciron und Rogeron hatten versucht, sie nicht nur mit gutem Essen und fröhlichen Reden aufzumuntern, sondern ihr auch klarzumachen, daß sie von keinem der Gruppe etwas zu befürchten hatte. Das Leben, das sie bisher hatte führen müssen, war schwer zu vergessen; die Spuren waren zu tief. Sie blieb vor uns stehen, drehte sich graziös um ihre Achse, zeigte die silberbestickten Stiefel und sagte mit erholter, kräftiger Stimme:

»Danke, Graf Antal. Alles paßt, als hätte ich's probiert.«

»Ich habe nur an dich gedacht, Monique, als ich es kaufte«, versicherte ich wahrheitsgemäß. »Hast du dich schon entschieden? Willst du nach Orléans? Mit uns zurück nach Beaumont? Hierbleiben? Weggehen? Komm mit nach Le Sagittaire! Herrin eines kleinen, gemütlichen Schlößchens – ein schlechtes Angebot? Überdies brauche ich eine Begleitung für eine weite Reise.«

Sie war verwirrt. Ciron entspannte die Situation mit einem kräftigen Scherz.

»Du kennst mich nicht«, stammelte Monique, »und dann diese Einladung?«

»Großzügigkeit ist eine seiner wenigen Tugenden«, stellte Ciron fest, als sich das Gelächter der Beaumonter gelegt hatte, »sicherlich wird er dir einige ungewöhnliche Sachen zeigen.«

»Davor fürchte ich mich nicht«, sagte sie und setzte sich endlich. »Ich komme mit. Ich kenne viele Menschen. Aber nur euch, euch alle, kenne ich gut. Wo liegt Beaumont?«

»Versteckt, hinter Wäldern, Hügeln und Felsen«, sagte Rogeron. »Wenn es irgendwo Sicherheit gibt, dann dort.«

Ich beobachtete Monique sehr genau. Sie war stark; ein Kind des Volkes. Die Schule des Lebens hatte sie unverkennbar geformt; vermutlich konnte sie mir Taschendiebe vom Leibe halten und scheute sich nicht, für ihr Überleben zu kämpfen. Nach einiger Zeit in der Geborgenheit von Le Sagittaire würde sie um jeden Funken dieses Lebens kämpfen.

»Einverstanden«, sagte ich und hielt dem Pagen den Becher hin. »Morgen früh reiten wir los, samt Kanone.«

Jeanne d'Arc traf den Dauphin vierzehn Tage später in Tours. Gemeinsam zog man nach Loches. Bevor der Dauphin in Reims gekrönt werden konnte, galt es, andere Siedlungen einzunehmen: Längs der Loire hielten die Engländer Jargeau, Meung und Beaugency besetzt. Auf Rat von La Trémoille, dem engsten Berater des ungekrönten Königs, befehligte das etwa achttausend Mann starke Heer der Generalleutnant Alençon, wenn wir es richtig verstanden. Sehr zögerlich begann die Belagerung Jargeaus. Schließlich fiel die Stadt.

Wir erreichten Beaumont und richteten unsere Wohnungen und Häuser. Die Wärme des Sommers lullte uns ein, aber ich durchsuchte Land und Städte nach lohnenden Reisezielen. Auch Meung und Beaugency wurden eingenommen. Bei Patay gewannen die Franzosen eine offene Feldschlacht. Troyes wurde belagert und öffnete am 10. Juli seine Tore. Da waren Monique und ich, mit Pferden und in einem winzigen Gleiter, längst unterwegs durch friedliche Teile des Landes. In Reims, in der herrlichen Kathedrale, wurde der Dauphin zum König gekrönt.

So oft wie möglich übernachteten wir in Klöstern oder im Freien, in einer Scheune oder im Schutz einer Lichtung. Kammern und Betten in den Herbergen waren verwanzt, voller Flöhe, zu schmal und zu kurz, hart und unbeschreiblich schmutzig. Wieder unternahm ich eine Reise durch einen bekannten Teil der Welt. Über Cluny kamen wir durch Dijon und Troyes nach Reims. Dann reisten wir nach Osten, auf Strasbourg zu. Herrliche Kirchen mit weißen und farbigen Spitzbögen und filigranen Verzierungen sahen wir, große Klöster, in deren Umgebung die Welt scheinbar in Ordnung war wie in Beaumont. Unverändert kraß stellten sich die Gegensätze dar: gewaltige Verschwendungssucht bei den Hochgeborenen und erschütternde Armut beim niedrigen Volk. Monique hatte lange gebraucht, um zu glauben, was sie in und um Beaumont sah und erlebte. Aber dann bewies sie, daß sie eine nicht geringe Menge an Überlebenskraft besaß. Sie begriff überraschend schnell. Und inzwischen war sie soweit, daß sie Armut keineswegs als unausweichliches Schicksal begriff. Als Fremde mit italienischen Wappen und einem Schutzbrief für jede Provinz hatten wir nicht die geringsten Schwierigkeiten, englisches Gebiet zu durchqueren, über die Grenze nach Nancy zu wechseln und nach Strasbourg zu gelangen.

Dreitausend englische Bogenschützen und Ritter landeten in Calais. Sie marschierten auf Paris zu. Statt Paris anzugreifen, beschäftigte sich Jeanne d'Arc mit dem Erobern kleinerer Städte. Die derbe Exzentrikerin prallte mit dem apathischen Temperament des Königs zusammen. Das Volk jubelte über jeden vorwärtsführenden Schritt der Pucelle. Am 14. August schien es bei Senlis eine Entscheidungsschlacht geben zu wollen.

Unser Zelt war über der Ladefläche des Gleiters aufgespannt. Wir befanden uns in Deutschland, abseits eines kleinen Dorfes, umgeben von weidenden Kühen und Schafen, nahe einer Quelle, östlich eines Ortes namens Zabern. Monique hatte gelernt, mit unserer Ausrüstung umzugehen, und Vorräte aller Art besaßen wir reichlich. Unsere Pferde weideten friedlich inmitten des Rindviehs. Das blühende grüne Land lag ausgebreitet unter dem hohen Sommer. Die Ladefläche war groß genug für einen Rahmen aus verschließbaren Behältern und einem Lager für uns beide. Monique kam von der Quelle zurück, kraulte ein scheckiges Kalb zwischen den Ohren und rief: »Mir ist, als wäre ich in einer anderen Welt!«

»Nicht ganz. Aber uns überfallen keine englischen Marodeure«, erwiderte ich. »Morgen kommen wir wieder in eine Stadt. Du bist ebenso verändert wie die Landschaft.«

Sie verteilte das Wasser auf den Tank, den Krug über dem Feuerchen und den Wassersack, der als Dusche diente. Dann setzte sie sich neben mich in den Faltstuhl. Wortlos goß sie Wein in Becher und warf ihr langes Haar zurück.

»Ich habe es nicht glauben können. Lange nicht«, meinte sie. »Man hat mich zu oft geprügelt und ausgenutzt. Zuerst war es wie ein Traum. Jetzt fürchte ich mich davor, daß es endet. Ich habe zuviel von eurem Leben gesehen, das niemals mein Leben war.«

Ich zog sie an mich. Ihre unkomplizierte Sinnlichkeit begeisterte mich seit der Ankunft in Le Sagittaire. Ich verstand ihre Furcht; sie war jung genug, um einen möglichen Verlust fürchten zu müssen.

»Keine Sorge«, sagte ich. »Du bist im Schutz eines ganzen Dorfes. Und unter meinem Schutz.«

»Gerade den möchte ich nicht verlieren.«

»Es liegt auch an dir«, murmelte ich. »Warten wir auf den Winter. Das ist die Jahreszeit für besinnliche Unterhaltungen.«

Ich achtete auf Sicherheit. Ein unsichtbares Abwehrfeld umgab das winzige Lager. Cirons Spionsonden signalisierten keine Gefahren. Viele Informationen wurden ausgetauscht. Bisher war es uns geglückt, entspannt zu reiten oder mit der Maschine zu schweben, von einer interessanten Stelle zur anderen, von nächtelangen Gesprächen mit klugen Männern, von einem Fürstenhof zum anderen, und eine lange Kette einzigartiger Bilder zog an uns vorbei. Wir verkehrten mit Wucherern ebenso wie mit Baumeistern. Ich hinterließ eine sehr dünne, aber nachhaltige Spur kultureller, zivilisatorischer und wissenschaftlicher Hinweise und Anregungen; Zeichnungen, Modelle, Denkanstöße. Die Zeit schien an vielen Stellen tatsächlich reif zu sein, an einigen Punkten merkte ich es trotz meiner tiefen Skepsis.

»Frankreich braucht uns noch«, sagte ich. »Ich kann gar nicht riskieren, daß wir unauffällig in der Menschenmenge untertauchen.«

»Wie heißt die Stadt ... morgen?«

»Strasbourg«, sagte ich. »Wir werden einige Tage bleiben, dann reisen wir in einem großen Kreis wieder zurück und ziehen vor dem Winter die Vorhänge zu.«

»Heute nacht lassen wir sie offen.«

»Damit du meine Sterne sehen kannst«, flüsterte ich. »Und die Mücken erschlage ich.«

Sie liebte mich auf ihre Art; es war nicht die schlechteste. Ihre Gefühle waren einfach und eindringlich, aber ehrlich. Und sehr direkt. Wir aßen und tranken in Ruhe, hörten Musik aus dem Recorder, sprachen mit Ciron und unterhielten uns über die letzten Tage und Nächte. Am nächsten Tag versteckte ich den Gleiter, bepackte die Pferde, und wir ritten in die Stadt ein.

Ein Mann in mittleren Jahren saß an der Ecke des Wirtshaustisches und trank Bier aus einem Steinkrug. Er zeichnete mit einem Kohlestift Würfel und Linien auf den Tisch und auf ein Palimpsest, das er immer wieder leer scheuerte. Ich wandte mich an Gunthér, den mageren Wirt. »Jener Herr dort, mit dem mißmutigen Gesicht – er ist ein guter Gast, nicht wahr? Was zeichnet er?«

»Chevalier«, sagte er und grinste, »meine Dame, es ist Johannes Gensfleisch.«

»Ein schöner Name«, erwiderte ich, »indessen sagt er uns, weil fremd in der schönen Stadt, nicht viel.«

»Es ist ein tragisches Geschick um ihn. Er will eine Erfindung machen, von der die Welt verändert wird, aber er schafft es noch immer nicht. Ständig braucht er Geld.«

»Erstreckt sich das auch auf seine Zeche?« fragte ich und griff nach der prallen Börse. Traurig nickte der Wirt. »Bringe Er mir die Addition«, sagte ich.

Mit sieben Goldstücken war es getan. Der Wirt lief hin und her und brachte frisches, helles Bier mit schneeweißem Schaum. Magister Gensfleisch kam an unseren Tisch, bedankte sich, tat erleichtert, aber stark befremdet, und er versuchte uns zu erklären, daß man Schriftzüge und Bücher, ginge es nach ihm, nach einiger Zeit nicht länger schreiben, sondern unendlich oft vervielfachen könne. Seine Werkstatt, sagte er, wäre der Beweis, daß er kurz vor der Stunde stünde, reicher als der deutsche Kaufmann Fugger zu werden.

»Ihr bringt uns heute noch in Eure Werkstatt«, sagte ich. »Und Er, Wirt, schaffe Wein, Bier und schwach gesalzenen Schinken dorthin, Käse und deutsches Graubrot.«

Ich zwinkerte Monique zu, gab dem Wirt Geld, beschwichtigte den Erfinder und holte ein Paket aus unserem Zimmer mit den muffigen Betten. Zu dritt eilten wir über das Kopfsteinpflaster der engen Gassen, und unsere Schatten geisterten über die Hausmauern, wenn wir an Fackeln vorbeikamen. In einem schmalbrüstigen Haus, im Hochkeller, zündete Gensfleisch Kerzen und Öllampen an. Wir sehen seltsame Maschinen, Zeichnungen an den Wänden, eine unbeschreibliche Unordnung, Stapel von Büchern mit losen Seiten auf Stühlen, Bänken und Hokkern, und gerade als ich die flache Schachtel auspackte, kam die Magd und brachte das Bestellte.

»Sieh gut zu, Magister«, sagte ich und zeigte ihm die Fächer eines Kastens. »Hier sind Buchstaben ... A, B, C ... und so fort. Man kann sie nehmen und so Wörter daraus bilden.«

Flink setzte ich einen viereckigen Rahmen aus kammartigen Holzteilen zusammen. Dann suchte ich die Buchstaben für einzelne Wörter zusammen, reihte sie aneinander, fügte für die Zwischenräume und die Trennungen kleine Würfel ohne die spiegelbildlich gegossenen Lettern hinzu und erklärte jeden Handgriff. Sämtliche Zeichnungen, geschnitzte Platten aus Holz und Leder, eine Maschine mit absenkbaren Platten, Werkzeug und unvollendete Modelle – alles deutete darauf hin, daß Gensfleisch auf dem richtigen Weg das größte Stück zurückgelegt hatte. Seine Aufregung war unbeschreiblich; er schüttete das Bier in sich hinein.

»Farbe? Einen Lappen?«

Ich schloß die Rahmenplatten fest um die Bleiwürfel, glich einige Zwischenräume mit Distanzstücken aus und verteilte dann mit einem Ballen aus Stoff schwarze Rußfarbe auf die Oberfläche der Lettern. Ich packte ein Blatt Papier, legte es darauf und drückte es mit dem Handballen fest. Ich hob es wieder herunter, legte es in den Lichtschein, und dann las Johannes Gensfleisch vor:

DIES IST EIN BEISPIEL. FAHRE FORT, WEITER ZU PROBIEREN. EINES TAGES WIRST DU EIN BUCH DRUCKEN KÖNNEN.

»Das ist es!« rief Gensfleisch. »Darauf habe ich gewartet! Was wollt Ihr dafür, Chevalier Antal?«

»Ich schenke es dir«, antwortete ich. »Unter einer Bedingung. Du mußt die Erfindung, die in anderen Ländern längst jedermann kennt, bis zur Reife bringen. Jeder Text kann auf diese Weise tausend- und abertausendmal gedruckt werden. Selbst ein Buch, aus dem die Menschen lernen können, wie man schreibt und liest, wirst du dereinst drucken!«

Er war außer sich. Er erzählte uns, daß er der Sohn des Mainzer Patriziers Friele Gensfleisch war, der den Hausnamen »zum Gutenberg« trug. Vielleicht half ihm sein Vater, vielleicht fand er andere Geldgeber. Jeder würde begreifen ... und viele würden es ihm nachmachen und das große Geld einsacken, rief er.

»Ihr müßt es bis zum Ende durchführen«, sagte Monique, die verstanden hatte, was dieses Spektakel wirklich bedeuten konnte. »Wenn es vollkommen ist, wird es Euch keiner wegnehmen können.«

»Ich schaffe es!« Er begann einen wilden Tanz um seine Geräte herum. Monique und ich schauten uns an, dann hoben wir die Krüge. Johann Gensfleisch war nicht älter als fünfunddreißig; wenn er nicht allzu ungeschickt war, konnte er diese kulturverändernde Erfindung verbreiten und daran mehr verdienen, als ein König an Steuern einzog. Ich hatte zu tun, um seine überschwenglichen Dankesbezeigungen abzuwehren, denn er erschien mir tatsächlich als der Mann, der diese Idee zur letzten Konsequenz weiterführen konnte. Wir redeten lange, aßen und tranken alles auf, und im Morgengrauen gingen wir durch die erwachende Stadt zurück zum »Silbernen Widder«.

Ich war mit der Entwicklung der Sommerreise und deren vorläufigem Ende zufrieden. Meine gute Laune übertrug sich auf Monique und die weiteren Vorhaben der Rückkehr nach Beaumont und auf die Vorstellungen, die ich vom Ritt und vom Winter hatte – und davon, wie Jeanne d'Arc ihren seltsamen Weg fortsetzten und beenden würde.

Der Herbst, Holzmond und Weinmond, Erntezeit und Vorbereitung für den Winter, sah einige von uns in den Sätteln. Wir jagten Wildsäue, töteten mit den Pfeilen und Armbrüsten einige aufdringliche Wölfe, schossen einen Teil des Rotwilds, das unsere Äcker verwüstete. Ciron hatte einen Container voll körnigem Salz organisiert; wir konnten nicht nur unsere Fleischvorräte einpökeln, sondern auch Salzsteuer in Form von Salz in Säcken zahlen. Die Chronik von Beaumont, Le Sagittaire und Villeneuf verzeichnete den Tod einiger alter Frauen und Männer, die in Würde und Ruhe gestorben waren und ein Grab erhielten, das mit ihrem Namen bezeichnet war.

Viel zu langsam befreite sich Frankreich von der englischen Besatzung. Die große Gefolgschaft der Jeanne d'Arc zeigte die erwartete Ungeduld und Kurzlebigkeit, Karl der Siebente war ein Zauderer, dessen mangelnde Entschlossenheit den Burgundern nützte. Eine Spionsonde und deren Bilder bestätigten mir, daß der Zufall weiter wirkte. Johannes Gensfleisch arbeitete fleißig, aber unrationell an seiner neuen Erfindung. Obwohl sein Vater, der Patrizier aus Mainz, ihm Geld schickte, war die Technik des Buchdrucks noch lange nicht ausgereift. Aber er war auf dem richtigen Weg.

Eine deiner Anregungen, Arkonide, meinte der Extrasinn, *mit großer Wahrscheinlichkeit schnell und gründlich durchsetzbar.*

Und noch immer zeichnete sich in Frankreich und den Nachbarländern nichts und niemand ab, keine Entwicklung, keine Einzelperson, die geeignet gewesen wäre, ein zukünftiges Großreich mit einer klaren Staatsidee zu entwickeln.

»Also bleibt alles beim alten«, sagte Ciron. »Ich sorge weiterhin für die Sicherheit dieser Insel in einer stürmischen Zeit.«

Mitunter verließ uns ein junger Mann, der mit seiner handwerklichen Kunst sein Glück an anderen Orten machen wollte. Die Beaumonter waren meine Leibeigenen, wie es der Brauch verlangte. Also stellten wir ihm einwandfrei gefälschte Dokumente aus, und er galt als freier Mann. Ab und zu verirrten sich auch harmlose Wanderer zu uns; meist blieben sie, weil wir Arbeiter brauchten. Von Marodeuren, Flagellanten, den berittenen Gruppen der Plünderer oder Vaganten schützten wir uns mit entschlossener Nachdrücklichkeit und ohne Erbarmen.

»Das solltest du tun. Irgendwann werden sich die Umstände wohl zum Guten ändern.« Ich hob skeptisch die Hände. »Auch wenn's voraussichtlich lange dauert.«

Wir saßen in der Halle von Le Sagittaire. Zwischen den getarnten Geräten und meinen Aufzeichnungen lag wie eine leblose Reliquie der einzelne Kettenhandschuh, der Jeanne d'Arc gehört hatte.

»Es dauert sehr lange«, bekräftigte Ciron. »Es ist kein Ende abzusehen.«

»Ein Ende unseres Aufenthalts indessen schon«, sagte ich. »Warten wir das Frühlingsfest ab? Sonnenwende?«

»Das bedeutet einen langen Winter.«

»Wir machen das Beste daraus«, schloß ich. Ein Herbstgewitter kam auf und tobte sich über der Landschaft aus. Fast alle Felder und Äcker waren bestellt; der Winter würde wieder die Jahreszeit der Handwerker sein und aller Arbeiten, die in den Wohnräumen, am Kamin und in den Werkstätten besorgt wurden.

»Das inhaltsvolle Kapitel Monique ist für dich klar?« fragte Ciron nach einer Weile.

»Ja. Sie wird wohl mit uns kommen. Sie fürchtet nichts mehr!«

»Eine Barbarenfrau von bemerkenswerter Unerschrockenheit«, bestätigte er. So war es. Ihr Weltbild war inzwischen zweifach gegliedert: Das Alltägliche beherrschte sie mit lässiger Meisterschaft; alles andere, das sie nicht begreifen konnte, hielt sie für ein Wunder und akzeptierte es als ein solches. Bald waren jene Wunder für sie ebenso natürlich wie Alltagsdinge. Ich war ein wenig belustigt über dieses Verhalten, aber es half ihr und uns.

»In Beaumont ist die Lage stabil«, stellte ich fest. »Jedermann scheint zufrieden zu sein.«

»Und wachsam darüber hinaus.«

Tag um Tag verging, während auch die Kämpfe und die Schlachten draußen im Land aufhörten. Nässe und Kälte trieben die Heere unter Dach. Zu Pferde unternahmen wir auf zugewucherten Pfaden lange Vorstöße in die weite Umgebung der versteckten Täler. Fast überall sahen wir dieselben Bilder. Der Wald eroberte mit aller Macht die Flächen zurück. Die Ruinen von Siedlungen und Herrensitzen verfielen noch mehr. Abseits der Straße versuchten zugewanderte Bauern, in notdürftig geflickten Kleidern und unter tropfenden Dächern zu überleben, inmitten ihres armseligen Besitzes. Als sie uns sahen, versuchten sie sich zu verstecken. Wir rüsteten ein paar Gespanne aus und halfen ihnen, so gut es ging, aber wir verrieten nicht, wo wir lebten. Erster Schnee fiel und schmolz rasch, der nächste Schneefall dauerte länger und brachte größere Kälte.

Nach und nach verabschiedete ich mich von Männern wie Rogeron de Vignon, Jeannot Cadenet und Christopher. Wir saßen lange Nächte zusammen, sprachen und tranken *Usquibaugh* oder *Uisge beatha,* einen Malzbrand aus England oder Schottland, den wir von den Besatzern eingetauscht hatten. Ich würde, wenn wir wieder zurückkamen, wohl keinen dieser alten, zuverlässigen Freunde mehr lebend antreffen. Das Jahr endete leise. Bevor wir verschwanden, erreichten uns schlimme Nachrichten, die mit *Jehanne, La Pucelle* zu tun hatten.

Am 23. Mai 1430 war Jeanne d'Arc während der Belagerung von Compiègne vom Pferd gerissen und von einem Ritter der Burgunder, Guillaume de Wandonne, gefangengenommen worden. Zunächst blieb sie einige Stunden unter strengster Bewachung in Margny, dann verbrachte man sie in die Festung Beaulieu-Les-Fontaines. Die Engländer setzten alles daran, sie in ihre Gewalt zu bekommen. Ihr Ende zeichnete sich deutlich ab.

Im Jahre des Herrn 1431, am 30. Mai, dem Tag des hl. Ferdinand, zwischen Morgen und Mittag, wurde Jehanne, La Pucelle, als Zauberin und Ketzerin verbrannt. Der siebente Karl verzichtete darauf, ihr zu helfen. Er gab im sogenannten Frie-

den von Arras an seinen Widersacher, Herzog Philipp, den »Guten«, beträchtliche Gebiete ab. Die Gegenleistung: Burgund kündigte das Kampfbündnis mit England. Philipp und dessen Gemahlin, Isabella von Portugal, setzten im November 1433 das dritte Kind in diese Welt, in der 1448 und im folgenden Jahr die Pest dieses Mal in Deutschland wütete. Frankreich siegte 1453 bei Castillon endgültig über England. Der »Hundertjährige Krieg« war vorbei. Sehr häufig hörte das Volk von Frankreich jetzt den stolzen Ruf: »Vive Bourgogne«!

Knapp zwei Jahrzehnte hatten Beaumont und Villeneuf nicht sonderlich verändern können. Ich sah viele junge Gesichter; einige Kinder mochten während des langen Frühsommerfests gezeugt worden sein, das wir damals zum Abschied gefeiert hatten. Die Kinder waren alle achtzehn Jahre alt geworden.

»Ciron wählte wirklich einen hervorragend versteckten Platz«, sagte Monique bewundernd. »Paris wurde erobert, erlebte die Pest mit fünfzigtausend Opfern mit, überall gab es Verwüstungen, und hier herrscht Ruhe.«

Ciron hatte beobachtet, daß im Elsaß ebenfalls Mordbrenner unterwegs gewesen waren. Johannes Gensfleisch flüchtete mit den Teilen seiner Erfindung zurück nach Mainz und arbeitete dort weiter an der ersten Druckerpresse. Achttausend Armagnacs fielen vor Basel.

»Über die vielen offenen Fragen sprechen wir später«, sagte ich. »Es gibt genug Zeit. Wie viele Bewohner hat Beaumont?«

»Zweihunderteinundneunzig – und ab heute drei mehr!« rief Falcon de Vignon. »Ihr habt gesehen, wie wir uns um Le Sagittaire sorgten?«

»Ich denke mir eine schöne Belohnung aus«, sagte Ciron. »Alles ist vom Besten.«

Wir waren zurückgekehrt, und man empfing uns wie Freunde, nicht wie die Herren des Dorfes. Natürlich war Beaumont intensiv beobachtet worden, so wie viele andere Punkte der Länder. Wir brauchten nicht einzugreifen.

»Ihr bleibt lange?«

»So lange, wie es nötig ist – und wie es uns Freude macht.«

Ihre Mütter und Väter hatten ihnen alles wohl eingeschärft, daß wir längerlebig, irgendwelche Wunderwesen aus einem unbekannten Erdteil und überdies die einzigen handfesten Herrscher in einer Welt waren, die aus den Fugen war. Man brachte uns Salz, Wein und Brot. Es dauerte nur ein, zwei Tage lang, und wir fühlten uns wieder, als wären wir niemals fort gewesen. Den Zeitpunkt hatten wir gut gewählt; es war früher Sommer. Wir suchten gut zugerittene Pferde aus, und nachdem wir die Felder, unseren ertragreichen Wald und die Umgebung abgeritten waren, wußten wir, daß Beaumont einer an Sorgen zumindest nicht reichen Zukunft entgegensah. Noch bevor wir richtig darüber nachdenken konnten, brachten Waldarbeiter einen halb verdursteten, von Wunden, Blutergüssen und Prellungen übersäten Mann, der wie ein Ritter aussah und mehr tot als lebendig neben seinem dürren Klepper lag. Das Tier war durch einen Armbrustbolzen getötet worden.

Die Männer schleppten die bewußtlose, ausgemergelte Gestalt auf einer Decke ins Haus der Cadenets. Die Kinder liefen zusammen, und wir wurden geholt. Ciron und ich versorgten den Mann; er war nicht schwer verwundet, aber völlig entkräftet. Während der Behandlung wachte er einmal auf und röchelte seinen Namen und einen kurzen Dank. Chevalier Jacques de Lalaing, bekannt an den Höfen von Kastilien, Lusitanien, Aragon und Navarra.

Monique de Beaumont, so hieß sie inzwischen, kümmerte sich mit wahrer Hingabe um den fahrenden Ritter. Er erinnerte sie an ihr eigenes Schicksal; sie dachte nicht lange darüber nach, sondern versuchte, eine Art Schuld abzutragen. Ihr wahrer Charakter war unter vielen Schichten harter Kruste verborgen gewesen. Einige Viertelmonde bewußten Aufenthalts in der Tiefseekuppel und die damit verbundenen Erkenntnisse, auch einige Basis-Hypnoschulungen, hatten ihn weitgehend freilegen können. Ihr Herz aus lauterem Golde, wie die Verlobte von Rogeron, dem Enkel jenes gestorbenen Freundes, es ausdrückte, hatte sich nicht verändert. Nach fünfzehn Tagen konnte Jacques auf eigenen Füßen nach Sagittaire hinaufgehen und fiel schweißüberströmt in den Sessel unter dem Sonnensegel.

»Gevatter!« stöhnte er. »Hätte ich Gold, würfe ich es, fürwahr, unter Eure Leibeigenen. Sie haben mein kärgliches Leben fürsorglich gerettet. Und wozu?«

»Zu neuen Abenteuern des Verstandes und des starken Arms«, gab ich zurück und lachte. »Es war knapp, Jacques. Eßt und trinkt und übt Euch, dann werden wir Euch neues Gekleide anmessen, und weiche Stiefel. Eure Lumpen mußten wir verbrennen, um das Wasser heiß zu machen, mit dem wir Euren unterernährten *corpus* wuschen.«

»Auch der Presbyter war voller Sorge.« Er roch ehrfurchtsvoll am dunklen Wein. »Ich könne zur Hölle fahren, ohne daß er seines Amtes hätte schalten und walten können.«

»Meiner Seel!« Monique lächelte. »Sorgen habt Ihr! Berichtet lieber, woher und wohin!«

»Ein Juwel der Barmherzigkeit«, flüsterte er hingerissen. »Eure Augen, schönste Monique! Eure zarten Hände, die meine Wunden verbanden und meine überaus fiebrige Stirn kühlten ...«

»Und mehrmals hart auf Eure neugierigen Finger klopften«, lachte sie. »Es ist schon gut. Ihr lagt in fiebrigem Wahn.«

»Im Fieber sah ich nur rothaarige Engel«, brummte er, nahm noch einen großen Schluck und berichtete, was ihn in die Nähe Beaumonts gebracht hatte. Er war ein fahrender Ritter, der sich als Söldner und Truppenführer verdingte, leidlich zur Theorbe sang und allerlei höfische Künste kannte. Er brachte Nachrichten von Hof zu Hof, von einer Grafschaft zur anderen. Er war auf dem Weg zum jungen Karl, um ihn den ritterlichen Kampf zu lehren – ohne Auftrag. De Lalaing war arm und versuchte, sich teuer zu verkaufen, und von der Differenz lebte er gut oder schlecht, je nachdem. Jetzt erbot er sich, mir die Mysterien der Fechtkunst beizubringen und das ritterliche Turnier. Ich sagte zu, denn sein Stolz ließ nicht zu, daß er beschenkt wurde. Er sprach höchst amüsant und mit einem Witz, der bitter war wie Galläpfel.

»Halten wir es so«, sagte ich. »Wir vergessen zunächst die hochtrabenden

Anredeformen, weil wir sie alle vorzüglich beherrschen. Wenn du wieder bei Kräften bist, reiten wir zu jenem Karl.«

»Ich sage euch, er wird ein großer Mann werden. Er ist es, der Burgund auf den Thron des Landes hebt.«

»Er oder ein anderer«, warf Ciron ein. »Du bist in guten Händen, und ein Ehrenmann ist des anderen wert. Mich besiegst du nicht im Kampf der Schwerter.«

»Ich habe nicht einmal ein Schwert«, bekannte er und senkte den Kopf. Sie hatten ihn angegriffen, verfolgt, trotz erbitterter Gegenwehr niedergehauen und für tot liegengelassen, nachdem er ausgeplündert war. »Reich wurden sie dabei nicht, dieser Abschaum. Verwahrloste Söldner, ohne jede ritterliche Allüre!«

»Die Zeiten sind hart«, bekannte ich, »und rauh das Leben. Ich denke, daß wir dennoch gute Tage haben werden.«

»Dank eurer Gastfreundschaft bin ich dessen sicher.«

Obwohl Jacques als Anekdotenerzähler bald einen nachhaltigen Ruf hatte, nahm er sich ernst. Er aß für drei und half freiwillig den Waldarbeitern, als er wieder bei Kräften war. Er fiel elfmal aus dem Sattel, aber bald ritt er wieder sehr geschickt. Er lernte sogar, zusammen mit den Kindern, deren Liebling er binnen einer Stunde wurde, schreiben und lesen. Wir staffierten ihn aus unseren Vorräten aus und schenkten ihm Teile von Rüstungen und Waffen, die bald nach seinen Angaben sein Wappen trugen. Er begriff, daß Hygiene ein wesentlicher Bestandteil des Lebens und daß die Frauen und Männer Beaumonts nicht unsere Sklaven, sondern freie Menschen wie er und wir waren und blieben. Er änderte sein Weltbild innerhalb enger Grenzen. Schließlich begleitete er uns auf unseren Ritten durch die Umgebung und eskortierte den nächsten Wagenkonvoi in die Stadt. Als wir Nevers verließen, zügelte Rogeron neben mir sein Pferd und deutete mit der Lanze auf einen Mann, der abseits der Straße saß und einen rechteckigen Gegenstand auf den Knien hielt.

»Was tut er, Antal?« fragte er. Ich blickte die nahezu leere Straße entlang und erwiderte:

»Sehen wir nach. Er ist sicher nicht gefährlich.«

Unsere Wagen trugen leichtere Tauschwaren und schienen halb leer zu sein. Sie fuhren langsamer weiter, während wir auf den Mann zutrabten. Er blickte uns ruhig entgegen. Ich sah, daß er Papier und Zeichenmaterial benutzte, zog freundlich den Hut und fragte ihn, ob es ihn freue, was er sah. Es konnte nichts anderes als eine Stadtansicht sein.

»Ich mache Zeichnungen«, sagte er und lächelte zurückhaltend. »Vielleicht kann ich sie verkaufen. Wenn nicht, brauche ich sie für ein Bild. Ich bin auf der Reise in den Süden.«

Wir nannten unsere Namen. Er hieß Rogier und nannte sich van der Weyden. Wir standen in einer Linie da, mit senkrecht gestellten Lanzen. Plötzlich fuhr er herum und sagte nicht ohne Erregung: »So sollte ich euch malen! Ein herrliches Bild!«

Monique, nicht weniger prächtig ausstaffiert als wir, meinte: »Seid unser Gast! Kommt mit uns. Und malt uns in der Halle von Sagittaire.«

»Euch zu Pferde, mit den herrlichen Rüstungen – ich male euch nur bei Sonnenlicht.«

»Auch das gibt es bei uns!«

Wir luden ihn ein, schilderten ihm den Weg und baten, niemandem von der Abzweigung zu erzählen. Ich zahlte zur Sicherheit einige Goldstücke für Farben und Leinwand an und schüttelte seine Hand. Er willigte ein, und wenn das Bild so gut werden würde wie die kühne, unendlich präzise und liebevolle Zeichnung, hätten wir einen neuen zeitgenössischen Schmuck für die Wände des Schlößchens. Wir ritten weiter; Jacques unterhielt uns mit seinen Schnurren und Aufschneidereien. Er war völlig bei Kräften, und es zeigte sich, daß er ein Mann war, der die Gefahren des Lebens mindestens so gut kannte wie wir, sie aber für einen unabänderlichen Bestandteil der Welt hielt.

In den folgenden zwei Monden planten wir die Erweiterung des Flüßchens. Zuerst wurde das Gelände vermessen, dann suchte Ciron einen Steinbruch in günstiger Nähe und schließlich mußten wir den Geistlichen beruhigen, der alles für Teufelswerk hielt. Aber die Bereicherung des Speisezettels war nur ein Gesichtspunkt: Hungersnöte konnten kurzzeitig durch Fischfang und Wassermangel durch eine größere Anlage abgefangen werden. Wir leiteten den Bachlauf um – was Ciron meist in den Nächten unternahm, um die Arbeiten zu beschleunigen, dies merkte zumindest unser Mönchlein nicht – und fingen an, ein Stauwehr und die nötigen Anschlüsse zu bauen. Die jungen Lehrer und die Geistlichen sorgten dafür, behutsam oder nachdrücklich angeleitet, daß Chroniken und Kirchenbücher angelegt wurden.

Beaumont und Le Sagittaire waren, sozusagen, seit einem halben Jahrhundert in unserem Besitz. Keiner der Vorbesitzer lebte mehr. Unsere Fälschungen waren perfekt, denn wir hatten genug Zeit. Es mußte erreicht sein, daß die Nachkommen der lebenden Bewohner für alle Zeiten (soweit dies bei den chaotischen Barbaren überhaupt denkbar war) die legitimierten Besitzer des Bodens und freie Männer und Frauen blieben.

Auf seiner Wanderung erreichte uns Rogier van der Weyden und wurde im Schlößchen einquartiert. Er fing mit großflächigen Zeichnungen an, und jeden Tag mußte einer von uns oder mehrere oder gar alle Modell sitzen, zu Pferde oder in einem Sessel, vor der aufregenden Kulisse von Le Sagittaire. Aus vielen Einzelzeichnungen baute sich unter dem ungläubigen Staunen von Kindern und Erwachsenen langsam ein großes Bild aus Ölfarben, in verwirrenden Techniken und langwieriger Pinselführung auf.

Vier Pferde: Schimmel, Rappe, Rotfuchs und Schecke, in unterschiedlichen Positionen, eine Gruppe, die aus der gespannten Konzentration heraus auseinanderzuspringen schien. Darüber der dramatische Himmel eines Gewitters und Laubbäume drängten gegen die Quader des Schlößchens. Das große Dach der Scheune. Lichtreflexe auf den Rüstungen. Drei Speere, Schilder, Wimpel und minuziös geschildertes Zubehör, bis hinunter zu meinem kuriosen weißen Schnurrbart. Das Gemälde wuchs langsam, aber es war ein Fest für die Augen, jeden Tag etwas mehr zu sehen.

Der Wall aus Steinbrocken wuchs, während an der seeabgewandten Seite die sechste oder achte Generation der Noriker-Pferde die schweren Fuhren fetten Erdreichs heranschleppten. Ich wandte mich an Ciron.

»Wer fängt eigentlich die Fische, die wir aussetzen müssen? Und wo?«

»Alle Kinder des Ortes wissen schon, was wir brauchen. Sie werden irgend etwas in Krügen daherbringen«, versicherte mein robotischer Freund.

Rogier entdeckte das Buch, in dem ich zu lesen kaum Zeit fand. »Nimm es beim nächstenmal in den Arm, Chevalier«, bat er mich, »denn die Farben des Einbandes sind überaus prächtig.«

Es war schwarzes Leder mit vielen goldenen Lettern und Verzierungen. Ich willigte ein, und es gab Tage, an denen wir nur mit Brustpanzer und Helm dasaßen und unruhig wurden, während uns Rogier abbildete, mit haardünnen Pinselstrichen und erstaunlicher Aussagekraft.

Selbstverständlich schwebten weiterhin Spionsonden an ausgesuchten Orten und beobachteten verschiedene Personen. Während Ciron sich damit beschäftigte, ein einfaches Verfahren für Eisenguß zu finden, während unsere versteckte Anlage weiterhin massenhaft Salz produzierte, während das Gemälde wuchs und farbiger wurde, beendeten wir die Arbeiten an dem sichelförmigen See, der überdies etwa ein Drittel jenes Kreises bilden würde, durch den wir das Dorf schützten.

In jenen Jahren kümmerten wir uns kaum um die anderen, entlegenen Teile des Planeten. Wir sahen gewaltige Reiche, deren Aufstieg wir miterlebt hatten, wieder versinken – die Manghol, Chi'in, andere exotische Plätze. Ich begann zu begreifen, daß so unendlich viel, an dem ich mitgewirkt hatte, verloren war und langsam wieder entdeckt wurde. Mein Logiksektor tröstete mich, oder zumindest versuchte er es:

So, wie sich Larsaf III dreht, wachsen und vergehen Kulturen, versinken Erfindungen und tauchen andernorts wieder auf. Ich blieb trotzdem enttäuscht.

Die Tage gehörten der Planung und den vielen Arbeiten. Die Abende verbrachten wir beim Wein und Cidrebrand. Die Nächte gehörten Monique und mir, und die geradlinige und unkomplizierte Fröhlichkeit, gepaart mit handfester Vernunft und der Fähigkeit zu schimpfen, wenn sie in Sorge um mich war ... ich könnte mich nicht erinnern, je eine solche Geliebte gehabt zu haben. Natürlich war eines Tages das Gemälde fertig. Rogier, inzwischen der Freund der gesamten Siedlung, nannte es: *Drei Chevaliers mit gelb-schwarzem Buch und einem wehrhaften Fräulein.*

Deutlich war auf dem Buchdeckel zu erkennen: CONFLICTATIO FABRICATORIS PAUPERIS ... für den langen Text war nicht genug Platz im Schwarz des narbigen Leders. Es war ein herrliches Bild, das die Charaktere genau schilderte: den halb resignierenden, halb heiteren Jacques de Lalaing, die arkonidische Arroganz Antals, Cirons statische Ruhe und Kraft und das offenherzige Lachen Moniques. Natürlich trug ich das Buch im Arm, während meine Lanze auf einen imaginären Gegner deutete. Teile des Dorfes und Le Sagittaires füllten das Mittelfeld des Gemäldes aus. Ciron versiegelte es zwischen unbrechbaren Kunstglasplatten und hängte es in der Halle des Schlößchens auf, wo abends die letzten Sonnenstrahlen durch das Fenster darauffielen. Wir warteten, bis ein Händler des Weges kam, entlohnten Rogier reich und schenkten ihm ein Paar weiche Stiefel.

Dann eskortierten wir ihn bis zur Straße und baten ihn, nach seiner Rückkehr aus Italien wieder bei uns zu leben.

Zwischen der Arbeit an dem großen Tafelwerk hatte er mindestens zehn Dutzend kleine Bilder und Zeichnungen angefertigt und sie den Dörflern geschenkt. Die Mönche grollten, weil er kein Altarbild für das Kirchlein gemalt hatte. Wir beendeten den Damm, bepflanzten ihn und leiteten das Wasser wieder in das alte Bett zurück, von dem aus es unsere Mühle antrieb. Es wurde Zeit, Korn zu schroten und zu mahlen; das Mehl wurde knapp.

Zwölf Pferde liefen in kräftesparendem Trab dahin. Auch die Saumtiere waren nicht schwer beladen. Wir waren auf dem beschwerlichen, langen Weg nach Norden, und ich hatte zu Ciron de Ronca gesagt: »Du reitest voraus. Jeder, der uns angreift oder uns Übles will, wird unauffällig von deinen Schockstrahlen betäubt.«

»Verstanden, Ritter Antal.«

Ich konnte sicher sein. Ebenso jene, die mir vertrauten. Ciron/Rico, der Höchstleistungsrobot arkonidischer Fertigung, war ein Wunderwerk der Technik. In seinem positronischen Gedächtnis befanden sich alle Eindrücke von mehr als einem Jahrhundert des Aufenthalts auf der planetaren Oberfläche und darüber hinaus die Informationen, in Jahrtausenden einsamer, kalter Wache gesammelt und logistisch einwandfrei miteinander verknüpft. Die Maschine reparierte sich mittlerweile selbst, ersetzte und ergänzte Teile, erfand und verwendete bessere und leichtere Werkstoffe, und nicht einmal Monique würde, wüßte sie es nicht besser, in ihm *keinen* Menschen vermuten. Wir waren in guter Laune und unterhielten uns, während wir Meile um Meile zurücklegten, wohlausgerüstet und mit allem versehen, was wir brauchen würden.

»Und was bringt dich dazu, in jedem Träger des strapazierten Namens Karl einen Mann der Hoffnung zu sehen?« fragte ich Jacques.

»Er ist knapp achtzehn Jahre alt«, zählte der Chevalier auf. »Mit fünf wurde er verheiratet, indessen, die Braut starb, die arme Catherine de France. Mit vierzehn ist er schon Träger des Ordens vom Goldenen Vlies. Er genießt die Erziehung von Ghilbert de Lannoy. Er spielt sogar Harfe.«

»Das macht alles noch nicht einen guten Herrscher über Burgund und einen Weltenherrscher«, sagte ich. »Humor, sagst du, habe er auch?«

»Einen Humor«, bestätigte Jacques de Lalaing, »der wie Wein ist. Je besser, desto trockener und umgekehrt.«

»Und du sollst sein Vorbild sein?«

»Ich bemühe mich. Viele sprachen und schrieben viel. Ich mache es von seiner Freundschaft abhängig. Oder bestreitest du, daß ich ihm nicht das eine oder andere beibringen könnte?«

»Du könntest!« rief Monique. »Man wird sehen.«

Längst hatten wir unsere Schwertkämpfe hinter uns. Mich hätte er beinahe besiegt, aber Ciron bereitete ihm eine umfangreiche Niederlage. Bruxelles war unser Ziel. Flandern und Brabant gehörten den Fürsten Burgunds, und der fahrende Ritter schwärmte vom Prunk einer blühenden ritterlichen Zeit an den burgundischen Höfen. Ciron und ich sahen diesen Umstand realistischer und – skeptischer. Immerhin wurde in den reichen Städten ein selbstbewußtes Bürgertum sichtbar. Über Saint Quentin und Valenciennes kamen wir in die Tuchmacherstadt und schlugen am Rand eines Zeltlagers auch unser Quartier auf. Es dauerte nicht lange, bis unsere kleine Gruppe auffiel. Wir lernten den Erzieher des knapp achtzehnjährigen Prinzen von Burgund, Herzog Philipp selbst, und eine Vielzahl seiner Ritter kennen. Noch schienen Burgund und Frankreich nicht das Stadium offener Feindschaft erreicht zu haben.

Wie stets waren wir bemüht, völlig unabhängig zu bleiben. Die Dienste der Städter und Landbevölkerung erkauften wir. Während unsere Pferde weideten und gut versorgt wurden, führten wir ein heiteres Leben im Viereck der Zelte. So uneingeschränkt heiter war es auch nicht; ich lernte, sammelte Eindrücke und versuchte die Beweggründe der Barbaren zu verstehen.

»Antal, lernend und staunend?« sagte Jacques de Lalaing. Er probte und kämpfte, um sich für das Turnier zu qualifizieren. »Komm lieber in den Sattel und hilf mir!«

»Wobei?«

»Nun, ich betöre die schönen Mädchen, bringe dem Bengel bei, wie man ein Schwert hält und das Knie beugt, und der Herzog hat meinen Geldbeutel gefüllt.«

»Warum heiratest du eigentlich nicht eine reiche Tuchmacherwitwe?« fragte Monique in gutmütigem Spott. »Du wärst, mit allen deinen galanten Künsten, ein idealer Gatte.«

»Der ideale Gatte, schönste Freundin«, gab er höflich zurück, »ist ledig. Ich bin nicht geschaffen für die Einehe, die man auch Monotonie nennt.«

»Läßt dein Schützling Klugheit und Vernunft erkennen? Oder ist er nichts anderes als der Sohn des Fürsten?« wollte Ciron wissen. In unserem Blickfeld, unter den Mauern Brüssels, galoppierten die Ritter mit stumpfen Waffen gegeneinander an.

»Er liest die alten Griechen und Lateiner«, versicherte Jacques stolz, als habe er diesen Burschen selbst gezeugt. »Und er spielt Harfe und singt dazu.«

»Bring ihn mit. Oder bring uns zu ihm!« munterte ich ihn auf. »Vielleicht wird Karl zum Herrscher Frankreichs; dann stehen wir hoch in seiner Gunst.«

Du Optimist, sagte der Logiksektor in strafendem Ernst. *Davor stehen endlose Kämpfe. Niemand gibt Macht und Einfluß ab, ohne sich zu wehren.*

»Ich bin sein Freund«, entgegnete Jacques selbstbewußt. »Sein Vorbild. Er himmelte mich an. Ehrlich, so ist es.«

Ein paar Tage später brachte er uns zusammen. Wir drei standen am Wagen eines Händlers und ließen die herrlichen Tuche durch unsere Finger gleiten. Phantastische Muster, satte Farben, Gold- und Silberfäden erzeugten im Sonnenlicht Wirbel vor den Augen, und wenn Schatten auf die Stoffe fiel, sahen sie aus wie die Bilder Rogier van der Weydens. Pferde wieherten hinter uns, wir drehten uns um. Ein junger Mann sprang aus dem Sattel und kam auf mich zu.

»Ihr müßt Chevalier Antal de Beaumont und Sagittaire sein!« führte er mit Bestimmtheit aus, lachte offen und streckte mir die Hand entgegen. Ich ergriff und schüttelte sie.

»Das ist mein Name«, versetzte ich und stellte Monique und Ciron vor. Karl, schlank, kräftig und mittelgroß, mit großen, lebhaften Augen von dunklem Braun und nackenlangem, glattem Haar von derselben Farbe, war wohlerzogen; auf den ersten Blick mochte ich ihn. Er schien nicht im mindesten verdorben zu sein und von der Pracht des elterlichen Hofes und durch die unendliche Entfernung, die ihn von derlei Kreaturen wie Bauern, Händlern oder Handwerkern trennte.

»Jac erzählte mir alles von Euch und Sagittaire! Ihr seid, was ich nicht verstehe, die Fürsten der Zeit.«

»Das wirst du verstehen, Prinz, wenn du so alt bist wie ich«, gab ich freundlich grinsend zurück. »Was können wir für dich tun? Soll ich dir all das beibringen, was du von Jac nicht hast lernen können?«

»Ich sagte ja, daß er den Schalk im Nacken hat«, grollte de Lalaing. »In der Tat. Bogenschießen und den sicheren Armbrustschuß lernst du besser von Ciron und Antal.«

»Wann fangen wir an?« rief Karl. Hin und wieder huschte der Ausdruck des Zögerns, einer unbestimmten Melancholie über sein Gesicht. Aber sofort zeigte er wieder im Lächeln die weißen Zähne. Er hatte die Schönheit seiner Mutter geerbt, vielleicht auch ihren Hang zur lusitanisch-portugiesischen Traurigkeit.

»Morgen. Besorgst du die Waffen?« fragte Ciron den Prinzen.

»Ich helfe dir«, sagte der fahrende Ritter. »Schließlich willst du vor allen anderen glänzen und dein erstes Turnier bestehen.«

»Vive Bourgogne!« sagte Monique. »Ich werde deine Ehrenjungfrau sein, Prinzchen.«

Sie strahlten einander an. Karl schwang sich in den Sattel, während Jacques meiner Freundin einen Handkuß zuwarf. Sie sprengten davon. Wir erstanden eine genügend große Menge Stoff, um daraus einige Mäntel nähen zu lassen. Sie würden viel zu prächtig werden; man würde sie nur an Festtagen tragen können. Zusammen mit anderen Rittern unternahmen wir einen Ausflug rund um die Stadt. Auch das Land schien reicher, gesünder und mehr bevölkert zu sein als an vielen anderen Stellen. Glückliches Brabant ...

Methodisch, in einzelnen Schritten, lehrten wir zu dritt den Prinzen, wie ein starker Bogen mit langen Pfeilen, die schwere Armbrust, Schild, Schwert und Lanze zu handhaben waren. Er ritt immer besser, beherrschte das Pferd, und je mehr Zeit wir miteinander verbrachten – inmitten von Knappen, Rittern, breitschultrigen Männern mit Lunten-Hakenbüchsen, zahllosen Dienern, Dienerinnen, Dirnen, ehrbaren Frauen, Kindern und Händlern –, desto sicherer wurde Karl. Ciron und ich erzählten ihm von anderen Ländern, in denen unvorstellbare Sitten herrschten. Wir entwarfen das Bild von Menschen, die selbst über ihr Schicksal entschieden, die sich mit Seife und warmem Wasser wuschen, über den Reichtum eines Dorfes, das nicht von dem Herrn über Leibeigene verdorben wurde, und über viele andere Dinge mehr, die uns wichtig waren. Er stellte zahllose Fragen; dies sprach für ihn und eine wache Intelligenz.

»Ist es eine zu große Bitte, Chevalier Antal«, fragte er, als wir nach einem Waffengang, in dem die Lanzen zu langen Spreißeln zersplittert waren, unsere Pferde nebeneinander anhielten und den Schweiß von den Stirnen wischten, »wenn du mich mitnimmst? Ich möchte sehen, wie deine freien Bauern-Ritter ihr Dorf besorgen. Wie ihr wohnt und lebt in Le Sagittaire. Ich muß so vieles lernen. Ciron und du, ihr seid ganz anders als Jac. Er ist mein Freund, wie ein älterer Bruder ...«

Er sprach zu hastig und zu viel. Die Bekanntschaft mit uns schien ihn förmlich mitzureißen. Wohin? Wozu?

»Nach dem Turnier«, sagte ich. »Ich versprech's. Ciron, du und ich. D'accord?«

»D'accord, Chevalier!« rief er. »Wie Ihr immer sagt: ein Schritt nach dem anderen.«

»Und ohne Zögern!« gab ich zurück, klappte das Visier herunter und stellte die Turnierlanze senkrecht.

Tag um Tag verging. Ich lernte viel über die Gedanken und Empfindungen der Barbaren. Es war gleichermaßen aufregend, deprimierend und erschreckend. Sie waren wild und unbeherrscht, liebenswert und verabscheuungswürdig, und unaufhörlich stritten alle nur vorstellbaren Eigenschaften gleichzeitig in ihrem seltsam strukturierten Verstand. Mit gewaltigem Aufwand und Gepränge wurde das Turnier abgehalten, und unter der Aufsicht von Jacques de Lalaing bestand der junge Burgunderprinz sein erstes Turnier mit Bravour und mit nicht mehr als einem Dutzend Prellungen und Abschürfungen. Eine Reihe triumphaler Feiern schloß sich an, und sehr viel später saßen wir beide, Karl und ich, allein in meinem Zelt. Es war ein Zufall. Ciron, Jacques und Monique tummelten sich in der Stadt.

»Einen Pokal mit Wein?« fragte ich. Karl nickte in frühreifer Bedächtigkeit. »Ja, bitte, Antal.«

»Ich habe mit mehr Männern und Frauen gesprochen, als ich zählen kann«, begann Karl. Er wuchs mir immer mehr ans Herz. »Ihr vier, ihr Fremden, obwohl ihr die Sprache besser sprecht als ich, ihr seid die Klügsten.«

»Das ist richtig«, bestätigte ich. »Aber das hat seine Gründe. Dort, in jenem fernen Reich, woher wir kommen, sind *eure* Wunder Alltäglichkeit. Und wir verstehen hingegen vieles nicht, was euch umtreibt. Sage mir, was dein Ziel ist, wie es aussieht, was du dir von der Zukunft erwartest!«

Wir saßen in fellbedeckten Klappsesseln. Zwischen uns war der Tisch, auf dem ich meine Aufzeichnungen machte. An den vier Zeltstangen hingen Kleider und Teile von Rüstung und Sattelzeug.

»Lange habe ich mit meinem Vater gesprochen. Es ist an der Zeit, daß das Land unter einer Herrschaft steht. Ich dränge mich nicht auf den Thron. Aber es ist ein schändliches Unding«, antwortete er ohne Zögern, »daß sich Eidgenossen, Engländer, Franzosen, Burgunder und noch allerlei Volk um dieses herrliche Land streiten. Wenn es ein Burgunder sein soll, der herrscht – gut. Warum nicht ich? Oder ein anderer, der's besser kann als ich.«

Zwei Dutzend Kerzen brannten ruhig. Der Wein roch herb aus den Pokalen. Ich hatte angefangen, eine Karte des Landes zusammenzusetzen. Ich gab zurück:

»Wer immer versucht, das Land zu einen, muß tausend Schlachten schlagen und gewinnen.«

»Vielen Fürsten, wenn sie die Macht spüren, ist der Gehorsam abzukaufen«, sagte Karl kühn. »Aber wer bezahlt's?«

»Eine gute Frage. Kannst du es schaffen, drei oder vier Tage lang aus den Augen aller zu verschwinden?«

»Ich versuche es. Es muß gehen.«

»In ein paar Tagen? Wenn sich die Ritterschaft zerstreut und mit ihr auch wir aus Beaumont?«

»Ich verspreche es.«

Wir sprachen sehr lange und ruhig miteinander. Er hing förmlich an meinen Lippen. Ich schilderte ihm, daß sich ein Staat von unten herauf aufbaute. Zuerst die Bauern – waren sie nicht länger ausgebeutet, hielt man sie nicht unter der Knute von Steuern, Überfällen, einer zu mächtigen Kirche, half man ihnen, statt sie als Tiere zu bezeichnen, dann gab es mehr Nahrungsmittel aller Art, als man im Land verbrauchen konnte, und die Händler nahmen Geld ein, das als Steuern zum Teil abgeschöpft werden konnte. Darüber sollte sich eine Verwaltung aufbauen.

Ein Heer, mit den besten Waffen ausgerüstet, durfte nicht müßig gehalten werden. Um die bezahlten Soldaten zu verwenden, sollten Straßen und Brücken gebaut und Botenstationen eingerichtet werden.

»Das alles ist mehr, als ein einzelner in seinem Leben schaffen kann«, stöhnte Karl.

»Dann schare, so schnell und so bald wie möglich, gute und unbestechliche Männer um dich. Und noch etwas«, sagte ich. »Für einen Fürsten ist es besser, gute Freunde zu haben, anstatt Feste mit zweitausend Rittern in kostbarem Tuch zu halten. Merke: Was der Herrscher verschwendet, wuchs auf dem blutigen Schweiß von Zehntausenden. Kauft man sich so die Liebe des Volkes? Was hatte Jehanne, La Pucelle? Nichts als ihren Glauben.«

»Du verstehst, daß ich nicht dergestalt enden will«, murmelte er nachdenklich. Ich nickte.

»Ich versteh's. Alle jene Chevaliers, die hier turnieren – sprich mit ihnen! Das Land und seine Menschen sind es wert, daß sie ohne Furcht leben können – so wie in Beaumont.«

»Hilfst du mir, Antal?«

»Ja. Aber nicht jeden Tag«, versicherte ich. »Ich will ja nicht über Frankreich herrschen. Ich gebe dir gute Ratschläge, und ich wehre mich mit Entschiedenheit, wenn Beaumont angegriffen wird.«

»Ich muß alle diese neuen Gedanken überlegen«, sagte er, leerte den Pokal und nickte, als ich den Krug hob. Der Wein war nicht stark. Er würde in sein Bett finden, ohne zu schwanken. Überdies hörte ich vor den Zelten die Geräusche der haltenden Pferde, leise Befehle, knarrendes Leder und viele Schritte. »In etlichen Tagen bringe ich dich nach Beaumont. Dort sehen wir weiter. Und ich bringe dich auch wieder zurück.«

»Ich danke dir schon jetzt, Antal – und wie kann ich mich erkenntlich zeigen? Wünscht euch etwas! Mein Vater gibt es euch.«

Ich hob das Gefäß und sagte mir am Ende einer langen Gedankenkette, daß die

Barbaren einerseits rührend, andererseits ahnungslos und drittens immerhin in der Lage waren, wohlschmeckenden Wein zu keltern.

»Ich wünsche mir«, antwortete ich ernst, »daß du stets unterscheiden kannst, wer dein Freund, wer dein Feind ist. Ich jedenfalls, Ciron und Monique nicht minder, wir sind deine Freunde ... und das ist kein leeres Wort. Es gilt, wenn du bleibst, wie du bist, für ein Leben.«

Er sprang auf. Schritte näherten sich. Das Gelächter Moniques und des fahrenden Ritters wurden laut.

»Ich versuche es, Antal. Du hältst dein Versprechen?«

»Auf jeden Fall.«

Als die trunkene Gesellschaft in mein Zelt einbrach, saßen wir lachend am Tisch und unterhielten uns wieder über Nebensächlichkeiten. Es wurde eine lange Nacht mit noch mehr Wein und viel Lachen. Die Diener und die Pferde waren nicht betrunken, deshalb kam Karl heil in die Stadt zurück und Jacques ohne Unfall wieder zurück auf sein Lager. Er schnarchte grauenhaft und ließ sich nicht einmal stören, als Ciron ihm die Nase zuhielt.

Ich fühlte, wie sich die Muskeln des Pferdes unter mir spannten. Zuerst ging der Hengst im Schritt, dann im Trab, schließlich kitzelte ich ihn mit den Sporen, und er fiel mit hochgerecktem Kopf in Galopp. Rechts neben mir ritt Karl, neben ihm Ciron, und links sah ich aus dem Augenwinkel Jacques de Lalaing. Wir achteten darauf, daß wir uns ebenso wie die Pferde fast synchron bewegten. Unsere Ziele am anderen Ende der langen, gekrümmten Bahn waren noch winzig klein.

Vier burgundische Ritter hatten uns herausgefordert. Karl hatte darauf bestanden, ihnen zu zeigen, was wir konnten und was er gelernt hatte. Unsere Kettenhemden und Rüstungen funkelten gleißend in der Sonne. Die Schabracken der Pferde flatterten. Auf den Schilden strahlten die Wappen, die Wimpel knatterten lauter als die Helmzier. Wir standen in den wuchtigen Steigbügeln; die hohen Sattellehnen drückten gegen unsere Lenden. Dumpf trommelte der Hufschlag. Eine Staubwolke wallte hinter uns. Vor uns tauchten die ersten Puppen auf.

»Senkt die Lanzen!« sagte Ciron knapp. Gleichzeitig fällten wir die langen Waffen mit den stumpfen Enden. Wir ritten weiter auseinander; zwischen uns waren zehn Schritt Abstand. Wir bewegten uns auf einer Linie. Wir duckten uns gleichzeitig, richteten die Lanzenspitzen auf die Schilde der Puppen und trafen sie mit einem donnernden Geräusch.

Die Ritter-Puppen wurden auf ihrer senkrechten Achse mit aller Kraft herumgewirbelt. Ihr bisher verborgener Arm schlug mit einem Stacheleisen an kurzer Kette nach jedem von uns. Aber wir hingen schräg auf der abgewandten Seite aus dem Sattel, und die Eisenkugel fetzte nur ein Paar Federn aus den Helmbüschen. Fünf Galoppsprünge weiter hingen handgroße, farbige Ringe aus Geflecht an dünnen Fäden. Unsere Lanzenspitzen fuhren hoch, nach links und rechts, und ein Ring nach dem anderen klapperte gegen den Handschutz.

Ein Graben tat sich auf. Gleichzeitig hetzten wir mit einem weiten, flachen Sprung darüber. Keines der Pferde strauchelte auch nur. Neben mir schrien Karl und Jacques voller Begeisterung. Eine dreifache Barriere folgte, und wir setzten, langsamer werdend, steil darüber. Mein Hengst schlug mit dem Hinterhuf kurz an, ließ sich aber nicht aus dem Gleichmaß der Bewegungen bringen.

Inzwischen ritten wir an besetzten Tribünen vorbei. Die Zuschauer schrien und jubelten, als sie sahen, wie geschickt Karl im Sattel saß. Wir preschten weiter. Zwischen den Zelten rechts und links kamen unsere »Gegner« hervorgekrochen. Ihr Ziel war es, uns noch vor dem Tor abzufangen. Es wurde mit ungeschärften Waffen gekämpft, aber ein Waffengang sollte uns aufhalten.

»Nach rechts!«

»Vive Bourgogne!«

Wir waren schneller und kraftvoller. Jeder von uns stieß einen Ritter aus dem Sattel. Meine Lanze splitterte bis zum Handschutz. Ich warf die eingesammelten Ringe den Arm aufwärts, zog das lange Schwert und schwenkte den Schild über den Kopf. Zwei Reiter kamen auf mich zu, und ich lenkte das Pferd im Zickzack von einem zum anderen. Das Schwert krachte auf die Schilde, prellte von den Rüstungen ab, und mit einem Trick konnte ich den ersten Ritter aus Steigbügel und Sattel hebeln.

Er fiel rasselnd in den Sand. Mein Pferd sprang gegen den Hals des anderen Tieres, und ich duckte mich. Ein Visier wirbelte durch mein Blickfeld. Das Keuchen und der Hufschlag der Pferde mischten sich in das Keuchen der Männer und das heftige Klirren der Waffen. Donnernd polterten die Schläge auf die Schilde. Meine Klinge zerschlug die gegnerische Waffe.

Mit der Schulter rammte ich den Mann aus dem Sattel, riß das Pferd zurück und sprengte auf die drei Chevaliers zu, die sich um Karl drängten und ihn zwangen, langsam zurückzuweichen.

Ich führte mit der flachen Klinge wilde, weit ausholende Schläge. In den Schilden erschienen tiefe, dreieckige Kerben. Die Wucht der Hiebe ließ die Ritter schwanken. Ciron und Jacques waren durchgebrochen und galoppierten im engen Bogen auf Karl und mich zu.

Ich lenkte den ersten Ritter ab und focht mit ihm. Meine Dagor-Schläge waren keineswegs klassisch, aber weitaus wirksamer. Ich warf ihn vom Pferd, nachdem ich seine Schwerthand gelähmt hatte. Karl galoppierte an und bewegte sich zwischen beiden Chevaliers hindurch. Jacques und Ciron versperrten den übriggebliebenen Reitern den Weg; wir formierten uns rasch. Unter dem begeisterten Geschrei der Zuschauer ritten wir durch den Wassergraben, in einem aufsprühenden Hagel aus Wassertropfen, in denen sich das Sonnenlicht als Teil eines Regenbogens brach. Zuerst passierte Karl mit hoch erhobenem Schwert den Bogen, dann folgten wir, einer nach dem anderen. Wir ließen die Pferde auslaufen, hielten sie behutsam an und schoben die Visiere in die Höhe.

»Ich werde es euch nie vergessen«, stöhnte Karl schweißüberströmt. Wir kletterten ächzend aus den Sätteln und hielten uns an den Sattelknäufen fest. Diener eilten heran und nahmen uns Waffen und Helme ab. Mit nassen Tüchern wischten wir die Gesichter ab, dann kam kühler, hellroter Wein.

»Heute nacht«, flüsterte ich Karl zu, »nach dem Fest, geht es auf geheimnisvollen Pfaden nach Le Sagittaire.«

»Es sind zuviel gute Tage«, meinte de Lalaing. »Das war ein Waffengang nach meinem Herzen!«

»Die Damen werden dich verwöhnen, Jacques«, versprach ich. »Vergiß darüber nicht, was wichtig ist.«

»Keine Sorge. Wir kämpfen alle für ein mächtiges Burgund.«

»Ich kämpfe erst einmal um ein schmackhaftes Essen«, brummte ich. Wir hatten es nicht anders erwartet: Der Nachmittag gehörte einem gewaltigen Gastmahl, das bis tief in die Nacht dauerte. Ich nahm Karl zu unseren Zelten mit, schüttete ein Schlafmittel in seinen Wein und bettete ihn mit Cirons Hilfe in den kleinen Gleiter. In der Dunkelheit schwebten wir ungesehen davon. Es war noch Nacht, als wir im Hof von Le Sagittaire landeten. Noch schlief Karl. Ich wollte ihn nicht mit zuviel Wunderwerk erschrecken, denn er würde über solche Maschinen niemals verfügen können auf seinem beschwerlichen Weg zur Macht.

Karl wachte auf, als wir auf der Terrasse saßen und ein leichtes Mahl zu uns nahmen. Monique hatte im Dorf frische Eier und einen wuchtigen Schinken geholt. Er hob den Kopf, blinzelte und rieb sich die Augen. Dann gähnte er, betrachtete uns, die Umgebung und schüttelte sich.

»Ich habe lange geschlafen. Sind wir etwa in Beaumont, Antal?«

»Lange und sehr tief«, antwortete ich. »Und du sitzt auf der Terrasse meines Schlößchens. Iß! Nachher sehen wir uns um – es gibt viel, was ich dir zeigen muß.«

»Wieviel Tage sind wir ... geritten?«

»Lange genug«, wich ich aus. »Nach dem Essen zeige ich dir die Einrichtungen des Schlößchens.«

»Ich habe tatsächlich Hunger.«

Ich ließ ihn nur jene Dinge sehen, die seine Erfahrung nicht überstiegen. Dennoch war er von den Bädern und Zimmern überrascht, von den Glasfenstern ebenso wie von der Größe und handwerklichen Kunst der Möbel. Die falschen Bilder bestaunte er nicht; in seinen Schlössern und den Kirchen gab es größere und prächtigere. Vor Rogiers Tafelbild mit dem gelb-schwarzen Buch blieb er lange stehen und erkannte uns. Kopfschüttelnd untersuchte er die Geräte und Utensilien der Küche, das kunstvolle Pflaster des Hofes ließ ihn ebenso staunen wie die Treppenstufen, die Bögen und die Tore aus Holz und Eisen, mit herrlichem Schmiedewerk. Ein Junge brachte uns drei frische Pferde mit leichten Sätteln, und ich führte Karl, Prinz von Burgund, von einem Punkt zum anderen. Der See, die Schleusen, die Mühle, die schweren Erntegespanne, Schmied und Bäkker, Fleischhauer und das Haus, in dem verschiedene Käse und Butter hergestellt wurden – er kam aus der Verwunderung nicht mehr heraus. Darüber hinaus staunte er über die sauberen, rasierten Menschen mit gekämmtem Haar, in sauberen Kleidern, fröhlich und offen, die ohne Scheu grüßten und uns Scherzworte zuriefen. Ich zeigte Karl Beaumont de Fraconnade, Villeneuf und die Befestigungen im Wald ebenso wie die Fallen, die zwischen Hauptstraße und den Kurven des Weges angelegt waren.

»Euer Wald!« sagte er begeistert und zeigte auf die wuchtigen Stämme und das regelmäßige Unterholz. »Er ist schön. Geradezu kostbar. Viele seltene Bäume.«

Ich sagte ihm, daß seit einem halben Jahrhundert nur die ältesten Bäume gefällt und systematisch neue Setzlinge herangezogen worden waren. Die Baumriesen fielen in größeren Zwischenräumen, und wir ließen niemals große Flächen leerschlagen. »Jetzt hast du gesehen, daß freie Bauern, die ohne Peitsche und Zwang arbeiten, große Überschüsse erwirtschaften. Wir tauschen viele Fässer gesalzener Butter, unzählbar viele Käselaibe, Saatgut, Korn und Honig und hundert andere Dinge ein. Reiche Bauern sorgen für reiche Bürger, und die reichen Städte unterstützen dich. So sehen die Sprossen der Leiter aus, auf der du einmal ganz oben stehen willst.«

Ohne Hast ritten wir die Grenzen des Besitzes ab. Es war Erntezeit. Karl sah die kleinen Herden der Rinder, Schafe und Ziegen, Tauben und Hühner, Enten, Gänse, all unseren bescheidenen Reichtum, und er ging in die Hälfte aller Häuser und schaute sich um. Leise sagte er: »Im einfachsten Bauernhaus ist es heller, sauberer und geräumiger als in vielen Burgen.«

»So könnte es überall im Land aussehen«, gab Monique zurück. »Sorge dafür in deinem wachsenden Reich. Mach dir Freunde unter den Bauern. Deine Soldaten sollen die Straßen von Raubgesindel freihalten. Fang die Leute ein und laß sie Brücken oder Stadtmauern bauen. So geht es, junger Freund.«

Drei Tag lang streifte Karl durch Beaumont und jagte mit uns in den Wäldern. Er sprach mit vielen unserer Freunde und fand bestätigt, was wir ihm gezeigt hatten. Ich mischte ihm wieder ein Schlafmittel in den letzten Becher. Mit Ciron war ich verabredet; er sorgte dafür, daß niemand von den unglaublichen Abenteuern des Prinzen erfuhr: Er war angeblich mit Jacques de Lalaing ausgeritten. Monique blieb in Le Sagittaire. Als Karl im Tiefschlaf lag, brachte ich ihn zu unserem Treffpunkt; zwei Tage später besuchte er uns zwischen den halb abgebrochenen Zelten. Er packte mein Handgelenk und schüttelte meinen Arm. Sein Blick war ernst und traurig, aber er sagte mit fester Stimme: »Ich danke dir für alles, Ritter Antal de Beaumont. Ich wünschte, ich wäre älter und klüger. Dann würde ich dich bitten, mein Freund zu bleiben.«

»Meine Freundschaft«, sagte ich und bemerkte, daß Jacques voller Rührung seinen Bart zwirbelte, »bewahrt dich nicht vor Krankheit und Tod. Denk an die vielen Dinge, die du gesehen und verstanden hast. Wenn du es klug anfängst, erreichst du das Ziel deiner Wünsche.«

»Wir werden in Gedanken bei dir sein, Karl«, versprach Ciron feierlich.

»Und zwar so, daß du meinst, ständig meine blauen Augen im Rücken zu haben«, setzte ich hinzu. »Du bist achtzehn. In einem Vierteljahrhundert wird alles ganz anders sein.«

Wir gingen schweigend auseinander. Am nächsten Morgen war der Platz, an dem unsere Zelte gestanden hatten, wieder leer. Ciron und ich galoppierten zurück nach Beaumont, zurück zu Monique.

Cyr Aescunnar, Oemchèn Orb und Scarron Eymundsson sahen zu, wie sich die goldschimmernde Haube von Atlans Kopf hob. Wieder machte der Arkonide eine Pause; sie markierte deutlich eine Unterbrechung in den Jahren seiner Anwesenheit auf der Oberfläche des Planeten. Atlan und Monique zogen sich in den Schutz des mächtigen Überlebenszylinders zurück – nach Atlans mahnenden Worten zu Karl, den man *den Kühnen* nannte, für ein Vierteljahrhundert. Scarron deutete auf einen Monitor und die Sammlung handgeschriebener Zettel, deren Zahlen meist mit roten Fragezeichen versehen waren.

»Terranische Geschichte ist nicht gerade meine Stärke«, sagte Scarron. »Trotz meiner engen Bindung an ihn.« Sie sah hinüber zur Holoprojektion: Atlan wurde schlafend aus der Nährflüssigkeit gehoben. »Kennst du die großen Zusammenhänge zwischen den einzelnen Episoden, Cyr?«

»Ciron kennt sie noch besser als ich. Ich weiß, daß es, wie üblich, eine lange Geschichte von Kampf, Leid und Tod war. Unendlich viele Menschen starben schreckliche, sinnlose Tode – wenn es so etwas wie einen sinnvollen Tod gäbe«, sagte Cyr.

»Auch jene Jungfrau von Orléans, Jenanne d'Arc. Verbrannt, nicht wahr?« fragte Oemchèn.

Cyr nickte. »Sie wurde französische Nationalheilige«, sagte er. »Es gab einen Rehabilitationsprozeß, wenige Jahre später. Und schließlich sprach man sie heilig. Atlan fand sicherlich auch heraus, daß wilde Gerüchte und Legenden über sie entstanden. Sie soll angeblich nicht verbrannt worden sein; eine andere starb für sie, sagte man. In Wirklichkeit sei sie die Tochter von Isabella oder Isabeau gewesen, sie soll an internem Pseudohermaphroditismus gelitten haben, also in Wirklichkeit zur Hälfte ein Mann gewesen sein, man dichtete ihr den Robert des Armoises als Ehemann an und ein zweites Todesdatum, nämlich vierzehnhundertfünfzig. Aber: Sie war es, die verbrannt wurde.«

»Sie leitete so etwas wie ein Nationalbewußtsein in Frankreich ein, nicht wahr?«

»Zweifellos. Während die Engländer aus dem Land gedrängt wurden, riß der Kampf zwischen Frankreich und Burgund nicht ab.«

Der Historiker ging langsam hin und her und lockerte seine Muskeln. Er dachte an die Jahre im fünfzehnten Jahrhundert, in denen Rico und Atlan als Herren der Zeit bezeichnet worden waren, gedachte der prunkvollen Feierlichkeiten in den Städten und an die gewaltigen Schlachten, die geschlagen wurden.

»Karl, Prinz von Burgund?« fragte Scarron Eymundsson und stellte sich den dunkeläugigen Jungen vor, der neben Atlan und Jacques sein erstes Turnier geritten war.

»Atlan ließ ihn beobachten und traf ihn wieder.«

»Erreichte er, was er sich vorgenommen hatte?«

»Fast«, sagte Cyr.

»Aber der Buchdruck breitete sich aus und wurde zur allgemeinen Kunst.«

»Gensfleisch-Gutenberg überwarf sich in Mainz mit seinem Finanzier. Der andere sorgte für die Verbreitung des Druckes mit einzelnen Lettern. Es entstanden, vom heutigen Standpunkt aus, Kostbarkeiten der Drucktechnik. Das war lange vor der Zeit der Computer, der Nadel-, Hitze- und Laserdrucker. Die Barbaren gingen, wenn sie die Wahl hatten, immer den langsamsten, teuersten und beschwerlichsten Weg. Bei allem. Sie waren ein seltsamer Zweig der Evolution.«

»Was glaubst du, war der Grund, weshalb der Roboter Ciron de Ronca seinen Chevalier Atlan de Beaumont und Monique das nächstemal weckte?«

»Ich weiß es nicht genau. Höchstwahrscheinlich ihre Sorge um Karl den Kühnen. Wir sollten warten – wahrscheinlich ist die Unterbrechung nur kurz.«

»Wir warten«, entschied Oemchèn mit Bestimmtheit. »Ich sorge für das Essen, und du kannst Scarron inzwischen deine Versuche zum Erstellen einer lückenlosen Atlan-Zeittafel erklären.«

Vierzehn Stunden später wurde Cyr aus dem Schlaf gerissen. Atlan lag jetzt auf dem Antigravgitter über einem weißen, sterilen Laken. Die Haube war auf ihrem hydraulischen Arm weit zur Seite geschwenkt; der gläserne Tank war leer. Der Zellschwingungsaktivator auf der Brust des Arkoniden strahlte im Licht einer Batterie Solarlampen.

Konnte es sein, dachte Aescunnar, daß Atlans Gesundung so weit fortgeschritten war, daß er die Nährflüssigkeit nicht mehr brauchte? Atlans Worte wurden deutlicher; er berichtete weiter.

13.

Karl der Kühne, mittlerweile Herzog von Burgund, schien mindestens einen erbitterten Gegner zu haben: König Ludwig den Elften von Frankreich. Um ihn einzukreisen, in Schach zu halten und möglicherweise besiegen zu können, verbündete sich Karl mit England, Aragon und Kastilien. Der burgundische Besitz war größer geworden und umgab Frankreich wie eine Sichel im Osten, von Geldern im Norden bis hinunter zur Auvergne. Sigmund, ein österreichischer Herrscher, verpfändete ihm die habsburgischen Besitzungen am Rhein, weil er hoffte, daß Karl der Kühne ihm gegen die Eidgenossen hülfe. Karl schien alles, was er je gelernt haben sollte, vergessen zu haben. Ciron hatte ihn relativ eindringlich beobachtet und Informationen gesammelt, die einander zu widersprechen schienen.

»Um bestimmte Barbaren verstehen zu können«, kommentierte ich müde und noch geschwächt während der Tage nach dem Aufwachen, »muß man entweder sehr alt, sehr weise oder überaus zynisch sein.«

»Dein Freund Karl hat sich erschreckend verändert, auch äußerlich«, fügte Ciron hinzu. »Er hat ein schlimmes, an Enttäuschungen reiches Leben hinter sich.«

Der Logiksektor meinte in ruhiger Resignation: *Du bist weder zynisch noch weise oder wirklich alt. Vielleicht solltest du ihm helfen, wenn es mit Burgund und ihm zu Ende geht?*

»Antal, der Totengräber der Barbaren?« fragte ich mich leise und schloß meine Augen. Zum ersten Jahresdrittel 1476 hatte Ciron Monique und mich geweckt.

Halb besinnungslos, zwischen Schlaf und Wachen, überließ ich mich den Geräten und Maschinen der Tiefseekuppel und verglich in den nachfolgenden Tagen meine Erinnerungen mit den Bildern, Landkarten und Tonaufnahmen. Einige Zeit später, als Monique bereits in der Lage war, sich langsam zu bewegen, betrachteten wir gemeinsam die Aufzeichnungen, die der Roboter von Beaumont, Le Sagittaire und Villeneuf gemacht hatte.

»Sie haben überlebt!« stellte ich fest.

Das Dorf war während der vergangenen fünfundzwanzig Jahre dreimal überfallen worden. Die Einwohner hatten sich bravourös geschlagen, hatten die Eindringlinge aus den Verstecken heraus bekämpft und zurückgeschlagen. Einige Häuser waren zerstört und wieder aufgebaut worden. Ein Vierteljahrhundert war für eine Siedlung, in der jedes Jahr gesät und geerntet wurde, eine lange Zeit. Viele neue Gesichter sahen wir, und die Köpfe derjenigen, die uns noch kennen würden, waren grau, weiß oder kahl geworden. Auch die Schäden am und im Schlößchen schienen beseitigt; die zugemauerten Höhlen voller Ausrüstung hatte niemand entdeckt. Nicht einmal die Beaumonter wußten von ihnen.

Auf den Bildschirmen tauchten ausgewählte Szenen aus der Geschichte der Larsaf-III-Planetarier auf: Bei der Belagerung und Eroberung von Konstantinopel unter Emir Mohammed dem Zweiten wurden erfolgreich eiserne Bomben und Granaten verwendet. Die Portugiesen schickten Schiffe entlang der westlichen Africa-Küste nach Süden und suchten Schätze und Gold. Ein Deutscher entdeckte wieder einmal die Drehung der Erdkugel und berechnete die Lage der Kugeldrehachse. Portugal drang über die Trennlinie der Hemisphären nach Süden vor. Ein periodischer Komet näherte sich der Sonne, leuchtete auf und entfernte sich wieder in die Weiten des Universums. Allerorten entstanden leichtere, bewegliche Geschütze; wir konnten daran denken, unsere »Bombarde« aus dem Versteck zu holen und einzusetzen.

»Wir benützen den Gleiter, um nach Beaumont zu kommen!« ordnete ich an.

»Erst wenn ihr beide kräftig genug seid«, meinte Ciron. »Und bis dorthin dauert es noch einige Tage.«

»Ich werde versuchen, die geänderte Persönlichkeit Karls zu enträtseln.«

»Überdies wartet deine feuerhaarige Freundin auf Unterhaltung, Gegenwart und Gunstbeweise«, bemerkte Ciron und kümmerte sich um die letzten Feinheiten unserer Ausrüstung.

Nach der schweren Niederlage, die das burgundische Heer aus Adeligen, besoldeten Kriegsführern und vielen Söldnern bei Grandson erlitten hatte, plünderten die Eidgenossen das Lager. Karl hatte auf seinem Feldzug eine gewaltige Masse des eigenen Besitzes und der burgundischen Schätze mitgeschleppt, vermutlich um damit zu prunken und die neu eroberten Gebiete und Untertanen zu verblüffen. Hunderte Prunkzelte und heilige Reliquien, Silber, Staatskleidung und die berühmten Edelsteine Burgunds, die herzoglichen Kassen und vieles mehr wurden mitgeschleppt; Ballast in einem Feldzug, ein Höchstmaß an Unsinnigkeit.

Unter dem furchtbaren Brüllen der Kampfhörner von Luzern und Uri wurde das Heer in die Flucht getrieben, wiewohl zwei Drittel der Burgunder nicht einmal die Klingen mit dem Feind gekreuzt hatten. Die Eidgenossen erbeuteten so viele Waffen, daß sie damit eine Armee hätten ausrüsten können. Zweihundert Kanonen, Nahrungsmittel für etliche Monde, Hakenbüchsen, Pferde, Streitäxte, Harnische und Bögen, siebenundzwanzig burgundische Prunkfahnen und sechshundert Wimpel, auf denen viele mit Karls Wahlspruch bestickt waren: »Ich habe es gewagt«!, *Je l'ay emprins.*

Vergoldetes Silbergeschirr ging in den Besitz der eidgenössischen »Gewalthaufen« über, und sie nahmen sich, vom Wein angefeuert, auch der fast zweitausend Lagerdirnen an. Eine Welle von Reichtum und Schätzen ergoß sich über die eidgenössischen Älpler, und jedes Goldstück, das erbeutet wurde, fehlte dem Herzog von Burgund. Er handelte rastlos und zog ein neues Heer auf dem Plan de Loups nahe Lausanne zusammen. Man schrieb den März 1476.

»Er muß verrückt sein«, murmelte ich. »So gewinnt man keine Kriege!«

Eine Beobachtung hatte mich förmlich entsetzt: Die Eidgenossen kämpften mit mehr als drei Mannslängen ausragenden Speeren, wie seinerzeit die Sarissenträger des großen kleinwüchsigen Alexander. Weder Schwert noch Kampfbeil konnte gegen diese Waffe etwas ausrichten, weder Pferde noch Männer kamen an den furchtbaren Spitzen vorbei. Anstatt diese Krieger mit Pfeilen und Armbrustbolzen zu bekämpfen, klammerten sich die Burgunder an die Enden der Spieße. Nur einer von vielen Wegen, ein Heer und damit den Kampf zu verlieren.

»Noch ist es nicht mein Problem«, sagte ich zu Monique. Wir lagen nackt und ausgestreckt unter den Solarlampen und bräunten die Haut.

»Es wird deines«, erwiderte sie. »Ciron und du, ihr helft ihm doch?«

»Aber nicht gegen dreißigtausend Eidgenossen«, brummte ich. »Das ist zu viel, selbst für so furchtlose Panzerritter wie Ciron und mich.«

»Ich verstehe dich.«

Wenn ich niedergeschlagen und verzweifelt war über die Menschen, zu deren Hüter ich mich gemacht hatte, richtete mich Monique auf. Ihre naive Herzlichkeit, die in Wirklichkeit einer Mischung aus Lebenstüchtigkeit und unerschütterlichem Glauben an mich und an die gute Wendung aller Widrigkeiten entsprang, war echt und überzeugend. Ich streichelte ihr Haar und ihren Nacken und flüsterte:

»In sieben Tagen schlafen wir wieder unter den Sternen, in Le Sagittaire, bei weit offenen Fenstern.«

»Und die Vögel singen in den Bäumen.«

»Das tun sie auch, wenn Karl sich mit den Eidgenossen schlägt, nachdem er an hundert anderen Stellen gesiegt und dennoch nichts gewonnen hat, wie mir scheint.«

Die Lampen wurden ausgeschaltet. Um uns herum bauten die holographischen Bildschirme eine Kunstlandschaft auf, in der wir uns wohler fühlen sollten als zwischen den Wänden aus Glas, Stahl und Plastik.

Auf der Straße, auf der sich unzählige Heerestrupps sammelten, trabten auch wir nach Südost. Dann kamen wir über Beaune und Salins nach Pontarlier. Lausanne lag im Süden. Wir führten das Gespann mit der Kanone mit uns und eine Handvoll der zuverlässigsten älteren Männer aus Beaumont. Monique war in Le Sagittaire zurückgeblieben. Es war Ende April. Ciron und ich ritten voraus, und was einige Male ein gefährliches, reizvolles Spiel gewesen war, wurde jetzt tödliche Gefahr. Ciron und ich waren durch Abwehrfelder geschützt; im wirbelnden, riesigen Lager der Burgunder dauerte es lange, bis wir erfuhren, daß Karl in der Stadt im Quartier lag. Wir kämpften uns förmlich zu ihm hindurch.

Er war in bemitleidenswertem Zustand. Mehr tot als lebendig, aber er erkannte uns sofort. Seine dunklen Augen leuchteten auf. Er bat seinen Arzt, Matteo di Clerici, aus dem Zimmer. Ich öffnete die Schnallen des Brustpanzers und zog den »Schaugroschen« heraus.

»Fieber«, murmelte Karl. Sein grauer Bart war abrasiert. »Schmerzen im Magen, die mich verrückt machen. Kein Schlaf. Man spricht wegen der aufgeschwollenen Beine von Wassersucht. Weißt du, Antal, daß eine Kanonenkugel unseren Freund de Lalaing erschlug?«

Ich schüttelte den Kopf. Dann trat ich auf das dumpf riechende Bett zu und legte Karl den Zellschwingungsaktivator auf die Brust. Ciron lehnte breitschultrig und massig an der Tür. Die Situation war traurig und ohne viel Hoffnung.

»Mir scheint, Freund Karl«, sagte ich, »daß du in nicht allzu großer Ferne das Ende deines Weges erkennst. Eine Handvoll kleiner Siege und einige gewaltige Niederlagen. Hast du alles vergessen?«

Er umklammerte den Schaugroschen. »Es wird so warm. Die Schmerzen ... sie gehen weg. Du weißt nicht, wie schlimm die vielen langen Jahre waren. Meine Ziele, ein großes, herrschendes Burgund, kann ich nicht ohne Bundesgenossen erreichen.«

»Ich könnte dir viele Vorwürfe machen und dir deine Fehler aufzählen«, versetzte ich nachdenklich. »Ich werd's nicht tun. Was hängt von dem Kampf gegen die Eidgenossen ab?«

Die Zwiespältigkeit seines Charakters war mit den Jahren deutlicher geworden. In dieser Stunde in dem verräucherten, ärmlichen Stadtquartier drangen die Depressionen durch. Karl wirkte trotz der weißen Haare und der tiefen Falten in seinem traurigen Gesicht wie ein kleiner Junge, der sich in einen stillen Winkel verkriechen wollte, um den Rest der Welt zu vergessen.

»Besiege ich sie, hilft mir der Österreicher gegen Ludwig, diese universale Giftspinne. Vielleicht kannst du dir vorstellen, welche große Selbstverleugnung ich getrieben habe, all die Jahre. Wenn ich mich erinnere, dann waren die Tage damals, als wir zusammen die Ritter aus den Sätteln warfen, die letzten, an denen ich lachte.«

»Eine verdammt lange, schwarze Zeit«, sagte Ciron. Karls Intelligenz hatte gegen die Umstände gekämpft und war dabei, die entscheidende Auseinandersetzung zu verlieren. Er war zu ungeduldig gewesen und hatte einen zu großen Teil einer Welt herausgefordert, die ihn bewunderte, aber nicht verstand. Aus Mißtrauen wurde Ablehnung, daraus Gegnerschaft, die allzu rasch in offenen Kampf umschlug. Die *haulteur,* das Ansehen von Fürst und Burgund, war wichtig, denn es diente als Zeichen des Führungsanspruchs. Daher die Schwierigkeit, zwischen

Notwendigkeiten und unsinnigem Aufwand und Prunk auszugleichen. Ruhig und lange sprachen wir darüber.

»Ich bin gekommen«, sagte ich schließlich, »Ciron und ich kamen, um genauer zu sein, mit ein paar Getreuen und einer schönen Bombarde, um dir zu helfen. Einen Mond lang, nach dem Sieg, sollst du bei uns in Le Sagittaire leben und dich erholen. Alles für Burgund!«

Er nickte. Das Fieber war gesunken, und die Magenkrämpfe hatten schlagartig nachgelassen. Ich hatte ihn so gründlich untersucht, wie es mir möglich war, und jetzt injizierte ich ihm ein Kombinationsmedikament, das seinen Kreislauf in Ordnung und die Erreger darin vernichten sollte.

»Zwanzigtausend Männer habe ich«, sagte er, müde geworden.

»Darüber reden wir später. Morgen kommen wir wieder«, sagte ich. »Du wirst lange und tief schlafen. Noch etwas: Mein Amulett, ich brauche es fast dringender als du. Mich erhält es jung und blühend.«

De Clerici und Magister Bartolomeo aus Napoli, Karls Ärzte, staunten nicht schlecht, wie gut sich Karl der Kühne erholte. Ich dachte an eine Magenoperation, aber vor den Risiken schreckte ich zurück. Auf keinen Fall jetzt, vor der Entscheidung. Karl und ich versuchten, in die heillos zerstrittenen Massen und zwischen ihren ehrgeizigen, unerfahrenen Anführern Ordnung zu bringen und zu vermitteln. Tagelang ritten wir umher, stellten Kampfgruppen zusammen, ließen die Männer üben, bis sie fluchten, und entwickelten eine klare Marschordnung. Schließlich erteilte Karl dem erfahrenen Julio d'Acquaviva, Herzog von Atry, das Kommando über den ersten Zug.

Da zwar einige Tausendschaften auf Murten zu Vorposten bezogen hatten, es aber keine Aufklärung des burgundischen Heeres gab, hatte ich Ciron den Auftrag erteilt, die Bewegungen des eidgenössischen Heeres zu überwachen. Die Bergbauern schienen zu allem entschlossen zu sein. Sie machten keine Gefangenen während des Kampfes; an Lösegeld waren sie nicht interessiert. Karl der Kühne gab gleichlautende Befehle. Wir versuchten, aus dem Vielsprachengewirr und den auseinanderstrebenden Vorstellungen der Truppführer das Beste zu machen.

»Ausgerechnet der von Bubenberg, einst mein Freund und Waffengefährte«, fluchte Karl, »befehligt Murten. Wenn wir über die Brücke von Laupen vorgehen, bekommen wir's mit ihm zu tun. Wo willst du mit deinen Mannen kämpfen, Antal?«

»In sicherer Entfernung«, gab ich zurück. »aber mit großer Wirkung!«

Mitte Juni setzten sich Teile des Heeres in Bewegung und drangen in die Richtung der Saane-Übergänge vor. Heftige Kämpfe entbrannten, als die Burgunder zum erstenmal in das Gebiet der Berner eindrangen. Murten wurde belagert, und langsam wurden die Stellungen rund um die Stadt aufgebaut und stärker gemacht. Es herrschte die übliche Verwirrung, die von der Besatzung Murtens drastisch vergrößert wurde. Die Geschütze auf den Mauern und Türmen feuerten unregelmäßig, aber Tag und Nacht – und erstaunlich zielgenau. Von Zeit zu Zeit gaben Ciron und die Beaumonter einen Schuß ab. Als Graf Romont anfing, die Bombarden der

Burgunder zu justieren, klug zu laden und mit meiner Hilfe an den richtigen Stellen einzusetzen, brach langsam die Stadtmauer auf einer breiten Front nieder. Am Abend des achtzehnten Juni versuchten Teile des burgundischen Heeres insgesamt sechsmal, in die Stadt einzudringen. Stets wurden sie zurückgeschlagen, und in der Nacht gaben sie vorläufig auf.

In allen Teilen des Landes sammelten sich unaufhörlich neue Gruppen bewaffneter Eidgenossen. Ciron schätzte die Gesamtzahl der Verteidiger auf fünfundzwanzigtausend. Ich beriet Karl den Kühnen. Er gab seine Befehle an etwa ein Dutzend seiner Leute weiter; in jedem Fall Adelige, deren Mut, Entschlossenheit und Klugheit deutlich vom Prunk der Rüstungen und der Eigenwilligkeit übertroffen wurden. Ich hatte ein schlechtes Gefühl, und am Morgen des einundzwanzigsten Juni ritt ich langsam quer durch unseren Belagerungsring auf die Zeltgruppe der Beaumonter zu.

Ciron, von mir verständigt, kam mir entgegen. Längst war Karl einigermaßen gesundet, und ich trug den unersetzlichen Aktivator wieder auf der Brust.

»Nur an einer einzigen Stelle wird Aufklärung getrieben«, sagte er und hielt mein Pferd. »Hier!«

Er zeigte auf seinen Kopf. Im selben Moment dröhnte unsere Kanone auf und schickte ein heulendes Geschoß hinüber zur Stadt.

»Du hast für unsere Leute einen Fluchtweg ausgemacht?« fragte ich. Nur das Nötigste war ausgepackt. Die Pferde standen bereit, die meisten Lasten konnten in kurzer Zeit aufgeladen werden. Wenn Ciron bestätigte, daß er einen sicheren Pfad gefunden hatte, konnten wir ihm vertrauen.

»Ich habe errechnet, daß wir ihn benützen müssen. Das geht nicht gut aus für unseren Freund.«

»Ich muß auch auf die Eidgenossen setzen, auf deren Sieg. Sie verteidigen ihre Heimat. Sie sind motiviert, tödlich entschlossen und entsprechend rücksichtslos.«

»Weißt du, wo sich Karl gerade aufhält?«

»Ja. In seinem Hauptquartier. Hast du eine Erklärung dafür, warum zweitausend Mann Besatzung in Murten unser gesamtes Heer in Schach halten können?« fragte Ciron.

Ich schüttelte den Kopf. »Keine Erklärung, die dich oder mich zufriedenstellen könnte«, sagte ich grimmig. »Aber wir kämpfen in einem farbenfrohen, eleganten Heer, das allen Botschaftern und Beobachtern gut gefällt.«

»Auch die Eidgenossen sind hoch erfreut, eine so herrliche Armee zu überrennen. Sie haben den Sieg schon einmal geübt.«

Ich ritt im Zickzack zwischen Zelten, Palisaden, Gräben, Lagerfeuern und fröhlich tafelnden, unbewaffneten und ungerüsteten Söldnern auf Karls noch immer prächtige Befehlsstelle zu. Boten kamen und gingen unaufhörlich, ab und zu schmetterten Signaltrompeten. Wachen und Ordonnanzen kannten mich, den Freund des großen Herzogs; ich wurde durchgelassen und trat in sein Zelt. Karl ließ mir einen Becher kühlen Wein bringen. Er sah besser aus, aber sein Gesichtsausdruck ließ tiefe Zweifel und einen Entschluß erkennen, den er bis zum Exzeß vertreten würde.

»Allerorten fällt Regen«, sagte ich. »Und die Eidgenossen rücken heran.«

»Sie wollen nur, daß ich von der Belagerung Murtens ablasse«, widersprach er. Ich schüttelte den Kopf und fühlte drohende Verzweiflung.

»Warum glaubst du mir nicht? Gab ich dir jemals einen schlechten Rat?« fragte ich kühl zurück.

»Ich muß einen großen Teil der Beute zurückhaben«, beharrte er. »Ich warte auf den Kampf.«

»Deine Leute flüchten vor dem Regen. Sie werden auch vor den Spießen der Gewalthaufen fliehen«, versicherte ich ihm. »Warum eroberst du nicht mit einem harten, gesammelten Vorstoß diese verwünschte Stadt?«

»Ich will meine Leute nicht opfern.«

Ich setzte mich und ignorierte die Einflüsterungen des Logiksektors. Je länger ich mich mit den Problemen Frankreichs und Burgunds herumschlug, desto klarer erkannte ich, daß in Wirklichkeit niemand siegen würde, obwohl ununterbrochen kleine und große Schlachten tobten. Eine hauptsächliche Ursache war, daß der Begriff der Staatsidee seit der Blüte Griechenlands und Roms vergessen worden war und es zu viele kleine Herrscher gab, von denen jeder sein Süppchen kochte – und überdies schien jeder mit jedem auf undurchschaubare Weise verwandt zu sein.

»Deine Leute werden von den Eidgenossen geopfert werden«, versicherte ich ihm. »Dreh wenigstens deine Geschütze dorthin, woher die Verteidiger ihres Landes kommen. Du weißt doch, mit welcher Wut sie kämpfen!«

»Schon habe ich es befohlen«, antwortete Karl. »Du glaubst an einen Sieg der anderen?«

»Ich weiß, daß dein Heer überaus prächtig, aber wenig leistungsfähig ist. Die Erfahrung der Söldner heißt nicht Sieg, sondern Flucht.«

Wir blickten uns schweigend an. In sein Gesicht trat ein kranker Ausdruck. Karl schien logischen Argumenten heute weniger zugänglich zu sein als zuvor.

»Was kann ich tun«, fragte ich, »um dich dazu zu bringen, das Entscheidende zu erkennen und mit harter, kalter Entschlossenheit zu handeln?«

»Du hast so viel für mich getan, mir so viel geholfen«, sagte er langsam, schwerfällig seine Gedanken formulierend, »und nun stehe ich vielleicht vor der letzten Entscheidung meines Lebens. Vive Bourgogne, Antal! Nach mir wird ein anderer kommen, aber ich hinterlasse ihm mehr, als ich selbst einst bekommen habe.«

Ich leerte meinen Becher und stand langsam auf. Wenn meine düsteren Überlegungen zutrafen, hatte Karl bereits aufgegeben und kämpfte nur noch, um nicht als Feigling zu erscheinen. Oder wollte er in Schönheit und mit riesigem Aufwand untergehen?

»Karl, den man den Kühnen nennt«, sagte ich in tiefer Nachdenklichkeit, »ich wünsche dir Glück. Wir werden ein Auge auf dich haben. Denk an die ruhigen Tage, die ich dir in Le Sagittaire versprochen habe.«

»Ich danke dir, Antal. Bald wissen wir, woran wir sind.«

»Vive Bourgogne!« entgegnete ich lakonisch und ritt zurück.

Auch am nächsten Morgen regnete es. Stadt und Lager schienen völlig ruhig; zu ruhig für meinen Geschmack. Ich verwertete die Ergebnisse unserer Spionsonden und schickte Boten zu Karl und anderen Anführern. Der große Bastard, älterer Halbbruder Karls, einer der wenigen erfahrenen Männer, gab Alarm. Das riesige Lager geriet in fieberhafte Bewegung. Die Söldner griffen zu den Waffen, und für viel zu lange Zeit brach wieder das gewohnte Chaos aus. Wir bereiteten die letzten Geschosse vor und schwenkten das Rohr der Bombarde herum.

»Es wird ein böser Tag werden, Freunde!« sagte ich zu den Beaumontern.

»Ich sehe es kommen«, gab mir René zur Antwort. »Ich fürchte die wilden Sennen mit den langen Spießen.«

Ciron hatte wie immer für unser Überleben gesorgt. Wir halfen uns gegenseitig in die letzten Teile der Rüstungen. Wieder prasselte ein schwerer Regenguß herunter. Er hörte jäh auf; zwischen tiefhängenden Wolken schob sich die Sonne hervor. Sie stand sehr hoch; es mußte schon nach Mittag sein. Einige Büchsen schossen, aber das Geräusch, das über der Szene zu hören war, drückte das Erschrecken Zehntausender aus.

Die Eidgenossen kamen aus dem Wald hervor. Genau aus jenen Stellen, die Ciron und ich ermittelt hatten. Es waren Tausende, in stummer, aber nachdrücklicher Drohung. Die ersten Linien wurden von Büchsenträgern gebildet, dahinter kamen Männer mit ihren überlangen Lanzen. Die Geschütze der Burgunder begannen zu feuern, und einige trafen sogar. Dann legten die Hakenbüchsenschützen ihre Rohre an und bliesen auf die Lunten. Die beiden Heeresteile trafen aufeinander. Die Eidgenossen drangen trotz der Gegenwehr unaufhaltsam und überraschend schnell vor.

Zwischen den Palisaden sprengten burgundische Reiter hervor. Sie warfen sich auf die Eidgenossen, die in breiter Front gegen die Hänge anrannten. Die Schützen hatten ihre Waffen leer geschossen, und während viele von ihnen nachzuladen versuchten, brachen die Reiter durch die gegnerischen Reihen und schlugen die kleinen Gruppen auseinander, hinterließen Tote und Verletzte. Ununterbrochen donnerten die schweren Bombarden, und ihre Kugeln töteten, wenn sie wirklich trafen, viele Angreifer. Viele burgundische Reiter wurden von den Pikenträgern umzingelt und starben schnell – die langen, blitzenden Spitzen bohrten sich in die Hälse der Pferde, und trotz der Versuche der Reiter, die Lanzen mit Schild, Schwert und Kampfbeil abzuwehren, verloren sie stets dann, wenn ihr Reittier in die Knie brach oder sich aufbäumte, ihr Leben.

Über dem weit auseinandergezogenen Schauplatz des Gemetzels lag heller Pulverrauch. An einigen Stellen hatten sich Brände entwickelt. Die eidgenössischen Heeresteile drangen von beiden Seiten zangenförmig vor. Ein neuer Igel bildete sich, als die berittenen englischen Bogenschützen sich sammelten und ihre tödlichen Geschosse in die Haufen der Speerträger abfeuerten. Die ersten Gruppen wandten sich zur Flucht.

Troylo warf den Eidgenossen dreitausend Männer entgegen, die er vom östlichen Teil der Stadtbelagerung abzog. Da große Teile der Burgunder vom anstürmenden Gegner überrascht worden waren, schwemmte sie der massive Ansturm um so leichter hinweg. Sie kamen nicht in geschlossenen Blöcken dem Gegner in die Bahn, sondern in kleineren Gruppen. Die Eidgenossen umzingelten Somerset und seine Bogner und machten die Elitetruppe nieder.

Ciron wuchtete das vorletzte Geschoß in die Ladekammer unseres Geschützes. Wir konnten die Standarte Burgunds noch sehen; Jacques van der Maas schwenkte sie, um den eigenen Truppen zu zeigen, daß sie kämpfen sollten, daß der Große Herzog Karl unter ihnen war.

»Zwischen die Eidgenossen und den Herzog!« wies ich Ciron an. »Ihr anderen: Macht euch bereit! Lasten festschnallen! Sattelgurte!«

Unser Lager befand sich weit im Süden des Schauplatzes eines furchtbaren Gemetzels. Die Eidgenossen hatten in breiter Front das burgundische Lager erreicht. Burgunder wurden in den Zelten erschlagen, in denen sie sich bewaffneten und rüsteten. Die wenigen holzgezimmerten Unterkünfte und die Häuser, die den Burgundern als Quartier gedient hatten, verwandelten sich in Stätten schnellen Todes. Dann schlugen Flammen und Rauch aus Türen und Fenstern. Die Burgunder, die vor Todesfurcht in die Bäume geflohen waren, wurden mit Lanzenstichen und Armbrustbolzen heruntergeholt. Unser Geschütz donnerte auf, der Lauf zuckte in den Federn zurück. Eine breite Feuerwand stach wie eine flammende Barriere einige Steinwürfe vor Karl in die Höhe und schleuderte Hunderte Eidgenossen zurück. Ciron lud das letzte Projektil und schwenkte das Geschütz herum.

»In den Sattel, Antal!« befahl er. Ich gehorchte und aktivierte mein starkes Schutzfeld. Dann testete ich kurz meine Waffen. Langsam gingen die Pferde auf die Lücke im Unterholz zu.

Hunderte lombardischer Söldner flüchteten in tödlicher Angst in den See und versuchten zu überleben. Nur ihre Köpfe sahen noch aus dem kalten Wasser hervor. Vom Ufer aus erstach man die Männer mit Lanzen; die Armbrustschützen der Eidgenossen schossen die Lombarden ab wie Wasservögel. Ein paar versuchten trotz der Rüstungen zu schwimmen; die meisten ertranken, weil sie entweder das Schwimmen nie gelernt hatten oder vom Gewicht der Eisenplatten unter Wasser gezogen wurden.

Der letzte Schuß donnerte auf. Eine breite, langgezogene Masse Reiter und Fußtruppen flüchtete in südliche Richtung. Es gab keinen organisierten Rückzug mehr, und auch die Gegenwehr beschränkte sich auf tollkühne und sinnlose Aktionen. Wir sahen ein sehr großes Sterben und Töten. Die Ladung detonierte hinter den flüchtenden Burgundern und schuf zwischen ihnen und den Verfolgern eine riesige, kreisrunde Feuerfläche. Es gab den Rennenden und Hastenden eine gute Chance.

Ciron schwang sich in den Sattel, galoppierte an uns vorbei und setzte sich an die Spitze. Seine Bewaffnung und die Zuverlässigkeit ihrer Anwendung würden uns sicher schützen. Ich bildete den Schluß und hielt die getarnte Kampfaxt in der Hand. Wieder drehte ich mich um und warf lange Blicke auf das Schlachtfeld: Die Eidgenossen verschonten niemanden.

Tausende und aber Tausende Burgunder und deren Hilfstruppen fielen. Die Brände breiteten sich nicht aus, und schwacher Wind trieb die Rauchwolken nach Westen. Viele hundert Männer stürmten aus der Stadt Murten hinaus und griffen die Flüchtenden an. Antonio Legnano und Francesco Troylo schlugen die Angreifer zurück und schützten für eine Weile den Rückzug. Der Große Bastard entkam, weil sein Pferd schneller war als jene der Verfolger. Ich hielt Ausschau nach Karl dem Kühnen und entdeckte ihn sehr viel später neben Panigarola, in der Masse der Flüchtenden eingekeilt.

Romont marschierte, nachdem er sah, daß Weiterkämpfen sinnlos war, mit seinen Truppen in weitem Bogen am See vorbei. Mehr als zwanzigmal tausend Söldner der Burgunder blieben erschlagen zurück. Während die Flucht sich organisierte und eine flüchtige Eigengesetzlichkeit bekam, griffen die Eidgenossen immer wieder an.

Auch wir kamen mehr als ein dutzendmal auf unseren Schleichpfaden in Gefahr. Aber noch ehe die Beaumonter richtig erschrecken konnten, handelten Ciron und ich. Lähmstrahlen peitschten nach allen Seiten aus unseren Waffen und schleuderten die Eidgenossen schon in ungefährlicher Entfernung aus den Sätteln.

Wir ritten, von Ciron de Ronca geführt, fast die gesamte Nacht hindurch. Rechts von uns, auf breiteren Pfaden und Wegen, flüchteten die Reste der Burgunder, unter ihnen Karl der Kühne. Die Armee war vollständig geschlagen worden, nur die Glücklichsten hatten überlebt.

Auf burgundischem Gebiet schienen wir sicher zu sein.

Karl der Kühne zog sich nach Morges im Süden des ehemaligen Kampfgebiets zurück. Wir bogen nach Osten ab und ritten von Genf über Lyon auf der Handelsstraße zurück nach Beaumont. Wir erreichten unsere Siedlung am ersten Juli.

Die Eidgenossen begnügten sich mit weitaus weniger Beute. Ein Teil ihrer Truppen zog sich nicht in die Heimatdörfer zurück, sondern plünderte das Waadtland zwischen Murten im Norden und bis hinunter nach Lausanne. Die Stadt wurde ebenso ausgenommen wie die Klöster und der Dom. Der König von Frankreich griff ein und rettete Genf. Aus unerfindlichen Gründen ließ, falls die Nachrichten stimmten, Karl der Kühne die Schwester des französischen Königs entführen. Von Salins aus organisierte er, als habe er nicht zwei vernichtende Niederlagen erlitten, die Grenzen des burgundischen Besitzes und versuchte, neue Verbündete zu gewinnen.

Sein Traum jedoch, daß Burgund je ein Land erbeuten würde, das ihm den Zugang zum Mittelmeer sichern konnte, war zerstoben.

Die flandrischen Städte empörten sich gegen den Herzog. Karl bekam von ihnen kein Geld mehr für seine Truppen. Lothringen griff Luneville und Epinal an, aber vor Nancy scheiterte der Lothringer Herzog René.

Lothringen wurde verstärkt durch einige tausend Söldner des Italieners Campobasso. Nassau und Croy kamen aus den Niederlanden herbei. Wieder wurde die Lage für Karl den Kühnen bedrohlich.

Der elfte Ludwig wußte natürlich, daß die Verbindung zwischen beiden burgundischen Landesteilen schwer zu verteidigen war. Riß sie ab, verlor Karl der Kühne vermutlich den letzten Rest seiner Herrschaft. Die Stadt Nancy lag zwischen den burgundischen Zonen.

Seit Anfang August belagerte Herzog René diese Stadt. Karl rief Campobasso zu Hilfe. Der Mann und sein Heer rührten sich nicht von der Stelle. Karl der

Kühne hatte unter Anspannung aller seiner Möglichkeiten zehntausend Söldner bei sich und rückte nach Norden vor. Der Herzog wollte wenigstens die Landbrücke retten.

Von all den Plänen, Verwicklungen, Verträgen und Kämpfen, Vertragsbrüchen und dem Ärger zwischen Franzosen, Lothringern, Burgundern und Eidgenossen merkten wir in Beaumont nichts. Ein Winter mit viel Kälte und wenig Schnee hatte angefangen. Die Kinder lernten in der Schule, der Chronist schrieb; Ciron versuchte, zusammen mit unseren Mönchen, aus Blei kleine Lettern für den Buchdruck zu gießen und eine einfach Druckpresse samt Farben und Zubehör zu bauen. Der Müller füllte Schrot, grobes und feines Mehl in seine Säcke und lagerte sie sicher vor Ratten und Mäusen. Tagein, tagaus klingelten die Hämmer auf die Ambosse.

Die Oberfläche des Stausees überzog sich mit einer dünnen Eiskruste. Wir saßen alle im Warmen und fühlten uns wohl. Auf den Straßen herrschte zu dieser Jahreszeit Ruhe, denn auch die Umherwandernden zogen es vor, sich in Winkel zurückzuziehen. Unzählige erfroren in diesen Wintertagen. Moniques Augen leuchteten auf, wenn sie Bilder von südlichen Stränden sah oder unsere Berichte hörte.

»Und dort gibt es Land, das niemandem gehört? Ganz leere Strände?« fragte sie.

»So ist es«, antwortete ich. »Aber jenseits der Strände ist Wüste. Nichts wächst dort. Es gibt kein Wild.«

»Wann werden wir dort sein?«

Ich zog die Schultern hoch und blickte Ciron fragend an. Die Informationen, die wir einzogen, konnten nur unvollständig sein. Was Ludwig dachte, wer Verrat plante, auf welche Weise und gegenüber wem – das fingen unsere Sonden vielleicht einmal zufällig auf. Aber wir konnten sehen, welches Heer in welche Richtung marschierte.

Die Hälfte des Landes schien Waffen zu tragen. Wer arbeitete? Und woher kamen Nahrungsmittel und Ausrüstung? Ein Land voller eigennütziger Verrückter, die früher oder später ihren Machtanspruch mit dem Tod oder langem Siechtum bezahlten.

»Mein Gefühl sagte mir«, meinte ich skeptisch, »daß nicht mehr viel Zeit vergeht.«

Niemand hatte es ausgesprochen. Aber sie wußten, daß ich darauf wartete, was mit meinem seltsamen Freund Karl geschah. Oder auf welch aufwendige Weise er sein Leben beendete und sein herrliches Burgund zugrunde richtete.

»Karls Gegnerschaft jedenfalls wächst ständig«, warf Ciron ein.

Le Sagittaire, geschützt und warm, mit hellen Räumen und wenig prunkvoll eingerichtet, war das Zentrum der blühenden und reichen Siedlung mit ihren freien und stolzen Bewohnern gewesen. Von hier kam ein ständiger Strom von Ratschlägen, Hilfe und Anregungen. Es sollte sich nicht ändern, solange es in unserer Kraft stand. Die Gegensätze zwischen diesem vergessenen Winkel und dem Land waren – gottlob! – auffallend groß und, hoffentlich auch weiterhin, dauerhaft.

»Ja, ihr habt recht«, beantwortete ich unausgesprochene Fragen. »Ich werde versuchen, Karl dem Kühnen zu helfen. Vielleicht wird er bald unser Gast in Sagittaire sein. Ciron setzt mich mit dem Gleiter ab. Ich finde heraus, an welcher Stelle.«

»Karl ist vernünftigen Gründen nicht mehr zugänglich«, sagte Ciron schroff und deutete auf Nancy, ein Viereck auf einer unserer Karten. »Leicht hast du es nicht, Antal.«

»Wann war das jemals der Fall?«

»Bei mir, bei Monique«, sagte sie und lächelte herausfordernd. Schuldbewußt senkte ich den Kopf, küßte ihren Handrücken und heftete meinen Blick auf die vielen Farben der Karte. Jede bezeichnete nach nicht vollständigen Berechnungen die Herrschaft eines anderen Fürsten über ein Stück Land. Dieses bizarre Mosaik sagte alles: Die Welt schien alle Ordnung verloren zu haben; es konnte nur noch schlechter werden.

Ich verschwand nach dem kleinen Fest, mit dem wir das Ende des dreihundertfünfundsechzigsten Tages feierten. Beaumont und Villeneuf lagen in ungewohnter Ruhe da. Nur das Notwendigste befand sich in den prallen Satteltaschen; selbst meine Bewaffnung beschränkte sich auf Schwert, Kampfaxt und Schild. Die Commanderie Karls des Kühnen lag nahe der Stadt Nancy und in gewisser Weise zwischen den Feuern: Obwohl die Belagerten aus Hunger auf Ratten Jagd machten, um zu überleben, setzten sie den frierenden Burgundern zu, und von außen versuchten die abtrünnigen Lothringer, den Städtern Hilfe zu bringen. Ich hatte mich getäuscht: Die Lage war nicht nur schlechter, sondern katastrophal. Aus einem verlassenen Waldstück, tief verschneit, in klirrender Kälte, ritt ich auf Karls Zelt zu. Hunderte Rauchsäulen stiegen schräg in den grauen Himmel. In unregelmäßigen Abständen feuerten die schweren Bronzerohre der Bombarden. Mauern und Befestigungswerke Nancys sahen aus wie geschwärzte Ruinen. Frierende Postenreiter kamen auf mich zu, musterten meine Wappen und hielten mich auf.

»Bringt mich zu Karl dem Kühnen, dem Großen Herzog«, sagte ich. »Er braucht Hilfe. Er braucht mich, Antal de Beaumont. Nennt diesen Namen.«

»Komm! Schnell, es ist kalt.«

Etwa dreiundvierzig Jahre war Karl alt geworden. Auf mich wirkte er wie ein kranker Sechzigjähriger. Zuerst konnte er nicht verstehen, ausgerechnet mich zu sehen, aber dann freute er sich mehr und offener.

»Ich bin krank, Antal«, sagte er. »Nur noch diese eine Schlacht, und dann komme ich mit dir.«

»Wirst du gewinnen können?«

»Entweder gewinne ich, oder ich sterbe. Vierhundert Männer sind in der Heiligen Nacht erfroren. Dagegen sind kleinliche Gedanken zu vergessen, Antal.«

Ich hatte guten Wein mitgebracht. Mein Pferd war versorgt. Überall war ein nahes Ende zu spüren und zu sehen. Die Lothringer griffen immer wieder in kleinen Gruppen an und zogen sich zurück, wenn sie ihre schnellen Erfolge gehabt hatten. Der Winter war hier ebenso hart wie in Beaumont, aber hier, vor den zerschossenen Mauern, gab es nicht den Schutz fester Häuser. Karl und ich saßen in einem niedrigen Zelt, in dem Glutschalen ätzende Hitze verbreiteten. Häufig krümmte er sich und hielt seinen Magen mit beiden Händen. Wir waren allein, und trotz aller aussichtslosen Gedanken stellte sich rätselhafterweise sofort das alte Vertrauensverhältnis ein. Immer wieder erinnerte mich eine bestimmte Geste, eine Bewegung oder eine Wendung im Gespräch an den Jungen, der sich über sein erstes Turnier gefreut und Monique mit den Augen verschlungen hatte.

»Warum kämpfst du?« fragte ich. »Warum überläßt du das Geschehen nicht der Zeit und den Umständen? Und dann, wenn sich wieder alle streiten, greifst du mit einem Heer treu ergebener Männer ein?«

»Ich weiß, daß die Herren Eptingen, Thierstein und Rappoltstein ihre Truppen sammeln. Wenn sie zu früh kommen, ist alles verloren.«

»Also Sturm auf Nancy?«

»Ja. So sicher, wie ich habe Siffrein aufknüpfen lassen.«

»Was dich hundertzwanzig deiner gefangenen Leute gekostet hat.«

Er entspannte sich ein wenig, lehnte sich zurück und nahm einen langen Schluck aus dem Pokal. Der Wein schien seine Magenschmerzen zu lindern. Ich hob die Hand und sagte: »Du hast die halbe Welt gegen dich, Karl.«

»Das war früher nicht anders. Damals trugen sie keine Waffen.«

»Damals waren sie auch weitaus weniger tödlich«, mußte ich antworten. »Campobasso ist desertiert, Karl! Zieh deine Leute ab und überlasse die Schlächterei anderen. Du bist nicht in der Verfassung, einen Sieg zu erkämpfen.«

»Selbst wenn ich allein kämpfen würde, Antal, würde ich ihnen entgegenreiten.«

Wieder sprachen wir über vergangene Tage und sein einziges Vorhaben, Burgund zu einem einzigen, starken Staat zu machen, in dem alles so ruhig, klar und einfach war, wie er bei uns erlebt hatte.

»Du kannst nicht siegen. Wie bei Murten und vorher wirst du geschlagen«, wandte ich schließlich ein. »Mit den Geschwüren in deinem Magen fällst du vom Pferd, Großer Herzog.«

»Dann sterbe ich wenigstens nicht im Bett«, antwortete er und hielt mir den leeren Pokal entgegen. Ich füllte ihn halb und schüttelte mich. Karl war am Ende und wußte es. Hatte er mit seinem Leben abgeschlossen? Andererseits ... der Logiksektor meldete sich und sagte hart:

Er will die große Geste. Aber er wäre froh, wenn ihn etwas retten würde, das stärker und mächtiger ist als er. Du beispielsweise.

Es lagen weder Spannung noch Abenteuer im Geschehen dieser Tage. Unzählige Einzelschicksale vollendeten sich, will heißen, endeten mit unwürdigem Tod und Schmerzen. Winterwind, eisig und messerscharf schneidend, heulte durch das Lager. Es schneite; spiralige Wirbel dicker Flocken versperrten den Blick, und nur die Geschosse der eingerichteten Bombarden fanden im Schneetreiben das Ziel.

Boten kamen und meldeten das Vorrücken mächtiger Gegner. Die Burgunder, durch Tod und Desertion zahlenmäßig immer geringer, warteten auf den Angriff.

Der Abend kam, die Dunkelheit der Nacht senkte sich. Ich zog mich in ein Zelt nahe dem Quartier Karls zurück, wickelte mich in drei Decken und meinen Mantel und hörte, daß auch Karl der Kühne nicht schlafen konnte. Im Lager wurde es im Morgengrauen lebendig. Ich sprach leise mit Ciron, bereitete mir ein kurzes, aber nahrhaftes Essen und bat, mir das Pferd zu bringen. Ich hörte die Befehle, mit denen versucht wurde, die Geschützrohre von der Stadt weg, und auf den erwarteten Gegner zu schwenken. Jacopo Galeotto befehligte die Männer an den Bombarden und Feldschlangen.

In der Mitte des Lagers rüstete sich das Kampfkorps, das unter dem Befehl des Herzogs stand. Ich befestigte die letzten Teile der Rüstung und setzte den Helm auf. Als ich aus dem Zelt hervorkam und mich in die Kälte hinauswagte, stapfte Antoine, der Große Bastard, auf Karls Quartier zu. Wir begrüßten uns schweigend und im Bewußtsein, einen langen, tödlichen Tag zu beginnen. Ich dachte flüchtig an die Operation, die ich Karl versprochen hatte und in Le Sagittaire durchführen wollte, dann zuckte ich mit den Achseln.

Ein Satz hing unausgesprochen in der Luft: Die Niederlage war ebenso sicher wie das Ende aller großburgundischen Träume Karls des Kühnen.

Schnee wirbelte über die Landschaft hinweg. Trommeln dröhnten. Trompeten schmetterten frostkalte Signale über die Fläche. Als Karl seinen Helm aufsetzte und das breite Kinnband festzurrte, fiel der große goldene Löwe, das Symbol und Sinnbild für Burgund, in den schmutzigen Schnee. Karl sah mich schweigend an, bohrte seinen Blick in die Augen seines Halbbruders und murmelte: »Hoc est signum dei.«

Das war für ihn der letzte Beweis: *das Zeichen Gottes.* Karl ließ sich in den Sattel seines stämmigen Rappen helfen. Das Tier wurde *Moreau* genannt. Ich stellte meinen Fuß in den Steigbügel und zog mich auf den Pferderücken. Langsam ritten wir hinunter zu der Kampfgruppe. Es war eine der vielen Seltsamkeiten dieser Zeit, daß Gefechte und Schlachten mit einer gräßlichen Langsamkeit und Bedächtigkeit vonstatten gingen. Es war fast Mittag, und das Schneetreiben hörte auf, als Eidgenossen und Lothringer aus dem Wald von Saurupt hervordrangen.

Ich blieb in der Nähe Karls. Immer wieder trafen sich unsere Blicke. Ich war so gut geschützt wie noch nie, und die Anlage meiner Kampfaxt hatte ich auf Hochenergiestrahlen geschaltet.

Sonnenlicht brandete auf und hüllte die Landschaft und die vielen tausend Krieger in strahlendes, blendendes Licht. Ein Reiterheer galoppierte auf den lothringischen Heerbann zu. Die burgundischen Geschütze wurden abgefeuert, und die Büchsen der Schweizer schossen zurück.

Ein viele Männer breiter Zug splitterte in einzelne Gruppen auf. Eben hatte er noch einer langen Raupe geglichen, die Myriaden von langen Stacheln aufrichtete. Jetzt verwandelte er sich in eine Art flachgedrückter Igel, deren Stacheln nach allen Seiten drohten. Sonnenlicht funkelte von geschärften Lanzenblättern. Die gefällten Lanzen trieben die Burgunder zurück. In die Lücken galoppierten lothringische Reiter und zerschlugen die Verteidigungslinien in viele einzelne Gruppen, die sich tapfer wehrten.

Ein einzelner Reiter, der sich aus der Masse der Geschützbedienungen löste, flüchtete, von vielen Reitern verfolgt, auf das Ufer und die vereiste Furt der Meurthe zu und versuchte, das andere Ufer zu erreichen. Von beiden Seiten näherten sich die Gegner dem beweglichen Kampfkorps, in dem der Große Bastard, der Herzog Karl und ich uns befanden.

Sie kamen schnell, leise und entschlossen. Zahllose Einzelkämpfe wurden zu verwirrenden Gruppen. Der Lärm nahm höllische Ausmaße an, und man hörte ihn in der kalten Luft sehr weit. Echos kamen von den Waldrändern zurück. Flüchtende wurden von den Eidgenossen verfolgt und niedergemacht, aber der Blutzoll, den die Eidgenossen entrichteten, war nicht gering. Karl der Kühne – hinter ihm ich, gehüllt in eine unsichtbare Strahlenbarriere – ritt über das Feld, schlug Angreifer nieder, spornte seine Männer an, versuchte den Widerstand neu zu versammeln. Seine Kerntruppen wurden umzingelt und angegriffen. Nur wenigen gelang es, die wenigsten konnten ausbrechen. Die Stunden vergingen plötzlich rasend schnell.

Vordringen und Flüchten, vorwärts und zurück. Sammeln und neuer Angriff, erschütternde Szenen, in denen die Kräftigen den Verwundeten halfen, die Eidgenossen mit ihren weißen Gesichtern und den alpenländisch rauhen Schreien, ein erneuter Schneewirbel, wieder Sonnenschein, ein Windstoß und neue Vorstöße der Gegner – niemand nahm am Nachmittag noch die tobende Umgebung wahr. Jeder focht um sein Leben, und es schien keinen Punkt zu geben, an den man sich zurückziehen, mit entspannten Muskeln und gesenkten Waffen durchatmen und einen Schluck trinken konnte, nur um anschließend wütender und besser kämpfen zu können – weder für die Burgunder noch für die anderen.

Immer wieder röhrte im Durcheinander aus Klirren, Bewegungen, Schreien und dem schmerzhaft grellen Wiehern der Pferde, dem Schreien und Wimmern der Verwundeten und Sterbenden meine Waffe auf. Ich tötete jeden, der Karl zu nahe kam, und ich erschreckte Dutzende von Eidgenossen, die sich auf mich stürzten. Bald waren Grand Bâtard, Karl der Kühne und ich die einzigen wichtigen Ziele.

Ich hängte die Streitaxt an den Sattelknopf, zog den Dolch und setzte den Lähmstrahler an. Schenkeldruck und Zügel zwangen meinen Schecken, sich im Kreis zu drehen. Ich schuf um mich herum eine leere Zone, durch die nur noch Armbrustbolzen pfiffen und gegen den Schutzschirm prallten.

Wir näherten uns dem Ufer des Sees. Karls älterer Halbbruder hob sein Schwert, stieß einen gewalttätigen Schrei aus und galoppierte davon, auf eine Gruppe Pikenträger zu. Sein Pferd dampfte am ganzen Körper ... dann sah ich ihn nicht mehr. Der Abend kam viel zu schnell. Der Logiksektor schrie alarmiert: *Geradeaus! Rette deinen Freund!* Ich war etwa drei Bogenschuß weit entfernt, schob meinen Dolch in die Scheide und packte den Griff der Streitaxt. Vor mir sah ich eine kleine Gruppe unterschiedlich bewaffneter Männer, die einen lockeren Kreis um den Mann auf dem Rappen, den Herzog mit seiner prächtigen Rüstung, gebildet hatten. Die Sonne schob sich riesengroß und blutrot zwischen die Wolken am Horizont.

Ich setzte zum zweitenmal an diesem Tag die schmerzhaften Sporen ein und stellte mich im Sattel auf. Zwei dünne weiße Glutstrahlen verließen die Zierat-

Spitze der Waffe und schleuderten Eidgenossen zu Boden, die mit den schweren Armbrüsten auf den Herzog zielten, die Bewegungen seines Pferdes ausgleichend. Erfahrene Männer! Mein Pferd streckte den Hals und wurde noch schneller.

Ein Schuß traf den Rappen. Er wieherte laut und stieg mit wirbelnden Vorderhufen hoch. Im gleichen Augenblick traf ein zweiter Bolzen das Tier in den Hals. Einer der Schützen starb, gleichzeitig spaltete Karl einem Lanzenträger Helm und Hirnschale.

Das Pferd schwankte hin und her, rutschte und machte ein Dutzend Schritte auf dem Eis des Uferrands. Die Eisschicht barst, und der dampfende Körper kippte schräg in das aufspritzende Wasser. Ein Eidgenosse, vor meiner Waffe gedeckt durch einige andere, stürmte los und bohrte seine Lanze in Karls Körper. Noch ehe ich heran war und richtig zielen konnte, schlug ein Krieger mit der Hellebarde zu und spaltete mit der geschwungenen Klinge Karls Kopf vom Ohr bis zum Kiefer.

Ich war herangekommen, und in einem wilden Schlagwirbel vertrieb ich die Männer, verwundete und tötete sie. Der Platz rund um uns war leer – was bedeutete, daß nur noch bewegungslose Körper auf dem Schnee lagen. Ich hielt in meiner Raserei inne, sprang aus dem Sattel und stolperte und watete zu Karl hinüber. Das Pferd zuckte und starb, und der Körper meines Freundes versank halb im Wasser. Ich blieb starr stehen, dann sprang ich nach vorn und versuchte den Körper aus dem Sattel zu ziehen. Während meiner Bemühungen merkte ich, daß sich das Seewasser und das Eis vom Blut rot färbten, und endgültig sah ich ein, daß Karl der Kühne nicht mehr lebte. Ich ließ los, ging mit hängenden Schultern zu meinem Pferd zurück und hielt mich am Sattelknopf fest. Mechanisch klopfte und streichelte ich Kopf und Hals des Tieres. Dann winkelte ich den Arm ab, drückte eine Taste in der schartigen Verzierung des Unterarm-Rüstungsteiles und rief Ciron.

Durch den grauen, sonnenlosen Winterabend ritt ich quer über die Zone des vielgestaltigen Todes bis zu dem Treffpunkt. Ciron war mir entgegengeflogen, und am Waldrand senkte sich der schwere Gleiter, nahm das Pferd und mich auf und schwebte mit eingeschalteter Heizung und aktivierten Windabwehrschirmen zurück nach Beaumont.

»Der lange, schwarze Winter für Burgund hat angefangen«, sagte ich erschöpft. »Karl der Kühne – tot. Das war das Ende.«

»Ich habe Teile des Kampfes beobachtet«, entgegnete Ciron. »Und wieder ist ein Versuch gescheitert, den Barbaren Zivilisation und Kultur beizubringen. Mit Karl hättest du, für einen kleinen Ausschnitt, viel Erfolg haben können.«

Ich schwieg und hing traurigen Gedanken nach. Schließlich meinte ich: »Männer wie Karl müssen wohl scheitern. Sie sind ihrer Zeit voraus. Der Planet mag reif sein für Khubilai Khan und seine Reiter, aber nicht für einen wie Karl.«

»Siehst du deine Aufgabe als beendet an?« fragte Ciron.

»Nicht, was Beaumont betrifft. Ich schlafe, bis wir in Sagittaire landen.«

Der Gleiter summte durch die Nacht. Sie war ebenso schwarz und dunkel wie das Land unter uns. Ebenso dunkel war das Zeitalter. Wie lange noch, das vermochte niemand zu ahnen. Zwischen Mitternacht und Morgen waren wir im

Schlößchen, und ich konnte das innerliche Frieren, jene Kälte der Gedanken und Empfindungen, durch ein heißes Bad nicht vertreiben. Auch Monique verstand nicht, warum ich in einer Zeit des Kämpfens und Sterbens wegen eines einzelnen Mannes derart versteinert und abweisend zu sein schien.

Am 12. Januar, einem Sonntag, dem Tag der heiligen Hilda, wurde der Sarg des Großen Herzogs, letzter aus dem Geschlecht der Valois, zur Stiftskirche Saint Georg in Nancy getragen und beigesetzt. Karl der Kühne ließ eine zwanzigjährige Tochter zurück; Marie von Burgund. Sie lebte als Gefangene in Gent. Mein Versuch, den Barbaren zu helfen, war weitestgehend gescheitert. Dies stand für uns fest, also gab es keinen Grund mehr, sich mit Trauer oder Selbstvorwürfen zu beschäftigen. Wenn ich es vorzog, keine Machtmittel einzusetzen, mußte ich mit solchen Rückschlägen rechnen. Immerhin verbreitete sich die »Erfindung« des Buchdrucks nahezu so schnell, wie ich es erhofft hatte. In Le Sagittaire gingen wir daran, einige Einbauten zu montieren und zu testen. Ciron arbeitete mit seinen Werkzeugen und besonders robusten Einzelteilen und Werkstücken.

Ich saß im Haus von Falcone Guillaume, trank Bier und sprach mit dem graubärtigen Lehrer. Zwischen uns war der wuchtige Tisch aus Eichenholz mit dem herrlich geschmiedeten Gitterwerk der Füße.

»In deinen Augen flackert Aufbruchstimmung, Graf Antal«, sagte er mit seiner abgrundtiefen Baßstimme. »In diesen Wirren läßt du uns wieder allein?«

»Noch nicht. Aber uns ist etwas eingefallen, das euch helfen kann.«

»Sprich, Fürst der Jahre.«

»Wie stellen sich deine Söhne an? Lernen sie fleißig? Begreifen sie, in welch glücklicher Lage wir sind?«

»Ich denke schon«, sagte er. »Besonders Answin, der Älteste. Er will nicht weg. Er kümmert sich, wie du vielleicht gemerkt hast, um alles.«

»Er hatte einen guten Lehrer, offensichtlich«, grinste ich. »Ich will ehrlich sein: Wenn du Sorgen hast, komm ins Schlößchen, befrage uns, und du bekommst eine Antwort.«

»Ich bin alt, Graf Antal, und niemand lebt ewig. Nicht einmal du, denke ich.«

»Deswegen die Frage nach deinen hoffnungsvollen Abkömmlingen. Du darfst nur Answin einweihen. Der Vater gibt sein Wissen an seinen Sohn weiter und der wiederum an seinen Sohn. Es darf auch eine wohlgeratene Tochter sein.«

»Ich fange zu verstehen an, Conte.«

»Gut so. Denn niemand weiß, wann wir wiederkommen aus unserem fernen Land. Es gibt ein Problem für Beaumont? Man fragt dich, weil du der Älteste und Klügste bist, der Dorfschulze, Maître oder wie auch immer. Du gehst in die Halle von Sagittaire, stellst dich hin und fragst, und Ciron gibt dir die Antworten.«

»Das ist dein Ernst, Graf?«

»Allerdings. Bisher haben wir euch gute Ratschläge gegeben; das soll auch weiterhin so bleiben. Unter einer Bedingung, Falcone.«

»Schweigen?«

»Tiefstes Schweigen. Niemand außer dir darf es wissen. Und wenn du, was fern in der Zukunft liegen möge, deine letzten Stunden nahen fühlst, gibst du dein Wissen an Answin weiter.«

Die Tür öffnete sich. Catherine, die Frau des Lehrers, kam mit dem Bierkrug herein. Ohne zu fragen, schenkte sie nach.

»Ich danke dir, Catherine«, sagte ich. »Wir sprechen gerade von den Jahren des goldenen Lebensherbsts. Ist Falcone noch so rüstig, wie er aussieht?«

Sie drückte seinen Kopf an ihre breiten Hüften und streichelte sein Haar. »Er macht's, meine ich, noch ein paar Jahre, mein Alterchen.«

»Ich bin beruhigt.« Ich hob den Becher. Draußen winselte der Wind um die Hausecken und lagerte Schnee in den Stapeln der Holzkloben ab. Der riesige, gemauerte Kamin wärmte alle Räume des Hauses. Kerzen aus Bienenwachs brannten mit ruhigen Flammen, die sich in poliertem Messing spiegelten. Jeder Eindruck dieser Art bestärkte uns darin, daß unser Handeln richtig war. Es sollte in Beaumont so bleiben.

»Wann kommt ihr wieder, ihr Menschen?« fragte schließlich der alte Lehrer. Er hatte den Mut, diese Frage auszusprechen. Fast alle anderen hielten uns für Wesen, die Bestandteil einer Welt der Wunder waren. Ich hatte lange gebraucht, um zu verstehen, daß ein unbegreifliches Ereignis in diesen Jahren und in diesem Land untrennbar mit dem wirklichen Leben verbunden war. Göttliches Einwirken, Kometen, Blutregen und die Pest – alles war unausweichlich, alles erklärte sich aus dem sicheren Wissen, daß es jenseits der wirklichen Welt eine andere gab, die genauso auf das Schicksal des Menschen und der Natur einwirkte. Man sah uns keineswegs als Monstren, sondern als unbegreifliche, aber handfeste Menschen aus Fleisch und Blut.

»Das weiß ich nicht«, sagte ich. »Vielleicht treffen wir dich noch an, wie du die Kinder lehrst.«

»Es liegt in Gottes Hand«, seufzte er schicksalsergeben. »Was du versprochen hast, Graf, ihr werdet es halten?«

»So gut wir können«, versicherte ich. »Wenn Le Sagittaire zerstört wird, können wir nicht mehr miteinander sprechen.«

Wieder bewies der alte Mann, der selten viel sprach, geradlinig dachte und schon mehrere Male bewiesen hatte, daß er hinter die Dinge zu blicken versuchte, daß er mich durchschaut hatte.

»Wir müssen also dafür sorgen, daß das Schlößchen stehenbleibt. Daß niemand es ernsthaft beschädigt. Oder verstehe ich es falsch?«

Ich grinste und trank den letzten Schluck.

»Du siehst es richtig. Wer immer will, soll das Schlößchen bewohnen. Aber er muß dafür sorgen, daß das Gebäude nicht verfällt. Daß es in den Gewölben für euch alle viele Verstecke gibt, wißt ihr längst. Ich lade dich morgen mittag ein – komm, iß mit uns, und ich erkläre dir, was zu tun ist.«

»Gern, Graf Antal. Du gehst schon? Es ist noch genug Bier da!«

Ich stand auf und wickelte mich in den dicken Mantel.

»Trunksucht ist verabscheuungswürdig«, brummte ich. »Ist schon der Wein so gut, muß ich nicht auch noch meine Gedanken mit Bier verwirren. Danke, Falcone.«

Wir schüttelten gegenseitig die Hände. Dann klappte ich die pelzgefütterte Kapuze über den Kopf und ging hinaus ins Schneetreiben. Die Siedlung war dunkel; um diese Zeit schliefen die meisten. Nur hinter wenigen Fenstern sah ich schwache Helligkeit. Ich leuchtete meinen Weg zum Schlößchen mit der kleinen Lampe aus, klopfte Schnee vom Mantel und verriegelte hinter mir die Türen.

Im Stockwerk über der Halle und den Treppen glühten die Kloben in den Kaminen. Oberhalb der Treppe, scheinbar auf massive Quader gemalt, sah ich die wenig künstlerischen Fresken. Ciron hatte sie in eine dicke Kunstglasplatte eingeätzt. Ein eiserner Leuchter diente als Kontakthebel. Wieder mußte ich lächeln. Niemand würde dahinter eine Funkanlage vermuten, die Le Sagittaire mit Cirons Maschinen in der Tiefseekuppel verband. Ich ging weiter und setzte mich zu Monique, die im großen Sessel lag, die Beine unter einer Decke, in der Hand die losen Seiten eines Buches, das von den Mönchen gedruckt worden war.

»Sicher hast du deinen Freunden lebenswerte Aussichten über die Zukunft eröffnet?« fragte sie, lächelte und streckte die Arme nach mir aus.

»Ich tue alles«, gab ich zurück, »um ihnen den Abschied zu erleichtern und eine gewisse Sicherheit zu geben. Das sind wir ihnen schuldig. Sie sind es, die bisher garantierten, daß wir eine Heimat haben.«

»Ich weiß es genausogut wie du«, meinte Monique. »Wann nehmen wir Abschied?«

»Wenn es am kältesten ist«, antwortete ich. »Im Ernst: Ich würde gern den Winter hier verleben und den Frühling abwarten. Wir haben viel Zeit. Bevor wir wieder einschlafen, besuchen wir die Strände, von denen ich erzählt habe.«

»Darauf freue ich mich. Genauso wie auf einen Winter, in dem wir die Türen schließen, die Vorhänge zuziehen und uns aneinanderschmiegen, Antal.«

»Es muß eine Entscheidung geben«, sagte ich schließlich. »Bleiben wir bis zum Frühlingsende. Das ist ein unverrückbares Datum.«

Wir küßten uns. »Einverstanden«, flüsterte Monique. »Und sollten wir wieder aufwachen, dann hoffentlich in einem Land, in dem weniger gekämpft und getötet wird als in Burgund und Frankreich.«

»Ich bin nicht sicher«, erwiderte ich voller Skepsis, »ob wir einen solchen Landstrich finden und, fänden wir ihn, ob er nicht viel zu klein ist, meine feuerhaarige Geliebte.«

»Wenn es dieses Land gibt: Ciron und du, ihr findet es!« sagte sie und bewies ein Vertrauen, das ich nicht teilen konnte.

Tage summierten sich zu Monden, und Beaumont de Fraconnade überlebte den Winter so gut oder so schlecht wie jeden anderen Winter seit Beginn dieses Jahrhunderts. Es gab Geburten und Sterbefälle; neue Gräber und Säuglingsgeschrei. Diesmal wurde mir die Zeit zu lang. Unsere Jagden führten weiter in die Umgebung hinaus. Im Dorf leerten sich langsam die Speicher, und die Handelszüge kamen zurück, ohne daß sie angegriffen, überfallen und beraubt worden wären. Der Winter ging vorbei, und nach einer Reihe warmer Tage brachen die Knospen auf. Längst hatten wir das Zwischenziel gefunden und die Reise vorbereitet.

»Wir fliegen mit leichtem Gepäck«, bemerkte Ciron. »Nahezu alle unsere Vorräte, ob es Eisenbarren zum Schmieden sind oder Goldplättchen zum Prägen von Münzen ... wir haben sie verbraucht.«

Der Logiksektor kommentierte grimmig: *Goldplättchen! Eine raffinierte Legierung, mit der man die Kaufleute der Barbaren täuscht!*

»Es ist gut so«, entgegnete Monique. »Ein Zeichen. Wollen wir uns von jedem verabschieden, oder lösen wir uns einfach in warme Frühlingsluft auf wie damals?«

»Letzteres ist angebracht.«

Überall zeigte sich, fast stündlich mehr, jenes wunderbare Grün der Halme und Blätter. Ich wußte seit langem, daß es für die Bewohner dieser herrlichen Welt ein Zeichen der Hoffnung war. Ich hatte mich stets von diesem optimistischen Gefühl anstecken lassen, und auch jetzt, als ich mit Monique ein letztes Mal die augenscheinlich sicheren Grenzen dieser Siedlung abschritt, Hand in Hand, freute ich mich uneingeschränkt an den vielen Versionen unschuldiger Schönheit.

Im Dorf rüstete man für das Fest. Es würde wie immer eine Orgie von Würsten, Schinken, Käse und Broten werden, von Bier und Wein. Es war der Ehrgeiz dieses Völkchens, anläßlich solcher Gelegenheiten zu zeigen, was Küche und Kammer hergaben. Wir fügten uns gern in diese Tradition ein, und dieses Mal gab es sogar Musikanten auf Instrumenten, die während der Markttage eingetauscht oder gekauft worden waren. Die Lieder waren inzwischen auf echtes Papier gedruckt, zur Mißbilligung unserer Geistlichkeit, die von derart losen und lebenslustigen Texten nicht viel hielt.

Trotzdem sprachen unsere Mönchlein herzhaft den Humpen und Bechern zu, ebenso wie den gewürzten Braten und all den anderen Leckereien.

Musik, Stimmengewirr, Gelächter, der Rauch und die Düfte der Roste und Spieße, der Geruch des Weines und des Bieres und mehr als dreihundert Personen, die unter dem riesigen, uralten Baum und zwischen den Häusern umherliefen, schwankten, sich uralte Geschichten erzählten und sich begehrliche Blicke zuwarfen – ich kannte und schätzte diese Eigenschaft der Planetarier zur Genüge. Sie übertrieben immer: in der Grausamkeit, der Wehleidigkeit, in der Freude und der Raserei, in der sie sich selbst vernichteten. Diese Feste waren die harmloseste und liebenswerteste Variante ihres Verhaltens. Als die Festlichkeit ihren Höhepunkt erreicht zu haben schien, trafen Falcone und ich an der Wand der Mühle aufeinander.

»Gute Reise«, wünschte der Weißhaarige halblaut. »Ciron schleppt gerade eine Truhe davon. Sie ist mit den besten Leckerbissen gefüllt. Ich habe sie hineingepackt.«

Ich drückte seine Hand und schlug ihm auf die Schulter. »Wir danken dir. Ich weiß diese Geste zu schätzen. Lebt wohl, und du weißt, was zu tun ist.«

»Ich werde es nicht vergessen«, versicherte er. »Kommt hierher zurück, bitte! Meine Enkel werden euch begrüßen. Ihr seid in ihren Märchen die Helden.«

»Nichts ist billiger als ein Held«, sagte ich und wandte mich ab. »Und die meisten überleben es nicht.«

Er blickte mir nach, als ich mich aus dem Lichtkreis der Feuer, Fackeln und

Lampen entfernte. Ein letztes Mal ging ich in Ruhe die Serpentinen zum Tor von Le Sagittaire hinauf. Nach zwanzig Schritten löste sich vom knorrigen Stamm einer Pinie die Gestalt Moniques. Wortlos kam sie auf mich zu, und wir umarmten uns und gingen ebenso wortlos weiter. Es war ein ganz besonderer Abschied, das ahnten wir. So als ob wir jetzt schon wüßten, daß wir niemals wieder hierher zurückkehren würden.

Es mochte so sein oder ganz anders. Ciron hatte die letzten Reste unserer persönlichen Ausrüstung zusammengepackt und in den schweren Gleiter geladen. Le Sagittaire wirkte plötzlich kahl und leer, trotz des sauberen, einwandfreien Zustandes, in dem ich das Dutzend kleiner und großer Räume stets gehalten hatte. Der Gleiter war bereit. Wir setzten uns in die abgenutzten, bequemen Polster, und Ciron flog ganz langsam in geringer Höhe drei Kreise um Beaumont. Unter uns, klein und unbedeutend – so sah es aus, aber es stimmte dieses Bild nicht! –, breiteten sich Lichter und tanzende, singende und schwankende Gestalten der Menschen aus, ihre Häuser und Gärten und all das, was ihr Leben lebenswert und würdevoll machte. Ehe uns die Rührung übermannte, beschleunigte Ciron den Gleiter und ließ ihn steigen. Wir flogen nach Süden. Das Abspielgerät gab die schönsten Melodien dieser seltsam zerrissenen Zeit von sich, während wir müder wurden, die Sterne und die haarfeine Sichel des Frühlingsmondes über uns sahen, noch einen Schluck Rotwein tranken und schließlich einschliefen. Wir hatten die Arme umeinander geschlungen, und es war, als würde sich jeder von uns an etwas klammern, was vergangen war.

Jeder von uns, aber nicht Ciron de Ronca. Er brachte uns in rasend schnellem Flug – irgendwohin. Als wir aufwachten, hatte sich die Welt verändert. Eine solche Umgebung hatte ich mir vorgestellt. Ich öffnete die Augen und blinzelte.

Eine Insel offenbar. Brandung des großen Ozeans rauschte und donnerte an meine Ohren. Das Licht war viel zu grell, und ich blinzelte. Ich roch salzigen warmen Wind eines Eilands, das weit im Süden lag. Über uns spannte sich ein Zelt; eines Teiles unserer Ausrüstung. Jetzt hörte ich auch leise maurische Musik. Ein Schock? Nein. Cirons Speicher und Rechenwerke hatten ermittelt, daß die Veränderung radikal zu sein hatte, um mich den sinnlosen Tod eines Mannes vergessen zu machen, der einer meiner besten Freunde hätte werden können. Ich lag ausgestreckt auf der dünnen, federnden Unterlage, auf kühlen Laken. Neben mir wachte Monique auf und bewegte unruhig und halb im Traum ihren Körper. Ich schlug die Zeltleinwand zurück, lief gähnend in die Richtung des blendendweißen Strandes und warf mich in die erste große Brandungswelle.

Selbst ein arkonidischer Kristallprinz sollte in der Lage sein, sich zu entspannen und den Augenblick ohne die Last der Überlegungen zu genießen! Mein Extrasinn rief mich warnend zur Ordnung. Ich schwamm im warmen Wasser einer zerklüfteten Lagune. Ich ließ Wärme, Sonne und salziges Wasser auf mich einwirken. Ich wußte, daß auch diese Idylle bald enden würde. Dann tauchten wir wieder in unser stählernes Gefängnis, das uns scheinbar langes Leben sicherte.

Ich spürte die Muskeln, keuchte vor Anstrengung, tauchte und sah die farbigen Schuppen zahlloser Fische. Ich kam hoch und ließ mich von der nächsten Welle an den Strand spülen. Monique kam über den Sand gelaufen und lachte laut; einer ihrer Träume hatte sich in die Wirklichkeit verwandelt. Keine Sorgen, kein Kampf, kein Töten – und nicht einmal der nachspürbare Hauch des Winters. Exotische Bäume raschelten mit Ästen und Wedeln über uns. Wir waren auf dieser Welt wieder einmal völlig allein. Ich sprang auf und packte Monique fest am Arm.

»Ist es das, was du geträumt hast?« fragte ich und zog sie zum Wasser. Sie kreischte vor Lebensfreude.

»Nein! Aber es ist so schön wie der Traum, Antal!«

Wir trugen keine Kleidung. Nur auf meiner Brust schaukelte der verkleidete Zellschwingungsaktivator. Ich schrie gegen das Geräusch der Brandung an: »Kannst du schwimmen?«

»Schwimmen? Was ist das?«

Ich hielt sie fest, zog sie mit mir, und zusammen, eng aneinandergepreßt, wateten wir ins Wasser. Die warmen Ozeane von Larsaf III vermittelten mir das Gefühl, in ihrem Wasser geschützt und geborgen zu sein wie in einer gepanzerten Höhle. Monique, eine wahre Künstlerin im Überleben, lernte in verblüffend kurzer Zeit, sich im Wasser wie ein Fisch zu bewegen. Wir schliefen, tranken, ließen uns bräunen, unterhielten uns lange und sprachen über nahezu alles. Ciron versorgte uns, briet die Fische, die ich fing, war zur richtigen Zeit unsichtbar und erschien wieder, wenn es nötig wurde.

Ich fragte ihn nicht einmal, auf welchem Teil des Planeten wir uns befanden. Ich ahnte, daß ich diese Insel kennen sollte. Aber meine Erinnerungen wurden noch immer manipuliert, und es war mir gleichgültig. Ich wußte eines mit unumstößlicher Gewißheit: Wir bestimmten, wann wir wieder einschlafen würden.

Der Schlaf würde entweder so lange dauern, bis mich der Planet und dessen Bewohner wieder herausforderten. Oder bis mich – uns – ES aus einem Grunde weckte, den niemand ahnen konnte. *Jeanne d'Arc? Karl der Kühne? Gensfleisch?* Der Logiksektor befahl: *Vergiß sie alle. Wenn du wieder erwachst, findest du alles völlig verändert.*

Das war es wohl. Wir blieben so lange auf dieser winzigen Insel, bis uns die Langeweile auch hier einholte. Aber es war, wie auch immer, eine lange und völlig von Sorgen freie Zeit. Wir verließen die namenlose Insel freiwillig, kehrten zurück in die Tiefseekuppel und schliefen irgendwann ein. Meine letzten Gedanken beschäftigten sich mit Monique und dem Meer.

Das Meer! Auch meine ersten Eindrücke, als ich nach unbestimmter Zeit wieder erwachte, galten dem Meer. Das Meer trennte und verband Kontinente, Inseln und Festland. Es gab so unendlich viele Küsten, von denen die Barbaren des dritten Planeten von Larsafs Gelbem Stern nichts ahnten. War dies ein Hinweis? Bald würde ich es erfahren ...

Brief von Noshir de la Cortt,
an Iacopus Stuckher, Herzog zu
Savoyen.

Segelnder Handelsmann bin ich, wohlgeborener Herr, und mein Geschäft ist's, von Hafen zu Hafen zu Schiff zu fahren. Die Küste kenne ich wohl, und weil der Handelsmann wohlgelitten ist in Euren Landen, schreibe ich dies; und weil ich gar Seltsames gesehen. Auf der Fahrt nach Nice war es, Herr, nach dem savoyischen Hafen, den die Römer und Lateiner Nicaea nannten. Zwei Tagesreisen davon segelten wir, als uns der Sturm packte und dem Schiff schwer zusetzte und nicht weniger der Mannschaft. Wir alle riefen laut und beteten zum HERRN, denn es war, als sei unser letztes Stündlein angebrochen.

Hinter einem Kap suchte die REGINA DI ACQUA Schutz. Vielleicht kennt's der edle Herr – ein Turm erhebt sich über die Felsen, und zahllose Pinien schüttelt der Sturm. Einst, raunt man an der Küste, hat dort ein Fürst aus dem Mohrenland gelebt, und sieben Stunden mag's bei gutem Westwind nach Nordost gehen, bis die Inselchen de Lerins erreicht sind. In tiefer Nacht warfen wir im Schaum der Wellen drei Anker, beteten und warteten, und jeder sah erstaunliche, wunderbare und gespenstische Dinge.

Licht, heller als der Sonnentag, erschien und verschwand zwischen Felsen und Bäumen. Im Heulen des Sturmes und im gewaltigen Rauschen des geschwollenen Wassers hörten wir Geräusche, die uns fremd waren bis zum heutigen Tag. Ungeheuer, die wie halbe Menschen aussahen (einige bestanden aus dem oberen Teil des Körpers, andere aus dem unteren, und es gab auch schwebende Köpfe mit strahlenden Augen), flogen und schritten hin und her und arbeiteten. Einen Damm aus metallenem Plattenwerk erkannten wir, Herzog, der die kleine Bucht in zwei Teile trennte. Wasser kam in hohem Bogen gegen den Wind geschleudert vom Strand. Sand von den Stränden Eures Landes: Er mischte sich mit dem Wasser der vernichtenden Brandung. Und anderes sahen wir, alles gleich wunderbar anzusehen. Dorten, wo der Turm alt und voller Moos war, säuberten ihn die teuflischen Ungeheuer. Wo die Zeit den Stein benagt und der Sturm die Zinnen zerbrochen, mauerten sie kantige Quader. Bis zum Morgen warteten wir, allein der Steuermann und ich faßten uns und ruderten in der Schaluppe hinüber. Nun ist das Haar unserer Schläfen weiß geworden, denn wir traten ein in das Fürstentum der Hölle.

Die Ungeheuer beachteten uns nicht und fuhren fort zu arbeiten. Sie gehorchten niemandem. Sie sprachen nicht mit uns; wenn wir ihnen im Weg standen, schoben sie uns mit metallenen Armen zur Seite. Silberglänzende und schwarze Engel schienen es zu sein, Fürst, die in den Höllenschlund gestürzt waren. Was sie taten, aber schien ein gottgefällig Werk zu sein, denn: Die Bäume stutzten und beschnitten sie, ebenso wie die Reben eines Weingeheges. Wir vermochten eine Burg oder einen langgestreckten Palast zu erkennen, zugleich mit Scheunen und Stallungen. Das Gras, indessen, es wuchs fein und grünlicht aus frischer Erde, und zwischen den sprossenden Halmen stiebte Wasser aus winzigen Bällen. Besser als Zimmerleute fügten sie alte Balken, gar kunstvoll gezapft und genutet, in neues Bohlenwerk, und die morschen Dachstühle wurden schön, neu und glatt. Hundert Arbeiter sahen wir; andere schufteten in den Kellergewölben, im Turm und in anderen Räumen. Die Mauern malten sie, große Gläser glänzten in den Fenstern, und sie aßen nicht, tranken nicht, und sie machten auch keine Pause. Als die furchtbare Nacht vorbei war und GOTT wieder Tag werden ließ, kam aus dem offenen Portal über die steinernen Stufen ein Mann, überaus prächtig gekleidet, und er redete mit uns solcherart:

»Condottiere dreier Länder bin ich, Handelsmann, und man kennt an vielen Orten meinen Namen. Kann ich eurem Schiff helfen?«

»Ich denke, wir segeln weiter, ehe wir deinen Zorn reizen«, sagten wir, mutlos und verwirrt. Wir nannten unsere Namen.

Daraufhin sprach er: »Riancor des Arcoluz heiße ich. Mein Erbe trete ich an, und bald wirst auch du in meinem Hafen anlegen und handeln können. Übers Jahr, wenn Shizzon und Kadharta, die Glückswinde, dich begleitet haben, wirst du diesen Ort voller Leben und Schönheit finden.«

»Herr Fürst«, frug der Steuermann beherzt. »Ist, was wir sehen, ein Werk des Gottseibeiuns?«

»Weit gefehlt«, sagte er und lachte. »Was ihr seht, sind Maschinen. Ich brachte sie aus meiner Heimat mit, einer terra incognita; dorthin gehen sie auch wieder zurück, wenn dieses Gut – wir nennen es Port du Soleil – fertig ist. Darf ich euch nun zum Boot geleiten?«

»Zu gütig, Euer Gnaden«, sagte der Steuermann, und wir gingen. Wir ruderten zurück zum Schiff, und der Fremde schaute uns nach, bis wir, geblendet von der Frühlingssonne, davonsegelten.

Lange sprachen wir über dieses Erlebnis, mein Fürst, und nunmehr sind wir sicher, daß im Land Piemonte seltsame Geschehnisse sich in leerem Gebiet verbergen. Daß derlei vor deine Augen kommt, schrieb ich den Brief. Ein Bote in Nice wird sich finden, und mein Schiff und mich findet man in jedem Hafen der Wege des Handels.

Anno Domini MCD LXXX VIII,
Noshir de la Cortt, an Bord
der REGINA DI ACQUA, im IV. Mond

»Ich habe den Kapitän selbstverständlich beobachtet«, sagte mir Rico später. »Und auf diese Weise konnte ich von seinem Brief eine Kopie herstellen, die vor dir liegt.«

»Ich verstehe. Ein gebildeter Mann, dieser de la Cortt, mit einer schönen Schrift.«

»Zutreffend, Atlan. Du wirst noch erstaunlichere Beobachtungen machen müssen – aus den Jahren des nicht allzu langen Schlafes. Die Barbaren haben sich von den Schrecken der Pest erholt, an einigen Orten gibt's arges Gedränge, und Erstaunliches tut sich auf einer Insel ›unseres‹ Archipels. Aber ... sieh selbst!«

Der Ritter Martin Behaim, der sich lateinisch Martinus Bohemus nannte oder, da er in Diensten des Königs von Portugal stand, auch Martinho de Bohemia, galt als einer der besten Kartenzeichner dieser Zeit. Jeder, der ihn näher kannte, war sicher, daß er seine Kenntnisse aus geheimnisvollen Quellen bezog, aus göttlicher

Eingebung oder aus unbekannten Dokumenten in des Königs Tesouraria, der Schatzkammer.

Die Familie des Ritters lebte seit rund zwei Jahrhunderten in Nürnberg. Mit der Tochter des Ritters Jobst von Hürter verheiratet, wohnte Martin Behaim einige Jahre auf der Insel Faya, unweit von meiner versunkenen Überlebensanlage, denn sein Schwiegervater war der Gouverneur dieses Azoren-Archipels. 1485 wurde Behaim zum Ritter des Christus-Ordens ernannt. Auf dem Globus, der von Behaim – daheim in Franken – gestaltet wurde, fanden sich indessen wenige Erkenntnisse, die über jene der Zeitgenossen hinausgingen: Die Karte des Planeten war unvollständig, falsch und nicht nur stellenweise ein bizarres Produkt aus Phantasie und Spekulation.

Außer Behaim stand ein kleiner Personenkreis unter scharfer Beobachtung der Spionkugeln: Eine mühsame Suche, vierundzwanzig Stunden täglich und an dreihundertfünfundsechzig Tagen im Jahr, hatte jene Machtträger herausgefiltert, die am Ende des fünfzehnten Jahrhunderts die Geschicke der Welt beeinflussen *konnten.* Die Auswahl war zum geringsten Teil willkürlich. Zu einem sehr hohen Prozentsatz entsprach sie kybernetischen Wahrscheinlichkeiten und einer neun Jahrtausende langen »Erfahrung« der positronischen Rechner.

Ricos Vorbereitungen knüpften ein weitmaschiges Netz mit vielen Knotenpunkten über einen Teil der bekannten Welt.

Reichlich ein Fünftel der planetaren Oberfläche war bekannt und mehr oder weniger zuverlässig karthographiert; 25 Prozent des Landes und 21 Prozent der Meere und Ozeane fanden sich zutreffend geschildert in den Karten der Zeichner wieder – voller Linien, Schnörkel und phantastischer Tiere und Ungeheuer. Aus der Masse jener Männer, die sich anschickten, Kultur, Zivilisation und Gesicht der Länder zu verändern, ragte eine Handvoll Persönlichkeiten heraus. Rico hatte über jeden ein positronisches Dossier angelegt: Prinz Heinrich der Seefahrer von Portugal war besessen von dem Gedanken, die Welt neu zu entdecken und zu erweitern. Dutzende Expeditionen schickte er nach Süden; die meisten scheiterten in den stürmischen, flachen Gewässern vor Kap Bojador. 1434 gelang es dem Abenteurer Gil Eannes, das Kap zu umrunden. Auf Ricos Projektionen des Larsaf-III-Planeten erschienen farbige Linien, Buchstaben und Markierungen. Einige Jahrhunderte früher waren auch diese Küsten den Barbaren schon bekannt gewesen. Dieses Wissen war verlorengegangen und wurde in kleinen Schritten wiederentdeckt.

Gil Eannes und Afonso Goncalves Baldaia stießen 1435 weiter nach Süden vor und entdeckten an einem Fluß, den sie Rio do Ouro tauften, riesige Herden unbekannter Meereslebewesen; eine große Robbenart, die sie Seewölfe nannten. 1441 überfielen die Lusitanier ein Eingeborenenlager und brachten schwarze Gefangene zurück. Vier Jahre später erreichte Dinis Dias die Mündung des ersten Dschungelflusses, im Jahr darauf kannten die Seefahrer jene Stelle, an der die Küste des africanischen Kontinents sich nach Osten krümmt; eine weitere Flußmündung.

Monatelang waren die knapp vierundzwanzig Schritt langen Karavellen unterwegs. Bis zum Tod Heinrichs wuchs die Anzahl der *padróes,* der zunächst hölzernen, später steinernen Säulen, die den Wendepunkt der betreffenden Expedition kennzeichneten. Nuño Tristao, Stevam Affonso, Diego Afonso, Alvise da Cadamosto hießen die ehrgeizigen Kapitäne. 1471 durchfuhren sie den Sinus Hesperus – Bucht des Abendsterns – und überwanden die gedachte Linie, von der die Erdkugel in zwei Hemisphären geteilt wird. Diego Cao, Kapitän von König Johann II, ein Entdecker-Kapitän, segelte weiter nach Süden und erreichte fast den südlichsten Punkt, der nur eine kurze Reise weit entfernt gewesen wäre.

Bartolomeu Dias kam 1488 im letzten Mond nach einer Reise von einer Länge zurück, die fünf Achtel des Planetenumfanges lang gewesen war. Kap der Stürme, Kap der Guten Hoffnung – der südlichste Punkt des riesigen Kontinents war umschifft worden.

Rico errechnete den günstigsten und sinnvollsten Zeitpunkt, an dem er Monique und mich aufwecken konnte. Die Zeit war reif für einen Aufenthalt an der Oberfläche.

Die Welt war im Aufbruch. Der Reichtum ferner Küsten lockte; und die Männer einer neuen Zeit schienen schon ungeduldig zu sein. Indessen war das Kartenbild der planetaren Oberfläche bestenfalls ungenügend, meist katastrophal falsch. Hunderte Höhenfotografien, Hunderte robotgezeichneter Karten und solcher, die ich liebevoll gezeichnet und gefärbt und mit Erklärungen beschriftet hatte – war alles vergeblich geblieben?

Lange vor Morgengrauen hatten wir Beaumont oder besser Le Sagittaire wieder in Besitz genommen. Oft und eindringlich hatten Rico-Ciron und der Sohn des Lehrers Guillaume miteinander gesprochen und alles vorbereitet. In allen Räumen brannten Kerzen. In den Kaminen glühten klobige Scheite, die Kammern waren gefüllt. Weder Monique noch ich brauchten uns zu erinnern; wir hatten dieses Idyll niemals vergessen. *Viele der Menschen, an die du dich erinnerst,* flüsterte der Extrasinn, *werden gestorben sein. Deren Töchter und Söhne verstehen ihren Lehnsherrn vermutlich nicht.*

Sie werden sich rasch an uns gewöhnen! dachte ich, goß roten Wein in die Pokale und musterte jedes der einfachen, liebevollen Details des Schlößchens. Ich hätte unseren Aufenthalt nicht besser vorbereiten können.

»Ciron ist zu loben«, warf meine Gefährtin ein und lachte. Ihr langes rotes Haar schien im Licht der Flammen und der Glut zu brennen. »Frühling in Sagittaire!«

»Nicht nur hier. An vielen anderen Orten«, antwortete ich.

Der Roboter, wie wir nach der letzten Mode gekleidet, hatte das Innere des Hauses einer gründlichen Prüfung unterzogen. Jetzt schloß er lautlos die Tür, lehnte sich gegen das kassettierte Holz und berichtete:

»Der Transmitter ist desaktiviert. Jeder Kontakt funktioniert perfekt. Niemand hat über Beaumont geherrscht, solange wir weg waren. Sämtliche Steuern sind bezahlt, die Saat ist ausgebracht. Sechs Pferde stehen in den Ställen.«

»Vorzüglich«, lobte ich ihn. »Wir werden unsere gewohnten Namen beibehalten. Andernorts nennen wir uns anders.«

Monique und ich tranken. Der Wein war vorzüglich und hatte genau die richtige Temperatur. Ciron zog seine Stulpenhandschuhe aus und fing mit dem Auspacken der wichtigsten Gepäckstücke an. Als ich das Fenster öffnete und die Läden zurückstieß, lagen die alten Nußbäume und darunter die Dächer und Häuser und Scheunen vor meinen Augen. Wenige Öllampen hinter den Fenstern und in Nischen rund um den Platz verbreiteten trübe Helligkeit.

»Hast du die Umgebung genau kontrolliert?« fragte ich.

»Tagelang mit den Spionkugeln«, entgegnete Ciron und strich sein ergrautes Haar in den Nacken. »In der vergangenen Zeit holte man sich nicht eben häufig Rat bei mir. Sie sind tüchtig; alles scheint so wohlgeordnet, als hätten wir das Tal niemals verlassen.«

Jetzt hörte ich auch die Geräusche des großen Wasserrades, das vor mehr als einem Jahrzehnt Mühle und Hammerwerk angetrieben hatte. Ein Käuzchen klagte, dumpf schrie ein Rind im Schlaf. Nachdenklich meinte Monique: »Hierher also werden wir uns zurückziehen, wenn wir müde geworden sind in den prächtigen Städten des Abendlands, in denen wir mit den Klügsten und Mächtigsten sprechen werden!«

»Und hier planen wir auch die listenreichen Versuchungen, mit denen wir mithelfen, ein neues Kapitel dieser Welt zu schreiben«, gab ich zurück.

»Und die Ufer der Meere sind nur ein paar Schritte entfernt«, fügte Ciron hinzu.

In der Zeit, die wir brauchten, um uns von der Schlafperiode zu erholen, lernten wir: Sprache, Münzen und Preise, die Bedeutungen jenes Flickenteppichs aus Stadtstaaten, kleineren und größeren Ländern, Baustil und Schiffskunde, richtiges Verhalten und die Versuche, sich innerhalb schwer miteinander vereinbarender Gebräuche bewegen zu können. Spanien und Portugal waren, nachdem sie die Mauren vertrieben hatten und Gold aus den fernen Ländern holten, aus dem Schlaf erwacht, und dieses Erwachen verlief stürmisch und ungeordnet. Italien: Dort schien es chaotisch wie immer zuzugehen. Frankreich sowie Savoyen und Piemonte boten einigermaßen ruhige Bilder.

»Deine Waffen, Antal?« erkundigte sich Ciron.

»Ins Arbeitszimmer. Dort sah ich eben noch die eingemauerten Haken und Borde.«

»Warum hast du das Schwert nicht mitgenommen?«

»Es ist das Schwert jenes unglücklichen Karl, den wir den Kühnen nannten«, wehrte ich ab. »Für den Gebrauch als Waffe genügt es mir nicht. Als Zierde ist es zu kostbar, auch könnte es jemand wiedererkennen. Laß die Prunkstücke meiner Erinnerungsgalerie ruhig dort, wo sie gut aufgehoben sind – in der Unterwasserkuppel.«

»Zusammengezählt sind dies logische Überlegungen«, sagte der Hochleistungsroboter leise und entfernte sich mit zwei gefüllten Truhen.

Ich zog Monique an mich und küßte sie. »Morgen oder in ein paar Stunden probieren wir aus, ob wir uns noch in den Sätteln halten können.«

»Auch darauf habe ich mich gefreut, seit ich die ersten Bilder von Reitern und Pferden sah.« Monique lachte. »Soll ich mein Haar schneiden lassen? Ciron macht's meisterhaft.«

»Das überlasse ich deinem Geschmack.« Ich hob die Schultern. »In den prächtigen Städten allerdings nisten sich schnell Läuse und ähnlich unappetitliche Tiere ein.«

Ciron und ich wirkten älter als an dem Tag, an dem wir Beaumont verlassen hatten. Für die Bevölkerung des Örtchens war es besser; sie wurde nicht überfordert. Ich fühlte die gleiche Unruhe wie stets in den ersten Tagen. Sie würde sich legen, wenn ich beschäftigt war. Aus einem der angrenzenden Räume rief Ciron:

»Ohne Schwierigkeiten bringe ich ein angemessenes Frühstück zuwege! Frische Milch gibt's aber erst in ein paar Stunden.«

»Es hat keine Eile.«

Unser Schlößchen war bewohnt worden; es gab deutliche Spuren. Für uns bedeutete dies, daß wir ein gemütliches, vorbereitetes Heim vorfanden. Der Gleiter ruhte im Versteck, und Cirons Roboter, durch die kurze Transmitterkette geschleust, hatten Le Sagittaire mit den notwendigen Schutzeinrichtungen versehen oder die vorhandenen wieder aktiviert. Monique legte ihren Arm um meine Hüften und zog mich in mein Arbeitszimmer. Die Hefttafeln an den Wänden waren noch leer, aber schon befand sich auf dem frisch gescheuerten Arbeitstisch meine Ausrüstung, alle meine Utensilien. Der Sessel knarrte, als ich mich hineinfallen ließ.

»Hervorragend!« kommentierte ich. »Selbst die Vorhänge sind frisch gewaschen!«

»Alswin, Falcones Sohn«, belehrte mich Ciron. »Er ist ein besserer Dorfschulze als sein Vater.«

»Was können wir mehr wünschen«, murmelte ich zufrieden. »Bald kennen wir unser erstes Reiseziel. Sind wir dort, ergibt sich alles andere zwangsläufig.«

»Ich halte es für logisch, wenn du zuerst die Kartenzeichner und die Männer der Wissenschaft besuchst.«

»Behaim in Nuremberg? Diaz in Portugal? Jener Bärtige, der Flugmaschinen zeichnet? Es wird eine lange Liste, Ciron«, bestätigte ich.

»Wenn du die Zahl der Sieben Meere vergrößern willst, mußt du weit reisen.«

Über seine unsichtbaren Augen und Ohren verfolgte Ciron den Lebensweg meiner Testpersonen. Ein möglicher logischer Weg führte vom angeblichen Wissen unbekannter Kapitäne über die Kartenzeichner (die sich oft hochtrabend Cosmographen nannten) zu den Mächtigen, die Flotten und deren Ausrüstung bezahlen und Kapitäne bestimmen konnten; der Versuch, alte Grenzen zu durchstoßen, war und blieb risikoreich und bisweilen tödlich. Zwei Namen schienen mir meistversprechend: Regiomontanus und Behaim. Ich wandte mich an Ciron.

»Morgen fangen wir an. Ich werde die verschollenen Karten von Marco Polo herstellen.«

Monique lachte, als sie die Stapel präparierter Pergamente und dicker Papierbögen sah.

»Gelingt es dir, hispanische oder lusitanische Könige zu überzeugen, den Seeweg zum goldstrotzenden Cipangu oder zu den Neuen Welten zu kennen, kannst du sie gegeneinander ausspielen«, bemerkte Monique gutgelaunt und half Ciron, den Eßtisch zu decken.

»Ich glaube nicht, daß ich als Fremder der geeignete Mann bin, Barbaren dieser Art zu beschwatzen. Ich halte mich an die sogenannten Gelehrten«, versetzte ich.

Wir waren unabhängig und bis zum gegenwärtigen Augenblick nicht den Einschränkungen von ES unterworfen. Brach wirklich ein neues, helleres Zeitalter an? Schritt um Schritt tasteten wir uns hinein in das wirkliche Leben. Mehr als ein Jahrzehnt waren wir für die Bewohner des verschwiegenen Tales verschwunden gewesen; langsam schlossen wir neue Freundschaften und erlebten mit, wie sich ringsum die Natur veränderte. Überall waren Wachstum, hellgrüne Halme und Blätter und vielfarbige Blüten. In Latein, der Gelehrtensprache, verfaßte ich Reisebeschreibungen und reicherte die Karten der Kuppel-Computer mit Fabelwesen, Sinnsprüchen und Beschreibungen an, die nur zum Teil falsch waren – jeder Hinweis enthielt ein Körnchen Wahrheit. Kleine und große Zeichnungen entstanden, Teilkarten und mehrere Projektionen der planetaren Oberfläche, von den Maschinen errechnet.

Natürlich erinnerten wir uns an jede Einzelheit in Beaumont und der Umgebung, aber es war eine andere Sache, die Realität wiederzuentdecken. Wir genossen den Galopp auf gut zugerittenen Pferden, die Felder und die lichten Häuser, die Ochsengespanne und die Straßen, die sicherer waren als vor einem Jahrzehnt. Von Tag zu Tag stieg die Sonne höher, und ihre Wärme schien Sinnbild zu sein. Wir fürchteten uns nicht vor den kommenden Abenteuern. Während wir arbeiteten, Ratschläge gaben, es uns gutgehen ließen, machten wir Stichproben:

Was geschah an den »Brennpunkten« der Welt, der Länder rund um das Mittlere Meer? Wie weit waren die Vorbereitungen gediehen?

Wir erkannten schnell, daß wir keine Eile an den Tag zu legen brauchten. Unser erstes Ziel war, ironischerweise, jene Inselgruppe, unter der meine Schutzkuppel verborgen war. Neun Inseln – »meine« hatte den Namen Saõ Miguel erhalten – waren 1432 von Diego de Sevilla entdeckt worden und im Besitz der portugiesischen Krone. Die Habichtinseln hießen sie; dort saß Gouverneur Behaim und zeichnete Karten.

Ciron war es gelungen, sieben junge Beaumonter anzuwerben. Wir staffierten sie aus, kauften Nahrungsmittel und stapelten Vorräte auf die Ladefläche des Gleiters. Mehrmals schwebte Ciron durch den Transmitter und kam mit neuen Bedarfslisten zurück. Ich beendete mit Moniques Hilfe meine Arbeit und erkannte auf den getarnten Bildschirmen, welch gute Arbeit der Robot geleistet hatte. Hafen der Sonne... der Eindruck entsprach dem Namen. Die ROSE VON CATHAY, eine rahbesegelte Karavelle, lag am Kai der kleinen Bucht.

»Die erfolgreiche Verkleidung ist das Geheimnis unserer fragwürdigen Erfolge.« Ich deutete auf die Bilder. »Überdies siehst du hier das schnellste Schiff zwischen Cap Verde und Thule.«

»Dein Wort zu Ohren des Sanctus Erasmus!«

»Warte es ab!«

Die gespeicherten Erfahrungen meiner Computer waren fast lückenlos. Für unsere Vorhaben waren wir, schon aus Überlegenheitsgründen, entsprechend ausgerüstet. Jeder von uns konnte blitzschnell in eine andere Maske, eine andere Verkleidung und Rolle schlüpfen. So auch in diesen Tagen: Wir verließen Frankreich als Landedelleute und betraten Port du Soleil als weitgereiste Condottiere im Dienst eines indischen Herrschers. Dieser Rollenwechsel erklärte auch viele absonderliche Einzelheiten. Monique und ich rematerialisierten auf der Transmitterplattform in der Lagerscheune des »Sonnenhafens«. Riancor de Arcoluz wartete und schleppte das Gepäck davon. Nach einem ersten Rundgang blieb Monique zwischen Grundstücksmauer und Kai stehen. Sie war überrascht und zeigte dies.

»Überall, wo ihr seid, verändert ihr die Natur, macht alte Dinge neu und neue Dinge schöner.«

»Wir geben seit langer Zeit den Bewohnern dieser Welt Denkanstöße«, erklärte Riancor vor der Kulisse der Karavelle. »Jeder, der sehen will, kann uns nachahmen. Wer Fragen stellt, bekommt Antwort. Allerdings, meint Atlan, sollten wir auch dort Beispiele und Antworten geben, wo noch keine Fragen gestellt wurden.«

»Trefflich gesagt«, pflichtete ich bei. »Aber jetzt will ich das Schiff ansehen.«

Die ROSE, zweiundsiebzig Ellen lang, konnte von zwölf Männern gesegelt werden, vereinbarte mit ihren beiden hohen Masten, der Kombination von Klinker- und Kraweelbeplankung, dem schweren, aufziehbaren Schwert und etwa hundert kleineren Erfindungen das Optimum dessen, womit schnell, sicher und – verglichen mit anderen Schiffen und Mannschaften – geradezu luxuriös gesegelt werden konnte. Mehr als fünfundzwanzig Tonnen trug die ROSE; ihr Deck war sicher und dicht, und darunter und darüber gab es nicht sehr viele zeitgemäße Materialien.

Die Mannschaft verstaute unter Riancors Leitung die Vorräte. Nicht eine Ratte hatte man im Kielraum gefunden, Ungeziefer gab es nicht. Der Bug schnitt messerscharf das Wasser; alle Geschütze waren verkappte Hinterlader ... Ich betrat die federnde, ausziehbare Planke, hielt mich an Kunststofftauen fest, streichelte die messingfarbenen Arkonstahl-Beschläge und turnte hinauf zum Achterdeck, unter dem die Kajüten lagen, eine winzige Kombüse und die Latrine samt Dusche.

»Ich bin's, Männer, euer Capitán!« rief ich in den Lageraum, zwischen dessen Verstrebungen die Weltumsegler Proviant und geschnürte Ballen verstauten. »Arcantal werdet ihr mich nennen.«

Fünf Männer, angeblich erfahrene Segler, die von weitgereisten Schiffen abgemustert hatten, waren von Riancor angeheuert worden. Wie üblich duldete er weder verlaustes Haar noch schlechte Zähne. Er hatte sie betäubt und einer Kur unterzogen, nach der sie sich selbst nur mit Mühe wiedererkannten.

»Ein schönes Schiff, Capitán!« rief einer der Seeleute.

»Wartet, bis es unter Segeln geht!« versicherte ich. Daß das Beiboot über einen Gleiterantrieb verfügte, brauchten sie noch nicht zu wissen.

»Wann und wohin?«

»Bei günstigem Wind in zwei, drei Tagen. Zu den portugalesischen Habichtinseln geht es.«

»Kenne ich.«

»Wenn wir fertig sind, wartet auf uns im Haus ein gewaltiges Festmahl. Es soll an Land nicht schlechter sein als auf dem Schiff.«

»Recht so, Capitán!«

Mit Monique im Arm wanderte ich durch den kleinen Besitz. Der Platz, an dem zwei Schiffe nebeneinander anlegen und mit Hilfe von Ladebäumen geleichtert werden konnten, war gegen Wind und Wellengang geschützt. Die eineinhalb Mann hohe Mauer aus Quadern und geschichtetem Bruchstein hatte der Robot innen mit Energiestrahlen lavaartig zusammengebacken. Mehr als hundertfünfzig Sträucher und Bäume waren gepflanzt, altes Gestrüpp und abgestorbene Äste beseitigt worden. Der Turm, von einer Signalanlage gekrönt, erhob sich gedrungen und unbezwingbar über Felsen und Pinienkronen. Das Schaffnerehepaar hatte einen Kräutergarten angelegt, und der Rauch aus dem Kamin mischte sich mit dem Geruch nach leckerem Braten.

Die Mauer zog sich über die Felsen, und vor dem Sandstrand gab es eine Pforte aus Schmiedeeisen. Unweit der Bucht mündete der Bach, der jetzt viel Wasser führte. Er trieb das Mühlenrad an, ein Generator erzeugte Strom für Lampen und kleine Werkzeuge. Bachmündung und Strand waren peinlich sauber. Auch hier hatten die Maschinen gewütet. Es gab Bretterstapel, Stämme für Riemen oder Mastteile, einen Berg Scheite und Kloben für die Kamine. Brunnen, viel Rasen, ein paar Schafe, Weinstöcke und allerlei Obstbäume. Ein schmaler Sandweg führte im Zickzack durch die zerklüftete Landschaft des Vorfelds; das Grundstück war von See aus leicht, vom Land aus schwer erreichbar.

»Ihr habt für alles gesorgt, nicht wahr?«

»Wir bemühten uns sehr«, antwortete ich. »Je besser die Vorbereitungen und je länger die Überlegungen, desto sicherer der Erfolg.«

Auf schmalen Wegen aus Sand und Kies schlenderten wir durch das Gelände, eine Mischung zwischen unberührter Natur, einem Park, Garten, eine Hafenfestung und einem stillen Gutshof. Wir würden gern hierher zurückkehren.

Nacheinander kamen die zukünftigen Seefahrer herein; als erstes erblickten sie die lange Tafel, Schüsseln, Teller und Becher. Dann erkannten sie an den Wänden Bilder und Seekarten. Riancor nannte unsere Namen und die der Abenteurer; meist Männer zwischen zwanzig und vierzig Jahren, gleichartig gekleidet und überraschenderweise nur wenig zu beeindrucken.

»Setzt euch, greift zu, trinkt; der Braten wird gerade geschnitten!« rief Monique. »Kapitän Arcantal berichtet euch, warum wir segeln und wo unser erstes Ziel liegt.«

»Und wieviel Sold wir bekommen«, brummte ein Graubart. Ich zeigte auf die unterschiedlichen Karten und Bilder, die in Wirklichkeit farbige Aufnahmen waren, sprach über das Schiff, über den Weg durch die Säulen des Herkules hinaus und, auf demselben Grad wie Spanien und Portugal, auf die Gruppe aus neun Inseln. Diego und Verragua hoben die Arme.

»Ihr wart schon dort?«

»Schon zweimal. Wir lieferten Tiere und vieles andere dorthin.«

»Kennt ihr den Gouverneur Martinho de Bohemia?«

»Ich, Verragua, habe mit ihm gesprochen. Ein tüchtiger, gerechter Mann. Sind das deine Karten, Capitán?«

»Ja, Riancor half mir.«

»Dann mußt du, bei allem Respekt, ein besserer Kartenzeichner sein und mehr wissen als Bohemia.«

»Wir segeln zu ihm, um mit ihm zu reden. Vielleicht glaubt er meinen Karten, meinem Wissen«, sagte ich. »Und vielleicht entdecken wir die eine oder andere Schatzinsel.«

»Wir haben gesprochen. Vorhin«, sagte ein breitschultriger Riese mit blauschwarzem Haar. Zu seinen Vorfahren zählten unzweifelhaft Afrikaner. »Wir glauben, mit dir ist gut segeln, *capitao.*«

»Da du mit Diaz gesegelt bist und lebend zurückkamst«, sagte ich nachdrücklich, »kamen Riancor und ich überein, daß du, Advani, mein Zweiter Steuermann bist.«

»Einverstanden, *capitao!*«

Margha und Renzo brachten den Braten, dazu Schüsseln voller flacher Teigstreifen, deren »Erfindung« sich seit Marco Polos Rückkehr ausgebreitet und die Bezeichnung *pasta* erhalten hatte. Es gab sie in vielen Formen, Längen und Farben, zusammen mit eindringlich duftenden Fleisch- und Kräutersoßen.

»Sieh genau hin! Sprich mit Margha, der unvergleichlichen Köchin jener Teigwaren!« forderte Riancor einen kleineren, rundlichen Mann auf. »Denn du wirst für unser leibliches Wohl sorgen, Rodrigon!«

»Muß das sein?« fragte Rodrigon ängstlich, seinen Becher schwenkend.

»Das Los fiel auf dich!« sagte ich bestimmt.

Siebzehn Leute saßen um den Tisch, der mit weißem Leinen bespannt war. Bier und Wein wurden ausgeschenkt. Wir lernten einander kennen; nach den fünften oder siebenten Bechern wich ein großer Teil der Befangenheit. Die Seeleute begannen mit ihren Schauermärchen, und wir hörten zu. Gelächter kam auf, aber immer dann, wenn die Blicke der Männer auf die Bilder und Karten fielen, wurden ihre Reden leiser. Irgendwann in diesen Stunden hörte ich laut einen Namen nennen: Cristofero Colombo.

»Wer sprach von Colombo?« rief ich.

»Kennst du ihn, Capitán? Ich habe ihn gesehen, im Hafen von Palos.«

»Erzähl mir mehr!«

»Nun, viel weiß ich nicht von ihm. Man sagt, er ist Jude aus Genua. Er hat zwei Brüder, seine Frau starb, und unlängst gebar ihm Beatriz Enriquez einen Bastard. Fernando tauften sie ihn.«

»Ein guter Kapitän?«

»Man sagt es. Er kauft und zeichnet Karten und spricht davon, daß es leicht ist, im Westen die goldene Insel Cipangu zu finden und Cathay samt dem Großkhan. Er erzählt immer neue Geschichten!«

»Es gibt keine wirklich neuen Geschichten«, wandte ich ein. »Nur die Helden und Schauplätze verändern sich von Generation zu Generation.«

Die Stunden vergingen viel zu schnell. Die Seeleute stolperten nacheinander davon und kletterten in ihre Hängematten. Als die Lampen ausgeschaltet waren und nur noch Kaminfeuer und Kerzen loderten, saßen wir zu sechst in den schweren, mit Fell ausgeschlagenen Sesseln. Advani Escobar, der Zweite Steuermann, bat Margha um mehr Wein.

»Du mußt wissen«, versuchte ich zu erklären, »daß ich unzählige Küsten, viele Herrscher, Städte und fremde Sitten kenne, von denen weder eure Kartenzeichner noch die Majestäten, noch Colombo etwas ahnen.«

»Und warum entdeckt ihr dann nicht jene wunderbaren Länder für euch?«

»Weil wir sie schon kennen«, meinte Riancor ruhig. »Wir helfen einigen Männern, die kühn genug sind, ihr Leben aufs Spiel zu setzen. Es ist bequemer so, und bald wirst du erkennen, daß man auch dabei viel erleben kann.«

»Aber ... Ruhm, Ehre, Geld ...«

»Es reicht uns, was wir haben. Ab und zu finden wir etwas, das wir brauchen können und das unser Leben für eine Handvoll guter Jahre sichert.«

Nach einer Weile, in der er in kleinen Schlucken trank und in tiefes Nachdenken versunken war, murmelte der Hüne: »Das Schiff ist anders. Ihr seid ... ganz anders; eure Reden, ohne viel Umschweife, in einer Art, die ich nie hörte.«

»Nur im Kreis derer, die gleichen Sinnes sind!« Riancor munterte ihn auf. »In Wirklichkeit können wir viel mehr.«

»Man wird sehen. Deine Frau, Condottiere ... reist sie mit uns?«

»Ich reise mit«, antwortete Monique entschieden. Sie betrachtete ihn aufmerksam. »Ich bin lange Reisen gewohnt. Arcantal reist nie ohne mich. Oder fast nie.«

»Auch das gibt's auf keinem anderen Schiff.«

»Mein Schiff«, sagte ich förmlich. »Meine Regeln.«

»Das ist klar, Capitán.«

Er hatte maurische und schwarze Vorfahren, erzählte Advani verlegen, war von Priestern erzogen worden, kannte das harte Leben an Bord, die Ratten, die Krankheiten, die Zähne ausfallen und eiternde Beulen entstehen ließen, vermochte zu schreiben und zu lesen und war Untertan der Könige von Spanien. Er versprach, ein guter Steuermann zu sein und auch das Geschütz zu bedienen.

»Darin wirst du rasch deinen Meister gefunden haben«, sagte ich und deutete lächelnd auf Riancor.

Kalter Tramontana wirbelte uns aus der Bucht hinaus, dann packten uns abwechselnd Levante und Scirocco. Jetzt bewies die ROSE VON CATHAY, was in ihr steckte. Die Segel waren prall gefüllt, der Bug zerteilte die Wogen wie eine Schwertschneide, Wind summte im stehenden Gut, und das Mittelruder stand ruhig im Schaum des dreieckigen Kielwassers. Das Schiff war schnell, und als alles Tauwerk aufgeschossen war, versammelten wir uns auf dem Achterdeck. Ich blickte in verblüffte und begeisterte Gesichter.

»Das ist der Schwertkiel«, erklärte Riancor. »Im flachen Wasser kurbeln wir ihn hoch.«

Wir erklärten den Seeleuten den neuen Kompaß, der mit rektifiziertem Alkohol gefüllt war. Erstmals zeigte die Rose, Symbol von Schönheit und Geradlinigkeit,

Nord an. Astrolabium, Jakobsstab, Quadrant – alle Instrumente waren verbessert worden und voller technischer Tricks. Wir befestigten Teile der Ausrüstung neu und sicherer, lasen von den Karten die Landmarken ab, ich erklärte die Filterpumpe, die uns unverdorbenes Wasser garantierte, und Rodrigon brachte eine kräftige Suppe voller Teigstreifen zustande, nachdem er gelernt hatte, die Einrichtung der feuersicheren Kombüse zu gebrauchen.

»Habe ich zuviel versprochen?« fragte ich Escobar, der im Heck das Ruder hielt. »Ein schnelles, sicheres Schiff!«

»Es kommt kaum Wasser über. Und sie liegt, die ROSE, als wäre sie ein zweirädriger Karren auf einer breiten Straße.«

»Sie wird auch im wüsten Sturm nicht kentern«, versprach ich. Jeder an Bord hatte diese Erfahrung schon mehrere Male gemacht: vierundzwanzig Stunden am Tag, ununterbrochen in Bewegung, keinen Lidschlag lang Stille oder Bewegungslosigkeit, dazu tausend Handgriffe am Tauwerk, an den Segeln, an Deck und unter Deck. Einige Krüge Wein wurden geleert, die Stimmung blieb gut. Vierundzwanzig Stunden: das bedeutete, daß jeder auf dem Schiff jeden anderen kennenlernte, seine Stärken und Schwächen erkannte, daß sich in einer guten Mannschaft schnell Vertrautheit auf einer groben und direkten Ebene einstellte – oder der Keim von Streit und Ärger gesät war. Wir schienen ein glückliches Schiff zu sein. Ich wußte, daß auch die freundliche und fröhliche Gegenwart Moniques stark dazu beitrug, daß die Sitten nicht verwilderten.

Wir hatten noch Wind von achtern, als vor uns der riesenhafte Ball der Sonne den Horizont berührte. Das Meer war leer, bis auf einige Handelsschiffe, die versuchten, gegen den Wind zu kreuzen. Es ging in die Nacht, wir setzten Lichter und schickten die Hälfte der Mannschaft nach einem Essen aus kaltem Braten und Brot in die Hängematten. Wir brauchten nicht ein einziges Mal anzulegen, aber wir suchten dennoch Cadiz auf, kauften einwandfreie Nahrungsmittel und zwanzig feine Mäntel ein, dann wandte sich die ROSE nach West; der Bugspriet zeigte auf die unsichtbaren neun Inseln: Fayal war unser Ziel.

Auch in den weiten, langen Wellen des Ozeans hielt die ROSE, was sie versprochen hatte. Wir liefen in den Hafen ein. Unsere weithin sichtbaren Zeichen auf den Segeln und die unbekannten Flaggen lockten eine Menge Neugieriger herbei.

Große, dunkle Augen musterten erst die Karte, dann mein Gesicht. Es war um Mitternacht, und der Seewind blähte die Vorhänge und ließ die Kerzenflammen tanzen.

»Woher wißt Ihr das alles, Condottiere de Beaumont? Selbst Ptolemaios wußte nicht mehr!«

Mit einem Lineal zog ich einen Strich quer durch die Projektion aus vielen sichelförmigen Elementen: *linea equinoctalis.* Darüber eine zweite Linie: *tropicus cancri,* Wendekreis des Krebses.

»Ich studierte unzählige Karten, die man mir in vielen Teilen der Welt zeigte. Hier, ein Geschenk.«

Er starrte die Teilkarte an, während ich eine dritte Linie mit spitzer Feder zog: *tropicus capricorni;* Wendekreis des Einhorns. Die kleine Karte zeigte Frankreich, Spanien und Portugal, Africa bis zum Sinus hinunter und jede noch so winzige Insel. Eine bearbeitete Höhenaufnahme mit Einteilung, Linien und Entfernungsangaben. Der Deutsche war verblüfft und hingerissen.

»Herrlich!« sagte er. »Und alles ... ist wirklich so?«

»Ich kann schwören, wenn es Euch gefällt. Warum glaubt Ihr mir nicht, Ritter Behaim?«

»Hunderte Karten sah ich. Viele konnte ich verbessern. Solch ein Stück Papier sah ich noch nie. Es ist also wahr: Die Erde ist rund, und die Antipoden zeigen uns, sähen wir sie, ihre Fußsohlen.«

»Segelt hin und seht nach«, schlug ich vor. »Von den alten Karten sind viele Einzelheiten richtig. Aber jene Männer, von denen ich mein Wissen habe, schauten Erde und Wasser mit den Augen des Adlers. Sie irrten nie.«

Dutzende Kerzen brannten. Der Wein war schwer und würzig. Der Ritter und ich saßen die zweite Nacht zusammen und sprachen über wenig anderes. Ihn hatte eine ungute Spannung gepackt: Er wollte mir glauben, aber was er sah, schien ungeheuerlich und erklärte alle Bemühungen vieler Weiser zur Lüge oder als Schwindel.

»Das soll die Neue Welt sein? Aber es gibt keine Passage.«

»Nicht an dieser Stelle«, versicherte ich und deutete auf den Isthmus zwischen den Kontinentalteilen. »Hier ist sie. Eine ungastliche Gegend.«

Es gab ein südpolares Gebiet, aber keine Zauberinsel südlich von Africa. Alle Inseln und Kontinentallinien waren richtig dargestellt. Die Karte war wenig kleiner als die mächtige Tischplatte. Behaim war fassungslos. Er hatte mir von Colombo erzählt, von Diaz, von Caboto und Cabral, von da Gama und Vespucci; Kapitäne, die danach trachteten, große Entdeckungsreisen zu machen, oder von solchen halb mörderischen Unternehmungen lebend zurückgekehrt waren.

»Niemand wird es mir glauben!« Er stöhnte, halbwegs überzeugt. Ich hob den Pokal.

»Man sollte dieser Karte glauben. Ob sie richtig ist, erfahren die mutigen Kapitäne erst, wenn sie nach den Angaben und Richtungen segeln. Und das können sowohl die Portugiesen als auch die Spanier trefflich, wie ich erfuhr.«

Daß auch diese Karte aus einem Material hergestellt war, das nach gebührender Zeit unleserlich wurde und schließlich ganz verschwand, war beabsichtigt. Toscanelli, Henricus Martellus – auch deren großartige Fehler vermochte man nur aufzudecken, wenn man dorthin fuhr, maß, verglich und zeichnete.

»In der Tat, Condottiere. Das können sie. Wir lange darf ich diese Karte noch sehen?«

»Solange ich hier bin. Einige Tage noch. Macht Kopien; Ihr seid ein begabter Zeichner.«

Die acht Tafeln des jüdischen Instrumentenbauers Abraham Cresques, König Johanns des Ceuta-Bezwingers, Heinrich der Seefahrer und dessen Kartenzeichner Jafuda Cresques, Abrahams Sohn, die vielen Karten in den Schatzkammern der Könige, die Bulle des Konstantinopel-Papstes Nikolaus V., der die Herrschaftsbereiche zwischen Kastiliern und Portugiesen bestimmte ... wir sprachen über alles. Ich erfuhr Dinge, die der Roboter nicht beobachtet haben konnte. Selbst die riesengroße runde Karte des Fra Mauro kannte der Ritter. Er sprach davon, in Nürnberg eine Erdkugel zu zeichnen und herstellen zu lassen, und wußte nicht, welche Form der logischen Verzerrung zweidimensionaler Karten er wählen sollte.

Ich gähnte und leerte den Becher. »Ich lasse Euch die große Karte hier. Zum Schiff ist es nicht weit; gebt mir einen Diener mit oder eine frische Fackel.«

»Nichts da! Eine Sänfte!«

Eine Gruppe Diener mit lodernden Fackeln brachte mich zurück zum Hafen. Die ROSE hatte wenige Lichter gesetzt. Advani und Riancor warteten hinter dem Schanzkleid.

»Du hast dem Herrn der Sieben Meere die Grenzen seines Universums gezeigt?«

»Er will mir glauben, aber er traut sich nicht«, entgegnete ich mürrisch. »Die Kirche, die Herrscher, eine Wust von falschem Wissen und das große Vergessen, das seit Jahrhunderten hier lastet, verhindern eine klare Sicht. Oder sie lähmen den Willen, klar zu sehen.«

Jene Sieben Meere waren ein charakteristischer Begriff. Es handelte sich dabei nicht etwa um die Einteilung der gigantischen Salzwassermenge, von der die Kontinente und Inseln umspült wurden, sondern um die Randmeere bekannter Herrschaftsgebiete: das Mare Nostrum, das Rote Meer, der Golf von Persien, Teile des Indischen und des Cathay-Meeres und die Küstengewässer vor Ost- und Westafrica.

»Langsam wird es sich ändern«, brummte der Steuermann und gähnte. »Du hast über das neue Ziel nachgedacht?«

»Über einen anderen Mann«, sagte ich und zog beide zu mir in die Kapitänskabine. »*Christofero Colombo* oder *Colom* oder *Colón*. Er hat einen Lebenstraum von grotesker Unwirklichkeit. Ich erkläre es euch ...«

Bei einem letzten Becher schäumendem Bier erläuterte ich Escobar, was Colón dachte, wovon er überzeugt war und weshalb er – was Cathay betraf – mit absoluter Sicherheit scheitern mußte. Dann zog ich mich aus, nahm eine schnelle Dusche und streckte mich in der Koje aus. Für uns war es leicht, vieles besser zu wissen ... und schwer, dieses Wissen weiterzugeben und dafür zu sorgen, daß es richtig angewandt wurde. Aber was war richtig? Es gab keinerlei Gewißheit, daß die Larsaf-Barbaren aus unseren Anregungen nützliche und logische Lehren zogen.

Ich öffnete das große Bullauge. Klarer Frühjahrshimmel erstreckte sich über dem Ozean und den Inseln. Sterne und Mondsichel strahlten gnadenlos hell. Das Schiff wiegte sich sanft an den Vertäuungen, und es schien für einen langen Augenblick, als wirbelten sämtliche Punkte über uns um die Achse des Polarkreises.

Vision oder Erinnerung? ... die riesigen Mauern, uneinnehmbar, aus verschiedenfarbenen Ziegeln und Quadern gemauert. Meine Mauern. Arkonidisches Können hatte die Fundamente, den Wassergraben und die mehrfach geschützten Tore und Wehrtürme errichtet. Damals hatte die Stadt auf der Landzunge anders geheißen; sie bewachte das Römische Reich – KONSTANTINOPOLIS, die Stadt des Konstantin. Zweifellos hatte ich dort eine lange Zeit verbracht. Wann?

Der genaue Zeitpunkt und die Länge meines Aufenthalts verweilten im grauen, brodelnden Nebel der Vergangenheit. Später? Wieder wirbelten Erinnerungsfetzen. Ich sah mich, wie ich auf den Mauern stand und kämpfte. Gegen wen dieses Mal? Der Gegner der Stadt war Mohammed der Zweite, der Große. Er berannte mit seinen turkmenischen Truppen die Stadt. War es der Anfang vom Untergang des Oströmischen Reiches? 1450? Ein Jahr früher oder danach?

Feuer, Flammen und Rauch, wirbelnde Geschosse aus Belagerungsmaschinen. Hunger und Seuchen, Tragödien von kaum vorstellbaren Ausmaßen gingen einher mit Beweisen von unglaublichem Mut auf beiden Seiten. Wieder war ein Großreich entstanden, von dem sich das Abendland, der Okzident, bedroht fühlen mußte.

Irgendwann entkamen ich und die, mit denen ich Seite an Seite gekämpft hatte, dem Inferno der Niederlage. Vision oder Wirklichkeit? Ich wußte es nicht, aber ich glaubte, den Rauch zu schmecken und die Verwundungen zu spüren. Wir flohen, entkamen, überlebten.

Ich ahnte, daß noch immer große Teile meiner Erinnerungen tief unter den lastenden Schichten der Jahre lagerten. Hinter mir: stürzende Mauern, Tote, Schreiende, Verletzte. Die Mauern von Konstantinopel fielen. Das Oströmische Reich lag in Trümmern.

Keuchend holte ich Luft. Kalter Schweiß jagte Schauer über meine Haut. Der Extrasinn schrie warnend: *Komm zu dir! Du lebst! Vergiß diese Visionen. Aufwachen!* Der Wirbel aus Licht kam zum Stillstand. Die Sterne schienen zu zittern.

Ich öffnete die Augen und erkannte beim Licht einer Kerze, wo ich mich befand. Glücklicherweise war ich allein, griff nach dem Zellschwingungsaktivator und versuchte mich zu entspannen. Schlaf, ohnmachtsähnlich, überfiel mich mit unausweichlicher Plötzlichkeit. Morgen würde ich wieder mit Ritter Behaim, dem Ex-Mitglied der portugiesischen Junta für nautische Entdeckungen und Teilnehmer der Africa-Expedition, verhandeln und versuchen, seinen unbegreiflichen Unglauben zu besiegen.

14.

In den Jahren, da Granada belagert wurde, war Salamanca der Mittelpunkt der Kosmographie in Spanien. An der Universität lehrte einer der größten Astronomen dieser Generation, nämlich Abraham Zakuto. Darüber hinaus diskutierte eine Kommission die mathematischen und nautischen Ideen des Colón, der seit 1486 versuchte, einen königlichen Auftrag für sein Vorhaben zu bekommen.

»Fünf Jahre voller schwerer Pein befand ich mich an Eurem Königlichen Hofe, und alle, ohne Ausnahme, denen ich von meinen Unternehmen sprach, nahmen meine Worte als Scherz auf.«

Colón schrieb und zeichnete viel. Jeder Seefahrer kannte ihn. Es war schwer, ihm zu glauben; er galt als Phantast. Die Mitglieder der Kommission vermochten ihm nicht zu glauben, weil er Argumente anderer Entdecker wirr durcheinandermengte. Unklarheiten, die ihren Ursprung bei Marco Polos *Milione* hatten, in Toscanellis und Behaims Karten, überzeugten nicht; dazu kam, daß er stets übervorsichtig argumentierte, mehr verhüllte als verschwieg. Der Vierzigjährige, voll weißglühender Ungeduld, sah seine Jahre ebenso schwinden wie seine kühnen Ideen und die Maravedis, aus der Hofschatulle. Er fuhr fort, von seiner großen Vision zu reden, und tat dies mit der Überzeugungskraft eines Menschen, der vom Glauben durchdrungen ist. Sein Glaube, warf man ihm vor, manipuliere die Wirklichkeit. Zur Wirklichkeit gehörte auch, daß alle Welt glaubte, es gäbe noch viele Länder zu entdecken, und davon konnte immerhin unschwer jeder überzeugt werden, der sich dazu durchgerungen hatte, nicht mehr an die Scheibengestalt der Welt zu glauben. Eines Tages überreichte ihm ein Königlicher Bote zu Pferde ein Schreiben des Königspaars.

»In diesem Monat Januar sandten mich Eure Hoheiten mit einer ansehnlichen Flotte aus, damit ich nach den ersehnten indischen Landen fahre. Aus diesem Anlaß empfing ich große Beweise Eurer Gunst; ich wurde in den Adelsstand erhoben und darf fortan den Titel ›Don‹ führen. Ferner wurde ich zum Großadmiral des Ozeanischen Meeres, zum Vizekönig und ständigen Gouverneur aller Inseln und allen Festlands ernannt.«

Am 23. Mai rief Cristobal – hier nannte er sich Colóm – Bürger und Magistrat von Palos in der Kirche Sanct Jorge zusammen und eröffnete ihnen, daß sie ihm zwei wohlausgerüstete Karavellen zur Verfügung zu stellen hatten. Seine Rede war schneidend und hochtrabend. Und ... nichts geschah.

Palos: ein kleiner Hafen im Westlichen Ozean, zwischen den Mündungen von Guadalquivir und Guadinana, nordwestlich von Cadiz und östlich von Lagos gelegen; man zögerte, die Befehle auszuführen. Noch tiefer geriet Colóm in die Schuld der Kaufmannsfamilie Pinzón. Schließlich liehen sie ihm eine halbe Million Maravedis.

Am 15. Juni 1492 übernahmen wir flußaufwärts den Lotsen, fuhren im Hafen ein herrliches Manöver und legten mit ausgebrachten Ankern und über Heck an einem Stück vorspringender Mole an. Halbwüchsige hatten die Taue übernommen; wir brachten die Scheiben aus, von denen die Ratten herunterfielen, wenn sie übers Tauwerk ins Schiff klettern wollten. Die Flaggen mit dem Wappen von Beaumont/Le Sagittaire, Piemontes und einer unbekannten fernen Macht gingen an den Masten hoch. Blitzschnell wurden die Segel vertäut. Über das Achterdeck spannten wir ein Sonnensegel; es erschienen Klappstühle, Tischchen und eine Menge braungebrannter, wohlgenährter, gutgelaunter Menschen. *Verhalte dich angepaßt,* flüsterte der Logiksektor. *Denk daran, daß der Großinquisitor Torquemada aus Spanien ein Land fanatischer Religiosität gemacht hat!*

Ich dachte auch daran, daß meine Mannschaft mit Lähmstrahlern ausgestattet war, als Dolche getarnt. Überdies trugen wir deutlich sichtbare Kreuze an der Brust. Ich wandte mich an den Koch: »Öffne das kleine Faß aus Bordeaux. Wollt ihr in spanischen Schenken oder an Bord essen?«

»Wir sehen uns im Hafen um«, erklärte Advani Escobar mit rollenden Augen. »Der Sold muß unter die Wirte und Mädchen.«

»Uns trefft ihr an Bord!« rief Riancor. »Wir halten es wie in Nantes und Bordeaux. Alles klar?«

»Jawohl, Vice-Capitán!«

Schiff und Mannschaft waren in exzellentem Zustand. Wir waren nach dem Besuch der Habichtinseln nach Frankreich gesegelt und hatten in den Häfen eingekauft. Durch Flauten und Stürme waren wir gesegelt, und mancher Wirt erinnerte sich an uns ob der Freigebigkeit, die alle an den Tag legten. Keiner war krank geworden; jeder sah die ROSE als seine Heimat an. Eine Gemeinschaft, die aus einfachen Seeleuten eine Gruppe von Männern hatte werden lassen, die an jeder Küste, in jeder Schenke und jedem Hafen ihren Mann stand. Sie waren darauf vorbereitet, den künftigen Entdecker neuer Welten zu treffen. Nacheinander verließen sie die ROSE, selbstbewußt, in Stiefeln, die vom Salzwasser gebleicht waren.

Escobar blieb bei uns und setzte sich auf die breite Heckreling.

»Noch kenne ich die Gerüchte nicht. Soll ich gehen und euch später berichten?«

Riancor deutete auf die größte und am meisten vertrauenerweckend aussehende Schenke. Ein prächtiges Schiff hing als Zeichen über der Tür. Bänke und Tische standen vor der weißgekalkten Fassade.

»Du triffst uns dort. Ich bewache das Schiff. Arcantal würde sich freuen, den Admiral Colóm an Bord begrüßen zu dürfen. Falls du ihn treffen solltest.«

»Verstanden. Ich sehe mich um. Es herrscht Aufregung im Hafen.«

»Das haben wir auch schon bemerkt.«

Zwei Karavellen lagen nebeneinander im Zentrum des Hafens. Deutlich war jetzt, am frühen Nachmittag, zu erkennen, daß sie ausgerüstet wurden. Verglichen mit der stolzen ROSE waren die LA PINTA und die LA NIÑA abgetakelte Schiffe, weder neu, weder gepflegt noch für ein solches Vorhaben ausgestattet. Was wir sahen, erfüllte uns mit großem Mißtrauen gegen den Admiral und seine Möglichkeiten. Ich nahm Moniques Arm.

»Sehen wir uns um. Vielleicht gibt es etwas zum Lachen.«

Die Planke federte unter unseren Schritten. Das Pflaster und die sandigen Flächen waren schmutzig, es roch nach Brackwasser und stank nach totem Fisch und vielem anderen, das in den Winkeln verrottete. Die Fassaden der meisten Häuser boten einen ebenso erbärmlichen Eindruck wie die grauen Planken der meisten Schiffe.

Neugierige Blicke trafen uns, ebenso verblüffte, wie sich die Matrosen, Dirnen und Arbeiter nach unserer Mannschaft umgesehen hatten. Überall hörten wir den

Namen Pinzón; dessen Geld rüstete die Expedition aus. Halbnackte Männer schleppten Ballen, Säcke und Fässer in die Schiffe, oft sausten quiekende Ratten und Mäuse durch die Abfälle. Träge und fett hockten Katzen auf den Simsen. Irgendwo qualmten Teerpfannen über der Glut.

Granitkugeln und Tröge voller Bleibrocken für die Bombarden und Hakenbüchsen wurden als Ballast in die Kielräume der Schiffe geschleppt. Segelmacher nähten riesige Kreuze auf die dreieckigen und rechteckigen Leinwandflächen. Händler breiteten billiges Zeug aus. Hunde rannten kläffend durch das Gewimmel. Palos, Stadt wie Hafen, war ebenso schmutzig und ohne Organisation wie Hunderte anderer Weiler, Dörfer, Städte und Häfen im Reich von Isabella von Kastilien und Ferdinand dem Zweiten von Aragonien, den »katholischen Königen«.

»Djemila«, ich zeigte auf die Schiffe und die heruntergekommenen Häuser, *»meine Schöne,* das ist die Wirklichkeit dieser Jahre. Le Sagittaire, Port du Soleil und Beaumont sind Ausnahmen. Daran solltest du denken.«

»Ich weiß es«, sagte sie. »Und ich sehe es. Ich denke immer daran.«

Sie hielt einen Jungen auf und fragte ihn, an welchen Stellen man den Admiral finden könne. Der Zwölfjährige hatte wenig Scheu vor den Fremden in der gepflegten Kleidung und mit dem selbstbewußt-kühlen Auftreten.

»Dort!« rief er. »In dem Wrack!«

»Ich sehe kein Wrack.« Monique lachte.

»Noch schwimmt's!« schrie der Junge. »Drüben. LA GALLEGA. Oder fragt nach der MARIGALANTE. Colóm hat sie SANTA MARIA getauft, aber keiner nennt sie so.«

»Danke«, sagte ich und schenkte ihm einen halben Maravedi. »Es wird immer spannender.«

Das Schiff mit den beziehungsreichen Namen, die etwas mit höchst mangelhafter weiblicher Tugend zu tun hatten, hatte ein quadratisches Segel und war vierzig große Schritte lang. Auf 235 Tonnen schätzten wir sie. Wir hatten erfahren, daß Colóm tatsächlich drei Schiffe kaufen und ausrüsten hatte können; weitere Beobachtungen zeigten deutlich, daß ein großer Teil der Vorräte und Ausstattung minderwertig war; man betrog ihn schamlos.

Wir bewegten uns, immer wieder Unrat, Spaziergängern, Lastenträgern und großen Stapeln der unterschiedlichsten Waren und Gegenständen ausweichend, umgeben vom Geschrei, Knarren des Holzes, plätscherndem Wasser und Liedern, Grölen, Saitenklängen aus den offenen Fenstern und Türen, durch den Hafen. Ich prüfte das Aussehen der Schiffe im Hafen und fand meine Überlegungen bestätigt: Wenn einer dieser Kühnlinge tatsächlich eine ferne Küste erreichte, hatte er mehr Glück als Vernunft.

Wir erkannten den Admiral in einer Gruppe von Zahlmeistern, Inspektoren und Seeleuten. In einiger Entfernung standen eine Handvoll Männer, die wie Ritter und nicht wie Seeleute aussahen. Vorsichtig näherte ich mich Colóm; Monique strahlte ihn mit ihrem schönsten Lächeln an. Sein Blick irrte ab, er hörte mit der Unterhaltung auf, die in erregtem Ton geführt worden war.

»Wir sind den langen Weg aus dem Norden hergesegelt«, sagte ich, zog den

Hut und machte eine zuvorkommende Bewegung, »um mit dem berühmten Admiral Colóm zusammenzutreffen. Wir kommen von Hidalgo Behaim, den Ihr wohl auch kennt.«

»Ich kenne ihn«, bestätigte der Seefahrer. »Euer Schiff, die ROSE? Sehr gut in Schuß, ein schönes Schiff!«

»Das möchte ich meinen.« Ich blickte an seiner Schulter vorbei. Ich sah deutlich am Bug der NIÑA noch die Buchstaben ihres alten Namens: SANTA CLARA! Sie führte ein riesiges Dreiecksegel. »Man sagt, Ihr werdet Cathay und Cipangu entdecken und mit dem Großen Khan sprechen, unter goldenen Dächern?«

Etwa vierzig Jahre war Colóm alt, ein Mann mit glattrasiertem, gebräuntem Gesicht und großen, braunen Augen. Er trug nicht gerade die Art von Gesicht und Gehaben zur Schau, die uns für ihn einnahm. Binnen kurzer Zeit waren wir der Mittelpunkt eines Kreises von Seefahrern, Lastenträgern und jenen mittellosen Abenteurern, die sich *Hidalgos* nannten und die Plätze bevölkerten.

»Ihr wißt viel, Kapitän«, gab Colóm zurück. »Was wißt Ihr über das nicht so ferne Cathay?«

»Vieles«, entgegnete ich. »Und nichts wäre uns willkommener, als mit Euch darüber zu sprechen. Es mag sich herausstellen, daß unser Wissen und Eure Kühnheit einen vorteilhaften Pakt miteinander eingehen können.«

»Aber schwerlich in einem Hafen voller Unrat, Gestank und weit offenen Ohren von Leuten, die, vielleicht, portugiesische Spione sein können.«

Monique schenkte den Männern reihum ein offenes Lächeln. Ich machte eine ausladende Geste und deutete auf mein Schiff. »Warum nicht heute abend auf der ROSE? Ich bereite ein leichtes Mahl für uns vor; meine Kajüte ist geräumig.«

Wir nannten unsere Namen. Ich lernte den Sekretär, den königlichen Revisor und einen bekehrten Juden kennen, der die arabische Sprache kannte. Er sollte mit den Küstenbewohnern sprechen, den Untertanen des Großen Khans. Der Logiksektor meldete sich: *Du triffst sie tief, wenn sie die Wahrheit erfahren würden. Ihre Phantasie treibt sie an! Sorge für den richtigen Kurs!*

Hinter Colóm schleppten seine Matrosen klobige Hakenbüchsen und Luntenarkebusen auf die Schiffe. Der Sekretär hastete hinterher. Luis de Torres, der Dolmetscher, verbeugte sich tief und meinte:

»Wir werden, wenn uns die Gnade und das Schicksal an den Hof des Khans führen, ihn zum wahren Glauben bekehren. Ein treuer Vasall für die Krone Kastiliens soll er werden.«

Ich entgegnete ihm in klassischem Hocharabisch: »Ein *Rhub el Khali* liegt zwischen hier und dem Land, das ihr sucht, ein großes, leeres Viertel. Ein Viertel der Welt, o Bruder der Gelehrsamkeit! Ich habe in meiner Kuppel der Tafeln, im *Qubbat el Alonah,* viele Bücher und Seekarten, Landkarten und Beschreibungen. Man weiß, daß in anderen Teilen der Welt so viele Menschen leben, daß auf einen Christen einige zehntausend Menschen kommen, die sich nicht werden bekehren lassen.«

Der Dolmetscher erschrak; Colóm und seine Gefährten hatten staunend zugehört. Ich grinste breit, deutete auf Don Cristobal und fügte auf kastilisch hinzu:

»Überdies sind die Ephemeriden des Regiomontanus höchst anfechtbar, Admiral.«

Ich hatte sie genügend in Erstaunen versetzt. Diejenigen, die wußten, was die Berechnungen der Sternenhöhen und Gradeinteilungen bedeuteten, hatten auch begriffen, daß ich mehr zu wissen schien – oder es vorgab. Ich nahm die Hand Moniques und wiederholte: »Heute abend auf der ROSE VON CATHAY, Admiral?«

»Ihr habt mich neugierig gemacht, Kapitän. Ihr kennt also die fernen Küsten?«

»Viele davon«, antwortete ich. »Wir sehen uns; dann werde ich Euch berichten, was ich von Cipangu und Cathay weiß.«

»Ich werde, mit Eurer gütigen Erlaubnis, die Brüder Pinzón mitbringen.«

»Tut dies, Admiral!«

Durch enge Gäßchen und in großem Bogen entlang der Gärten schlenderten wir durch das Hafenstädtchen zum Schiff. Wir versuchten, möglichst viele Eindrücke in uns aufzunehmen, die dieses Land und diese Zeit ausstrahlten. Meine Theorien über einen Staat, der strengen Glauben der Vernunft überordnete und nichts tat, um den Gegensatz zwischen Armen und übertrieben Reichen zu ändern – immerhin kostete die Expedition des Admirals soviel wie das Monatseinkommen eines begüterten Granden –, wurden wieder bestätigt. Wir prägten uns alles ein, bis zum sauren Geruch des Weines; wir wußten, wie reich das Land sein könnte. Vor der ROSE standen Escobar und Riancor.

»Der Admiral hat unter seinen knapp hundert Männern gute und erfahrene Seeleute. Ich habe mich umgehört«, erklärte Escobar. »Ihr seid mit ihm ins Gespräch gekommen, Capitán der Überraschungen?«

»Ein Mann«, sagte Monique, »der nicht genau weiß, wo er findet, wovon er träumt, aber sicherlich so intensiv träumt, daß er etwas findet.«

Ich schüttelte den Kopf und stieß ein undeutliches Wort aus. »Es wird Cathay nicht sein und Cipangu noch weniger.«

»Wir wissen es!«

Nacheinander betraten wir die Planke und zogen uns aufs Achterdeck unter das Sonnensegel zurück. Angelegentlich beobachteten wir, wie die kleine Flotte weiter ausgerüstet wurde. Bedächtig bereiteten wir einen Imbiß mit besten Weinen vor; ich überlegte, welche Kartenwerke ich dem Admiral präsentieren konnte. Er würde, was immer er erfahren und sehen mochte, nach Westen segeln. Alles, was er auf seinen Fahrten erfahren hatte, ordnete er seinem brennenden Traum unter. Riancor meinte, nachdem der Tisch festlich gedeckt und die Stühle aufgestellt waren:

»Ich habe es nach logischen Gesichtspunkten überprüft. Wenn Spanien und Portugal fremde Küsten erreichen, so ist das als politischer Prozeß zu werten.«

»Eigentlich solltest du Berater des Colóm sein!« warf ich ein. Trotz aller Möglichkeiten der Maskierung mußten wir vorsichtig bleiben. Wir sollten uns allein deshalb nicht in die Gefahr bringen, für Ungläubige, Hexer, vom Satan Besessene oder Schlimmeres gehalten zu werden. Uns würde im Land jeder erkennen und der Inquisition melden.

»Das kannst du besser!« antwortete er.

»Ich halte es für richtig, den Horizont dieses Erdteils im Sinn des Wortes zu erweitern«, erläuterte ich halblaut. »Erstens werden unzählige Menschen auswandern, Kulturen befruchten sich gegenseitig, und das wird der Intoleranz falscher Religiosität den Hals brechen. Ob Colóm nun Gold findet oder nicht, ist gleichgültig. Sollten sie aber auf Hochkulturen stoßen, kann es sein, daß Handel und Erfindungen auch diesem Teil der Welt zu einem funktionierenden Staat verhelfen.«

»Du bist noch immer sicher, daß aus Hunderten kleiner Herrschaftsbereiche ein paar mächtige Reiche entstehen können?« fragte Monique sarkastisch. »Oder ein einziges Reich? Eine Macht?«

»Das glaube ich nicht. Wenn es nur ein halbes Jahrtausend dauern sollte, wäre ich überrascht!«

Wir musterten die Vorräte und schickten die ersten zurückkehrenden Matrosen in die Stadt. Sie sollten fragen, wo man das Beste vom Guten bekommen konnte und was man dafür zahlte. Es fing zu dunkeln an, und nur Lichtschein aus Türen, offenen Fenstern und von blakenden Fackeln warf gelbe Zungen in die Richtung des Hafenwassers. Die ersten Fischer ruderten hinaus. In Eisenkörben über dem Heck der Boote brannte die rote Glut von Holzkohlefeuern. Ein auflandiger Wind zerrte an träge hängenden Segeln.

Schließlich kamen Colóm und drei seiner Männer. Wir überschütteten sie mit höflichen Redensarten und führten sie an die Tafel. Es war warm; die Kastilier hängten ihre prächtigen Mäntel über die Reling.

»Woher kommt es, Capitán di Arcóm«, er sprach meinen Namen in kastilischer Betonung aus, »daß Ihr so aufregendes Wissen besitzt?«

Die Seefahrer setzten sich und streckten ächzend ihre Beine aus. Sporen schnitten durch das gepflegte Holz der Planken. Escobar runzelte unwillig die Stirn. Ich hob den Becher und antwortete:

»Weil ich mit unzähligen Seefahrern, Karawanenführern und den Weisen in anderen Ländern gesprochen habe. Ich sage wie der große Erasmus: ›Was ich zeichne, ist weniger als die Hälfte dessen, was ich sah!‹ Hier in Kastilien weiß, um nur ein Beispiel zu nennen, niemand, auch du nicht, daß nur ein Viertel der Welt bekannt ist.«

»Es ist weitaus mehr!« fuhr Colóm auf. Riancor und ich schüttelten die Köpfe. Die Gespräche wurden ernsthafter. Ich holte meine Karten hervor. Obwohl sie jene Länder zeigten, die zwischen Nordmeer und Mare Nostrum lagen, überraschten sie die Seefahrer durch ihre wirklichkeitsnahe Darstellung. Diese Länder waren bekannt; dennoch gab es viele Einzelheiten hauptsächlich der Küstenlinien, von denen keiner etwas geahnt hatte.

Die Kugelgestalt des Planeten – man nahm sie als gegeben hin, huldigte aber der lächerlichen Auffassung, daß die »Antipoden« irgendwie auf dem Kopf gehen würden oder kopfunter ins Weltall hineinhingen. Daß sich der Planet drehte, wußten sie auch, aber die Lage der Polachse war unbekannt. Daß der Planet einen Nahezu-Kreis um die Sonne beschrieb ... hier gab es die ersten fundamentalen Unsicherheiten. Noch war die Zeit nicht reif, ein heliozentrisches Weltbild zu akzeptieren.

»Das sind herrliche Karten! Hier, Africa, Ceuta ... die Enge.«
Ich überreichte sie dem Admiral. »Ein kleines Geschenk.« Ich schwächte seinen Dank ab. »Ich erkenne nunmehr eure Probleme.«
Sie richteten sich nach falschen Informationen. Dadurch verschob sich der östliche Rand der zentralen Kontinentmasse zugleich mit wirklichen und eingebildeten Inseln, einschließlich Cipangus, weit nach Osten und wanderte, bis zur Unkenntlichkeit verzerrt und noch Teil des Festlands, um den Planeten herum, bis an die Stelle des Doppelkontinents im Westen. Colóm segelte nach Cathay, Punktum, basta! Von dieser Ansicht war er nicht abzubringen. Ich dachte an das *Vinland* der Wikinger und schmunzelte.
Die Teilerlinie der Hemisphären: bekannt. Wendekreise wurden zur Navigation verwendet. Kompaß und Instrumente: Die Seefahrer konnten damit umgehen und waren in der Lage, ihre Position einigermaßen genau zu bestimmen. Die Entfernungen: Hier herrschte Chaos zwischen Meilen, Leguas, Landmeilen und Gradeinteilungen. Die Idee, einen Kreis in vier Quadrate zu jeweils neunzig Graden einzuteilen, spukte schon in den Köpfen. Ich rollte drei andere Karten auf, von denen die Zone südlich des mittleren Meeres geschildert wurde. Während sich die Seefahrer in höchster Erregung über die Verbindungen aus Höhenfotos und Zeichnungen, mit Gitternetzen und einer Unmenge lateinischer Texte beugten, musterte ich den Admiral, versuchte mir ein Bild seines Charakters zu machen.
Mittelgroß, braunhaarig, bartlos und in allen seinen Bewegungen ohne kluge Bedächtigkeit, so verhielt er sich an diesem Abend. Rings um den Hafen wurde es stiller und dunkler. Unsere kleine Versammlung war zu einer hellen, farbenfröhlichen Insel geworden. Colóm trank nicht viel, sprach einen seltsamen Dialekt, eine Mischung aus Latein, der Sprache seiner italienisch-genuesischen Heimat, durchmischt mit portugiesischen Brocken und kratzigem Kastilisch. Was seinen Traum betraf, Cathay zu entdecken, so war er vom Erfolg so überzeugt wie von der Tatsache, daß über uns die Mondsichel schwebte. Daß die Oberfläche dieses Planeten anders aussah, als er, Admiral Cristobal Colóm, es sich vorstellte, wollte er nicht begreifen, wehrte sich gegen diese Einsicht. Irgendwann hörte ich mich sagen:
»Admiral, auch ich bin sicher, daß Ihr etwas entdecken werdet!«
»Ich weiß es!« grollte er und griff nach dem Becher, der auf den unersetzlichen Karten stand.
»Aber es werden nicht Cathayas Goldene Dächer sein!«
»Doch! Der Weg nach Indien liegt vor uns, im Westen!«
»Aber nicht dort, wo Ihr sucht!«
»Und nimmermehr dort, wo Ihr sagt, daß er sei!«
Unter dem Grinsen meiner Freundin und der Steuermänner antwortete ich kühl: »*Ich* weiß es, Admiral. *Wir* wissen es. Diejenigen, die dort leben und mit vielen anderen Häfen Handel treiben, wissen es auch. Kein Kastilier und kein Portugiese weiß es.«
Und Riancor setzte hinzu: »Und wenn es einer von Euch erfährt, glaubt er es nicht. Wie seltsam sind die Bräuche hierzulande.«
Colóm war voller Dankbarkeit für Karten und Ratschläge. Seine Dankbarkeit war ehrlich. Aber Uneinsichtigkeit beherrschte ihn und die anderen. Sie waren

Männer ihrer Zeit; von Admiralen dieser Größe hätten wir vorausgesetzt, daß sie in der Lage waren, sich über den niedrigen Wissensstand zu erheben und ihre Ideen mit neuem Wissen zu füllen. Nichts da; man müßte verzweifeln.

»Warum segelt Ihr, Kapitän, nicht mit uns?« wollte der jüngere Pinzón wissen. Ich hob die Schultern, breitete die Arme aus und rief:

»Warum sollte ich? Ich weiß, daß Ihr im Westen keine Inder treffen werdet. Jedenfalls nicht, wie Ihr sagt, in der Umgebung von Ophir, nicht hinter der Insel Hispaniola, und ganz sicher nicht liegt Mondo Novos Strand dort, wo Ihr ihn ausgerechnet habt, Admiral.«

Cristobal de Colóm sprach von seinem Logbuch, von den Instrumenten, die er mitführte, von seinen tüchtigen Männern. Wir versuchten, ihm möglichst viele Ratschläge zu geben. Er hatte vor, zuerst Schiffe und Mannschaft auf einer kürzeren Fahrt zu den Kanarischen Inseln auszuprobieren. Vielleicht, sagte er, mußte er einige Segel umtakeln lassen, und als wir ihm die pedantische Ordnung unter Deck der ROSE zeigten, die Bequemlichkeit, die für die Mannschaft eingebaut war, meine Kajüte und unzählige durchdachte Einzelheiten des Riggs und einen trockenen Bilgeraum, ohne Ratten, Ungeziefer und üble Gerüche, starrte er Riancor, Escobar und mich fassungslos an.

»Ihr, Hidalgo di Arcóm, wärt der richtige Weltentdecker! Welch ein Unterschied zwischen unseren Schiffen!«

»Ich, Don Cristobal, kenne zwar nicht jeden fremden Hafen der Welt.« Ich sprach bedächtig. »Aber ich kenne vieles. Warum sollte ich dorthin segeln, wo ich schon war? Oder andere mutige Kapitäne, die diese Karten mitbrachten?«

»Werdet Ihr mich weiterhin beraten, Capitán?«

»Gern. Wir wünschten, daß Ihr der Erfahrung anderer mehr Glauben schenktet.« Escobar sprach an meiner Stelle. »Es sind ebenso kluge Kapitäne wie Ihr, auch wenn sie größere Schiffe segeln und unaussprechliche Namen haben.«

»Wie lange bleibt Ihr noch in Palos?«

»Noch etliche Tage.« Ich lächelte grimmig. »Es wird genug Zeit sein, um über alles zu sprechen.«

»Seid bedankt!«

Sie konnten sich nur schwer losreißen. Als Seeleute erkannten sie auf den ersten Blick, was Schiff und Mannschaft taugten. Wir begleiteten sie mit Fackeln zu ihren Schiffen zurück. Am frühen Morgen schreckte ich aus tiefem, entspannendem Schlaf auf und brauchte ein Dutzend Atemzüge, um mich zurechtzufinden. Es war noch dunkel; die ROSE wiegte sich im Ebbewasser. Ich tastete nach Moniques Schulter, zog sie an mich und sah, während Stiefel auf den Brettern des Niederganges polterten, den ersten Lichtschimmer am Horizont.

Luis de Torres setzte die kniehohen Stiefel auf die Planke, hob den Arm und rief: »Darf ich an Bord? Ich bringe ein Geschenk von geringem Wert, aber mit dem tiefsten Ausdruck des Dankes; mich schickt Don Cristobal.«

»Schnell!« rief Monique lachend. »Der Tee ist noch heiß, de Torres! Kommt!«

Luis verneigte sich und überreichte mir mit beiden Händen das Geschenk des

Admirals, ein gut beinlanges Rohr mit Handgriffen, einer schweren Pulverkammer und einem Verschluß, der zur Ladung führte. Man feuerte diese »Donnerbüchse« mit glimmender Lunte ab, und der Rückschlag war fast so gewaltig wie die Rauchentwicklung und die Zielunsicherheit. Lauf und Endstück waren mit Golddraht, Einlegearbeit und geätzten Ornamenten kostbar verziert.

Ich bedankte mich und versicherte, dieses kleine Geschütz in Ehren zu halten und abzufeuern, wenn es nötig werden würde.

Torres nahm begeistert Platz; auch er schätzte unser Essen und die Art, in der es dargeboten wurde. Ich fragte ihn, wann denn der Admiral abzulegen gedachte.

»Ich denke, wir gehen am zweiten oder dritten Tag des August in See«, erwiderte er, »denn das hat seinen bestimmten Grund. Nach dem Fall von Granada, dem Sieg Kastiliens, sind alle Juden heimatlos geworden. Sie müssen das Land verlassen. Du wirst sie auch bald hier im Hafen sehen. Einige sagen, daß auch der Admiral zu ihnen gehört; ich meine es ebenfalls. Also wird es am Tag des Großen Auszugs sein.«

»Ich verstehe dich«, lautete meine skeptische Antwort. »Hunderttausende wandern im Land umher. Und du? Bist du sicher, daß ihr Mondo Novo erreicht?«

»Wenn uns nicht portugalesische Schiffe abfangen. Warum nicht? Du selbst sagst, es gibt unzählige Küsten. Eine davon werden wir wohl erreichen.«

»Du nimmst alles mit der Ruhe des wahren Philosophen«, brummte Escobar. »Eure Rechnung ist falsch. El Fargani, auf den ihr euch bezieht, maß die Meile mit tausendneunhundertdreiundsiebzig großen Schritten. Colóm aber rechnet mit reichlich tausendvierhundertsiebenundsiebzig. Bewahre die Karte, die du von uns hast, dann bist du vielleicht klüger als der Admiral.«

Er nickte schweigend, unsicher. Die Flut setzte wieder ein und staute das Wasser des Rio Tinto auf, an dessen Ufern Palos und der Hafen lagen.

»Es ist alles so unendlich schwierig«, sagte er undeutlich und verschlang große Bissen Brot mit Butter und geschnittenem Schweinebraten. »Die Könige, das Gesetz, etliche Zehntausende Verbote, Regeln und Gebote, überall Geheimnis-se ...« Nach einer Pause flüsterte er, sich scheu umblickend: »... auch der Admiral weiß vieles. Er verschweigt's allen. Die Christen, die Inquisition, überall Verfolgung, Kampf und Grausamkeit, und nur der Reiche und Christ hat's gut. Und auch er stolpert von Falle zu Falle. Ich habe es überlebt.«

»Spätere Jahre werden beweisen, daß es ein Fehler war«, bemerkte ich voller Überzeugung, »nicht mit den Mauren zusammenzuarbeiten. Sie haben das Land als blühenden Garten verlassen. Bald wird es die Krone, der Wasserkünste unkundig, versteppen lassen. Aber – wer könnte sie zwingen?«

»Niemand. Nur ein Wunder aus dem Himmel von euch Christen«, antwortete der konvertierte Jude.

»Und deshalb werden wir auch, sobald es uns gefällt, fortsegeln«, erläuterte Riancor.

Die ROSE VON CATHAY blieb noch etwa einen Mond lang im Hafen. Wir erlebten eine unfaßbare Art von Vorbereitung. Irgendwie füllten sich die Schiffe mit Vorräten und Männern. Tagelang war der Admiral nicht am Kai. Er kümmerte sich um sein Söhnchen und seine Geliebte. Wir erfuhren, daß Vorräte für neun

Monate eingelagert wurden. Torres erhielt von mir eine Flasche, in der Vitaminkonzentrat enthalten war. Damit konnte er, wenn nötig, die gefürchtete Mangelkrankheit besiegen.

»Und wenn der Admiral die sogenannten Inder wirklich trifft?« wollte Monique wissen. In einer Geste der Hilflosigkeit hob der Dolmetscher die Hände.

»Dann wird er sie allesamt zum wahren Glauben bekehren!« versicherte de Torres. »Und Schiff um Schiff kampfeslüsterner Hidalgos und Siedler wird absegeln. Der Admiral will Ruhm, Gold, Macht und Ehre. Ich denke, er wird alles bekommen.«

»Und ein paar exotische Krankheiten«, brummte ich. Nach einer Stunde verabschiedete sich der Dolmetscher wieder und hatte zuletzt noch eine Neuigkeit parat. Unter Colóms Besatzung befand sich kein Geistlicher. Riancor gelang es ohne nennenswerte Schwierigkeiten, an Bord eines jeden Entdecker-Schiffes eine winzige Dauerfunksonde unsichtbar anzubringen. Wir wurden, je näher der fragliche Tag kam, ungeduldiger und schlechter gelaunt.

»Colóm bleibt uneinsichtig«, sagte ich in der letzten Stunde eines mühsamen Tages. »Oder er merkt sich alles und hält es vor aller Welt geheim. Hundertzwanzig Männer auf drei Schiffen will er täuschen, sich selbst und die königlichen Majestäten.«

»Es gibt eine Reihe anderer Kapitäne«, versuchte mich Riancor aufzumuntern. »Viele kennen wir. Sie sind ungeduldig; wenn wir ihnen helfen, werden sie in viele Richtungen ausschwärmen wie Hornissen.«

»Namen?« Monique war längst nicht so intensiv mit den Problemen dieser Zeit beschäftigt wie wir. Sie wußte natürlich, worum es ging.

»Es gibt einen Giovanno Caboto, der am englischen Hof bekannt ist«, erzählte Riancor. »Einen, der sich Amerigo Vespucci nennt. Pedro Alvarez Cabral, noch jung, zählt zu meinen Favoriten. Nuñez de Balboa ist ein anderer.«

»Welch eine Auswahl!« bemerkte ich säuerlich. »Aber letzten Endes müssen sie Erfolg haben. Die Zeit ist reif. So vieles war bekannt! Alles ist wieder vergessen worden.«

Noch einige Tage warteten wir. Cristobal de Colóm verabschiedete sich von uns, in aller Herzlichkeit und voller Aufregung. Am zweiten Tag des siebenten Monats gingen seine Männer an Bord; eine halbe Stunde vor Sonnenaufgang lichteten sie die Anker. Starker ablandiger Wind trieb die Karavellen den Rio Tinto hinunter. Das Tageslicht strahlte in die Segel, das Kreuz darauf leuchtete. Wir folgten eine Stunde später. Unser nächstes Ziel war jener Hafen, in dem wir Caboto treffen wollten.

Bis der Admiral sein Ziel erreichte, das nicht seinen Träumen entsprechen würde, verging sicher viel Zeit, denn wir wußten:

König Heinrich der Siebente von England war 1485 in Wales gelandet, hatte Richard den Dritten vernichtend geschlagen und schien der erste Tudor auf dem Thron zu sein. Giovanni Caboto, ein Florentiner, trug ihm seinen Plan vor, den Seeweg nach Indien zu suchen, und Heinrich ließ sich überzeugen. In England nannte sich der Italiener John Cabot, und auch er gehörte zu jener Handvoll Männer, die genügend Ehrgeiz, Wagemut und die Seefahrer-Leidenschaft in sich trugen, eine solche Expedition zu wagen. Und sie alle kannten unzählige Karten, Thesen und Berechnungen. Cabot indessen war sicher, den Weg im Norden der Welt zu finden.

Wieder einmal »fälschte« ich eine Seefahrer-Karte und stattete sie mit über zweihundert Hinweisen im Umgangslatein aus. Als Verfasser schrieb ich, der Däne Claudius Clavus habe sie gezeichnet. Sie zeigte, in Abmessungen und Einteilungen genau und perfekt, die Länder Frankreichs, die Inseln Anglia und Ibernia und Orcades, und darüber Islandia im Congelatum Mare, dem zusammengefrorenen Meer, Gronlandia und Laboratoris mit den nach Norden und Westen anschließenden Landmassen, also nahezu den gesamten Nördlichen Teil des Doppelkontinents, zu dem Colóm unterwegs war. Jeder, der auch nur einen flüchtigen Blick auf das große Papierblatt warf, mußte sicher sein, daß das »Stockfischland« keine Insel war, sondern Teil eines Erdteils. Mit sehr viel Akribie zeichnete ich auch den Weg des Colóm ein, so weit, wie er uns in diesen Tagen bekannt war. Die ROSE segelte nach London, zur Thames-Mündung. Dort sollte sich Cabot aufhalten.

Die Gasse stank und war so schmal, daß wir nur die Arme auszustrecken brauchten, um die feuchten Mauern berühren zu können. Wir schalteten die kleinen Antigravtriebwerke ab und die Körperschutzfelder an. In Riancors Hand erschien ein Scheinwerfer. Die gekrümmte Fläche wies schräg abwärts. Knöchelhoch bedeckten Abfälle und ausdünstender Unrat den Boden. Wir gingen langsam weiter, die Hände an den Waffen. Am Ende der Hafengasse war Lärm zu hören; dort brannten einige blakende Kienspäne. Ätzender Rauch aus den Kaminen mischte sich mit dem Nebel, der vom Fluß herandriftete.

»Wir wußten es vorher«, schimpfte ich. »Hoffentlich finden wir den mutigen Venezianer bald.«

»Um diese Zeit riskiert jeder sein Leben, wenn er die Mauern verläßt. Er ist im *Stockfisch und Humpen*«, beharrte Riancor. Wir erreichten unangefochten den kleinen Platz. Der Lichtstrahl wanderte um den Platz, fuhr über Mauern und geschlossene Fenster und heftete sich kurz auf den Eingang der Taverne.

»Hier lebt er!« belehrte mich Riancor. Wir waren unauffällig gekleidet und hatten uns als Kaufleute aus Brügge ausstaffiert. Riancor stemmte die verwitterte Schenkentür auf, ließ mich vorbeigehen und schloß sie wieder. Im Schankraum war es heller, aber der Geruch war mörderisch. Ich blinzelte und versuchte mich an die Umgebung zu gewöhnen. Neugierige Blicke trafen uns, verwüstete Gesichter drehten sich in unsere Richtung. Das Herdfeuer flackerte; wir erkannten, daß es an einem Tisch im hintersten Teil noch Plätze gab. Langsam schoben wir uns durch das grölende Gewimmel. Mägde streiften uns aufreizend mit den Hüften. Ich erhaschte tiefe Einblicke in offene Mieder. Der Wirt kam; ein großer, hagerer Mann mit dem Gesichtsausdruck eines Mannes, der an Auszehrung leidet. »Eine Ehre, Ihr Herren, für mich. Ihr seid am rechten Platz.«

»Aber nur dann«, meinte ich mit niederländischem Akzent, »wenn dein Bier gut ist. Stockfisch kennen wir zum Überdruß. Ist das der Platz, an dem Captayn Cabot verkehrt?«

Vor einer Stunde hatte es zu dunkeln begonnen. Eine lange Nacht lag vor uns. Der Wirt verzog den Mundwinkel und antwortete: »Noch ist er nicht da. Vor dem Schlafengehen, meiner Treu, trinkt er gern einen Humpen.«

Wir hängten die Mäntel an hölzerne Haken und setzten uns auf eine glattgewetzte Bank. »Wenn er kommt, bringe ihn bitte zu uns. Zwei große, kalte Biere, Herr Wirt.«

»Sofort. Essen? Es ist so gut wie unsere Mädchen.«

»Vielleicht später – beides? Wer weiß?« Ich lehnte mich zurück, mein Haar war zu einem dicken Zopf im Nacken geflochten. Es dauerte eine Weile, bis wir nicht mehr Mittelpunkt der Aufmerksamkeit waren. Während im Süden der Welt die Hafenschenken wenigstens gute Luft hatten, zwang hier das Klima die Leute zwischen die stockfleckigen Mauern. Es war eine Umgebung, die Gesunde krank und Kranke sterben machte. In den Ritzen krabbelte Ungeziefer, und auch weißgescheuerte Tische konnten den Eindruck nicht verbessern. Unbeschreibliches roch aus der Küche. Tranlampen, Kienspäne, ein höllisches Feuer und etliche Fackeln erzeugten ein Licht, das den Schmutz weniger aufdringlich erscheinen ließ. Die Körper der Fischer, Hafenarbeiter, Mägde und Nichtstuer stanken nach kaltem Schweiß; ein Sonnenstrahl hätte Panik hervorgerufen. Der Extrasinn sagte: *Deine geliebten Barbaren in ihrer schönsten Art.* Zwei tönerne Humpen wurden gebracht. Das Mädchen war jung, ungepflegt und von einer Erfahrenheit, die weit über ihrem wahren Alter lag. Ihre Augen schienen zu betteln.

»Danke«, sagte ich. Die Humpen fühlten sich kühl an und waren wohl sauber. Ich probierte einen Schluck und wischte den Schaum aus meinem Oberlippenbart. »Zahle ich an dich? Oder den Wirt?«

»Ihn, Herr. Soll ich Euch Gesellschaft leisten?«

»Später«, sagte ich.

Riancor und ich prosteten uns zu. Er trank einen winzigen Schluck. Das Bier war keineswegs schlecht, und der Zellaktivator verhinderte, daß ich mich vergiftete. Wieder durchforschten meine Augen den Raum. Jede Kleinigkeit, die ich sah, prägte ich mir unauslöschlich ein. Millionen Bewohner dieses Planeten lebten nicht anders. Sie unterhielten sich laut, würfelten, stritten und versöhnten sich wieder, tranken und wankten hinaus, um sich zu erleichtern. Mehr als fünfzehn Frauen saßen hier, ließen sich einladen, machten den Männern schöne Augen und unhaltbare Versprechungen. Zweimal sah ich, wie jemand bestohlen wurde. Ich bemerkte auch, wie rüde die Männer mit den Frauen umgingen, und ich fand keinerlei Freude daran. Nichts war wirklich spaßig; alles geriet ins Schrille und Unechte. Ganz langsam schälten sich klarere Beobachtungen heraus. Riancor murmelte mir unaufhörlich Erklärungen ins Ohr. Als der erste Krug geleert war, fragte ich nachdenklich:

»Meinst du, daß Monique in Port du Soleil nicht zwei Zofen brauchen könnte? Oder jemand, der Renzo hilft? Vertrüge die ROSE noch zwei Köpfe an Bord?«

»Fünf, wenn's sein muß«, gab er zurück. »Bricht dein Edelmut durch? Es wird Probleme mit der Mannschaft geben.«

»Nicht auf meinem Schiff. Zwei? Einverstanden?«

»Jawohl, Gebie... Mynheer van Arcon. Welche? Auf welcher Jungdirne ruht dein Auge mit Wohlgefallen?«

»Auf keiner. Es ruht mit Bedauern. Ich denke, die Blonde und die Schwarzhaarige.«

Wir konzentrierten uns auf die Mädchen. Keines war älter als zwanzig. Ich wußte, welche Art Leben sie hinter sich hatten. Wir konnten ihnen auf jeden Fall die bessere Alternative bieten: Port du Soleil oder Beaumont. Diesmal brachte mir die Schwarzhaarige das Bier.

Ich faßte ihr Handgelenk und zog sie neben mich auf die Bank. Leise redete ich auf sie ein. Ihre Verwirrung war beträchtlich.

»Ich bin Kapitän Arcon. Wir haben Besitz weit im Süden; ihr kennt es nicht. Sonne, weißer Strand, Salzwasser und guter Lohn. Wen würdest du mitnehmen, wenn du mit uns wegsegeln könntest?«

»Ich bin Deirdre«, sagte sie mit einer weichen Stimme. »Susanna ist meine einzige Freundin.«

»Frage sie, ohne daß der Wirt euch hört. Wir haben Zeit. Beratet euch. Wir suchen junge Dienerinnen mit fröhlichen Gesichtern, keine Dirnen. Du hast verstanden?«

Der Wirt und etliche Gäste riefen, und sie nickte und hastete davon. Hundert Atemzüge später knarrte die Tür auf, und Cabot kam herein. Er riß und rüttelte an der schweren Holzkonstruktion. Eine Unmenge feuchter, weniger stinkender Luft kam herein. Das Feuer loderte heller auf, etliches an Rauch und Qualm heulte durch den Kaminschlund hinaus in den Nebel. Dann half ihm der Wirt, deutete auf uns und führte ihn an den Tisch. Wir standen höflich auf, nannten unsere Namen und packten grüßend gegenseitig die Handgelenke. John Cabot trug ein entschlossenes Gesicht und ein falkennasiges Profil zur Schau und wirkte ebenso wie wir weitaus gepflegter.

»Der Weg zum König ist mit bestechlichen Hofschranzen gepflastert.« Er fluchte, bestellte Bier und ließ sich erschöpft fallen, nachdem er seinen Mantel neben unsere gehängt hatte.

»Ihr solltet erst Spanien und Portugal kennen«, verbesserte ihn Riancor. »Dort kommen wir her. Schreckensvision.«

Er nickte schwer und fragte: »Ihr wolltet mich sprechen? Ich brauche Steuermänner, wenn ich erst die Schiffe habe. Man hält mich hin.«

Wir berichteten von Kastilien, Cristobal Colóm, unserer Handelsfahrt und davon, daß wir eine Karte hatten; genau jene, die er brauchte und die wir dank hoher Bestechungssummen irgendwie in die Hand bekommen hatten. Unsere Lügen waren von Computern berechnet und außerordentlich überzeugend. Er ließ sich schildern, was darauf zu sehen war. Mit jedem weiteren Satz stieg seine Aufmerksamkeit.

»Bevor Ihr mir die Karte zeigt«, begann er stockend, »erlaubt eine Frage: Warum verwendet Ihr sie nicht selbst?«

Wir gaben die für ihn unfaßbare Erklärung ab, daß wir genügend Ruhm, Besitz und innere Festigkeit hätten und die Strapazen einer solchen Fahrt scheuten. Noch mehr Bier kam; Cabot bestellte und zahlte. Dazu kamen schwere Gläser mit jenem rauchbraunen Getreidebrand, den ich schon kannte: Lebenswasser.

»Was wollt Ihr für die Karte?«

Ich winkte Riancor. Er zog einen Vertrag aus der Tasche, in britannischer und italienischer Sprache abgefaßt. Er sagte aus, daß wir ein Zehntel aller Bonifikationen erhielten, die Giovanni Caboto dank der Auffindung eines neuen Landes von der Krone zugesichert bekam. Er unterschrieb angesichts dieser günstigen *Conditiones* ohne Zögern, mit Riancors Tinte und Kunststoff-Federkiel. Wir entrollten die Karte, und Deirdre und Susanna brachten auf unser Geheiß drei Talglampen. Schweigend studierte er die Einzelheiten. Als er den Kopf hob, war sein Gesicht bleich geworden.

»Das ist der Schlüssel zu allem«, flüsterte er heiser. »Ich wünschte, ich könnte Euch danken. Warum, bei Sankt Brendan, der diese Reisen schon vor uns unternahm, segelt Ihr nicht mit mir?«

»Dann müßtet Ihr, Cabot, mit einem Zehntel vorliebnehmen!«

Ich lachte und sah zu, mit welch großem Widerstreben er die Karte einrollte und in die Holzhülse schob, zusammen mit seinem Teil des Vertrags. Wir hießen die Mädchen die unnützen Lampen wegtragen und sich zu uns setzen. Caboto brauchte nicht zu warten. Seine Favoritin, eine vollbusige Rothaarige, setzte sich zu ihm und trank unaufgefordert sein Lebenswasser aus. Leise redeten wir auf die Mädchen ein. Sie hatten sich schon halb entschlossen und berichteten uns Einzelheiten aus ihrem Leben, die ich nicht hatte ahnen können. Es waren keine guten Jahre für Waisen. Es gab wenig, das sie noch nicht am eigenen Leib gespürt und erfahren hatten.

Wir machten aus, daß sie nach unserem Fortgang eine halbe Stunde warten und dann zweihundert Schritte geradeaus gehen sollten. Ihre Habseligkeiten waren in einem kleinen Bündel zu tragen.

Wir zahlten unsere Zeche und versicherten Cabot, ihn wieder zu treffen – wo auch immer.

»Hätte ich nur mehr Geld«, sagte er bedauernd und umarmte uns. »Dann wäre ich morgen früh nach Westen unterwegs.«

»Mit dieser Karte werdet Ihr auch den stumpfsinnigen Kämmerer überzeugen«, beruhigten wir und gingen.

Wir warteten am Treffpunkt und steckten zwei Lichter zwischen lockere Steine. Schon vor Ablauf der Frist öffnete sich die Tür. Die Mädchen schlüpften heraus und rannten auf uns zu. Ich fing sie mit ausgebreiteten Armen auf und flüsterte:

»Ihr werdet müde. Ihr schlaft gleich. Und wenn ihr aufwacht, seht ihr um euch herum nur Wellen und Sonne ...«

Riancor lähmte sie mit einer schwachen Ladung. Wir schlangen unsere Gürtel um die schlaffen Körper, schalteten die Triebwerke auf größere Belastung und schwebten zum Schiff, das unweit des Ufers an beiden Ankern lag. Leise Kommandos hallten über das Wasser. Wir gingen ankerauf, wendeten und setzten die versteckte Maschine ein. Als die Mädchen erwachten, waren ihre Lumpen weggeworfen, und Monique versorgte sie mit derselben Großzügigkeit, mit der sie damals unweit Orléans gerettet worden war. Escobar und unsere Mannschaft hatten sich das Staunen schon lange abgewöhnt. Unser letztes Ziel stand fest: Port du Soleil.

Wir verdankten es einem Zufall, daß wir Amerigo Vespucci trafen. Wir legten nicht in jedem Hafen an, aber Valencia lernten wir kennen, Barcelona und Marseille. Unermüdlich waren Ricos Spionkugeln unterwegs gewesen, und daher wußten wir, was gleichzeitig an vielen Punkten Europas vor sich ging. Die Menge der Einzelbeobachtungen ergab, zusammengesetzt und mit unserer Erfahrung multipliziert, ein recht übersichtliches Bild. Als wir in Toulon anlegten, dem Hafen der Provence, lag direkt neben der ROSE ein dickbauchiges Schiff, die PRALLE OLIVE. Sie gehörte der Handelsgesellschaft Juanoto Berardi aus Sevilla, wie uns ein Matrose zurief, der die Zwischenräume seiner Zehen mit dem Messer säuberte. Riancors Aufmerksamkeit erwachte schlagartig.

»In diesem Handelshaus ist Vespucci angestellt. Berardi kennt natürlich auch Alonso de Hojeda.«

»Bereite alles vor«, ordnete ich an. »Ich versuche, ihn zu finden.«

Während unsere Leute das Schiff belegten und sicherten, ging ich zum Achterdeck und rief zur OLIVE hinüber: »Kann mir jemand helfen? Ich suche die Kapitäne Hojeda oder Vespucci.«

Aus dem Schiffsbauch brüllte jemand nach oben: »Vespucci ist kein Kapitän. Er kommt in einer Stunde zurück. Wer bist du?«

»Capitán Condottiere Atlancar di Arcon«, gab ich zurück. »Wenn dein Kapitän kommt oder Signor Vespucci, sage ihm, daß ich der Berater des Colóm und des Caboto bin. Ich lade ihn auf die ROSE ein.«

»Ich sag's ihm, Capitán!« kam es dumpf aus der Bilge zurück.

Die Peilsignale bewiesen es: Colóm war nahe daran, genau zwischen beiden Teilen des Doppelkontinents hindurchzusegeln. Die vielen möglichen Küsten, die auf seinem Weg lagen, hatte er höchst aufwendig verfehlt. Er würde wohl einige der zahlreichen Inseln entdecken. Cipangu oder die Passage nach Ost waren dort nicht zu finden, nicht für Colóm. Ich wandte mich an Riancor und meinte halb skeptisch, halb wohlwollend: »Vielleicht überlege ich es mir doch noch! Wir sollten buchstäblich vor unseren Helden hersegeln.«

»Das ist nicht dein Ernst!« erwiderte er verblüfft. Ich hob die Schultern und ließ meine Blicke über die farbige Szene gleiten; eine Mischung aus Arbeit und Armut, pittoresker Schönheit und Zerfall.

»Warum nicht? Jedenfalls nicht in den nächsten Monden. Aber – es gibt viele verwegene Seefahrer in mehreren Ländern. Einer wird es wohl schaffen, denke ich.«

»Alle Kapitäne sehnen sich nach den Strapazen, dem Ruhm und dem Reichtum der Weltentdeckungen.«

»Welchen Bereich der Welt willst du Vespucci aufschwätzen?« fragte Monique zurückhaltend.

»Falls er versteht, was ich ihm zeige, und ich zweifle nicht daran«, ich sah zu, wie unsere Männer die ROSE aufklarten, »warum sollte er nicht jene unsichtbaren Straßen fahren, die ich den Vinland-Wikingern zeigte?«

»Den Norden also.«

Die ROSE sah so mitgenommen aus, wie ich es erwartet hatte. Rund ein Jahr auf See hatte trotz der Pflege den Glanz verschwinden lassen. Der Mannschaft und dem Schiff würde die Pause in Port du Soleil nützen – für einige mochte sie eine Wohltat sein. Ich rief die Aufzeichnungen ab, bereitete Karten, Zeichenwerkzeug und Argumente vor und wartete auf Vespucci. Er war etwa gleichalt mit Colóm. Unsere Bilder zeigten einen schlanken Norditaliener mit langem, gelocktem Haar und entschlossenem Gesichtsausdruck. Er schien in der Stadt seinen Geschäften nachzugehen oder denen des spanischen Handelshauses.

Die Freiwache lärmte und zechte irgendwo in den Schenken der Stadt. Mit dem Rest der Mannschaft saßen wir unter dem Mast, sprachen über Vergangenes und Zukünftiges, als drei Männer sich im letzten Tageslicht der OLIVE näherten.

»Amerigo Vespucci? Señor Capitán?« rief Riancor hinüber und machte eine Geste der Ehrerbietung.

»Kein anderer. Ich hörte schon von Euch«, kam es vom Ufer zurück. Der Italiener wandte sich an seine Begleiter und bedeutete ihnen, an Bord des eigenen Schiffes zu gehen. Keiner war mehr nüchtern. Ich lief über eine Planke und bat ihn nach einem begrüßenden Wortwechsel, mit uns einen kleinen Umtrunk einzunehmen.

»Euren Namen hörte ich oft«, sagte ich schließlich und überließ es Monique, ihn zu bewirten und mit ihrem Lächeln zu verwirren. Während die Laternen angezündet wurden und ihr gelbes Licht auf Deck helle Inseln schuf, erzählte ich von den Kapitänen, die ich in unbekannten Häfen getroffen hatte. Am Ende des Lügenmärchens zeigte ich dem Italiener die Karten – der Erfolg war beeindrukkend. Amerigo lehnte sich zurück, betrachtete die Papiere mit halb geschlossenen Augen, und in seinem Gesicht arbeiteten die Muskeln.

Er flüsterte: »Ich kenne nicht so viele Küsten wie Ihr, Condottiere. Aber es muß stimmen, was Ihr gezeichnet habt!«

Die britannischen Inseln, die Küsten und Ländereien des nördlichsten Europas, die Insel Grönland, das Gitternetz, eine richtige Projektion der Entfernungen und schließlich die Küsten von Terra Nova im Norden – die Karte unterschied sich nur in zwei Elementen von den zeitgenössischen Darstellungen: Sie war absolut richtig, und sie ließ erkennen, daß im Westen zwischen Cipangu und Cathay ein Doppelkontinent den Weg versperrte.

»Was verlangt Ihr für dieses Kleinod?« fragte er keuchend vor Erregung. Ich schüttelte lächelnd den Kopf.

»Unbezahlbar. Ich schenke sie Euch. Ich habe noch andere und bessere.«

Uns war bekannt, daß Spanien und Portugal eifersüchtig jede Information versteckten; sie wollten die Welt mit Hilfe der Flotten beherrschen und reich werden durch Handel mit den Fremden; überdies sahen sie es als ihre Aufgabe an, den wahren Glauben unter den Antipoden zu verbreiten. Der Besitz solcher Informationen bedeutete Zugriff auf Macht. Vorausgesetzt, jemand bestätigte die Richtigkeit der Informationen an Ort und Stelle.

»Wo wird Colóm, Eurer Meinung nach, an Land gehen?« Vespucci stürzte in steigender Verwirrung den Wein hinunter und fuhr mit dem Zeigefinger die Linien nach. Fingernagel und Nagelbett waren schmutzig und entzündet.

»Hier«, sagte ich. Vespucci deutete auf die Mündungen riesiger Flüsse und murmelte:

»Sie müssen so breit sein, daß man meint, man sei noch auf dem Meer.«

»Richtig. Auch dieses Land wartet darauf, entdeckt zu werden.«

Vespucci schien von der südlichen Hälfte des Doppelkontinents mehr fasziniert zu sein als vom Norden. Ich war der letzte, der etwas dagegen haben konnte.

»Beschafft Euch ein Schiff, Messer Vespucci«, sagte ich ruhig. »Und mit Hilfe der Karte werdet Ihr ebenso berühmt wie Colóm, Caboto, Cabral und wie sie alle heißen mögen.«

»Und Ihr? Warum wagt Ihr es nicht, mit diesem herrlichen Schiff?«

Riancor gab ihm die Antwort, die wir für solche Fragen bereithielten und die bisher als Erklärung vollauf genügt hatte. Vespucci bedachte jedes Wort und senkte schließlich den Kopf.

»Ich glaube Euch, Messer Atlancar de Arcóm! Aber bedenkt die Folgen von solcherlei Entdeckungen!«

»Das Schwergewicht des Handels wird verschoben«, sagte ich. »Die Fahrten werden länger, die Verluste größer. Seestädte, die bisher im Handel führend und reich waren, werden durch andere abgelöst. Neue Produkte werden hierher eingeführt und dorthin ausgeführt. Viele werden reich dabei, noch mehr sterben elend, und die meisten bleiben so arm, wie sie es bisher waren.«

»Aber ... eine andere Zeit bricht an!« beharrte er.

»Einige Staaten werden mächtiger«, schwächte ich ab. »Und es wird viele Piraten geben, mehr als heute. Und: Viele gute Schiffe werden untergehen, mit Ladung, Mannschaft und allen Ratten!«

Er stand auf und schwankte, rollte die Karten ein. »Ich weiß nicht, wie ich Euch danken kann. Ich bin nicht reich. Juanoto Berardi zahlt nicht eben königlich.«

»Ihr solltet auf der ROSE fahren«, schlug Escobar vor, der mit Diego das Schiff betrat. »Unser Capitán zahlt stattliche Heuer und läßt uns nur selten auspeitschen.«

Susanna fuhr ihn in lückenhaftem Spanisch an: »Du nicht sagen solches! Kapitän nicht böse! Du dumm – und betrunken!«

»Das ist richtig«, brummte er, nickte in die Runde und polterte den Niedergang hinunter. Riancor und ich brachten ihn zur PRALLEN OLIVE und kehrten dann in einer leidlich sauberen Hafenschenke ein. Der Wein war gut; wir sprachen bis tief in die Nacht mit anderen Kapitänen, die um einen mächtigen Tisch saßen und sich gegenseitig mit Seemannsgarn-Spinnereien und wahren Geschichten zu übertrumpfen versuchten. Wir beteiligten uns, zahlten mehrere Runden des köstlichen Weines und konnten in wenigen Stunden viel mehr über die Hintergründe, Gedanken, Vorstellungen und Möglichkeiten dieses Teiles der Welt erfahren als durch einen Mond lange Spionkugel-Erkundigungen.

»Es ist in Wirklichkeit eine Tragödie«, meinte ich auf dem Heimweg. Das Pflaster schwankte unter den Sohlen, die strahlenden Sterne beschrieben kleine Kreisbewegungen. »Wir werden bewundert, obwohl man uns mißversteht!«

»Deine Barbaren sind wie Kinder«, entgegnete Riancor weise. »Sie brauchen dann die meiste Liebe und größtes Verständnis, wenn sie es am wenigsten verdienen.«

»Ein ganzer Planet, der unbegrenzt liebebedürftig ist!« Ich stöhnte und schwankte in meine Kabine. Einige Atemzüge lang hörte ich noch den Chor der Schnarchenden aus dem Bauch der ROSE, dann schlief ich ein und träumte, ohne mich am Morgen an Einzelheiten erinnern zu können, von exotischen Küsten, Beaumont-Sagittaire und Port du Soleil.

Der Tag, einer von vielen in diesem Sommer, schlug die Brücke zwischen dem Morgenlicht und der Abenddämmerung. Die ROSE VON CATHAY lag auf der Backbordwand, halb an Land, mit großer Bedächtigkeit hatte sich eine Hälfte der Mannschaft, wohlversorgt von Renzo und Margha, an die Ausbesserungsarbeiten gemacht. Die andere Hälfte, die schwarzhaarige Deirdre, Escobar und Susanna, waren in Beaumont. Sorgfältig überwacht und geschützt von Riancors technischen Hilfsmitteln würden sie dort Sommer und Herbst verbringen; wir drei befanden uns, noch besser geschützt, auf dem Weg in einen anderen Bezirk der Welt.

Auf dem Weg zu einem Mann, der ein Genie zu sein schien; ein seltsamer Zeitgenosse war er zweifellos.

Kannst du beurteilen, was seltsam ist? Im Zentrum des Barbarenplaneten? Vielleicht hatte der Extrasinn wirklich recht. Ich wußte es nicht. Wir würden es erfahren. Inzwischen fühlten wir uns sicherer. Der Scheitelpunkt einer langen Reise war überschritten, als wir die einigermaßen guten Straßen der Ebene erreicht hatten. Wir waren Reisende durch alle Zonen menschlicher Lebensformen: zwei Ritter, Condottieri genannt, mit Dame und riesiger Dogge. Das Tier, dessen mächtige Fangzähne weiß blitzten und ihm gehörigen Respekt verschufen, kontrollierte unermüdlich die Sicherheit unserer Wege. Der Robothund stand mit Riancor in lautloser Verbindung. Die Packpferde waren schwer beladen, uns versorgte in den Nächten der ferngesteuerte Gleiter.

»Bis wir Milano erreichen«, rief Monique, die zwischen uns ritt, »vergeht noch viel Zeit!«

Spätsommer. Wenn es uns gefiel, verbrachten wir den Winter in dieser Stadt. Wir ritten unter Bäumen, deren Blätter sich färbten. Auf den Feldern war die Ernte nur an wenigen Stellen vorbei.

»Nicht mehr Zeit«, gab Riancor zurück, »als die Nachricht des Colóm brauchte, um die katholischen Könige zu erreichen. Nun ist er schon zur zweiten Fahrt aufgebrochen.«

»Immerhin entdeckte er Inseln, von denen er glaubte, sie wären unter der Herrschaft des Großkhans. San Salvador und Hispaniola, das er noch immer für einen Teil von Cipangu hält.«

»Mit siebzehn Schiffen ging er in See!« stellte Riancor fest. Das Land östlich von Savoyen und Montferrat war reich und lag, regenlos, unter einem strahlenden Himmel. In gemütlichem Trab folgten wir der Straße durch kleine Ansiedlungen, entlang fast unleserlicher römischer Wegesäulen, an Gasthäusern und großen Höfen vorbei, auf Cremona zu. Die Sprache des Landes beherrschten wir, die Sitten lernten wir schnell.

»Mit seinen erfüllten Träumen kam er zurück. Auch die Träume dieses Mannes in Mailand sind wichtig«, ich richtete mich im Sattel auf und sah hinter niedrigen Hügeln einige kantige Türme aus Bruchstein in die Höhe ragen, »der seltsame Zeichnungen verfertigt und viele Dinge tut, die seinen wenigen Freunden unverständlich bleiben.«

»Da er sich für einen Uomo universale hält«, entgegnete Monique, »handelt er zwangsläufig unverständlich.«

»Mit vierzig, einundvierzig Jahren?« fragte ich. Ich bemühte mich mit aller Konzentration, Männer wie Ludovico Sforza und jenes Genie zu verstehen, denn Träume, wie sie dort das Wirken der Menschen bestimmten, waren mir keineswegs fremd.

»Am fünfzehnten Tag des vierten Mondes geboren, in Anchiano, 1452, dem kleinen Dorf nahe der nicht viel größeren Stadt Vinci, von dem Bauernmädchen Catarina geboren, Sohn eines Notars, mit siebzehn nach Firenze und augenscheinlich einer der besten Maler, die man in dieser Zeit kennt.«

»Das ist nur ein winziger Ausschnitt seiner Persönlichkeit!« setzte ich hinzu. »Das ›wahre Auge‹, Andrea de'Cioni, *Verrocchio,* bildete ihn aus; der Schüler ließ den Meister weit hinter sich.«

»Das ist, wenn ich richtig zugehört habe, nicht eben selten!« rief Monique gutgelaunt. »Überdies schmerzt mein Sitzfleisch. Zeit, um irgendwo einzukehren.«

»Dort, hinter den nächsten drei Biegungen!« bemerkte Riancor mit Bestimmtheit.

Leonardo aus Vinci nannte er sich. Seine Zeichnungen – die wenigen Blätter, die unsere Spionaugen-Linsen deutlich hatten übertragen können – waren Meisterwerke und ließen erkennen, daß der Verstand dieses Mannes rastlos mit Erfindungen spielte, die Natur beobachtend neue Einsichten zu Papier brachte, mit vielen Techniken arbeitete und herrliche, bislang nie gesehene Gemälde komponierte. Er schien Künstler, Naturwissenschaftler, Techniker und Erfinder in einem zu sein – eben ein universeller Mensch oder Mann, ein Homo universalis oder, in der Sprache Italiens, Uomo universale. Uns waren die Italiener als Leute bekannt, die mitunter maßlos übertrieben, indessen oft über einen kruden Hang zu Witz und Scherz verfügten.

»Bist du sicher, Riancor?«

»Völlig. Ein gemütlicher Gasthof. L'otello ›Il Moro‹: camere per tutti le cose delle viaggi heißt es.«

Ich klopfte den schweißnassen Hals meines Rappen und stimmte zu. »Allora. Faciamo una fermata lunga.«

»Grazie.«

Milano, Firenze und Cremona, dazu eine Handvoll anderer Städte in diesem Gebiet, waren städtische Gebilde, die sich als Staaten ausgaben und von Fürsten regiert wurden, die ebenso skrupellos wie machtgierig, oft kunstliebend und verschwenderisch, meist jedoch absolut gewissenlos waren. Dies führte in der Summe zu einem Wachstum und einer Blüte, die ziemlich beispiellos war. Ein Dorado für Schurken und Eiferer, hysterische Mönche und Glücksritter. Eine herrliche Zeit. Nur winters über holte man sich Gicht und Schlimmeres.

»Aber du mußt zugeben«, meinte Monique nach einer Weile, »daß er fast zu gut aussieht. Wenn er nur annähernd so tüchtig ist ...«

»Verlaß dich darauf«, sagte Riancor. »Wäre es nicht so, würden wir nicht über diese Straßen reiten.«

Es war eine Landschaft, von Melancholie geprägt: Bauernland und Wälder, dunkel trotz des durchdringenden Sonnenlichts, fett und schwermütig. Riesige Schwärme Tauben flüchteten vor den Habichten. Rinder, Ziegen und Schafe weideten. An vielen Stellen sahen wir Feuer mit schwarzem Rauch, Abfälle wurden verbrannt. Es war nahezu völlig windstill. Auf dieser Straße waren wir seit Stunden die einzigen Reisenden. Und die wenigen Versuche, uns zu überfallen, lagen Tage zurück. Wir näherten uns einem Gebiet, das seit unzähligen Jahrzehnten immer wieder wegen seines Reichtums umkämpft gewesen war.

»Was weißt du über Sforza?« wollte ich von Riancor wissen. »Halte nicht hinter dem Berg damit! Wir hören gut zu.«

Leonardo da Vinci war hochgeachtet, bewundert und daher keineswegs arm. Vielleicht war dies der Grund, weswegen er von links nach rechts in Spiegelschrift schrieb, in schönen runden Lettern, die aufragende und fallende Langlinien zeigten. Seine Phantasie war zweifellos größer als meine eigene. Ich war begierig, ihn kennenzulernen. Ludovico Sforza war mächtig, aber er fürchtete die Franzosen. Jeder bessere Herrscher hatte die stolze, übertrieben reiche Stadt bisher überfallen. »Il Moro« lauschte dem Gesang Leonardos zur Harfe und erfreute sich an dessen Bühnendekorationen und an mechanischem Spielzeug. Er gab ein monströses Reiterstandbild in Auftrag, an dessen Tonmodell der Meister arbeitete. Seine Schüler Giovanni Boltraffio und Marco d'Oggiono vollendeten die Malereien Leonardos, wenn er keine Zeit dazu fand; in diesen Tagen arbeitete er für den Herzog und war bei Hofe zu sehen: in ausgesucht wertvoller Kleidung, von zurückhaltend-geheimnisvollem Benehmen, ein seltsamer Charakter, dem nachgesagt wurde, er habe die Lust, Frauen zu lieben, verloren oder nie gehabt.

»Aber er weiß, kann und leistet mehr als jeder andere. Er forscht und gestaltet unermüdlich. In dieser Beziehung ähnelt er einem gestrandeten Arkoniden«, schloß Riancor seinen Bericht.

Die Landbevölkerung lebte noch am gesündesten und einigermaßen natürlich. Die hygienischen Verhältnisse in den Städten waren unbeschreiblich und schilderten überzeugend, aus welchen Gründen immer wieder halbe Siedlungen der Pest oder anderen Seuchen zum Opfer fielen und warum von hundert Fünfzehnjährigen nur jeder dritte fünf Jahrzehnte lang leben durfte.

»Nicht viel anders geht es in den Palästen zu«, sagte ich. »Inmitten der Pracht tummeln sich Myriaden von Keimen und Gefahren.«

»Weiß Leonardo, der universelle Mann, auch darüber etwas?«

»Wenn nicht, dann erfährt er es von uns. Aber wie kann ich jemanden, der kein Werkzeug zur Vergrößerung hat, von der Winzigkeit überzeugen?«

»Indem du ihn lehrst, wie ein Mikroskop hergestellt wird.«

»Alle vorbereitenden und begleitenden Techniken oder zumindest viele fehlen.« Ich zügelte mein Pferd und winkte zu den Leuten vor der Schenke. »Aber noch sind wir nicht in Cremona, geschweige denn in Milano. Leonardo entwickelt Kriegsmaschinen und ähnliches Gerät. Er wird zwangsläufig auf viele neue Dinge, Ansichten und Einsichten stoßen.«

Monique ließ sich von mir aus dem Sattel helfen und legte den Arm um meine Schultern. »Oder gestoßen werden, von dir.«

»Wahrscheinlich.«

Cerbero, unser riesenhaftes Schutztier, beendete seinen Trab durch die nähere Umgebung. Er hatte einige Rinder und Schafe erschreckt. Die Köter zogen die Schwänze ein und verkrochen sich leise jaulend. Ich verhandelte mit dem Wirt, der das Gepäck in die ärmlichen Zimmer tragen ließ, dann versorgten wir unsere Reittiere und die Packpferde. Die Menschen auf dem Land lebten fast unberührt von jeder zivilisatorischen Entwicklung, die in den größeren Städten stattfinden mochte. Ich gab dem Wirt Luca einige Lire und Centesimi und unterhielt mich über sein Angebot. Wir bestellten ein reichhaltiges Essen. Cerbero lag vor den Zimmertüren im ersten Stockwerk unter dem ziegelgedeckten Dach. Die Gegensätze konnten nicht viel größer sein: zerlumpte, schmutzige Leute mit gekrümmtem Rücken, fauligen Zähnen und hölzernen Sandalen oder barfuß – und wir, in feinste Stoffe und Leder gekleidet, wenn auch staubbedeckt vom langen Ritt.

»Und in dieser Welt aus Krankheit und Armut entstehen Kunstwerke von blendender Schönheit«, meinte Monique in demselben ratlosen Tonfall wie schon so oft. Sie verglich Le Sagittaire und Beaumont mit den Beispielen entlang unseres Rittes. »Gemälde, Kirchen, Schlösser und Plastiken. Verstehst du es, Atlan? Ich nicht.«

Ich runzelte die Stirn und zuckte mit den Achseln. Auch Riancor konnte keine zufriedenstellende Antwort finden.

»Sie wissen es nicht besser«, murmelte ich. »Und ich müßte die ganze Welt in mühsamer Arbeit derart umgestalten wie jenes kleine Dorf in Frankreich.«

Unsere Gruppe wurde gut bewirtet. Die Betten waren unbequem und schmal wie in nahezu jedem anderen Gasthof. Weit und breit gab es in der Nacht kein Licht. Mond und Sterne standen groß über der Ebene und den Hügeln. In der Ferne heulten Hunde, das Vieh in den offenen Ställen bewegte sich ruhig, durchdringender Geruch nach Mauerschwamm, Tierkot und feuchtem Gras durchzog das Anwesen, das aus einer Vielzahl niedriger und halbhoher Gebäude bestand. Zwischen den Mauern erstreckte sich ein feuchtes, von unzähligen Füßen und Hufen aufgewühltes Feld aus Schlamm und Unrat. Im Schlaf gurrten unzählige Tauben. In langen Tagesritten setzten wir unseren Weg fort und erreichten Milano. Der Alptraum aus unvorstellbarem Prunk, bizarrer Armut und einer Gleichgültigkeit der Menschen untereinander setzte sich fort, als wir nach langem, lautem Feilschen ein leeres dreistöckiges Gebäude mieteten, in dessen Erdgeschoß sich

Ställe befanden. Ein verwahrloster Garten voll prachtvoller alter Bäume bildete den Innenhof; alles schrie nach einer Renovierung.

»Hier also werden wir den Winter verbringen?« erkundigte sich Monique voller Enttäuschung. Sie hatte schon mürrisch die Befragung durch Wachen, einen städtischen Profos und einen Kontrolleur des Herzogs Sforza über sich ergehen lassen. Fremde wurden innerhalb der Mauern mißtrauisch beäugt; daß wir aus Frankreich kamen, hatten wir niemandem gesagt.

Ich blickte über die Mauern und Fenster und erklärte: »Wenige Tage nach unserem Einzug wird es ganz anders aussehen. Du solltest dich auf fröhliche Feste in den reichen Häusern freuen.«

»In dieser Stunde sieht es so aus, als würde ich lieber in Sagittaire überwintern.«

Die Umgebung der Stadt war weder häßlich noch schön. Die strahlenden Gebäude und die reichen Gehöfte des alten Rom gab es nicht mehr, nur Ruinen hatten wir gefunden. Wir holten von der Gasse einige neugierige Nichtstuer und überwachten ihre Arbeit. Unser Gepäck kam in eines der leeren Zimmer, und Riancor inspizierte die Ställe.

»Es ist gut, daß wir viele Türen und Portale haben. Dann wird niemand meine Hilfsmaschinen sehen können«, meinte er leise. »Wir hätten es weit schlimmer treffen können.«

Langsam gingen wir ans Werk, uns einzurichten. Monique und ich fragten in der Nachbarschaft herum, und wenige Stunden später bevölkerten Mädchen und Frauen das Haus und säuberten es vom Dachboden bis hinunter zwischen die Hufe der Pferde mit Strömen von heißem Wasser und jenem ätzenden Reinigungsmittel, das Riancor der Gleiterladung entnommen hatte. Wir fanden einen Meister, der etliche Wände frisch kalkte, rissen sämtliche Fenster auf und fetteten zahlreiche Scharniere, schließlich streiften Monique und Riancor durch die Läden und Werkstätten und kauften jene Möbel ein, die wir dringend brauchten. Der mächtige Kamin wurde voller Kloben gepackt. Ein Wurstmacher, ein Garkoch und ein Bäcker schleppten für uns alle eine gewaltige Mahlzeit an, und als bei Einbruch der Dunkelheit die letzten Putzfrauen den Hof verließen und sich das Tor hinter ihnen schloß, waren wir in der Lage, mehrere Räume zu bewohnen. Sie rochen frisch und waren ohne jedes Ungeziefer.

»Jetzt gefällt es mir schon besser!« stellte Monique fest und fuhr fort, Kleidungsstücke in einem Schrank zu verstauen.

»Es wird nur noch schöner und gemütlicher«, tröstete ich sie, selbst müde und enttäuscht davon, daß wir buchstäblich an jedem Punkt der Welt, an dem wir uns länger aufhalten wollten, vom Punkt Null anfangen mußten. Der Logiksektor mischte sich ein:

Übertreibe nicht, Arkonide! Es macht dir Spaß! Du hast ein massives Haus gemietet; überdies helfen dir Roboter.

Im schwärzesten Dunkel einer Nacht ohne Mond schwebte der Gleiter aus dem Versteck, und wir luden alles ab, was wir brauchten. Ungesehen machten sich die automatischen Helfer an den Teilumbau des ehrwürdigen Gemäuers. Wir brauchten nur noch einige Wagenladungen Bretter, Ziegel und anderes Material zu bestellen – und zu bezahlen. Langsam veränderte sich Raum um Raum; als die erste feuchte Kälte von den Alpen herunterzog, gingen wir auf einer unsichtbaren Bodenheizung und dicken Teppichen, während die Wärme des zirkulierenden Wassers durch die Wände sickerte und die Feuchtigkeit vertrieb. Bild um Bild schmückte die Wände, und im Geschoß über dem Stall richteten Riancor und ich eine Werkstatt ein. Aber da hatten wir den Mann aus Vinci schon kennengelernt.

Leonardo da Vinci entsprach schwerlich dem Bild eines unsystematisch handelnden, chaotischen Genies – aber nicht anders verhielt er sich. Wir näherten uns ihm unter dem Vorwand, eine Arkebuse konstruieren zu wollen, die eine lange und ununterbrochene Schußfolge abgab. Sofort nach der Begrüßung warf er einige Zeichnungen auf Papier, verwickelte uns in eine Diskussion und sprang auf, um uns seine Werkstücke, die Gesellen und Gehilfen, die Modelle und Werkstätten zu zeigen, eine Reihe angefangener Bilder unterschiedlicher Formate und die zu Papier gebrachten Silberstift-Zeichnungen, die ganze Arsenale von Verteidigungs-, Kampf- und Angriffswaffen zeigten. Und immer wieder sprach er von den Problemen, die ihm das Große Pferd für Il Moros Vater Francesco machte.

»Ihr seid ein Meister seltsamer Künste«, sagte ich bedächtig und blätterte in den Zeichnungen. Nur Riancor vermochte die Schrift zu lesen. »Ihr zeichnet Dinge, die erst viele Generationen nach Euch werden verstehen können.«

»Da bin ich gar nicht sicher!« fuhr er auf. »Il colosso, der zur Vollendung nur weniger als achtzig Tonnen Bronze braucht ... noch vor zehn Jahren hätte es niemand vollbracht.«

Sein Haus, obwohl es ziemlich sauber und gepflegt schien, war ein einziges Sammelsurium angefangener, ausgeführter, beweglicher und zerbrochener Dinge. Eisenstäbe, Leder, viele Stoffarten, Holz und Knetmasse gingen phantastische Symbiosen miteinander ein. Da gab es Serien von Erfindungen, die Riancor und ich (in einer gewissen Vollendung der technischen Möglichkeiten) kannten, die im Jahr 1493 aber nichts anderes als kühne Träume bleiben mußten: rotierende Schrauben, frühe Vorläufer eines Helikopters, Geschütze, gepanzerte Wagen, noch mehr ballistische Vernichtungsgeräte, botanische Zeichnungen, Festungsanlagen, Grundrisse bizarrer Gebäude, militärische Anlagen, Kräne, Lastenkarren, Kanäle und Schleusen – dazwischen sahen wir die Modelle von Bühnendekorationen und mechanischen Spielzeugen.

»Nun habt Ihr gehört, Messer Leonardo, woher wir kommen, und daß wir vielerlei von Geheimnissen wissen, danach andere suchen. In der Ferne hörten wir von dem einzigen Genie Milanos. Jetzt sitzen wir Euch gegenüber. Und ich sage, daß es wirklich einer meiner schönsten Tage ist.«

Die Schmeichelei tat ihm wohl, indes schien er sie gewohnt zu sein. Ich forschte in seinem Gesicht und betrachtete seine Finger. Sie waren lang und schlank, aber die eines harten Arbeiters, der gewohnt war, zu Meißel und Hammer zu greifen wie zur Feder und zum Pinsel. Ab und zu warf Leonardo einen Blick hinüber zu Salai, der den Eindruck eines trotzigen, unreifen Lümmels machte und zuviel falsche Selbstsicherheit ausstrahlte.

»Mich freut es, der Grund Eurer Ergötzlichkeit zu sein«, antwortete Leonardo förmlich. »Geistreiche Pläne gibt's genug. Meine Tagebücher sind voll davon. Die Ausführung ...« Er machte eine beziehungsvolle Pause.

»Scheitert an zu geringem Geld, an falsch eingesetzter Arbeitskraft und am Material, das sich, allzu spröde und ungeeignet, gegen den Eingriff wehrt. Besucht unsere Werkstatt!« Ich deutete auf Riancor und mich. »Dort werdet Ihr einige Techniken sehen, mit denen die Werkstoffe gefügig gemacht werden können.«

»Neue Werkzeuge?« Sein Interesse erwachte wieder.

»Alte und neue. Die altbekannten verbesserten wir.«

Wir tranken den Wein aus Pokalen, die Leonardo gestaltet hatte, wie er versicherte. Er bedachte das Gesagte, wägte dessen Bedeutung ab und fragte uns, wo wir Quartier genommen hätten.

»Mein Drang, innerstes Wissen herauszufinden«, belehrte er uns, »ist unendlich. Ich weiß oft, wie ein Ding arbeitet – ich möchte wissen, *warum* es so ist!«

»Sollte die Schwierigkeit darin liegen«, Riancor half ihm höflich, »daß dazu längere Anwendung der *Mathematica* nötig ist ... nun, man sagt von mir, ich sei ein passabler Kopfrechner.«

In düstere Gedanken versunken, antwortete Leonardo: »Ich stelle Fragen, die zuvor noch nie jemand stellte! Ich las und hörte, was die griechischen und römischen Weisen zusammentrugen, studierte ihr Wissen. Gerade jetzt gebe ich mich dem Studium der lateinischen Sprache hin. Ich suche, frage, erhalte meist zu wenige Antworten und schreibe alles nieder.«

Mit einem kurzen Blick verständigten wir uns, und dann sprachen wir mitten im Satz lateinisch weiter. Seine Verwirrung stieg. Dann begann ich eine Geschichte, die in logischen Schritten die Entstehung eines Planeten beschrieb. Natürlich gab ich sie als eine der vielen Weisheiten meiner Vorväter aus, und schon jetzt glaubte ich zu erkennen, daß er trotz aller seiner Klugheit die Fähigkeit zur klassischen Synthese, zur Zusammenfügung vieler Einzelheiten und deren sinnvoller Anwendung vermissen ließ. Vielleicht irrte ich auch. Vorsichtig suchte ich nach Worten, um ihn nicht zu verärgern.

»Ich sehe dort das gezeichnete Modell einer Stadt, Messer Leonardo. Um nicht mit dem Morgenlicht heimgehen zu müssen ... Ihr erlaubt?«

Ich griff nach Papier und Zeichenkohle und skizzierte den Schichtaufbau einer wirklichen Stadt ähnlich unserer Oase: Kanalisationssystem mit Abzweigungen und Gefälle, Frischwasserleitungen, die dieses System kreuzten, riesige Gruben, an denen Fäkalien gesammelt und als Dünger wiederverwendet wurden, dazu breite Straßen mit Baumbestand, Plätze und Gebäude, die reichlich Sonne und Grünflächen bekamen, dazu Mauern und Stadttore, die zu Bauernhöfen hinausführten; diese Arbeit nahm etwa eine Stunde in Anspruch, während ich erklärte, wozu die gemauerten Stollen dienten. Schweigend sah Leonardo zu, und er schüttelte sich, als ich über Krankheitskeime sprach, den wahren Grund von Seuchen, über feuchtkaltes Mauerwerk und andere Vorzüglichkeiten der Baukunst.

»Einmal in jedem Jahrzehnt kommt die Pest über die Städte Italiens!« flüsterte er.

»In einer solchen Stadt müssen sich die Bürger schon gewaltig anstrengen«, pflichtete mir Riancor bei, »wenn sie eine Seuche haben wollen.«

Er deutete mit seinen ringgeschmückten Fingern auf meine Zeichnung. Ich leerte den Pokal und stand auf.

»Besucht uns, Leonardo! Ihr werdet vieles lernen können, von der Klugheit der Altvorderen. Denn irgendwo auf dieser Welt gab es fast alles schon einmal. So oder anders, und wer in Milano zum armen Volk zählt, ist andernorts ein Herrscher.«

Er brachte uns bis vor das letzte, massige Holztor. Umständlich entzündete Riancor eine Fackel, deren Licht fünfzehnmal so hell strahlte wie das der gebräuchlichen Lichtgeräte. Aus der Dunkelheit näherte sich auf leisen Pfoten der riesige Hund. »Für Schutz ist gesorgt!« sagte ich, dankte unserem Gastgeber und legte die Hand an den Griff des schweren Rapiers. »Schlaft gut und träumt von unseren Weisheiten, Leonardo.«

»Schlaflos werde ich mich auf meinem Lager wälzen, wie so oft.«

Wir hielten uns in der Mitte der Straßen und Gassen. Viele waren roh gepflastert, die meisten nicht. Ich war in Gedanken versunken. Das Echo unserer Schritte hallte von den Mauern wider. Nebelschwaden zogen von den Kanälen heran und verwischten die Konturen. Leonardo war, davon hatte ich mich überzeugen können, eine einzigartige Persönlichkeit. Ein Künstler, auf den die Bezeichnung *begnadet* zutraf. Daß er zu einem Sprung, um die Ebene von Erkenntnis und Wissen seiner Umgebung zu verlassen, letzten Endes nicht in der Lage sein würde – uns war es klar. Riancor faßte unsere Gedanken zusammen und schloß, während er einen Schlüssel in das knackende Gefüge des Haustorschlosses schob und den massiven Riegel öffnete: »In vielen Ausschnitten des wirklichen Lebens ist er der Meister, der Zeit voraus und ein Visionär der fernen Wirklichkeit hinter den Dingen. Als *engeniere* bin ich besser.«

»Du sagst es, mein positronischer Freund!«

Raschelnde Blätter bedeckten den gepflegten Rasen. Aus Nischen warfen winzige Energielampen dreieckige, gelbliche Lichtfächer auf Kies und Pflastermosaik. Die Mauern hatten ihren Salpetergeruch fast verloren. Es roch nach dem heißen Rauch des Kamins, dessen Wärme das Haus mit all seinen Erkern, Loggien und Treppen durchzog, das Wasser des Tanks hinter den Bohlen des Daches erwärmte und dort die Fledermäuse freute, die sich zum Winterschlaf an die Sparren krallten. Die herrlich geschnitzte Haustür glitt auf, Wärme und vertrauter Wohlgeruch schlugen uns entgegen, und Cerbero legte sich hinter uns vor die unterste Stufe. Meine Ahnung sagte mir, daß eine Handvoll aufregende Tage bevorstanden.

Das nördliche Italien splitterte sich in eine Handvoll kleiner Staaten auf, denen die Städte Namen und Macht gaben: Milano, Firenze, Venezia und andere. Karl VIII. von Frankreich beanspruchte aus wenig durchsichtigen Erbschaftsgründen das Königreich von Napoli und verbündete sich mit Il Moro, dem Herzog Sforza von Milano, um das italienische Staatensystem zu zerstören. Zwischen Venezia und

Milano bewegten sich auf guten Straßen die langen Reihen der Händlergespanne. Die Kaufleute hatten sich zusammengetan und zahlten Söldner, von denen der Schutz der Karawanen abhing. Einer der letzten Händlerzüge vor Wintereinbruch wurde erwartet; er war seit Tagen überzählig. Während wir drei ehrfurchtsvoll das Bild der Madonna in der Felsengrotte bestaunten, das Leonardo vor acht Jahren beendet hatte, während er uns die Mischung zwischen zentralperspektivischen Linien, Aufbau und gedanklichem Inhalt des geplanten Abendmahls erklärte, das er an die Wand des Speisesaals eines Klosters malen sollte, während es kälter und nebliger wurde, warben die Gardisten Herzog Sforzas Bewaffnete an. Leonardo versprach, Monique bei Hofe einzuführen, und wir meldeten uns freiwillig. Der Kaufmann, dem das von uns gemietete Haus gehörte, befand sich unter den Verschollenen.

»Dank der vielen Ritte ins Umland sind die Pferde in bester Verfassung«, sagte ich zu Riancor. »Du hast mit deinen technischen Extremitäten gearbeitet?«

»Es sieht nicht gut aus. Banditen«, erklärte er uns. »Wir sollten nicht zu lange zögern.«

Die Pferde, neu beschlagen und bestens ausgerüstet, wir beide in Halbrüstungen, ein Packpferd und die geeignete Bewaffnung; ein Zug von rund hundert Soldaten des Herzogs versammelte sich an der Porta Vercellina. In der Stadt waren Riancor und ich als erstklassige Degenkämpfer bekannt. Ein Anführer von Il Moro hatte uns besucht und dringend gebeten, mitzureiten. Wir konnten unsere Hilfe nicht verweigern. Langsam ritten wir zum Führer dieses Trupps. Ein kurzer Gruß wurde ausgetauscht. Alessandro Bosso, ein breitschultriger Hüne, hob den gepanzerten Arm und deutete nach Osten.

»Männer!« schrie er in den Haufen hinein, der sich langsam ordnete. »Wir haben Eile. Denkt an die kostbaren Handelswaren und achtet auf die Straße. Los!«

Er setzte die Sporen ein und ritt auf die Straße. Nacheinander schlossen sich die Reiter an. Die Packpferde wurden am langen Zügel geführt. Aus dem Trab wurde ein gleichmäßiger Galopp; als sich hinter uns im dünnen Nebel das Schwarz der blattlosen Bäume mit dem Grau und Braun der Mauern und Tore vermischte, bildeten wir eine Kette von Tieren und Menschen, die sich am rechten Rand der Straße in großer Schnelligkeit fortbewegten. Der Hufschlag, das Keuchen der Pferde, das Knarren der Sättel, klirrendes Metall, Knattern von Wimpeln und Mantelenden und das Gegeneinanderscharren der ledernen und metallenen Teile der Rüstungen mischten sich in das fahle Fauchen des Westwinds, der Kälte und beginnenden Rauhreif vom Gebirge heranführte. Nach einer Weile – die leere Straße führte in weiten, dem Gelände angepaßten Windungen durch fast flaches Land – ritt ich an Riancors Seite heran. Wir waren Teil des letzten Drittels der schwer bewaffneten Gruppe. Leise fragte ich: »Deine Spionkugeln beschäftigen sich mit dem Zug der Händler und den Banditen?«

»Die wichtigen Handelsstraßen, zugleich oft Wege von Heeren, führen über Bergamo und Brescia nach Verona und von dort über Vicenca nach Venezia. Alessandro weiß von den Streckenposten des Herzogs, daß die Händler von Brescia aus eine Umgehung gewählt haben. Diese Straße ist schmaler, aber jetzt gut befahrbar. Jemand hat sie verraten, und so kommt es, daß sich aus verschiedenen Richtungen Briganten sammeln und auf den Grenzpaß zubewegen. Venezianische Söldner sind unter den Wegelagerern, verarmte Bauern und allerlei Schnappsäcke. Meine Sonde bewegt sich entlang der Umgehungsstraße und wird in Kürze die Situation klar schildern.«

»Wie weit ist es bis zum gefährdeten Treffpunkt?«

Kuriere waren vorausgeschickt worden. Sie sorgten dafür, daß wir Quartier und frische Pferde bekamen.

»Knapp drei Tagesritte. Aber wenn ich Bosso richtig einschätze, will er's in zwei Tagen machen.«

»Ist es nötig?«

»Nur dann, wenn er Zwischenfälle einrechnet und den Wegelagerern einen Hinterhalt legen will.«

»Ein erfahrener Mann also!«

»Der Herzog schützt den Handel der Stadt. Schließlich lebt ganz Milano davon, ebenso wie zahllose Menschen außerhalb der Mauern.«

Die Reiter trugen unter den großen, glockenförmigen Helmen und unter den Kettenhauben dicke Wollmützen. Über den Halbpanzern dampften lederne, schwer gefütterte Jacken und Reitermäntel. Aus den Mündern und Nasen der Bewaffneten kamen ebensolche Dampfwölkchen wie aus den Nüstern der Pferde. Wir ritten in einen nebligen Tag hinein, dessen Sonne einen verwaschenen roten Lichtfleck erzeugte. Die abgeernteten Felder waren menschenleer. Schwarze Krähenvögel in großen Schwärmen schwebten heran und ließen sich in den Furchen nieder. Träge quoll Rauch aus den Kaminen einzelner Gehöfte. Die Waldinseln standen schwarz und reglos im Dunst. Ab und zu passierten wir Lastenträger oder ein schwerbeladenes Fuhrwerk. Der Winter kündigte sich unübersehbar an; die Jahreszeit, in der innerhalb der Mauern gearbeitet wurde. Wir ritten mit zwei Pferdewechseln und einem hastig hinuntergeschlungenen Imbiß bis zur Abenddämmerung und fielen, halb angezogen, todmüde in das Stroh ungefüger *materassi* in einer verwahrlosten, kalten Schenke.

Riancor übernahm die Nachtwache und hantierte vor dem Morgengrauen in der Küche. Die Reiter des Herzogs erhielten dampfende Näpfe, gefüllt mit einer wohlschmeckenden, kräftigen Suppe, fettspritzende Würste und frisches, weißes Brot. Schlagartig waren wir die besten Freunde der Soldaten geworden; die Milanesen klapperten begeistert mit den Löffeln auf die Tische, als wir den Rest der heißen Suppe austeilten. Auf frischen Pferden ging es weiter, aus der Ebene mit ihren niedrigen Hügeln hinein in die Ausläufer der Berge, über die Brücke des Adda-Flusses, durch den Norden der Lombardia. Nun bestimmten Wälder, ausgewaschene Flußbette und schroffe Felsabstürze den Charakter der Landschaft und die Geschwindigkeit unseres Rittes.

Riancor, ich und Alessandro ritten einen Steinwurf weit vor den übrigen Reitern. Bergauf ging es, die Reiter ließen ihre Pferde im Schritt gehen. Natürlich kannte ich mittlerweile den Verlauf der Straße, und mein Begleiter hatte jede Einzelheit parat. Er verstand es, immer die richtigen Ratschläge zu geben. Ich richtete mich in den Steigbügeln auf und sah hinter mir eine lange Reihe senkrecht wippender Lanzen. Der Nebel hatte sich gelichtet. Die Sonne brannte ungewohnt heiß. Die letzten Häuser eines auseinandergezogenen Dorfes lagen hinter uns. Felder und Äcker gingen in Wald und Gebüsch über. Irgendwo rauschte das Wasser eines Baches.

»Der Turmwächter wird uns mehr sagen können«, grollte Bosso. »Wann kommen wir zur Mautstelle?«

»Wenn wir so zügig reiten wie bis jetzt«, gab Riancor zurück, »sind wir Mittag dort. Dahinter, im Grenzgebiet, gibt es mehr als zwei Dutzend Hinterhalte, die selbst einen gut bewachten Handelszug gefährden können.«

Die Uneinigkeit der einzelnen Stadtstaaten förderte die Dreistigkeit von Piraten und Banditen. Eifersüchteleien und falsches Machtstreben behinderten zwar selten den freien Austausch von Waren und Ideen, aber es gab keine grenzübergreifenden Kräfte, von denen Straßen sicher gehalten wurden.

»Dort werden sie sich versammeln, sagst du, diese Verbrecher?« dröhnte der Anführer.

»Ich könnte mir, wäre ich ein Wegelagerer, keine günstigeren Stellen aussuchen.«

Der breite Pfad aus Sand, Kies, Geröll und braungelbem Gras wand sich am Fuß eines Hügels dahin, führte am Waldrand vorbei, durchschnitt ein ärmliches Runddorf und verschwand im schluchtenreichen Gebiet. Bald galoppierten die Reiter wieder durch die Einsamkeit. Auf einem schiffsbugähnlichen Felsen, der wie eine Ruine aussah, erhob sich ein Grenzturm. Man sah ihm an, daß Quader eines römischen Bauwerks benutzt worden waren, um Fundamente, Öffnungen und Mauerkrone zu konstruieren.

»Gib Signale!« schrie Bosso nach hinten. Einer unserer Reiter blies in ein Horn. Grelle Töne fuhren durch die träge Stille des Mittags. Auf der obersten Turmplattform tauchte ein Mann auf, der die Fahne mit Milanos Stadtwappen schwenkte. Wir stoben die Windungen hinunter, tauchten in den gesprenkelten Schatten der Äste ein und hielten auf dem Platz unterhalb des Turms. Eine vielköpfige Familie rannte herbei, und wir tauschten Neuigkeiten aus. Sonnenlicht ließ die Wappen auf Brust und Rücken der herzoglichen Reiter leuchten.

Das Netz der Informationen wurde von Reitern, zufälligen Wanderern, Gerüchten und eben jenen Händlerzügen geknüpft. Es mußte eine Konstruktion aus Zufälligkeiten bleiben. Ich wußte, daß Riancors Sonde über dem fraglichen Gebiet ihre Kreise zog und Funkbilder übermittelte, aus denen der gepanzerte Reiter sein überraschendes Wissen schöpfte. Er sagte zu mir:

»Es wird ernst. In etwa drei Stunden treffen alle zusammen: Räuber, Händler und wir. Mit Felsblöcken sperren sie die Straße ab.«

»Können wir ihnen zuvorkommen?«

»Die Vorbereitungen sind fast abgeschlossen. Mit etwas Glück ...«

Ein Meldereiter hatte dem Wächter berichtet, daß gegen Abend die ersten Gespanne hier halten würden. Von Leuten, die einen Überfall planten, hatte er nichts gehört oder gesehen. Wir berieten uns kurz. Riancor und der Wächter, der das Land rundum kannte, erklärten die einzelnen Punkte, an denen sich die Räuber verbergen würden. Wir teilten einzelne Gruppen ein. Die Lunten wurden angezündet, die schweren Feuerrohre geladen. Armbrüste spannten sich knirschend. Die Packpferde ließen wir zurück, bildeten kleinere Gruppen und ritten in kurzen Abständen davon. Der Anführer befahl uns beiden, in seiner Nähe zu bleiben. Wir bildeten einen Zug von fünfzehn Reitern. Einige Männer banden die Packpferde aneinander und folgten uns langsamer, aber nicht weniger wachsam. Zunächst galoppierten wir entlang der Straße. Dann suchten wir uns einen mühsam zu findenden Weg schräg die Hänge hinauf und hinunter, und Riancor führte uns zuverlässig.

Die Pferde keuchten und schwitzten. Wir zogen, als wir endlich einen Waldweg erreicht hatten, die langen Feuerrohre aus den Sattelschäften und entsicherten sie. Die Waffen sahen aus wie die zeitgenössischen Luntengewehre, verfügten aber über eine unsichtbare, verbesserte Technik und große Magazine. Rechts unter uns lag, noch unsichtbar, die Straße. Hin und wieder winkten wir zur anderen Seite der Schlucht hinüber, wo andere Gruppen ritten oder dahinstolperten, die Pferde hinter sich herzerrend. Riancor sagte nach einer halben Stunde mühsamen Reitens und Kletterns:

»Die Händler ... ich kann sie deutlich hören. Also sind auch die Wegelagerer nicht fern.«

Er sprang auf einen riesigen Findling und spähte nach vorn. Mit Handbewegungen bedeutete er uns, leise zu sein und die Waffen bereitzuhalten. Er kam durch raschelndes Gras zurück und rief unterdrückt:

»Wir haben sie! Zehn Armbrustschüsse weit. Ich sah dreißig Männer, und vier sind dort vorn neben den Felsen. Wir müssen sie überraschen. Dort hinüber, Freunde!«

Wir bewegten uns nach rechts und links und rannten von Deckung zu Deckung in einem unregelmäßigen Halbkreis vorwärts. Alessandro zwang seinen Rappen durch das Gestrüpp und drang in gerader Linie vor. Ich schwang mich über eine niedergebrochene Mauer, legte das blauschimmernde Rohr auf und visierte die Gestalten an, die sich mit Keilen und Stammabschnitten um eine Pyramide wuchtiger Felsbrocken bemühten. Im selben Augenblick, als Alessandro zwischen den raschelnden und knackenden Büschen hervorsprengte und sein »Zurück, ihr Strolche! Im Namen von Herzog Sforza!« rief, feuerte ich viermal. Fast gleichzeitig schoß Riancor. Donnernde Explosionen verwandelten das Tal in einen Hexenkessel aus schmetternden Schallwellen, blaugrauen Rauchwolken und unterarmlangen Stichflammen, aus Geschrei und den Lauten der Geschosse, die auf Stein trafen und Splitter herausrissen. Einige Banditen wurden getroffen und von der Wucht der Kugeln einige Schritte weit zurückgeschleudert. Riancor und ich zielten nicht auf die Wegelagerer, sondern betäubten die Männer, die an den Felsblökken gestemmt und gewuchtet hatten.

Unsere Schüsse waren ein erstes Signal gewesen. Wieder blies der Hornist aus Leibeskräften in das kleine Instrument. Die Pferde wieherten schrill, als unsere Reiter Steigbügel an Steigbügel, die langen Lanzen gefällt, den Händlerfuhrwerken entgegengaloppierten. Mutig warfen sich ihnen Wegelagerer in die Zügel. Abermals krachten Schüsse. Wie bösartige Hornissen summten Armbrustbolzen durch die Luft. Zwei Soldaten des Herzogs starben, viele Wegelagerer lagen mit zerschmetterten Köpfen auf den Steinen.

Rings um den Steinhaufen sackten die Räuber bewußtlos, verwundet oder tot zusammen. Ich sprang auf und rannte auf die Stelle zu. Mit Fußtritten räumte ich Holztrümmer und Balken weg, wirbelte herum und winkte meinen Kameraden, die gegenüber zwischen den Felsen auftauchten, rauchende Waffen in den Fäusten.

»Die Händler!« schrie jemand durch den Lärm.

Ich spähte zur Straße. In der nächsten Biegung, die von einer Felsbrücke überspannt wurde, erschienen unsere Reiter, die ihre Pferde gewendet hatten. Hinter ihnen rumpelte das erste der schwer bepackten Fuhrwerke heran. Irgendwo schrie ein Mann, mir gegenüber warf ein Räuber die Arme in die Höhe und stürzte auf die Straße genau vor die Hufe der Pferde. Alessandro Bosso galoppierte den Weg zurück, auf dem wir gekommen waren. Mit seiner Lanze trieb er zwei flüchtende Banditen vor sich her. Sie schrien und versuchten, seitlich auszubrechen. Einem stieß er die Spitze zwischen die Schulterblätter, der andere rutschte aus, überschlug sich auf dem Hang mehrmals und fiel fünfzehn Schritte tief in einen Felsspalt. Riancor stand plötzlich neben mir und meldete ruhig:

»Vorbei! Auf unserer Seite war die Überraschung. Die Wegelagerer dachten nicht einmal an diese Möglichkeit.«

Unter uns zog ein Wagen nach dem anderen vorbei. Die Soldaten zerrten tote Wegelagerer von der Straße und warfen sie in einen Graben. Einige Gefangene wurden gefesselt und an die Wagen gebunden. Die Kaufleute und ihre Knechte winkten und riefen uns Einladungen zu, als Zeichen ihrer Erleichterung. Einige Planen über den Ladungen waren von Armbrustbolzen zerschnitten.

»Ich frage mich allerdings«, sagte ich und sah zu, wie Alessandro seine Leute zusammenrief und wie ein Gefährt ausscherte und unter einem Baum anhielt, »ob es auf die Dauer hilft!«

»Hierher, Freunde! Es gibt einen guten Tropfen, frisch aus dem Faß!«

Zugtiere und Wagen sahen reichlich mitgenommen aus. Der Konvoi schien alles mitzuführen, was seine Teilnehmer für eine so beschwerliche Reise brauchten. Wagen um Wagen rasselte mit kreischenden Felgen an uns vorbei. Wir gingen zu unseren Pferden und machten uns an den Abstieg.

»Manche werden aus Not zu Räubern, obwohl sie die Strafe kennen«, fuhr ich fort. »Ich hörte, daß es im Land unzählige Banden gibt. Sie lösen sich auf und vergrößern sich, je nach Aussicht auf Beute.«

Sicherlich war einigen Banditen die Flucht gelungen. Wir zählten sechsundzwanzig Tote und neunzehn Gefangene. Unsere Reiter kletterten ächzend aus den Sätteln und scherzten mit den Knechten und Kaufleuten. Ich fragte nach Messer Giovan Mantegna und erhielt die Antwort, daß seine Gespanne ganz hinten in der Schlange fuhren. Peitschen knallten, Achsen ächzten und wimmerten; der Zug riß nicht ab. Die Tiere schwitzten; alle Teilnehmer dieser Schlange schienen erschöpft und fröstelten trotz der Mittagssonne. Ich führte mein Pferd zum Wagen, auf dem Wein ausgeschenkt wurde, und erhielt einen mächtigen Humpen aus gedrechseltem Holz.

»Danke«, sagte ich. »In drei Tagen seid ihr, ohne daß euch jemand überfällt, in Milano.«

»Mit gebrochenen Rädern dauert's länger.«

»Der Wein ist gut.« Ich nickte und löste den Kinnriemen des Helmes. »Wir kamen keinen Atemzug zu früh.«

»Und wir dachten, die Abkürzung durch die Berge ist wirklich sicher in dieser Jahreszeit.«

Ich hatte inzwischen siebzig schwere Gespanne gezählt. Dazwischen führten Treiber beladene Maultiere. Jeder war verschwitzt und staubbedeckt. Mein Durst wuchs mit jedem Händler, den ich sah. Ich leerte den Becher und stimmte zu, als mich der Junge fragte, ob ich noch etwas wollte. Alessandro winkte; mehrere Soldaten saßen auf und trabten neben dem Zug auf den Hauptmann zu.

»Es wird Zeit, daß wir den Dienst kündigen«, sagte ich zu Riancor.

»Erst wieder in Milano«, entgegnete er. »Unser Vorgesetzter wird sichtlich ungeduldig.«

»Es gibt keinen Grund, weiterhin Wagen zu zählen!«

Wir ritten durch den Staub zur Spitze des Zuges, der sich dem Wachturm bis auf etwa eine Stunde genähert hatte. Die getöteten Soldaten führten wir mit uns. Am Abend, bevor wir rasteten, schaufelten wir in die kalte Erde zwei Gräber. Ich wartete während des halben Sonnenuntergangs und schwang mich auf den Wagen, zu Messer Mantegna und seinem Knecht. Ich stellte mich vor; als er meinen Namen erfuhr, lachte er breit.

»Ich habe es in Venezia gehört, daß mein Haus nicht mehr leer steht. Also seid Ihr kein Söldner des Sforza?«

Schnell kamen wir ins Gespräch. Die Gespanne wurden entlang der Straße schräg aufgereiht. Heu und Hafer der letzten Vorräte schleppten die Knechte zu den Zugtieren, die an den Trögen des Grenzpostens soffen.

»Für viele ist es der letzte Zug vor dem Schnee«, erklärte der Kaufmann. »Wir werden Il Moro großartige Geschenke machen, denn auf den Wagen sind eine Handvoll kleiner Vermögen gestapelt und festgezurrt.«

»Dazu ist im Winter Zeit«, brummte ich. Seine Augen leuchteten auf. Über sein Gesicht glitt ein breites Lächeln.

»Der Winter? Eine Reihe fröhlicher Feste in den reichen Häusern der Stadt. Laßt Euch schon hier einladen, Messer Atlancar. Mitsamt Eurem Freund und der Edlen Monica.«

»Gern. In zwei, drei Tagen treffen wir uns in Milano.«

Ich sah, daß Riancor sich um unsere Pferde kümmerte und die Sättel reinigte. Mit der Dunkelheit kam die Kälte zurück. Feuer loderten auf. Ich verabschiedete mich von Mantegna und stieg in das Gewölbe des Turmes. Hier hatten Alessandro Bosso und die Soldaten ihre Lager aufgeschlagen. Ich wandte mich an den Condottiere.

»Daß unser Ritt kein reines Vergnügen sein würde, Bosso, wußten wir«, sagte ich und sah mich um. Die meisten Soldaten schliefen, in ihre Mäntel eingerollt, auf dem schütteren Heu des Bohlenbodens. »Brechen wir morgen früh auf?«

Er nickte und rieb sein unrasiertes Kinn. Seine Augen lagen tief in den Höhlen.

Vor ihm stand auf einer wackeligen Truhe der halbvolle Weinkrug. Er packte und hob ihn zu mir hinauf.

»Die Hälfte von uns begleitet die Händler. Wir reiten so schnell zurück, wie es geht.«

»Einverstanden. Die Gefangenen?«

»Sforza hat bestimmt, daß Plünderer und Räuber auf die Galeere gehen. Sie werden zur Stadt gebracht. Zufrieden, Messer di Arcon?«

»Völlig zufrieden. Und diese Nacht werden wir«, ich nahm einen tiefen Schluck, »auch überstehen.«

»Mit genug Wein vergessen wir das verfluchte Ungeziefer«, schimpfte er und kratzte sich. Seit langer Zeit hatte ich nicht so schlecht geschlafen wie in dieser Nacht. Als wir uns in der Morgendämmerung in die Sättel schwangen, taten mir alle Knochen weh. Sämtliche Gewächse hatten sich in der Nacht mit Rauhreif überzogen. Obwohl der Ritt einer Reise durch verzaubertes Land glich, sehnten wir uns nach Port du Soleil und nach Le Sagittaire.

15.

Der wohlerzogene und gar nicht geizige Kaufmann Giovan' Mantegna hielt sein Wort: Die Feste, die reihum in den wohlhabenden Milaner Häusern und im Schloß von Ludovico Sforza alle Musiker, die schönsten Frauen und Mädchen, die mutigsten Soldaten und die Künstler versammelten, würde ich nicht vergessen. Tausende Kerzen und mächtige Kamine brannten, und zumindest die Kunst schien sich innerhalb jedes meiner Aufenthalte auf einem höheren Niveau zu bewegen als beim vorhergehenden Streifzug durch den Barbarenplaneten: Die Musik war von seltsamem Wohlklang. Es gab viel mehr Instrumente und eine Notenschrift.

Leonardo da Vinci und Riancor besuchten einander regelmäßig in deren Werkstätten. Während Riancor eine »Erfindung« des Meisters mit einem starken Federwerk und zwei Luftschrauben bastelte und die Läufe von Luntengewehren entlang eines Doppelrades anordnete, konstruierte Leonardo eine Uhr, deren zweites Werk zu einer bestimmbaren Stunde einen Mechanismus betätigte, der die Sohlen eines Schläfers kitzelte und kraulte. Der Helikopter trat seinen kurzen Steigflug in unserer Werkstatt an; an einer kleinen Drehbank bauten beide mit vielen Gewinden, Schrauben, Scharnieren und ähnlichen mechanischen Feinheiten eine Miniaturkanone, einen Hinterlader, dessen Geschosse in Messinghülsen voller Treibpulver steckten. Noch goß man Kanonen aus Bronze; der Meister kam aus dem Staunen nicht mehr heraus. Er fertigte von mir und Riancor eine großformatige Zeichnung mit Silberstift und Rötelkreide an.

Mit Ludovico Sforza unterhielten wir uns lange. Monique freundete sich mit Beatrice d'Este an, der achtzehnjährigen Herzogin, die vor einem Jahr Mutter geworden war. Die Tänze waren entweder ein gemessenes Schreiten im Reigenmuster oder ein ausgelassenes Hüpfen; ich kam regelmäßig zu spät zu jenen Festen und erschöpfte meinen Vorrat an glaubwürdigen Ausreden.

Der Winter in der Stadt war eine schlimme Jahreszeit. Nur wenn sie es nicht vermeiden konnten, verließen die Menschen ihre Häuser. Regen und Nebel und zauberischer Rauhreif wechselten mit strahlenden Sonnentagen voller trockener Kälte ab. Wir entwickelten einige von Leonardos Erfindungen weiter – nur solche freilich, die mit den Hilfsmitteln der zeitgenössischen Technik bewältigt und ausgeführt werden konnten. Leonardo bewies seine Seltsamkeit dadurch, daß er mehrere Arbeiten zugleich anfing und keine davon zu Ende brachte; eine Marotte, die ihm nur wenige Freunde schuf.

Wir beschäftigten uns damit, die kühnen Vorstöße der Weltentdecker zu beobachten und uns auf einen einzelnen Kapitän zu konzentrieren, der am Hof von Johann dem Zweiten vorsprach, um von dem an Wassersucht dahinsiechenden König die Ausrüstung für eine Africa-Umrundung und die Entdeckung des Seewegs nach Indien zu bekommen.

Im Kerzenlicht leuchteten Leonardos Augen grün wie die einer Katze. Giacomo Salai, angeblich sein Geliebter, hatte einen halbherzigen Versuch unternommen, das Atelier aufzuräumen. Weinpokale standen zwischen uns; die vielen rußenden Flammendolche spiegelten sich in Dutzenden glänzender Flächen.

»Riancor ließ eine Bemerkung fallen«, sagte Leonardo leise. »Du wirst mit deinem Troß Mailand verlassen, wenn die Knospen aufspringen?«

»So haben wir es geplant. Uns hält es niemals lange an einem Ort.«

»Schade«, murmelte er, und während er sprach und vorsichtig den Wein probierte, zeichnete er unaufhörlich kleine, außerordentlich exakte und naturalistische Figuren, »denn du hast mir erstmals das Gefühl gegeben, daß vieles, was ich dachte, zur Wirklichkeit werden kann.«

»Was du heute nicht zur Wirklichkeit werden läßt«, antwortete ich zögernd, »träumst du weiter. Die Träume von heute sind die Wirklichkeiten von morgen und den Tagen danach.«

Genies strapazierten die Empfindungen ihrer Umwelt. Für andere Menschen mochte der seltsame Meister eine Belastung sein – die größte war er für sich selbst. Sein Ehrgeiz ging weit über seine Erfahrung hinaus.

»Kommt ihr jemals zurück? Werden wir uns noch einmal sehen und lange Gespräche führen?« erkundigte er sich. »Was ich zeichnete und schrieb, ist, dank euch, weniger als die Hälfte dessen, was ich deutlich vor meinem Auge sah.«

»Dies schrieb, sinngemäß, auch der Große Erasmus«, gab ich zurück. »Du wirst anderen Menschen unheimlich werden, wenn du weiterhin deine Träume aller Welt mitteilst.«

»Aber ... wir haben doch, ein Beispiel nur, dieses Geschütz des schnellen Schießens und Treffens miteinander gebaut. Vieles andere schufen wir gemeinsam, dank eures Wissens und der klugen Geräte der Werkstatt.«

»Dieses kleine Geschütz werde ich mit mir nehmen«, versprach ich. »An anderen Orten kennt man es nicht. Dein Name wird auch in fremden Ländern bekannt und berühmt werden.«

»Ich bin schon berühmt. Ich erlebe alle Mißlichkeiten dessen, der mehr kann als andere.«

»Dieses Schicksal kenne ich, als sei es mein eigenes«, murmelte ich und schloß mich seinen düsteren Gedanken an. Der Logiksektor warnte mich. *Denk an die Zukunft! Lasse dich nicht von seiner Verzweiflung anstecken! Dein Ziel sind die Weltenentdecker und nicht die Versuche eines Mannes aus Vinci.*

Wir waren ganz allein in seinem Haus. Die bitterste Kälte des Winters schien ununterbrochenem Regen gewichen zu sein. Seit Tagen hatten wir die Sonne nicht gesehen. Monique de Beaumont und Riancor waren im Palast und gaben sich dem Genuß einer künstlerischen Tanzvorführung hin, *Ballett* genannt. Leonardo schwieg lange und meinte schließlich:

»Meinst du, Atlancar, daß in den neuen Ländern, die deine Kapitänsfreunde entdecken werden, ein Mann wie ich nicht mehr Möglichkeiten hätte als hier im regnerischen, kalten Italien?«

»Sie haben eigene Architekten und Maler. Und du würdest aus einer Welt, die du kennst, herausgerissen und in eine andere, fremde Welt geworfen, deren Sprachen, Sitten und Absonderlichkeiten du nicht verstündest, mein kluger Freund.« Ich leerte den Becher und sah zu, wie sich die vielen mechanischen Spielzeuge und eine Gerätschaft aus Stangen und Kugeln, die Leonardo scherzhaft »Perpetuum mobile« nannte und jeden Tag einmal aufzog, tickend bewegten.

»Das ist wahr«, bekannte er und lehnte sich zurück. »Vielleicht bewirkt es in den nächsten Jahren etwas für uns alle, nachdem Lorenzo ›Il Magnefico de‹ Medici gestorben ist. Hungersnöte, Pestilenz und großes Blutvergießen hat Savonarola vorhergesagt. Wir alle werden leiden.«

»Im August hat man Borgia zum Papst gewählt. Alexander der Sechste«, fuhr ich fort. »Warum versuchst du nicht, in seine Dienste zu treten? Er wird dein Genie erkennen!«

»Man wird sehen«, meinte er und goß Wein in unsere Pokale. Wir sprachen in dieser Nacht – eine der letzten, die wir in Milano verbrachten – über unzählige Dinge und Ideen, wie es Art trunkener Männer war, die versuchten, angesichts solcher Zeiten und Umstände nicht allzu verzweifelt zu sein. Von mir erfuhr Leonardo, daß es in nahezu jedem Teil dieser Welt ebenso chaotisch zuging wie in Milano, Firenze und Roma. Und er vergaß, mich zu fragen, woher ich es wußte.

Als die ersten Blätter an den Bäumen unseres Hofes sich öffneten, als warmer Wind tosend von den Bergen herunterfuhr, verluden wir alle Stücke von Wert, sorgsam in Pakete geschnürt, nachts in den Gleiter und schwebten nach Port du Soleil. *Ihr werdet diese Städte noch oft sehen, und auch deren Veränderungen,* flüsterte der Logiksektor.

In der Stunde, als die Hitze des späten Mittags unbarmherzig auf die Dächer und Mauern stach, als das Sonnenlicht mit scharfen tiefschwarzen Schatten die Welt zur Bewegungslosigkeit und Erschöpfung verurteilte, betrat ein hochgewachsener, schlanker Mann den Platz der Winde. Er bewegte sich zielbewußt, aber nicht schnell. Ein breitkrempiger weißer Hut überschattete sein Gesicht. Im linken Ohrläppchen trug er eine daumennagelgroße schwarze Perle. Neben ihm trabte ein riesiger schwarzer Hund mit einem handbreiten Halsband aus seltsamen Kettengliedern. Der Fremde ging in den Schatten eines Torbogens, las im Vorübergehen die Schrift auf den bemalten Kacheln und folgte dem Verlauf der leeren Gasse bis zu ihrem Ende. Salz und Sand knirschten unter den Sohlen der prächtigen Stiefel. Wenige Augenblicke bevor Hund und Mann die Steinstufen zu dem Laden hinaufstiegen, öffnete Nuñez, der bucklige Handelsmann der Sieben Meere, die Ladentüren aus Holzlatten und Bronzescharnieren.

»Ihr müßt der einzige Mensch in Lisboa sein«, er staunte und deutete mit grotesk übertriebener Armbewegung ins dämmerige Innere des Ladens, »der um diese Zeit sich freiwillig der Hitze aussetzt.«

Der Fremde lächelte freundlich, schnippte mit den Fingern; der Hund legte sich neben den Eingang.

»Einer von vielen bin ich, denn, wie ich erfuhr, besucht heute der überaus gelehrte und mutige Kapitän Vasco da Gama Euer Geschäft der wunderlichen Funde.«

»In der Tat. Deswegen staubte ich viele Dinge ab und huste noch jetzt. Einen kühlen Trunk, Fremder?«

»Gern. Nennt mich Riancor de Arcoluz. Wo habt Ihr denn die Bücher und Karten?«

»Dort hinten, wohin das Licht fällt, wenn ich die Läden öffne.«

Licht aus drei Richtungen überflutete blendend den Raum. Arcoluz nahm den Hut ab, hängte ihn auf einen Narwalzahn und zog unter seinem Wams ein ledergebundenes, mit goldenen Schließen versehenes Buch hervor. Der alte Mann, der trotz seiner Verwachsung die Würde eines reichen Kaufmannes und die selbstsichere Fröhlichkeit des weisen Alters verströmte, holte ein Krüglein kalten Trunkes aus Wein, unterschiedlichen Säften und einem Hauch Muskatnuß. Während Arcoluz Bücher öffnete und Karten ins Licht hielt, lag das prächtige Buch auf dem Ladentisch. Auf den farbenprächtigen Kacheln nahm es sich wie ein magischer Anziehungspunkt für jedes Auge aus. Der Händler las: CONFLICTATIO FABRICATORIS PAUPERIS VERBARUM BONARUM contra MERCATOREM POTENTUM PAPYRORUM SCRIPTORUM. LIBER TERTIUM: GESTA HOMINIS NAUTIL.

»Ein prächtiges Buch«, murmelte er, nachdem er ohne große Mühe übersetzt hatte. »Ist es Euch wohlfeil?«

»Macht ein Angebot, Handelsmann Nuñez«, sagte der Fremde, der sein schulterlanges Haar auf merkwürdige Weise trug. Alles an ihm war teuer und gepflegt. »Seht es Euch an.«

Lisboa am Tajo, in den Jahren um 1494 der wichtigste Hafen Portugals, war mehr als nur ein Ort, an dem Schiffe gebaut, ausgerüstet und verkauft wurden, ablegten oder anlegten. Zwischen Spanien und Portugal herrschte erbitterter Wettstreit um Gold, Macht und Ruhm. Das Stichwort hieß: Handel mit dem Morgenland, dem Orient. In der Bulle *Inter caetera* hatte der Borgia-Papst Spanien ein

Handelsrecht zugesprochen, gegen das Johann II. Einspruch erhob. Während Spanien nach »Indien« drang, konzentrierte sich Portugal auf Africa. In Tordesillas stritten Portugiesen mit Spaniern über eine imaginäre Grenze, und angeblich stand man kurz vor Vertragsabschluß. Das Streiten hatte die bekannte Wirkung: Jede Nation hielt Entdeckungen, Berechnungen, Beschreibungen und alle Karten, die Unbekanntes zeigten, versteckt und streng geheim, und viele Spione waren reich geworden oder hatten ihr Leben gelassen. Bartolomeu Diaz hatte Teile der Africa-Küste entdeckt, und nun plante man in Lisboa, dieses Wissen anzuwenden, um den Weg über See nach Indien zu finden – man wußte, daß Colóm zwar neues Land entdeckt hatte, aber keineswegs Indien, Cathay oder Cipangu. Nur er selbst glaubte das Gegenteil. Der Händler öffnete ehrfurchtsvoll das Buch.

»Die Reisen des Wandernden Mannes«, las er laut vor. »Oder wie man von Inseln, Ungeheuern und Schätzen erfahren kann, ohne selbst sich den Schwernissen der Seefahrt zu unterwerfen.«

»Woher ich das Buch habe, werdet Ihr fragen.« Arcoluz blies dicke Staubwolken von den Folianten. »Ich kaufte es von den Mauren. Um hohen Preis, denn ich mußte kämpfen.«

»Viele Schätze haben sie gehabt, die Mauren«, murmelte Nuñez und senkte den weißhaarigen Kopf. »Ich weiß nicht, ob es klug war, sie aus dem Land zu treiben.«

»Die Geschichte wird sehr viel später alles sehr genau wissen«, lautete die ausweichende Antwort.

Staunend und fast gierig las Nuñez, während er Seite um Seite des steifen Papiers umwendete, vergeblich Stockflecken suchte, das gleichmäßige Druckbild und die ungewöhnlichen Zeichnungen bestaunte:

Die Welt, Erde oder terra, ist eine Kugel. Wie ein Ball dreht sie sich, und die unsichtbare Achse der Drehung geht durch die Pole. 24 Stunden dauert eine Drehung, denn die Sonne steht unverrückbar im unendlichen Raum der Sterne. Gleichzeitig aber beschreibt die unablässig drehende Kugel einen kreisförmigen Weg um die Sonne. Dazu braucht sie fast genau dreihundertfünfundsechzig (365) Tage. Das ist der erste Schritt der Erkenntnis.

Einfache Zeichnungen und wenige mathematische Gleichungen, allerlei Pfeile und Richtungsangaben, Kompaßrosen und schwungvolle Buchstaben, mit Fabelwesen, nackten Frauen, Schiffen und blasenden Windwolken geschmückt, erstreckten sich über viele Seiten.

»Dieses Buch? Von den Mauren? In Latein und unserer Sprache?« wunderte sich Nuñez. Von draußen drangen erste schläfrige Geräusche des Nachmittags herein.

»Sie haben vieles von Abraham Zakuto ben Samuel gehört und gelesen, dem Hofastronomen vom Zweiten Johann. Und sie haben eigene, weitaus klügere Wissenschaftler!« erklärte Arcoluz in einem beiläufigen Tonfall, als spräche er über eine tote Katze.

»Dennoch! Es sagt so vieles, und das meiste ist noch nie geschrieben worden.«

»Noch nie? Vielleicht nicht in Lisboa. Meint Ihr, daß sich Vasco dafür wird erwärmen können?«

»Jeden Preis wird er zahlen. Eigentlich müßte er schon hier sein. Er kommt jedesmal in mein wunderbares Lädchen, wenn er in Lisboa weilt.«

»Ich habe Zeit.«

Atemlos blätterte Nuñez weiter. Die gefaltete, schwere Pergamentkarte, die in einer Ledertasche der hinteren Umschlagklappe steckte, wagte er nicht hervorzuziehen. Das Buch, drei Handbreit hoch, zweieinhalb breit, hatte zweihundertfünfzig Seiten, einige davon ausklappbar.

»Eine Kostbarkeit. Ihr könntet sie am Hof verkaufen! Man würde Euch mit Gold überschütten.«

»Am Hof«, sagte der Fremde und hob Kompaßgehäuse hoch, streichelte die Flossen ausgestopfter exotischer Fische, »gibt es kluge und dumme Vertreter der Geistlichkeit. Die dummen sind zu fürchten und die klugen mitunter nicht weniger. Überdies will Vasco da Gama segeln, nicht Menschen auf Scheiterhaufen verbrennen, nachdem sie gefoltert wurden.«

»Ihr habt recht. Allzu laut solltet Ihr diese Meinung nicht kundtun.«

»Ich habe es nicht vor.«

Etwa eine halbe Stunde später näherten sich Schritte, der Hund bellte einmal; ein knapp vierzigjähriger Mann betrat den Laden. Mittelgroß, mit dunkelbraunem Kopfhaar, ebensolchem Bart und stechenden, blitzschnellen Augen, herrischen Bewegungen und der entschlossenen Arroganz dessen, der überzeugt war, besser als viele zu sein, blieb er mitten im Laden stehen, schaute sich um und sagte mit dunkler Stimme:

»Neue Funde, Nuñez? Aufregende Nachrichten? Oder nur der übliche Kram von ausgestopften Seejungfrauen und falschen Seekarten?«

»Sprecht mit Arcoluz, meinem Kunden«, schlug der Händler vor. »Hier seht Ihr, Ritter Arcoluz, den Sohn Estevaos da Gama, der Zivilgouverneur von Sines war, wo Kapitän Vasco geboren wurde, einem Ort zwischen Lisboa und Cabo San Vincente. Ein kühner Kapitän, Arcoluz, und ein Freund des Diaz, über den ich in diesem erstaunlichsten aller Bücher viel las.«

Beide Männer musterten einander prüfend. Für einen langen Augenblick herrschte lähmende Stille. Dann tauschten sie einen kurzen, verbindlichen Gruß aus. Vasco war knapp einen Kopf kleiner als Arcoluz.

»Ein Buch? Soll ich auf einem Buch nach Indien segeln?«

»Auf den Linien der Karten, auf den geistigen Flügeln der Zeichnungen und Beschreibungen, wenn du sie zu lesen vermagst, Kapitän.« Der Fremde grinste breit. »So, wie ich es getan habe. Ich weiß es, Kapitän: Dein Unternehmen braucht die Hilfe des Adels, das Geld des Königs, deinen Mut und deine Kenntnisse. Dieses Buch vermittelt dir die Kenntnis.«

Eigentlich hatte meine Anordnung ein anderes Vorgehen erfordert. Das Buch mit der einzigartigen Karte sollte zwischen den anderen Büchern dieses Händlers versteckt und »zufällig« gefunden werden. Die Umstände diktierten ein anderes Modell der Informationsvermittlung. Zögernd griff Vasco da Gama nach dem schweren Lederband und schlug ihn auf.

»Ihr verkauft es?«

»Du bist in Navigation und Astronomie ausgebildet, erfuhr ich ... du wirst würdigen können, was die klügsten der Mauren zusammengetragen und christliche Sklaven geschrieben haben. Es gibt keine Kopie.«

»Woher wißt Ihr das?«

»Ich war an der Spitze meiner Truppe der erste, der die Bibliothek stürmte, die Brände löschte und die Schätze des Geistes rettete.«

Vasco richtete seinen stechenden Blick auf die Seiten. Er schwieg und preßte seine Lippen hart aufeinander. Behutsam blätterte er um und versank völlig in die Betrachtungen dessen, was er sah und las. Arcoluz fuhr fort, die seltsame Mischung aus Kompassen, Astrolabien, Fischen und Seesternen, Muscheln und Zirkeln, gebundenen Büchern mit leeren Seiten, Schreibzeug und Schiffsmodellen seiner Prüfung zu unterziehen. Eine saubere weiße Wand hing voller Ephemeriden-Tabellen; Verzeichnissen von Sternen und deren Höhenwinkel am Äquator. Ein vergoldetes Nocturnum fesselte vorübergehend seine Aufmerksamkeit.

»Vielleicht solltest du einen kurzen Blick auf die Karte werfen – in der Umschlagtasche«, sagte er und setzte sich in einen Kapitänsstuhl aus poliertem Holz mit versilberten Knöpfen und aus dickem Segeltuch.

»Karte?«

Es gab keine einzige Karte in dieser Zeit – die Ausnahme steckte in dem zeitaufwendig hergestellten Buch –, auf der die Küsten, Flußmündungen, Umrisse, Häfen und Landmarken zwischen der Westküste Africas und der asiatischen Ostküste bis hinunter zu der fast menschenleeren Rieseninsel auch nur annähernd richtig wiedergegeben waren. Die seefahrenden Völker dort zeichneten keine Karten, die bis nach Europa gelangten. Sie verhinderten aus Neid die Weitergabe von Wissen, und keiner der europäischen Kapitäne war je dort gewesen, wo schon Alexander der Große seine Heere auf Schiffe verladen hatte. Jenseits von Diaz' Fahrten-Endpunkten tobten sich Phantasie und falsche Spekulation hemmungslos aus. Arcoluz machte eine höfliche Geste und antwortete:

»Zieh sie heraus und betrachte sie im Sonnenlicht.«

Vasco da Gama nahm die Karte hervor und entfaltete sie mit großer Sorgfalt. Arcoluz war darauf bedacht, seine Augen und Ohren stets dorthin zu richten, wo es am meisten zu sehen gab. Aus den Bewegungen des Portugiesen sah man, daß er ahnte, wie wichtig ein solches Kunstwerk war. Je öfter er die Flächen auseinanderklappte, desto mehr enggeschriebene Zeilen der Rückseite erkannte er, und schließlich bedeckte die Karte den großen Verkaufstisch des Nuñez.

»Ein Wunder!«

»Der zusammengetragene, gezeichnete, kontrollierte und wohleingerichtete Versuch von vielen Männern, uns zu zeigen, wie die Welt wirklich ist!« erläuterte Arcoluz. »Alles andere als ein Wunder. Die Wirklichkeit! Willst du Buch und Karte kaufen?«

»Sofort. Eine Frage: Ist das alles wahr? Ist das alles die Wirklichkeit, wie ich sie finden würde?«

»Ja.«

Äquator und Gradeinteilung, die silhouettenhaft gezeichneten Küstenlinien, wie sie von See aus zu erkennen waren, Beschreibungen und Erklärungen, vielerlei Kompaßrosen, Farben und Bilder, Strömungen der Meere, fremde Trachten und selbst die Kurslinien von Colóm und anderen, die schwerlich ein Maure hatte kennen können – die Speicher der Computer waren angefüllt mit einer Unmenge von Details, die nur ausgedruckt werden mußten. Darüber hinaus hatte die Karte ein künstlich gealtertes Aussehen und sogar Brandlöcher bekommen. Vasco da Gama hielt seine Gefühle nur noch mit Anstrengung im Zaum. Seine Finger zitterten, er war bleich und wischte sich, im achtungsvollen Abstand zur Karte, Stirn und Nacken vom Schweiß trocken.

»Ich sehe, daß alle Küsten der Länder, die ich kenne, auf das genaueste gezeichnet sind. Und das gilt auch für die fernen Länder und Inseln?« keuchte er. Unruhig folgten seine Augen und die Finger den unzähligen Linien und Bilderlegenden.

»Es gilt für die ganze Welt, von der die Menschen überall in Europa nicht einmal ein Viertel kennen«, antwortete Arcoluz herausfordernd.

»Was ist dieses Werk wert?«

»Es ist in Gold nicht aufzuwiegen«, lautete die kühle Auskunft.

»Ich zahle jeden Preis!« rief Vasco unterdrückt.

»Tatsächlich?«

Arcoluz zögerte eine Weile, dann nannte er eine wahrhaft astronomische Summe. Vasco hob beide Hände. Er war erschrocken. Enttäuscht flüsterte er: »Soviel Geld hat halb Portugal nicht.«

Arcoluz kaufte Nuñez eine kostbare Sanduhr ab. Er öffnete eine große Hüfttasche und zog, ehe er das teuer gedrechselte und verzierte Kleinod verstaute, eine größere Sanduhr hervor und reichte sie dem zukünftigen Weltentdecker.

»Die Gläser dieser schönen Uhr«, sagte er bedauernd, aber mit breitem Lachen, »sind nicht luftdicht. Der Sand kann feucht werden und verklumpen. Dann wird, o Freund, deine Stunde unendlich lang. Dieses Ding hier mißt die fliegenden Stunden auf See ohne jede Beeinträchtigung.«

Er machte eine bewußt ungeschickte Bewegung. Die Uhr fiel auf die Fliesen und kollerte mit hölzernen Geräuschen einige Schritte weit. Das Glas war unversehrt. Nuñez hob sie auf und schüttelte stumm den Kopf.

»Ein Nachmittag der Überraschungen«, meinte er schließlich und strich das Geld ein. »Seid ihr einig, meine Herren?«

»Noch längst nicht. Ich schlage vor, wir setzen unseren Handel in einer sauberen Hafenschenke fort«, schlug Arcoluz vor. Stumm nickte Vasco da Gama. Er wehrte sich nicht, als ihm der Fremde das Buch reichte und bat, es zu tragen. Beeindruckt blickte ihnen der Händler nach und sah, daß der Hund aufstand, sich reckte und zu gähnen schien und den Kapitänen folgte.

Die Schatten waren länger geworden. Nach zweihundert Schritten wandte sich Arcoluz an seinen Begleiter. Die Straßen hatten sich belebt. Vom Hafen herauf ertönte der gewohnte Lärm.

»Natürlich weiß ich, daß die Forderung zu hoch ist. Wie wäre es mit einem symbolischen Preis? Ideen lassen sich nur schwer in bare Münze schätzen.«

»Du bringst mich in Verlegenheit«, knurrte Vasco. Daß er kein reicher Mann war, wußte Arcoluz längst. Er ging zielsicher auf die beste Schenke zu und setzte sich in den Schatten des Vordaches. Vor ihnen breitete sich die geschäftige Kulisse einer Hafenseite aus.

Vasco da Gama bestellte den teuersten Wein und streckte seine Beine unter dem Tisch aus.

»Eigentlich«, meinte Arcoluz träumerisch und richtete seinen Blick in die Ferne, »brauche ich dein Gold nicht. Ich denke darüber nach, ob ich dir das Buch samt der Karte schenken soll. Es mag sein, daß ich nach dem dritten Becher dieses starken Weines ganz anders denke.«

Immer wieder öffnete Vasco das Buch und starrte, ohne recht zu begreifen, was er sah, in den Inhalt.

»Ich *bin* verlegen«, erklärte er endlich. »Ich werde reich sein, wenn ich von den Küsten des Zimtes und des Pfeffers zurückkomme. Soll ich dir einen *combio* unterschreiben?«

»Keinen Wechsel!« Arcoluz deutete auf die Perle in seinem Ohr. »Sie ist teurer als meine Forderung für diese ledergebundene Nebensächlichkeit. Ich bin sicher, daß ich deine Münzen nicht brauche. Ja, so machen wir's. Ich schenke dir die Karte.«

»Ich kann ein solches Geschenk nicht annehmen. Nicht von dir, von niemandem sonst.«

Sie leerten aus Verlegenheit die Becher. Noch mehr Wein kam und wurde getrunken. Nach einigen Stunden redete es sich leichter. Auch Vasco da Gama redete von Träumen und Vorstellungen, und mit jedem Becher Wein mehr nahm seine stolze Weigerung, dieses Geschenk anzunehmen, um einen deutlichen Wert ab. Schließlich dankte er überschwenglich und schob das Buch unter sein Wams und hinter den Gürtel. Schwankend stand er auf und fegte die Tonbecher vom Tisch. Münzen klirrten auf die Platte.

»Eine Ahnung sagt mir«, Arcoluz unterstützte die Überlegungen des Betrunkenen, »daß wir uns in einigen Häfen oder an etlichen Ufern begegnen werden. Dann kannst du mit meinem Freund Atlancar über das Geschenk sprechen.«

»Niemand wird es erfahren!« Vasco hielt sich an einem Stützpfeiler fest. »Niemand! Ich wäre der meistgejagte Schiffsführer aller Meere.«

»Von mir erfährt es kein anderer.« Arcoluz begleitete den Kapitän zu einem kleinen Gasthof, wo er bäuchlings auf das Lager sank und sofort laut zu schnarchen anfing. Der Fremde mitsamt dem Hund verschwand in der Nacht.

Ich schaltete den Bildschirm ab. Über dem Kunstglas erschienen wieder die Konturen des einfachen Wandbildes in Le Sagittaire. Monique schob die volle Schale über den Tisch; Erdbeeren mit Sahne und Honig. Dann flüsterte sie: »Ihr beide seid die gerissensten Lügner und Schauspieler dieser Welt.«

»Und zu welchem Zweck?«

»Ich habe es verstanden.« Sie lächelte und ging zum Kamin, um ein trockenes Scheit in die Glut zu schieben. »Ihr helft vielen Menschen, klüger und vielleicht glücklicher zu werden. Glücklicherweise brauchst du mir gegenüber weder Karten noch Bilder ins Feld zu führen.«

Sie setzte sich auf meine Knie und zeigte zur offenen Fenstertür ins Dunkle. Im Dorf brannten nur noch wenige Lichter. Die Geräusche des Wassers, der Mühlräder und des Waldes bildeten eine beruhigende nächtliche Melodie.

»Warte, bis Riancor zurückkommt«, meinte ich und ließ mich mit Erdbeeren füttern. »Such dir einen Punkt auf der Welt aus, an den wir reisen. Ich schlage vor, wir tun dies mit der ROSE VON CATHAY und unserer guten Mannschaft.«

»Auf die blonde Susanna mußt du als Mannschaftsmitglied verzichten. Sie verliebte sich in Pierre, den Sohn des Schmiedes, und schon bald werden sie im Kirchlein heiraten.«

»Also ist auch ihr Traum wahr geworden. Der Traum von einem besseren Leben in Gesundheit und Sonnenlicht, fern von Londons Nebeln und Waisenhäusern.«

»Sie hat sich gern entschieden. Vielleicht war es keine schwere Entscheidung. Sie kam hierher und wußte, daß es ihre Welt ist.«

»Um so besser und leichter für uns alle.«

Zwischen Port du Soleil und Beaumont hatten sich kleinere Gruppen hin- und herbewegt. Das Schiff war völlig überholt und ausgerüstet. Die Frühjahrsstürme waren längst vorbei, die Winde kamen und gingen in größerer Gleichmäßigkeit. Noch fehlte uns ein Ziel, das gleich viel Vergnügen bereiten wie auch einem wichtigen Zweck dienen konnte. Morgen würde Riancor mit dem Gleiter in Le Sagittaire sein und uns bei der Entscheidung helfen können.

»Oder ziehen wir uns wieder zurück?«

»Noch ist es zu früh«, antwortete ich kopfschüttelnd und trat neben Monique auf den kleinen Balkon. »Zu viele Frauen und Männer und zu wichtiges Gerät warten darauf, zu leben, sich zu bewegen und sinnvoll benutzt zu werden.«

»Und wird es langweilig«, schlug Monique vor, »bleibt uns immer noch ein Ausflug an Orte deiner persönlichen Geschichte.«

»An Orte«, ich mußte grinsen, »an denen sich niemand mehr an mich erinnert.«

Wir gingen hinunter und machten auf den vom Vollmond beleuchteten Wegen einen langen Nachtspaziergang, auf dem wir nur die Vögel störten und einen kleinen Hund, der uns einige Schritte nachlief. Die Bewohner dieses Winkels hatten, unabhängig von eigener Tüchtigkeit und unserer Hilfe von fern, eine Menge Glück gehabt, nicht von Krieg und Seuchen heimgesucht zu werden. Noch waren Sonne und Sommerhitze nicht über das Land gekommen; nach zwei Stunden zogen wir uns ins warme Bett zurück, liebten uns und wachten auf, als Riancor den Frühstückstisch spät nach Mittag gedeckt hatte.

Karl der Achte zog nach Italien und versuchte, Napoli zu erobern. Dieser Heerzug bedeutete den Beginn des Kampfes zwischen den französischen und Habsburger Herrschern um Italiens kleine Staaten. Aus Firenze wurden die Medici vertrieben. Leonardo da Vinci gründete eine Malerschule in Milano und widmete sich ihr zuerst mit Feuereifer, dann mit stark nachlassender Begeisterung. Behaims Globus wurde in Nuernberg beendet, und auf ihm fehlten – von mir nicht anders erwartet! – der Doppelkontinent des Colóm und die namenlose Großinsel nördlich der Südpoleismassen. In Britannien wurde erstmals Papier hergestellt, und die Handelsniederlassung der Hanse in Nowgorod mußte aufgegeben werden. Unsere Mannschaft verließ nach und nach Beaumont und traf in Port du Soleil ein.

Riancor de Arcoluz entrollte eine unserer zahlreichen Spezialkarten. Sie diente dem eigenen Gebrauch und konnte auf Zeichnungen und anderes Dekor verzichten. Er hob den Kopf, deutete scheinbar blind auf ausgesuchte Teile der Landschaft und heftete seine Augen auf die Männer der Besatzung, die um den Tisch herumstanden und – wie ich – nicht wußten, was er uns erklären wollte.

»Hier breitet sich das Reich des Ali Ber aus, das am Fluß Niger liegt, mitten in Africa.«

Auf der Karte sahen wir zwischen der Mündung des Senegal und anderer, namenloser Flüsse, zwischen dem undurchdringlichen Riesen-Regenwald und dem südlichen Rand der fast kontinentbreiten Wüste Africas eine nierenförmig markierte Zone.

»Weiter! Was ist daran so interessant?«

»Es gibt dort einige Siedlungen von bemerkenswerter Größe. Eine heißt Timbuktu, eine andere Gao. Timbuktu hat seine besten Tage schon hinter sich, aber Gao wurde seit etwa einem halben Jahrhundert zu einem Machtfaktor. Es sind kluge, kämpferische, entschlossene Leute, und Ali Ber, Ali der Große oder nur Si, ist so mächtig geworden, daß er König Johannes dem Zweiten eine Gesandtschaft wert war. Nun ist Si nach einem Kriegszug gegen die Gurma ertrunken.«

»Dorthin sollen wir segeln? Mit der ROSE?« fragte Escobar ungläubig. Ich hob die Hand.

»Abwarten! Er weiß noch mehr.«

»Etliches erfuhr ich in Lisboa«, stimmte Riancor zu. »Zurück zum Niger. Einer der kühnen Generäle namens Mamadu Ture, ein Angehöriger des Soninke-Stammes, riß die Macht an sich, weil er Muslim war. Fortan nannte er sich Askia Mohamed.«

»Sollen wir etwa diesen Niger aufwärts rudern?« brummte Verragua verdrießlich. Diesmal schüttelte ich den Kopf.

»Zwischen dem Nordrand Africas, wohin sich die Mauren nach dem Fall ihrer spanischen Besitzungen retteten, und diesem Gao, hier seht ihr einen Teil der Felder und Kanäle, bestehen dichte Verbindungen. Karawanen aus zehntausend Kamelen ziehen hin und her. Und von Norden in den Süden kommen die Klügsten, Entschlossensten, Heimatlosen – all die Leute aus Hispanien. Alles Muslimin. Da die Regierungsgewalt noch nicht lange, aber entschlossen von Askia ausgeübt wird, braucht er Berater und Männer, Frauen, Ideen, mit denen er anfangen könnte, einige zehntausend einzelne Stämme in diesem riesigen Land in einem Reich zu vereinigen. Ali Bers Herrschaftsbereich, hier eingekreist, ist in Wirklichkeit gigantisch.«

»Jeder von uns ein Fürst?«

»Warum nicht, Deirdre?« antwortete ich. »Sollten wir uns entschließen, setzt es voraus, daß wir uns recht seltsamen Sitten werden unterwerfen müssen.«

»Ich habe schon alles gelernt«, behauptete Deirdre.

»Wir alle!« pflichtete Verragua bei.

»Über die Verbindung durch maurische Reiter und Karawanen hinaus gibt es viele Berührungspunkte mit Portugal, mit Spanien, mit anderen Ländern. Vor Diaz erkundete Covilhao, als Händler verkleidet, über Land und mit Schiff Teile der africanischen Küste; er kennt Dschidda, Mekka, Aden und Libela, Hormuz, Goa und sogar Sofala hier, gegenüber Madagascar.«

Riancors Linien zogen sich durch das Rote Meer, bis hinunter in den Südosten Africas, hinüber nach Calicut, wieder zurück, berührten Lalibea am Rand der Königreiche von Axum.

»Wir haben ein Schiff«, erinnerte mich Monique. »Und es liegt segelfertig vor Anker.«

Ich schloß die Augen. Allerlei Visionen von Staatengründungen und Ideen von einem einzigen Barbaren-Reich auf diesem reichen, wunderschönen und geheimnisvollen Kontinent schossen wie Blitze durch meine Überlegungen. Ich hob die Schultern.

»Mit dem Schiff kämen wir den Niger ein gutes Stück aufwärts. Wenn wir wollen. Uns fällt es leicht, Riancor und mir, uns in muslimische Gelehrte zu verwandeln. Die Mannschaft soll abstimmen – heute, morgen; keine Eile.«

»Ich habe große Wahrscheinlichkeit dafür errechnet«, ergänzte Riancor, »daß die schwarzhäutigen und hellhäutigen Muslime und wir gut zusammenarbeiten könnten. Ein Herrscher, der sagt, daß der Reichtum eines Mannes von der Zahl seiner Bücher bestimmt wird, kann so schlecht nicht sein.«

»Sagte das der Askia Mohamed?« fragte ich ehrlich verblüfft.

»Dies und noch andere kluge Dinge.«

»Woher weißt du das?« erkundigte sich mißtrauisch Rodrigon. »Und was werden wir dort essen müssen?«

»Das alles wird uns im Lauf der nächsten Tage, Wort für Wort, mein kluger Freund erklären«, wies uns Monique zurecht. »Und jetzt – ins Haus. Marghas *pasta* wird sonst ungenießbar.«

Monique und ich waren schon halb entschlossen. Riancor würde tun, was ich befahl. Mich reizte die Aufgabe, bevor sie richtig zu definieren war. Die Sprache und die Gebräuche, bis hin zum Text aller Suren, beherrschten wir. Möglicherweise konnte jeder meiner Seefahrer sein persönliches Glück am Niger finden. Vielleicht. Alles war unwägbar, nichts schien bestimmbar zu sein.

Lange sprachen wir über das Für und Wider. Daß wir im Kielwasser der Weltentdecker etwas unternehmen würden, stand fest. Der Versuch, mit Wissen und Können eines gestrandeten Arkoniden in diesem Erdteil ein stabiles Staatengebilde an verantwortlicher Stelle aufzubauen oder es mit aller Konsequenz zu versuchen, nahm konkretere Formen an. Für die technischen Probleme war Rico zuständig mit dem Heer seiner Maschinen und dem Netzwerk seiner Schaltungen.

Eindringliches Flüstern des Extrahirns beseitigte zumindest meine letzten Zweifel: *Du hast dir selbst diese Aufgabe gestellt. ES schweigt. Deine Mannschaft geht für dich durchs Feuer. Was hindert dich, dorthin aufzubrechen? Von der Kultur der Moslems warst du stets fasziniert. Geh!*

Seit drei Tagen trieb ein Wind aus dem nördlichen Quadranten die ROSE VON CATHAY auf Oran oder Fes zu. Die Karavelle lag schräg, die Segel waren prall, und wir machten eine Fahrt, deren Schnelligkeit ebenso groß war wie die stabile Lage des Schiffes. Phantasieflaggen knatterten an Masttoppen und in den Salingen. Schritt um Schritt verwandelte sich die Mannschaft in eine Bruderschaft, die ihresgleichen sucht. Braun und brauner wurden wir; Öl hielt die Haut feucht und schützte vor Sonnenbrand. Statt portugiesischer, spanischer oder savoyischer Mützen trugen wir Turbane. Aus Deirdre war die maurische Zofe einer exotischen Schönheit geworden, deren Haar nun brasilholzfarbig schimmerte. Ricos Fundus schien ebenso unerschöpflich wie stilecht zu sein. Seit elf Tagen waren wir unterwegs, und erst jetzt rief Diego aus dem Masttopp: »Drei Schiffe, von Backbord und Steuerbord. Schnelle Segler! Sind es Piraten?«

»Weiß ich's?« brüllte ich durch das Heulen von Wind und Takelage. »Wir werden es erleben.«

Spanische Christen und Portugiesen überwachten die nordafricanischen Küsten, um das Unwesen der Piraten auszurotten. Wir rechneten mit beiden Parteien.

»Ich hole Informationen ein«, sagte Riancor.

Seine Spionsonden untersuchten das Zielgebiet, den Weg über die Karawanenstraßen und den Kurs entlang der Küste und nigeraufwärts ebenso wie die Städte Timbuktu und Gao. Jetzt rasten winzige Projektile falkengleich und blitzschnell zu den fremden Schiffen hinüber. Sechzehn Männer und zwei Frauen bildeten die ROSE-Mannschaft; nächtliche Hypnoschulungen hatten uns auf ein neues Abenteuer vorbereitet. Noch segelten wir im Mittelländischen Meer, aber unser Ziel war die Landenge – und dahinter der Ozean.

Ich winkte zu Escobar und sprang auf das Achterdeck, knüpfte die Persenning von den langen Läufen und den Kammern der eingeölten Kanonen. Aus den Kisten hob ich die unterarmlangen Geschosse und lud ohne Hast die beiden »Sechspfünder«. Riancor gab Signal. Ich schaltete die Empfänger meines Armschutzes ein und lauschte, während ich die Szenen auf dem winzigen Bildschirm betrachtete.

»Verstanden. Wir lassen uns nicht aufhalten!« sagte ich scharf und ging zum Steuermann, der exotisch wie ein mohammedanischer Fulbe-Krieger aussah, mit goldenen Platten in den Ohrläppchen und tiefbrauner, glänzender Haut. Wir sprachen die Manöver ab, schätzten Geschwindigkeit und Kurse und zogen die richtigen Flaggen auf. Die drei Schiffe näherten sich auf klug abgesetzten Kursen; für eine bestimmte Zeitdauer würden jedes Schiff einmal dicht vor oder hinter uns segeln und dann zur Verfolgung herumschwenken können.

»Es sind keine Handelsfahrer, keine Wachschiffe, sondern echte Piraten«, teilte ich der Mannschaft mit. »Zieht die Kettenhemden an! Die Frauen in die Kabine! Riancor! Die Dreipfünder am Vorschiff laden!«

Weit voraus hoben sich die Wolken über der unsichtbaren Küstenlinie. Ein Schwarm Tümmler geleitete uns seit Stunden durch die langgezogenen Wellen, die feine Schaumstreifen zeigten. »Orlando! Deine Männer bereit?«

Die heitere Stimmung schwand. Die Männer kamen in leichten Helmen und goldfunkelnden Schutzhemden an Deck und huschten an ihre Posten.

»Bereit, Capitán!«

Ich zog das Fernrohr auseinander und schaltete die Spezialoptik ein. Ruhig, die Schiffsbewegungen abfedernd, musterte ich die Decks der Schiffe. Es gab keinen Zweifel mehr: Die Piraten, die ebenso farbenprächtig wie furchterregend aussahen, rüsteten sich für einen Überfall. Kapitäne und Steuermänner schienen hervorragende Könner zu sein. Die Schiffe waren rahgetakelt und schnell und wurden klug geführt. Das erste mit zwei schielenden Augen unter dem Bugsteven kam näher und wollte unseren Kurs kreuzen; offensichtlich brachte es eine gedachte Wende in unser Kielwasser und nahm uns den Wind aus den Segeln.

»Auch Piraten sollen leben!« schrie ich. »Uns werden sie nicht kapern. Ich versuche, die Segel herunterzuschießen!«

Meine Männer hatten andere Schiffsgeschütze in Tätigkeit gesehen. Keiner glaubte mir. Daß ich traf, das hielten sie für möglich, mehr aber nicht. Ich knöpfte das Kettenhemd zu, tauschte Turban gegen maurischen Reiterhelm und schloß geblendet die Augen, als der wandernde Sonnenreflex vom Metallbeschlag des großen Ruderboots mich traf. Es lag umgedreht zwischen den Masten, das Zauberboot, ebenfalls perfekt maskiert.

»Euer Kapitän ist ein guter Schütze. Schließlich war er mein Schüler«, donnerte Riancor lachend. Ich knotete meinen Gürtel an einen Tampen, zog die Handschuhe straff und entriegelte das Geschütz. Bis auf äußerste Schußweite kam der Pirat stampfend und gischtend heran. Der Wind trug die Schreie der Piraten an mein Ohr. Ich hob und senkte den Lauf, drehte ihn in die richtige Position und spannte ohne Anstrengung den Auslöser. An zwei gekrümmten Drachengriffen mit Edelsteinaugen packte ich fest zu, visierte das Ziel an und folgte langsam den Bewegungen des Gegners. Das lange Rohr wippte sanft, und schließlich sagte der Logiksektor: *Feuer!*

Die Nadel des Bolzens schlug auf den Zündteller. Die Treibladung detonierte. Zwei Atemzüge lang war ich in eine riesige Dampf- und Gaswolke gehüllt, hielt den Atem an und schloß die Augen. Das Geschoß heulte über die Wellen und schlug durch das Vorsegel in den Mast an seiner dicksten Stelle. Trümmer, Splitter, gerissenes Tauwerk und lange Funken spritzten und wirbelten nach allen Richtungen. Das Segel zog den splitternden Mast zur Seite, Leinwand riß über Mannslängen hinweg, Taue peitschten umher und schleuderten Piraten über die Planken. Segel und Rah brachen herunter und legten sich wie ein Leichentuch über einen Teil des Schiffes, tauchten ins Wasser; lautes Geschrei, Flüche und Schmerzensschreie hallten zu uns herüber. Ich klappte die Kammer auf, hob die heiße Hülse heraus und steckte sie über einen Zapfen, lud die Kammer erneut und spannte, hob das Rohr zum Himmel und wartete. Schlagartig hatte der Pirat jede Fahrt verloren. Das Schiff schwankte und gierte wild in den Wellen.

Ein Feind weniger, sagte der Logiksektor. *Steuerbord, Arkonide!* Ich drehte das Geschütz, während Advani Mahmout ben Yamani die ROSE in richtige Position brachte. Einige Kommandos. Die Rahen knirschten, die Winden ratterten. Das Schiff richtete sich auf, schwang um vierzehn Grad herum; jetzt hatte ich die Breitseite des Piraten vor mir. Noch bevor ich richtig zielte, feuerten die Männer drüben nacheinander drei leichte Geschütze ab.

Zwei riesige Fontänen dicht an der Bordwand überschütteten uns mit einem diamantenen Regen aus Salzwasser. Das dritte Geschoß heulte zwischen Segel und Taubündeln hindurch. Mein dröhnender Schuß sprengte fünf Schritte lang die Bordwand auseinander und ließ den Mast in Höhe des Halbdecks zersplittern. Drei Atemzüge später fiel der Pirat weit zurück. Riancor winkte dem Vorschiff. Ich winkte zurück und sah, daß der letzte Segler auf Kollisionskurs undsSteuerbords auf uns zukam. Es war das größte Schiff.

In gleichmäßigen Abständen dröhnten die kleineren Geschütze auf und schleuderten einen Hagel Steinkugeln, Rauchtöpfe und Lähmnebelprojektile ins gegnerische Schiff. Dann hatte ich mein Geschütz wieder geladen, feuerte und verwandelte Teile des Hecks und die gesamte Ruderanlage in kleine Treibholzsplitter. Wir rauschten an der tobenden Mannschaft und an einer Schnellbarke vorbei, die hilflos in den Wellen tanzte und, wenn Spanier ihrer ansichtig wurden, deren leichte Beute wurde.

»Flagge hoch!«

Ein großes Stück strahlendgelben Tuches wurde gehißt. Darauf war unübersehbar eine Hand oder Faust abgebildet, deren letzter Finger und der Zeigefinger, ringgeschmückt, steil in die Höhe deuteten. Mit Bedacht hatten wir die Illustration einer tödlichen Beleidigung gewählt, die besonders Seefahrer tief treffen mußte.

»Weiter!« schrie ich zu Escobar hinunter. »Zu dem Berg, der einst Gabal al tariq hieß!«

»Kurs liegt an, Capitán und Erster Bombardiere!«

Ich versorgte, ehe ich wieder hinuntersprang, mein Geschütz und brachte die Kartuschen in die Bilge. Man konnte sie wieder füllen, in Ringe zersägen und als Schmuckreifen tauschen oder als Wasserbehälter benutzen, wenn das Löchlein verstopft war. Jetzt grinsten sie nicht mehr, meine Seefahrer, jene falschen Mauren. Sie hatten sich überzeugen lassen. Ich ließ es mir nicht nehmen, bei einem guten Trunk Bier den Kurs zu errechnen und auf der »professionell« gestalteten Seekarte abzustecken.

Tag um Tag verging. Da wir ein festes Ziel hatten, schien unsere Ungeduld die Zeit zu beschleunigen. In kleinen Schritten weihte ich die Besatzung in viele Arten unserer seltsamen Künste ein; nicht in alle indessen. Mehr lernten wir über das fremde Land, das wir ansteuerten. Die ROSE durchschnitt die Wellen, Cabo Bojador an Backbord, glitt auf die Islas Canaris zu und legte an. Abermals in kastilischer Maskierung nahmen wir Frischwasser, Früchte und Proviant über.

An der Küste, nachdem wir den Wendekreis des Krebses hinter uns gelassen hatten, sahen wir in großen Abständen die *padraos,* kreuzgeschmückte Wappensäulen der Kapitäne Azambuja, Cao und Diaz. Irgendwann würden wir an Steuerbord die Inseln des grünen Kaps sehen, des Cabo verde. Selten gingen wir an Land, denn Riancor, Enrique und Tomaso der Schwarzbart hievten das Boot über Bord, schwebten hinüber zur Küste und brachten Wasser, exotische Früchte, Wild oder Fische zurück, mit denen Rodrigon seine liebe Not hatte. Selten mußten wir kreuzen. Mangelkrankheiten gab es ebensowenig wie schlechte Laune oder Ungeziefer. Die aufgefangenen Bilder, die sich die Mannschaft nachts in meiner Kabine anschaute, redeten eine deutliche Sprache und wirkten tief in die Träume hinein:

Gold, riesige Mengen Gold, das in Flüssen und Sänden gefunden wurde. Die wunderschönen Fulbe-Frauen mit langen Beinen, fast gänzlich nackt, mit Brüsten, bei deren Anblick den Männern die Lippen trocken wurden. Lehmbauten, riesige Bäume, exotische Nasenhörner und Elefanten, zähnestarrende Reptilien und all das andere. Karawanen aus Lastkamelen, die unübersehbar lange Reihen bildeten. Scharmützel und Kriegszüge der Truppen Askia Mohameds, Sklavenzuteilungen und die ersten Moscheen und Gelehrtenschulen der Muslimin ... die erste von drei aufeinanderfolgenden Flußmündungen lud uns ein, und wir betraten die Insel im Flußlauf, deren Boden unter uns zu schwanken schien.

Die Küste bog ab und wies nach Südosten. Die Sierra des Löwen lag zur Linken, und die Winde wechselten. Sturm und Windstille, zauberhafte Sternennächte zeigten, daß die Trennlinie der Hemisphären nicht mehr weit war. Nach Tagen endlosen Segelns und einer Windstille, in der ich zum elftenmal die Schiffsmaschine und die Schraube einschaltete, glitt die ROSE am Kap Palmas vorbei und in den Golf, den die Portugiesen *Golfo da Ganuja* nannten und der kein Golf war. Nach vier Tagen erreichten wir El Mina, und waren wir zuletzt Hispanier gewesen, so verwandelten wir uns nun in Portugiesen.

»Der letzte Posten der lusitanischen Kultur!«

Saõ Jorge da Mina oder El Mina, eine Festungskolonie mit Hafen und Handelsstation, erbrachte jährlich einen Gewinn um 170.000 Dobrao reinem Gold. Eine Stadt war entstanden, einst von Diego de Azambuja gegründet; ein arges Fiebernest. Wir gingen kein Risiko ein; jeder der Mannschaft war immun gegen eineinhalb Dutzend Krankheiten und Seuchen.

Die ROSE glitt um das felsige Vorgebirge herum, kämpfte sich durch das Mündungsgebiet des Flusses Beya und legte in einem fast leeren, ärmlichen Hafen an.

»Von hier aus gehen jedenfalls keine Eroberer-Heere ins Landesinnere«, sagte Riancor zufrieden. »Seht die Anzahl der Hütten und die schwächlichen Mauern! Nur die Kaufleute und Handwerker werden geschützt.«

»Und sonderlich reich sieht die Ansiedlung auch nicht aus.«

Wie legten an, wurden begeistert begrüßt und ausgefragt. Die portugiesischen Händler luden uns in ihre Häuser ein. Jeder von uns war plötzlich ein echter Portugiese. Schwüle Hitze drang aus den nahen Riesenwäldern, und die Luft war voller bösartig summender Mücken. Da deren Stich fiebrige Krankheiten übertrug, sagte man, starben die Menschen in großen Mengen, jung wie alt. Die ROSE nahm Frischwasser auf, Obst und exotische Früchte, und mit ein paar Fässern Wein aus unserer Ladung war alles bezahlt. Seit zwei Monden war hier kein Schiff aus Lisboa eingelaufen; niemand wußte, was in Europa geschah. Einige Nächte schliefen wir an Land, dann begleitete eine große Menschenmenge uns bis zum Schiff. Die schwarzhäutigen Africaner blickten uns gleichmütig nach; niemand ahnte, wohin wir fuhren.

Vor einer Handvoll Jahren, nach dem sicherlich unvollkommenen Kalender der europäischen Barbaren im Jahr 1410, hatte mein Höchstleistungsroboter Rico in Sagittaire oberhalb Beaumont am Fluß Allier eine seltsam makabre Feier ausgerichtet: seiner Berechnung nach meinen 150. bewußt erlebten Geburtstag in irdischen Jahren. Jedes Datum war ebenso falsch wie richtig; Beharren auf dem exakten Zeitpunkt wäre ein *scandalum pusillorum* gewesen, ein Ärgernis für Kleinmütige. Der Mann namens Bashô aus Zipangu, Meister des Haiku-Verses, hatte es treffender ausgedrückt, als ich je in der Lage gewesen wäre: »Wie bewundernswert ist doch, wer nicht denkt: Das Leben ist vergänglich, wenn er einen Blitz sieht.«

Während ich mich an edlen Speisen, ebensolchem Wein und herrlicher Musik erfreute, zeigte eine Bildschirm-Projektor-Kombination unzählbar viele zwei- und dreidimensionale Bildsequenzen, aufgenommen seit dem fiktiven Jahr 8000 vor der Zeitwende. Es war mit zumute, als solle ich die Geschichte all dieser Monde und Jahre in den Kartenbildern der Wolken im wechselfarbenen Himmel lesen; buchstäblich alles, was einst Gegenwart gewesen war, zählte jetzt zur Vergangenheit. Und doch war auch diese Aneinanderreihung nicht vollständig: Niemand kannte das Maß der ES-Manipulationen. An diese lange Nacht mußte ich auch jetzt denken, als die ROSE sich der Trennlinie zwischen den Hemisphären näherte – unter der Milchstraße, den herrlichen Sternen und dem wandernden Südmond.

Zuletzt hatte ich im Gespräch mit da Vinci, der eigentlich *Michelagniolo di Ludovico di Lionardo di Buonarotti Simoni* geheißen hatte, daran gedacht: Jedesmal, wenn ich zwischen den Barbaren deren Leben zu verändern versuchte, griff ich in die dahinströmende Zeit ein und veränderte die Zukunft. Ich hatte mir mehrmals geschworen, dies nur unter positiven Vorzeichen zu tun, aber der Versuch, zwischen positiv und negativ zu unterscheiden, glich jenem, Tauwerk aus Nebel zu weben. *Himmel und Erde dauerten, weil sie nicht sind,* schreibt das Taoteking. *Also der Weise. Er geht hinten und kommt doch voran.* Ich war sehr selten »hinten gegangen«. Ebenso, wie ich der Versuchung widerstanden hatte, mich kraft der technischen Möglichkeiten zum Planetenkaiser oder wenigstens Kontinentalherrscher aufzuschwingen, konnte ich mich zurückhalten, den Sender auf dem zweiten Planeten zu aktivieren und die Arkonflotte zu rufen, aber selbst ES, die kosmische Intelligenz, verhielt sich seit der Geburt der Großen Mutter Gaia, dem ersten Aufgang des Rê-Harachte oder der keltischen Totenfeiern für Gott Samhain, vorsichtig abwartend.

Was wäre gewesen, wenn ich mich an die Stelle eines Pharao gesetzt hätte, an der Seite Attilas, Dschinghis Khans oder Timur i Lenks in eine andere Richtung geritten wäre oder nach Alexander dessen Weltreich beherrscht hätte? Alle jene geschichtliche Vergangenheit, die ich – Ricos Aufzählung hätte jeden Zweifel beseitigt, hätte er denn bestanden – miterlebt hatte, »meine« Vergangenheit, war einmal menschliche Zukunft. Ein mailändisches Technologiezentrum, geleitet von mir und Leonardo da Vinci? Wikinger, Mayas und Bewohner des »nordindischen« Kontinents als kulturelle Invasoren des Abendlandes? Das Mongolen- oder Chin-Reich und Zipangus Samurai gegen die Vielstaatlichkeit Europas, mit Atlan als Lordprotektor? Alternativen des Irrsinns! Der Logiksektor wisperte: *Du segelst wieder in der Brandung am Kap der süßen Worte, Arkonide. Paladin der Menschheit? Hüter des Planeten? Einsamer der Zeit und Kapitän der Jahrhunderte? Komm zurück zur klassisch-arkonidischen Denkstruktur, zur ARK SUMMIA, zu den Grundsätzen der Dagor-Philosophie! Oder kämpfe mit einem Faß Wein gegen die Verbiegungen deines Verstandes!*

Zwischen den Sternen verglühten fast gleichzeitig zwei Meteoride. Ich zwinkerte und füllte meinen Becher mit Wein. Es war besser und, alles in allem, logisch-vernünftiger, wenn alles so blieb wie seit dem Untergang von Port Atlan und Atlantis: Zwischen meinen Besuchen wirkten gewaltige geschichtliche Prozesse, auch solche der Selbstheilung, die mein Wirken reduzierten, Kriege entfachten, Kulturen aufsteigen und untergehen ließen. Ich trank und spürte dem Geschmack des Weines nach, dachte an Monique und die Frauen, die mich geliebt hatten, und wie Erinnerungen an Stiche weißglühender Nadeln tauchten Namen und Bilder der Schönheit in meinen Gedanken auf: Adrar, die braunhäutige Jägerin, Ni-kagina vom Zweiströmeland, Nefer-Merit, die Unvergessene, Derione ... Charis ... Aieta Demeter, die Mutter meines verschollenen Sohnes ... andere Schönheiten, andere Namen ... zuletzt Alexandra of Lancaster. Wieder füllte ich den Becher und trank.

Die letzten Kentauren galoppierten durch meinen Wachtraum, die letzte Harpyie starb in der Luft über Nordkreta, und war es wirklich der letzte Drache, Überbleibsel der Ungeheuer des Weltenfragments, das den Untergang von Kalliste herbeigeführt hatte, der gegen drei Ritter in silber- und goldglänzenden Rüstungen kämpfte, verlor und sich ins mediterranische Meer stürzte? Einmal wird es sein, daß ich aufwache und von Städten aus weißem Marmor erzähle, von Wirklichen Kammern, in denen wahre Erinnerungen auf das rosenfingrige Licht der Göttin Eos warten, um im Gesang der geflügelten Sirenen sich mit Daidalos und Ikaros in die Wolken zu schwingen, und dann werde ich wieder nicht wissen, wieviel mir ES von diesen Bildern gestohlen hat – und warum.

Wieder war Cyr Aescunnar allein in der Außenstelle der Historischen Fakultät der Chmorl-Universität. Zwei Tage, genau: 51 Stunden und 35 Minuten lang, hatte die Pause in Atlans Erzählungen gedauert. Seit 22 Stunden, seit dem 25. Dezember, war der Körper des Arkoniden wieder an die halbrobotischen Maschinen angeschlossen, die seine Muskeln trainierten. Atlan steckte von den Zehen bis zum Hals in einem enganliegenden, dehnbaren Bodysuit; ab und zu schaltete er selbständig die summenden, vibrierenden Gerätschaften ab, streckte einen Arm trotz der Federungen, Hydrauliken und Exzenter aus und trank Becher, voll mit einem bräunlichen, schäumenden Aufbaugetränk.

1496 n. Chr.? Cyr Aescunnars Zeitskala war gewachsen, die Daten vieler Notizzettel eingearbeitet, die Folien verschwunden; Dutzende Sekundärinformationen hatten ihren Weg in den Entwurf dieses Kapitels der ANNALEN gefunden. Ein schwacher Geruch heruntergebrannter Kerzen und der ätherischen Öle eines Nadelgewächses aus der gäaplanetaren Flora hing in der Luft; Oemchèn hatte dafür gesorgt, daß zwei Tage lang ein ferner Abglanz des Weihnachtsfestes geherrscht hatte, obwohl dieser Brauch seit der Emigration von Terra fast bis zur Bedeutungslosigkeit abgesunken war. Aus den Speichern der ENCYCLOPAEDIA TERRANIA und aus Dutzenden spezieller Untersuchungen hatte Cyr die Daten über die italienische Renaissance und das Genie da Vinci abgerufen: DIE ANNALEN DER MENSCHHEIT würden einen weit größeren Umfang erreichen, als Cyr und jeder andere Beteiligte geahnt hatten.

»Wenn Atlans Erzählungen seinen Träumen gleichen würden«, sagte Aescunnar in die Stille des Arbeitsraumes hinein, »würden sie die Funktion des Gedächtnisses zeigen: gefühlsbestimmt, unlogisch, skurril. Träume sind – unter anderem – dazu da, den Schläfer zu unterhalten. Aber seit dem Anfang hat sich der Arkonide auf einer höheren Ebene befunden. Die Szenen, die er schilderte, illustrierten kaum die Affekte, sondern stammten aus seiner bewußten Erinnerung.«

Doktor Ghoum-Ardebil hatte mit Cyr gesprochen. Atlan würde erst in rund 24 Stunden wieder in die Lage versetzt werden, ruhig seine Schilderungen weiterführen zu können. Eine Weile lang, gähnend und mit brennenden Augen, betrachtete Cyr Bauwerke, Schiffe, Kurslinien und Daten auf der blauen Fläche der Ozeane, viele computergenerierte Modelle, die nach Zeichnungen oder Museumsexponaten von Leonardo da Vincis zahllosen Zeichnungen entstanden waren; vorübergehend fesselte die Beschreibung der Caravelle NIÑA seine nachlassende Aufmerksamkeit. Schon wieder glaubte er Leitungen, Strukturen und Schaltungen seiner Monitoren hinter den Abdeckungen und Frontplatten leuchten sehen zu können.

Vier Masten mit jeweils vier beziehungsweise sechs Wanten, rechteckige Rahsegel, achtern an beiden Masten dreieckige »Lateinersegel«, zehn Kanonen, einige Drehbassen, 20 Meter lang, sechs Meter breit, Tiefgang etwas mehr als 200 Zentimeter, Tragfähigkeit 58 Tonnen; beladen bei der ersten Fahrt mit 18 Tonnen Weizen, sieben Tonnen Zwieback und ungesäuertes Brot, zwei Tonnen Mehl, je einer Tonne Käse und Pökelfleisch, 34 Fässern Wein, Sardinen, getrocknete Weintrauben, Olivenöl und Knoblauch – ein altes, ausgedientes Schiff, auf das Atlan keinen Fuß gesetzt hätte. Christofero Colombo landete nicht in Cathay oder in Zipangu – auch nicht auf San Salvador, sondern auf der Nachbarinsel, 100 Kilometer südlich, also auf Samana Cay.

»Bei Poseidon!« Cyr gähnte, stand auf und schaltete einige Wiedergabegeräte aus. »Atlans ROSE VON CATHAY hatte gewohnten arkonidischen Standard. Ich wünschte, ich könnte von einer Seefahrt an Bord dieses Schiffes träumen.«

Während das Leben in Beaumont ruhig weiterging, in Europa tausend Scharmützel wüteten, zu der Zeit, als die ersten Karten des Großkontinents Africa entstanden, segelten Atlan, Rico und Monique unter südlichen Sternen südwärts. Sie waren, sagte sich der Historiker, Kapitäne der Jahrhunderte.

16.

Weniger als dreihundert Leguas lagen noch vor unserem Bug, als wir nach Tagen wechselnder Winde, brütender Hitze und der rasenden Fahrt am Rand einer Zyclone – Winde, die Kohilo, Zonda oder Reshabar hießen, konnten nichts Gutes bedeuten! – ins Niger-Delta einbogen. Die spanischen und portugiesischen Gewänder waren tief am Boden der Truhen zusammengefaltet; an Deck der ROSE tummelte sich eine exotische, gutgelaunte Mannschaft. Eine fremde Welt erschien an den Ufern, drängte sich heran, wich wieder zurück, und wir wußten, daß wir uns am Anfang einer seltsamen Reise befanden, hinein in das Herz des Songhai-Königreichs.

»Freunde! Wir werden bald die Segel herunternehmen müssen«, sagte ich. »Auch mit dem ›Wunder der Windstille‹ brauchen wir zu lange, um Gao zu erreichen.«

»Schnell oder langsam! Es ist herrlich. Jeder Augenblick zeigt uns neue Dinge.«

»Wir werden nichts überstürzen«, versicherte Riancor. Solange es guten Wind gab und die Flut das Flußwasser steigen ließ, kamen wir gut voran. Bei Ebbe, wenn sich der Niger in ein schnellaufendes Gewässer verwandelte, ankerten wir zumeist. In den Nächten schaltete Riancor die Antigravelemente ein und ließ die ROSE lautlos den Flußlauf entlang nach Norden schweben. Der Morgen sah uns wieder vor Anker und Heckleine, in einer stillen Bucht, unter mächtigen Ästen, umgeben von Myriaden nie gesehener Tiere und Blüten. Auch ich kannte nicht alle Tiere, aber ich versuchte, die Geschöpfe, ihr seltsames Aussehen und ihre Laute den Seefahrern richtig zu erklären und ihnen jeden dämonischen Charakter zu nehmen. Die Natur um uns barst von Leben.

»Es ist ein Land von unnützem Reichtum«, meinte Deirdre einmal. »Menschen, die es nutzen können, sehe ich nicht.«

»Täusch dich nicht«, schwächte Monique ab. Sie wurde nun Mahdiya genannt. »Hörst du nicht seit zwei Tagen die Trommeln? Hast du nicht die Fischerkanus gesehen und Pfahlhütten?«

»Ja. Aber sie waren leer.«

Hundertzwanzig Leguas hatten wir zurückgelegt entlang des herrlichen Stromes. Wir segelten, fuhren, schwebten und ankerten inmitten eines Urwalds von unübersehbarer Größe und Dichte. Dauerndes Rascheln und Schwirren und wechselnde Düfte erfüllten den Streifen zwischen den grünen Mauern. Blätter und Lianen streiften wie endlose Vorhänge die Enden der Rahen. Ohrenlose Affen sprangen mit spitzen Schreien durch das Blattwerk. Vögel mit prächtigem Gefieder, das im Sonnenstrahl aufloderte wie kostbares Geschmeide, flogen hin und her. Überall waren Insekten. Die Schöpfung schien sie an diesem Strom zusammengezogen zu haben: Myriaden von Mücken und Fliegen, Ameisen, Käfern und Motten, Raupen und Heuschrecken, Gottesanbeterinnen und andere, die ich nicht kannte. Über das Deck hatten wir zwei Sonnensegel gespannt; sie waren voll davon. Riancor vertrieb die meisten mit unhörbar hohem Schall; aber sie waren von störrischer Beharrlichkeit. Schlangen, Fische und Reptilien tummelten sich zwischen Nilpferden im Wasser. Wir sahen das herrlich gezeichnete Fell eines Leoparden – nur wenige Augenblicke lang. Herden von Gazellen in allen Größen und Färbungen, mit und ohne Gehörn, standen an seichten Tränken. Der Wand hallte manchmal derart laut von Geräuschen wider, daß wir aus dem Schlaf fuhren.

Nur selten wehte ein Wind. Die Hitze war oft unerträglich. Wir vergossen Bäche von Schweiß. Ich achtete darauf, daß niemand erkrankte. Wieder glitten die Ufer auseinander. Abermals fuhren wir in eine gänzlich andere Landschaft hinein. Riancors Spionsonden ließen uns stets erkennen, was uns weiter flußaufwärts erwartete. Mitunter erhaschten wir auch einen Blick auf eine Ansiedlung. Die schwarzen Eingeborenen waren Jäger und Sammler, Fischer und Handwerker einfacher Techniken. Sie mußten nicht mühsam dem Boden Ernte abringen. Die Natur verwöhnte sie ebenso maßlos, wie sie mit Krankheiten und Tod hantierte. Je mehr wir uns dem Punkt näherten, an dem der Strom hoch im Norden, nahe der Steppe und Wüste, seine Richtung nach Süden änderte, desto mehr wurden die Zeichen einer vagen kulturellen Verschmelzung: Brücken, Straßen, rechteckige Felder.

Eine Ebene einzeln stehender Baumriesen und Felsen breitete sich zwei Tage lang jenseits der Ufer aus. Tiere mit Hälsen, länger als ihr gefleckter Körper, weideten die obersten Blattspitzen hoher Äste ab und liefen in wiegendem Galopp dahin. Wir sahen ein Rudel Löwen und dahinhetzende Geparde. Und abermals wichen die Ufer zurück und erschienen nach einer Weile als ferne Küsten.

Küsten, Ufer und Horizonte: Ich kannte Tausende davon auf diesem schicksalhaften Planeten. Ich behaupte, es gibt nichts, was einen Mann so zwingt, in sich selbst hineinzuhorchen und nachzudenken, wie eine Küste. Ein Rätsel und ein Weg zur Besinnung. Das Leben kroch einst aus dem Wasser über jene Trennlinie. Es gab Küsten, die zum Anlanden einluden. Es gab solche, die ich zu fürchten gelernt hatte. Andere, die mythologisch wirkten und verhangen von grausiger Geschichte des Barbarengeschlechts, sonnige, neblige und gischtumtoste, scheinbar ewige Barrieren und solche, die wie Dünen zu wandern schienen.

»Du führst uns in seltsame Gegenden, Atlan ben Gonozal«, unterbrach Mahmoud ben Yamani meine Gedanken. »Abu el haul bist du!«

»Vater des Schreckens? Wo gibt es hier Schrecken? Es ist ein Paradies!« antwortete ich zufrieden. »In zehn Tagen sind wir vor Gao. Vorher werden wir vielleicht die Kämpfer des Askia sehen. Sie haben uns längst bemerkt.«

»Sie werden nicht erschrecken ... so wie die Fischer?«

»Nicht vor uns.«

Die vergleichsweise riesige ROSE verbreitete Panik unter den Fischern am Strom. Die Eingeborenen hatten ein solch gigantisches Kanu noch nie gesehen; sie schrien etwas von »Dämonen!« und paddelten wie besessen davon. Die Antigraveinrichtungen hoben das Schiff weit aus dem Wasser, und die Schraube trieb es tagsüber durch die Wellen.

»Wird uns Askia erwarten?« fragte Deirdre Iquar.

»Das halte ich für wahrscheinlich«, meinte Riancor ibn Arqhon. »Seine Späher sehen uns. Rasselnde Trommeln geben die Nachrichten weiter. Und es ist gut, daß wir uns offen und friedfertig nähern. Trotzdem bleibt ein Geheimnis.«

»Nachts legen wir an, und bei Sonnenaufgang ankern wir zwanzig Tagesmärsche weiter flußaufwärts«, murmelte Tamasi Barsa.

»Auch heute halten wir es nicht anders.«

Die feuchte Hitze war vorbei. Über die Savanne strich kühlender Ostwind. Lautlos ging es weiter. Gegen Abend – die Sonne sank hier ebenso schnell, wie sie sich aus dem Wolkengebirge hochschob – sammelten sich schwarze Wolken. Lautlos zuckten am Horizont Blitze. Wir fuhren durch schäumende Strudel und legten hinter einer Felsenbarriere an, die sich weit in den Fluß hineinschob. Zwei Anker klatschten mit rasselnden Ketten in das trübe Wasser. Wir versammelten uns an Deck, und während Riancor nach allen Seiten sicherte, aßen wir gebratenen Fisch mit leckerer Soße, Früchte und schwer verderbliche Teigwaren. Unser Wein ging zur Neige, auch schmeckte er säuerlich und mußte, ehe er verdarb, getrunken werden. Noch während der Krug die Runde machte, rauschte ein erster Regenguß herunter und verdampfte auf den heißen Planken. Es regnete fast die gesamte Nacht. Mondsichel und Sterne blieben unsichtbar, aber als wir am Morgen eine weite Strecke stromaufwärts wieder ins Wasser glitten, war die braune Steppe grün und vielfarbig geworden. Ich hatte Mühe, dieses »Wunder« zu erklären.

Die faule, genußvolle Fahrt endete schließlich. Am Mittag des nächsten Tages würden wir in Gao vor Anker gehen.

Wir waren vorbereitet und, nötigenfalls, kampfbereit. Zwischen hohem Morgen und Mittag näherten sich in Keilformationen fünf mächtige Einbaumkanus dem Schiff. Jedes war mit dreißig Paddlern besetzt, die in harmonischem Takt ihre Ruderblätter einsetzten. Im Bug eines jeden Fahrzeugs stand ein hünenhafter Schwarzer. Er trug einen ungewöhnlich großen Bogen, einen Köcher mit weißgefiederten Pfeilen, ein Bündel Wurflanzen, ein Schwert und einen halb mannshohen ovalen Schild. Breite Ledergurte mit Goldzierat kreuzten sich über breiten Brustkörben. Ein lederner Hüftschurz wurde von einem Ledergurt mit eckiger Schnalle gehalten, und bis unter die Knie trugen die Männer eine Art Stiefel aus Flechtwerk und Stickerei. Breite Streifen aus der weißen Farbe des Kambarstrauchs verwandelten die Gesichter in seltsame Masken.

Auf das Argumentieren mit Barbaren verstehst du dich ja trefflich, eröffnete hämisch der Logiksektor. Ich stand mit Riancor und Mahdiya im Bug der ROSE. Wir waren nicht weniger herausgeputzt. Ein Schrei hallte über das Wasser. Hinter dem Wald sahen wir die Rauchsäulen der Feuer, aber keine Hütten. Die Paddler stemmten die Riemen ein und hielten die Kanus an. Das vorderste glitt in einer kühnen Kurve heran. Der Krieger rief zu uns herauf:

»Ah kai! Wer seid ihr? Ihr kommt in Frieden?«

Die Hypnoschulung war ausgezeichnet gewesen. Wir verstanden jedes Wort. Ich rief zurück:

»Allah sei Preis und Lob! Wir hörten, daß Askia Mohamed gute Ratgeber, Freunde und Wissenschaftler braucht. Wir kommen in Frieden und Freundschaft!«

»Woher kommt ihr?«

»Von der Mündung des Niger, wie du weißt, und bis dorthin segelten wir über das endlose Wasser. Versperrst du uns den Weg, namenloser Krieger?«

»Nein. Askia Mohamed will euch sehen. Ich bin N'darcala, sein Erster Krieger.«

Wir nannten unsere Namen. Ruhig glitt die ROSE zwischen den Kanus dahin; ohne Mühe paddelten die Männer auf Gao zu. Sie waren Elitekrieger des Askia: groß, schlank, muskulös und bereit, beim ersten Anzeichen zu kämpfen und zu töten. Ihre angespannten Züge verrieten, daß sie mit allem rechneten und sogar ihre Furcht vor diesem ungewöhnlichen Schiff unter Kontrolle hielten.

»Wir wissen, daß Askia ein Freund der Wissenschaft ist. Wir können ihm vieles zeigen. In unserer Heimat achtet man uns, weil wir viele Künste kennen.«

»Eile scheint ihr nicht zu haben!«

»Eile ist ein Geschenk aus dem Innersten der Dshehenna«, gab Riancor zurück. »Auch die Zeit ist in Allahs Hand.«

»Folgt uns!«

Genau das taten wir. Schnell begriffen die Krieger, daß uns einige Rätsel umgaben. Das Schiff fuhr stromaufwärts, obwohl keine Segel oder Ruder zu sehen waren. Der Niger machte einen Bogen nach West und verbreiterte sich. Wir sahen einige Totenwasser oder Einmündungen und dahinter, auf einer riesigen Lichtung, eine Stadt von bemerkenswerter Größe und Ordnung. Arabische Baumeister schienen hier Proben ihres hervorragenden Könnens abgegeben zu haben. Felsen, eine dammartige Aufschüttung und Stege auf dicken Stämmen bildeten einen kreisförmigen Hafen; wir sahen Kanus, Sandwege und einzelne Bäume zwischen den Häusern aus einem anderen Winkel.

»Fünfundzwanzigmal so groß wie Beaumont«, flüsterte Mahdiya.

»Aber sehr verschieden von dem, was wir gewohnt waren«, brummte ich. »Du wirst es erleben. Wir sind im Herzen eines barbarischen Königreichs. Nichts von dem, was dich erschreckt, ist wirklich fremd. Es sind alles Menschen, Bewohner ein und derselben Welt.«

»Hoffentlich verstehen wir, was wir sehen.«

In großem Bogen wendeten wir auf dem natürlichen See, legten an, sicherten die Anker; Tausende aufmerksamer Augenpaare sahen bei jeder Bewegung zu. Erste Blicke ließen erkennen, daß sich hier eine faszinierende Mischung zwischen Eingeborenenkultur, muslimischer Zivilisation, Gesetz des Korans und viele Einflüsse aus dem ehemaligen nördlichen Lebensgebiet der Muslimin zusammengefunden hatten. Gao wuchs; die Gebäude aus Lehm und Holz waren überraschend groß und prächtig. Über den Damm preschten überaus farbig ausstaffierte Reiter auf kleinen Pferden. Wir brachten die Planke aus und versammelten uns staunend auf dem Achterdeck.

»Der Hagere mit den Schmucknarben – Askia Mohamed, König der Songhai!« erklärte Riancor. Wir gingen ihm entgegen. Tamasi und Mahmoud trugen eine längliche Truhe ohne jeden Schmuck. Zuerst musterte uns Askia vom Rücken des schäumenden Tieres, dann besann er sich, stieg ab und breitete in muslimischer Sitte die Arme aus.

»Heilig ist die Gastfreundschaft«, sagte er mit klarer Stimme. Sie war ebenso überzeugend wie der Druck seiner Finger, mit denen er meine Handgelenke umfaßte. »Willkommen in Gao! Seit langen Tagen schon weiß ich, daß ihr kommt.«

»Das setze ich voraus«, versetzte ich, drehte mich um und wartete, bis der Deckel des Kastens hochgehoben worden war. Ich zog das lange, prächtig verzierte Krummschwert hervor, ließ es aus der Scheide gleiten und reichte es dem schwarzen König.

»Ein besonderes Schwert«, sagte ich. »Das Schwert der Schwerter. Es ist jeder deiner Waffen überlegen.«

Er winkte. Aus der Menschenmenge, die immer größer wurde, kam N'darcala und blieb neben dem Herrscher stehen. Die Männer sprachen leise miteinander, dann grinste der Krieger breit und zog seine Waffe. Sie sah dem Metallblatt meiner Waffe ähnlich. Ich reichte die Scheide an Askia und sagte lächelnd:

»Wehre meinen Schlag ab! Ich ziele auf das Eisen.«

»Schlag zu, Fremder!«

N'darcala hatte einen abgrundtiefen Baß. Ich trat zurück, schwang das knapp armlange Schwert in einer Serie von Wirbeln und Drehungen, dann schlug ich mit einem kurzen, ächzenden Schrei zu. Metall klirrte auf Metall. Die Waffe wurde N'darcala halb aus den Fingern geprellt. Ich senkte das Schwert und deutete mit spitzem Finger auf die Schneide des silbern geschliffenen Eisens. Mitten in der Krümmung war eine Scharte herausgeschlagen, so groß wie ein Daumennagel und fast dreieckig.

»Ich halte, was mein Schwert versprach«, sagte ich, hob drei feste Rollen heraus und streifte sie auseinander. Als Askias Augen die Karten sahen, die aus Höhenaufnahmen bestanden und ohne alle Hinweise und Schriften waren, als er begriff, um was es sich handelte, keuchte er erschreckt auf und starrte mich an, als sähe er einen wiederauferstandenen Ahnen. Ich ging betont gleichmütig darüber hinweg. Als drittes Geschenk hob ich ein schweres Buch aus der Kiste und überreichte es ihm.

»Lies!«

Er schlug es auf, indem er nach der hinteren Umschlagdecke begann. Seine Augen irrten über die geschwungenen Schriftzüge der Mauren und hefteten sich auf mich.

»Ich achte die Bücher«, sagte er. »Aber ich kämpfe besser, als ich lese und schreibe. Dafür habe ich meine Gelehrten. Ich bin keiner der Vögel, die meinen, daß die Sonne ihretwegen aufgeht.«

Ich bohrte meine Augen in seine und sagte beschwörend: »Wir sind freiwillig gekommen. Wir wollen dir helfen, ein großes Reich zu errichten, in dem alle Menschen glücklich und zufrieden sind. Was könnten wir gegen die vielen tausend Krieger ausrichten, die dir gehorchen? Es wäre Selbstmord für eineinhalb Dutzend Fremde.«

»Ihr sprecht unsere Sprache so gut wie wir«, sagte er, noch immer erstaunt in den Anblick der Karten vertieft. Das Buch hatte er an einen Berater weitergereicht. Wir wußten, daß die Eingeborenen im Zentrum des Kontinents fast ausnahmslos ohne Schrift aufwuchsen. Der Islam erst hatte die Schriftzeichen eingeführt und für Verbreitung gesorgt.

»Wir haben sie, müham genug, gelernt, ebenso wie die Sprache der Allah-Gläubigen.«

»Was könnt ihr?«

»Nicht alles. Vieles, von dem du einen Teil schon gesehen hast.«

»Was braucht ihr von mir?«

»Nichts Ungewöhnliches, wie du dir denken kannst. Häuser für die ersten Tage, Essen; meine Männer sehen sich jetzt schon nach Frauen um. Wenn du einen Rat brauchst, schicke nach uns. Wir können auch einige Zeit im großen Kanu und von unseren Vorräten leben.«

Er gab, bis auf die Karten, die Geschenke an seine Leute weiter. Sie musterten uns ebenso wie wir die Umgebung: nicht unfreundlich, aber befremdet. Nach kurzer Beratung sagte Askia:

»Seht ihr den Hügel? Das ist mein Palast. Daneben, unter den Bäumen, könnt ihr siedeln. Meine Berater wohnen nicht weit von mir. Ich schicke euch Arbeiter. Du kennst die Straßen nach Mekka?«

»Alle!« antwortete Riancor.

»So soll es sein!« bestätigte Askia. »Ihr seid die ersten Wissenschaftler und Gelehrten, die auf diesem seltsamen Weg mein Land betraten. Andere kamen mit Karawanen aus dem Norden. Aber alle sind willkommen.«

»Wir danken dir!«

Askia Mohamed schwang sich in den Sattel, winkte seinen Leuten, und die Kavalkade stob davon. Ich sagte zu Mahmoud ben Yamani: »Wir sehen uns um. Du bewachst das Schiff. Du weißt, wie die Waffen zu handhaben sind. Aber ich glaube, wir haben nichts zu befürchten.«

»Dieser Meinung bin auch ich.«

Langsam gingen wir über einen Uferweg zum angegebenen Ziel. Wir kamen an kleinen und großen Häusern vorbei, aus Lehm und Holz errichtet. Innerhalb der Gebäudestrukturen konnten wir eine schrittweise Steigerung der Handwerkskunst feststellen. Kleine Gärten erstreckten sich zwischen den Häusern, die meist um große Innenhöfe gegliedert waren, in denen sich ein Baum oder mehrere Schatten spendeten. Unzählige Kinder spielten. Greise saßen im Schatten, flochten Matten oder führten andere Arbeiten aus. Die meisten Frauen schienen sich im Innern der Häuser zu befinden; ein deutliches Zeichen für islamische Sitten. Wir hörten arabische Wörter. In der Siedlung herrschte rege Betriebsamkeit. Fischer warfen Netze aus, Bäume wurden gefällt und zersägt, an unfertigen Häusern wurde gearbeitet; Fulbe-Hirten trieben am Rand Gaos ihre Herden in die Hügel. Wir besichtigten den uns zugewiesenen Platz und entschieden uns, eine terrassenförmige Siedlung anzulegen mit Treppen und Rampen, so daß jeder seine abgetrennte

Wohn- und Arbeitszone hatte. Riancor und ich rechneten und entwarfen bereits, als wir auf dem Schiff waren.

Hundert Tage vergingen mit Arbeiten, bei denen uns die schwarzen Muslimin erstaunt zusahen: Gräben, Steine und Bindemasse bildeten ein Muster der Abzugskanäle. Nur drei riesige Bäume brauchten wir zu fällen. Die Werkzeuge aus dem Bauch des Schiffes wurden eingesetzt. Riancor schuftete in den Nächten und versuchte, nicht allzuoft seltsame Geräusche zu produzieren. Auf steinernen Bodenplattformen bauten wir Häuser und Mauern aus Lehmziegeln, die von Askias Arbeitern unermüdlich hergestellt und aufeinandergetürmt wurden. Wir verwendeten Holz als tragende Elemente, bauten Windlöcher, weite Vorsprünge, Fenster und Türen. Erdreich-Aushub ergab begradigte Gartenflächen. In den Hang schnitten wir ein mannshohes Loch und mauerten es mit gebrannten Ziegeln aus, setzten große Sandbecken davor und bauten ein System aus Wasser-Schöpfrädern, das unaufhörlich Flußwasser hügelaufwärts hob.

Die Fulbe, ein Stamm aus der Gegend von Gurma im Süden, gingen in der Bevölkerung auf. Die Männer, hervorragende Handwerker und Viehzüchter, waren unentbehrlich geworden. Den Frauen sagte man nach, sie wären schön und geistvoll; bis zum heutigen Tag hatten drei Männer meiner Mannschaft sich mit jungen Mädchen zusammengetan; wir fanden diese Behauptung bestätigt. Die Frauenhäuser der königlichen Ratgeber waren voller Fulbe-Frauen. Askia sagte mir, er habe siebenundfünfzig Söhne und eine Menge Töchter, die niemand zählte. Vor der Machtübernahme – sein Vorgänger, ein Islam-Gegner, war ertrunken – hatte Askia den Soninke-Namen Mamadu Ture getragen. Er war meist mit der Organisation eines Heeres beschäftigt. Handwerker, die Waffen für die Soldaten herstellten, kamen zu unserem Schmied und ließen sich ebenso unterweisen wie Askia selbst, dem ich militärische Strategie näherbrachte. N'darcala übte mit den Männern. Auch er wurde ständiger Gast in meinem Haus, das die Tropensonne austrocknete. Wir fanden Kalkfelsen und stellten Farbe her, mit der die Lehmbauten schöner und widerstandsfähiger gemacht wurden. Mit ausgepreßtem Öl kleiner brauner Nüsse, die in der Erde wuchsen, strichen wir die Fassaden an; das Öl sickerte ein und machte, daß der Regen abperlte. Deirdre verliebte sich endlich in Mahmoud (Escobar) ben Yamani, und wir feierten unser erstes großes Fest.

Die Songhai waren nicht wirklich treue Muslimin. Timbuktu, wo deren Gesetze besser eingehalten wurden, war weit. Askia Mohamed hatte in der Zeit, in der wir ihn berieten, zwei Eroberungsfeldzüge geführt und in den neugewonnenen Provinzen Stellvertreter eingesetzt. Boten ritten ständig hin und her, und statt der Rinderpfade waren Straßen und einfache Brücken entstanden. Gold gab es in ungewöhnlich großer Menge. Nahe Timbuktu, am Niger-Oberlauf, befanden sich die reichen Minen. Und weil Askia ungewöhnlich reich und freigebig war, trugen alle, die an unserem Fest teilnahmen, funkelnden Schmuck in allen Formen und Mengen. Unablässig dröhnten die Baumtrommeln und die kleinen Handtrommeln, mit Fingern, gekrümmten Stöcken oder der flachen Hand geschlagen, gaben rasselnde Takte von sich. Der Hang hatte sich in ein Meer aus Öllichtern verwandelt. Kinder und junge Frauen plätscherten im Schwimmbecken. Männer bliesen in lange Flöten, Hörner ertönten dumpf und langhallend, viele Menschen summten, stießen trillernde Schreie aus oder sangen kurze, mehrstimmige Chöre.

»Ich sehe es nicht nur an euren Gesichtern«, meinte Askia, der zwischen uns auf einer der vielen Terrassen saß und zu den Feuern, den Tanzenden und den Bratrosten hinunterblickte. »Euch gefällt's in meinem Reich!«

»Wir fühlen uns wohl. Und niemand aus deinem Volk bereut, daß du die Fremden ins Land gelassen hast.«

»Wir alle haben viel gelernt!« Er stimmte zu. Wir saßen im Halbkreis, fühlten uns behaglich und summten die Lieder mit.

»Willst du nicht neben N'darcala reiten? Die Mossi von Yatenga stellen ein Heer gegen meine Grenzen auf.«

»Ich kämpfe nur, wenn Gao oder Timbuktu in Gefahr sind«, sagte ich. »Es ist nicht Art des Gastes, sich in den Kampf des Gastlands einzumischen.«

»Bisher hat der fremde Häuptling Glück gehabt. Er verkennt meine Macht und die Kraft meiner Krieger.«

»Nichts ist unerträglicher«, pflichtete ihm Riancor bei, »als ein Dummkopf, der Glück hat. Ah kai!«

»Mutig sind meine Krieger. Sie haben den Willen, mutig zu sein«, sagte Askia. »Sie sind tödlich mit den Waffen, die Riancor ihnen gezeigt und verbessert hatte.«

Askia stand auf, klatschte in die Hände und winkte. Acht ausgesucht schöne junge Frauen kamen von der Tanzfläche herauf. Jede schleppte einen doppelt kopfgroßen Krug. Ratlos schauten Mahdiya und ich uns an. Riancor grinste breit und nahm den ersten Mädchen mühelos die schweren Krüge aus hartgebranntem, glasiertem und verziertem Ton ab. Die sechs Frauen kippten die Krüge zwischen uns aus. Hunderte großer, schwerer Goldmünzen klirrten übereinander. Sie waren alle gleich groß, und als ich eine aufhob, sah ich Askias Bild, seine Herrscherzeichen, arabische Schriftzüge und mehrere Zahlen.

»Eine kleine Belohnung«, freute sich Askia. »Aus den neuen Goldgruben bei Kangaba. Wollt ihr mehr? Es ist reichlich da.«

Ich schaute grinsend in sein scharfgeschnittenes Gesicht mit den Schmucknarben, die im Lampenlicht glänzten. »Deine Rache für die Stunden, in denen du im gelehrten Disput unterlegen bist?«

»Bei einem solchen Disput gewinnt der Unterlegene, denn er hat etwas dazugelernt!« antwortete er, winkte die Mädchen zu sich und sagte in bester Laune: »Nehmt seine Männer, tanzt mit ihnen! Es ist wichtig, daß meine Freunde hierbleiben. Wenn ihr sie verführt, werden sie sich überlegen, ob sie wieder ihr Schiff besteigen.«

Einige Atemzüge später waren bis auf Riancor und meine Gefährtin alle »Fremden« von der Terrasse verschwunden. Ich ließ frisches Bier bringen. Ein junges Mädchen bespritzte die polierte Lehmfläche mit Duftwasser.

»So meine ich es. Das ist eine der Wahrheiten, die ich weiß«, sagte Askia nachdenklich.

»Viele Wahrheiten schmecken nach Gift«, murmelte ich. »Natürlich ist es so. Meine Männer sind hingerissen von der Schönheit deiner Frauen. Sie kommen aus einem Land, in dem man mit der Liebe sehr zurückhaltend umgeht.«

»Hier nicht. Nicht in den Grenzen meines Landes.«

»Des Landes, das stets, wenn der Mond seine Größe ändert, größer wird, ah kai!« sagte Riancor. Schon zweimal hatten wir seine Kunsthaut ausbessern müssen; sie litt unter dem Klima und den unterschiedlichen Arbeiten.

»Ah kai!« stimmte Askia zu. »Ich wäre nicht so mächtig, wenn ich nicht euch hätte. Die Karten, die größeren Bögen, die Planung von Salzkarawanen, die Häuser und jene Kanäle, in denen das Unriechbare unsichtbar wird und die Felder düngt.«

»Auch wir haben es einst gelernt, Herrscher«, erklärte ich. Mindestens zweitausend Menschen jeden Alters waren auf den Beinen. Überall wurde getanzt. Der Raum zwischen den Rändern des Waldes war voller Trommelgedröhne und Musik.

Es wurde getrunken und gegessen; in das Gelächter mischte sich das Klingeln der Zimbeln und Zierglöckchen. Ich lachte und zeigte auf Tamasi, der von zwei Mädchen bedrängt wurde.

»Die Liebe scheint eine Jagd zu sein, bei der ein Jäger darauf achten muß, nicht zu schnell vor dem Wild davonzulaufen!«

Askia lachte dröhnend und schlug klatschend auf seine muskelstarrenden Schenkel.

»Wenn deine Männer und du klug sind, machen sie's so wie ich. Jede Nacht eine andere Frau und eine Mutter für jeden Sohn.«

»Man wird sehen.« Ich wich diplomatisch aus.

Die Frauen waren in diesem vom Islam und vom Mädchenüberschuß geprägten Land eine Mehrheit, die wie eine Minderheit behandelt wurde. Wir hatten es in Gao binnen kurzer Zeit geschafft, durch »Erfindung« einfacher hygienischer Maßnahmen und den Einsatz von erstem ärzlichen Wissen (auch die Medizinmänner waren auf dem Umweg über Psychostrahler und Hypnoprogramme beeinflußbar) die Sterblichkeit zu senken, Geburten risikolos zu machen und verschiedene Fieber auszurotten. In Gao hatten nur der König und seine wichtigsten Männer einen Serail.

»Eine Frage, Atlancar ben Gonozal«, sagte Askia nach einer Weile, während der wir den schlanken Tänzerinnen zusahen. »Du weißt, daß ich bald die Salzminen in der Wüste des Nordens erobern werde.«

»Man sagt es. Und ...?«

»In die Provinzen habe ich Stellvertreter gesetzt. Sie regieren an meiner Stelle. Ich gebe dir ein kleines Heer, und du überwachst sie als mein Auge und mein Ohr. Und als mein Schwert.«

»Gib mir Zeit«, sagte ich. »Das ist ein Zeichen von großem Vertrauen, Askia Mohamed.«

»Es ist Zeit genug!«

Wir hatten inzwischen die ROSE an Land gebracht, mit Balken abgestützt und vom Bewuchs und Seepocken gesäubert. Riancors Spionkugeln beobachteten auch die Provinzen und deren kleine Herrscher. Es schien, als könne Askia oder einer seiner Nachfolger – er scherzte, daß sich hundert Söhne um den Königstitel streiten würden! – tatsächlich für längere Zeit in der Mitte des Kontinentes ein Reich gründen, ausdehnen und halten. Jeder Versuch, den er unternommen hatte, hielt selbst meiner strengen Beurteilung stand.

»Ihr habt für ein schönes Fest gesorgt. Morgen wird niemand arbeiten!« rief Askia. »Viele Frauen werden in neun Monden junge Krieger in die Welt setzen!«

»Mamadu Tures Krieger«, antwortete ich zustimmend. »Das Heer, das in den nächsten zwei Jahrzehnten die riesigen Grenzen sichern wird.«

»Macht ist nach einigen Jahren«, murmelte er nachdenklichen Tones in mein Ohr, »ebenso langweilig wie übergroße Tugend.«

»Kleine Gebrechen erhalten die Demut.«

Vom höchsten Punkt des Hügels, den wir bewohnten, rieselte das herangeförderte Wasser durch ein verzweigtes System ausgehöhlter Baumstämme und Laufrinnen, über gemauerte Kanäle und große Steine, wo es in dünne Fälle zerfloß, in die Sandfilter und in die einzelnen Häuser, ins Badebecken und hinaus auf die Felder, auf denen üppig Nutzpflanzen gediehen. Butteröl und Käse lagerten in kühlen Lehmkammern tief unter den Häusern. Alle Mauern waren voller Rankengewächse, zwischen deren Dornen und Blüten Insekten und Vögel sich versteckten. In der Regenzeit waren die Lehmbauten warm, und kühl hielt sie ein ständiger Luftstrom in der Hitze des Sommers.

Unter uns wurde das Fest lauter und ekstatischer. Deirdre und ihr riesiger Bräutigam tanzten in den Reihen der zuckenden, schweißübergossenen Leiber. Die Mauern von Gao schienen zu beben. Die Fröhlichkeit war ansteckend; schließlich tanzten auch Monique-Mahdiya und ich bis zur Erschöpfung. Bier, das inzwischen dank einiger Verbesserungen in der Herstellung viel appetitlicher schmeckte, wurde in Mengen getrunken. Nur die überzeugten Anhänger der neuen Lehre enthielten sich des Genusses des »Süßen« al cohol. Als ich erschöpft an einer Hauswand lehnte, packte eine sehnige Hand meinen Arm und zog mich zur Seite.

»Wirst du tun, was Askia verlangt?« fragte er kurz. Ich kannte N'darcala als bedingungslos loyalen Heerführer. Ich nahm seinen Bierkrug und trank, wischte Schaum von den Lippen und antwortete bedächtig:

»Ich weiß es wirklich nicht. Am liebsten würde ich mit dir Wüstengazellen jagen. Aber als bewaffneter Bote und Schwert des Herrschers – ich bin mehr Gelehrter als Krieger.«

»Als uns die Haussa überfielen, hast du gekämpft wie drei verwundete Löwinnen!« beharrte er. Ich nickte.

»Es ging um mein Leben, um meine Freunde, um meine Geliebte und das große Kanu, mit dem wir vielleicht in unsere Heimat zurücksegeln wollen. Tapferkeit dieser Art ist ein Anfall, der bei mir schnell wieder zurückgeht.«

N'darcala lachte laut, schlug mir auf die Schulter und blieb hartnäckig. »Du meinst, daß Askia einmal das Land zwischen den Meeren beherrschen wird?«

»Das Land ist zu groß für einen einzelnen Mann«, mußte ich antworten. »Zweifellos wird Askia ein großes Reich, in dem es jedem gutgehen kann, lange Zeit beherrschen. Ich sehe aber heute, daß nach seinem Tod die stärksten der hundert Söhne blutige Kämpfe unter sich ausfechten werden.«

»Das hoffe ich nicht. Keiner hofft das!«

»Hoffnung ist ein gutes Frühstück, aber ein schlechtes Abendessen!«

»Auch für eure klugen Sprüche werdet ihr im Volk berühmt sein!« Er schüttelte ungeduldig den Kopf. »Ich würde mich geehrt fühlen, wenn du an meiner Seite reiten würdest.«

»Ah kai!« Ich versuchte ihn zu beschwichtigen. Er war halb betrunken. »Heute ist nicht die Nacht dieser Entscheidung. Lieber wäre ich in Timbuktu und würde handgeschriebene Bücher verkaufen.«

Er hob seine schweißnassen Schultern und verschwand, unverständliche Bemerkungen murmelnd, in der Masse der Tänzer. Später sah ich ihn davonschwanken, den Arm um die Hüften einer schlanken Frau gelegt. Das Fest war kurz vor seinem Ende. Einige Trommler und ein Einsamer an der Flöte erzeugten Musik oder besser: Geräusche. Die Sterne begannen zu verblassen. Ich kam auf die leere Terrasse zurück und sah, daß Mahdiya sämtliche Goldstücke aufgeklaubt hatte. Neben dem Eingang zu unseren Häusern stand Riancor.

»Dieses Abenteuer solltest du nur unter meinem Schutz anfangen, Atlan«, sagte er.

»Wenn es soweit ist, selbstverständlich. Ich brauche eine warme Dusche und langen Schlaf – dann wird sich alles beantworten lassen.«

»In jedem Fall sichert die Kontrolle der Statthalter die Macht über die eroberten Gebiete.«

»Sie auf die Dauer zu behalten ist ungleich schwieriger.«

Der letzte Lärm des Festes endete in der kurzen Morgendämmerung. Am Fluß winselte eine einzelne Flöte, während die Fischer ihre Kanus ins Wasser trugen. Wir schliefen tief und lange, und am Abend waren wir nach Besprechungen soweit, daß unsere Handlungen in der nahen Zukunft den größtmöglichen Erfolg versprachen.

Die Überprüfung durch Riancors Sonden hatte ergeben, daß in den abgelegenen Provinzen äußerlich Ruhe herrschte. Es fanden weder geheime Versammlungen noch Zusammenrottungen bewaffneter Männer statt. Auch an den Grenzen, deren Verlauf äußerst schwer zu erkennen war, gab es nichts Außergewöhnliches. Am Bau der verbreiterten, begradigten Verbindungsstraßen waren dieselben Mengen an Arbeitern und Kriegssklaven beschäftigt, und die wenigen Brücken wuchsen in den Flußbetten, die auf die nächste Flut warteten. Mahmoud, N'darcala, Riancor und ich gingen unter den mächtigen Ästen der Bäume auf eines der Palasttore zu.

»Ah kai!« sagte Riancor, als die bewaffneten Wachen uns das Bohlentor aufgestoßen hatten. »Im Königreich der Songhai soll wohl eine neue Zeit anbrechen?«

»Ob ihr aber den Willen Askias beeinflussen könnt, weiß ich nicht!« N'darcala blieb unsicher. Er kannte seinen König länger und besser als wir.

»Er ist klug«, warf ich ein. »Er wird einsehen, daß jeder Schritt seine Macht stärkt.«

In den Nischen der Mauern wurden die Dochte der Öllampen angezündet. Im ausgedehnten Palastgebiet war es ruhig. Vögel und kleine Tiere rührten sich in den Ziergärten. Verschleierte Frauen glitten hinter Hecken vorbei und warfen Schatten. Die Diener Askias erwarteten uns und brachten uns in den Thronsaal. Ich war nicht erstaunt, auf dem Boden eine riesige Zeichnung in einem Gitternetz zu sehen, die peinlich genau Umrisse und Einzelheiten seines Herrschaftsgebiets schilderten. Er hatte meine Karten abzeichnen lassen. Ich bemerkte, daß bis zu den Wänden noch mehr als ausreichend Platz blieb, um die Karte rund sechzehnmal zu vergrößern. Der König saß auf einem überaus reich verzierten geschnitzten Holzthron, der auf zwei Sockeln stand. Schilde, Waffen, Kopfschmuck aus jedem erdenklichen Material, zahllose Trophäen, viel Goldschmuck, Felle und lange Reihen Schwerter und Dolche schmückten die Wände.

»Setzt euch!« rief Askia. Er war allein. »Wozu haben sich unsere klugen Freunde entschlossen, N'darcala?«

Ich hatte unzählige Barbaren seiner Art kennengelernt. Sie dachten und handelten nach einfachen Regeln, wie die Natur, die sie umgab und ihr Leben bestimmte. Die Berührung mit der hohen Kultur und Zivilisation des Islam hatte ihr Leben verändert, bereichert und weniger einfach gemacht. Aber über einen Stamm zu herrschen war eine Sache, ein africanisches Reich zu erschaffen und zu kontrollieren, eine ganz andere. Ich versprach Askia, daß wir für eine begrenzte Zeit seine Königsboten sein würden – aber nur, wenn wir eine bestimmte Menge Macht für diesen Zweck von ihm erhielten.

»Ich schicke Boten zu ihnen. Sie werden die Botschaft Wort für Wort ausrichten, und wenn sie etwas vergessen, dann sterben sie.«

»Einverstanden«, bemerkte Riancor. Vor seinen unheimlichen Körperkräften und einer Reihe spezieller Fähigkeiten hatte der König unbewußten Respekt. »Das bringt uns zum nächsten Punkt. Schreiben und Lesen. Du solltest Schulen einrichten und Lehrer aus Timbuktu holen. Das geschriebene Wort kann nicht verändert und mißverstanden werden, und eine Nachricht, die dich vom anderen Ende des Reiches erreicht, Bücher, die geschrieben werden ...«

Er winkte ab. Ich hatte nie Grund gehabt, seine wache Intelligenz zu bezweifeln. Er dachte in dynastischen Zeiträumen und überprüfte unsere Vorschläge darauf, ob sie ihm nützten. Nicht so bei den technischen Erfindungen. Er übernahm sie nahezu kritiklos.

»Die großen Kinder, die es wollen, sollen Lehrer finden«, sagte er und zog die Leopardenfelle mit den prunkvollen Golddrahtstickereien über seine Schultern. »Noch ist es nicht an der Zeit, das Gesetz durchzuführen. Aber denke daran: ein Gesetz für jeden, das überall gilt und das auch den König verpflichtet. Das werde ich tun, wenn meine Söhne meine Macht übernehmen können. Mit dir habe ich lange und oft darüber gesprochen. Sage nicht, daß ich nicht gelernt habe.«

»Das werde ich niemals sagen!« versicherte ich. An den Höfen der hellhäutigen arabischen Herrscher wurde ein schwer nachvollziehbarer Aufwand an Luxus getrieben. In Askias Palast herrschte noch wohltuende Ursprünglichkeit von Jäger- und Hirtenfürsten.

»Welche Ratschläge empfange ich von euch noch in dieser Nacht?« erkundigte er sich ein wenig ungeduldig.

»Nur noch einen!« sagte Riancor. »Je schneller deine Krieger sind, desto wirkungsvoller kämpfen und verteidigen sie. Laß eine Zucht Pferde aufbauen, von erfahrenen Züchtern aus dem Norden. Es gibt übergenug Weiden. Und baue Fuhrwerke, die von Ochsen gezogen werden und schwere Lasten weit transportieren können, über breite, gute Straßen, die überall gebaut werden.«

»Das, scheint mir, war der beste Rat dieses Tages!« Der schwarze König klatschte in die Hände. »Bringt Bier!«

Er war reich, protzte aber nicht mit Gold, blieb ein einfacher Herrscher, der sich inmitten seiner Krieger und Frauen am wohlsten fühlte und nichts anderes im Sinn hatte, als daß innerhalb der Grenzen alles nach seinem Willen ablief. Wir hatten getan, was wir konnten. Die Zeit und die Fähigkeit der Barbaren, jede Veränderung nur in kleinen Schritten umzusetzen, würden entscheiden müssen.

17.

Der Reitertrupp, der sich einen knappen Mond später durch das Land bewegte, war in zweierlei Maß beeindruckend. Etwa hundertzwanzig Reiter mit fünfzehn Lasttieren saßen in leichten Sätteln, beherrschten die Tiere und waren überraschend schnell – dank der Straßen, an denen ununterbrochen gearbeitet wurde. Buntbemalte Totemsäulen markierten Verlauf, Kreuzungen und Richtungen. Wir waren königlich prunkvoll ausgestattet. Abgesehen von den Waffen: Sie brauchten Qualität, aber keine Verzierungen. Wir trugen Leopardenfelle, weiße Vogelfedern, viel Leder und Gold, buntgestickte Reitermäntel, Felle und Fransen aus vielerlei Material. Unsere Schilde leuchteten. Wir waren Ohr, Wort und Schwert des Herrschers; daher ritten wir als Vertreter der Pracht und Stärke. Innerhalb von zwei Jahren, seit dem ersten Tag der Machtübernahme, hatte sich vieles geändert im Songhai-Land.

Die Reiter Askia Mohameds besuchten jedes größere Dorf. Wir sprachen an seiner Recht, prügelten Häuptlinge, die ihre Macht mißbrauchten, gründeten Schulen und sprachen mit Medizinmännern über die Heilung von Krankheiten. Auch wir konnten keine schnellen Erfolge verzeichnen, aber nach unseren Palavern waren viele Zweifel beseitigt. Die Entfernungen waren riesig und führten durch menschenleeres, von Wild wimmelndes Land.

Schritt um Schritt kämpften sich Arbeiter mit ihren Straßen durch das Land. Erkannten wir Fehler, befahlen wir, sie auf die vernünftigste Weise zu beseitigen. Wir versorgten unsere Pferde, jagten und brieten, lernten die verborgenen Winkel des Landes kennen, halfen wandernden Hirten gegen Raubtiere und erlebten jeden Tag unmittelbar dieses herrliche, von Reichtum und Wachtum strotzende Land.

Ein Provinzstatthalter nach dem anderen stand uns Rede und Antwort. Oft waren es kleine Häuptlinge, die ihr Amt mehr schlecht als recht ausfüllten. Wir suchten Ratgeber und stellten sie ihnen zur Seite. Wir drohten Strafen an und teilten Strafen aus. Rechtzeitig entdeckten Riancors Sonden bevorstehende Verschwörungen oder Hinterhalte, in die man uns locken wollte. Es gab kurze, erbitterte Kämpfe, die wir stets gewannen – ganz nebenbei wuchs unser Trupp zu einer Handvoll Verschworener zusammen, zu Freunden, die einander das Leben retteten. Ich lernte von ihnen die Geheimnisse des erfolgreichen Verfolgens und Jagens, winzigste Spuren zu lesen und die Natur richtig zu deuten. Von mir lernten sie, wie es in anderen Teilen der Welt zuging, welche Gesetzmäßigkeiten diese Welt beherrschten. Es war schwer, den Glauben an eine Naturreligion zu erschüttern, in der jeder Blitz zu einem persönlichen Dämon geriet.

Um Gao herum ritten wir in einem riesigen Zickzackkreis und wurden in Kämpfe mit Tuareg-Plünderern verwickelt, die auf Pferden und schnellen Kamelen aus dem Norden kamen. Wir lernten die Wüste kennen, wenigstens deren südlichen Rand.

»Sie suchen die Goldminen«, meinte Riancor nach einem besonders wilden Verfolgungsritt, in dem wir die Angreifer mit Lähmstrahlern betäubten, um ein Blutvergießen zu vermeiden. »Bisher hat es Askia gut verstanden, ihre Lage zu verbergen.«

Auf unseren Rat umgab sich die Goldquelle des Herrschers mit düsteren, mythischen Geheimnissen. Daß sie am Fuß des Futa-Djalon-Bergzugs lag, wußten nur wenige Auserwählte – und die Sklaven, die dort schufteten und starben.

»Es ist merkwürdig, wie hartnäckig Gerüchte und Berichte vom Hörensagen sind.« Mahmoud ben Yamani wunderte sich. »Zu viele Menschen wissen von dem sagenhaften Reichtum.«

»Und wenn er wirklich nach Mekka pilgern will, nach Osten, dann werden es alle erfahren! Ah kai!« fluchte N'darcala. Seit einem Mond ritt er mit uns; wir hatten ihn bei Mopti getroffen. Stolz zeigte er uns einen Brief Askias, der von Tamasi geschrieben worden war, an mich gerichtet und in der Palastschule »hergestellt«.

»Morgen schicken wir einen Reiterboten nach Gao«, versprach ich. »Mit einem Bericht an Askia.«

Den dichten, feuchten Regenwald am Niger-Unterlauf, die Hügellandschaft zwischen den Waldrändern und der Savanne und Steppe und schließlich die Zone, in der diese in die lebensfeindliche Wüste überging, wir kannten jetzt alles und hatten auf diesen beschwerlichen Ritten das Zeitgefühl fast verloren. Ich kehrte in *meine* Wirklichkeit zurück, als ich Riancor ansah.

»Ich sehe wohl pockennarbig und versehrt aus«, bestätigte er. »Es wird Zeit, daß du wieder zu Monique zurückreitest und ich zum Schiff, wo ich mein altes Aussehen wiederherstellen kann.«

»Unsere Aufgaben haben wir erledigt«, bestätigte ich.

Der Heerführer stieß zu uns und sprang aus dem Sattel. »Nach Süden«, sagte er. »Nach Gao.«

»Was hält uns zurück? Nichts mehr.«

Die Eindringlinge aus der Wüste waren vertrieben. Viele Menschen warteten auf uns. Unsere Pferde waren erschöpft, die Waffen stumpf und der prachtvolle Schmuck grau und abgerissen. Wir brachen das Lager ab, packten die Lasten und machten uns auf den langen Rückweg in den Mittelpunkt des Songhai-Königreichs. Nach siebzehn Tagen ritten wir über die neue Brücke nahe Gao in die Stadt ein. Wir wurden jubelnd, fast ehrfurchtsvoll begrüßt.

Auf unserer Haut perlte Wasser. Die Hitze der Sonnenstrahlen drang tief in unsere Körper ein und betäubte uns. Ich blinzelte hinauf zu den Blättern des Baumes und sagte schläfrig: »Was jetzt käme, wäre nichts anderes als langwierige Verwaltungsarbeit. Der König und seine Ratgeber haben alle Werkzeuge und Ideen von uns erhalten. Askia und seine zahlreiche Nachkommenschaft müssen ihr Reich selbst verwalten. Vielleicht wird ein Kontinentreich daraus.«

»Vielleicht ruinieren hundert Söhne das Erbe ihres Vaters«, antwortete Monique, ebenso unlustig wie ich, sich nach einer solch langen Zeit der Anstrengungen tiefen Gedanken hinzugeben.

»Ziehen wir uns zurück?« fragte ich.

»Nach Port du Soleil und nach Beaumont?«

»Und zum chaotischen Universalgenie, zu den Botschaften der Weltentdecker.«

»Aber wir werden allein sein!« gab sie zurück. »Du weißt noch nicht alles.«

»Niemals weiß ich alles«, brummte ich und drehte mich auf den Bauch.

»Alle Männer unserer Besatzung haben in Gao und an anderen Stellen ihr Glück gefunden. Das sagten sie zu mir; ich besuchte sie in der langen Zeit, in der du das Schwert Askias spieltest. Sie haben eine oder mehrere Frauen, sind reich, besitzen Macht, werden um Rat gefragt und werden in ihrer Heimat niemals wieder glücklich sein können.«

Hattest du an eine solche Wendung geglaubt, Arkonide? fragte der Logiksektor.

»Und ein Schwarm Kinder spielt vermutlich in ihren Gärten.«

»So ist es.« Monique spielte mit der Kette des Zellschwingungsaktivators. »Riancor, du und ich: Ich glaube, unsere Zeit hier ist abgelaufen. Ich sehne mich nach meiner vertrauten Heimat.«

Wir wußten, daß in Beaumont und Port du Soleil alles zum besten stand. Monique hatte recht: Gao war nicht unsere Heimat.

»Das Schiff?« brummte ich und schüttete duftendes Öl in meine Handfläche.

»Vergiß es! Was wichtig war, steht hier im Haus. Und paßt auf die Ladefläche des kleinen Bootes.«

Ich fing an, ihren dunkel gebräunten Rücken mit dem Öl einzureiben. »Du hast recht. Wir werden ungesehen mitten in der Nacht verschwinden, und was von uns bleibt, ist Legende.«

»Wann?«

»Wenn es Askia am wenigsten erwartet und wenn es für uns am schönsten ist.«

Langsam versanken die letzten Stunden eines Tages in der Flut der Nacht. Der Tag war voller Besinnlichkeit und leiser Melancholie gewesen. Riancor packte, was wir nicht entbehren konnten; er sah bemitleidenswert aus und verließ die Mauern erst nach Einbruch der Dunkelheit. Bäume und Mauern verloren ihre Konturen ebenso wie persönliche Eigenarten und Wichtigkeiten. Alles wurde vom Schleier der Schwärze bedeckt. Wir fühlten uns dem eigentlichen Wesen der africanischen Erde niemals tiefer verwurzelt als in dieser flüchtigen Stunde. Aber diese unaussprechliche, nicht zu definierende Mächtigkeit sagte uns auch, daß der Versuch, unsere aufgeklärten Maßstäbe anzulegen, vermutlich scheitern würde – in geschichtlichen Zeiträumen gesehen.

Ich zog Monique an mich und flüsterte: »Das war der Abschied. Wir müssen ihn nur noch vollziehen.«

»Ich bin froh, daß wir uns entschieden haben.«

Ich besuchte meine Kameraden von der ROSE VON CATHAY. Sie ahnten, daß ich ihre Entscheidung nicht ganz verstehen konnte, und waren verlegen. Aber ich mußte erkennen, daß sie sich ebenso entschlossen hatten wie wir, aber für eine andere, neue Heimat. Ich bemühte mich, sie zu verstehen; jeder kleine, persönliche Abschied war Teil eines großen, endgültigen. Zuletzt besuchten wir Mahmoud ben Yamani, Deirdre und deren Zwillinge. Blicke genügten, um ihnen zu zeigen, daß es Abschiedsgedanken waren, die uns hierherbrachten.

»Ein langer Weg, Deirdre, von London bis ins Herz eines Kontinents, den wir als erste wirklich entdeckt haben.«

»Du hast recht, Atlancar, aber wir wandern nicht mehr weiter. Wir werden sterben, wo unsere Kinder geboren wurden.«

»Recht so!« stimmte Monique zu. »Du weißt, Advani Escobar, welche Aufgaben du übernehmen mußt?«

»Ich bringe Askia dazu, Gesandtschaften zu empfangen und auf die richtigen Straßen zu bringen. Daß sie reich ausgestattet werden und Briefe erhalten, aus unserer Schreiberschule, versteht sich von selbst.«

Frauen und Mädchen als Diener, Sklaven für die schweren Arbeiten, ein riesiges Haus, Gold, Gesundheit, eine schöne Frau, Kinder, ein warmes Klima und ein Boden, der fruchtbarer war als viele andere Flecken – was würde er sich noch wünschen können? *Am Ruder der ROSE stehen! Was sonst?* wies mich der Extrasinn zurecht.

»Das sollte deine Aufgabe sein«, bat ich ihn. »Vielleicht sehen wir uns, wenn du ihn nach Mekka und zum Sultan begleitest.«

»Das glaubst du wirklich, mein Freund?«

Wir tranken bis spät in die Nacht. Immer wieder hallte unser Gelächter, wenn wir uns an die zahlreichen Abenteuer erinnerten. Irgendwann gingen wir Arm in Arm durch die schlafende Stadt zurück unter das Dach unseres Hauses; drei Nächte später verschwanden wir lautlos. Als der schwer beladene Gleiter auf nordöstlichen Kurs ging, warf ich einen letzten Blick auf Gao. Schon jetzt bedauerte ich, daß wir die Stadt am Niger und Askia Mohamed verließen.

In Beaumont begrüßte man uns, ebenso wie in Port du Soleil, wie eine Gruppe Totgeglaubter. Es war, als hätten wir den Ort und Le Sagittaire nie wirklich verlassen. Jeder Fußbreit war uns vertraut, obwohl wir nahezu zwei Jahre lang unsere Freunde ohne jede Nachricht gelassen hatten. Endlos dauerten Umarmungen, Küsse und das Händeschütteln. Das Innere von Sagittaire: unverändert. Die Mauern waren völlig zugewachsen. Wieder war das Dorf um einige Häuser gewachsen. Der italienische Krieg von Karl dem Achten hatte höhere Steuern, aber keine Zwangsanwerbungen in Beaumont bedeutet.

»Wie lange bleiben die Fürsten bei uns?« fragte der Oberste Verwalter.

»Das weiß nur das Schicksal. Aber wir helfen euch bei der Ernte.«

Riancor hatte noch einen Rest der Zweikomponentenflüssigkeit gefunden und seine Haut mühsam an den Stellen wiederhergestellt, die jedermann sehen konnte.

»Nun ist die Maske für Askia endgültig verschwunden«, meinte ich und fühlte mich nicht anders als Monique. Wir aktivierten unsere Geräte und bereiteten uns auf einen langen Aufenthalt vor. Meinen Drang, die Gesellschaft zu verändern, hatten die Jahre bei Askia und die lange Fahrt dorthin stark abgeschwächt. Zunächst ritten wir Pferde ein, unternahmen Ausflüge in die Umgebung und versuchten zwischendurch, durch unser Suchsystem zu erfahren, was in den Metropolen der Macht vor sich ging.

»Nun, Condottiere?« erkundigte sich Riancor, als wir staubig und verschwitzt von einem Jagdausflug zurückkamen. »Zieht es Euch nicht zurück in die verruchten Palazzi Italiens?«

»Noch lange nicht«, gab ich zurück. »Hier ist es ruhiger und schöner. Sollte ich italienische Musik hören wollen, benütze ich deine Fernmikrophone.«

»Sie sind an den richtigen Stellen.«

Napoli war erobert worden. Die Medici waren vertrieben; Savonarola hatte einen gottesherrscherlichen Kleinstaat errichtet und zwang die Menschen, der Sinnenfreude zu entsagen. Karl der Achte sollte zum Rückzug aus Italien gezwungen werden. Emanuel der Erste regierte in Portugal, und eine Krankheit, die man »Lustseuche« nannte, verheerte unterschiedslos die Menschen in ganz Europa. Wir blieben in diesem entlegenen Winkel von allem unbehelligt und führten das ruhige Leben ländlicher Kleinadliger.

Als Riancor erfuhr, daß Giovanni Caboto oder John Cabot mit seinem Sohn Sebastano und auf dem Schiff MATTHEW die nördlichen Küsten der Neuen Welt entdeckt hatte – fünf Jahre nach Colóm -, nahmen wir Abschied von den Leuten in Beaumont und zogen uns in die Unterseekuppel zurück. Aber ich versprach, allein zurückzukommen. Wann? »Bald!« erwiderte ich.

Wir zögerten den Prozeß des vorbereiteten Einschlafens lange hinaus. Alle Gegenstände und Erinnerungsstücke, die mir wichtig waren, verstaute ich in den Nischen der großen Wand, in den Nischen der Wirklichkeit. Ein Jahr nachdem Cabot sein erstes Ziel erreicht hatte, entdeckte Vasco da Gama den Weg am Südrand Africas vorbei und nach Indien. Colóm legte auf seiner dritten Reise endlich am festen Land der Neuen Welt an, nicht nur auf einer Insel. Girolamo Savonarola, als Ketzer verurteilt, verbrannte auf dem Platz in Firenze. Leonardo da Vinci hatte endlich das »Abendmahl« beendet. Riancor demontierte seine Außenhaut und stolzierte wieder als metallenes Skelett durch die Station, versiegelte und rahmte die Original-Karten und die einzigartigen Zeichnungen des Universalgenies. Monique de Beaumont beschäftigte sich zusammen mit uns; wir warfen lange Blicke auf Askia Mohameds Reich und seine prächtigen Krieger und sahen, wie während eines furchtbaren Gewitters ein Blitz die ROSE traf und den Energiemotor, das »Wunder der Windstille«, detonieren ließ. Mir war, als stürbe ein Freund. Monique schlief ein, und Riancor – jetzt wieder Rico – brachte sie in eine der Kammern der Anlage. Wir waren allein, ein Arkonide und sein Robot.

... und ich saß, in einem riesigen, schwarzen Gewölbe, im hochlehnigen Stuhl vor dem mächtigen Tisch. Sieben geweihte Kerzen brannten in einem Leuchter. Nur unsere Gesichter und die Hände auf der Tischplatte waren beleuchtet; im Gewölbe hallte jedes Flüstern nach, als wären es fallende Wassertropfen.

»Bruder Tomàs«, sagte ich. »Ihr seid der Beichtvater von Isabella und Ferdinand. Isabella verströmt einen Körpergeruch wie ein brünstiger Maulesel, und Ferdinand ist auf schäbige Weise bigott.«

Seine Hand kroch wie eine weiße Spinne über die Tischplatte. Ich hob die Finger und sagte: »Wenn du mich anrührst, Bruder Großinquisitor, brennst du!«

»Du mußt der Satan sein!« flüsterte er. Rauchfäden aus den Kerzen strömten an dem dicht anliegenden Körperschutzfeld entlang. Ich trug schwarze Kleidung und einen Halbharnisch. Mein Haar war im Nacken mit einer goldenen Spange gebündelt. Große Augen in einem ausgezehrten Gesicht schienen mich flackernd anzustarren.

»Ich bin weder Jude noch Christ, weder Maure noch Ketzer. Ich bin ein Mensch, du Henker des Herrn. Du verfolgst die Juden? Wir wissen, daß das Blut der Judassöhne auch in deinen Adern pulsiert. Und diese Juden, von Espina als Knabenschänder und Verräter, Kindermörder, Gotteslästerer, Wucherer, meuchelnde Ärzte, Giftmischer und Schlimmeres bezeichnet, verfolgst du mit der geballten Kraft der Kirche. Du bist ein Schlächter, Tomàs de Torquemada. Dominikaner! Der Orden des Herrn! Hättest du ein Gewissen, würdest du dich selbst ans Kreuz schlagen!«

Die Wachen in den Kellern der Inquisition waren betäubt und träumten von Schenken und wohlfeilen Dirnen. Wir waren allein. Jedes Wort traf den Inquisitor wie ein Peitschenschlag.

»Was willst du, Fremder?«

»Ich habe auch einen Namen, Tomàs. Ich bin Atlan, *homo ambulans.* Seit vierzehn Jahren treibst du dein Unwesen. Dein Tod wird sein wie jener von Girolamo Savonarola in Firenze. Ihn verbrannte man. Du verbrennst innerlich – im selben Jahr. Dies weiß ich.«

»Willst du mich töten?« fragte er nach einer Weile. Ich schüttelte den Kopf.

»Wenn ich dich am Leben lasse«, ich spielte mit meinem Stacheldolch; er erkannte, daß die Spitzen mit verschiedenen Giften überzogen waren, »wird die

Nachwelt erkennen, welche Monstren du und deine verbrennende und plündernde Truppe von Geisteskranken wart. Schon jetzt habt ihr mehr Kultur und Zivilisation vernichtet, als Spanien jemals aus eigener Kraft wird aufbauen können. Das Land wird noch in Jahrhunderten die Folgen spüren und sich eurer erinnern. Laß dich verbrennen, Bruder des Hasses, denn sonst wird man deine Gebeine aus dem Grab zerren und in Mörsern zermahlen.«

Er hörte und verstand jedes Wort. Seine Blicke irrten umher; es kam keine Hilfe. Seine Rufe waren ungehört verhallt. Nur das Stöhnen Eingekerkerter drang durch die dicken Bohlentüren.

»Ich tue kein Unrecht«, sagte er. »Ich erfülle das Gesetz.«

»Welches?«

»Es gibt Gesetze ...«

»Mir ist nicht bekannt, daß Moses etwas zu den Zehn Geboten hinzugefügt hätte. Jesus Christus selbst hat nicht geboten, Juden zu schänden, denn er selbst war Jude, wie jedermann weiß. Wenn es ein Papst nötig hat, die Gedanken der Menschen, durch Bücher verbreitet, zu zensieren, so spricht dies für Krankheit des Geistes. Ihr seid schlimmer als Wegelagerer in der Mancha. Ihr seid krank, im Geist wie im Körper. Ihr empfindet Vergnügen, wenn ihr andere Menschen quält. Ihr gehört, allesamt, ausgerottet – aber so mutig ist niemand. Soll ich dich von der Bürde deines wenig gottesfürchtigen Lebens erlösen? Du brauchst mich nur zu bitten.«

Er schüttelte den Kopf. »Ich kenne dich nicht. Deine Worte sind die des Versuchers. Apage, satanas!«

»Was gewänne ich, wenn ich ausgerechnet dich versuchen sollte? Erkenne dich und deine Taten selbst und sieh ein, daß die Allerkatholischen Majestäten ebenso wie der Papst und jeder, der diese kugelrunde Welt mit seinem irregeleiteten, krankhaften Glauben beleidigt, nichts anderes ist als ein Mensch. Denn eure Macht, Bruder Tomàs, stützt sich auf Waffen. Würdet ihr Menschen überzeugen müssen, erschlüge man euch wie tolle Hunde. Glaub mir – ich wünschte, du könntest in die Zukunft schauen.«

Ich streckte meine Hand aus. Über den dünnen schwarzen Handschuhen funkelten große Ringe. Päpstliche, jüdische, kirchliche, solche der spanischen Kroninsignien. Nachbildungen natürlich. Sein Kiefer sank herunter, vor meinen Fingerspitzen wich er zurück, als tröffen sie vor Gift.

»Was würde ich sehen?« ächzte er.

»Millionen Menschen mit geballten Fäusten. Deine Ohren, Schinder Tomàs, würden gellen, weil dich und die Deinen Hunderttausende verfluchen.«

Riancor hatte zwei wohlgefüllte Truhen aus der Schatzkammer entnommen. Jetzt befreite er die wichtigsten Gefangenen, denen das Autodafé drohte, aus den Kerkern und gab ihnen starken Wein zu trinken. Sie schliefen ein und merkten nicht, wie er sie einzeln durch den Transmitter trug und nahe einer Quelle im Norden Africas absetzte, wo auch das konfiszierte Gold war.

»Wir tun das Rechte, Atlan«, ächzte Torquemada. »Wir sorgen für den reinen Glauben.«

»Gott liebt dich nicht, Großinquisitor«, sagte ich eindringlich und stand auf.

»Er haßt dich und läßt dich am Leben, weiter wirken, damit die Menschen sehen, daß er das Böse braucht, um jedermann zu zeigen, was wahre Güte und Großmut sind. In Spanien senkt sich die Waagschale des Widersachers, und wenn sie sich wieder hebt, werdet ihr alle nicht mehr sein. Du selbst wirst verfaulen wie einer, der an der Lustseuche stirbt.«

Im Kerzenlicht warfen die großen Edelsteine und das Gold der Ringe über sein Gesicht ein funkelndes Lichtgewitter. Er kniff die Lider zusammen und atmete keuchend. Wenn ich ihn und seinesgleichen tötete, würde es nichts an den Zuständen ändern. Aber ich brauchte den Eindruck, um diese Barbaren noch besser verstehen zu können.

»Alles Leben ist endlich«, sagte er heiser.

»Du bist ein Werkzeug des Antichrist. Aber keiner von euch merkt es. Unter dem Zeichen des Kreuzes verstoßt ihr gegen neun der Gebote und einige Lüsterne gegen alle Zehn Gebote. Geh in dich, Tomàs, erkenne dein erbärmliches Selbst und tue Buße!«

Ich ging einige Schritte auf die weit offene Tür mit den rostigen Beschlägen zu, drehte mich um und schloß:

»Frag nach dem verschwundenen Gold und zähl deine Gefangenen, kleiner unbedeutender Mönch. Du wirst sehen, daß mich der Engel der Barmherzigkeit geschickt hat, um unschuldige Leben zu retten. Denn du und deine Folterknechte...«, die Worte hallten unter den Quadern und Bögen wider, »... seid von Gott verflucht und verstoßen.«

Die Waffe in meiner Hand war unsichtbar. Sie spie einen gleißenden Strahl aus, der tiefe Kerben in die Mauern grub. Ich schnitt ein riesiges Kreuz in die Wand und darüber *vae victis ecclesiam,* was, wenn ich nicht irrte, »Wehe den Opfern der Kirche« hieß. Aber als ich zusammen mit Riancor/Rico durch den Transmitter ging und das Gerät hinter uns verglühte, wußte ich mit der Gewißheit des Skeptikers, daß dieser Appell nichts fruchten würde.

Noch zögerte ich, mich für einen Zeitraum unbestimmter Dauer vorzubereiten. Erstaunlicherweise schwieg ES noch immer. Mit diesen optimistischen Vor-Träumen suchte auch ich endgültig den Schutz des Tiefschlafs auf.

Überraschend schnell fand ich mich zurecht, identifizierte die Bilder auf den riesigen Schirmen und fragte: »Ein bestimmter Grund, mich zu wecken, Rico?«

»Das Jahr fünfzehnhundertdrei«, antwortete der Robot. »Du wolltest deinen seltsamen Freund, das Genie, noch einmal sehen. Da das Leben der Eingeborenen von vielen Gefahren bestimmt wird, errechnete ich eine Wahrscheinlichkeit für dieses Jahr.«

»Warum eigentlich nicht?«

Schrittweise ließ ich die langwierige Prozedur der Wiederherstellung über mich ergehen und entschied mich, allein und nicht allzulange ausgesuchte Ziele der Barbarenwelt aufzusuchen. Was war in diesen Jahren an Weltveränderndem geschehen?

Amerigo Vespucci, zusammen mit Alonso de Hojeda, hatte den mächtigen

Strom des Südkontinents der Neuen Welt entdeckt und ihn »Amazonen-Strom« genannt. Daß er dort nicht eine einzige der legendenhaften Amazonen getroffen hatte, blieb Grund meines ersten fröhlichen Gelächters. Der Portugiese Bartolomeu Diaz blieb verschollen; wahrscheinlich war sein Schiff untergegangen. Pedro Alvarez Cabral entdeckte Brasilien – vom Sturm während einer Ostindienreise dorthin verschlagen. Man brachte Cristofero Colóm in Ketten nach Hispanien zurück. Vespuccis zweite Reise brachte endlich Klarheit darüber, daß es sich um einen selbständigen Doppelkontinent handelte, nicht aber um Indien!

Ich ordnete an, daß Rico den kleinen, vollständig überholten und mehrmals getesteten Gleiter mit einer Auswahl bestimmter Waren, Werkzeuge, Waffen und Münzen ausstattete. Goldmünzen mit italienischen Prägungen und erstmals im Bereich europäischer Kultur auch silberne Scheidemünzen wurden hergestellt, die Kleidungsstücke und Rüstungsteile unseres Italien-Abenteuers aufgearbeitet und neu mit technischen Vorrichtungen ausgerüstet. Der Gleiter erhielt ein zusätzliches Deflektorfeld.

»Du bist sicher, daß du Monique nicht mitnehmen willst?« fragte der Roboter zurückhaltend.

»Ich bin ganz sicher«, sagte ich. »Betrachte diesen Aufenthalt als eine Marotte eines alternden Arkoniden, der sich beweisen will, daß er noch nichts verlernt hatte.« Er antwortete nicht, auch der Extrasinn schien noch zu schlafen. Ich fügte hinzu: »Das sollte ich vermutlich öfters machen.«

Nacheinander rief ich, während die zahlreichen Hilfseinrichtungen den Körper wieder zur Leistungsfähigkeit brachten, die zusammengestellten, geschichtlich korrekten Informationsblöcke samt allen Querverweisen ab und machte mir ein Bild von dem Zustand der Welt. Noch spürte ich die Härte der Muskeln, die ich während der wilden Ritte mit Askias schwarzen Kampfreitern antrainiert und durch Erntearbeiten in Beaumont kräftig gehalten hatte, unter der bleichen Haut. In Firenze zeigte sich schwach und zögerlich der Frühling; die Gebirgsbäche schwollen von milchigem Wasser. Die Barbarenfrauen waren schön und begehrenswert wie stets – in Firenze erschienen sie mir gleichermaßen leichtfertig, ziemlich vulgär, aber besonders leidenschaftlich. Man würde sehen, sagte ich mir. Rico erklärte mir:

»Ich habe die Bewohner von Beaumont aufgefordert, Renzo und Margha aus Port du Soleil aufzunehmen. Ich schläferte sie ein und schickte sie durch den Transmitter. Port du Soleil verfällt, gehört aber uns dank zahlreicher Besitzurkunden.«

»Ich merke es mir.«

»Und daß auch noch an anderen Orten Transmitter reaktivierbar sind, solltest du auch wissen. Wir bleiben natürlich in Verbindung?«

»Selbstverständlich.« Ich probierte die neuen Stiefel an. »Mindestens zwei Spionsonden mit sämtlichen Lähm- und Kampfwaffen, um eingreifen zu können. Mehrere Funkarmbänder, sollte eines verlorengehen. Und das Übliche an Salben, Wundertinkturen und so weiter. Und reichlich Geld!«

»Es liegt alles bereit.«

Ich dachte darüber nach, ob ich versuchen sollte, die beklagenswerte Entwicklung des Sklavenhandels zu unterbinden oder mich der Ausbeutung von Eingeborenen der Neuen Welt entgegenzustemmen. Ich sagte mir, daß es die Eingeborenen selbst schaffen würden, ihre Versklaver zu bestrafen. Askia Mohameds africanisches Reich war stabil; als ich die übriggebliebenen Kameraden von einst sah, packte mich das Bedauern, nicht mit ihnen weitergesegelt zu sein. Ich brach auf.

FIRENZE, Mai 1504, im Schatten einer verfallenen römischen Mauer: Ich zog den Dolch, drückte auf einen Teil der Verzierung und stand auf, als ich Hufschlag hörte. Ich hatte eine Stunde im Schutz des Energiefelds geschlafen und rieb mir die Augen. *Welch ein Wunder! Ein zuverlässiger Bewohner dieser Stadt,* lästerte der Logiksektor. Ich lehnte mich gegen das raschelnde Laub wilden Weines und wartete. Ein junger Bursche mit altklugen Augen und einem Stoppelbart kam um die Biegung geritten und zog zwei Pferde hinter sich her. Ich sah mich wachsam um, entdeckte Ricos schwebendes Gerät und schaltete das Schutzfeld ab.

»Sono qui, Dario!« rief ich.

»Subito, Signore Atlancar!« kam es zurück. Ich nickte beifällig und pfiff leise, als ich die beiden sattellosen Pferde sah. Ein Schimmelwallach und ein schwarzer Hengst mit weißen Flecken. Der Bursche galoppierte auf mich zu und sprang aus dem Sattel. »Zufrieden, Signore?« fragte er. Ich untersuchte die kräftigen, zugerittenen Pferde und grinste ihn an.

»Mehr als zufrieden. Der Preis?«

Er nannte eine Summe. Ich hatte ihm das Doppelte mitgegeben. Als ich sagte, er könne den Rest behalten, schleuderte er seinen Hut in die Luft und schrie begeistert, daß er nun reich sei und endlich heiraten könne. Säuerlich befahl ich:

»Hilf mir lieber, die Tiere zu satteln und zu beladen!«

Ich legte dem Hengst das wertvolle Zaumzeug an, schnallte den weichen Sattel fest und stellte die Steigbügel auf meine Beinlänge ein. Dann band ich die Sporen um und sagte zu Dario:

»Ich danke dir. Wenn du allerdings die Pferde auf eine Art besorgt hast, die den vorherigen Besitzer mehr als über Gebühr ärgert, werde ich dafür sorgen, daß dich Seilers Tochter am Hals packt.«

Er beteuerte, daß er sie gekauft habe, und nannte mir den Namen eines reichen Mannes in Firenze. Ich verabschiedete mich von ihm, schwang mich in den Sattel und ritt auf die Mauern und Türme der Stadt zu. Alles erkannte ich wieder, und schon fand ich mich in Sprache, Umgebung und Vorfreude in der Welt der Barbaren zurecht. Am Stadttor beantwortete ich Fragen nach dem Woher und Wohin, mietete das obere Stockwerk eines kleinen Hauses nahe der Mauer und suchte in unmittelbarer Nähe einen Stall für die Pferde.

In den Zimmern, deren Einrichtung ich nach meinem Geschmack leicht verändern ließ, verstaute ich meine Habseligkeiten so sicher wie möglich und installierte Fallen für Diebe und allzu Neugierige. Ich sprach bei einem Becher Wein lange mit dem Wirt und ließ mir seinen Weinkeller und seine Töchter zeigen und den jüngsten Klatsch aus Firenze erzählen. Schließlich stellte ich die

Frage nach Messer Leonardo da Vinci, der nach Sforzas Sturz hierhergezogen war.

»Nachdem er einen Kanal baute und die Mauern von Cesena befestigte, nach den Ideen eines Freundes, wie er allen erzählte«, meinte der Wirt und fuhr leiser fort: »Aber niemand kennt diesen Freund, von dem er immer erzählt und von dem Diener, der kluge Maschinen ersann und baute.« Der Mann schenkte nach; seine Wangen begannen zu glühen. »Er kam also hierher zurück, und jetzt hat sich sein Haus verwandelt. Musiker werden bezahlt und Tänzer. Er malt und zeichnet, als gäbe es kein Übermorgen für ihn. Jetzt malt er, lange genug, die Frau des alten Gherardini. Man munkelt, daß er ihr in sündiger Liebe verfallen sei.«

Ich erinnerte mich an meinen seltsamen Freund und begann schallend zu lachen. Schließlich wischte ich die salzige Flüssigkeit aus den Augen und ließ mir den Weg zu seiner Werkstatt erklären.

»Musikanten und Spaßmacher!« keuchte ich erschöpft. »Ausgerechnet. Das muß ich sehen.«

Nur das Nötigste steckte ich ein, gab der unsichtbaren Spionsonde einige Auskünfte und machte mich auf den Weg durch die Gassen und Plätze von Firenze am Arno.

Knapp warf der Logiksektor ein: *Der Wirt hat recht. Musik und Gelächter!* Ich verglich das Haus mit der Schilderung, griff nach der schweren Verzierung und stemmte die Tür auf. Ein betrunkener Gaukler saß auf der zweituntersten Stufe. Aus der Werkstatt kamen Hammerschläge, Fauchen, rotes Licht und vielerlei Geräusche. Der Gaukler schlief. Ich fragte einen Glasschneider, der vor einem weit offenen Fenster saß, nach dem Meister.

»Oben ist er, Signore. Und er versucht, ein Bild fertigzumalen, das längst fertig ist.«

»Dank für eine erschöpfende Antwort«, sagte ich und stieg die Treppe hinauf. An vielen Stellen waren unregelmäßig große Kartons aufgehängt. Sie zeigten, Studien zu dem Bild einer gewaltigen Schlacht, wohl für eine riesige Hallenwand oder dergleichen. Die Musik wurde lauter. Ich unterschied nahezu alle bekannten Instrumente und sogar eine kleine Orgel mit Pfeifen aus Blei und Zinn. Gepolter von Schritten bewies, daß man tanzte. Ich folgte den Lichtern und stieß ungesehen eine angelehnte Flügeltür auf.

Leonardo malte. Die Leinwand war etwa drei auf zwei Ellen groß. Im Hintergrund des Bildes, das tatsächlich fertig zu sein schien, stachen spitze Felsen in einen dämmerigen Himmel. Eine junge Frau mit ausgeschnittenem Kleid und langem Haar war zu sehen. Sie kreuzte ihre Hände im Schoß. Ich blickte in die andere Richtung und sah das Original, und wieder bewunderte ich den Meister.

Bildnis und Original – eine etwa fünfundzwanzigjährige Frau mit glänzenden Augen, überraschend roten Lippen und aufs feinste geröteter Haut – waren identisch, dennoch zwei verschiedene Dinge. Von der herausfordernden Schönheit, die jedem alles zu versprechen und niemandem gegenüber das geringste zu halten schien, war nur jener Teil auf dem Bild zu sehen, der die Nachwelt täuschte und in stammelnde Bewunderung versetzen sollte. Die braunen, verhangenen Augen der Kaufmannsfrau Lisa verfolgten die Sprünge der Tänzer und Radschläger; ab und zu warf sie dem einen oder anderen ein Lächeln von sarkastischem Desinteresse zu. Die Lippen auf dem Bild waren vollendet, aber das Lächeln hatte der Meister noch nicht auf das Leinen gebannt. Ich trat leise ein und setzte mich, nachdem mir ein griesgrämiger Giacomo Salai fast erschreckt einen Becher Wein reichte, rechts von da Vinci auf eine Truhe.

»Was, beim Nordlicht, soll ich noch tun, daß du lächelst? So kann ich dich nicht malen!« rief er nach einer Weile.

Sie hob die Schultern, während die Possenreißer einen lauten Radau veranstalteten.

»Kaufmann del Giocondo wird nicht zahlen, wird nicht zahlen!« schrie kichernd ein angetrunkener Arlecchino. Leonardo hob den Kopf und schmetterte unbeherrscht den Pinsel zu Boden. Dann sah er mich, und sein zuerst ungläubiges Gesicht überzog sich mit einem strahlenden Lachen. »Atlancar! Amigo! Freund! Du hier? Dein Versprechen ...«

Die Umgebung schien vergessen. Er machte einige herrische Gesten und scheuchte Musiker und Spaßmacher aus dem Raum. Schimpfend verließen sie das Zimmer und polterten die Treppe hinunter, tönerne Becher zerbrechend und allerlei Geräte umwerfend.

»Ich sagte nicht, wann ich komme«, antwortete ich und umarmte ihn freundschaftlich, »aber ich versprach's. Hier bin ich! Allein und bereit, mich malen zu lassen.«

Er deutete auf die junge Frau, die aufgestanden war und mit den Bewegungen einer schläfrigen Katze auf uns zukam. Sie öffnete ihre vollkommenen Lippen, zeigte ebensolche Zähne und sagte mit rauchiger Stimme:

»Ein Fremder mit erfahrenen Augen. Für heute, Meister Leonardo, gelüstet es Euch wohl nicht mehr nach Öl und Farbe.«

Als ich mich verbeugte, trafen sich unsere Augen. Sie forderte mich mit Blikken und jeder Bewegung heraus, bückte sich nach dem Weinkrug auf einem niedrigen Tischchen und zeigte mir mit Bedacht, wie gut der sichtbare Teil ihres Körpers ausgeprägt war. Auch die Haut ihrer Schultern und des Ausschnitts war seidigrosig. Ich gab das Lächeln bewußt zurück. Leonardo schlug sich die Hand vor die Augen und seufzte.

»Ihn, den Condottiere, lächelst du an. Dieses Lächeln!« stöhnte er. Ich setzte mich wieder und schlug die Beine übereinander.

»Morgen, wenn Ihr wieder Modell sitzt, schönste Lisa, werde ich Euch zum Lachen bringen. Zum Lächeln wenigstens. Denk daran, Leonardo.« Meine Gedanken wirbelten. Mir fielen alte Reime ein; langsam ließ sich ein boshafter Gedanke herausschälen. Leonardo erzählte, immer wieder nachschenkend, von seinen Erlebnissen seit Milano, und ich gab einige meiner glaubhaften Abenteuer zum Besten. Salai und Lisa vergaß er völlig: Ich widmete mich der schönen Gherardini. Einmal sagte sie:

»Das Lächeln vergeht mir, wenn ich an die faltigen Schenkel des Gioconda denke. Und Ihr wollt, daß ich lache? Weinen könnte ich.«

»Immerhin hat er Geld genug, um Euch malen zu lassen.« Leonardo fuhr sie an. »Lacht! Mehr verlange ich nicht.«

»Morgen. Aber nur, wenn Ihr zuseht, Atlancar!«

»Mit Freuden!« versicherte ich und wußte, daß ich mit der Gefahr spielte. Ehebruch mochte in Firenze an der nächtlichen Ordnung sein, aber ich fand es wenig spaßig, einen ehrbaren Kaufmann zu hörnen. Lisa schien mit dem Instinkt der Jägerin dies zu wittern, denn mindestens dreimal erzählte sie an diesem Abend, daß ihr Gatte den Mägden nachstelle, und dies auf schamverletzende Art. Gesellen und Helfer verließen die Werkstatt, und als wir allein waren, sagte Leonardo fast flehend zu mir:

»Arcone! Bring Lisa in ihr Haus. Und dann komm wieder. So unendlich viel gibt es zu bereden. Ich werde nicht schlafen, so aufgeregt bin ich. Und du«, zischte er Salai zu, »verschwinde zu deinen ruchlosen Freunden, die den Mädchen nachrennen! Schnell!«

Ich stand auf und holte Lisas Mantel, der über der Sessellehne hing. »Der Meister wird von der Erinnerung übermannt«, sagte ich entschuldigend. »Ich bringe Euch zu Eurem liebenswerten Gatten, bei meiner Ehr.«

»Es ist ein langer Weg!« sagte sie und lehnte sich kurz gegen meine Brust, als ich ihr den Mantel um die Schultern hängte.

»In Eurer Gesellschaft wird es mir kürzer erscheinen bis zu jenem Fenster«, versicherte ich, »obwohl dahinter der Mond uns zublinzelt.«

»Kommt.«

Ich warf Leonardo einen flüchtigen Gruß zu, nahm ihren Arm und führte sie die Treppe hinunter, die mit Zerbrochenem übersät war. Die Hand am Degengriff, ihre Hand in meiner Armbeuge, so gingen wir langsam durch das dunkle Firenze. Als wir unweit der Ponte Vecchio in die Schwärze unter einem Alkoven eintauchten, wirbelte sie herum und riß mich an sich. Sie packte meinen Kopf und küßte mich mit dem Durst einer Wüstenwanderin.

»Ich will dich, Fremder«, keuchte sie und drängte ihren Körper unbeherrscht an meinen. »Nicht diesen geldzählenden Alten. Mich rührt er nicht an!«

Ich bemühte mich, möglichst beruhigend zu antworten: »Ich hasse es, anderen Männern Hörner aufzusetzen. Ich bin mit den Bräuchen von Firenze nicht vertraut, aber deine Leidenschaftlichkeit reißt mich von den Beinen.«

»Morgen. Heute noch! Wo du willst!« flüsterte sie und biß mich ins Ohr, während ihre Finger die Knöpfe aufrissen und nach meiner Haut suchten. Ich lehnte gegen eine muffige Mauer und überließ mich, während meine Zurückhaltung schwand, ihren Liebkosungen. Nach einer mittleren Ewigkeit packte ich sie an den Oberarmen und sagte: »Du bist schön und begehrenswert. Aber ich will nicht, daß wir ernsthafte Schwierigkeiten bekommen. Ich bringe dich zu deinem Mann. Schnell! Wenn er dich sieht, wird er sich denken können, was geschah.«

»Er sieht nur ... Vergiß es! Du bist stark! Jeder andere ...«

»Von den schwachen Männern bin ich einer der stärksten, das ist wahr«, antwortete ich, ordnete mein Wams und zog sie hinaus ins Licht einer einzelnen Fakkel. Jetzt lächelte sie breit, während ihr Atem stoßweise ging. Lisa glühte förmlich vor Leidenschaft. Es fiel mir schwer, sie an der Pforte des Hauses zurückzulassen und beste Grüße von Meister Leonardo auszurichten. Ich eilte zurück und fand ihn vor dem unfertigen Bild, auf dem Tisch ein reicher Imbiß und zwei Krüge dunkles Bier.

»Sie ist schön, aber meine Finger zittern, wenn ich daran denke«, sagte er und nötigte mich in den bequemsten Sessel. »Ich bringe es einfach nicht fertig. Sie muß lächeln, weißt du? Sonst taugt das ganze Bild nichts, und ich werde niemals damit fertig.«

»Morgen«, tröstete ich ihn. »Erzähle mir, wie dieser Macciavelli ist, den du bei Cesares Angriff auf Urbino trafst.«

»Ein kluger Mensch«, murmelte er. »Und gänzlich ohne Gewissen.«

Wir redeten uns bis fast zum Morgengrauen in eine gute Müdigkeit hinein. Ich ließ in der Badestube der Herberge einen Zuber aufstellen und verlangte, nachdem ich am frühen Nachmittag ein delikates Essen hinter mich gebracht hatte, viel heißes Wasser. Wie ich bald erfuhr, hatte mein Wirt inmitten seines Weinfelds eine Hütte. Ich sicherte mir gegen etliche Florin zu, sie säubern und mit dem Notwendigen ausstatten zu lassen – ich gab vor, hin und wieder die Einsamkeit, Lerchentrillern und Nachtigallenschlagen genießen zu wollen. Ich hatte bald sein vollstes Verständnis; ein Schurke erkennt den anderen auf den ersten Blick.

Lisa Gherardini war, als ich am frühen Nachmittag das Atelier Leonardos betrat, stark verändert. Der Freund hätte nicht nur blind, sondern auch empfindungslos sein müssen, wenn er nicht gemerkt hätte, was sie dachte. Er war unwirsch; auch gestern nacht hatte er sich einige Male recht seltsam verhalten. Sie saß in derselben Haltung da, in einem Kleid, das ihre Figur provozierend modellierte. Es tat nichts, denn wenigstens das gemalte Gewand war fertig und zum Teil schon gefirnißt. Aber entweder lächelte sie mich viel zu schmelzend an, oder sie fiel zurück in die Betrachtung ihres lieblosen Schicksals; dann zogen Wolken über ihr Gesicht, und Leonardo fluchte und verwendete ausgesuchte toscanische Schimpfwörter, von denen er eine große Zahl kannte. Plötzlich stand er auf, warf mir einen finsteren Blick zu und eilte mit großen Schritten hinaus. Ich brachte ihr Wein und fragte: »Kannst du ausreiten? In die Weinfelder im Süden? Ohne Begleitung?«

Eine lange Unterhaltung mit Taddeo Fanfoia, dem Herbergsvater, hatte mir erstaunliche Einzelheiten über die Gesellschaft des reichen Firenze offenbart. Die Folgen moralischer Einschränkungen traten nur dort auf, wo das Publikum und schließlich die Betroffenen jedwede Verfehlung ins grelle Licht gezerrt sahen. Auch eine herrschende Moral, andernorts als sittenlos verschrien, besaß ihre eigene Gesetzlichkeit. Ich fühle mich nicht mehr ganz so verrucht, wenn ich an Lisa dachte. Und ich dachte viel zu oft an Lisa.

»Allein? Unmöglich! Aber ich finde jemanden. Wohin?«

Ich beschrieb ihr den Weg zur Hütte. Sie legte den Finger auf die Lippen, als sie Leonardos Schritte auf der Treppe hörte. Er kam mit Wein und einer Handvoll feiner Pinsel. Wieder wirkte er freundlich und nickte mir zu, als erwarte er die technische und wissenschaftliche Fortführung aller Erfindungen, die er zwischenzeitlich gemacht hatte.

»Liebste Freundin«, sagte er und rollte das toscanische »R« übertrieben. »Lächle! Innig und verhalten. Denk an die Fröhlichkeit unschuldiger Kinder oder an reifende Trauben.«

Wieder war ihr Lächeln nicht recht. Ich nahm einen weiteren Schluck und griff zu einer Theorbe, die einer der Musiker liegengelassen hatte. Ich war alles andere als ein Poet, aber ich hatte einen langen Reim eines muslimischen Harfinisten gehört und mir gemerkt. Allzu stolz war ich nicht auf meine Version.

Zur Verwunderung von Modell und Meister, schlug ich ein paar passable Akkorde, dann deklamierte ich:

»Der Meister malt jetzt, pinselstark, Donna Lisa zu Firenze für klingend' Münze farbenfroh. Die Donna dreht indes ganz andere Tänze!«

Verwunderte Blicke trafen mich. Lisa ahnte, was folgen würde, und begann zu lächeln. Ich deutete, als mich Leonardo ansah, kurz in ihre Richtung und redete weiter.

»Der gehahnreit' Signor entdeckt's in flagrant. Jüngst kam's uns zu Ohr. Ihr war's arg pikant. Nun lästert Firenze zur Gänze!«

Leonardo flüsterte ergriffen: »Dieses Lächeln! Jetzt! Beweg dich nicht! Halt!«

Er warf sich vorwärts, ergriff eine nadelfeine zugespitzte Kohle und skizzierte mit fast unsichtbaren Strichen und Schraffierungen ein inniges, zurückhaltendes Lächeln von fein gebogenen Lippen, über die Labialfalte hinaus, geheimnisvoll und ein wenig genießerisch-hungrig, wie eine zufriedene Katze, die noch die zweite Hälfte der Maus vor sich hatte. Erstarrtes Schweigen herrschte, dann löste sich die Anspannung in begeisterten Rufen Leonardos. Lisa blickte mich durchdringend an, und ich wußte zum erstenmal nicht, was sie dachte. Ich stotterte eine lahme Erklärung: »Der große arabische Poet Cisper Ahfes hat's gereimt. Ich veränderte nur ein paar Worte.«

»Ich meine, daß du viel sagst, aber mit den falschen Worten«, belehrte mich Leonardo. »Ich danke dir. Ein Zufall, gewiß, aber jetzt kann ich darangehen, das Bild zu vollenden.«

»Dann werdet Ihr, Meister Leonardo, mich heute nicht mehr brauchen?«

»Nein, eigentlich nicht.«

»Ich habe Gherardini versprochen, auszureiten. Er meint, ich sähe kränklich aus. Zu Pferde in die Frühlingsluft hinaus.«

»Bleibt noch einige Herzschläge lang«, bat er und deutete auf das Ohr des Bildes. »Es dauert nicht lange. Nur noch die Farbe ...«

Ich verabschiedete mich mit dem Vorwand, ihm einige Zeichnungen zu bearbeiten. Mein Pferd stand eine halbe Stunde später bereit, und in federndem Trab ritt ich zu der Hütte Fanfoias. Ein gemauerter Ofen strahlte gemütliche Hitze aus, es war frisch geputzt. Wein, Käse und Brot sowie ein Topf Oliven und Pilze in Öl standen bereit, Kerzen und alles andere, woran ich nicht gedacht hatte.

Leonardo zielte mit dem Pinsel auf mein linkes Auge und kicherte. Mit der linken Hand zauste er seinen weißen Bart und deutete auf vier Zeichenblätter, die rechts und links des Portraits von Mona Gherardini hingen.

»Schön und gut; dieses Lächeln. Dir kann ich's sagen, Freund: Als ich noch mehr konnte als wollte, liebte ich Frauen und Jünglinge; ja, auch diesen läufigen Salai ... Zweimal haben sie mich wegen Sodomie angeklagt. Sieh hin! Aber du weißt ja alles, ich seh's an deinen Augen – der Schwung der Lippen Monas entspricht dem Rücken und den Hinterbacken eines jungen Jünglings. Oder dem Spalt in einem Pfirsich. Oder dem geschwungenen Riß, der durch unsere Träume geht und morgens klafft – auch als weithin Sehender und Deuter glaube ich, dem Vergleich mit jedem anderen aufs beste standhalten zu können.«

»So habe ich ihre Lippen bisher nicht gesehen.« Ich legte meine Hand auf seinen Unterarm und drückte zu. Er sah mich an wie einer, der schlimme Strafen erwartete. »Für mich bist du das Genie, Leonard! Dein Geist ist rastloser als meiner! Deine Felsgrottenmadonna, die Studien zur Anghiari-Schlacht, die ›Verkündigung‹, die wunderschöne Dame mit dem Hermelin und dem schmalen Stirnreif – auch Ginevra Benci ... du bist der Größte, Leo!«

Er starrte mich an. »Wirklich?«

»Du hast meinem erfinderischen Freund und Halbbruder und mir so viele Zeichnungen geschenkt – jedesmal, wenn ich sie betrachte, überfällt mich heiligmäßiger Schauder.«

»Nichts davon wurde je gebaut.«

»Du bist deiner Zeit um ein halbes Jahrtausend voraus, Messer da Vinci«, sagte ich. »Es ist eine schlimme Zeit für Genies. Aber wahrscheinlich ist jede Zeit für Genies nicht förderlich. Tu, was auch ich tu': Schränke dich ein und versuche zu verwirklichen, was du und die Handwerker schaffen – blicke nicht allzu sehnsuchtsvoll in allzu weite Fernen.«

Er starrte das Bild an, dessen Mundpartie glänzte, weil die Farben frisch waren. »Dein Rat, Freund?«

»Der beste, den ich dir nach langem Abwägen geben kann.« Ich stand auf und verglich das Bild mit der lebendigen Mona, deren Ausdruck in meinen Armen weitaus weniger rätselvoll war. »Ich bleibe lange hier. Wir werden noch viel miteinander reden können, Maestro.«

Er umklammerte meine Schultern, als er mich zum Haustor brachte.

Firenze, eine der größten Städte Europas, hatte mehr als fünfzehntausend Einwohner innerhalb der Mauern. Nur drei oder vier wußten von der Leidenschaft Lisa Gherardinis und unserem Versteck. Ich wandte alle meine technischen Hilfsmittel an – Lähmstrahler, feinjustierte Psychostrahler und Deflektorschirme – und verbarg jeden unserer Schritte, so gut es ging. Ohne es zu wissen, wurde Leonardo mein Komplize. Die Stunden vor und nach den Sitzungen in seinem Atelier verbrachten wir in Fanfoias Hütte und liebten uns. Lisas Leidenschaftlichkeit war so vollkommen wie ihr samthäutiger Körper; für eine viel zu kurze Zeit verwandelte sich die Hütte in eine Zone der Unwirklichkeit. Aus winzigen Lautsprechern drang zeitgenössische Musik, aus Ricos Archiven gesendet. Wir flüsterten und lachten viel, tranken, schliefen und stritten wegen völlig unbedeutender Dinge. Lisa blühte während dieser Monde auf und veränderte in winzigen Schritten ihren

Charakter; ihr sprunghaftes Wesen wurde ausgeglichener, weil ihr Sehnen nach Liebe und Umarmungen endlich Ruhe fand. Sie wußte, daß ich nur ein Besucher Firenzes war.

Aus Frühling wurde Sommer; die Hütte verschwand unter Grün, an dem unsere Pferde knabberten. In den Nächten zeichneten Leonardo und ich alles Erdenkliche, und ich half ihm mit Ricos mathematischen Formeln. Je länger ich Leonardo kannte, desto unheimlicher wurde er mir. Offensichtlich befand er sich, im drei- oder vierundfünfzigsten Lebensjahr, in einer dunklen Phase. Lisa verhielt sich, als wäre sie mit mir allein auf einem fernen Planeten. Als an Leonardo von Julius dem Zweiten, Papst zu Rom, der Ruf erging, war auch unsere Tarnung zu Ende. Ein herzzerreißender Abschied zog sich über einige Tage hin; der Abschied vom Meister Leonardo war kürzer und weniger dramatisch.

Von Firenze aus ritt ich nach Westen, dachte an Le Sagittaire, begleitete eine Weile eine Gruppe Schauspieler und Gaukler, gesellschaftliches Freiwild dieser Zeit, durch halb Savoyen, blieb einen Mond lang in Port du Soleil und verkaufte dort die Pferde. Rico schaltete die Transmitter, und ich löste mein Versprechen ein und tauchte in der Nacht in Le Sagittaire auf.

Am Vormittag stieß ich die knarrende Tür des niedrigen, langgestreckten Hauses auf, in dem der Pfarrer wohnte. Er hatte seinen greisen Amtsvorgänger vor kurzer Zeit abgelöst. Verwirrt sprang er auf, als er mich sah – für ihn konnte ich niemand anderer sein als der Herr von Beaumont.

»Inkommodiert Euch nicht, Hochwürden«, sagte ich und setzte mich an den wuchtigen, geschnitzten Tisch, den ich seit unzähligen Jahren kannte. »Ein Becher Wein tut es auch, denn ich beabsichtige, ein ernstes Gespräch zu führen.«

»Sehr wohl. Sofort! Wie komme ich zu der Ehre?« Er hatte ein aufgewecktes Gesicht und begriff schnell. »Seit wann seid Ihr hier, Herr?«

»Seit Stunden. Ich komme und gehe, wie Ihr wißt, leise und meist ungesehen.«

Wir öffneten die Fenstertüren. Die ersten Anzeichen des Herbstes färbten die Ränder mancher Blätter. Es roch gut nach frischem Gras. Ich fragte ihn aus, um zu sehen, wie er die Zukunft einer solchen Siedlung sah.

»Es mag sich in Rom und nach einem Konzil vieles ändern.« Er seufzte und blinzelte in die Sonne. »Aber unsereiner, ein kleines Pfäfflein im Schoß seiner Herde; er wird stets dieselbe Arbeit haben. Zuspruch und Taufe, Erziehung zum rechten Glauben, Beichte, Meßopfer und Trauung, Eintrag ins Kirchenbuch – und am Ende ein sanftes Begräbnis, bei dem jedermann weint und sich nachher laut lachend betrinkt.«

»Mit dem Pfarrer in ihrer Mitte«, stimmte ich zu. »Mir ist daran gelegen, daß Beaumont und der Weiler unangetastet bleiben, daß Ruhe herrscht, daß alle Steuern bezahlt werden. Und seid nachsichtig zu Euren Schäfchen.«

»So, wie auch ich um Nachsicht bitte«, antwortete er. Ich nickte.

»Denn sonst, ohne Verzug, trifft dich und den Bürgermeister die harte Strafe des Fürsten. Er ist diesem Boden näher als dein Bischof.«

»Ich gelobe es – denn es ist meines Amtes.«

Ich stand auf und verabschiedete mich nicht, denn ich hatte versprochen, nicht so bald zu gehen. Ich half den Bewohnern bei der Ernte, reparierte mit dem

Schmied und seinem Jungen verschiedene Leitungen und Einrichtungen, ging auf die Jagd und erlegte viele Wildschweine, von denen die Äcker verwüstet wurden, erfreute mich am Wein, an der Stille und der gesunden Arbeit, an den Nachrichten Ricos (ich lächelte, als ich das Zustandekommen von Namen in der Barbarenwelt beobachtete, denn nach Vespuccis Vornamen nannten zwei deutsche Kosmographen den neuentdeckten Erdteil »Amerigo«, also »Amerika«!) und an Susannas gesunden Kindern.

Ich schlug Bäume und setzte neue Sprößlinge, half dem Bürgermeister bei der Berechnung der Steuer und zahlte manches Goldstück dazu, organisierte einen gewichtigen Salztransport – kostenlos – und freute mich in den Nächten an der bewundernden Liebebedürftigkeit praller Bauerntöchter, die ihrerseits die Tage im gemütlichen Schlößchen genossen. In aller Ruhe und ohne die geringste Störung beschäftigte ich mich mit tiefgründigen Überlegungen, wie den Barbaren zu helfen sei; zwangsläufig dachte ich an den Schwur, der mich davon abhielt, mit dem Hypersender des Venus»gehirns« eine Arkonflotte zu rufen. Der Logiksektor wisperte: *Du wirst zu einem Barbaren und vergißt Arkon, die selbstgestellten Aufgaben und ES. Beaumont ist nicht der ganze Planet Larsaf III!* Um dieser Gefahr zu entgehen, rechnete ich die Möglichkeiten nach, den Seeweg nach Indien wirklich zu finden, vorbei an den Tausend Inseln, stets nach Sonnenuntergang! Und in einer stürmischen Winternacht, nachdem ich alle Einrichtungen des Schlößchens Sagittaire gesichert hatte, zog ich meinen Pelz an und nahm Abschied von Susannas Familie, steuerte den Gleiter nach São Miguel und schleuste in meinen stählernen Unterschlupf ein. Diesmal freute ich mich auf den Schlaf an Moniques Seite und befahl Rico, mich im Jahr 1511 zu wecken. Der kühle Abstand, der es mir gestattete, über die Welt der Barbaren zu wachen, war wiederhergestellt; ich war ruhig und ausgeglichen, und sehr müde. Ich schlief ein, die dreidimensionale Wiedergabe der Lisa di Gioconda vor Augen. Später berichtete Rico, daß ich während langer Stunden Tiefschlaf gelächelt hätte.

Es gab nicht viel Erwähnens- und Berichtenswertes von meinem halbjährigen Aufenthalt, der sich auf Beaumont, Roma und Milano verteilte, auf Padua und wenige andere Orte. Ein Erlebnis schien mir wichtig zu sein, und als ich nach der nächsten Schlafphase fähig war, meine Umgebung bewußt wahrzunehmen, erwachte wieder eine Erinnerung. Ich drehte zwei Haarsträhnen Moniques zusammen und rückte ihr Gesicht ins Licht; ich flüsterte:

»Meschullemet. Königin Meschullemet und ihr Sohn Amon.«

»Was redest du, Liebster?« flüsterte sie.

Als sie die Augen schloß und den Kopf senkte, war meine Erinnerung wieder klar und präzise. Ich lehnte mich neben Monique und zog sie an mich.

»Du hättest für Meschullemet Modell sitzen können, von schwerem Stoff umhüllt und mit einer Stirnbandhaube der Zeit nach dem dunklen Mittelalter; ein paar Jahre älter, eine weniger starke Nase und einen viel schlankeren Hals. Michelangelo«, sagte ich leise, »mußt du wissen, malte nur selten wirklich graziöse Frauen, solche wie dich. Er war mehr für heroische Figuren. Aber ich erinnere mich ...«

Ich schloß die Augen und holte tief Atem. Es war eine herrliche Zeit, in der langen Zeit der Ruhe 1511 in Rom. Noch stand ein Teil der Gerüste. Michelangelo Buonarotti, gut fünfunddreißig Jahre alt, brachte letzte Korrekturen an einem Fresko in einem der vierzehn Bogenfelder. Langsam kletterte ich die Leitern hinauf und hörte ihn ärgerlich brummen und knurren.

»Meister des frühlingshaften Grüns und des Rotes der Himbeere!« rief ich durch das nachhallende Gemäuer der päpstlichen Palastkapelle. »Hier kommen ein Trunk, ein Imbiß und ein Freund, der gute Laune mitbringt.«

Farbe tropfte irgendwo. Über mir und um mich herum leuchteten und strahlten die herrlichen Fresken der Malerei. Ein monumentales Werk war so gut wie fertig. Obwohl Michelangelo ohne rechte Freunde seine testamentarischen Figuren an Decke und Wände warf, mit der sicheren Hand eines Genies, schätzte ich jeden Quadratfuß seines Meisterwerks.

»Das ist sicher Freund Atlan«, hallte es von der anderen Seite des knarrenden Gerüstes. »Eine willkommene Unterbrechung. Der verdammte *tonaco* ist schon wieder trocken.«

Ich grinste und packte den Henkel fester. »Du solltest in der päpstlichen Kapelle des zweiten Julius keine unangemessenen Worte gebrauchen.«

Es zählte zu meinen schönsten Erlebnissen, im Malerkittel neben ihm auf dem Gerüst zu sitzen, am Käse zu knabbern, frisches Brot zu essen und den Worten zu lauschen, mit denen er seinen Groll gegen diesen Auftrag loszuwerden versuchte.

»Ich habe auch ein paar Kerzen mitgebracht«, sagte ich und tappte geduckt über die knarzenden Bretter. »Das Tagewerk, ist es schon fertig?«

Er malte mit feuchtem Putz. Die Leuchtkraft aller Farben wurden gesteigert. Wenn der *stucco* trocknete, taugte die Malerei nichts mehr. Ich breitete das Tuch aus, zündete die Kerzen an anderen Flammen an und zupfte den Meister am Bart. Er trank aus der Flasche; seine Stimme sank zu einem grimmigen Murmeln herab.

»Der Ehrgeiz des Papstes, er bringt mich um. Ich bin Bildhauer, nicht Maler großer Flächen.«

»Wenn die Gerüste abgebaut sind«, sagte ich, »wird alle Welt sehen können, daß du ein wahres und wirkliches Meisterwerk geschaffen hast. Ich liebe jeden Pinselstrich.«

Er wußte, daß ich ihm keine Komplimente machte. Er nickte; seine tiefliegenden, braunen Augen waren entzündet. Mit dem letzten Pinselstrich würde er die Gerüste fluchtartig verlassen und sich in die Sonne legen. Das hatte er mir geschworen. Er zeigte auf ein handgroßes Stück feuchten Putz.

»In einer Stunde kommen die Gehilfen und reiben die andere Hälfte in die Wand.«

»Hast du je lebende Modelle gehabt für diese vielen Frauen und Männer, von denen keine und keiner dem anderen gleicht?«

»Tausende. Alle hier, Atlan.« Er deutete mit dem Zeige- und Mittelfinger an die Stirn.

»Auch ich? Schließlich kennen wir uns schon einige Zeit. Spätere Bewunderer könnten sich zu Tode erschrecken.«

Wir tafelten fröhlich. Unser Gelächter schallte durch den Raum mit dem Tonnengewölbe. Zwischen Farbtöpfen und angerührten Pasten, unzähligen Pinseln in allen Breiten und Stärken brannten die Kerzen und schickten haarfeine Rußfäden in die Höhe.

»Nein, Atlan. Nicht du. Ich male nur schöne Menschen.«

»Die Meschullemet; sie gefällt mir besser als die Sibylle von Cumae. Sie ist hübscher.«

»Du bist ein Barbar. Das Modell für die *regina* ist eine Bauernmagd, die ich vor sieben Jahren gesehen habe.«

»Deswegen hat niemand den Eindruck, sie könne leicht zerbrechen«, sagte ich. »Im Ernst! Deine Mädchen sind alle für Arbeiten in Feld und Wald gerüstet.«

»Auch wenn du Leonardo aus Vinci unter den Tisch getrunken hast, was ich nicht glaube – von Kunst verstehst du sowenig wie ich von deinen Sternen. Eher noch weniger.«

»Wirf mich nicht vom Gerüst! Sie ist bezaubernd, hätte herrliche Augen, sähe man sie denn, und ihr Bambino wiegt soviel wie ein Kalb. Zufrieden?«

Er nahm mir die halbleere Flasche weg, grinste und verschüttete Wein in seinen struppigen Bart. »Zufrieden, da du meine Laune verbessert hast. Alles in allem bin ich zufrieden mit mir. Wo treffen wir uns heute abend?«

»Bei mir. Im Hof.«

»Einverstanden.«

Ich schlug ihm auf die Schulter und machte mich, an der leeren Stirnseite des Raumes vorbei, an den mühsamen Weg über schwankenen Leitern. Er fieberte danach, sich nach diesem riesigen Auftrag wieder an seinem Meißel festhalten zu können. Schließlich, sagte er, war er Bildhauer und kein *maledotto pittaratore!*

Ich öffnete die Augen; Monique lächelte mich schweigend an.

18.

»Ich erinnere mich gern an den Einsatz der United Stars Organisation auf dem Planeten Khaza, auch wenn mich der Erinnerungsstau eines Déjà-vu-Erlebnisses zwang, die Geschichte meiner Beziehung zu Maghellan preiszugeben. Bevor ich sie zum zweitenmal erzähle, berichte ich von den Geschehnissen an der Seite Ronald Tekeners.«

Schweigend und konzentriert hörte Professor Cyr Aescunnar zu.

Der gedankliche Sprung von der Sixtinischen Kapelle und Michelangelo Buonarotti zu einem obskuren Planeten, auf dem Atlans Erinnerungsvermögen strapaziert worden war, konnte schwerlich geringer sein.

Noch hatte der Arkonide seine Erzählung nicht begonnen; noch bestand keine

Notwendigkeit für den Geschichtswissenschaftler, die überbordende Menge der Sekundärinformationen über Leonardo da Vinci, Raffaello Santi, die italienische Renaissance und Michelangelo Buonarotti durch Texte und Bilder über Maghellan zu ersetzen. Ruhig berichtete Atlan:

Khaza ist der zweite von fünf Planeten, die, 20.341 Lichtjahre von der Erde entfernt, sich um die Sonne Ratos-Ebor bewegen, einen KO-Stern von 0,6 Leuchtkraft-Sonneneinheiten und 4200 Grad Celsius Oberflächentemperatur. Die Eingeborenen der vier inselartigen Kontinente nennen den Stern »Carybdea Acropis« (das ist: der Vogel mit dem brennenden Auge). Khaza ist, planetengeschichtlich gesehen, noch relativ jung: Die Folgen sind andauernder Vulkanismus, besonders in den nördlichen Zonen des Planeten, untiefe Meere, meist tropischer Pflanzenwuchs und inselartige Kontinente. Die Nordland-Barbaren, rund um den Nordpol angesiedelt, wandern zum Kontinent der Nighmanen und, seltener, zu den Zakotern des Westkontinents und verdingen sich dort als Söldner, Truppenführer oder Sklaven – eine soziale Regelung, von der die meisten Bewohner zutiefst befriedigt sind. Vor Jahrtausenden wanderten frühe Akonen ein, vergaßen ihre Technik und entwickelten eine Kultur, die merkwürdig, jedoch für einen Historiker leicht zu verstehen ist. Sie entspricht in ihrer Höhe und in vielen Äußerungen jener terranischen Kultur, die Alexander der Große antraf, als er seinen Weg begann. Vor wenigen Tagen, im November 2409, war die Herrschaft des Krata beendet worden – Khaza würde in die gelassene Ruhe des Vergessens zurücksinken.

»Mann des Schwertes!« sagte ich, als der Gleiter am Eingang des Tales anhielt. »Das ist der Anblick, der selbst einen alten Mann wie mich hinreißt!«

Der schwarzhäutige Barbar im stählernen Schuppenpanzer, in einen rostroten Mantel gehüllt, betrachtete die Landschaft unter dem ersten Licht des Morgens. Selbst ihm war sie fremd.

»So ist es«, sagte er. Gezwungen, wochenlang eine Rolle perfekt zu spielen, konnte er sich nur schwer von der Angewohnheit befreien, ellenlange Sätze in der blumenreichen Sprache Khazas von sich zu geben. »Wir werden die Schwester des Trankes besuchen und um ein Nachtlager bitten – sie haben herrliches Bier.«

»Einverstanden!« sagte ich. Die United Stars Organisation hatte sich mit Khaza zu beschäftigen gehabt, mußte aber darauf achten, daß ihr Einsatz unbemerkt vor sich ging. Wir durften und wollten uns nicht in die Geschichte des Planeten einmischen. Garaz »Meister« T'aban Tenthredo legte seine Hand auf die eigroße Ausbuchtung unter dem schwarzen Panzer und nickte. Dann steuerte er den Gleiter in ein Versteck. Von hier aus würden wir unseren Weg zu Fuß fortsetzen.

»Ich habe alles über Khaza gelesen«, stellte ich fest. »Hier am Polarkreis herrschen Mythen, die mich an Erlebnisse vor Jahrtausenden erinnern. Der Kayala-Kult beispielsweise ...«

Wir rollten Felsen vor die kleine Höhle, gingen, die Sonne die Rücken, auf die gewundene Paßstraße zu, hinter deren Kies das Tal begann, eine der vielen

Sehenswürdigkeiten Khazas und von einigen tausend schwarzhäutigen Nordländern bewohnt.

»Der Kayala-Kult ist kein Mythos!« sagte T'aban Tenthredo. »Es ist die Wirklichkeit. Ich habe zwei Hinrichtungen erlebt, und, ich schwöre Ihnen – die Hingerichteten waren wirklich tot!«

Wir kamen vorbei an einer zerbröckelnden Ruine, einem Wachturm aus Tuffgestein und schwarzen Basaltbrocken, von oben bis unten in Schleier und Stalaktiten eingehüllt, wie tropfende Wachskerzen. Gelbe, rote, blaue und ockerfarbene Minerale aus dem Planeteninnern wurden, nachdem vor Jahrtausenden über dem Turm eine Thermalquelle aufgebrochen war, abgelagert. Sie verwandelten den Turm in ein rankenverziertes steinernes Märchenschloß aus tausend Farben. Der Kies knirschte unter den hochgeschnürten Sandalen.

T'aban zupfte an seinem Bart und sagte: »Der Stamm der Naysat gehört zu meiner Legende. Ich habe hier gelebt und Freunde gewonnen. Ingeyn gehört zu ihnen.«

Der galaxisweit steckbrieflich gesuchte Verbrecher Professor Iseka Kamitara hatte seine Herrschaft als Krata beendet. Sein Tod war nach elfjähriger Anwesenheit auf Khaza eine Folge der Auseinandersetzung um den Besitz des Zellaktivators gewesen. Krata würde als Begriff erhalten bleiben – aber nicht mehr länger würde ein Verbrecher den Namen eines geheimnisvollen Kraters ausnutzen können. Bevor das letzte Schiff der USO startete, mit einigen verhafteten Helfern und den auf Khaza eingesetzten Spezialisten an Bord, hatte T'aban noch einen Abschiedsbesuch zu machen, und ich begleitete ihn. Wir ließen den Paß hinter uns, die Sonne stieg und überschüttete das Tal mit Licht und Wärme.

»Das Erstaunlichste ist nicht so sehr dieses Tal«, sagte ich, »sondern der Umstand, daß hier seit Urzeiten Menschen leben.«

Tenthredo breitete die Arme aus. »Es ist alles hier, was man zur Bequemlichkeit braucht: Wälder voller Tiere und Früchte, Weiden, Thermalquellen gegen Gliederreißen, Berge, Süßwasser und ein Fjord zum Meer. Genügend Baumaterial, um selbst das Haus des Stammes jedes Jahr zu erweitern!«

»Sie haben recht, Tekener!« sagte ich.

»Ich weiß. Es wäre besser, wenn Sie mich bei den Naysat wieder T'aban nennen würden. Es erleichtert das Inkognito.«

Zwei Piloten auf wendigen Zoon kamen auf uns zu. An Seilen zogen sie zwei Zoon hinter sich her, deren Sättel leer waren. Ein Pilot stieß in ein Horn und winkte, als T'aban seinen Mantel durch die Luft schwenkte. Die Reitvögel näherten sich – in einer Viertelstunde würden sie hier landen.

»Bei Krater ...«

»Bei Krata heißt es«, korrigierte Tekener. »Oder: beim Krater!«

»Beim Krater! Ich freue mich auf den Flug – ich habe noch niemals im Sattel eines so großen Vogels gesessen! Sie erklären mir die Zügelführung?«

T'aban machte eine lässige Handbewegung. »Ich erkläre alles, Atlan pt'Arcon!« sagte er leise.

Das Tal, ungleich geformt, etwa dreißig Kilometer groß, aus zum Teil vergletscherten Bergriesen, erloschenen großen und tätigen kleinen Vulkanen, aus dicht bewachsenen Hügeln, umgab die gewellte Fläche des Talgrundes. Felsabstürze wurden von Basalttreppen gebildet, andere von Kaskaden heißen Wassers aus dem Planeteninnern, die sich selbst eine Landschaft aus farbigen Mineralien geformt hatten. An dreißig Stellen fauchten periodische Geiser in die Luft. Die Zonen tropischer Wälder unterbrachen die Sandflächen, die aberodierten Vulkanschlote und die Caldera nahe des Talrandes. Das gesamte Tal war eine lautlose Farbensinfonie.

Wolkenschatten zogen über das Land. T'aban kniff die Augen zusammen. Er hatte die deutliche Ahnung einer Gefahr, einer negativen Stimmung dort im Tal, zwischen den Akonenabkömmlingen.

Ich, Atlan pt'Arcon, fragte halblaut: »Was ist los, T'aban? Ihr Gesicht sieht aus, als hätten Sie ernsthafte Probleme?«

»So ist es. Irgend etwas braut sich dort zusammen. Ich hätte es hören müssen – das Horn klang so merkwürdig.«

Ich schüttelte den Kopf, begriff vieles, aber diese Kultur hatte ich nicht selbst erlebt. Ich blieb auf eine Handbewegung T'abans hin stehen und fragte: »Wie geht es jetzt weiter?«

Tenthredo grinste kalt und erklärte in abgehacktem Tonfall. Die Zoon-Piloten drosselten die Geschwindigkeit der schnellen Vögel.

»Wir sind gesehen worden; der Paß wird bewacht. Ein schnelles Nachrichtensystem mit Farbflächen hat gespielt; wir werden abgeholt. Du mußt wissen, pt'Arcon, daß ich hier ein gerngesehener Gast bin.«

»Ich werde es mir merken, Barbar!« versicherte ich. Wir wollten zwei Tage bleiben und uns von den Strapazen erholen. Während weiße Wolken über einen Himmel von tiefem Blau zogen, kamen die Zoon heran. Sie schrien leise, als ihre Hälse mit den großäugigen Antilopenköpfen hochgerissen wurden, schlugen heftig mit den Flügeln, spreizten die fächerigen Schwänze aus und landeten auf dem Weg am Rand der Felsen. Die Piloten hoben grüßend die Hände, wie T'aban schwarzhäutig und mit wilden Bärten. Einer sprang aus dem Sattel und warf die Zügel dem anderen Mann zu, näherte sich steifbeinig und begrüßte uns, schlug mit der Rechten gegen seinen Reitpanzer und rief:

»Wir grüßen dich, Garaz T'aban Tenthredo! Du kommst rechtzeitig – hast du mitgewirkt, Seina Scuale zu fangen?«

T'aban musterte ihn mit einem überraschten Blick und sagte vorsichtig: »Mag sein, Dancun, mag sein. Dies, mein weißhäutiger Freund, ist Dancun, den sie den ›Vetter der Schwingen‹ nennen, einer unserer besten Piloten. Und dies ist Atlan pt'Arcon. Er wird mir helfen, den Abschied zu einem heiteren Fest zu machen.«

Sie schüttelten sich die Hände, wobei sie sich an den Unterarmgelenken faßten und sie mit festem Griff umspannten. Ich begriff und begrüßte den Mann vom Stamm der Naysat. Dancun wies auf die Vögel, die sich mit ihrer hornigen Zunge Milben aus dem Gefieder leckten.

»Heute nacht werden wir Seina hinrichten. Es ist beschlossen worden. Viele schwarze Steine waren in der Urne.«

Deshalb also die Unruhe, die Nervosität. Ich sah zu, wie T'aban sich in den Sattel schwang und den Mantel verknotete, dann machte ich es ihm nach. Mit einigen Sätzen erklärte T'aban die Handhabung der Zügel und schloß: »Bei der Landung nur ein Signal geben! Die Vögel wissen von selbst, wie sie zu landen haben. Wir fliegen zum Haus des Stammes, Dancun! Zu meinen Räumen!«

»Vater des Schwertes!« schrien beide Männer in den Lärm der schlagenden Schwingen hinein. »Dorthin wollen wir! Wir freuen uns alle, weil du heute den Kult beginnen wirst – du bist ausersehen worden! Und auch Ingeyn freut sich. Sie wartet auf dich!«

T'aban nickte und lachte breit; die acht Schwingen begannen stärker und schneller zu schlagen. Die Zügel wurden freigegeben, die Tiere stoben zwanzig Meter weit den abschüssigen Weg hinunter und warfen sich in den Abgrund. Nach einigen Metern Sturzflug hatten sie sich gefangen; die Zügelhilfen begannen zu wirken, und die Tiere erhöhten ihr Tempo. Mit rund hundertfünfzig Stundenkilometern Geschwindigkeit rasten wir über die Baumwipfel dahin, über einen mäandernden Flußlauf, lange Kiesinseln und einen See. Dann sah ich eine der Siedlungen aus vielfarbigen Steinen, inmitten von Feldern und Gärten. Und überall befanden sich die kunstvoll angelegten Badebecken, deren Calpoda-t'Styon-Geruch uns in die Nasen stach. Ich ahnte, daß die zu erwartende Zeremonie, von deren Art ich keinerlei Ahnung hatte, Erinnerung auslösen würde an die bitteren Jahre auf der Erde.

»Hooooh!« schrie einer der Piloten; ich schreckte aus meinen Gedanken auf. *Noch ist es Zeit, sich abzukapseln und die Erinnerungsstöße zu vermeiden!* warnte der Extrasinn.

Die größte Ansiedlung des Naysattales dehnte sich aus, in einen Berghang gebaut, der einem Spitzkegel glich, den man gedrittelt und auf den Kopf gestellt hatte. Zwischen den Häusern, durch Treppen und Stufen, durch Übergänge und zierliche Brücken miteinander verbunden, wuchs reichlich Grün. Ein Aquädukt führte in getrennten Tonröhren warmes und kaltes Wasser heran. Das treppenartig angelegte Gebäude am obersten Rand der Anlage war das Haus des Stammes; Versammlungsraum, Schenke, Gasthaus, Kommunikationsort, höchstgelegener Raum der Siedlung.

T'aban verbeugte sich und grinste kalt, berührte mich am Unterarm und betrat die Steintreppe, die von der Landeplattform nach unten führte. Wir kamen an verschiedenen Terrassen und kleinen Hanggärten vorbei, in denen kleine und große Pflanzen wuchsen und dampfende Bäder zu sehen waren. Schließlich betraten wir einen Raum, der von gelbem, fast orangefarbenem Licht erfüllt war. Dünne Webstoffe vor den Fensteröffnungen filterten das Licht. T'aban sah sich um, öffnete eine weiße Tür und winkte.

»Hier bin ich, Blüte des späten Abends!« rief Tenthredo. »Ich habe gewartet, in deine unendlichen Augen zu sehen!«

Vor einem Fenster schnappte der Stoff in die Höhe und ringelte sich zusammen. Ich lehnte abwartend an die Wand und schwieg, sah, wie sich aus einem hochlehnigen Stuhl neben dem Fenster eine große, schlanke Gestalt löste; eine Frau, nicht älter als siebenundzwanzig planetare Jahre. Mindestens einhundertachtundsiebzig Zentimeter groß, schlank, fast grazil, mit dunkelblondem Haar und hellsamtbrauner Haut. Ich glaubte, einen registrierenden, prüfenden Blick aus grauen Augen empfangen zu haben. T'aban sagte leise und ungewohnt weich:

»Edelster Traumvogel meiner Nächte! Mein Freund und ich sind gekommen, um einen langen Abschied zu nehmen. Gehen wir in die Bäder?«

»Ich habe euch gesehen«, sagte Ingeyn, umarmte Tenthredo, schmiegte sich dicht an ihn und legte die Hand auf den Unterarm. »Wein ist bereit. Das Wasser ist warm und wohlriechend.«

Die Rindenextrakte des Gaschkaybaumes wirkten in bestimmter Verdünnung desinfizierend und zugleich betäubend wohlriechend. Tekener und ich zogen uns in getrennten kleinen Räumen aus, glitten durch eine Art Schleuse in ein Becken voll warmen Wassers und trafen dort auf die junge Frau. Langsam löste sich die Verkrampfung der schnellen Reise; die Gedanken an die heutige Nacht verblaßten. Ich war überzeugt, etwas Einmaliges miterleben zu können.

Auch der Adath-Kult auf der Insel war für dich etwas Einmaliges! rief der Extrasinn. *Du hast um ein Haar dein Leben eingebüßt! Denk an deinen Zellaktivator.*

Ich lehnte am Beckenrand, lauschte mit halbem Ohr auf die Unterhaltung zwischen Ingeyn und T'aban und griff nach dem Pokal. Der Wein war schwer, rot und herb; er stachelte die Sonne an. Wir badeten ausgiebig, hüllten uns in riesige, flauschige Mäntel und nahmen dann in liebevoll vorbereiteten Räumen ein Essen ein. Dann schliefen wir einige Stunden, und ich hatte das Gefühl, daß sich die barbarischen Freunde T'abans mit dessen Erklärung, ich sei ein fremder Wanderer und ein Freund des Garaz, zufriedengegeben hatten.

Drohende, unheilvolle Ruhe lag über dem Ort, als der Bote Tenthredo abholte. Tenthredo hatte sich inzwischen in seine barbarische Stahlrüstung gekleidet und den Griff der schweren Schleuder eingesteckt, ebenso die Klettengeschosse. Auch ich setzte mir einen der mitgebrachten Helme auf, hüllte mich in die Rüstung der Nordmänner und folgte dem schweigenden Boten eine schier endlose Treppe hinunter. Zwischen den Zweigen der Palmartigen tauchten viele Schalen auf, deren Oberfläche brannte. Ein Geruch nach harzigem Öl hing in der Luft. Und als sich die Augen an die Helligkeit gewöhnt hatten, sah ich einen Kreis schweigender Männer. Sie starrten T'aban und mich an, als wären wir gefesselte Todfeinde.

»Wir setzen uns dorthin«, sagte T'aban knapp. Sein Gesicht trug einen konzentrierten, nach innen gekehrten Ausdruck. Trommeln begannen zu schlagen. Ein langgezogenes Stöhnen ging durch die Menge der wartenden Männer. Es waren nur Männer hier. T'aban schrie, aufspringend: »Männer von Naysat! Kämpfer! Brüder des Schwertes, Angehörige der furchtbaren Klettenschleuder! Wir trafen uns, um den Schuldigen zu strafen, um den Verräter zu rächen, um die Ehre des Stammes herzustellen. Beginnt mit der Kultzeremonie!«

Einen Augenblick lang zitterte der Nachhall seines Schreies durch die Felsen.

Du kannst dich nicht mehr wehren! schrie der Logiksektor. *Denk an den Portugiesen! Auch er starb auf einer Insel!*

Die Musik wurde lauter. Die Trommelschläge und das Klicken der gegeneinanderschlagenden Astabshnitte gingen in einen paralysierenden, aufregenden Rhythmus über. Neue Instrumente fielen ein. Aus dem Schatten um den Kreis der Feuerschalen traten Männer heraus. Sie trugen schwarze Stulpenhandschuhe und Schleudern. T'aban Tenthredo schrie:

»Der Pfahl! Bringt ihn, den Freund der Rache!«

Der Kreis öffnete sich an einer anderen Stelle. Mehrere Männer brachten einen Pfahl, der aus geschältem weißem Holz bestand. Sie trugen ihn fast feierlich in die Mitte des Platzes und versenkten ihn in ein Loch, das in den vulkanischen Tuff des Bodens gebohrt war.

»Holt den Gegenstand unseres Zornes! Bringt ihn!« schrie T'aban. Undeutliches Murmeln stieg auf, als würde die Menge aus etwa fünfhundert bärtigen, zumeist schwarzen Barbaren eine Litanei mit teuflischem Text beten. Mehrere Männer, riesige, grimmige Krieger, schleppten einen Mann herbei ... nein, eine Puppe, korrigierte ich mich, als ich genauer hinsehen konnte. Während Tenthredo die gewundenen Stufen bis auf die Plattform einer Säule aus Vulkangestein hinaufging, banden die Krieger die Gestalt an den Pfahl. Nach und nach verringerten sich sämtliche Geräusche. Schließlich, nach einer halben Stunde etwa, pochte nur noch eine kleine Handtrommel in einem rasenden Wirbel. Tenthredo stand auf der Säule; eine Menge undeutlich sichtbarer Bewegungen ging durch die Menge.

Jemand schrie: »Tötet ihn! Tötet Seina Scuale, den Mann, der mit den Verbrechern mitgearbeitet hat!«

Du Narr! Jetzt kann dich nichts mehr retten! schrie der Extrasinn. Auch die Handtrommel schwieg jetzt. Lähmende Stille breitete sich aus. T'aban Tenthredo, nur undeutlich auf der Säule sichtbar, legte mit spitzen Fingern eine Klettenkugel in das Polster der Schleuder ein, zielte und schoß. In der gleichen Sekunde schwirrten rings um mich mindestens hundert weitere Schleudersehnen. Die Puppe am Pfahl erbebte unter den Einschlägen und wirkte für eine Sekunde erstaunlich lebensecht. Wieder, mit letzter Beherrschung, blickte ich auf die kleine Uhr. Zehn Uhr und drei Minuten. Fast lautlos, als habe sich die gesamte Spannung schlagartig gelöst, bewegten sich schattenhafte Gestalten durch das nächtliche Dunkel davon. Erstaunt und halb besinnungslos sah ich, wie aus zahllosen Wunden der Puppe Blut sickerte und sich als runder Fleck am Fuß des Pfahles sammelte. Die erste Feuerschale flackerte auf, züngelte abermals und erlosch. Die zweite. Auf unhörbaren Sohlen kam T'aban von der Säule herunter und sagte leise:

»Komm mit, Atlan pt'Arcon! Der Verräter ist verurteilt worden und gestorben – der Kayala-Kult hat gewirkt.«

Ich begreife, dachte ich. So wie damals ... auf Terra ... in der Südsee, im tödlichen Paradies. *Zu spät! Sieh zu, daß du in einen Sessel kommst, sonst brichst du zusammen!* heulte der Extrasinn auf. Ich sagte: »Du wirst mich schleppen müssen ... meine Erinnerungen ...«

Tenthredo zuckte zusammen, zog mich in das Licht flackernder Feuerschalen.

T'aban mußte erkennen, daß er einen Mann am Ende seiner Kräfte vor sich hatte; leichenfahles Gesicht, weit aufgerissene Augen, Schweiß auf der Stirn und der Oberlippe. Fast willenlos ließ ich mich bewegen. Nach dreihundert Stufen knickten meine Knie zum erstenmal zusammen. T'aban warf sich meinen Körper halb über die Schultern und stürmte keuchend weiter. Eine halbe Stunde später lag ich von meiner Rüstung befreit – den Helm hatten wir verloren – in einem Sessel auf schweren Fellen. Aus meiner Kehle kam ein langgezogenes Stöhnen. Ingeyn brachte Wein und Öllampen, die sie entzündete. Tenthredo sagte leise, ohne sich umzudrehen:

»Bleib hier, bitte! Wir werden vielleicht deine Hilfe brauchen!« Er besann sich und fügte hinzu, schmeichelnd und etwas leiser: »Schwester der Flamme.«

Ich öffnete die Augen. »Etwas zu trinken ... Durst ... wie damals, auf der Wasserwüste ...« Als hätte ich neue Kraft geschöpft, richtete ich mich auf und sagte: »Es war lange nach der Pest, die als Vorbote anderer Seuchen sich über Europa hinschleppte. Nachher. Kein Schiff ... Ich erwachte, als sich ein neues Weltbild abzuzeichnen begann ... Wartet!« Ich schloß die Augen, sah nach einer kleinen Weile hinaus in die Dunkelheit, die von den Gasfackeln ferner Fumarolen erhellt war, und begann zu schildern. Tekener saß in einem zweiten Sessel, in seinen Armen Ingeyn.

19.

»Warum hast du mich geweckt, Rico?«

»Ge..., Atlan!« sagte Rico mit der Stimme, die mir schlagartig wieder vertraut war, als ich die Worte begriff – jahrtausendelang hatte ich sie als einzige »menschliche« Stimme gehört. Die Eindrücke des Hinein-Erwachens in eine neue Zeit drangen deutlicher auf mich ein. »Es ist Zeit.«

Ich richtete mich mit zitternden Armmuskeln halb auf, sank aber kraftlos wieder zurück.

»Ein Schiff?« fragte ich rauh. »Nach Arkon?«

»Kein Schiff. Aber eine Menge Ideen und Männer, die sie verwirklichen können. Noch nie war dieser Planet so nahe daran, seine Position im Kosmos zu begreifen.«

Ich ließ mich zurückfallen und schloß die Augen. Schleier und Punkte bildeten sich auf der Netzhaut ab.

»Kein Schiff. Das bedeutet einen Vorstoß, der wieder hier unten enden wird!« keuchte ich mit halbgelähmten Stimmbändern. Langsam floß der Strom belebender Medikamente durch meinen Kreislauf. Auf der nackten Brust lag der eigroße Zellaktivator, Garant für ein langes Leben.

»Welche Zeit?« fragte ich leise.

»November 1517 nach der Zeitrechnung der Kirche!« sagte Rico. »Du solltest dich besinnen und den Barbaren helfen, Probleme zu lösen. Seltsame Dinge sind geschehen, große Ideen sind im Ansatz zu erkennen. Du solltest deine Veantwortung wahrnehmen und versuchen, die Ideen und Erfindungen zu beeinflussen. Du mußt ein neues Konzept finden. Versuche, diesen Ausflug in die Geschichte von Larsaf III als großes Abenteuer zu betrachten. Handle nicht unter Zwang; bewege dich spielerisch und leicht durch die Welt des Planeten.«

Ich nickte vorsichtig; sämtliche Muskeln schmerzten, als die Vibrationen der Wiederbelebungsmaschinen einsetzten. Langsam vergingen viele Stunden, in denen mein Verstand und mein Körper sich langsam aus der Starre des Tiefschlafes und aus der Lethargie der trägen Gedanken lösten. Ich brauchte ein genügend umfangreiches Konzept und eine »wissenschaftliche Ausrüstung«, die weit über das hinausgingen, was ich bisher benötigt hatte. Die Menschen waren anspruchsvoller geworden, was meine Tarnung betraf. Ich würde eine Menge Zeit brauchen.

Rico sagte: »Wir sollten eine Route festlegen und durch die Robotmaschinen Dinge herstellen lassen, die sich an verschiedenen Punkten deponieren lassen. Ich habe eine Zeit von mehr als fünfzehnhundert Tagen errechnet – dem Vorhaben angemessen. Es wird eine spannende Reise werden. Du wirst die Schönheiten dieser Welt entdecken. Laß dich nicht stören von den Menschen – viele sind wirklich prächtige Erscheinungen.«

Versuch nicht, dich als Heilsbringer zu fühlen! warnte mein Logiksektor. Zum Teil konnte ich vorhandene Ausrüstungen verwenden, es wurden große Mengen Münzen geprägt. Als nächstes wurden Waffen und wissenschaftliche Ausrüstungen hergestellt; eine meiner Rollen sah einen Gelehrten vor. Widerstandsfähige Papiere und solche, deren Zeichnungen nach einer bestimmten Zeit verblassen und verschwinden würden, spezielle Zeichenstifte und Federn, Linsen und andere Werkzeuge, Kompasse und nautische Instrumente, Winkel und Farbtuschen. Wir sortierten alles und tarnten es dergestalt, daß niemand stutzig werden würde. Ich fischte meine nautischen Kenntnisse auf; langsam begann sich ein Plan in immer festeren Umrissen herauszubilden. Fünfzehnhundert Tage!

Ich begann, meinem Aufstieg an die Oberfläche mit größerem Vergnügen entgegenzusehen. Unermüdlich arbeiteten die Maschinen; Rico verwendete lang gespeichertes Wissen, um mich entsprechend vorzubereiten und meine gesamte Ausrüstung narrensicher zu machen. Medikamente und Salben, chirurgische Instrumente und Binden, vielfach getarnte Geräte und schließlich der ausgeschriebene Index einer neuen Technologie.

Und schließlich ein computerberechnetes Modell eines siebzig Tonnen großen Schiffes, das ich bauen lassen würde, die Namen großer Männer, die sich besuchen würde und, falls sie nicht mehr lebten, deren Werke ich mit eigenen Augen sehen wollte. Mein Gleiter wurde beladen. Meine Kleidung war die Tracht eines spanischen Granden. Mein erstes Ziel stand fest. Ende November des Jahres 1517 betrat ich den spanischen Halbkontinent. Ich kannte ihn bereits in weiten Teilen; hier würde ich die geringsten Anpassungsschwierigkeiten haben. Das Abenteuer der fünfzehnhundert Tage begann.

Sevilla, das mittelgroße Städtchen am Unterlauf des Guadalquivir, fernab von Valladolid am Duero-Fluß, wo im königlichen Palast der Knabe Carlos I. seine ersten, unbeholfenen Schritte als Herrscher versuchte, kam näher. Ich ritt auf einem riesigen, ausdauernden Rappen, den ich nahe Muelva gekauft hatte, zugleich mit einem zweiten Tier, das etwa die Hälfte meines Gepäcks trug; all die Dinge, die ich unmittelbar zu brauchen glaubte. Neben meinen Knien steckten in wasserdichten Satteltaschen zwei langläufige Reiterpistolen, täuschend nachgeahmt, aber mit Magazinen für je dreiunddreißig Schuß in den schweren Griffen. In einer Korbflasche gluckste roter Wein aus Jerez. Je mehr ich mich Sevilla näherte, desto mehr hob sich die Erwartung; ich wußte nicht, was mich erwartete. Ein schwarzer Gepard, einer der besten Roboter, die meine Maschinen je hergestellt hatten, lief zwanzig Schritte vor dem Rappen und beobachtete Weg und Umgebung.

Die Sonne bräunte mein Gesicht und meine Hände; es war sehr warm für diese Jahreszeit. Knorrige Olivenbäume und raschelnde Palmen säumten meinen Weg. Die Pferde liefen einen kräfteschonenden Galopp. Das Geräusch der Hufe verlor sich in den staubigen, trockenen Weiden beiderseits des Weges. Ich schrak auf, als der Gepard aufknurrte. Das Tier blieb stehen, spannte die elektromagnetischen Muskeln an. Ich ritt schärfer heran, zog die Waffe und hielt die Pferde an.

»Ho! Was siehst du, Scarr?« fragte ich leise.

Das Tier drehte den Kopf, lief federnd durch das Gebüsch am Wegrand. Hinter einem trockenen, im Wind knisternden Strauch sah ich farbige Stoffetzen. Ich schwang mich aus dem Sattel, hob die Waffe und knurrte: »Halt die Pferde, Scarr!«

Der Gepard mit den langen Läufen warf sich herum und schnappte nach den Zügeln. Die Tiere hatten sich an diese schnelle Bewegungen gewöhnt und scheuten kaum. Ich drang in das Gebüsch ein.

»Herr ... Wasser ...«, stammelte der Mann, der zusammengekrümmt im Schatten lag. Ich blieb stehen; war er ein Simulant, dann konnte dies eine Falle sein. Aber dann sah ich Wunden und geronnenes Blut; ich wußte, daß ich das Opfer eines Überfalls vor mir hatte.

»Scarr! Das Packpferd!« rief ich und legte die Waffe griffbereit zur Seite. Ich betrachtete den Mann, der vor mir lag und stöhnte. Er war groß und breitschultrig, hatte langes, schmutziges schwarzes Haar und hellbraune Haut. Ein Mischling zwischen Araber und Spanier offensichtlich. Vorsichtig schob ich seine Arme auseinander und stand auf, als das Pferd neben mir stand. Ich injizierte ein entspannendes und schmerzstillendes Mittel, säuberte die Wunde an der Schulter und die am Haaransatz und flößte ihm einen Schluck Wein ein.

»Danke ... Herr ... sie haben mich überfallen!«

Ich hatte die Wunden verbunden, richtete ihn auf, und er nahm einen großen Schluck aus der Korbflasche. Der Wein lief aus seinen Mundwinkeln. Ich stützte ihn, bis seine Arme Halt am Packsattel fanden. Während ich das Verbandszeug verstaute, fragte ich: »Wer bist du?«

Er schien nicht arm zu sein; als er nach einigen tiefen Atemzügen zusammenhängend zu sprechen begann, wußte ich auch, daß er aus einer Familie stammte, die gewisses Ansehen in Sevilla genoß.

»Es war eine Bande. Sechs Männer, die mich überfielen. Ich war auf dem Weg zum Sklavenmarkt; wir brauchen Helfer für unser Haus. Alles ist fort; Geld, Sattel und Pferd.«

Ich nickte. »Ich muß nach Sevilla«, sagte ich. »Ich brauche jemanden, der mir hilft. Wollt Ihr mit mir reiten?«

»Gern«, sagte er. »Ich bin Diego de Avarra.«

»Mein Name ist Atlan de Gonozal y Arcon!« sagte ich. »Ein Fremder in diesem Winkel des Landes Andalusien. Wir sollten zusammen reiten. Wo ist der Sklavenmarkt, den Ihr besuchen wolltet?«

»In Coria. Der nächste Ort. Wir sind eine Familie aus Sevilla; Schiffbauer. Die Casa del Oceano läßt bei uns ihre Karavellen bauen.«

Ich zuckte zusammen; dieser Mann, Diego, war buchstäblich in mein Abenteuer hineingestolpert. Die Reise begann mit einem Glückzufall, der besser nicht sein konnte. Ich half Diego in den Packsattel, schwang mich auf meinen Rappen uns sagte: »Ihr werdet es bis Coria aushalten, Diego. Dort sehen wir weiter.«

»Schon jetzt danke ich Euch, Arcon, für die Hilfe. Meine Familie wird Euch zeigen, was sie von Dank hält.«

Ich hob die Hand; langsam ritten wir weiter. Nach zwanzig Schritten kehrte ich um und holte die Waffe, die ich vergessen hatte. Gegen Mittag gelangten wir nach Coria und nahmen geräumige Zimmer in einem kleinen Gasthof am Ufer des Guadalquivir. Ich lieh Diego etliche Maravedis, und er ging, um sich neu einzukleiden und einen Degen zu kaufen. Am Nachmittag sollte der Sklavenmarkt stattfinden, aber die Gäste dieser Stadt schienen auffällig gering an der Zahl zu sein. Die menschliche Hyäne, der Sklavenhändler, würde nicht viel Geschäft machen. Nachdem Diego zurückgekommen war, kümmerte ich mich intensiver um die Wunden, wandte die Kraft des Aktivators an und sah mit Zufriedenheit, daß die Wunden weit weniger schlimm waren, als ich angenommen hatte. Schließlich sagte Diego:

»Morgen sind wir in Sevilla, Arcon. Was habt Ihr vor?«

»Unter anderem«, sagte ich nachdenklich, »habe ich vor, eine Reise zu beginnen. Dazu brauche ich das beste Schiff, das jemals eine Werft verlassen hat. Und eine gute Mannschaft. Aber darüber unterhalten wir uns später.«

Er stutzte, dann lachte er kurz, verzog aber das Gesicht vor Schmerzen. »Seid Ihr von Adel? Oder ein Gelehrter?«

»Das eine schließt das andere nicht aus. Ich bin ein adeliger Gelehrter, der die Welt sehen und mit anderen Menschen sprechen will, mit Kapitänen, klugen Wissenschaftlern, Malern oder Fürsten. Ich habe eine Erbschaft gemacht und genug Geld, um fünfzehnhundert Tage lang nichts tun zu müssen.«

Diego sagte: »Ich bewundere und beneide Euch um diese Möglichkeit, Arcon. Begleitet Ihr mich zum Sklavenmarkt?«

Ich nickte. Wir schnallten unsere Waffen um. Der Gepard bewachte mein Gepäck; ich schob eine Reiterpistole in den Ledergürtel mit der wuchtigen Schnalle, in der viele Mikrogeräte eingebaut waren. Dann verließen wir das Gasthaus und gingen zum Marktplatz. Auf der Rampe eines Lagerhauses sollten die Sklaven versteigert werden. Während wir nebeneinander durch die Gassen Corias schritten, während aufgeregte Köter unsere Stiefel umkläfften und Kinder spielten, dachte ich nach.

Du wirst dich wieder selbstquälerischen Gedanken hingeben! sagte der Extrasinn. *Begreif es endlich! Du kannst wenig in dieser Welt ändern. Bessere Männer haben es versucht und sind gescheitert!*

Ich wußte es ab diesem Augenblick genau: Auch hier würde ich Dinge miterleben, die zu billigen ich mich bis zum äußersten sträubte. Ich mußte mich nach den Möglichkeiten, nicht nach den unerreichbaren Idealen richten. Das betraf auch den Markt der Sklaven, der nicht nur hier in Coria stattfand, sondern in gleicher Sekunde an Tausenden von Schauplätzen auf diesem Planeten. Seit Las Casas im Jahr 1509 den Sklavenhandel gutgeheißen hatte, schienen die letzten Schranken gefallen zu sein; aus Menschen wurden Handelsgüter. Wir kamen an den Marktplatz, auf dem mürrisch aussehende Einwohner standen. Ein Brunnen plätscherte, kleine Staubwirbel erhoben sich, ein Schwarm Tauben kreiste ununterbrochen zwischen den Dächern. Etwa dreißig Sklavinnen und Sklaven, fast ausnahmslos Mischlinge zwischen Arabern und negroiden Völkern, standen, teilweise nackt, an ein langes Tau gebunden. Das Tau spannte sich von einem Ende der Rampe bis zum anderen. Ein grimmig aussehender Araber mit halbverhülltem Gesicht stand, auf einen Peitschenstiel gelehnt, im Schatten. Wir traten heran. Diego musterte die Sklaven, als wären sie junge Pferde. Ich blickte ihn von der Seite an, schwieg, musterte meinerseits den Mauren, ließ meinen Blick die Reihe der Sklaven entlangwandern.

Die jüngsten waren noch Kinder, die ältesten schienen nicht über dreißig Jahre alt zu sein. Ihre Augen waren stumpf; nur selten bemerkte ich, daß Diego oder ich bewußt angesehen wurden. Ohne Zweifel litten sie: Durst, mangelhafte Verpflegung und die Demütigung konnten einen Menschen innerhalb kurzer Zeit verwandeln.

Diego verhandelte mit dem Araber. Ein zweiter Wüstensohn tauchte auf, ein dritter. Sie sprachen gebrochen Spanisch. Die Unterhaltung wurde lauter. Ich verhielt mich abwartend und bemerkte, wie sich einige Einwohner näherten. Der Extrasinn meldete sich und flüsterte eindringlich:

Du solltest zwei oder drei dieser Armen kaufen; für dein Vorhaben wirst du Helfer brauchen, die ehrlich zu dir halten! Diego kaufte drei Sklaven: zwei jüngere Frauen und einen Mann, der weder besonders intelligent noch stark zu sein schien. Ich ging auf den Anführer der Sklavenhändler zu und sprach ihn in seiner eigenen Sprache an.

»Sohn der Wüste«, sagte ich leise. »Bruder des wehenden Sandes. Ich bin gesonnen, deinen schlechtverkäuflichen Vorrat an Menschen zu verkleinern. Was kannst du einem Feinschmecker anbieten?«

Überrascht blitzten mich die Augen hinter dem dunklen Stoff an. Der Araber sagte heiser: »Du kennst meine Sprache, edler Effendi?«

»Auch deine Handelsspanne kenne ich«, antwortete ich noch leiser und schärfer. »Und ich sehe auch, daß du von deinem Geschäft weniger verstehst als ein Fischer, der seinen Fang nachts verhökert.«

Seine Hand fuhr zum Dolch. Ich lachte und versuchte, eine gehörige Portion

Verachtung zu zeigen. »Ehe du zustichst, Bruder des Skorpions«, flüsterte ich, »dringt die Kugel aus dieser Waffe durch deinen Kopf!«

Er atmete schwer und knurrte: »Warum beleidigst du mich, Spanier?«

»Weil du deine Sklaven hungern läßt, weil sie Durst haben und zuviel Peitsche abbekommen haben. Beschädigte Ware – weniger Geld! Was willst du für die schlanke Sklavin dort, ihre Nachbarn und den Mann an der letzten Stelle der Reihe?«

Er überlegte. Er und sein Nachbar wechselten Blicke. *Sie merken, daß du die wertvollsten Sklaven ausgesucht hast!* sagte der Extrasinn.

»Dreihundert Münzen dieser Gegend!« sagte der Araber. Ich lachte schallend und drehte mich um. Ein Ring Neugieriger sah zu, wie ein vierter Araber die von Diego gekauften Sklaven losband und wegführte; sie wurden in den Gasthof gebracht.

»Hundertfünfzig und keinen Maravedi mehr!« bot ich. »Die Striemen, das Essen für die nächsten Wochen und vieles andere abgerechnet. Ich würde dreihundert geben, wären sie nicht mager und hungrig.«

Wir handelten eine halbe Stunde, dann gehörten mir die beiden jungen Frauen und der riesige dunkelhäutige Mann. Er war unverkennbar Araber; kein Schwarzer, dessen Siedlung überfallen worden war. Ich ließ sie in den Gasthof bringen und wandte mich an Diego.

»Gehen wir!« sagte ich.

Dieser Handel widerte mich an, und ich winkte im Gasthof die dicke Frau des Wirtes heran. Ich sprach kurz mit ihr, erntete erstaunte Blicke und Widerspruch, den ich mit einem kleinen Stapel Goldmünzen im Keim erstickte. Als es Abend wurde, waren die sechs Sklaven eingekleidet, bestens versorgt und satt. Der Wirt und seine Frau schoben sie in mein Zimmer. Ich stand auf und erklärte ihnen, daß ich sie gekauft habe, sie aber in Sevilla für mein Haus brauchen würde und ihnen, wenn sie sich entsprechend verhielten, in kurzer Zeit die Freiheit geben würde. Ihre Verblüffung wuchs, als ich ein weiteres Zimmer mietete und dem Wirt sagte, er solle einen leichten Karren und zwei Pferde kaufen; wir hätten es eilig, morgen nach Sevilla zu kommen. Diego war nicht weniger überrascht und schwieg. Als die unwürdige Szene, in der sich die Sklaven bedankten, vorbei war, wandte er sich erstaunt an mich.

»Du ... Ihr handelt mehr als merkwürdig, Atlan!«

Ich nickte ruhig, breitete die Arme aus und sah hinaus auf den Fluß. Dann sagte ich mit Nachdruck:

»Es mag üblich sein, Menschen zu fangen, sie als Eigentum zu betrachten und zu verkaufen. Niemand findet etwas dabei. Wenn Ihr Euch vorstellt, Diego, daß Eure Schwester mitten im Land der Mauren an einen Greis verkauft wird, habt Ihr das wahre Bild dieses Problems! Gut – die Sklaven wissen, daß sie Sklaven sind, sie mögen es nicht anders kennen. Ich ziehe es vor, mich mit freien Menschen zu umgeben. Ich brauche Partner, meinetwegen Gegner, aber keine Opfer. Könnt Ihr das verstehen?«

Diego überlegte lange, dann gab er eine überraschende Antwort. Er sagte stokkend, wobei sich sein Gesicht mit Röte überzog: »Ihr habt recht. Ich werde darüber nachdenken. Und in Sevilla werde ich versuchen, eine Antwort zu finden, die Ihr schätzen werdet.«

»Ich würde mich freuen, wenn Ihr mir in Sevilla in mehreren Punkten behilflich sein würdet. Verlegen wir die Diskussion über dieses Problem auf den morgigen Abend.«

Wir tranken eine Menge Rotwein, aßen, unternahmen einen langen Spaziergang am Flußufer, während dem mir Diego berichtete, was sich im Land und nahe der Grenzen tat. Gegen Morgen ritten wir los; hinter uns ein leichter Wagen mit sechs Sklavinnen und Sklaven. Sie waren noch immer überrascht, als wir das große Haus der Familie de Avarra erreichten. Schon am nächsten Morgen hatte ich ein guterhaltenes Haus mit großem Garten, einem klaren Brunnen und hellen Zimmern gemietet. Mit der Hilfe der freien Sklaven begann ich, es einzurichten.

Ich holte den Gleiter, rief den zweiten Container ab und schleppte meine Ausrüstung ins Haus. Drei Tage später war alles bestens eingerichtet; ich hatte durch Einladungen, gezielte Bestechung und Liebenswürdigkeit die wichtigsten Männer von Sevilla zu meinen Freunden gemacht. Ich begann, mich wohler zu fühlen.

Sharma und Ssachany, die jungen Frauen, besorgten den Haushalt, säuberten den Garten und kochten vorzüglich. Agsacha brauchte wesentlich länger, um seinen gehetzten Gesichtsausdruck zu verlieren; er traute den Umständen ganz und gar nicht. Ich mietete einen Lehrer, der ihnen Lesen und Schreiben beibrachte. Sie stürzten sich mit wahrem Feuereifer darauf.

Ich richtete meinen Raum ein und vergrub alles, was unersetzlich war, hinter einer Mauer im Keller. Dann konnte ich einen Schritt weitergehen. Eines Morgens tauchte ich in der Werft der Familie de Avarra auf. Diego und sein Vater Rojas arbeiteten inmitten einer Gruppe Handwerker. Ich trug die Pläne für das Schiff bei mir und grinste, als die beiden auf mich zukamen und mir die Hand schüttelten.

»Was führt Euch in unsere kleine Werft?« fragte der alte Avarra.

»Ein Auftrag, Rojas!« sagte ich. »Könnt Ihr ein Schiff bauen? Ein Schiff, dessen Pläne ich gezeichnet habe?«

Vier Augen starrten mich zweifelnd an. Wir gingen in ein flaches Haus, in dem es nach Teer und Holz roch, und setzten uns auf Stühle, die mit Sägemehl und Spänen bedeckt waren.

Sie wußten von meinem Vorhaben, trauten mir aber kaum zu, auch nur die Umrisse eines Schiffes richtig zeichnen zu können. Ich rollte den Plan auf und strich ihn auf dem Tisch glatt.

»Wieviel Tonnen?« fragte Rojas.

»Siebzig bis achtzig«, sagte ich. »Versteht Ihr diesen Plan?«

Er war von mathematischer Klarheit und einer Logik, die über die üblichen Vorstellungen hinausging. Es würde das schnellste, ungewöhnlichste Schiff sein, das je Sevilla verlassen und über den Guadalquivir gesegelt war. Lange studierten die Männer den Plan, dann sagten sie wie aus einem Mund: »Wir haben noch nie ein solches Schiff gesehen, Atlan de Arcon!«

»Das kann ich verstehen. Ich sah solche Schiffe; sie segelten allen anderen davon. Könnt Ihr es bauen?«

»Wir brauchen ein Jahr dazu!«

»Ihr habt es sicher früher fertig – ich weiß nicht genau, wann ich es brauche. Es ist wichtig, daß Ihr das Schiff so baut, wie es hier gezeichnet ist. Nicht anders. Und ich werde Euch ein paar neue Techniken zeigen – ich habe sie selbst lernen müssen –, die dieses Boot zu einem Meisterwerk werden lassen.«

Rojas wandte sich lachend an seinen Sohn, der inzwischen die anderen Pläne studierte, und sagte: »Dein Freund, Diego, will vielleicht die Welt vor Magalhães umsegeln. Er glaubt, sie sei wirklich rund!«

Ich stutzte. »Magalhães?«

»Ein abgemusterter, verbitterter Portugiese. Sie erzählen es in den Schenken, Atlan. Wir bauen das Schiff, aber es wird teuer.«

»Wieviel?«

Er nannte eine hohe Summe. Ich willigte ein, aber ich würde ihnen die Arbeit keineswegs leichtmachen. Diego schüttelte fassungslos den Kopf und fragte nach einer langen Weile: »Was habt Ihr wirklich vor, Atlan?«

Ich lehnte mich zurück und ergriff den Becher, den Rojas gefüllt hatte. Dann sagte ich: »Ich werde eine lange Reise unternehmen. Sie soll mich an alle schönen, aufregenden Küsten dieser Welt führen. Ich brauche dazu eine Menge tollkühner Freunde, noch mehr wagemutige Ideen, eine erstklassige Mannschaft. Und dieses Schiff. Wollt Ihr mein Steuermann sein, Diego?«

»Das«, sagte er zögernd, »wäre eine Überlegung wert. Aber inzwischen lockt mich die Aufgabe. Sie werden lachen, alle Seefahrer von Sevilla, aber wir bauen das Schiff. Ihr habt mich angesteckt, de Arcon! In Sevilla versteht man nämlich etwas von Schiffen und Schiffbau.«

Ich stand auf.

»Was habt Ihr jetzt vor?«

»Ich werde mich in den Schenken umhören nach jenem Magalhães. Und dann, während Ihr das Schiff baut, werde ich mit Sharma eine weite Reise tun. Hoch in den Norden dieses Kontinents.«

Das erste Vorhaben konnte ich am selben Abend wahr machen. Ich saß mit Agsacha in der raucherfüllten Hafenschenke. Aufmerksam blickte ich mein Gegenüber an. In den wenigen Tagen in Sevilla hatte er sich gründlich geändert. Agsacha war fast so groß wie ich, wesentlich breiter in den Schultern; als ich zugesehen hatte, wie er einen halbzersprungenen Mühlstein aus meinem Garten gerollt hatte, war ich überzeugt, einen ungewöhnlich kräftigen Mann gefunden zu haben. Ausdauer und eine gewisse wortlose oder besser wortarme Intelligenz zeichneten ihn aus. Große, dunkelbraune Augen unter langem schwarzem Haar, im Nacken zu einem Knoten zusammengebunden. Eine kräftige Nase, ein schmallippiger Mund über prächtigen Zähnen. Ein schmales, langes Gesicht und scharf vorspringende Backenknochen über einem wuchernden Bart von Ohr zu Ohr.

»Herr Atlan«, begann er. »Ihr mich gekauft. Ich nun frei. Ich lerne sprechen, lesen und schreiben. Ich bin Agsacha, ein Mann aus Süden. Warum Ihr tut, was andere nicht tun?«

Ich entgegnete: »Weil ich ein freier Mann bin und Unfreiheit hasse. Ich kann nicht alle Sklaven kaufen und freilassen. Aber in den Fällen, in denen ich helfen kann, tue ich es. Ich hoffe, ich werde dafür nicht betrogen.«

Agsacha nahm einen tiefen Schluck aus dem Becher und sagte leise: »Ihr, Herr Atlan, mein Freund. Ich Euer Freund. Ihr segelt zu Ende der Welt, ich segle mit.«

»Recht so!« sagte ich trocken. »Die Gelegenheit wird sich schneller bieten, als du es erwartest. Und gewöhn dir das ›Herr‹ ab, ja?«

»Ihr mein Herr!« sagte er unerschütterlich. Ich horchte herum und wartete, ob ich etwas von einem portugiesischen Seefahrer hörte, der die Welt umsegeln wollte. Es hatte viele Versuche gegeben, zu beweisen, daß dieser Planet keine Scheibe, sondern eine Kugel war, aber der Versuch des mir Unbekannten würde eine neue Geschichte der Entdeckung einleiten. Schließlich bemerkte ich einen zahnlosen Seemann, der noch Salz im Haar zu haben schien. Ich setzte mich neben ihn und winkte der Magd. Sie brachte zwei Humpen voller Wein. Eine Stunde später winkte ich Agsacha, und wir verließen die Schenke. Ich wußte, was ich wissen wollte. Und ich mußte für eine lange Reise rüsten.

Das Schlagwort hieß *Terra incognita australis;* unbekanntes Land weit im Süden. Es gab Karten, deren Küstenlinien und Legenden wahre Schauermärchen darstellten, gab den Versuch, Karten richtig auf einen »Erdapfel« zu projizieren. Und ein Mann namens Magalhães, der mit einem suspekten Astrologen namens Faleiro zusammenarbeitete, hatte eine Karte Martin Behaims, dem Nürnberger aus dem Frankenland, in der Hofbibliothek von Lissabon entdeckt. Sie zeigte, angeblich, eine Durchfahrt im südlichen Kontinent der »Neuen Welt«.

Ich wußte es besser. Es gab nur einen Mann zwischen Nordpol und nordafricanischer Wüste, der in der Lage war, mit Hilfe des Buchdrucks und seiner Ideen einer großen Menge wichtiger Menschen klarzumachen, daß dieser Planet einer von neunen war, in einem Sonnensystem kreiste und von gewissen Kräften auf einer Bahn gehalten wurde. Ich lachte, während wir durch die Nacht unserem hellerleuchteten Haus entgegengingen.

»Warum lacht mein Herr?« fragte Agsacha aufgeregt.

»Ich stelle mir das Gesicht eines Mannes vor, dem ich eine überaus spannende Geschichte erzähle und sie mit Bildern beweise«, sagte ich. Es war, trotz allem, ein delikates Unternehmen. Die Kirche, die sich an die Weisheit des Ptolemaios klammerte, ließ nicht mit sich spaßen. Aber Rom war weit.

Die braunhäutige Sharma ähnelte Asyrta-Maraye und der samthäutigen Chasari; je mehr sie lernte und begriff, desto unentbehrlicher wurde sie in meinem kleinen Haushalt. Ich hatte mich nach langen Selbstzweifeln dafür entschieden, die Welt zu umsegeln, ohne Monique zu gefährden. Ein Blitz hatte die ROSE VON CATHAY unbrauchbar gemacht, deswegen das neue Schiff. 1305 hatte Rico zum letztenmal Ritter Earl Guye de Llandrindod gesehen; danach verloren sich seine Spuren. Mein seltsamer Freund Michelangelo Buonarotti hatte die monumentalen Gemälde der Sixtinischen Kapelle beendet; mit den Namen Dürer, Hieronymos z'Herzogenbosch, Luther, Behaim und Nicolaus Coppernick verbanden mich noch zuwenig Erkenntnisse. Besonders mit Doctor Coppernick/Copernicus. Von einem Adeligen namens Taxis gegründet, arbeitete sogar eine Briefpost in den Ländern nördlich der Alpen; zuverlässig, meist, sagte man mir.

Rico hatte beide robotischen Neuschöpfungen bis zu einem Punkt der Selbständigkeit entwickelt, der ihnen erlaubte, Zuverlässigkeits- und Dauererprobungen in menschenleerer Wüste und im Geröll und Eis, zwischen den Geysiren Grönlands zu absolvieren. Auch ich kontrollierte sie gelegentlich über das System von Beobachtungssonden und Monitoren; zwischen dem Überlebenszylinder und dem Kellergewölbe meines Hauses schalteten wir gelegentlich die Transmitterverbindung. Ich mischte starke Schlafmittel in den Wein meiner Freigelassenen, um sie in die Medostation Ricos transportieren und behandeln zu lassen; etliche Schulungen unter den Psychosonden vertieften ihre Allgemeinbildung. Ich ließ Haus und Garten unter der Aufsicht Ssachanys und Agsachas sowie einiger Spionsonden und machte mich mit der liebreizenden Sharma auf den Weg nach Norden.

Das Städtchen Thorn, in dem Meister Nicolaus Coppernick lebte und forschte, erreichten wir am Ende einer interessanten Reise, die uns in viele prächtige Städte geführt hatte. Mein Reichtum und mein Auftreten und die exotische Schönheit Sharmas hatten uns eine Menge Zwischenfälle meist reizvoller Art beschert; für unsere Sicherheit sorgten Rico und Scarr, der schwarze Gepard, Kultur und Zivilisation der unzählbar vielen Kleinstaaten zwischen Mediterraneischem Meer und dem Nördlichen Polarkreis hatten sich ausgebreitet, und wir hatten viele Werke der Baukunst, der Gartenkunst oder der Malerei und der Zweckarchitektur gesehen. Von Krakau aus waren wir die Weichsel abwärts gefahren; als das kleine, flachgehende Schiff in Thorn anlegte, begann die Nacht. Seit dem Aufbruch in Sevilla war weniger als ein halbes Jahr vergangen. Als wir die Stadt betraten, schnupperte ich: Es roch, als ob man Leichen verbrennen würde, und mir fiel eine gewisse Unruhe unter der Bevölkerung auf.

Unser Vorteil war, daß wir die Sprachen der bereisten Länder beherrschten. Sharma war gewandt, aber sie vermochte nicht abwechselnd Spanisch, Italienisch, Fränkisch und Polnisch zu sprechen; selbst ich hatte mitunter Schwierigkeiten. Ich hielt einen Mann an, der zwei schwere Ackergäule führte.

»Wir suchen einen Gasthof, in dem es sich gut leben und schlafen läßt.«

Der Mann kratzte sich mit dem Ende des Peitschenstiels am Kinn und sagte: »Geht in den ›Krug‹. Ihr wollt sicher zu Meister Kopernick?«

»So ist es! Wo finde ich den Krug?«

Er beschrieb uns den Weg; wir gingen über die runden Köpfe der gepflasterten Hauptstraße. Es roch stärker nach Asche und kaltem Rauch. Grunzende Schweine jagten über die Straße, eine Schar dicker Gänse watschelte vorbei, mit den langen Hälsen pendelnd. Nur wenige Häuser waren beleuchtet. Ein Marktplatz öffnete sich; hinter einem Gerüst rechts vom Brunnen erhob sich die Kirche mit dem runden Portal; all die Bilder kannte ich von den Schirmen der Kuppel. Schließlich entdeckte ich auch den »Krug«, ein leidlich schönes Gasthaus, aus dessen Küche es verlockend roch. Dunkle Wolken zogen an der Mondsichel vorbei, als ich fast mit dem Wirt zusammenstieß, der aus der Tür schoß und die Treppe hinuntersprang. Der Matrose des Schiffes stellte unser Gepäck ab, und ich entlohnte ihn.

»Ein großes, helles Zimmer!« forderte ich. »Und gutes Essen. Habt Ihr, was wir brauchen?«

»Das und noch mehr!« rief der Wirt, der an der Höhe des Trinkgeldes und an unserem Aufzug sah, daß er ein Geschäft machen konnte. »Ihr bekommt das Zimmer hinter dem Alkoven.«

»Wie schön – zeigt es uns!«

Der Wirt führte uns über knarrende Treppen in ein großes, niedriges Zimmer mit weißen Wänden und altersschwarzen Balken. Der Alkoven öffnete sich zum Markt. Fackeln und erleuchtete Fenster in den Bürgerhäusern wurden sichtbar, als der Wirt das Fenster aufstieß.

»Ihr habt den besten Platz«, sagte er und fuchtelte mit den Armen. Er verströmte einen durchdringenden Geruch nach Wacholderschnaps und Räucherfisch. Ich sah mich im Zimmer um, deutete auf den Kamin, vor dem schwere Buchenscheite gestapelt waren, und sagte: »Bester Platz – wofür?«

»Wißt Ihr es nicht? Morgen wird die Tochter von Gevatterin Gesine als Hexe verbrannt! Sie hat gestanden!«

Ich hob die Schultern und schwieg; daher also Brandgeruch und die Stimmung. Vielleicht konnte ich eingreifen. Vermutlich nicht – was konnte ich ausrichten gegen einen Ort voller Menschen? Ich fragte nach dem Haus, in dem Meister Nikolaus arbeitete, und sagte dem Hausknecht, wohin die Gepäckstücke gehörten. Der Wirt beschrieb mir den Weg und verließ das Zimmer. Die Tür schloß sich.

»Was tun diese Menschen?« fragte Sharma.

»Ich erzähle es dir später. Es ist furchtbar. Sie sind alle wahnsinnig, diese Barbaren«, murmelte ich. Langsam packte ich den großformatigen Umschlag aus und sah auf die Uhr in meinem Ring. Es war genügend Zeit, Copernicus aufzusuchen. Der Gepard lag wachsam vor dem Feuer.

»Scarr! Du bewachst Sharma!« befahl ich. Das künstliche Tier fauchte und begriff: Sollte jemand zu stehlen versuchen oder die Frau belästigen, griff Scarr ein. Ich steckte die Reiterpistole ein, nahm den Umschlag und zog Handschuhe an.

»Bestell ein leichtes Essen und einen Krug Wein für uns – in drei, vier Stunden bin ich wieder hier.«

»Bleib nicht zu lange, Atlan!« bat sie.

»Ich bin bald wieder hier – und dann zurück nach Sevilla!« sagte ich leise und öffnete die Tür. Ihre Augen leuchteten auf. Selbst in der praktischen Reisekleidung, deren einzene Stücke aus vielen verschiedenen Städten stammten, sah sie hinreißend aus. Ich verließ den Gasthof und ging wachsam über den Platz hinüber zu der kleinen Gasse. Um den Holzstamm waren Reisigbündel und Scheite gestapelt, darüber erhob sich eine Plattform. Es stank widerwärtig; ein Hund strich knurrend um den Stoß herum. Ich ging zwischen engbrüstigen Häusern hindurch, überquerte eine morastige Wiese, ging an einem verfallenen Zaun vorbei und erreichte das bezeichnete Haus. Nur hinter einigen Fenstern im oberen Stock brannten Kerzen. Der Himmel war bewölkt, sternlos; Copernicus würde heute keine astronomischen Beobachtungen machen können. Auf mein beharrliches

Klopfen hin öffnete eine bucklige Frau und fragte mit alter Stimme, was ich wolle.

»Sagt dem Meister, ein weitgereister Mann aus dem Süden möchte mit ihm über den *achten* Planeten sprechen.«

Sie nickte, winkte mir, und kurz darauf stand ich in einem großen Zimmer mit zum Teil schrägen Wänden, dessen Gemütlichkeit kaum zu übertreffen war. Es handelte sich um den Arbeitsraum eines Mannes, dessen Weltbild weitaus umfangreicher als das aller seiner Zeitgenossen war. Er stand hinter einem mit Folianten übersäten Tisch auf. Viele Kerzen brannten; es roch nach stockfleckigem Papier, Schweinsledereinbänden, Holz und nach Rauch.

»Willkommen!« sagte Copernicus. »Ich habe gehört, was Ihr der Haushälterin gesagt habt. Ein achter Planet – das ist wohl das Sinnloseste, was ich je gehört habe.«

Ich schüttelte seine Hand, hob einen Stapel astrologische Berechnungen von einem Stuhl und setzte mich. Schweigend packte ich aus, was ich mitgebracht hatte. Er sah mich abwartend an; mißtrauisch und verwundert. Er war Astronom und Astrologe zugleich. Die Wände waren mit Horoskopen übersät, mit Linien und mit gezeichneten Sternbildern. Langsam rann Sand durch ein Stundenglas. Im Kamin knisterten die Scheite. Ich sagte:

»Ich komme aus Spanien. Mein Name ist Atlan de Gonozal y Arcon, und ich möchte mit Euch diskutieren. Was ich in Händen halte, sind Beweise für eine Wissenschaft, auf deren Weg Ihr gerade die ersten Schritte unternehmt. Ihr wißt, daß sich die Planeten auf kreisnahen Ellipsen um die Sonne drehen?«

»Ich denke, es beweisen zu können«, sagte er. »Und ich glaube, daß die Erde rund ist.«

Ich versicherte grimmig: »Ein Mann, der in kurzer Zeit zum Werkzeug der Geschichte wird, ohne es zu ahnen, wird die Kugelgestalt der Erde beweisen. Er will nach Westen segeln und aus dem Osten wieder zurückkommen. Viele andere haben Ähnliches versucht, einige mit, manche ohne Erfolg. Und ich werde vor ihm hersegeln. Aber hört zuerst, was ich Euch berichte. Neun Planeten mit sechzig Monden umkreisen die Sonne, die im Mittelpunkt steht.«

Dann setzte eine lange, erschöpfende Diskussion ein.

Ich legte ihm stereoskopische Fotografien der Planeten vor, von der Flotte angefertigt, versuchte, ihm die Begriffe Zentripetalkraft, Massenanziehung und Zentrifugalkraft zu erklären. Wir rechneten und schrieben viel Papier voll. Unsere Debatte wurde erhitzter, wir tranken schauerliches Bier, redeten, widersprachen einander, zogen von Aristoteles über Ptolemäus alle Gelehrten heran, ich berichtete ihm über die wahre Natur des Kosmos, und ich konnte seine Skepsis nicht niederzwingen. Die kosmologischen Kenntnisse einer raumfahrenden Zivilisation und diejenigen eines Astrologen der Jahre um 1500 auf diesem Planeten ... es gab nur wenige Berührungspunkte.

»Ihr glaubt es nicht?« Ich deutete auf die Kugeln und Kreislinien, die in verschiedenen Perspektiven das Neun-Planeten-System versinnbildlichten.

»Ich vermag es nicht zu glauben!« sagte Meister Nikolaus. »Wir kennen nur den Saturn, den sechsten Planeten. Und alles, diese Bilder ...«

Ich dachte: ... *die ohnehin nach tausend Tagen verblassen werden, wie viele andere Zeichnungen, Fotos und Karten!*

»... ich muß es sehen, es ertasten, erfassen können. Und berechnen. Aber ich glaube, daß sich die Planeten um die Sonne drehen und daß sich der Mond um die Erde bewegt. Aber Eure Wette, de Arcon ... Ihr wollt vor diesem Irren, diesem Magalhães, um die Welt segeln? Ihr werdet in vieler Hinsicht Schiffbruch erleiden, werdet keine der fernen Küsten finden!«

Ich sagte: »Wetten wir! Ihr, Meister Nicolaus Copernicus, werdet mit Eurer Kunst beweisen, wie sich das Universum dreht. Und ich werde Euch beweisen, daß die Erde rund ist, daß man auf vielerlei Weise zwischen den großen Schollen der Kontinente um die Erde fahren kann und daß mein Schiff einen Tag früher ankommt, als es ankommen müßte. Haltet Ihr diese Wette?«

Copernicus sah aus dem Fenster. Wolken trieben vor dem Mond dahin wie galoppierende Pferde. Der Raum, eine Zelle der aufkeimenden Vernunft und Erkenntnis, war warm und roch nach vielen Materialien, aber da war noch etwas. Der Geruch von Klarheit, wenn es das gab. Ein neuer Abschnitt in der Geschichte dieser Welt konnte hier seinen Lauf beginnen; erfahrungsgemäß überstürzten sich die letzten Schritte. Auf diese letzten Schritte mußte ich warten. Wie lange wohl? Ich stand auf und ging zwischen dem Kamin und der Tür hin und her. Die Kerzenflammen flackerten: nach links zuerst, dann nach rechts, schließlich liefen dicke Wachstropfen herunter. Leise sagte Kopernick:

»Ihr müßt wissen, de Arcon, daß alle Weisheit und Erkenntnis ihre Zeit braucht. Hier gehe ich die ersten Schritte. Andere Männer werden die nächsten Schritte gehen. Ich vermag nur die Richtung zu zeigen – nicht mehr!«

Ich nickte. Das waren kluge Argumente eines klugen Mannes. Ich konnte nichts anderes tun als sie akzeptieren. »Ich komme zurück – nach jenen tausend Tagen«, versprach ich. »Gilt die Wette?«

»Die Wette gilt!« sagte er heiser. »Ihr werdet morgen dieses unwürdige Spektakel mit ansehen?«

»Mit Schaudern. Kann hier Eure Klugheit nichts ändern?«

Er sagte mit überraschender Härte nur ein Wort: »Nein.«

Verwirrt und betäubt verließ ich das Haus und tastete mich durch dunkle Gassen zum Marktplatz. Alles war still und dunkel. Neun Uhr, las ich an den winzigen Leuchtziffern ab. Ich hatte das Gefühl, einen ziemlich großen Schritt weitergekommen zu sein. Nach weiteren Schritten hörte ich ein Knarren, dann schlug die Kirchenglocke an. Schlagartig erwachte mein Mißtrauen.

Sharma! flüsterte der Extrasinn. Ich beschleunigte meine Schritte, lief auf den Platz und spähte in die Fenster des Alkovens aus nachtschwarzem Fachwerk. Nach einigen Sekunden sah ich die Menschenmenge, die sich auf den Stufen des »Kruges« staute. Vereinzelte Rufe, lautes Murmeln und eine Menge anderer Geräusche kamen durch den pfeifenden Nachtwind. Meine Hand schloß sich um den Kolben der schweren Waffe. Dann war ich heran – und ich glaubte, meinen Augen nicht zu trauen.

»Hexe! Sie hat die Haut einer Hexe! Schleppt sie ins Gefängnis! Werft sie in den Turm ... holt die Schergen!« tobte die Menge.

Dann schrie Sharma gellend. Ich blieb stehen, zielte und feuerte hintereinander sechsmal. Die Menschen fuhren herum. Jemand tauchte mit einer Fackel auf. Ich schob mit dem Daumen den Sicherheitsflügel herum und verwandelte die Reiterpistole in einen Lähmstrahler.

»Sharma!« schrie ich. Drei Männer zerrten sie die Treppe herunter. Ich holte Luft und schoß. Pfeifend und summend arbeitete die Waffe. Rechts und links sanken die Menschen zusammen und fielen übereinander. Die Männer stolperten über die Stufen. Einer hob einen Knüppel, um Sharma niederzuschlagen – ich veränderte die Einstellung der Waffe und schoß ihm durch die Stirn. Er krachte zu Boden, die anderen flüchteten. Ich zerschmetterte, von besinnungsloser Wut getrieben, ihre Schienbeine mit zwei Schüssen. Dann war ich auf der untersten Stufe und hielt Sharma fest.

»Was ist geschehen?« schrie ich und drehte mich langsam herum, die Waffe im Anschlag.

»Sie kamen ins Zimmer, hielten Scarr mit Stangen fest ... und dann ...«

Von oben kam ein langgezogener, markerschütternder Schrei. Ich zuckte zusammen. Ich faßte Sharma um die Hüften und zog sie mit. Nach einigen Metern, in der Wirtsstube, sah ich die Spur der Verwüstung. Der Wirt lag blutüberströmt unter einem zusammengebrochenen Tisch, ein Scherge neben ihm. Zerrissene Kleidungsstücke säumten die Treppe. Einige Kienfackeln flackerten. Wir liefen die Treppe hinauf und stolperten über einige Bewußtlose.

»Wer hat hier gekämpft?« fragte ich und hob Sharma auf.

»Ich!« sagte sie. »Als sie dann zu dritt ... Warum haben sie mich angegriffen?«

Ich hob den Fuß und trat die Tür ein. Sie schlug krachend gegen die Wand. Scarr setzte zu einem Sprung an, identifizierte uns und sprang zur Seite. Drei Männer, denen die Arme zerbissen waren, taumelten blutend aus dem Raum, als ich sie mit der Waffe bedrohte.

»Sie haben dich für eine Hexe gehalten. Es wird Zeit, wieder in eine normale Umgebung zurückzukehren«, sagte ich leise. Das Gepäck hatten sie unangetastet gelassen. Ich schob einen Stuhl unter die Tür und klappte einen der Fingerringe auf. Ein langer Knopfdruck; die Fernsteuerung des Gleiters peilte den Sender ein und würde das Gefährt innerhalb einiger Stunden heranrasen lassen. Ich setzte mich und sah mich um. Thorn im Ermland – ausgerechnet hier versuchten die von panischer Furcht ergriffenen Menschen eine Frau nur ihrer Hautfarbe wegen als Hexe zu verbrennen. Ich schob die Pistole in den Gürtel und sagte:

»Diese Welt dreht sich im Dunkel des verwirrten Verstandes. Daran haben die Religionen nichts geändert; sie haben die Probleme vertieft. In wenigen Stunden werden wir Thorn verlassen und nach Spanien fliegen.«

Sharma bemühte sich, ihre zerrissenen Kleidungsstücke zusammenzuhalten, und gab es auf. Scarr hatte sich befreien können; ich warf Knüppel und Stangen ins Feuer und ging, die Waffe in der Hand, hinunter in die Wirtsstube. Der Wirt erwachte aus seiner Besinnungslosigkeit, als ich ihm einen Kübel Wasser über den Kopf schüttete. Aus der zum Teil verwüsteten Küche holte ich Wein und Essen, schloß Türen und beförderte die Bewußtlosen hinaus, schob den schweren Riegel vor die Eingangstür und ging hinauf. Während Sharma das Essen auf dem Tisch verteilte, heizte ich ein, schnürte unser Gepäck zusammen und setzte mich neben eines der offenen Fenster.

Sharma blieb dicht neben mir stehen. »Wir haben auf unserer Reise viel gesehen, Atlan«, sagte sie. »Ich danke dir, daß du mich mitgenommen hast. Ich habe dich in Schwierigkeiten gebracht. Bist du böse?«

Ich zog sie an mich und lachte laut. »Nicht die Spur!« sagte ich wahrheitsgemäß. »Es wird einige unbehagliche Stunden geben, bis sich eine Menschenmenge zusammengeballt hat. Sie werden von allen Seiten kommen. Sie sind verhetzt, im Grund unschuldig, dafür aber um so fanatischer. Es dauert wohl noch Jahrhunderte, bis dieser Hexenwahn aufgehört hat.«

»Furchtbar!« Sie strich über mein Haar.

Wir aßen und warteten. Ich lauschte auf jedes verräterische Geräusch und stand mehrmals auf, um mich aus dem Fenster zu beugen. Einige der Männer, die nur leicht von den lähmenden Strahlen getroffen worden waren, standen auf, hoben die Faust zu unseren Fenstern und humpelten davon. Eine Fackel verlosch in der Gosse. Langsam begann das Warten unheimlich zu werden.

Nach einer Stunde kamen sie ...

»Bleib vom Fenster weg!« sagte ich leise zu Sharma, die mit zitternden Fingern auf die Menschen deutete, die sich aus den Gassen schoben. Sie waren bewaffnet; viele Fackeln brannten. Zögernd kamen die Menschen näher. Sie schrien nicht. Es waren ausschließlich Männer. Ich sah auf die Uhr. Noch mehr als eine Stunde.

»Sharma! Bring diesen kleinen Kasten dort, bitte!« sagte ich und deutete darauf. Ich wartete weiter, wünschte nichts weniger als einen Kleinkrieg, den ich mit den überlegenen Waffen ohnehin gewinnen würde. Ich mußte sie auf andere Art in Schach halten. Dann zielten Männer mit schweren Musketen auf meine Silhouette am Fenster.

»Die Kerzen – den Leuchter hinter den Tisch! Schnell!«

Sekunden später war nur ein kleiner Teil des Raumes in der Helligkeit. Ich zielte mit dem Lähmstrahler und schoß jeden der Männer nieder, die sich an den ungefügen Musketen zu schaffen machten. Wütendes Murmeln drang über den Platz. Ich wurde unruhig; schließlich konnten sie auch den Gasthof von der anderen Seite stürmen. Ich stellte die getarnte Reiterpistole auf den dritten Lauf um und feuerte einige Strahlschüsse in den Scheiterhaufen neben dem Brunnen. Flammen züngelten am Reisig hoch; binnen kurzer Zeit erhellte ein gewaltiges Feuer den Platz. Wir warteten atemlos, gespannt und ein wenig ängstlich. Hier saßen wir in der Falle. Ich kontrollierte unsere Schutz- und Deflektorschirme.

Die Reaktion der Einwohnerschaft Thorns war unterschiedlich; einige schrien etwas, wovon ich nur »Teufel ... Hexenmeister!« verstand, und flohen. Ein Musketenschuß krachte, die Kugel schlug unschädlich ins Gebälk. Ich lähmte einige Gruppen von Menschen, die sich zu weit vorgewagt hatten, dann feuerte ich Geschosse. Querschläger heulten mit schauerlichen Geräuschen über das Pflaster.

»Wann kommt unser stählerner Vogel, Atlan?«

»Innerhalb der nächsten Stunde. Hast du Angst?«

»Ja.«

Sie werden auf alle Fälle von Teufelsspuk sprechen! sagte mein Extrahirn.

Diese Lähmungen sind nicht zu begreifen! Schauerlicher Feuerschein beleuchtete kleine Glasscheiben, die Augen der Menschen, die Hausfronten und die Gruppen, die sich dem Haus näherten. Ich hob wieder die Waffe; als ein Musketenschuß krachte, feuerte ich mit dem Lähmstrahler. Mindestens einhundert Männer fielen um.

Gellendes Geschrei erhob sich. Panische Flucht setzte an einigen Stellen ein. Soldaten marschierten heran. Wieder feuerte ich und warf sie zu Boden. Andererseits schien es auf der gegenüberliegenden Seite des Hauses zu ruhig zu sein. Ich ahnte, daß sich dort ebenfalls Gruppen heranwagten. Ich orientierte mich, riß die zweite Waffe unter dem Gurt um ein Gepäckstück heraus und drückte sie Sharma in die Hand. Sie wußte, wie man damit umzugehen hatte. Ich verließ das Zimmer, schnippte mit den Fingern und deutete auf Sharma. Scarr stellte sich wachsam neben sie.

Welcher Wahnsinn hatte diesen arbeitsamen Bürgern und Stadtbewohnern die Idee eingegeben, daß jeder Mensch, der von den starren Schemata abwich, deswegen mit einem nicht existenten Teufel im Bund war? Ich stob die Treppe hinunter, wirbelte auf dem Absatz herum und drang in ein leeres Zimmer ein. Ich stieß mit dem Schienbein in der Dunkelheit an einen Stuhl, fluchte leise und riß das quietschende Fenster auf. Meine Augen gewöhnten sich an das Halbdunkel. Der Himmel war wolkenlos; Häuser und Bäume warfen lange Schatten, da die Mondsichel nahe am Horizont schwebte. Sie waren schon zu nahe heran! Ich aktivierte beide Projektoren.

Rechts und links! warnte der Extrasinn. Ich schaltete auf Lähmstrahler um und feuerte in einer Serie kurzer Schüsse die halbe Energie des Magazins leer. Die Männer fielen aus den Zweigen der Bäume, rutschten über das Dach des Schuppens und krachten auf Bretterstapel und alte Kessel. Ein höllisches Spektakel brach los. Ich setzte einen dürren Busch in Brand und säuberte innerhalb weniger Minuten das Gelände. Dann raste ich zurück ins andere Zimmer. Zeternd rannte der Wirt im Untergeschoß herum. Ich kam zurecht, um mitzuerleben, wie sich entlang der Hausmauern unter dem Alkoven eine Schar besonders Mutiger heranpirschte. Lautlos sanken sie um. Eine Fackel flog in einen Heuhaufen, und die Flammen begannen, am Nachbarhaus emporzuzüngeln. Ich schaltete den Deflektor ab und war wieder zu sehen.

»Dort oben, Atlan!« zischte Sharma aufgeregt. Über den Dächern raste der Gleiter heran. Ich nahm einige der schwarzen Kugeln aus dem Kästchen, holte zehnmal nacheinander aus und schleuderte die Kugeln in die Richtung der vordrückenden Menschen. Dann dirigierte ich den Gleiter langsam heran. Mit krachenden Geräuschen detonierten die Kugeln. Gewaltige Nebelfelder breiteten sich aus, jedes in einer anderen Farbe. Das schwach ionisierte Gas begann zu leuchten. Hart stieß der Gleiter an die Balken; ich half Sharma hinaus. Sie fiel in den Nebensitz; ich reichte ihr unser Gepäck hinaus. Dann schwang ich mich aus dem Fenster, glitt aus und erreichte einen Handgriff. Durch Nebel und wütendes Geschrei der Bürger flog der Gleiter, ging höher und hatte nach ein paar Minuten Thorn weit hinter sich gelassen. Ich stellte eines der programmierten Ziele ein – ein Ort in der Nähe der Residenz des ersten Carlos. *Es überrascht dich nicht,*

Arkonide! Noch lange wird diese Welt unter den Fehlern ihrer Bewohner leiden, kommentierte der Extrasinn. Ich sagte leise:

»Die Welt, aus der ich komme, ist nicht die schönste aller möglichen Welten. Aber auf ihr sind die Schwächen der Bewohner nicht die einzigen Gründe für Kriege und Wahnsinn. Aber ich habe einige Feuer entzündet. Denk an Luther, Sharma! Denk an alle die wichtigen Männer, mit denen wir uns unterhalten haben. Meine Ideen und Denkanstöße, all die kleinen Erfindungen, die Zeichnungen und die Rezepte – sie werden eine langsame Revolution des Geistes auslösen.«

»Aber wir werden tot sein, bevor wir die Früchte deiner Saat erleben können«, sagte die schöne Frau neben mir. Obwohl ich sie noch nicht lieben konnte, vermittelte sie mir ein starkes, ungebrochenes Gefühl. Sie war mehr wert als meine Zuneigung; die Zeit war noch nicht reif. *Die Gewohnheit, Atlan, hat ganze Berge abgetragen und Kontinente zerbrochen,* sagte der Logiksektor. *Sie wird auch zwischen euch das Gefühl der Ausschließlichkeit herstellen können. Warte!* Ich schwieg.

Der Gleiter raste in einigen hundert Metern Höhe nach Südwesten. In einem Tag oder etwas mehr würden wir an einem weiteren Ziel sein. Alles waren nur Schritte. Sie mußten getan werden, denn die Kombination aller meiner Ideen sicherte den Erfolg. Bis wir die glücklichen Inseln erreichten, waren große Schwierigkeiten zu überwinden. Sharma schlief, ihren Kopf an meine Schulter gelehnt.

Valladolid war an diesen Tagen zu kalt für diese Jahreszeit. Eisiger Wind pfiff durch die Straßen. Ich wußte, daß ich ohne den Einsatz der Robotspione kaum hätte etwas ausrichten können. Mein nächstes Ziel war der wichtigste Berater des jungen, schwärmerischen Königs. Besondere List war nicht nötig, aber Vorsicht mußte gewahrt bleiben. Tagelang ritt und spazierte ich umher, bis ich eine günstige Gelegenheit hatte. Der Umstand, daß so gut wie jeder Mensch käuflich war, wenn auch die Summe recht unterschiedlich ausfiel, war mir bekannt: Bald stand ich im kalten Garten, in dem der greise Kardinal Fonseca, Bischof von Burgos, um diese Zeit sein Brevier zu beten pflegte. Ich wartete geduldig, von innerer Unruhe erfüllt.

Ein großer, schlanker Mann kam vorgebeugt aus einer Tür, die sich leise hinter ihm schloß. Er sah mich nicht. Er ging langsam durch den Kreuzgang, und die Lippen bewegten sich. Ich hörte kein Wort und lehnte mich gegen die eiskalte Wand mit den kostbaren Steinmetzarbeiten. Es dauerte eine Ewigkeit, bis der Kardinal in meiner Nähe war. Ich löste mich von der Mauer und senkte den Kopf.

»Nun?« fragte er nach einiger Zeit. Er war bekannt als wortkarger Mann, der als Berater des Königs eine geradezu besessene Sparsamkeit an den Tag legte.

»Verzeiht, Eminenz«, sagte ich leise, »wenn ich Euch in der Andacht störe. Aber ich habe ein Anliegen besonderer Art. Es hilft Euch sparen, bringt Euch und dem Reich Ruhm und Ehre, und es läßt einen Strahl geläuterten Goldes auf die Kirche fallen.«

Er musterte mich eindringlich. Seine Augen waren wie spitze Dolche, die durch und durch gingen. »Wer seid Ihr? Wie kamt Ihr hier herein?«

Ich lächelte. »Auch Priester Eurer Umgebung sind einer großzügigen Spende niemals abgeneigt, Kardinal. Ich habe einige fromme Männer mit Erfolg in Versuchung geführt; ich bitte, mich nicht weiter zu fragen.«

Der Bischof von Burgos ging weiter, und ich schritt langsam neben ihm her. Wir waren und blieben ungestört. Zweimal sah er mich scharf von der Seite an, dann murmelte er verblüfft: »Noch niemals sah ich solche Augen wie Eure. Ihr wollt mir also Euren Namen nicht sagen – schön.« Er hüstelte mit Diskretion.

»Wenn Ihr mir die Beichte abnehmt, nenne ich meinen Namen, Vater«, meinte ich. »Indes geht es nicht um mich! Es geht um einen kleinen, ehrgeizigen Mann, der vielleicht Großes vollbringen wird. Er wird erstens beweisen, daß die Erde rund ist, und zweitens Spanien viel Ehre bringen. Ich rede vom Portugiesen Magalhães. Er bekommt eine Audienz bei Carlos?«

»Ich denke ja. Aber, was habt *Ihr* mit Magalhães zu schaffen?« fragte er erstaunt. Der Wind trieb Blätter vom letzten Jahr über die Steinfliesen. Die braunen Blätter kreiselten raschelnd hinter Säulen und fingen sich in Winkeln, aus denen sie der nächste Windstoß hervorriß.

»Ich weiß, daß es die ›Molukken‹ gibt, die sagenhaften Gewürzinseln. Ich weiß auch, daß es viele Länder gibt, die noch von Spanien oder Portugal nicht entdeckt worden sind. Magalhães hat einen großen Schritt für die Menschheit vor – es liegt an Euch, den König so zu beraten, daß dieser Schritt vollzogen wird. Ich habe Karten von den Gebieten, an denen die Fahrtlinie des Magalhães entlangführen soll. Ihr wollt sie sehen?«

»Woher habt Ihr diese bewundernswerten Karten?« erkundigte er sich mit einem Tonfall, als weise er einen Novizen zurecht.

»Ich bin sehr weit gereist.«

»Warum wollt Ihr diese ruhmbringende Fahrt nicht unternehmen?«

Ich lachte. »Würde Euch ein Müller bitten, seine Kornsäcke zu tragen, dann würdet Ihr sagen, daß Ihr zwar Brot gern eßt oder Gerstensuppe, aber daß Ihr nicht des Müllers Esel seid. Ich bin ein Fremder in vielen Ländern; deren Sache ist nicht meine. Bedenkt die Not in Carlos' Kassen, bedenkt den Ruhm, den Euch Magalhães bringen kann. Und nehmt an, daß ich ein Mann bin, dem gutes Leben mehr behagt als eine Fahrt wie die des Colón, den sie auch Kolumbus nennen. Ich bin nicht der Arbeiter in Carlos' Weingarten.«

Der alte Mann dachte drei Wanderungen lang nach. Wir bewegten uns dreimal um den Kreuzgang herum, dann fragte der Kardinal trocken: »Was wollt Ihr für diesen Rat? Ich kann Euch verstehen, aber ich weiß, daß jeder Mann ein Motiv hat.«

»Mein Motiv liegt tiefer. Ich will beweisen, daß es eine Menge kluger Männer gibt, deren Zusammenarbeit wahrhaft große Taten vollbringt. Fonseca, Carlos, Magalhães: drei Namen, die nur eines hervorbringen können – Erfolg. Das ist mein Motiv, Kardinal Fonseca!«

Wieder gingen wir durch den Kreuzgang. Inzwischen froren wir beide. Fonseca warf einen Blick in das Buch, das er in den Fingern trug, dann schloß er es mit einem Knall. Er wandte sich an mich und erkundigte sich vorsichtig: »Ihr habt Karten, sagt Ihr?«

»Ich habe Karten«, stimmte ich zu. »Ausgezeichnete Karten kluger Männer, die Länder kennen wie aus dem Auge des Adlers. Ihr wollt sie sehen?«

»Ja. Hat auch Magalhães diese Karten?«

»Nein«, erwiderte ich, »aber ich werde sie ihm zeigen. Und ich verspreche Euch: Ein Mann wie Magalhães, hart und verschlossen, voll brennenden Ehrgeizes und ohne viel Rücksichtnahme – er ist der Mann, der die Molukken für Spanien entdecken wird.«

Fonseca winkte. Wir beendeten unseren Rundgang, eine Tür öffnete sich; kurze Zeit später saßen wir einander an einem riesigen, schöngeschnitzten Schreibtisch gegenüber. Durch das Fenster fiel schräg fahles, kraftloses Sonnenlicht. Ein kahler Baum bildete eine schwarze, spinnenfingerige Silhouette. Ich zog die große Karte hervor, die in ein Gitternetz eingezeichnet war. Später einmal würde diese Projektion wichtig für alle Seefahrer werden. Mit minuziöser Genauigkeit hatten meine Maschinen aus Höhenfotos die gesamte Erde gezeichnet, einschließlich beider Pole; ein fester Teil ihrer Speicher. Fonseca ließ sich die Karte erklären und deutete auf den Isthmus zwischen beiden Kontinenten der Neuen Welt.

»Hier sehe ich keine Durchfahrt«, sagte er leise. »Aber Magalhães behauptet es in seiner Eingabe an den spanischen Hof.«

Ich deutete auf die zerklüftete Küste im südlichsten Teil des Südkontinents und entgegnete: »Hier wird er die Durchfahrt finden. Zweifelt Ihr?«

»Diese Karte ist ein Wunder, und kraft meines Ranges bin ich verpflichtet, an Wunder zu glauben. Es gibt so viele ›Wenns‹ und andere Fragen, die ich wohl abwägen muß. Vielleicht entscheide ich mich, Carlos zu raten, daß er dem Magalhães eine Flotte ausrüstet.«

Ich stand auf und rollte die Karte zusammen.

»Ich habe keinen Grund dazu, Kardinal Fonseca, Euch zu belügen. Ich will weder Revolutionen auslösen noch reich werden. Aber es ist zu fordern, daß sich alle Menschen dieser Welt auf allen Inseln und Erdteilen kennenlernen. Das bezwecke ich; deshalb unsere Unterhaltung. Ich darf mich entschuldigen?«

Er stand auf und reichte mir die Hand. Anstatt mich über sie zu beugen, schüttelte ich sie. Ich kannte die Türen, durch die ich gehen mußte. Schließlich erreichte ich den versteckten Gleiter, flog nach Sevilla und ritt vom Versteck aus in mein Haus. Inzwischen war es voll eingerichtet. Mengen Bücher und Briefe von allen wichtigen Zeitgenossen und Ausrüstungsmaterial, Listen und Beschreibungen für die kleine Karavelle stapelten sich. Fast zu langsam rüsteten wir die lange Reise aus. Bis auf mein Gespräch mit Magalhães, der sich in Spanien *Maghellanes* nannte, waren sämtliche Schritte getan. Bald würde die lange Reise beginnen.

20.

TERRA AUSTRALIS INCOGNITA hatten wir die Karavelle getauft. Sie war das beste Schiff, das die Werften Sevillas je verlassen hatte. Die Speicherdaten meiner Maschinen, unzählige Rezepte für Lacke und Firnis, Dichtungsmittel und primitive Kunststoffe und meine persönlichen Kenntnisse hatten zusammengewirkt. Das Schiff war mehr als sicher. Auf seine ungewohnte Art war es schön, schnittig und schnell; sogar der Stoff der Segel war besser. Jede Einzelheit hatte ich immer wieder mit Diego und Rojas de Avarra überprüft.

Alle Teile, alle Trossen, jeder einzelne Beschlag, jede Schraube war Handarbeit, war doppelt stark. Eine Menge neuer Techniken war »erfunden« worden. Die Werften in Sevilla und bald auch in anderen Orten würden sie benutzen. Schon heute bauten die Engländer Schiffe mit bis zu siebzig schweren Schiffsgeschützen. Auch daran war gedacht worden – aber in meinem Schiff befand sich ein Kompaß; um 1125 in China gebraucht, seit 1200 in diesem Teil der Welt verwendet, aber viel zu selten wirklich benutzt. Dieser Kompaß, ein Meisterwerk meiner Maschinen, würde eine große Rolle im Verhältnis zwischen Maghellanes und mir spielen.

Ich traf ihn im September 1519 an Bord seines Schiffes, der TRINIDAD. Das Flaggschiff des kleinen Konvois von fünf Schiffen war fertig gerüstet. Zwei Männer begrüßten mich, als ich mich anmelden ließ – ich stellte mich vor.

»Ich bin Señor Antonio Pigafetta aus Vicenza, Ritter des Rhodeser-Ordens«, sagte der junge Mann mit den lebhaften Augen. »Ich werde diese Fahrt als Chronist begleiten.«

Ich verbeugte mich und redete Magalhães an. Ein düsterer Mensch, mit schwarzem, ungepflegtem Bart; ich hatte ihn häufig am Kai gesehen. Auch er erkannte mich wieder. Mit dunkler, heiserer Stimme sagte er:

»Ihr seid de Arcon, der Besitzer der TERRA? Ein merkwürdiges Schiff, denke ich!«

Ich lachte und legte meine Karten auf den Tisch im Achterkastell, in dem sich die Kabine des Generalkapitäns befand.

»Ein stolzes, schnelles und kleines Schiff«, sagte ich mit Nachdruck, »das vor Euch hersegeln und die fernen Inseln erreichen wird. Ich habe mehrere Wetten abgeschlossen, daß es mir gelingt. Auch mit Euch, Maghellanes, will ich wetten.«

Maghellanes rang sich ein trockenes, krankes Lachen ab und warf seinen Hut auf eine Polsterbank. Dann bat er Pigafetta, uns allein zu lassen. »Was habt Ihr da gesagt?«

Ich erklärte es ihm. Das heißt, ich versuchte es. Ich entwickelte einen Plan, der vorsah, daß ich vor Maghellanes einhersegeln, ihn passieren lassen und wieder überholen würde. An bestimmten Punkten würden wir uns treffen; wer von uns wieder eher in Sevilla oder San Lucar eintreffen würde, hatte die Wette gewonnen. Dann breitete ich meine Karten aus. Zum erstenmal sah ich eine deutliche Reaktion bei diesem verschlossenen Mann; er wurde geradezu gierig.

»Was verlangt Ihr für diese Karte?« rief er.

»Nichts«, sagte ich. »Ich schenke sie Euch. Aber es ist ein Geheimnis mit dieser Seekarte.«

Er betrachtete sie und zog seine eigenen Karten hervor, verglich beide miteinander. Die Unterschiede konnten nicht deutlicher sein. Mit meiner winzigen Kamera nahm ich Fotos von seinen Karten auf; Dokumente aus einer dunklen Zeit.

»Welches Geheimnis?« erkundigte er sich mißtrauisch.

»Das gerade ist das Geheimnis!« Ich lachte. In den vergangenen Monaten und Wochen hatten wir unsere Schiffe ausgerüstet. Dabei war ich anders vorgegangen als der Portugiese; für eine Fahrt, die rund ein Jahr dauern würde, gab es logistische Probleme. Ich kannte sie längst; hatte sie ausrechnen lassen. Maghellanes' Schiffe waren alte, billig eingekaufte Schiffe, mit denen ich nicht einmal nach Teneriffa hätte segeln wollen. Der spanische Hof hatte den Generalkapitän nicht genügend unterstützt. Ein reicher Kaufmann, ein flandrischer Reeder namens Cristobal de Haro, hatte viel Geld in das Unternehmen gesteckt. Die Reise war also gesichert. Trotzdem mußte ich Maghellanes den kürzesten Kurs zeigen; seine zweihundertfünfundsechzig Männer starben sonst an Skorbut und infolge ungenügender Versorgung.

»Der Kurs, de Arcon!« sagte der finstere Mann, inzwischen Vater zweier Kinder. »Ihr habt ihn eingezeichnet!«

»Ist ein Kompaß an Bord?« fragte ich.

»Ja. Ich kann den Kurs bestimmen. Aber wer sagt mir, daß diese Karten besser sind als die des Behaim? Garantiert Ihr mir, daß ich die Molukken erreiche?«

»Wenn Ihr diesen Kurs segelt, dann erreicht Ihr die Inseln«, sagte ich. »Und ob die Karten richtig sind ... ich weiß, daß alle anderen Karten zum Teil falsch sind. Alle suchen nach dem sagenhaften Südkontinent. Aber Ihr, Maghellanes, werdet dicht an seiner leblosen Küste vorbeikommen. Ihr werdet Berge aus Eis sehen, die Euren Kurs begleiten!«

Maghellanes *mußte* zweifeln; ein Mann seiner Zeit, kein Arkonide. Er bewegte sich innerhalb der engen Grenzen der Erkenntnis, aber er war einer der ehrgeizigen Abenteurer, die diese Grenzen durchbrechen wollten und – würden. Ich konnte nicht mehr tun als ihm versichern, daß die Karten echt wären.

»Noch eines, Señor Fernando!« sagte ich nachdrücklich. »Die Kreuze auf der Karte bezeichnen die Stellen, an denen wir uns treffen und Erfahrungen austauschen werden. Ich finde Euch, Maghellanes! Wenn Ihr Euch danach richtet und nicht zweifelt, wird das Werk gelingen. Wenn Ihr auch nur eine Sekunde früher zurück seid als ich, gehört Euch der kostbarste Kompaß dieser Welt. Gilt die Wette?«

Er sagte hart: »Eingeschlagen, Edler von Arcon!«

Wir wechselten einen ausdauernden Händedruck. Er ahnte nicht, daß ich dieses Treffen sorgfältig vorbereitet hatte. Maghellanes war mein Werkzeug. Darüber hinaus war er das Werkzeug der Geschichte, wie Männer vor und nach ihm. Ich schätzte die Zeit der Weltumseglung auf ein Jahr, etwas mehr oder weniger. Ich war nicht sicher, ob mein Plan aufgehen würde ... andere Möglichkeiten besaß ich nicht. Alles war Wagnis.

»Euer Schiff, de Arcon, ist eine merkwürdige Konstruktion. Ich habe vormals nie eine solche Karavelle gesehen. Aber als ich es genauer ansah«, sagte Maghellanes, sichtlich nachdenklich geworden, »merkte ich, daß alles vom Besten war. Jedes Tau, die leichten und dünnen Segel, die vielen Messingbeschläge – alles ist beste Arbeit.«

»Dort, woher ich komme«, meinte ich, »hat man Ideen und viel Geld. Das Schiff wird wie neu aussehen, wenn wir wieder in San Lucar einlaufen. Und nicht einer meiner Männer wird an Skorbut erkranken.«

»Wir brauchen viel Glück und viel Energie. Ich danke Euch, aber ich zweifle noch immer.«

»Eure Zweifel werden vergehen müssen, wenn Ihr seht, daß alle anderen Möglichkeiten ins Unglück führen«, sagte ich. »Ich habe nur vierzig Mann Besatzung. Wir gehen drei Tage nach Euch in See, segeln einen anderen Kurs und treffen uns an dieser Stelle.«

»Wann?«

Ich sagte mit listigem Lächeln: »Wenn Ihr diese Bucht erreicht habt, werde ich Euch finden und nachts in Eure Kabine kommen. Einverstanden?«

Er blitzte mich an. »Ich werde den Kompaß gewinnen, Atlan de Gonozal y Arcon!«

»Ich wünsche es Euch!«

Ich ging von Bord. Nur noch wenige Dinge waren zu klären, dann legte auch die TERRA ab. Auch der Name, der ein Symbol darstellte, denn alle Seefahrer suchten diesen geheimnisvollen Erdteil, und während dieser Suche wurden unendlich viele weitere Entdeckungen gemacht. Die Länder des westlichen Großkontinents wußten nichts von ihren vielen Nachbarn im Osten. Ich war durch meine Robotspione besser orientiert. Die Reise konnte beginnen.

Terra australis incognita, der Kontinent der Rätsel, war ein Begriff, der jeden Seefahrer faszinierte. Deswegen hatte ich mein Schiff so genannt. 1492 hatte Behaim den ersten »Erdapfel« hergestellt, im gleichen Jahr war »America« entdeckt worden, von Colón; die Bezeichnung kam vom Namen Amerigo Vespuccis. Zwei Jahre später teilten sich Portugal und Spanien die Welt. Papst Alexander der Sechste zog den Trennungsstrich. Bis zum Jahr 1498 umsegelte Vasco da Gama die Südküste Africas, durchquerte als erster den Indischen Ozean – er segelte nach Osten. 1513 entdeckte Nuñez de Balboa den Stillen Ozean, nachdem er den Isthmus zwischen den beiden »Neuen« Kontinenten durchquert hatte. Vier Jahre später spaltete sich die abendländische Kirche, nachdem Luther seine Thesen veröffentlichte. Hernando Cortez war unterwegs und würde mit einiger Sicherheit die Kulturen entdecken, die ich initiiert hatte, damals, als das Raumschiff der Fremden in der Stufenpyramide verborgen war. Am 30. September 1519 ging ich mit meiner »verlorenen Mannschaft« auf die lange Reise. Das Haus in Sevilla blieb gemietet, aber die Zimmer waren leer.

Agsacha stand neben mir. Wir trugen leichte Leinenschuhe, dünne Hosen und luftige Hemden. Breite Gürtel mit riesigen Messingschnallen wirkten wie modische Zugeständnisse, aber sie waren wichtig, wenn es galt, sich im Sturm festzubinden. Wir hatten alle Segel gesetzt; das Schiff lief mit achterlichem Wind und lag schräg in den flachen Wellen des Atlantiks. Zischend brach sich das Wasser am messerscharfen Bug. Diego de Avarra stand am Ruder.

»Atlan«, sagte Agsacha leise. »Sieh die Männer an! Es ist eine Mannschaft, die man unter zwei Gesichtspunkten betrachten muß.«

Aus den ehemaligen Sklavinnen und Sklaven waren selbstbewußte, kluge Menschen geworden. Sie konnten lesen und schreiben. Lange Gespräche mit unseren Gästen und mit mir hatten ihren Horizont wesentlich erweitert. Die einzige Schwierigkeit sah ich darin, daß sich unter den einundvierzig Besatzungsmitgliedern zwei Frauen befanden. Siebenunddreißig Männer hatte ich angeheuert und ausgerüstet; ausnahmslos wilde Burschen, die vor nichts Angst zu haben schienen. Jeder von ihnen war, normale Verhältnisse vorausgesetzt, reif für den Henker. Ich wußte alles von ihnen und über sie.

»Welche Gesichtspunkte, Agsacha?« fragte ich.

»Es sind Verbrecher, die wegen fünf Maravedis jemandem die Kehle durchschneiden. Es sind, was das Schiff und die Kunst der Seefahrt betrifft, Fachleute und Spezialisten. Es kommt auf dich an, mein Freund – verstehst du sie zu nehmen, gehen sie für dich durch die Hölle!«

»Ich weiß!« sagte ich und lachte. Die Computer hatten beste Arbeit geleistet. Das Schiff lag im Wasser wie eine Hochleistungsjacht in den Gewässern von Arkon I. Wir machten bei Passatwind weitaus mehr Fahrt als Maghellanes bei Sturm. Alle Tests verliefen ausgezeichnet; sogar Zwiebeln und Zitronen, Korn und Früchte waren eingelagert. Sämtliche Nahrungsmittel bestanden aus nährstoffreichen, haltbaren Vorräten, die wenig Platz wegnahmen. Die Laderäume waren belüftet, und Scarr, der Robotgepard, hatte die wenigen Ratten getötet.

Siebenunddreißig Männer ... Dazu kamen Agsacha, Sharma, Saachany und ich. Agsacha, unterstützt von Diego de Avarra, hatte die Matrosen ausgesucht. Das bedeutete, daß drei Dutzend Matrosen einen Faktor der Unsicherheit bildeten. Ich mußte schon in den ersten Tagen der Fahrt ihnen den Umfang unserer Aufgabe vor Augen führen: Ich würde drastische Mittel wählen müssen. Ich wandte mich an Agsacha und sagte leise:

»Wir sind unterwegs, mein Freund. Unser erstes Ziel liegt in einer großen, schönen Bucht. Dort werden wir auf Maghellanes treffen. Ich habe in meiner Kabine Vorbereitungen zu treffen – hier ist die Waffe. Du bleibst zwischen Heckkastell, Ruder und Beiboot stehen.«

»Noch ist die Zeit der Fragen und Widerstände nicht gekommen!« Der junge

Maure schob die Reiterpistole in den Gürtel. Ich winkte Diego und ging in die Kabine. Stabile Rahmen aus Metall hielten doppelte Scheiben aus Glas; es war hell und ausgezeichnet gelüftet. Ich öffnete eine Kiste und vergewisserte mich, daß mir niemand zusah – Sharma und Ssachany waren in der mittschiffs untergebrachten Kombüse und halfen dem Koch. Ich hob den Sturmvogel aus dem Gepäck, breitete seine Schwingen aus und schaltete, nachdem ich einen Teil der Verkleidung entfernt hatte, das kleine Kraftwerk an. Dann testete ich die Sender und Sensoren der Maschine, die unsere Fahrt von nun an begleiten sollte. Alle Einzelteile funktionierten ausgezeichnet – Qualitätsarbeit von Rico und den arkonidischen Maschinen. Ich öffnete das doppelte Fenster, aus dem ich die Hecksee sah, gab einige Befehle mit der Fernsteuerung und sagte:

»Begleite das Schiff in große Höhe. Nimm alle Bilder auf, die oberhalb der Intensitätsschwelle liegen. Achte besonders auf die fünf Karavellen des Maghellanes. Warne vor Stürmen, die du siehst.«

Das Programm dieses künstlichen Albatros war groß. Der Vogel war schwer; die Energiemenge für die Instrumente reichte für mehrere Jahre. Wir besaßen die genauesten Karten. All meine raffinierte Ausrüstung war an Bord. Der Vogel rauschte majestätisch hinunter zu den Wellen und verharrte einige Minuten. Dann schraubte er sich lautlos, kleiner werdend, in Kreisen in die Höhe. Schließlich verschwand er im blauen Himmel des Nachmittages. Ich schloß das Fenster.

»So!« sagte ich laut. »Ende aller Vorbereitungen. Ab jetzt werde ich diese Fahrt mit ungetrübter Freude genießen können.«

Ich nahm die zweite Pistole, steckte sie hinter den Gürtel und holte die Aufzeichnungen hervor. Ich grinste, als ich die dünne Mappe aufschlug; die Schrift stammte von Sharma. Dann ging ich an Deck, warf einen Blick auf den Kompaß und unterhielt mich mit Diego. Er war begeistert bei der Sache: Auch er träumte vom Reichtum und der Ehre der Weltumseglung.

»Eine Frage, Atlan!« sagte er leise. »Du hast die Männer eingestellt, ohne sie zu kennen. Keine Furcht vor Meuterei? Vor Übernahme des Schiffes? Vor Desertionen?«

Ich grinste breit. »Warte die nächste Stunde ab!« sagte ich. »Furcht? Nein. Aber Vorsicht. Ich habe vorgebaut!«

Er lächelte säuerlich und kratzte sich hinter dem Ohr. Er wurde aus mir nicht recht schlau, aber inzwischen hatte ich ihn überzeugen können, daß unser schnittiges Fahrzeug tatsächlich schnell, sicher und erstaunlich beweglich war; wir verwendeten ein Vorsegel, das sich wie ein riesiger Bauch blähte, und die Rahsegel konnten auch bei einem Wind verwendet werden, der geradewegs von Steuerbord oder Backbord kam. Ich blieb auf der Brücke und wandte mich an Agsacha. »Niemand hat etwas zu tun, Agsacha. Laß alle Männer auf Deck antreten. Der Kapitän hat etwas Wichtiges zu sagen. Und wundere dich über nichts.«

Agsacha warf einen Blick in den Ausguck, der unbesetzt war, dann lachte er breit. »Seit du mich gekauft hast, Atlan, habe ich mir das Wundern abgewöhnt!«

»Recht so!«

Sie kamen aus allen Teilen des Schiffes, sechsunddreißig zählte ich, stellten sich vor den Niedergängen auf und musterten Agsacha und mich schweigend.

Scharf betrachtete ich sie. Sechsunddreißig Gesichter. Alle Hautschattierungen. Schlechte Zähne und gute Kleidung; ich hatte sie einkaufen lassen. Relativ sauber, rasiert, trotzdem ein finsterer Haufen Menschen. Sie kamen aus der untersten Schicht eines Volkes, das niemals die Chance gehabt hatte, selbständig erwachsen zu werden, waren Produkte einer erbarmungslosen Zeit mit wenig Freude. Ich wußte, daß ich es nicht leicht haben würde. Ich hob die Rolle, die ich in der Hand hielt, und sagte:

»Ich sehe sechsunddreißig Männer vor mir. Jeder von euch ist von Agsacha und Diego angeheuert worden. Ich weiß, denn hier ist es geschrieben, daß ihr alle nur durch einen Zufall aus der Schlinge des Henkers gerutscht seid!«

Während sich der vollrobotische Albatros in großer Höhe von uns fortbewegte, während Scarr, der Gepard, neben mir auf den Planken lag, bewegten sich die Männer unruhig. Ihre Aufstellung änderte sich; die Vordersten wichen langsam zurück. Ich starrte in die Gesichter. Sie waren unruhig, aufgeregt und voller Erwartung. Und sehr trotzig. Ich fuhr fort:

»Der Jüngste unter euch ist ein notorischer Dieb. Der Älteste gehört in den Kerker oder an den Galgen. Zwischen diesen beiden gibt es alle denkbaren Zwischenformen. Du, Goff, hast dich vor den Schergen auf die TERRA gerettet ... Ich kann Beispiele nennen. Ihr seht, alles liegt klar auf der Hand.«

Ich machte eine wohlberechnete Pause. In einigen Gesichtern zeigte sich deutliche Angst. Der Kapitän eines solchen Schiffes war mit Verantwortung und Rechten ausgestattet, die über Leben und Tod, Züchtigungen oder Aussetzungen entscheiden konnten. Schließlich sagte ich ruhiger:

»Ihr seid eine ›verlorene Mannschaft‹ – niemand wird einen von euch vermissen, wenn wir nicht zurückkommen. Wir haben vor, rund ein Jahr lang von Küste zu Küste zu segeln, von Insel zu Insel. Wir wollen den Bauch der TERRA mit Gold und Gewürzen volladen. Wir wollen andere Menschen kennenlernen und andere Länder. Ihr braucht meine Führung, und ich brauche euch, damit das Schiff segelt und nicht untergeht. Ihr habt zwei Möglichkeiten: Entweder werden wir zu einer verschworenen Mannschaft, die durch dick und dünn geht und durch die Hölle der Wasserwüsten. Oder ihr setzt mich ab – oder versucht es zumindest –, ihr stehlt das Schiff, ihr meutert oder tut ähnlich unsinnige Dinge. In diesem Fall werden wir weder Gold noch braune Frauen sehen, aber einige sterben an fernen Küsten, ausgesetzt und verhungernd. Ich verspreche euch eines: Wenn wir zurückkommen, und wir kommen vor Maghellanes zurück, sind wir alle reich. Jeder von euch bekommt ein Fünfzigstel des Gewinnes; der Rest ist für Diego, Agsacha und mich. Von diesem Geld könnt ihr euch einen kleinen Palast bauen, und ich werde für euch alle die Gnade des Königs erwirken – ihr seid dann freie Männer.«

Wieder blickte ich in verwirrte, aber freudige Gesichter. Ich meinte zu sehen, daß viele der rauhen, ungebildeten Gesellen ihre letzte Chance erkannten. Ich schloß laut:

»Ihr habt mehr als ein Jahr Zeit, es euch zu überlegen. Und noch etwas: Zu jeder Stunde sind Agsacha und ich für alle Fragen da. Kommt zu uns, wenn ihr Sorgen, Schmerzen oder Probleme habt.«

Beides war falsch: zu große Strenge, wie sie Maghellanes vertrat in blindem Eifer und Ehrgeiz, und zu große Nachsicht. Die Matrosen waren keinen Kapitän gewohnt, von dessen Lippen milde Worte flossen wie tropfender Honig. Unter den erwähnten Gesichtspunkten konnten wir unsere Reise durchführen.

Das erste Ziel lag am südlichen Wendekreis – eine zerklüftete Bucht, in die ein mäßig großer Fluß mündete. Eines Tages, wir segelten ununterbrochen mit dem Passatwind und machten gute Fahrt, kam Sharma in meine Kabine. Ich saß über den Karten und rechnete den Kurs nach. Ich sah auf, winkte und deutete auf den Weinkrug.

»Wardar sagt, daß es in einigen Stunden Sturm geben wird.«

Wardar war der Segelmeister, der unablässig die Taue, die Augen und Verstärkungen, die Nähte und die trocken eingelagerten Reservesegel kontrollierte. Ich stand auf, küßte Sharma und rannte den Niedergang hoch auf die Brücke. Diego lümmelte in seinem Segeltuchstuhl und hatte das Ruder festgezurrt.

»Vielleicht wird es in kurzer Zeit mit dem Faulenzen vorbei sein, Freund Diego«, sagte ich. »Wardar vermutet Sturm.«

Diego deutete nach vorn, dann nach achtern. »Siehst du Wolken, Atlan?«

»Noch nicht. Sei bereit, Segel herunternehmen oder reffen zu lassen, ja?«

»Aye, Kapitän!«

Ich rannte über Deck, grüßte die Männer, die faul in der Sonne oder im Schatten der Segel lagen, und blieb bei Wardar stehen. »Wann, sagst du, kommt Sturm auf?«

»In einem halben Tag. Kann sein, er verfehlt uns!« sagte er. Seine schwarzen Zähne sahen aus wie schiefe kleine Säulen. Also heute vor Einbruch der Dunkelheit. Meine Instrumente hatten noch nichts angezeigt.

Ich fragte weiter: »Woher weißt du das?«

Er hob die Schultern und grinste breit. »Erfahrung. Außerdem spüre ich es in den Knochen, Kapitän. Das Schiff ist verdammt schnell. Aber wird es einen Sturm abreiten können?«

Ich zog die Schultern hoch und fühlte mich ein wenig unbehaglich. Seit ich mit Tore Skallagrimsson gesegelt war, fürchtete ich keinen Sturm. Aber ich war nicht sicher, ob dieses Schiff einen Hurrikan abreiten konnte.

»Ich denke schon. Es ist stark genug, und der Kiel ist schwer. Wir haben oft geübt ... Du weißt, was zu geschehen hat, Wardar?«

»Ihr könnt Euch auf mich verlassen, Kapitän«, murmelte er und spuckte über die Bordwand.

Die ersten Wochen der Fahrt waren schnell vergangen. Die TERRA AUSTRALIS INCOGNITA bot einen faulen Anblick; niemand arbeitete mehr, als unbedingt nötig war. Dadurch, daß jeder der Männer eine genau umrissene Aufgabe wahrzunehmen hatte, wurde reibungsloses Funktionieren gewährleistet. Ich nickte Wardar zu, schlug einem jungen Matrosen auf die Schulter und ging zu Sharma. Wir alle waren prächtig braun gebrannt und gesund – wir fingen Fische und zogen sogar Gemüse auf. Skorbut und andere Mangelkrankheiten hatten bei uns keine Chance.

»Kommt ein Sturm, Liebster?« fragte Sharma.

»Wahrscheinlich«, sagte ich. »Aber erst in einigen Stunden. Ich weiß, daß Hurrikane in diesen Breiten häufig sind. Wie gefällt dir die Fahrt?«

Sie lächelte mich an; in den letzten Wochen schien sie schöner und reifer geworden zu sein. Sie war, wie ich wußte, vierundzwanzig.

»Es ist nur der Anfang«, sagte sie leise. »Und wir werden zusammen die fremden Küsten sehen? Ich freue mich auf den sandigen Strand und das Schwimmen im durchsichtigen Wasser.«

»Nicht mehr lange, Sharma. Wir werden bald jenen Felsen erreichen, von dem ich dir erzählt habe. Wie steht es mit dem Essen? Wir werden heute abend keine Zeit haben.«

Sie trank ihren Becher leer und versprach: »Ich kümmere mich darum!«

Als sie die Kapitänskajüte verlassen hatte, in der wir lebten, klappte ich den Deckel einer gepolsterten Schachtel herunter, die Innenfläche sprang auf, und über dem Glas des meteorologischen Instruments erschien das Funkbild aus den Augen des Albatros. Ich nahm Feinjustierungen vor, schaltete mehrmals und hatte das Bild des Sturmes auf dem Schirm; eines gewaltigen Wirbelsturms, der uns im Kielwasser folgte. Einige Berechnungen: Er würde in fünf Stunden hiersein. Ich verstaute alles sicher in den Halterungen, schloß die Messingriegel der Fenster und nahm meine wasserdichte Jacke aus dem Schrank. Wir würden heute abend eine besondere Art Schiffstaufe erhalten. Kurze Zeit später sagte ich zu Wardar:

»Eine Wette, Segelmeister? Ich sage, daß der Sturm in drei Stunden bei uns ist. Was schätzt du?«

Er schüttelte den Kopf. Sein langes Haar flog, und um seine Augen bildeten sich tausend Falten. »Fünf Stunden, Kapitän. Was wettet Ihr?«

»Ein Faß Rum für die Mannschaft – aber erst nach dem Sturm. Was hältst du dagegen?«

»Was habe ich? Einige Wachen!« sagte er.

»Einverstanden.«

Die Wette sprach sich herum; wir kontrollierten das ganze Schiff. Zwischendurch wurde gegessen, dann rannten alle Mann unter Deck, um ihre Sachen zu verstauen. Die Luken wurden geschlossen, die Segel zum Teil heruntergeholt, Taue gespannt; Unruhe breitete sich auf der TERRA aus. Fast genau fünf Stunden später war der Sturm da.

»Treibanker!«

»Klar bei Ausbringen!«

»Großsegel einholen, sichern!«

»In die Wanten, ihr faulen Hunde!«

»Steuermann, zwei Grad nach Backbord!«

»Aye, Kapitän!«

Das Deck verwandelte sich in ein Feld, auf dem vierzig Leute umherrannten. Hinter dem Schiff raste eine brausende, schwarze Wolkenwand wie eine Walze heran. Regentropfen schlugen fast waagrecht in die prall gespannten Segel. Taue begannen zu summen. Das Deck hallte von Befehlen wider. Diego band den Knoten in ein Doppelseil, das am Steuerruder befestigt war und an der Reling. Ich warf die Jacke um und knöpfte sie zu. Die Frauen rannten in die Kapitänskajüte und verstauten, was herumlag. Die ersten Segel wurden unter Deck gebracht, eine Rah wurde gefiert; nur noch die schlanken Focksegel standen im Wind.

»Unter Deck, wer nicht zu arbeiten hat!«

»Die Luken dicht! Und alle Bullaugen zu!«

»Ankertau belegen!«

»Sichert Boote und Riemen!«

Das letzte Licht schwand. Das Brüllen des Sturmes wurde lauter. Regenschauer prasselten über Deck. Dampf stieg von den heißen Decksplanken auf, dann überzog Nässe das Schiff. Die Masten begannen zu ächzen, die Taue spannten sich, als der Sturm das Schiff packte und auf eine haushohe Welle setzte. Dann konnte man sein eigenes Wort nicht mehr verstehen. Jaulend griff der Sturm an, es wurde fast nachtdunkel. Die Wellen rasten einher mit riesigen, zerfetzten Schaumkronen. Das Schiff holte schwer über, das Bugspriet tauchte tief ein. Dann schüttelte sich die Konstruktion und schwamm auf wie ein Korken. Die Messingbleche schossen aus dem Wasser, das Boot blieb auf dem Kamm der Welle und fegte mit ihr nach Westen. Es wurde schneller, blieb in der einmal eingenommenen Schräglage und hinterließ eine kochende, schaumige Hecksee. Vor dem scharfen, geschwungenen Bug teilte sich das Wasser und bildete zwei gewaltige Dreiecke. Tobend schlugen die Wellen zusammen. Der Orkan trieb gewaltige Wolken mit sich, salziger Regen überschüttete in längeren oder kurzen Güssen das Schiff und die Menschen an Deck. Die Tropfen wirkten wie kleine Steine oder Sand. Ich blickte an den hellen Tauen entlang, musterte aus zusammengekniffenen Augen kritisch Masten und Rahen, aber nirgendwo zeigten sich Risse oder Bruchstellen. Die Holzkonstruktion des Schiffes entwickelte Eigenleben, das sich in Verformungen zeigte. Ich griff in das Tauwerk und zog mich mühsam hinüber zu Diego. Die Focksegel waren hart wie Bretter und killten nicht ein bißchen.

»Du und dein Vater habt erstklassig gearbeitet!« schrie ich aus Leibeskräften. Er nickte und schrie mit nassem Gesicht und triefendem Haar zurück:

»Ich habe es nie geglaubt. Das ist das beste Schiff, das wir je ge...« Der Rest des Satzes war unverständlich. Eine Stunde lang knüppelte die See das Schiff nach Westen. Ganz plötzlich hörte alles auf: Wind, Regen, Dunkelheit. Sonnenschein überschüttete die wässerige Szene. Die See beruhigte sich augenblicklich. Zaro, der Vormann der Gangspill-Mannschaft, heulte auf wie ein getretener Hund. »Wir sind im Auge des Hurrikans! Der Sturm dreht gleich!«

Die Mannschaft kam an Deck. Wir drehten das Schiff, brachten einen Treibanker aus, den der Sturm über das halbe Deck gezerrt hatte, und warteten. Es wurde unerträglich heiß. Der Wind wehte überhaupt nicht mehr. Die See war spiegelglatt. Aber dann näherte sich wieder die schwarze Wand; kleiner diesmal, so schien es.

Ich überprüfte die Position. Als die schäumenden Wellen mit dem brüllenden Sturm heranrasten, füllten sich knallend die Segel. Das Tau des Treibankers, einer festen, eimerförmigen Segeltuchtasche, die das Schiff hinter sich herzog, straffte sich. Langsam machte die TERRA Fahrt. Wir mußten etwa auf dem gleichen Kurs zurücksegeln. Das Schiff krängte schwer, tauchte das kleine Vorderkastell tief ins Wasser und richtete sich auf. Dann rissen Wind und Wellen die TERRA nach

Osten. Mehr als eine Stunde lang wütete der Sturm; schließlich standen nur noch drei Personen an Deck: Diego, Wardar und ich. Nach und nach beruhigte sich die See. Als die Sonne sichtbar wurde, sank ihre Scheibe unter den Horizont. Im letzten Licht des Tages wendeten wir die TERRA, setzten alle Segel und holten den Anker ein. Dann, nach einer weiteren Kursbestimmung, ließ ich das Faß öffnen.

»Habe ich es Euch nicht prophezeit, Kapitän?« fragte Wardar listig.

»Ich werde mich in Zukunft nach deinen Sturmwarnungen richten. Aber was ist, wenn du schläfst?«

Seine Antwort ging unter im Gelächter der Mannschaft. Das Faß war zu klein, als daß sich jemand betrinken konnte. Die Wachen zogen auf; als wir mit Laternen alle Innenräume einer Inspektion unterzogen, stellte sich heraus, das abgesehen von Spritzwasser und Regen, kein Wassertropfen eingedrungen war. Die TERRA hatte ihre Taufe überstanden.

Bei gleichmäßig gutem Wetter und ebensolchem Wind segelten wir mit Vollzeug weiter. Das Bild des Albatros zeigte, daß die Bucht noch leer war. Maghellanes war von uns irgendwo überrundet worden. Tropische Hitze herrschte in diesem Dezember, als Land auftauchte. Der Ausguck schrie es aus seinem Krähennest.

»Ich habe es dir erzählt ...« Ich zog Sharma an mich. »Dort ist der Berg, der wie ein spitzer weißer Hut aussieht. Dort sind Palmen. Dort werden wir warten.«

»Ich freue mich darauf!« war ihre Antwort.

Später sollte ich erfahren, daß Maghellanes diese Bucht nach dem Fluß des heiligen Januarius nennen würde: *Rio de Janeiro.* Wir liefen in die Bucht ein, ankerten und brachten die Boote zu Wasser. Eine herrliche Zeit begann.

TRINIDAD, SAN ANTONIO, SANTIAGO, CONCEPTION und VICTORIA – die fünf Zwei- oder Dreimaster des Maghellanes. Er ankerte an einer anderen Stelle der Bucht und überholte seine Flotte. Sie sah mitgenommen aus, dachte ich, als ich die Funkbilder des Albatros verglich, aber hatte sich, insgesamt gesehen, recht gut gehalten. Aber dies war nur die erste Etappe der langen Reise gewesen. Wir hingegen aßen die Vorräte auf, die nicht mehr recht haltbar aussahen, lüfteten das Schiff durch und lagerten Früchte und Beeren ein, die sich monatelang verwenden lassen würden. Ansonsten taten wir fast nichts. Das Schiff, unser kostbarster Besitz, wurde geputzt, die wenigen Fehler wurden beseitigt; wir vergnügten uns mit den braunen, hilfreichen und provokativ lebenslustigen Eingeborenen. Ich hingegen bemühte mich, Informationen zu sammeln.

Wenn dieser Ausdruck gerechtfertigt ist, dann war ich ein maritimer Typ; der Einfluß von Nichtstun ohne viel Verantwortung, von Sonne und warmem Schatten, von vitaminreicher Nahrung und Sand und Salzwasser verändern den Menschen, sogar den Arkoniden. Ich fühlte mich so wohl wie schon lange nicht mehr. Die Beziehungen zwischen Sharma und mir waren in ein Stadium getreten, das uns zutiefst zufriedenstellte. Was hatte Ulrich von Hutten an den Nürnberger Pirkheimer geschrieben: *O saeculum! O literae! Juvat vivere!* – ich übersetzte es mit O Jahrhundert! O Wissenschaften! Es ist eine Lust zu leben! So etwa fühlten wir uns, Sharma und ich. Wir lagen im Sand und schliefen, einer in den Armen des anderen. Wir warteten, bis Maghellanes, von unserer Mannschaft unbemerkt, seine Schiffe überholte.

Eines Nachts machte ich mich davon, rief den Albatros, ließ Scarr auf das Schiff aufpassen, hängte mich in eine Seilschlinge und ließ mich von dem Vogel mitten in der Nacht auf das Heckkastell der TRINIDAD absetzen. Geräuschlos kletterte ich hinunter und stand plötzlich in seiner Kabine. Fernando fuhr hoch; ich sagte: »Ich bin es, Atlan von Arcon.«

Mit zitternden Fingern machte er Licht. Er schien abermals gealtert zu sein; sein Gesicht war hagerer, mit tieferen Falten, im Bart waren silberne Fäden. Er stammelte flüsternd: »Woher, bei allen Seeungeheuern, kommt Ihr, Atlan?«

Er starrte mich an, als sähe er ein Gespenst. Ich bekam fast Mitleid mit ihm. Er schüttelte den Kopf und murmelte:

»Der Weg durch die Wasserwüsten ist voller Fußangeln und Heimtücke. Was sehe ich vor mir? Einen weißhaarigen Mann, fast schwarz gebrannt, gesund und mit weißen Zähnen. Euer Amulett?«

Er deutete auf den Zellaktivator, der geringfügig verkleidet war.

»Ja. Etwas in dieser Art«, sagte ich mit Delikatesse.

Er schloß den Ledergürtel, seine Finger verknoteten sich fast bei dem Versuch. Auf dem Tisch lagen die Karten. Ich deutete auf das Kreuz und sagte:

»Ihr habt der Bucht schon einen Namen gegeben – recht so! Ich bin hier, um Euch zu warnen, Señor Fernando.«

Er lachte kurz und voller tiefer Bitterkeit.

»Warnen? Wovor? Vor dem Ende meiner Tage? Sie sind alle gegen mich, diese Hunde. Ich mußte diesen Spanier Cartagena in den Block schließen lassen. Die Berechnungen und Instrumente dieses elenden Stümpers Faleiro taugen einen Dreck! Nur Pigafetta hält, was er versprochen hat. Er ist der Chronist.«

Ich unterbrach seine hervorgestoßenen Verwünschungen und sagte schroff: »Ich will Euch davor warnen, erstens zu lange hierzubleiben. Im Süden bricht bald der Winter an, und die Masten Eurer Schiffe werden sich mit Eis überziehen. Und zweitens warne ich davor, in jeder Flußmündung die Passage zu sehen. Sie ist hier und nirgendwo anders!«

Maghellanes sagte zerstreut: »Eure Karten und die, die ich habe ... sie gleichen sich kaum.«

Er hatte noch keine Gelegenheit gehabt, Vergleiche anzustellen. Bisher hatte ihn die Fahrt ebenso über das inselarme Meer geführt wie uns. Für ihn war die östliche Küste bis hinunter zum südlichen Ende des Kontinents von Interesse. Diese Reise stand ihm jetzt bevor.

»Ihr glaubt meiner Karte nicht?« fragte ich.

»Ich weiß bald nicht mehr, was oder wem ich glauben soll. Doch, ich glaube auch Eurer Karte, Atlan. Aber alle die anderen ...«

»Eines sage ich Euch noch, Señor Capitao general«, murmelte ich drängend. »Ihr werdet auf größte Schwierigkeiten stoßen, wenn Ihr nicht den Weg nehmt, der hier eingezeichnet ist. Zuviel Zeit, die Vorräte werden schwinden, Kälte wird Euch heimsuchen, wenn Ihr nicht bald aufbrecht und diese Wasserstraße segelt. Ich beschwöre Euch, tut es!«

Er nickte, sah hinaus auf das seidenweiche Wasser der Bucht, in dem sich die Sterne spiegelten. Gelächter kam von den Eingeborenenhütten her. Dann läutete eine Glocke die Zeit. Ich ging langsam zur Tür.

»Ich bin der bessere Seefahrer, Maghellanes! Ich werde stets mit Euch um die Wette segeln und eher dort sein. Betrachtet das zweite Kreuz – wir treffen uns in dieser Straße. Vielleicht seht Ihr mich nicht, aber ich bin da.«

Er riß an seinem Bart. »Geht mit Gott. Ihr seid ein Mensch leichter, schneller Gedanken. Ich bleibe ein Zweifler mit schwarzen Ahnungen in der Seele.«

Ich öffnete die Tür und hob grüßend die Hand.

»Ihr solltet häufiger lachen!« empfahl ich. Dann schwang ich mich auf eine Planke, balancierte die Reling entlang und faßte nach dem Seil, das an den Füßen des weißen Vogels befestigt war. Er brachte mich lautlos und sicher zurück an Deck meines Schiffes. Ich weckte Sharma, als ich mich neben sie setzte. Sie tastete, halb im Schlaf, nach meiner Hand.

»Du warst fort, Atlan«, flüsterte sie.

»Schlaf weiter«, sagte ich ebenso leise. »Wir brechen in fünf Tagen auf. Wir müssen vor Einbruch des Winters den anderen Ozean erreicht haben.«

Sie hörte es nicht mehr. Ich lehnte mich zurück, verschränkte die Arme hinter dem Kopf und sah in die Sterne. Für mich schienen sie unerreichbarer denn je zu sein. Inzwischen hatte ich diesen Planeten auf merkwürdige Art liebgewonnen und viele seiner Bewohner dazu. Eines Tages würde ich Larsaf III verlassen und mit einer Flotte zurückkehren. Dann würde alles aufhören: Seuchen und Kriege, Armut und Unbildung, Dummheit und Erkenntnislosigkeit. Ein goldenes Zeitalter konnte auf dieser verschwenderischen Welt anbrechen. Ich schlief ein.

Die TERRA AUSTRALIS INCOGNITA war bald ausgerüstet. Frischwasser wurde eingefüllt, die Matrosen versuchten zusammen mit ihren braunhäutigen Freundinnen, den Zeitpunkt des Abschieds hinauszuzögern. Aber ich blieb hart, und damit legte ich den winzigen Keim zu den Geschehnissen ... Davon später. Wir lichteten die Anker, mit einem funkelnden Schiff, das nicht gelitten hatte. *Noch nicht.* Die schwerste Etappe lag vor uns.

»Ich weiß«, murmelte ich in die Äußerung meines Logiksektors hinein. »Der schwerste Punkt ist die Passage zwischen Südpol und Festland.«

Wir segelten mit geschwellter Leinwand aus dem natürlichen Hafen hinaus, vorbei an den fünf Nußschalen meines seltsamen Freundes. Dann kreuzten wir nach Süden. Tag um Tag wechselten die Bilder der Ufer, Felsen, Sandküste und endlose Waldränder wechselten sich ab. Wir brachten ein Boot aus und schossen Wild, fingen Fische, sammelten Beeren und Früchte, die überreich wuchsen. Stunde um Stunde schnitt das hellbraune Schiff mit den funkelnden Metallflächen durch das tiefblaue Wasser. Am Wechsel der Vegetation merkten wir, daß wir uns dem geheimnisvollsten aller unentdeckten Erdteile näherten.

Wochen vergingen. Die Karten waren, wie nicht anders zu erwarten, hervorragend. Der Albatros segelte hoch über uns und übermittelte Tausende von Bildern. Ich verzichtete darauf, sie zu fixieren – sie waren nicht mehr als die Beweise meiner Vorstellungen und meines Wissens. Die Langeweile an Bord war an ihrem Gipfelpunkt angelangt, als ich die Mannschaft zusammenrief. Sie erschien mir eine Spur weniger diszipliniert, weniger aufmerksam. Sie schienen nervös, die gutgenährten, braungebrannten Männer. *Vorsicht! Sie sind verwöhnt worden! Achte auf alle kleinen Anzeichen; es ist offen, was sie unternehmen wollen!* flüsterte drängend mein Extrasinn.

»Männer!« rief ich und lachte. Wenig Echo, mußte ich registrieren.

»Wir kommen an den schwierigsten Punkt der Reise. Wir haben vor uns die Durchfahrt durch den Kontinent. Es sind Schluchten aus Wasser zwischen kargen Felsen. Wir werden viel zu tun haben; das Fahrwasser ist anstrengend und unsicher. Zum Teil muß ein Boot vor dem Schiff rudern, von dem aus Tiefe gelotet wird. Aber in einigen Tagen sind wir durch die Passage, und dann liegt ein Ozean voller zauberhafter Inseln vor uns.«

Goff rief herauf: »Wir haben bisher Glück gehabt und besten Wind, Kapitän. Warum müssen wir diese Durchfahrt nehmen?«

»Um zu den reichen Inseln zu kommen. Wir sind weit vor Maghellanes, und wir werden ihn um halbe Jahre schlagen. Morgen früh wagen wir die Durchfahrt – heute gibt es den letzten Rum vor den Inseln!«

Damit waren sie für den Augenblick sichtlich zufriedengestellt. Wir feierten ein kleines Bordfest, und die Spannung wich ein wenig. Aber ich stellte fest, viel zu spät natürlich, daß sich um Goff und Zaro, den riesigen Schiffszimmermann und den Dritten Steuermann, eine Gruppe gebildet hatte, die nicht so fröhlich war, wie sie zu sein vorgab. Die letzte Nacht brach an; beim ersten Tageslicht setzten wir die Segel und änderten den Südkurs. Jetzt fuhren wir nach Westen.

Die Straße des Maghellanes, wie diese Passage später einmal genannt werden würde, falls Fernando sie bezwang, war ein Gebiet tückischer Stürme, besonders in dieser Jahreszeit. Etwa zweihundertfünfzig Meilen lang schlängelte sich ein Graben zwischen der Spitze des Erdteils und dem hochgekrümmten Skorpionstachel des Fortsatzes. Es war tatsächlich, abgesehen vom Isthmus, den man am Landweg überschreiten konnte, die einzige Passage in der westlichen Barriere vor dem anderen Ozean. Wir wurden von einem angenehm steifen Wind, der merkliche Kälte mit sich brachte, mitten in den Trichter hineingeschoben. Felswände taten sich auf; karg, schrundig, voller Schroffen und Vorsprünge. Seltsame Vögel und riesige Walfische begleiteten uns eine Weile, dann waren wir allein. Ein winziges Schiff zwischen Mauern, die wie jene kippenden Felsen der alten griechischen Sage uns zu zerquetschen drohten ... wir wagten es trotzdem. Selbst mir war alles andere als wohl bei dem Gedanken an die nächsten Tage und Wochen.

Zehn Karten lagen vor mir. Ich hatte einen Tisch auf dem Heckkastell aufstellen lassen. Ich saß dahinter, die Karten waren nichts anderes als fixierte Funkbilder des Albatros. Aber es war selbst für einen hervorragenden Kapitän, der sein Leben lang nichts anderes tat, als zur See zu fahren, schwierig, von einer Karte auf die tatsächlichen Verhältnisse umzurechnen, die sich von der Höhe des Decks oder des Ausgucks ergaben – und ich war alles andere als ein Berufskapitän. Wir nahmen die Passage mit äußerster Vorsicht und gutem Rückenwind an. Zwei Männer, die mit den schärfsten Augen, befanden sich in den Mastkörben. Die Boote waren zu Wasser gebracht worden, nur das kleine Beiboot nicht, das achtern hing.

»Goff!« schrie ich und stand auf. »Wie ist die Wassertiefe?«

Goff war mit einer zehnköpfigen Mannschaft im größeren Boot und stand am Ruder. Er sah ins Wasser. Waret, ein hochaufgeschossener Junge mit schulterlangem schwarzem Haar und einem blatternarbigen Gesicht, lotete die Tiefe. Langsam folgte die TERRA dem kleinen Boot.

»Genügend, Käpten! Weiter!«

Wir hatten die Segel gerefft und fuhren nur mit den Focksegeln und einem kleinen Rahsegel. Diego stand neben mir, betrachtete die Karten und den kleinen Kompaß und schrie: »Drei Strich Steuerbord!«

»Verstanden!«

Der Rudergänger bewegte die Speichen des Rades. Wir waren gespannt und konzentriert. Wardar stand am Vorschiff und musterte argwöhnisch die Segel. Wieder öffnete sich eine Bucht, eine Insel schob sich nach vorn. Oder war es nur eine Landspitze? Ich beugte mich mit Diego und Agsacha über die betreffende Karte. Der kräftige Zeigefinger Agsachas deutete auf unsere Position.

»Hier sind wir. Diese Insel ist keine Insel – nach meiner Meinung nur ein Landvorsprung, Käpten Atlan!«

»So ist es vermutlich!« sagte ich, bog den Kopf nach hinten und brüllte hinauf: »Ausguck!«

»Sicht frei nach vorn!« kam die Antwort.

»Weiter, Diego. West bei Südwest. Gib Kurs!«

Diego nickte wortlos, schwang sich hinunter zum Rudergänger und gab seine Anweisungen. Sharma lehnte an der Reling und hatte feste Hosen und Lederstiefel angezogen. Je weiter südlich wir abkamen, desto kühler wurde es. Mir schauderte bei dem Gedanken, daß Maghellancs womöglich mitten im südpolaren Winter hier eintreffen würde. Die Sonne verschwand hinter einem hochragenden Felsen. Ein weißer Baumstamm trieb langsam von einem der Ufer weg. Wir bewegten uns im Zickzackkurs durch das salzige Wasser.

»Goff! Wie ist die Tiefe?«

Ich sah steuerbords und backbords der TERRA die auseinanderstrebende Kielspur. Wir hörten die leisen Kommandos, das Eintauchen der Riemen und das Ächzen der Männer. Das Boot machte gute Fahrt; jetzt geriet es in eine starke seitliche Strömung und begann abzutreiben.

»Ausreichend! Vorsicht, Wind von Backbord!«

»Verstanden!«

Diego und die Mannschaft von Wardar reagierten blitzschnell. Wieder einmal sah ich, mit welchem Sachverstand Diego und sein Vater die Crew zusammengestellt hatten. Jeder war ein Spezialist in seinem Fach! Wortkarg, überlegt und mit instinktiv schnellen Reaktionen. Das Rahsegel wurde gerefft, dann ging das Schiff schwer in den seitlichen Wind. Es legte sich über, kam wieder in die Gewalt des Ruders und schoß hinaus in die nächste Bucht, die sich wie ein gewaltiger Krater öffnete. Ein Tau flog von Bord, der Mann mit dem Lot fing es auf und belegte es an dem Boot. Wir zogen die nächsten dreißig Meilen das Boot mit uns – nirgendwo schien das Wasser zu flach zu werden. Später konnten Schiffe hier eine ausgezeichnete Wasserstraße finden, wenn man Signale oder Feuer aufstellte und unterhielt. Wir segelten an diesem Tag so lange, bis wir eine seichte Bucht fanden, deren Hang morgen früh ablandigen Wind versprach. Wir warfen Anker, um nicht auf Legerwall zu geraten. Am nächsten Morgen ging es weiter. Wir erreichten den südlichsten Punkt und änderten unsere Richtung nach West zu Nordwest, später nach Nordwest zu Nord. Drei Wochen später erreichten wir den Stillen Ozean. In weiter Ferne lagen die Inseln. Ich steckte einen neuen Kurs ab und schickte den Albatros zurück. Er meldete: *Keine Spur von Maghellanes' fünf Schiffen.*

Schräg nach Nordwesten steuernd, stießen wir auf die erste der Tausend Inseln vor. Als wir den südlichen Wendekreis erreichten, änderte ich den Kurs nach genau West. Agsacha sagte eines Tages:

»Ich habe den Eindruck, daß es unserer Mannschaft zu langweilig wird. Wir können ihnen weder einen Sturm noch Meeresungeheuer, noch Hunger, noch fauliges Trinkwasser bieten.«

Ich starrte ihn an. Er mochte recht haben. Nach meiner Berechnung brauchten wir noch eine Woche, um die erste Insel zu erreichen. Sie war, ich wußte es von den Aufnahmen, reich an weißem Strand, an Palmen und von einem kleinen Völkchen Eingeborener bewohnt. Dort würden wir vor Anker gehen.

»Eine Woche«, murmelte ich und beobachtete einen Schwarm fliegender Fische, die sich aus dem Wasser schnellten. Um uns war die unendliche Weite des Pazifischen Ozeans. Blau, mäßig bewegt, heiß und windarm.

»Wir sollten sie beschäftigen, wenn wir gelandet sind!« mahnte Agsacha. »Das Schiff auf den Strand setzen und putzen. Oder derlei.«

»Ich glaube, das würde das beste sein«, murmelte ich. »Wie verhält sich die Gruppe um Zaro und Goff?«

»Sie ist kleiner geworden, aber hin und wieder höre ich dumme Bemerkungen und Ansätze dafür, daß sie etwas planen. Wardar und Perugio sind dagegen. Sie stehen uneingeschränkt auf deiner Seite.«

»Es wird etwa die Hälfte der Mannschaft auf seiten von Zaro und Goff sein. Keine Sorge, Diego – dieses Problem ist das kleinste. Wichtig ist nur, daß sie das Schiff nicht anzünden.«

»Darauf passen wir alle auf!« sagte Diego.

Wir saßen in der Nacht in der Kapitänskajüte. Sämtliche Bullaugen, Luken und Schotte waren weit geöffnet. Milder Nachtwind strich über unsere Gesichter und trocknete den Schweiß. Diego und Ssachany hatten sich ineinander verliebt; äußerlich war alles ruhig, zur vollen Zufriedenheit gediehen. Die einzige Sorge war, ob Magalhães mit seinen Schiffen nachkam, die richtige Passage fand und die Gewürzinseln entdeckte.

Stunde um Stunde, Tag um Tag segelten wir. Fische und Wolken, Wellen und Sonnenuntergänge von betäubender Pracht waren unsere Begleiter. Passat trieb uns vorwärts; nur einmal hatten wir drei Tage lang drückende Windstille. Ein Zustand, der alle Männer beinahe in den Wahnsinn und mich zur Resignation getrieben hatte. Ich vertrieb mir die Zeit damit, daß ich Briefe mit vielen Zeichnungen anfertigte und sie an diejenigen Männer adressierte, die mir wichtig genug erschienen, um die Entdeckung der Welt voranzutreiben. Ich würde sie abschikken, wenn wir in Spanien landeten.

»Wo sind wir?« fragte Ssachany leise. Ich folgte mit dem Griff des zierlichen Zirkels unserer Kurslinie, deren Verlauf durch astronomische und geographische Bestimmungen und meinen Kreiselkompaß gesichert war, und deutete auf eine gestrichelte Linie, die »unterhalb« des teilenden Äquators lag.

»Auf dem südlichen Wendekreis«, sagte ich. »In einigen Tagen segeln wir an einigen unfruchtbaren Inseln vorbei, dann kommen wir zur ersten Inselgruppe. Wir suchen die schönste von allen heraus und werfen Anker. Vielleicht in der Lagune!«

Diego knurrte: »Was, beim endlosen Ozean, ist eine Lagune?«

Ich erklärte es ihm; er nickte. Sharma lehnte sich an meine Schulter und schüttete Wein in die Becher. Wir zogen die Flaschen an dünnen Tauen hinter dem Schiff her; der Wein war wunderbar kühl. Selbst unser Gemüse gedieh hier prächtig. Noch immer kein Fall von Skorbut. Nur ich war mehrmals in Aktion getreten, hatte Prellungen beseitigt, Wunden vernäht, Abschürfungen versorgt und eingewachsene Nägel herausgetrennt.

Agsacha schwenkte den Wein in seinem Becher. »Wenn wir lange genug bleiben, könnten wir auf Entdeckung gefaßt sein. Die Völker auf diesen Inseln haben sicher andere Bräuche als die Spanier und die Mauren.«

»Mit großer Sicherheit!« sagte ich laut. »Vielleicht sind sie Menschenfresser.«

Viele dieser Inseln wurden von anderen Völkern angelaufen. Hier trieb eine Hälfte der Welt Handel, ohne daß das Abendland davon eine Ahnung hatte. Ich wollte beide Kulturkreise zusammenführen. Während wir uns unterhielten, segelte die TERRA weiter durch die Nacht. Es war eine zauberhafte Stimmung.

Das »Mar Pacifico«, wie Maghellanes diese südliche See nannte, war zwischen den Kontinenten der Neuen Welt und dem östlichen Rand des abendländischen Kontinents übersät von Inselgruppen. Viele von ihnen waren vulkanischen Ursprungs. Meine Fahrt würde an viele Strände führen – eines der wenigen Mittel, meine Sehnsucht nach Arkon zu unterdrücken.

»Wir werden wieder unter Palmen schlafen«, flüsterte Sharma. Neben unserer heutigen Position war der 15. September 1520 eingetragen. Nach meiner Berechnung hätte der Portugiese in spanischen Diensten schon längst auf meinen Fersen sein müssen.

Tage später: »Zum drittenmal! Land in Sicht! Backbord voraus!« schrie der Ausguck. Dann geriet er völlig in Aufregung und brüllte: »Ich sehe Palmen und Rauch! Und gewaltige Brecher!«

Ich zog mein Fernglas auseinander und spähte in die betreffende Richtung. Wir hatten die erste einer Inselgruppe erreicht, die auf dem Wendekreis lag. Ich schrie zurück: »Wir laufen die Insel an! Wardar! Diego! Steuert die Insel an!«

Die Welt vieler Inseln begann hier mit ihrem äußersten östlichen Ende. Drei Hauptdialekte beherrschte ich; nicht mehr. Langsam wuchs die Insel aus dem Morgendunst. Schon sendete der Albatros die ersten Bilder, und ich entdeckte im Ring der Korallenfelsen rund um die Lagune die Brecher der Brandung. Nur eine schmale Einfahrt war vorhanden. Noch bessere Schärfeeinstellung – ich konnte keine Felsen unter dem Wasser entdecken.

»Neue Direktion! Wir müssen genau von Norden einlaufen. Leitet eine Wende ein, Männer!« rief ich.

Die Insel wurde größer. Sie wirkte wie eine grüne Scheibe, hoch gewölbt, die auf spiegelndem Wasser lag. In der Mitte war der Wald dicht und dunkel; nahe dem Strand sahen wir einzelne Palmen. Die TERRA schwang herum, die Segel knatterten, dann legte sie sich leicht gegen den Wind und schoß auf die Einfahrt zu.

»Diego!« Er war augenblicklich neben mir und beugte sich über die Karte. »Hier ist eine schmale Einfahrt. Wir können an keiner anderen Stelle durch den Brandungsring – wir müssen genau hier hindurch. Der Kiel des Schiffes darf nicht aufsitzen, das Ruder muß in der Mitte der schmalen Fahrtrinne stehen. Notfalls müssen wir die TERRA mit den Booten hineinziehen und mit Trossen sichern.«

Diego lachte kurz. »Ich habe das Schiff bis hierher gesteuert, ich werde es auch zielsicher durch die Einfahrt in die ›Lagune‹ bringen.«

Ich hob die Schultern. »Ich weiß.«

»Du hast die Verantwortung.«

Er löste den Mann am Ruder ab. Eine Haifischflosse durchschnitt das Wasser. Jetzt zeigten sich die Eingeborenen, rannten ans Ufer hinaus und winkten. Sie schoben Auslegerkanus ins Wasser und rissen die Paddel hoch. Unser Schiff näherte sich der Einfahrt, zwei Männer liefen nach vorn und wiesen Diego den genauen Kurs. Er drehte in den letzten fünfzig Schritten wie besessen am Handrad, warf das Ruder herum. Leicht wie ein Boot gehorchte das Schiff. Es hob sich mit der Brandung auf die Einfahrt zu. Es wurde schneller. Ich erwartete, ein Knirschen und Krachen zu hören, und Schweiß lief zwischen den Schulterblättern herunter. Dann passierten wir die brechende Woge, wurden hochgehoben und abgesenkt – das Schiff glitt ruhig ins stille Wasser der Lagune.

»Wir sind da! Sie kommen zum Schiff!«

»Segel herunter! Schiff drehen, breitseits zum Strand. Anker fallen!«

Die Manöver gingen zuverlässig vor sich. Die Männer waren aufeinander eingespielt. Der erste Anker fiel, die Kette rasselte, dann lief die Trosse ab. Männer turnten in die Wanten, Rahen wurden heruntergelassen, Taue belegt. Die Fock klatschte aufs Vordeck. Der zweite Anker; er saß fest. Minuten später hörte ich den dumpfen Gesang der Männer, die das waagrecht liegende Gangspill drehten. Die Ankerleinen spannten sich; als die ersten Kanus an die Bordwand stießen, lag die TERRA AUSTRALIS INCOGNITA ruhig in der kreisrunden Lagune.

»Wir haben die wunderbaren Inseln erreicht. Es lebe Kapitän Atlan!« schrie

Wardar voller Begeisterung. Die Männer jubelten, und die Eingeborenen schrien fröhlich mit. Wir waren mit einiger Sicherheit die ersten Menschen aus einem ganz anderen Teil der Welt, die sie sahen. Nicht anders erging es uns. Strickleitern flogen über Deck. Die schlanken, bis auf einen Lendenschurz nackten Männer enterten herauf. Ein Schnattern und Diskutieren begann; keiner verstand den anderen. Die ersten Tauschgeschäfte wurden unternommen – Früchte lagen auf dem Deck, Messer wechselten die Besitzer, und ich schloß meine Kajüte ab; ich befürchtete, die Eingeborenen würden meine wertvollen Instrumente beschädigen.

Am Abend war das Schiff fast verlassen: Wir waren am Strand, aßen geröstete Früchte, Schweinefleisch, tranken Palmwein und wurden vergnügter. Unausbleiblich war, daß die hellbraunen Männer unsere Frauen bestaunten und unsere Matrosen die halbnackten Mädchen der Eingeborenen. Ich hatte, noch vor Verlassen des Schiffes, jedem mit Auspeitschen und Kielholen gedroht, der sich schlecht benehmen würde – wir waren Gäste: Alle Besucher würden nach unserem Verhalten beurteilt werden. Nachts schwammen Sharma und ich zum Schiff und lösten die Wachen ab. Wir waren abgesehen von Scarr allein auf dem Schiff. Die Zeit der Entdeckungen konnte anbrechen. Und die Zeit, in der das Schiff überholt werden mußte.

Einen Tag später zogen wir das Schiff an den Strand. Wir hatten einen Kanal ausgehoben, ihn provisorisch abgedichtet, und als die Flut kam, legte sich das Schiff, von Winden und Flaschenzügen bewegt, auf die Seite.

Fast alle Ausrüstungsgegenstände wurden an dem Strand gestapelt und bewacht; nach den ersten Fällen von plötzlich ausbrechender Neugierde entpuppten sich die Insulaner als geborene Seefahrer und halfen uns mit Rat und Tat. Dann begann der Großteil der Mannschaft, die Messingplatten des Unterwasserteils zu säubern. Sie waren bewachsen, stumpf geworden, und ich hatte drei Wochen Zeit, mein Versprechen wahr zu machen.

Nur wenige würde ich einweihen ...

Das kleine Beiboot, das nach meinen Angaben in einem Schuppen der Avarra-Werft gebaut worden war, enthielt ein Geheimnis. Agsacha stand auf dem geschlossenen Vordeck und kontrollierte unsere Ausrüstung. Lange Riemen, ein Mast und die gespannten Wanten, in Segelsäcken verpackte, halb aus Seide bestehende Besegelung, ließen das Boot wie ein Miniaturschiff aussehen. Sorgfältig verstauten wir Nahrungsmittel und Früchte, Wassersäcke und allerlei Gerät, zum Teil aus meiner arkonidischen Ausrüstung.

»Feste Kleidung für Sharma, für mich; bereits eingepackt. Nahrungsmittel sind komplett!« sagte Agsacha. Inzwischen sah er mehr als abenteuerlich aus. Seine Leinenhose war ausgefranst, von Seewasser und Sonne ausgebleicht. Sein Haar war gewachsen und von einem Lederband gehalten. Der Ledergürtel war während der Fahrt bunt bestickt worden; mit maurischen Motiven. Sharma und ich standen ihm nicht viel nach. Nur hatte ich mir das Haar kürzer schneiden lassen. Ich schwitzte ungern.

Eines Nachts enterte ich die TERRA und befestigte in Verstecken Mikrophone, die an millimetergroße Sender angeschlossen waren. Die Batterien reichten für zwei Monate. Den winzigen Empfänger steckte ich in eine Gürteltasche. Ich grinste in der Dunkelheit und sprang wieder hinunter in den Sand. Etwa vier Wochen lang würde die Mannschaft, von Scarr, Diego und Wardar beaufsichtigt, noch zu tun haben, ehe das Schiff wieder klar war. Solange hatte ich nichts zu befürchten.

Aus der Dunkelheit zwischen zwei Palmenstämmen löste sich eine hochgewachsene, schlanke Gestalt. *Achtung!* warnte der Extrasinn. Ich fuhr herum, meine Hand schloß sich um den Griff der Waffe. Dann hob der Mann die rechte Hand. Es war Aruano, der Anführer des dreihundertköpfigen Stammes auf dieser Insel.

»Freund Atlan«, sagte er leise. »Ich habe dich gesehen. Du kamst von fern her, und du willst eine Reise machen mit deinem kleinen Schiff. Soll es zu den anderen Insel gehen?«

Nebeneinander gingen wir zum Boot. Der Mast bildete im Mondlicht einen Schatten, wie ein Uhrzeiger. Die TERRA sah aus wie ein gigantischer Scherenschnitt.

»Ich gehe für einen Mondwechsel oder ein paar Tage mehr weg. Du hast recht gehört, Aruano. Aber nicht zu den anderen Inseln.«

Er nickte und fragte: »Deine Männer – sie bleiben hier?«

»Ja«, sagte ich. »Halten sie sich an die Tabus deines Stammes? Belästigen sie euch?«

Er schüttelte langsam den Kopf. Seine Baßstimme verwandelte die Sprache voller wechselnder Vokale ganz eigentümlich. Dann sagte der Häuptling: »Wenn sie uns stören, dann nicht aus bösem Willen. Ich habe genug Männer hier, um ihnen zu sagen, was Rechtens ist.«

Er war ein Mann wie Agsacha: stolz, kerzengerade und hart; ein Taucher, dessen Leistungen kaum einer der jüngeren Männer überbot.

»Vielleicht bin ich zwei Monde lang fort«, sagte ich. »Sollten meine Männer versuchen, mit dem Schiff und ohne mich fortzusegeln, dann halte sie auf – aber ohne gespaltene Schädel, ja?«

Wir schüttelten uns die Hände, und er verschwand in der Dunkelheit. Ich umrundete das kleine Boot, überdachte alles noch ein fünftes Mal und legte mich auf die dünnen Decken in den Sand. Das Geräusch der Brandung begleitete mich in den Schlaf. Am nächsten Morgen stand ich inmitten einer Gruppe. Sie bestand aus Diego de Avarra, Ssachany, Quito, dem Seilschläger, Wardar und Zaro, dem Dritten Steuermann.

»Freunde«, sagte ich leise und eindringlich, »ich segle nach Osten, um einige Entdeckungen zu machen. Diego ist mein Stellvertreter. Sein Stellvertreter wiederum ist Zaro, der Mann am Gangspill. Vielleicht bin ich vier Wochen, höchstens aber acht Wochen weg. Merkt euch – ich weiß fast alles, was in meiner Abwesenheit geschieht. Das Schiff wird ausgerüstet in der Lagune verankert. Wir haben Maghellanes um Längen geschlagen.«

Zaro erkundigte sich: »Und wenn Ihr, Kapitän, Eure Freundin und Euer Freund ... wenn Ihr nicht mehr zurückkehrt ...?«

»... wird Diego de Avarra mit eiserner Strenge fortfahren, wo ich aufgehört habe. Er weiß alles. Und ihr werdet ihm gehorchen, denn bei seinem Vater liegt der lange Brief mit euren Namen und Schandtaten. Ihr werdet dann etwa ein halbes Jahr später wieder in Sevilla sein.«

Sie verstanden. Zaro warf mir einen langen, prüfenden Blick nach. Ich konnte den Ausdruck dieses riesigen, wilden Mannes nicht deuten. Einmal hatte ich gesehen, wie er wütend einen Schaden am Spill beseitigte. Ich hatte gefürchtet, er würde tobsüchtig werden. Vielleicht versuchte er eine Meuterei.

Eingeborene und Matrosen halfen; das schwerbeladene Boot glitt vom Sand in die Lagune. Die Segel wurden hochgezogen, ich saß am Steuer; wir wurden von der zurückflutenden See durch die Brandung gerissen und passierten die Korallenbarriere. Ich segelte nach Osten, bis wir die Insel nicht mehr sehen konnten.

Dann sagte ich: »Wir bergen die Segel, legen den Mast um und spannen das Verdeck auf. Die Fahrt wird jetzt schneller. Paßt auf!«

Sie starrten mich fassungslos an, aber stets wenn er etwas nicht verstand, handelte Agsacha. Eine Stunde später klappte ich eine Kiste auf, und zwischen den Holzwänden erschien die technisch-funktionelle Steuerung meines Gleiters. De Avarra hatte ein Boot um den Gleiter herum konstruiert. Das Gefährt erhob sich über das Wasser, richtete seine Schnauze auf den Punkt, wo weit entfernt der Ausgang der Passage lag.

Dann beschleunigte ich voll. Wir rasten im brüllenden und heulenden Fahrtwind über dem Meer dahin. Innerhalb kürzester Zeit erreichten wir wieder den Punkt, wo wir zum letztenmal Festland hinter uns gelassen hatten. Unterwegs erklärte ich Sharma und Agsacha einige Schaltungen. Als wir in der Maghellanes-Straße wasserten, sagte mein Freund:

»Der Portugiese muß umgekommen sein.«

Ich deutete auf das kleine Bild im Armaturenbrett, das den Blick des Vogels zeigte. »Nein«, sagte ich. »Er versucht gerade, in die Passage einzufahren.«

Wir starteten wieder und flogen in die sinkende Nacht. Jetzt begann das große Abenteuer des Maghellanes. Bisher hatte er so ziemlich alles falsch gemacht, was er konnte. Was hatte es zu bedeuten, daß ich auf dem Bild nur drei Schiffe gesehen hatte? Wo waren die SANTIAGO und die SAN ANTONIO?

21.

Der getarnte Gleiter lag in einer winzigen, windgeschützten Bucht am westlichen Ende der Passage; fast ein Versteck. Vogelschwärme umflatterten uns. Wir lebten in zwei Zelten, und ich hatte, während ich mit dem Roboter in der Schutzkuppel sprach und neue Informationen empfing, genügend Zeit, über die Höhepunkte der nahen Vergangenheit nachzudenken und deren Wichtigkeit einzuordnen. In meinem kleinen Museum hatten sich zu der 42zeiligen Gutenberg-Bibel – im Blocksatz, in lateinischer Sprache, mit 290 verschieden breiten Lettern gesetzt und herrlichen Initialen, in vollkommener Harmonie der Darstellung bis zum goldgeschmückten Ledereinband – großformatige Zeichnungen und das Portrait Behaims von Albrechtus Dürer gesellt. Doktor Nicolai Coppernick hatte mir nach Sevilla einen Brief geschickt, in dem er (er schrieb seltsames Deutsch, hervorragendes Lateinisch mit eingestreuten polnischen Brocken) mir aufgrund seiner und meiner Berechnungen bewies, daß *»nimermer sechzick monde (lunae) es geben kvnnt, denoch ist Ihro theoria wol wert, der unmehren und ungemeynen erudition halben, das sie auffgehobenn vund behalten werde«.*

»De revolutionibus orbium coelestium«, murmelte ich. »Ob diese Schrift wohl jene herbeigesehnte Revolution auslöst?«

Mein seltsamer Freund Leonardo da Vinci war gestorben, berichtete Rico. Seit 1516 gab es im südlichen Teil Deutschlands ein Reinheitsgebot für Bier; die Herzöge Wilhelm der Vierte und Ludwig der Zehnte hatten es zu Ingoldstadt erlassen – oder wie sich der Ort nannte. Schon in Hammurabis Gesetzessammlung galt, daß Bierpanscher in ihrem eigenen Gebräu ertränkt wurden. Ruß, Kreide, Ochsengalle, Honig, abenteuerliche Kräuter, Pech, Fischeiweiß und anderes waren bisher dem Bier zugemischt worden. Ich schüttelte mich und segnete die Mönche, in deren Klöstern meist gutes, starkes Bier gesotten wurde. Das Papier, seit etwa 1390 nahe Nürnberg aus Stoffresten hergestellt, war zu einem vielbegehrten deutschen Ausfuhrartikel geworden. Maghellanes hatte, dies zeigte mir der Robotalbatros, die SAN ANTONIO vorausgeschickt; der südliche Winter schien vorbei, und Generalkapitän Fernando hatte am 1. November den Durchbruch gewagt; wie schrieben das Jahr 1520. In wenigen Tagen würde ich wissen, wie es um die Flotte meines »Verfolgers« wirklich stand. Ein reicher Handelsherr bezahlte die Wahl des deutschen Kaisers Karl der Fünfte; Martin Luther war dem Kirchenbann nahe. Der Spanier Bermudez segelte auf Colóns Spuren, die Portugiesen hatten die Küste des Chin-Reiches erreicht. Die Einfuhrmenge eines Getränkes, das ich schätzengelernt hatte – c'afa, moccha oder deutsch: Café –, hatte erheblich zugenommen, und für Kurzsichtige war eine Sehhilfe erfunden worden, die man auf der Nase tragen konnte.

Hinter den Mannschaften Maghellanes' lagen Abenteuer und Hunger, Verzweiflung und strenger Frost. Eine Meuterei war ausgebrochen und niedergeschlagen worden; eine Schiffsbesatzung war desertiert und segelte wahrscheinlich nach Sevilla oder San Lucar zurück. Rico berichtete: Maghellanes, von eisiger Wut erfüllt, trotzte Fehlern und Zweifeln, war fanatischer Sklave seiner Idee geworden und zog stets dann, wenn er nicht weiterwußte, meine Karten zu Hilfe. Ich war dabei, ihm zu helfen – mir war nicht der ehrgeizige Portugiese wichtig, sondern die Passage nach Westen, in den Pazifischen Ozean.

»Du bist ein Mann der Wunder, Atlan«, sagte Agsacha leise. Wir saßen warm angezogen zu dritt im Boot. »Und jetzt willst du den Mann, mit dem du eine Wette eingegangen bist, auch noch durch diese Passage leiten?«

»So ist es«, sagte ich. »Alles, was seit dem Tag unternommen wurde, an dem ich dich und Sharma traf, dient einem großen Ziel. Ihr werdet es erfahren – später!«

Sharma goß den schwarzen Kaffee in die Becher. Ich fügte einen kräftigen Schluck aus dem Rumvorrat hinzu. Wir warteten auf den späten Nachmittag, auf die Nacht. Die drei Schiffe des Maghellanes kämpften sich langsam durch die Felsen, nachdem sie den brüllenden Sturm an der Einfahrt überstanden hatten. Meine Bilder bewiesen es: Die Mannschaft war in einem noch erbärmlicheren Zustand als die Schiffe.

»Wieder Feuer, Atlan?«

»Ja. An drei anderen Stellen heute.«

Diesmal hatte ich mich begnügt, eine winzige Robotkugel auszuschicken. Ich hatte die Unterhaltungen zwischen Pigafetta, Maghellanes und dessen Sklaven Enrique mitgehört. Ich wußte fast alles; inzwischen hatte sich meine gelinde Mißachtung dieses Mannes in Bewunderung verwandelt: Er war sturer, härter und widerstandsfähiger, als ich dachte, verlangte von seiner demoralisierten Crew nicht mehr, als er selbst zu tun imstande war. Agsacha trank aus und schüttelte sich.

»Brechen wir auf, Atlan?«

»Noch nicht.«

Die Tagen waren lang, nur sechs Stunden südpolarer, heller Nacht. Wir hatten entlang der Fahrrinne Treibholz gesammelt und an etwa dreißig Punkten links und rechts des Weges aufgehäuft, auf Berggipfeln oder an unzugänglichen Stellen. Wie wiesen durch diese Feuer Maghellanes den Weg. Er ging ähnlich vor wie die Crew der TERRA. Auch er schickte Boote oder die kleinsten Karavellen voraus. Sharma breitete die Karte aus. Das Leinenverdeck umgab uns, die Leuchtkugel verbreitete Wärme und mildes Licht. Noch froren wir nicht. In einigen Tagen mußten die Schiffe an unserem Verdeck vorbeidriften.

»Wo ist der Portugiese?«

»Hier, Liebste«, sagte ich. »Er hat etwa ein Drittel der Fahrt hinter sich. Wir brechen auf, Agsacha!« Ich deutete auf einen Punkt der Karte, gab ihm die Reiterpistole, drückte auf einen winzigen Schalter, einem »Zierknopf« im Lederband ums Handgelenk; der Albatros stürzte sich aus dem frostigen Himmel und zog enge Kreise über dem Boot. Eine leichte Welle ließ den holzverkleideten Gleiter schwanken.

»Hoffentlich begreift Maghellanes, was wir wollen – was die Feuer bedeuten!«

»Inzwischen nennt er das Land, auf dem die Feuer brennen, ›Feuerland‹! wie wir wissen.«

Wir stiegen auf das Achterdeck, der Albatros kam näher, und wir setzten uns in die Seilschlingen. Ich gab meine Kommandos, summend schwebte der Vogel höher, raste nach Osten und setzte uns auf einem Felsen ab, hoch über dem Sund. Adler und Kondore kreisten weit über uns, der Fels war naß und von glitschigem Moos bewachsen. Hinter dem Felsen verzweigte sich die Landschaft in ein unübersichtliches Gewirr kleiner Buchten, Täler, Fjorde und Kessel – würden die lotenden Boote auch diese Küstenlinien abfahren wollen, dann würde Maghellanes' Durchquerung des Kontinents noch länger dauern.

»Kannst du etwas sehen?« fragte ich.

Wir standen auf dem Gipfel. Schneidender Wind umheulte uns. Erst als ich in der fahlen Dunkelheit mein Teleskop auseinanderzog und den Horizont absuchte, sah ich die drei Schiffe, in verschobener Position und mit größeren Abständen. Die Spuren von sechs oder mehr Booten waren zu erkennen. Die Männer ruderten, loteten die Tiefe und schienen mehr als erschöpft.

»Fangen wir an, Agsacha!« sagte ich. Er zog die Waffe, sein Daumen schaltete den Strahler ein, dann blitzte ein Schuß auf und setzte den getrockneten Tang in Brand. Dürre Zweige brannten knisternd; als wir sicher waren, daß auch die schweren Stücke brennen würden, setzten wir uns in die Seilschlingen. »Position zwei!« Der Albatros brachte uns viele Leguas über die Breite der Passage und setzte uns an einer steilen Felswand ab. Auf einem Vorsprung lag das Skelett einer kleinen Robbe. Vielleicht hatte es einst ein Adler mitgeschleppt. Wir setzten auch hier ein riesiges Feuer in Brand.

»Haben sie es gesehen?« fragte Agsacha.

Ich blickte durch das Teleskop. Winzig hob sich die Gestalt des Entdeckers von den ausgebleichten Planken seines Schiffes ab. Er deutete auf die beiden Feuer, gab dann dem Rudergänger Befehle; er schien, nach dem, was ich hören konnte, zu schwanken – zwischen Naturerscheinungen, die ihn mit Furcht erfüllten, und Hinweisen auf die Fahrrinne. Jedenfalls wurden mehr Segel gesetzt und einige Boote zurückgerufen. Ein Geschütz feuerte; ein Signalschuß hallte zwischen den Felsen hin und her.

»Noch zwei Feuer, Atlan«, sagte der Mann neben mir. »Dann haben wir eine lange Strecke abgesteckt.«

»Er wird in einigen Tagen zur Schlucht mit dem Wasserfall kommen – dort haben auch wir unseren Frischwasservorrat ersetzt«, sagte ich. »Dann kann sich die Mannschaft erholen.«

»Bis dorthin ist es noch weit!«

»Aber ich sage dir: Er wird es schaffen. Er ist von glühendem Eifer getrieben.«

»Ich weiß«, sagte Agsacha. »Ich habe ihm in Sevilla zwei Nächte lang in der Schenke zugehört. Er kennt nur sein Ziel, sonst hat er keinerlei Regungen.«

Ich starrte ihn an. Sein Gesicht im Widerschein der Flammen verriet wenig über seine Gedanken. Er war gewohnt, zu betrachten, zu beobachten, zu analysieren, dann erst zu sprechen ... oft dauerte es lange, bis er etwas sagte; meist war es richtig. Ich wurde aus Agsacha nicht recht klug. In dieser Nacht zündeten wir noch zwei Feuer an, und Maghellanes steuerte zwischen Fackeln hindurch und näherte sich unaufhaltsam der Bucht. Noch bevor er ankerte, sandte er eine Schaluppe nach Westen. Sie blieb nur einige Tage aus, aber als sie zurückkam, wieder von den letzten Feuern geleitet, stand fest: Die Matrosen hatten das ersehnte Meer des Südens gesehen!

Ich schob Sharma den Brief hin. Sie las laut vor:

An Fernando Maghellanes, Generalkapitän Seiner Majestät Carlos I.

Dieser Brief, Señor, wird sich eines Morgens auf dem Deck Eures Schiffes finden. Er kam aus dem geheimnisvollen Dunkel während der langen Reise, wie auch meine Ratschläge und Karten. Señor, ich beschwöre Euch (denn inzwischen habt Ihr mit bitteren Erfahrungen bezahlen müssen, daß Ihr meinen Karten mißtraut und an Faleiro und andere Unwissende geglaubt habt!), den Kurs zu segeln, den ich Euch vorgezeichnet habe. Auf vielen Inseln am und nördlich des südlichen

Wendekreises werdet Ihr gastliche Aufnahme finden. Ich habe die Eingeborenen vorbereitet. Sie werden Euch und Euren ausgemergelten Männern ein herzliches Willkommen entbieten und sich gegebenenfalls auch zu Eurem Glauben bekehren lassen.

Wie erwartet war die TERRA AUSTRALIS INCOGNITA vor Euch im Meer des Südens. Abermals warne ich Euch, den ungenügenden Karten Eurer Ratgeber zu trauen. Die Feuer von den Berggipfeln, von achtsamer Hand entzündet, haben Euch sicher geleitet. Ich werde mit Sicherheit am dritten Punkt unserer Karten warten und Euch einen frischen Trunk kredenzen. Auf keinen Fall solltet Ihr über den nördlichen Wendekreis hinaussegeln; dann werdet Ihr die Molukken niemals erreichen. Schont die Schiffe, schont die Männer – Ihr seid von Eurem Ziel nicht weit entfernt. Palmen, Gewürze, Kokosnüsse und weiße Strände warten auf Euch; ein Reich der Wunder und der Schönheit. Zögert nicht mehr länger und haltet Euch an meine Karten!

Geschrieben am 25. November Anno Domini 1520: Atlan de Gonozal y Arcon, Reisender, Forscher, Abenteurer und Gelehrter.

Sharma lächelte und ließ den Brief sinken. »Glaubst du wirklich«, fragte sie, »daß sich Maghellanes danach richten wird? Er glaubt eher einem Traum als deinen sicheren Karten.«

»Ich weiß es nicht, ich kann ihn nicht zwingen«, sagte ich. »Vielleicht wird er nachdenklich, wenn er den Brief auf Deck findet.«

»Vielleicht. Ich glaube, wir sehen ihn nie wieder.«

Ich konnte nur mit den Achseln zucken. In dieser Sekunde meldete sich mein Extrasinn. Er sprach aus, was ich dachte, ohne es je artikuliert zu haben: *Du kannst nicht glauben, daß in diesem Jahrhundert vieler Entdeckungen die gesamte Welt in einen Taumel der Wissenschaft, Aufklärung und Vernunft ausbricht. Die wenigen Erkenntnisse sind auf wenige Männer und deren Schüler beschränkt, jeder wehrt sich gegen eine neue Erkenntnis, der Glaube an alle möglichen Unsinnigkeiten ist viel größer, als daß du mit einer Reise und einem Seefahrer als Werkzeug vernünftigen Denkens Licht und Sonne in jahrtausendealtes Dunkel bringen könntest! Schraube deine Erwartungen auf ein vernünftiges Maß zurück!*

Ich lehnte mich betroffen zurück – an dieser Barriere konnte ich tatsächlich scheitern. Meine Basis war zu schmal! »Vielleicht sehen wir ihn nicht mehr«, bekannte ich leise. »Aber seine Tat wird trotzdem ein neues Zeitalter einleiten. Der Mensch beginnt zaghaft, in kosmischen Maßstäben zu denken.«

Ich faltete den Brief, steckte ihn in einen Umschlag, versiegelte ihn, schrieb Maghellanes' Namen darauf und schickte den Albatros aus, der den Brief, mit einem Stein beschwert, auf das Deck fallen lassen sollte. Mehr konnte ich nicht tun.

Der Historiker hatte einen Arm um Oemchèn Orb gelegt, ging langsam bis zur Bücherwand zurück und sagte leise: »Wir haben es wieder einmal geschafft. Je mehr korrekte Systematik, desto klarer wird die Sicht auf die Vergangenheit.«

Auf einem großen Monitor glitten Worte, Ziffern und Zeilen so gemächlich vorbei, daß selbst Unkundige mitlesen konnten: Ein neuer Teil der Zeittafeln war fertiggestellt. Noch war das Ende des Maghellan-Abenteuers nicht ermittelt; das erste Datum, das Atlan nach einem Tiefstschlaf von 69 Jahren genannt hatte, betraf das Ende des Jahres 1268 nach dem Julianischen Kalender.

»Ich könnte mir vorstellen«, sagte Oemchèn leise, »daß Atlan längst begriffen hatte, daß für den Planeten eine neue Zeit angebrochen ist. Er wird sich wohl häufiger aus eigenem Antrieb zwischen die Mächtigen dieser Welt mischen.«

»Ich sehe es ebenso.« Cyr nickte schwer und las Titel und Daten der Unterkapitel. »Ist dir aufgefallen, daß ES ihn in Ruhe läßt, ihn nicht mehr mit halsbrecherischen Aufträgen herausfordert?«

»So scheint es. Weißt du, ob sich damals der Kunstplanet noch immer in der Nähe des Solsystems befand?«

»Ich weiß es nicht«, meinte Cyr. »Aber das läßt sich von meinen hilfreichen Studenten sicherlich schnell ermitteln.«

Oemchèn trat zur Seite, deutete auf das holographische Abbild Atlans und sagte: »Die Pause ist vorbei, Cyr. Die SERT-Haube ...«

»Ich seh's«, murmelte er. »Zurück zu Maghellan, nach Feuerland, in die spätere Maghellanstraße!«

Für kurze Zeit war die Bucht für mich ein Symbol der Isolation, die ich teils freiwillig gegenüber den Menschen von Larsaf III einnahm. Später würden freundlichere Gedanken meine resignierende Stimmung verscheuchen – später: Das waren die Tausend Inseln, die ich zu befahren gedachte. Heute aber begann die letzte Nacht unseres langen Aufenthaltes.

Das Licht hinter dem Felsen der Einfahrt wurde unerwartet scharf; ein silberner, harter Rand umzog die Wolken, warf glitzernden Schein um die Millionen Wellenköpfe, ließ die Felsen aufschimmern. Meine triste Stimmung wich für Sekunden. Einen gedehnten Augenblick lang befand ich mich mit dem kleinen Universum ringsum im Einklang. Es gab Zeiten, in denen diese Welt tatsächlich von einer einzigartig harmonischen Schönheit war. Diese Schönheit deckte alles zu, was ich haßte: Schmutz und Unvollkommenheit, Demütigungen und Krieg, Haß und Mord. Ich lag ausgestreckt auf einem schwellenden Moospolster, das die laue Wärme des Tages in sich speicherte. Ein spitzer Stein drückte gegen meinen Knöchel. Ich blinzelte, als ein Schatten sich zwischen meine Netzhäute und das schwindende Sonnenlicht schob. Sharma. Sie streckte sich neben mir aus.

Gegen Morgen wachte ich auf. Ich hatte Stimmen gehört; keine aus einem der wenigen wirren Träume. Ich schob eine Strähne schwarzen Haares von meinem Hals, hob den Arm Sharmas von meiner Brust und setzte mich auf. Aus dem Lautsprecher des Empfängers, den ich ans Armaturenbrett geheftet hatte, kamen die Stimmen.

Ssachany und Diego befanden sich im Dorf des Häuptlings. Wardar und ein Großteil der Männer, auf die ich mich verlassen konnte, lagen, vom Palmwein betrunken, unter den Bäumen. Schließlich entschloß sich Zaro, das Schiff zu übernehmen. Ich hörte seine leisen Kommandos. Sie zogen das Rahsegel auf, lichteten die Anker und sagten, wenn dieses Schiff um soviel schneller und besser, ohne Verluste und Sturmschäden, um so vieles exakter als die Karavellen des Maghellanes segelte, dann lag es am Schiff, nicht am Kapitän. Dieser war ersetzbar; man würde selbst tauschen und handeln und mit reicher Fracht zurückkehren. Tafuafau war weit weg von Sevilla. Sie dachten wohl, Atlan y Arcon würde zurücksegeln, den Verlust des Schiffes erkennen und, wahrscheinlich, mit Maghellanes weiterreisen. Den Geräuschen und Befehlen, dem Wellenschlag und den Rufen konnte ich entnehmen, daß zwei Boote an langen Trossen das Schiff mit der auslaufenden Ebbe durch die Brandung und die Öffnung im Riff zogen, eingeholt und hochgezogen wurden. Zaro stand am Ruder; die TERRA AUSTRALIS segelte nach Südwesten weiter.

Ich nickte und begegnete dem Blick Agsachas. Er starrte mich wild an.

»Diese Wahnsinnigen!« flüsterte er, kochend vor Wut. »Sie haben gemeutert, das Schiff gestohlen. Du wirst sie auspeitschen!«

Er hatte alles verstanden. Ich schüttelte den Kopf, schwenkte die Kaffeekanne und schüttete zwei Becher voll, gab Rum hinzu und reichte Agsacha einen Becher.

»Ich werde ihnen einen derart höllischen Schrecken einjagen«, sagte ich, »daß sie eine Auspeitschung dagegen als harmlos empfinden würden. Außerdem sind die Waffen oder Strafen des Verstandes viel mächtiger und nachhaltiger.«

Er blickte verständnislos. »Was willst du tun, Atlan? Es ist dein Schiff!«

»Ich weiß. Zuerst gehen wir nach Tafuafau zu Häuptling Aruano und Diego. Dann werde ich handeln.«

Ich überlegte lange. Schließlich fiel mir eine Methode ein, die uns helfen würde. Sie hatte den Vorzug, schmerzlos, aber dramatisch zu sein, würde binnen kurzer Zeit das Schiff zurückbringen, die Meuterer von ihrem Vorhaben abhalten und die Reise um einige sonderbare Effekte bereichern.

Die Nacht in der Südsee ist ein Bestandteil meiner archetypischen Träume, deren Bedeutung »Wohlbefinden« ist. Die Idylle war so perfekt, daß sie wieder unglaubwürdig wirkte; allenfalls ein Dante oder ein Homer konnten die Stimmung schildern, ohne daß sie ins Rührselige absackten. Ich brauchte mich nicht besonders zu rüsten; kleine Geräte im Gürtel, die Reiterpistolen mit vollen Magazinen, eine doppelte Seilschlinge und ein paar Schaltungen. Niemand bemerkte es – so schien es mir. Als ich zwischen den Palmen heraustrat und die Schaltung betätigte, die den Albatros herbeirief, rief mich Agsacha an.

»Ich habe kaum etwas getrunken«, sagte er. »Nimm mich mit, Atlan! Du bist allein gegen viele unberechenbare Männer.«

Niemand sah uns, als wir durch die Luft schwebten, dem Ziel entgegen, das der Albatros in seinem positronischen Hirn gespeichert hatte. Nach langem Flug erreichten wir mit dem ersten Verblassen der Sterne das Schiff. Dicht über dem Wasser, hinter dem reich verzierten Heckkastell, schwebten wir. Einen Meter unter uns das schäumende Wasser und ein Teil des Ruders, über uns die leeren Davits des kleinen Bootes. Auf dem Schiff war es verdächtig ruhig. Der Schwarm

Menschenfresserfische verfolgte noch immer die TERRA. Ich aktivierte die Deflektoren.

Agsacha flüsterte: »Du willst durch das Fenster, nicht wahr?«

Er hielt die Waffe in der Hand, mit einem Riemen am Handgelenk befestigt. Ich holte mit der Seilschlinge aus und warf sie. Beim vierten Versuch verfing sie sich an der Halterung einer Positionslaterne. Dann zog ich uns näher heran. Kurze Zeit darauf waren wir vollkommen in Deckung.

»Wenn sich jemand zeigt, benutze die Waffe so, daß sie lähmt.«

Agsacha nickte. Hinter uns schnitten Haifischflossen durch die Hecksee. Wir blieben unsichtbar; ich wickelte das Seil um die Schulter und zwängte die Klinge eines Entermessers zwischen die massiven Holzrahmen, setzte den Hebel an. Ein verdächtiges Knarren war zu hören. Wir zuckten zusammen und hielten den Atem an. Schließlich gelang es mir, die Luke zu öffnen. Vorsichtig stieß ich sie auf und steckte den Lauf der Pistole hindurch. Nichts. Ich flüsterte einige Befehle, und der Albatros ging höher. Ein Summen war in der Luft; niemand bemerkte es. Oder lauerten sie bereits in der halben Dunkelheit der Kajüte? Ich schloß die Augen, blickte ins Halbdunkel, dann löste ich einen Fuß aus der Aufhängung und verharrte eine Weile mit gespreizten Beinen zwischen Fenster und Vogel. Schließlich steckte ich das Messer in den Stiefelschaft, schaltete mein körpereigenes Abwehrfeld ein und schwang mich, die Füße voraus, in die Kombüse. Ich prallte auf, ließ mich fallen und rollte ab. Als ich blitzschnell wieder auf den Beinen stand, hielt ich bereits die Waffe in der Hand.

Keine Gefahr! signalisierte der Extrasinn. Zwei Minuten später stand Agsacha neben mir. Der Albatros blieb zurück, schwebte in schnellem Flug über den Wellen den Kurs zurück und schwang sich in einer steilen Kurve in die Luft, bis man ihn im Morgengrauen nicht mehr sehen konnte. Nacheinander öffnete ich geräuschlos die Fenster. Als eine kleine Lampe aufflammte, sah ich, daß eine merkwürdige Scheu die Meuterer davon zurückgehalten hatte, wertvolle Geräte zu zerstören. Ich arbeitete in Eile, während Agsacha mit gezogener Waffe Wache hielt. Ich sah hinaus und erblickte nichts anderes als den Rücken Zaros. Der Mann stand am Ruder und blickte auf meinen Kompaß. Agsacha flüsterte: »Sie schlafen alle an Deck, als ob sie sich fürchten würden, nach unten zu gehen. Alles ist ruhig.«

»Ich werde ihnen ein unangenehmes Erwachen bescheren!« versprach ich. Ich verband das Aufnahmegerät mit einem Megaphon, klemmte den Apparat in die Innenverkleidung des großen Luks, das sich zur Brücke öffnete, dann öffnete ich das Luk. Der Trichter des Megaphons richtete sich nach draußen. Wir blieben hinter der Tür stehen. Während Agsacha den Riegel langsam aufzog, ertönte das Geräusch des anlaufenden Bandes. Zaro zuckte zusammen, drehte sich um und starrte die geschlossene Tür an. Er zwinkerte, aber sah nichts. Einige Sekunden vergingen. In diesem Moment ging die Sonne auf und überschüttete Schiff und Ozean mit Licht. Die Segel strahlten. Zaros Stimme, laut und eine Spur undeutlich, hallte über das Deck. Es war wie ein Schuß aus dem Drehgeschütz am Vordeck.

»Männer«, rief Zaro aus den Lautsprechern. »Wir können viel schneller reich werden. Es kostet uns nur eine Anstrengung. Und etwas Überlegen. Ich sage euch, wir ...«

Zaro ließ das Ruder los, warf sich herum und riß ein breites Messer aus dem Holz. Er war leichenfahl. Zwischen den Taurollen auf Deck und aus den Winkeln neben den Frachtluken erhoben sich Gestalten und kamen taumelnd auf die Beine.

»Ich habe es dir immer gesagt, Zaro!« schrie jemand wimmernd auf. Ich grinste grimmig. Zaro entwickelte laut sein Konzept. Wir hörten das Lachen, die Stimmen der anderen Männer. Dann Geräusche, zum Teil undefinierbar. Jedesmal, wenn der Sprecher wechselte, flüsterte Agsacha haßerfüllt dessen Namen.

»Vercell ... Sidan ... Patar ... Ivo ... Dorio ...«

Zaro rannte auf der Brücke hin und her. Die Stimmen fuhren fort, zu plärren und zu murmeln. Der gesamte Plan Zaros war binnen fünf Minuten klar. Inzwischen war durch das Geschrei die gesamte Besatzung aufgewacht. Sechzehn Männer zählte ich. Sie genügten, um dieses Schiff zu fahren. Atemlose Stille herrschte zwischen den Lautsprecherdialogen. Langsam hob sich der Haufen Männer näher. Zaro schrie auf sie ein und rief, daß alles nur ein nächtlicher Spuk sei. Jemand warf einen Marlspieker nach ihm, der polternd gegen die Kajüte schlug.

»Halt's Maul!«

»Du bist an allem schuld!« schrien sie. Zaro war nahe daran, wahnsinnig zu werden. Unbarmherzig hagelten seine eigenen Worte auf ihn ein. Es wurde deutlich, daß er der Drahtzieher gewesen war. Alle anderen waren von Anfang an mißtrauisch und abwehrend gewesen, aber er hatte sie mit Versprechungen geködert, so daß sie schließlich einstimmten. Der Dialog ging weiter und endete damit, daß Zaro von den Haifischen sprach. Dann lief das Band leer. Ich schaltete den Recorder aus. Stille ... nur die Eigengeräusche der TERRA. Patar, ein kleiner Mann mit einem krummen Bein, der Staumeister, schrie aufgeregt:

»Wir müssen zurück! Wir holen den Kapitän! Gib den Kurs an, du schwarzhaariger Narr!«

Ich öffnete die Tür mit einem Ruck. Agsacha und ich traten ins Licht hinaus und hoben die Waffen.

»Ich gebe den Kurs an, Männer!« brüllte ich.

Zaro sah mich an wie einen Geist. Dann griff er nach dem Messer, hob die Hand und schrie auf. Noch ehe er die Waffe schleudern konnte, feuerten Agsacha und ich. Wir trafen die Schulter Zaros. Das Messer klirrte auf Deck. Zaro sah keinen Ausweg mehr, rannte dreimal vor den Augen der Mannschaft auf dem Deck hin und her, dann riß er einen Arm hoch und sprang über Deck. Agsacha schwang sich zur Seite, hielt sich an der Reling fest und blickte hinunter. Zaro schwamm vom Schiff weg, schluckte Wasser; und plötzlich schäumte rings um ihn das Wasser auf. Die Haie waren heran, warfen sich unter Wasser herum und zerfetzten den Mann. Sein letzter Schrei gellte über das Wasser, dann versank er gurgelnd in den Wellen. Das Wasser färbte sich rot.

»Agsacha! Ans Ruder. Unser Kurs ist ...«

»Verstanden, Kapitän«, sagte Agsacha ruhig, betrat den Niedergang, stellte sich hinter das Ruder und schob die Waffe mit einer schnellen Bewegung in den Gürtel zurück. Dann drehte er das Rad mehrmals herum.

»Klar bei Wende!« rief ich.

Mit bestürzender Plötzlichkeit regten sich die Männer. So schnell waren sie nur während des Hurrikans gewesen. Sie rannten nach allen Richtungen auseinander und zogen Taue, schlugen Segel los, leise bewegte sich das Ruder. Die TERRA lief aus dem Wind, schwankte und drehte sich langsam. Dann faßte der Wind wieder; ich gab eine Reihe von Kommandos. Wir hatten die Fahrt aufzuholen, und wir mußten zurück nach Tafuafau kreuzen.

Agsacha meinte: »Wir strafen sie an der empfindlichsten Stelle. Wenn wir weiter schweigen, sind sie zahm, wenn wir an der Insel sind.«

»So ist es; sie sind froh, daß es so geendet hat. Zwar besitzen wir für sie inzwischen dämonische Fähigkeiten, aber das ist auf einer solchen Seefahrt eher ein Vorteil.«

»Du sagst es, Atlan. Ein Vorteil des gesunden Aberglaubens.«

Wir kreuzten achtundvierzig Stunden lang, ehe die Insel in Sicht kam. Vor dem Durchbruch im Korallenring warfen wir Anker; nachdem sich die Trossen gebührend gespannt hatten, breitete sich wieder erwartungsvolle Ruhe auf dem Schiff aus. Die Männer waren verlegen und warteten auf Strafe. Ich blieb auf der Brücke stehen, schaute auf die Versammlung hinunter und sagte laut:

»Fiert die Boote! Wir rudern über die Lagune. Häuptling Aruano hat ein Fest zur Rückkehr der TERRA geplant. In drei Tagen gehen wir wieder in See. Ihr alle habt eure Chance gehabt; eine zweite gibt es nicht mehr. Der nächste Meuterer wird ausgesetzt.«

Sie zerstreuten sich, verwundert und erleichtert. Einige Tage lang würden sie sich noch fürchten. Dann würde sich wieder der normale Zustand an Bord einstellen. Ich meinte, daß wir darüber froh sein konnten. Das Fest, das wir in dieser Nacht feierten, dauerte bis zum nächsten Mittag; als der Abend kam, waren die meisten von uns noch immer betrunken.

22.

»Datenstau!« ächzte Cyr Aescunnar. Sein überheiztes Studio wurde von Renaissancemusik überflutet; langsam wechselten in allen Holoprojektionen die einzigartigen Bilder Michelangelos, Raffaellos, Dürers, Hieronymus Boschs, Riemenschneiders, Botticellis und Martin Schongauers. In einer nächsten Sequenz erschienen Bilder aus Kunstwerken von Cranach, Giorgione, Veneto und Bellini. Kurz nach Gründung des Solaren Imperiums war damit begonnen worden, ausnahmslos sämtliche Bilder aller Zeitepochen der Erde zu foto- und holografieren, angefangen von den Höhlenzeichnungen Altamiras und deren Vorgängern bis zu Zeitgenössischem kurz vor dem Verschwinden des Planeten. Die wichtigsten, schönsten und bedeutendsten Zeugnisse der bildenden Kunst blendeten mit ihrer Schönheit den Geschichtswissenschaftler, die Musik Johannes Okeghems, Heinrich Isaaks und Tromboncinos begleitete den ständigen Wechsel.

»Quem canta«, sagte Cyr, »seus males espanta.« Oder: *Wer singt, verscheucht die Sorgen.* Er versuchte, sich durch die Auswahl der Entstehungsjahre selbst bestimmte Vorstellungen dessen zu machen, was der Arkonide damals gesehen haben mochte; andererseits traf – oder versuchte es über die datengespeicherten Abteilungen von MASTERCONTROL – Aescunnar eine Auswahl für diesen Band der ANNALEN. Auf dem großen Monitor, der eine Planetenkarte Terras zeigte, wuchsen und erloschen die Fahrtlinien aller jener Entdecker, begannen wieder, führten mehrfarbig zu den Zielen und verschwanden: Colón, Pineda, Nuñez des Balboa, Amerigo Vespucci, Maghellan, Bermudez, Verrazino und Vasco da Gama. Zusammen mit Hunderten Bildern, Ausdrucken, Buchcubes und Lesewürfeln ergaben Bilder, Karten und Querverweise eine Datenflut, die Cyr überwältigte und zu ersticken drohte.

Nach der Schilderung der mißglückten Meuterei hatte Atlan zu sprechen aufgehört; er schlief außerhalb des Tanks und würde in kurzer Zeit wieder das Muskeltraining beginnen. Cyr schloß die Augen, und wieder schien es ihm für viele Sekunden, als ob er in einem grenzenlosen Raum einer Virtuellen Realität säße: Die wirklichen Bilder verschwanden, und im weiten Halbkreis umgaben ihn leuchtende, glimmende, funkelnde Bänder, jenseits des Da-Vinci-Bildes, des Antlitzes der *Dame mit dem Hermelin,* Linien und Cluster in allen vorstellbaren Farben. Schleier und Wolken drifteten durch den Raum wie Polarlichter, verschlangen sich in den A-cappella-Chören zu psychedelischen Mustern, und bevor der Blackout den Spuk verwehte, als Schwärze von allen Seiten über ihm zusammenschlug, glaubte er drei Gestalten zu erkennen: die schöne Monique, flankiert von zwei skelettartigen Robotern. Er stöhnte auf: »Fotoablative Refraktive Keratektonomie? Darkness medicinale? Psychoterror?«

Scarron Eymundsson, Oemchèn Orb und Djosan Ahar waren vor ungefähr drei Stunden gegangen. Alle Meldungen aus der Intensivstation des Planetaren Krankenhauses drückten inzwischen ein Höchstmaß an Optimismus aus. Cyr Aescunnar fühlte sich elend, holte tief Luft, zwang sich, langsam und gleichmäßig zu atmen, dann öffnete er die Augen und erlebte staunend, erschöpft und trotz des stechenden Schmerzes in den Augenwinkeln erleichtert, wie sich auf dem Hauptmonitor das Bild des Arkoniden aus Pünktchenwirbeln wieder formierte; in diesem Augenblick richtete sich Atlan halb auf, stützte sich mit den Armen auf der blütenweiß-sterilen Unterlage ab und spannte die Muskeln seines tiefgebräunten Körpers. Seit August dieses Jahres hatte er den Überlebenstrakt nicht verlassen, hatte keinen Atemzug an der frischen Luft Gäas tun können. Cyr beugte sich vor: Atlan öffnete die Augen und die Lippen, zögerte, schüttelte den Kopf und sagte:

»Ich bin sicher, daß die Zeit reif ist. Mein Körper ist kräftig genug, die Belastung des Verstandes auszuhalten. Ich weiß, daß mir viele zuhören, und ich weiß, daß ich auf einer der Tausend Inseln zwischen Amerikas Doppelkontinent und Chinas Küste jene bezaubernde Sharma in den Armen hielt und liebte, deren Haar von der Farbe des Ebenholzes war. Und ich weiß unumstößlich, daß es zugleich Ritter gab und Drachen, Kentauren und Wesen, die dem Teufel in der Vorstellung der Barbaren glichen.«

Er schwenkte die Beine über den Rand der Liege und hob den linken Arm, schirmte sich gegen das grelle Licht der Solarstrahler ab. Atlan wirkte so entschlossen, als zöge er in den Krieg gegen alle widrigen Umstände. Cyr sah die straffe, glatte Haut über der Knochenplatte, zwischen Nabel und Brustwarzen – wo vor mehr als vier Monaten eine Brandwunde über den Narben der archaischen Notoperationen rot geglüht hatte, schien die Haut völlig unversehrt; bisher hatte Aescunnar nicht darauf geachtet. Atlan packte mit der rechten Hand die Schläuche der Einheiten für intravenöse und herkömmliche Ernährung, sog sekundenlang daran und holte Luft, hüstelte und sagte:

»Es wird Zeit, daß ich wieder unter Menschen komme. Zu Scarron, mit dem greisen Ara reden, die Aufzeichnungen Cyrs korrigieren. Hab' ich dir, Cyr, von den fünfzehnhundert toten Franzosen bei Azincourt erzählt, vom Sieg der hundertfünfundachtzig Zentimeter großen Langbogen? Von dem vernichtenden Steinhagel der Vögel im Jahr von Mohammeds Geburt? Und davon, wie Rico bei Johann Sebastian Bachs Musik wegen der Terrassendynamik fast durchdrehte? Nein? Kommt noch. Laßt mich erst einmal ...«

Er griff nach einem Gestänge über dem Lager. Sämtliche Monitoren blinkten in abenteuerlichen Takten; irgendwo blökte erregt ein Summer. Cyr glaubte sich, erstarrt und fassungslos, in einem schrillen Traum. Atlan zog sich in die Höhe, setzte die Füße auf den Boden und ging schwankend auf die Tür zu. Gelbe Alarmlichter blinkten. Atlan machte genau sieben Schritte, dann begannen seine Knie zu zittern, und er brach zusammen; im Fallen zog sich sein Körper zu einer Dagor-Haltung zusammen, die ihn den Sturz leicht abzufangen half.

Im Halbkreis vor Cyr flirrten und flimmerten scheinbar tausend verschiedene Bilder. Er nahm sie nicht wahr, starrte auf den Hauptbildschirm und sah, wie die Türen aufsprangen und etwa ein Dutzend hellgrün gekleideter Männer und Frauen hereinstürzten, Atlan aufhoben, zur Liege zurückschleppten, die grellen Lampen abschalteten. Der Arkonide streckte sich aus, seine Verkrampfung löste sich, er gähnte, und Tränen der Erschöpfung rannen aus seinen Augenwinkeln. Als letzter stürzte Ghoum-Ardebil in den Raum der Intensivstation herein, überblickte die Situation und legte schließlich die Knochenhand auf Atlans Stirn.

»Es ist noch nicht soweit, Freund Prätendent«, sagte er entschieden. »Du hast es schmerzlich erfahren müssen. Es waren – wieviel, sieben? – Schritte auf dem Weg der Genesung. In den ersten Tagen des nächsten Jahres kannst du in einer weniger ungemütlichen Umgebung weiterschlafen. Klar, Herrscher der Jahre?«

»Nur Matrose der Jahrzehnte«, murmelte Atlan, von Gähnen unterbrochen. »Es ist einzusehen. Ich glaube, ich brauche, wie in der Überlebensstation, Bilder und Geräusche, Musik und abwechslungsreiche TV-Sequenzen, um wieder ganz zu mir zu kommen.«

»Dafür sorgt Cyr Aescunnar«, sagte Ghoum-Ardebil. »Morgen, übermorgen oder in einigen Tagen lasse ich deine Freundin Scarron zu dir; gebührend desinfiziert. Das schönste Bild, das wir vorrätig haben.«

Atlan nickte, gähnte und murmelte: »Danke!« Sein Kopf fiel nach hinten, zur Seite; er schlief übergangslos ein. Ghoum-Ardebil hob den Arm, blickte in die Linsen der Übertragungskanäle und sah aus rotgeränderten, übermüdeten Augen Cyr an.

»Du weißt, Bruder verstreichend dokumentierter Jahre, was du zu tun hast?«

»Noch nicht genau«, brachte Cyr hervor. »Wenn du mir garantierst, daß ich drei Tage lang ausschlafen und meinen Kram in Ordnung bringen kann, ist mir ein perlend-prickelndes Multimediaprogramm eingefallen, mit dem wir an die bildschirmsüchtigen Ur-Arkoniden, die der degenerierten Jahrhunderte der Prä-Rhodan-Zeit, einigermaßen nahtlos anknüpfen könnten.«

»Tu dein Bestes, Professor!« bat der Ara. Cyr nickte.

»Ich versuch's. Wie seit dreißig Jahren.«

Er schüttelte sich, seine Finger huschten über das Keyboard. Ein Holoprojektor nach dem anderen erlosch. Völlig unzusammenhängend fiel ihm ein, daß es *DIE* Sensation sein würde, die vielen Exponate in Atlans Kuppel-Museum zu bestaunen. Aber das Museum, Rico, Synonymus Eins und Lilith, der arkonidische Überlebenszylinder, die Insel Saõ Miguel und die Erde waren bislang spurenlos verschwunden.

Drei Tage. Zweiundsiebzig Stunden Ruhe! Die Beziehung zu Oemchèn kriselte wegen Cyrs ausschließlicher Hinwendung zu Atlans differenzierten Beiträgen zu den ANNALEN. Cyr war überzeugt, daß auch heute noch Rico die Planetenoberfläche beobachete, daß sich – falls sie nicht zerstört waren – seine Doppelgänger unerkannt zwischen den Planetariern bewegten, daß kein einziger Sterblicher je in den Genuß kommen würde, jene Schätze des Wissens, der irdischen Geschichte, der Mal-, Buchdruck-, Goldschmiede- und jeder anderen Kunst aus zehn Jahrtausenden ehrfurchtsvoll betrachten zu können. Er stand auf und schaltete die letzten Einheiten seines Instrumentariums ab, speicherte alle seine ausgewählten Einzelheiten im Computer der Historischen Fakultät der Chmorl-Universität, sah auf das Chronometer und erschrak; er brachte gerade noch soviel Energie auf, sich die Zähne zu putzen, zu duschen und einen vierstöckigen Single-Malt zu trinken, bevor er in den abgrundtiefen Schlaf der Erschöpfung fiel.

Er träumte vier verschiedene Varianten, wie Atlan mit der TERRA AUSTRALIS weitersegelte, in bizarren Häfen festmachte, seine Reisen auf der Oberfläche Larsafs III beendete, in einen makabren Dialog mit ES verwickelt wurde und an der Seite Moniques – oder Sharmas oder beiden? – dem nächsten Abenteuer entgegenschlief.

ENDE

Atlans Unterwasserstation

Ausschnitt mit Zentralpositronik (Mitte), Tiefschlafkammern (rechts), Illusionslandschaft (oben) und Schleuse (links)

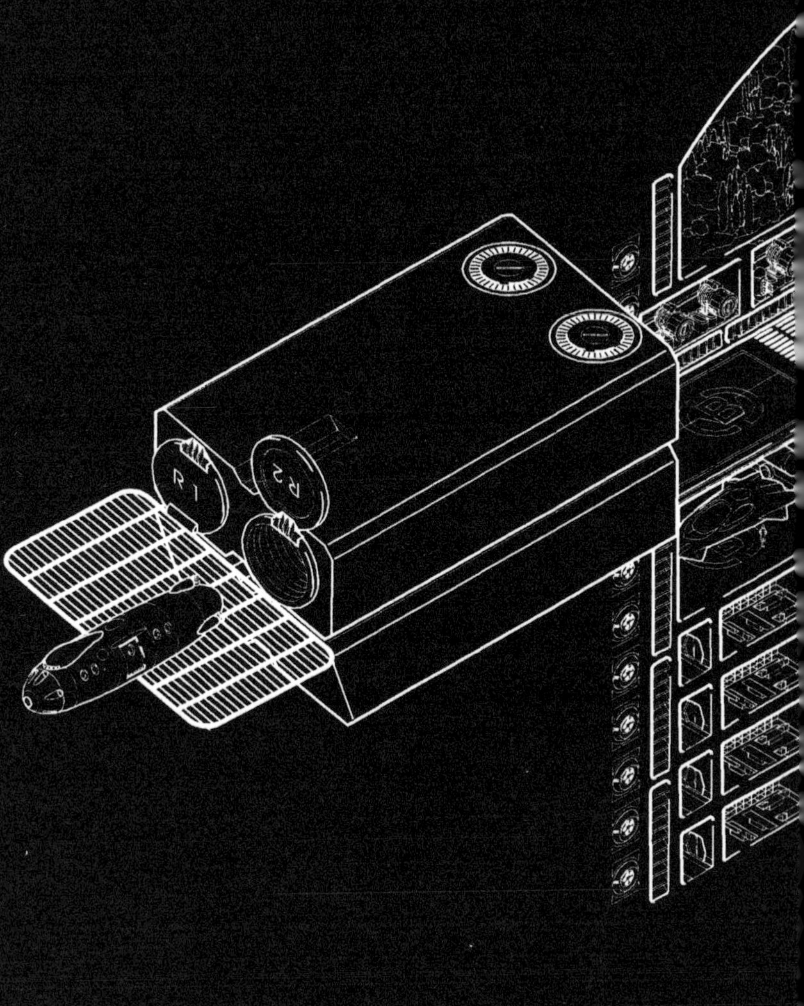